甲鱼不是龟 著

大泼猴

下

西行证道

渡三难

天地出版社 | TIANDI PRESS

目录

第五百五十一章　乌鸡国 / 003

第五百五十二章　卷帘？ / 010

第五百五十三章　卷帘的烂摊子 (1) / 016

第五百五十四章　卷帘的烂摊子 (2) / 021

第五百五十五章　找粮食 / 026

第五百五十六章　奇怪的条件 / 032

第五百五十七章　诡异的谈判 / 038

第五百五十八章　恶化 / 044

第五百五十九章　最后通牒 / 049

第五百六十章　卷帘的困境 / 054

第五百六十一章　猴子救场 / 061

第五百六十二章　华山 / 069

第五百六十三章　许愿与还愿 / 074

第五百六十四章　圣婴大王 (1) / 082

第五百六十五章　圣婴大王 (2) / 087

第五百六十六章　圣婴大王 (3) / 093

第五百六十七章　牛魔王 / 098

第五百六十八章　去还是不去 / 103

第五百六十九章　有古怪 / 113
第五百七十章　神仙姐姐 / 118
第五百七十一章　等待 / 124
第五百七十二章　黑水河 / 130
第五百七十三章　陷阱 / 135
第五百七十四章　作弊 / 140

第五百七十五章　低估 / 147
第五百七十六章　金身 / 153
第五百七十七章　河边 / 164
第五百七十八章　夜谈 / 173
第五百七十九章　夙愿 / 178
第五百八十章　用刑 / 183
第五百八十一章　最后的办法 / 188
第五百八十二章　照料 / 193
第五百八十三章　农夫与蛇 / 198
第五百八十四章　还是毒蛇 / 204

地藏做局

第五百八十五章　骗局 / 213

第五百八十六章　暴走的金身 / 218

第五百八十七章　那孩子叫啥？ / 225

第五百八十八章　纠结 / 230

第五百八十九章　召唤 / 239

车迟国

第五百九十章　一模一样的脸 / 247

第五百九十一章　车迟国 / 253

第五百九十二章　伺机而动 / 260

第五百九十三章　有古怪 / 264

第五百九十四章　你帮谁？ / 270

第五百九十五章　投降 / 277

杨婵之子

第五百九十六章　五毒八苦 / 285

第五百九十七章　水 / 291

第五百九十八章　硬着头皮 / 297

第五百九十九章　问 / 304

第六百章　他母亲死了？ / 310

第六百〇一章　真与假 / 316

第六百〇二章　下策 / 322

屠杀

第六百〇三章　有何区别？/ 331
第六百〇四章　续命与黑色玉简 / 336
第六百〇五章　只要一个人的命 / 342
第六百〇六章　现实 / 348
第六百〇七章　一个不留 / 354
第六百〇八章　活腻了吗？/ 360
第六百〇九章　越快越好 / 366

女儿国

第六百一十章　女儿国境 / 375
第六百一十一章　女儿国的妖物 / 380
第六百一十二章　来者何人？/ 386
第六百一十三章　女儿国的女王 / 392
第六百一十四章　宴席 / 397
第六百一十五章　陵 / 402
第六百一十六章　黑影 / 409
第六百一十七章　毒 / 414
第六百一十八章　芸香的办法 / 419
第六百一十九章　条件 / 426
第六百二十章　谈不拢 / 432
第六百二十一章　玉简 / 437

第六百二十二章　求救 / 445
第六百二十三章　解药 / 451
第六百二十四章　目标，花果山 / 456
第六百二十五章　停下 / 462
第六百二十六章　证明 / 468
第六百二十七章　孩子 / 473

第六百二十八章　劝说 / 485
第六百二十九章　尖啸 / 490
第 六 百 三 十 章　直上三十三重天 / 496
第六百三十一章　闹剧 / 502
第六百三十二章　猜想 / 508
第六百三十三章　沙与水 / 513
第六百三十四章　普度之惑 / 518
第六百三十五章　长大了 / 523

收卷帘

第五百五十一章

乌鸡国

他们离开华山，一路朝南天门的方向飞，清心又是一路的沉默。

哪吒一路跟着，眉头蹙得紧紧的，始终保持着三丈距离。

一前一后，也就几天时间，哪吒实在搞不懂在他眼皮底下究竟发生了什么事情，为什么清心跟换了个人似的。

好在，总算要回南天门了。熬过了这一关，接下来再有什么事，也不关他的事了。

可千万别在这路上再出什么事啊。

一路上，哪吒打起了十二分精神，警惕地关注着四周的变化。直到远远地望见南天门，他的心才稍稍放下来一些。

回到南天门，清心径直去见了李靖，直截了当地告诉李靖她想要的东西已经找到了，李靖要她做的事情，她会做，当然，还是得按她的规矩来。

还没等李靖搞清楚状况，清心已经一个转身，走了。只留下哪吒与李靖，你看我我看你，不明所以。

离开南天门，清心便直上三十三重天返回兜率宫。

守在兜率宫外的几个道徒一看见清心，便都围了过去。为首的紫袍道徒拱手道："清心师妹，师父在宫里。"

清心静静地站着，低头凝视空无一物的地面，看上去神情有些呆滞。

几个道徒面面相觑。

"师父说……如果有什么问题想问的，大可以去找他。"

清心抿着嘴唇抬起头看着几个道徒，深深吸了口气，撑起笑脸道："没。"

她笑得很灿烂，却与往常大不相同，没有了那种高傲的神情，像是戴上了一个面具。

“没？”

“没。”清心摇了摇头道，“我，有点累了……暂时还不想见他。”

清心说着，也不等紫袍道徒回应，迈开脚步与他擦肩而过，朝自己在兜率宫中小宅子的方向走去。

紫袍道徒回头望着清心的背影，微微蹙起眉头。

“她这是怎么啦？发生什么事了？”

“是不是吃了什么苦头？”

“应该不是。如果是在哪里吃了苦头，她肯定嚷嚷着要回去报仇，就像上次那样。”

紫袍道徒想了下，道：“不要多嘴。”

其余的道徒连忙一个个闭上了嘴巴，不再多言。

微风抚弄着枝丫，阳光透过叶片的缝隙在阴凉的小道上洒下斑斑点点。

清心低着头，屏住呼吸，渐渐加快了脚步。

偶尔相遇的师兄弟还没来得及开口与她打招呼，她已经擦肩而过了。

转眼之间来到了位于太上老君居住的阁楼侧边的小屋，她一声不吭地进去，关上了房门。

就在不远处的阁楼中，太上老君眉头紧蹙，他抬眼望着屋顶，也不知道在想什么。在他的身旁，雀儿静静地跪坐着，沏着茶。

太上老君身前放着茶杯，那里面的茶水凉了又换，换了又凉，如此多次，太上老君缓缓闭上双目，叹道：“算了，不喝茶，别忙活了。”

“不忙活，只要师父不嫌弃雀儿浪费茶叶。”雀儿顿了顿，接着说道，“若不沏茶，闲着双手，倒是有些发慌。”

太上老君深深吸了口气，轻轻拍了拍她的手道：“难为你了。”

雀儿低头，不语。

阳光透过窗棂照入，在房中形成一道道交错的光影。

清心如同一个小女孩一般，背靠着房门，掩着脸。

三世的记忆，种种交杂的情绪瞬间吞噬了理智，眼泪夺眶而出……

此时，猴子一行人正途经一片肥沃的平原。

在那平原的边缘，他们看到了刻着“乌鸡国地界”字样的石碑，可随着渐渐深入，却丝毫没有看到这片沃土本应该有的那种欣欣向荣的景象。

相反，他们看到了一个人间地狱。

按照玄奘沿途从百姓手中要到的地图，他们一步步深入平原，才走了不到一里，就看到一具残缺不全的尸体倒在路边。

看情形，应该是死去多日了。面容早已经被食腐的乌鸦啃得看不清楚，四肢也被扯碎，只能大致分辨出来是一个中年男子。

天蓬掩着鼻子走过去，细细检查了一番尸体，又在四周围看了一下，道：“他杀，一刀割喉。没有任何行囊，也许是抢劫。”

“抢劫？”小白龙回头看了看，道，“要说山林地带也罢了，这里都是平原了，也这么不太平？”

“也许这个国家本来就不太平。”

他们草草安葬了死者，玄奘在坟前简略地诵读了一篇佛经，一行人便又上路了。

不多时，他们望见了一座在玄奘的地图上标记了的村庄。

在玄奘的行囊当中，有三封信的收信人就住在这个村庄里。按照玄奘的计划，一行人是要在这个村庄里留宿一晚的。一方面是要送信，另一方面，也需要通过化缘来补充一下干粮。

然而，当他们渐渐靠近村庄的时候，却越来越觉得这里不对劲。

四周一望无际的肥沃田野中茂盛生长的居然都是杂草。正值农忙季节，竟也不见半个村民在田间劳作。

随着距离村庄越来越近，乌鸦越来越多，满耳都是难听的叫声。

“这地方的人怎么回事？不用吃粮食？都升仙了不成？”小白龙四处张望着喃喃自语道。

很快，他们发现整个村庄几十座宅子，竟然一个人都没有！

一阵微风吹过，扫起几片落叶。

几个人有些惊异地行走在村道上。

天蓬加快脚步，挨家挨户地搜了过去。

猴子也放出了自己的神识，将整个村庄都探查了一遍，无奈叹了口气道：“活的没有了，死尸还有十二具，从少到老，一应俱全。”

“这是怎么回事？逃荒吗？”小白龙问。

“你看这里像是遭了灾吗？一无水患二无干旱，多好的年景啊。”

正言语间，天蓬回来了。

“怎么样？会不会是瘟疫？”猴子问。

天蓬四下环顾了一圈，淡淡道：“也不是瘟疫，那些尸体，大多不是饿死，就是被杀死。只有一个是病死的，还是因为年老体衰，缺乏照料。”

“看来是兵祸了。”猴子掏了掏耳朵，回头看向玄奘，“看来你要送的信是送不到了，接下来干啥？”

玄奘握着佛珠，眉头紧锁，犹豫了好一会儿，才答道：“我们今晚还是在这里住下，顺便……也把这些枉死者，都安葬了吧。”

“好嘞。”猴子吆喝一声，扭头朝小白龙和黑熊精使了个眼色，道，“听到没，赶紧帮忙。”

“为什么是我？”小白龙当即嚷嚷起来。

“要不我去？”猴子面无表情地说道。

“别……大圣爷，您还是歇着吧，我去就我去。”小白龙无奈叹了口气，只得跟着黑熊精和天蓬一起挨家挨户地找尸体。

他们忙忙碌碌地，直到夕阳西下，才在村口的一处坟地将那些遗落在村中的尸体全部安葬好。

玄奘拿出几件法器摆放在坟前，开始挨个儿诵读经文。

他这一念，便念到了深夜。其他几个人都无聊得打哈欠了。

虽说他们都是修仙者，并不像一般的凡人那样忌讳鬼神，但待在坟地里，终究让人不舒服。

诵完经文，一行人便在村中草草安顿下来，次日一早天还没亮，便再度出发了。

短短半日之后，他们来到了玄奘地图上标记的第二个村庄。糟糕的是，这村庄跟前面那个如出一辙！

“嘿。”猴子伸手捡起被随意丢弃在路旁草丛里的木勺子，疑惑地问道，“这都是什么情况啊？”

“你不是说兵祸吗？”小白龙问。

“兵祸的话，未免也太彻底了吧。”

无奈，众人又按照之前的办法，将村中散落的尸体都集中起来埋葬。这一折腾，就折腾到了日落西山。

如此一来，众人也只能在这第二座荒废的村庄中落脚了。

一整夜，玄奘看上去都愁眉不展的。

次日，众人继续西行，看到第三座、第四座一模一样的村庄。

整个平原似乎都被死亡的阴影笼罩了一般。

他们就这么一路走着，到了第五天，来到了玄奘标记出的一座小镇上。

这小镇人倒是有，却是一片破落景象。

街道上随处可见衣衫褴褛，躺在树荫下奄奄一息的流民。许多房子的窗户和门板都脱落了，看上去早已没有人住。街道上的集市好像刚被人砸过一样，各种木板、商品夹着落叶散落了一地，也没人收拾。

而这小镇的居民见到猴子一行，也一个个躲躲闪闪的，目光中透着恐惧。

那种眼神，不同于他们以往在路上看到的普通人对妖怪的恐惧，而是一种难以描述的、带有一些神经质的恐惧。

更奇怪的是，黑熊精加上猴子，这么两个明显是妖怪的身影走进小镇……若在往常，必定是全镇居民齐出，带着火把和兵刃将他们团团包围，靠玄奘好说歹说，最后才勉强平息。可在这里，连个过问的人都没有，一个个只是避之唯恐不及。

“这都是搞什么啊？”猴子别过脸看向玄奘，问道，“这里有没有要送的信？”

玄奘从怀中取出一封皱巴巴的信函，道：“最远的信也就到这里了，只有一封。”

猴子接过信函，稍稍看了两眼，快步朝站在街角的一个神情呆滞的青年男子走了过去，远远地吆喝道："喂，你！就是你，别东张西望的！问个……"

话音未落，那青年男子撒腿就跑。

猴子一个眼疾手快，伸手一吸，用灵力硬生生地将他从五丈开外扯到自己身旁。

还没等猴子开口，只听"咣咣咣"一阵声响，街道两旁建筑二楼的窗户纷纷关上了。四周原本瘫坐在地的流民也纷纷夺路而逃，只剩下一个也不知道是老得走不动了，还是吓得脚软的，在距离猴子不远的地方缓缓地爬着，嘴里发出阵阵无力的哀号："妖怪啊……"

"娘的，老子是妖怪……刚刚你们怎么不跑？"猴子低下头，发现被自己一把拽住的青年男子已经瘫坐在地，一松手，他便整个"咣当"一声摔了下去。

"晕过去了？"猴子顿时哭笑不得。

天蓬匆匆走到那人身旁半蹲下去，探了探他的鼻息，又把了把脉搏，道："饿晕的，跟你没什么关系。"

猴子摇了摇头道："我说怎么那么不经吓呢。"

小白龙伸长了脖子道："看来问路是问不成了，现在怎么办？"

"问不问都无所谓，这上面写着地址呢。镇子总共才多大！"

"那他怎么办？"小白龙指着躺在地上的青年男子问。

猴子回头看了一眼玄奘，翻了个白眼道："背着走呗。既然是饿晕的，包里还有点干粮，给他吃吧。"

"好嘞！"

这小镇确实不大，主要的街道也就两条，一条南北走向，一条东西走向，刚好汇成一个十字。路上有路碑，巷口有牌坊，要找个地方，确实是容易得很。不多时，一行人便找到了信封上的地址。

可惜的是，他们看到的是半边虚掩的门，另半边的门板已经不翼而飞。

玄奘站在门口敲了半天的门，没反应。进了院子，看到好像废墟一样的场景，他才彻底相信这座宅子已经废弃了。

玄奘拿着信，一时间，也不知如何是好了。

“接下来怎么办？”

“还是……在这里住下吧。天色也不早了，先住下，明天再作打算。”玄奘四处张望，希望能再找到点线索，然而，什么也找不到。

“要不，我去捉几个回来问问究竟发生了什么事？”

玄奘看了一眼黑熊精背上的青年男子，道：“不用了，不要再去惊扰其他人了。等他醒过来，问他便是了。”

瞧这情形，屋主举家离开的时候，应该是非常紧张的，以至于许多生活用品都没带。小白龙甚至在抽屉的暗格里找到些碎银子。整个宅子唯一缺的，也就是食物了吧。

众人草草安顿下来，玄奘拿出仅有的一点干粮，泡到水里煮成糊状，一点一点地喂给路上顺手捎上的青年男子。

迷迷糊糊间，那男子倒是都吞咽了下去。不过，直到深夜，他才缓缓睁开了眼睛。

第五百五十二章

卷帘？

第一次睁开眼睛的时候，昏暗的火光下，青年男子迷迷糊糊地看到有三个人、一只熊和一只猴子围着自己。

“总算醒过来了，这家伙可真能睡啊。”

“要不要准备一下一会儿问些什么？”

“还用想吗？直接问这个乌鸡国怎么闹成这鬼样子就行了。”

“他刚刚醒来，也许还不太清醒吧，得让他多休息一会儿。”

正当众人议论纷纷的时候，那男子微微呆了一下，努了努嘴，又昏昏沉沉地闭上了双目，好一会儿，再没有半点动静。

“又晕过去了？不会是给你们吓晕的吧？”

“你见过这么晕的吗？我猜他是还没清醒过来。”

黑熊精弓下身子细细查看，鼻子喷出的气息直接冲在男子的脸上。

渐渐地，那男子的脸色有些难看了。

猴子伸手指了指，所有人都朝男子的手看了过去。只见他的十指微微颤抖，再细一看，大腿也在抖。

一下子，大家都明白是什么情况了，一个个直起身子，默默地瞧着躺在床板上的男子。

不多时，只听一声尖叫，那男子一下坐了起来，连滚带爬地躲向一旁，声嘶力竭地呼喊着：“不要吃我！不要吃我！我太瘦了，不好吃！不好吃！”

转眼之间，他已经缩到墙角，将一个木桶盖子挡在胸前，瞪大了眼睛惊恐地望着众人，特别是黑熊精。

桌上的烛火轻轻摇曳，所有人也都静静地看着他，双方就这么僵持着。

过了好一会儿，玄奘抖了抖袈裟往前一步。

男子惊得一缩，将木桶盖子朝向玄奘。

无奈，玄奘只得双手合十行了个礼，道：“这位施主，贫僧欲往西天取经，正巧路过此地，想请问施主，这里究竟发生了什么事。”

那男子伸长了脖子小心翼翼地问道：“你是……和尚？”

玄奘点头，淡淡地笑了笑。

男子咽了口唾沫，又低声问道：“那他们呢？和尚……和尚不是吃斋念佛的吗？怎么跟妖怪在一起？你不会是妖怪变的吧？”

玄奘回头看了猴子与黑熊精一眼，道：“这几位，是贫僧同行的友人，绝不会加害于你。”

“妖怪不吃人？你……你怎么证明？”

他话音刚落，猴子已经拄着金箍棒往前一步，玄奘想要上前制止，却被猴子一手拨开了。

“这事你别管了，我来问，要不然问到天亮也问不出来，没完没了的。”说着，猴子用金箍棒顶住那男子挡在胸前的桶盖，似笑非笑地说道，“你猜，我要是想吃你，你跑不跑得掉？”

一听此话，那男子顿时脸色发紫，都快哭出来了。

“我问你话呢。”猴子面无表情地强调了一遍。

到此时，那男子似乎才清醒过来，哭丧着脸摇头。

“这不就结了，还要什么证明呢？你还活着不就是证明咯。现在老子问你一句，这里，究竟发生了什么事？”

男子目光闪烁地看向玄奘。

“说！不要左顾右盼的！”

男子连忙闭上眼睛喊道：“我……我也说不清楚。总之，现在很乱！”

猴子回头与玄奘对视了一眼，转过头道：“那你说说，你原本住哪里，从事何种营生，为何会流落至此？”

男子咽了口唾沫，颤抖着答道：“小的……是避债至此。”

“避债？说细点。”

男子重重地点了点头，道：“小的……小的本是一商户，家里开杂货铺……家中有妻儿，父母也健在，一家人，虽说算不上富贵，但日子也过得安稳。前年物价飞涨，陛下发布了告示，说，说要平抑物价，禁断哄抬之举，设立了官商，若物价涨，则抛，若物价跌，则售。然后……然后……”

说到这儿，话便哽住了。男子低下头，微微睁开眼睛，一脸的愁容。

猴子想了想，道：“挺好的办法，比直接禁止涨价强。然后呢？”

男子哼哼了两下鼻子，小心翼翼地答道：“然后……然后就出事了。当官的来我店里大量进货，都给的低价，回头又将原本购买的货物强卖了回来，都要了高价……一来二去地，小的……不仅败光了家产，还欠下官府一大笔债，无力偿还。家父气死了，母亲也随他而去……为了避债，小的带着妻儿一路逃难，结果又遇到山贼……”

话到此处，堂堂七尺男儿竟在众人面前号啕大哭起来，哭得声泪俱下，肝肠寸断。

众人瞧着这情形，顿时哑然。

过了好一会儿，直到男子哭累了，缓过劲来了，猴子才又问道：“那其他人是怎么回事？像你这样避债的应该是少数吧，为什么我们路过的村庄里都没人了？”

“这……说来话长，而且，小的怕也说不全。”

“没事，你知道多少说多少。”猴子撤去金箍棒，搬了把椅子坐到男子前方，道，“我们慢慢听。”

兴许是情绪悲切的关系，此时男子看上去对猴子和黑熊精没有原来那么怕了。

他抬头看了猴子一眼，靠着墙坐在地面上，缓缓地说道：“其实，这里本来风调雨顺，百姓也是安居乐业，虽说偶有不平之事，但也都掀不起什么波澜。一切的起源，应该从丞相继位为国王说起。”

“丞相继位为国王？”

“嗯，原来的国王驾崩，老国王膝下无子，因为三代单传，到这一代，皇家就算绝嗣了。因为丞相向来廉洁，又颇具声望深受爱戴，大家就一致推举他为新国王。”

“然后呢？”

“然后，刚开始还好，陛下登基之后，惩治贪官，兴修水利。”

“这都是好事。然后呢？”

“五年前，乌鸡国闹了旱灾……其实也不算严重，但确实有人饿死。于是，陛下下令，官府开仓赈灾。”

“官府的粮食也不够？”

“官府的粮食够，每个灾民都分到了粮食。不过，灾后才是大问题。”

“接着说，接着说。”

男子点了点头，接着说道：“灾后，陛下颁布了几条法令，要求一户拥有田地不得超过十亩，否则要么充公，要么送给穷人，不然就要杀头。另外，任何人不得放贷。这么一闹，镇上的几个大户人家当即就凑了钱粮起义了，不过，很快被镇压了，官军按照人头数论功行赏……我的一个亲戚……就这么给捉去充了人头。这还没完。任何人不得放贷，那青黄不接的时候怎么办？

“为这个，陛下又颁布新令，说私人不准放贷，国家放贷，只收低利息。本来听到这消息的时候大家都欢天喜地，真正落实的时候却又都傻眼了。那些官吏，不单青黄不接的时候放贷，就连粮食满仓的时候也放贷，而且一放就是许多……就算利息再低，这农户，哪里经得起利滚利啊？我认识的好几个老实巴交的庄稼人，就是这么欠下巨债，落得个家破人亡的下场。本来还以为那只是他们的事，我们这些做生意的，总不会被牵扯其中，没想到……

“再然后，流民四起，各种山贼、强盗，好像蝗虫一样到处都是。陛下开始征兵剿匪。原本都是避债的，现在又多了一批逃兵役的。陛下又颁布法令，对逃兵役者采取连坐……这一下，整村整村地逃……接着，陛下的法令一道接一道，然后就……”

说到这儿，男子有些说不下去了，抬头眨巴着眼睛看着猴子。

他说出来的有这么多，没说出来的……搞了半天，这地方闹成这样，完全是官府自己折腾出来的啊。

一时间，所有人都沉默了。

这样的国王，还真是前所未见。

玄奘沉默了许久，缓缓走到男子身前，伸手扶起他，道：“施主莫怕，贫僧这就前往乌鸡国王都，寻了乌鸡国国王，向他讨教个明白。”

“这种事也要管？”猴子问。

“既然寻的是普度之法，自然不能置身事外了。”

“大师能劝诫陛下？”男子睁大了眼睛看着玄奘。

玄奘淡淡笑了笑，道：“姑且一试吧。”

男子将信将疑。

正当玄奘与男子详谈的时候，猴子忽然想起了自己知道的乌鸡国的故事。

这剧情不应该是老国王托梦，说这个国王是狮子精变的吗？怎么成这样了？

猴子想到这儿，拉着天蓬走出门外。

“作甚？”

“你不觉得这国王有些古怪吗？这一路，我还从未听说过这种人物。不如这样，你我先去王宫走一趟，若那国王没什么不同寻常之处，玄奘想要进宫劝诫，就由着他。若有什么异样的地方，你我也好先行处理。”

天蓬看了一眼屋里的玄奘，道：“我去就行了，你还是留下吧。”

“也成。”

互相交托完毕，猴子静悄悄地回屋，天蓬则快步走到院落中，一个翻转腾空而起，朝王都的方向疾行而去。

这一路，天蓬特意降低了高度掠着山川飞行，只见沿途的村庄城镇火光寥寥，估计和先前看到的村庄城镇也是一样的遭遇。

不多时，他就来到了王都的上空。

相比一路上的情况，这里看上去要好许多。

天蓬找到了王宫所在的位置，身形一晃，化作一只飞蛾借着夜色悄悄遁入。

兴许是因为国家不太平，即使深夜，整个王宫也是灯火通明。不过，乌鸡国到底是小国，就这么一个满打满算不过几座城池的国家，王宫自然不可能大到哪里去。

天蓬在戒备森严的宫殿里穿行了一小会儿，便找到了被众人称为“陛下”的人物。

然而，只一眼，天蓬便怔住了。

“这是……卷帘？”

第五百五十三章

卷帘的烂摊子（1）

装潢简单的书房中，烛火通明。

漆金的物件映着烛光，微微闪烁。

留着大胡子，身穿黑色长袍的乌鸡国国王在书房正中来回地踱着步，恶狠狠地将奏折扔到了地上。

书房中的大臣悄悄看了一眼被扔在地上的奏折，除了跪在中间的将领之外，其余的都是一副淡漠的神情，似乎已经见怪不怪了。

乌鸡国国王来回走了几趟，一拳砸在龙案上。

“咣”的一声巨响，书房内的所有人都稍微提了提神，跪在地上的将领则小心翼翼地抬头仰望。

国王攥紧了拳头，紧闭双目，重重地喘息着，半天没说话。

整个书房一片寂静。

许久，国王松开紧握的拳头，稍稍控制住自己的情绪，轻声道：“你们说，怎么处理？”

被他这么一问，书房内的大臣顿时一个个提起了精神，面面相觑，却还是没人说话。

跪在地上的将领仰起头，见国王正盯着他，连忙低声道：“陛下，乱民，自当剿灭。”

“要多少兵马？”

“五……五万。”将领伸出了五指。

“多长时日？”

“三……个月。”

国王注视着将领，轻声问道："确定吗？"

"这……"将领犹豫着说道，"若陛下能宽限到半年，自然更好。"

国王一步跨过去，到了将领身边。

将领吓得一缩。

国王弓下身子，一把拽住将领的衣领，将他扯了过来，瞪大了眼睛盯着他，问道："本王给你一年，能行吗？"

被他这么一问，将领彻底哑巴了，只能侧过脸去，低头不语。

在场的文臣也一个个低下头，一副避之唯恐不及的样子。

书房中安静得只剩下烛花炸开的噼啪声。

许久，国王松开了将领，轻声叹道："都下去吧。"

在场的众臣连忙一个个仰起头，望着他。

国王又重复了一遍："都下去吧。"

"那，陛下，这件事……"

国王环顾众人，轻声问道："你们谁能解决？"

所有人都沉默了。

"不能解决，就都给老子下去！"

一声暴喝之下，那些大臣连忙跪安，慌慌张张地退出了书房，四散而去。

一下子，偌大的书房，就只剩下国王一个人了。

他转过身去，将桌案上的奏折全部扫落在地，一只手撑着桌案，另一只手掩着脸，叹息着，久久不能自已。

他的拳头攥得紧紧的，一缕碎发从额上垂下。

窗外，化作飞蛾的天蓬静静地看着。

眼前的这个国王，是卷帘。

虽然他的身材、样貌，乃至于声音都发生了极大的改变，简直像换了个人似的，可天蓬依旧可以凭借气息确定，眼前的这个国王，就是卷帘。

可是，卷帘怎么会变成乌鸡国的国王呢？

而且，在来之前，他已经知道乌鸡国的国王做了许多荒唐事，难道这些事真的都是卷帘做的？

化作飞蛾的天蓬稍稍犹豫了一下，扑腾着翅膀进入了书房之中，化出人形，轻轻往卷帘的方向迈了一步。

卷帘猛地抬头，顿时怔住了。

映着烛光，两人对视着。

“你是……元帅？”卷帘有些不可思议地瞪大了眼睛。紧接着，他猛地用手揉搓自己的双眼，好像不敢相信似的。

天蓬没有回答，只是静静地注视着他。

“你真是元帅？不……不可能，我找了那么多年……元帅怎么会在这里？”卷帘用力拍了几次自己的脑袋。

天蓬依旧没有回答。

过了好一会儿，卷帘才稍稍镇定下来。

他呆呆地看着天蓬，眨巴着眼睛，低声问道：“你……你究竟是不是元帅？”

“是我。”天蓬仰起头，道，“你为什么会在这里，还当了乌鸡国的国王？”

卷帘先是一喜，接着似乎猛然想到了什么，缓缓地低下头，呆呆地站着，无所适从。

当初自己一气之下叛逃下界，就是为了寻找天蓬，可如今……真的见到了，却又羞愧难当。

他做梦也没想到自己会在这种窘境之中遇上天蓬，丝毫没有欣喜的感觉，有的，只是羞愧。

就这么站了许久，卷帘深深吸了口气，用力地晃了晃头，道：“一言难尽啊……我起初……起初只是躲避天庭的追捕，来到这里……没想到……”

卷帘用手比画着，却实在说不下去了，只能发出一声叹息，像被抽走了所有力量一般瘫坐在地，无奈地苦笑着。

门外，午夜巡逻的卫兵举着火把缓缓走过，火光透过窗棂照了进来。

整个王宫都戒严了，这是乌鸡国自建国以来，历经多少代君王都未曾遭遇过的状况。

天蓬一步步走到窗前，向窗外望了一眼，轻声道：“他们说你下了很多奇怪的命令，是不是真的？”

卷帘木然地点了点头。

“为什么下那些命令？”

卷帘闭上眼睛，狠狠地抽了两下鼻子，道：“因为……因为他们推举我为国王，我想，我想让这个国家变得更好。”

天蓬抚着窗棂，留意着外面的一举一动，低声问道：“具体是怎么回事，跟我说说吧。”

卷帘咽了口唾沫，注视着空无一物的地面，说道：“刚开始的时候……当时这个国家遭了灾祸，我路过，就……就顺手帮他们解决了，所以就被推举为丞相……本来我没想过当官的，但一想，与其每日在山林里待着，不如干点什么实事。”

“然后呢？”

“然后我就当了丞相，你知道的，我是私下凡间，修为也都还在。有修为，他们什么事都瞒不过我，自然，这丞相当得也就顺了。后来，他们就推举我当国王。”

“所以你就当了？”

卷帘轻轻点了点头，顿了半晌，又咬了咬牙，叹道：“我很认真地当。虽说是国王，但我没有妃嫔，一日三餐，跟寻常百姓也没区别，出门从不用轿子、马车，也不兴修宫殿，陵墓就更不用说了。就连原本的许多礼节都被我废除了，一切从简。偶有边患，我亲自上阵，也是用法力悄悄解决，绝不穷兵黩武。我还削减赋税、惩治贪官……难道我做得不对吗？”

他怔怔地看着天蓬。

天蓬回头看了一眼，一步步走到卷帘身旁，蹲下，伸手摸了摸他那件朴素的黑色长袍，轻声叹道：“说说你的那些政令吧。”

“政令……”卷帘狠狠揉搓了两把自己的脸，然后才有些浑浑噩噩地说道，“灾荒……救灾，可是无论你怎么救，总还是有人死。一个人，就是有通天的法力也没办法面面俱到。灾后我就想　为什么一来灾荒，就要饿死人呢？”

“为什么？”

“因为没有余粮。百姓们都过得紧巴巴的，没有余粮，即使我降低了赋税，也还是没有余粮。所以一有灾荒，就会有人饿死。”

“所以你就把主意打到大户身上了？”

“对。”卷帘两手一摊，答道，“地是够的，粮食其实也是够的，如果……如果我能从一部分人身上割下一块肉来，给另一部分人，那事情不就解决了吗？一户十亩，养活一户人家绰绰有余了吧？元帅，你觉得我做得对不对？”

卷帘仰起头，看着天蓬。

天蓬没有答话，只是看着他。

这计划听起来是不错，但结果……已经摆在眼前了。

“可是事情并没有解决，因为被我割肉的那部分人反了。当然，一开始的那些被我镇压了，然后又出现了严重的高利贷，没办法收租，他们就收高利贷。当然，也被我禁了。后面……反正事情一桩接一桩，像雪球一样地滚。”

卷帘抬手捋了捋散乱的头发，有些无奈地摇头：“我现在最怕起义了，太可怕了。四处都是。一个人，永远解决不了。我又不可能明着来，明着来，天庭就该派兵了。结果火越灭越多……每一个问题，我都努力去想办法解决，可……越来越乱，无论下什么政令，到最后都会变样。他们领着我的俸禄，其实都不听我的……五千个农民起义，派了一万部队去剿，剿了半年，结果剿成了三万……刚刚他们才告诉我……算了，不说了。我实在不明白，那么……那么好的政令，为什么就变成这样了？我不明白，自己究竟做错了什么？”

卷帘捂着头，欲哭无泪。他的声音渐渐变成了喃喃细语，他说：“我真的很想跑……可我不能跑。我想打造一个平等富足的国度，结果搞成了这样……元帅，你最有办法了，一直以来，我最佩服的就是你，你帮我想想办法，帮帮我，帮帮我……我们可以一起在这里，创造一个比天庭更加公平的国家，清明的朝堂，没有迫害，一切都干干净净的。好不好？”

天蓬想站起来，却被卷帘一把拽住了。

天蓬低头看着卷帘，卷帘眼巴巴地盯着天蓬，一时间，两个人都僵住了。

许久，天蓬轻声道：“这件事我也帮不了你……有个人倒是可以帮你，不过，我想你可能并不很想见他。”

第五百五十四章

卷帘的烂摊子 (2)

废弃的庭院中，玄奘盘腿坐在树下，还在跟那男子细细地谈着。

一开始谈的是男子痛苦的遭遇，玄奘慢慢开导。接着话题变成了国王的政令，究竟何种政令为善，何种政令为次，何种政令为恶，玄奘以自己的理解，逐一地分析、探讨。渐渐地，话题从这个国家的苦难转到了普度之法上。从苦难的根源，到普世的价值，玄奘一个个讲述着，深入浅出。

每每听到妙处，男子都不由得拍手称赞。凋零的世道，沉沦过苦海的人，总是比平稳度日的人更愿意接受这种超脱的理念。原本的质疑不见了，转而换上的是一种五体投地的敬仰。

渐渐地，院子里的人多了起来。深夜，一个个居无定所、食不果腹的人走进了这所废弃的宅院，倾听这位高僧讲述一种从未听闻的普世妙法。

在这寒冷的夜里，玄奘的话语，似乎成了一个避风港，让他们忘记了现实的残酷，转而畅想美好的未来。他们盘腿席地而坐，将玄奘围在中间。

猴子、黑熊精，以及小白龙则站得远远的，已经被逼到了墙角，到后来，甚至被逼上了屋顶。

就连门外也站满了观望的人。

刚开始，猴子忍不住想说玄奘真是一个合格的神棍，竟能靠着一张嘴，忽悠这么多人。无论民众的问题如何奇怪、如何幼稚，哪怕带有某种敌意，玄奘都能准确地把握当中的要害，巧妙化解。

然而，随着那一张张消瘦、枯黄的脸上绽露出希望的光辉，猴子又不由得感叹玄奘的厉害。

如果他真是神棍，有这种神棍，也许不见得是坏事。

渐渐地，没有人再提问了。庭院之中，只剩下玄奘一个人的声音。

当玄奘抬头仰望星空，向所有人描述先度人而后度己的世界的种种美好之时，在场的每一个人脸上都满怀期望。

当玄奘低头述说自己的困惑，为普度感到种种忧心之时，在场的每一个人都和他一起忧愁。

当玄奘起身握紧了拳头，鼓舞他们创造美好生活时，每一个人都激动不已地拍手，好像已经忘记了饥饿，忘记了寒冷，忘记了国王的种种劣政。

是的，他成功地用希望驱散了阴霾，让希望占据了每一个人的心。

猴子远远地看着众人拥簇下的玄奘，淡淡叹息着。

猴子虽说看过佛经，但他并不懂佛法，即使当初匪夷所思地想要去逼迫太上老君出手，也没想过要去弄懂。本质上，他依旧我行我素，不接受“佛”的理念。即便西行，也不过是为了了结与如来的恩怨。

可也许，这就是大乘佛法吧，尚未真正诞生的大乘佛法，与修己的小乘佛法全然不同。

这一刻，猴子第一次觉得自己是在做一件好事；第一次觉得，这件本是因为私怨，自己才和他扯上关系的事，于这天地有着某种特殊的意义。

猴子正无聊地胡思乱想着，忽然一怔，直起身子朝大门外望了过去。

原本安静无比的人群也骚动起来，许多盘腿席地而坐的人纷纷站了起来。

一条过道被让了出来，一路从院外延伸到了屋内。

不多时，天蓬和卷帘沿着过道走了进来。

有人指着卷帘犹豫着说道：“这个人……长得好像陛下……”

“对对对，真的好像。以前陛下出行的时候，我见过他两次。”

“会不会不是像，根本就是呢？跟玄奘法师一起的几个人神通广大，也许他们直接到王宫里将他掳了来呢？”

“要真是那样就太好了，一定要把他烧死！”

“烧死太便宜他了，将他五马分尸，然后再烧成飞灰！”

“要凌迟！凌迟处死！”

骚动一下激烈起来，一时间，所有人议论纷纷。就连玄奘也起身朝来人望了过去。

天蓬往前走了几步，连忙回头。身后，卷帘已经面红耳赤。他低着头，有些尴尬地听着四周人对自己的指指点点，裹足不前。

无奈，天蓬只好走到卷帘身旁，拽着他的手，硬是将他往里扯。

他们正走着，一块石头从人群中飞来，不偏不倚地砸在卷帘的额头上。

一声闷哼，卷帘忙用衣袖遮住自己的脸。

“杀了他！杀了他！”有人呼喊了起来。

无数石头朝卷帘砸了过去。

“杀了他！杀了他！”所有人都挥舞着拳头齐声高呼，朝卷帘拥了过去。

见势头不对，玄奘连忙三步并作两步走过去挡在卷帘身前。

混乱之中，“嘭”的一声，一块石头重重砸在玄奘的左肩上，紧接着，是第二块，第三块……

屋顶上的猴子一下站了起来，他攥紧了金箍棒准备发难，却恍然看见天蓬正暗暗给他使眼色，让他不要动作。

渐渐地，原本喧嚣的场面稍微安静了一些。站在前排的几个人面露尴尬之色，一个个避开玄奘的目光。

玄奘捂着胸口，喉头一甜，一口鲜血从嘴角溢了出来。

顿时，整个场面彻底安静下来。

玄奘紧蹙着眉，微微仰起头道：“诸位施主……若信得过贫僧，还请听贫僧一言。”

所有人都静静地望着玄奘。

玄奘闭上双目，好不容易缓过劲来，轻声道：“记住贫僧方才与各位所讲的，万事，须得以己度人，莫让嗔怒蒙蔽了理智。理顺了因由，才能将问题彻底解决。”

玄奘回头看了卷帘一眼，接着说道：“不如，还是按照先前的方法，先让贫僧与陛下谈一谈吧。”

所有人依旧静静地望着玄奘。

几个人手里握着的石头掉落在地。

玄奘见状，这才侧过脸朝天蓬点了点头。

天蓬仰起头，对着猴子喊道：“下来一下，有点事情找你。”

“找我？这种事找我作甚？”

天蓬没有答话，猴子很快意识到他是认真的，于是点了点头，从屋顶一跃而下。

黑熊精也跟着跳了下来。那庞大的身躯一出动，虽说他没恶意，但还是怪瘆人的。一时间，院子里的民众纷纷避让。

几个人迅速进了这废弃宅院的厅堂，黑熊精则把守着大门不让民众进入，又顺手使了两个术法，将四面漏风的厅堂笼罩起来，免得他们的谈话被外面的人听得一清二楚。

进了厅堂，卷帘的脸色稍稍好看了一些，他时不时地往外张望，脸上尽是惶恐之色。

猴子上下打量了卷帘一眼，拍了拍天蓬的肩，道：“果然没料错，真是有修为的，而且还是个太乙金仙境的。不过，你找我来干吗？你自己收拾了不就结了？”

卷帘有些忐忑地看着猴子。

天蓬深深吸了口气，道：“他就是你一直在找的卷帘大将。”

听他这么一说，猴子不由得怔住了，连忙扭头又上下打量了卷帘一番。

几百年过去了，在这之前，猴子也只见过卷帘几次，何况他的身材、样貌都发生了极大的变化，一时间猴子肯定难以辨认。但猴子细细感知之下，确实觉得这气息有些熟悉。

过了好一会儿，猴子才面带疑惑地问道：“你真是卷帘？”

卷帘点了点头。

“那你怎么会跑到乌鸡国当国王的？”还没等卷帘回答，猴子又甩了甩头，指着他道，“跟我西行，就不用再东躲西藏了。等完事了，你想要什么，都好商量。天庭的那个通缉令我现在就帮你撤销，如何？”

卷帘有些惊恐地看着猴子。

一旁的天蓬干咳两声，道：“我都跟他说过了，西行，没问题，不过你得把他在这里闯的祸先解决了。”

“这里的……”猴子回头看了门外一眼。

这门，是虚掩的。由于术法的关系，门外的人看门内是黑漆漆一片，但门内的人看门外，可以清楚地看到那些百姓正一个个伸长了脖子张望。

“解决他们？”

“对，我是解决不了。现在整个乌鸡国四处都是起义，一片混乱。如果你来的话……”

“想怎么解决？杀了？”

卷帘低声道：“四处都是起义，我派兵镇压，扑灭了这边，结果那边又着火了。永远都扑灭不完啊……”

“那是你的兵无能。”猴子嘿嘿笑道，“要解决也简单，回头我让吕六拐把大军调来，别说四处起火了，就算每个平民都是叛军，也能解决。”

天蓬意味深长地瞧着猴子，道：“我还以为你统治花果山那么大的妖国，对这些政务会有什么深入的见解呢。现在的问题是怎么平息众怒。你当初就这么当妖王的？”

“不然怎么当？难不成你让我挨个儿去说服他们？我才没那功夫呢。”猴子摊了摊手道，“反正以前在花果山，谁闹事，谁敢给我下绊子，我就抽谁，就这么简单。”

一时间，卷帘和天蓬都哑然了。不过回想起来，当初猴子也确实就是这么干的，而且效果还相当不错。

也许两者所处的情势以及本身的地位，终究是不一样吧。

玄奘稍稍沉默了一下，轻声道：“这件事，不如让贫僧来拿主意，可好？”

第五百五十五章

找粮食

一听此话，所有人当即都向玄奘看了过去。

“你有办法？”

“有。”

“什么办法？”

“先平民愤。”

“先平民愤？”猴子扭头朝门外的民众看了看，悠悠道，“像你刚才那样和他们讲经？看起来他们确实是听进去了，不过……这里也就百来号人，整个国家……你准备挨个儿地方讲经？”

玄奘也朝门外群情激昂的民众看了一眼，摇头道：“贫僧，恐怕也无法说服他们。不过，如果有一个前提，那就很简单了。”

“什么前提？”卷帘连忙问道。

这一声呼喊如同咆哮一般，一下子把其他人都吓着了，他们一个个瞪大了眼睛看着他。

卷帘稍稍收了收神，眼巴巴地看着玄奘，低声道：“什么前提，还……还，请玄奘法师赐教。”

玄奘伸出一指，淡淡道：“粮食。民以食为天，如果能让他们的生活好起来，所有的问题也就迎刃而解了。如果不能……饿着肚子，要劝服，恐怕，就不是那么容易了。”

卷帘闻言，顿时一怔。

“粮食你有吗？”猴子悠悠问道。

“有……不过，不多。”卷帘蹙着眉头，有些为难地说道，“这些年倒是风调雨顺，可因为战祸，许多田地都荒废了，收上来的粮食赋税也是逐年减少。若不是先前有所积累，如今恐怕连军饷都发不出了……”

说罢，卷帘小心翼翼地向四周望去，目光在天蓬与猴子之间来回。

猴子和天蓬对视了一眼，扭了扭脖子道：“粮食我去找吧。”他说着拄着金箍棒就要往外走。

“你去哪里找？”天蓬连忙问道，“吕六拐手里有粮食？”

“四处找找呗，东海龙宫、天庭，挨个儿挖。六拐的粮食，就算有，他也还有许多人马要养。我去拿不合适。再说了，这可是整个国家啊。”

说着，猴子“咣”的一声推开门，那些围在门外的民众一惊，纷纷让道。

他大步走到院子正中，一个翻转腾空而起，化作一道金光消失在天际，引来院子里的人一阵议论。

卷帘呆呆地望着猴子远去的方向，好一会儿才缓过神来，转身对着玄奘拱手道：“卷帘谢玄奘法师大恩大德，若此事能成，卷帘再无牵挂，必定竭心尽力护送法师西行！”

兜率宫的房间里，清心抱着双膝，呆呆地望着屋顶一动不动地坐着，满面泪痕。

花瓶砸碎了，椅子摔坏了，桌子掀翻了，就连卧榻上的棉被，也被撕得粉碎，满地都是碎棉花。

整个房间一片狼藉，看上去就好像刚刚才有人在这里械斗似的。

“咚咚咚。”一阵敲门声。

清心微微低下头，抽了抽鼻子。

“是我，雀儿。”

清心嘴角微微上翘，她拼命地眨巴着眼睛，似乎想让眼眶中的泪快点蒸发掉。

“雀儿姐……”

这一开口，清心才发现自己的声音完全沙哑了。

她干咳了两声稍稍缓过来了，才接着说道：“雀儿姐，有什么事吗？”

“我只是想来看看你。”

“你都知道了？”

雀儿没有回答。

清心沉默了许久，扶着墙壁缓缓起身，轻声道：“放心吧，我……我没事。”

雀儿伸出手想再敲门，却又顿在半空。她就这么站了好一会儿，淡淡笑了笑，道：“没事就好，没事……那我就先走了。”

说罢，她转身就要离开。

正当此时，那门“咯吱”一声，缓缓地打开了。

清心一步跨出门外，迅速将身后的门关上，似乎不想让雀儿看到门内的情况。

她低着头，重重地抽了两下鼻子，说道：“我真没事，你……不用替我担心，我清心是什么人，这才……这才多大点事啊。”

说着，清心仰起头来，给了雀儿一个笑脸。

一如往常，如同阳光一般温暖的笑。

一切的阴霾，在这笑容之下似乎都消失不见了。有那么一刹那，雀儿几乎以为清心已经从那里面走了出来，直到她看到清心发髻上来不及整理的碎发。

“没事就好，没事我就……先走了，你好好休息。”

“雀儿姐！”

雀儿停下了脚步，回过头来看向清心。

“雀儿姐，既然来了……如果没什么事的话，方便陪清心走走吗？”

清心小心翼翼地看着雀儿。

两个女孩默默对视着，彼此都想像往常一样地笑，然而，那笑看上去都那么僵硬。

过了好一会儿，雀儿才点头。

清晨，沐浴在阳光之中的兜率宫有着一份别样的清新。

绿树成荫，小道边上栽种的各种奇花异草在微风中轻轻摇曳着，偶尔能见到几只蝴蝶在空中飞舞嬉戏。

远处的几个道童正为规划新的花圃而争论不休，空气中弥漫着稀有花草散发出的清香。

在长长的走道上，两人并肩而行。

她们走得很慢很慢，一路沉默着，谁也没先开口，似乎都在细想着什么。

温暖的阳光透过叶的缝隙洒在她们身上。

慢慢地，清心落到了后面。

“清心。”

“啊？”

“你……有什么想问的吗？”

“没……没有。我是只想跟你说……对不起。”

“对不起？”

“嗯，对不起。”

雀儿恬静地笑了笑，抬头仰望绿叶，深深吸了口气。

“没什么，我已经习惯了。而且……那些本来就不该是我的。”

“还是……还是要说‘对不起’。”

“你不打算去见见他吗？”

清心摇头。

她低着头，两只手不断地拧着手绢。

“真的，不去见吗？只要你见到他，跟他说明，你就会得到自己一直以来期待的一切。”

“可我以什么身份去说呢？”

雀儿微微侧过脸，看了她一眼。

清心微笑着。

阳光下，她的眼眶中有点点晶莹，看了让人忍不住有些心酸。

“清心只是他的师妹，除此之外别无瓜葛，她觉得，没必要说；风铃不想说，因为风铃不想给他强加任何他本来不想要的；雀儿……雀儿也不想。其实……”清心望向雀儿，笑道，“其实现在很好，不是吗？”

“你真的这么想吗？”

“当然是真的了。”清心深深吸了口气，撑起笑脸，稍稍加快了脚步，挽着雀儿的手臂道，“我说的……当然是真的了。”

“我听说你去了一趟华山，见了杨婵。”

一刹那，清心的步伐停了一下。

过了好一会儿，她才缓缓地笑了，道：“李靖，李靖说怕他再惹事。我只是……只是想着去一趟华山好摸清他的底牌而已。”

雀儿没有说话，只是静静地听着。

“我只是……只是想要有个了断罢了。万一……万一他真的西行，玄奘真的证道了，到时候……到时候他会不会就查到我？那可就麻烦了，所以……所以我才……”

雀儿依旧没有说话。

“其实，我真的已经放下了，那些都是前世的记忆，关我什么事？根本就是与我无关的事，他是他我是我……你说对不对？他在乎的是杨婵，如果……我是说如果，也许……”

清心话到这儿就哽住了，再也说不下去了。

她松开挽着雀儿的手，停下了脚步。

她似乎刻意为了避开雀儿的目光，低着头，用手掩着唇。

雀儿回过头静静地看着她。

过了好一会儿，清心低声道：“雀儿姐，我……我有点不舒服，想先回去了。”

她也不等雀儿回答，回过头一只手掩着唇，大步地往回走，步伐越来越快，渐渐变成了小跑，身影消失在林荫小道的尽头。

东海龙宫。

敖听心匆匆跨入大殿，看见站在大殿正中的猴子，连忙低头福身行礼。

“敖听心，参见大圣爷。”

猴子回头看了她一眼，摆了摆手道：“起来吧，找你有点事。”

“谢大圣爷。”敖听心又微微福身行了个礼才起身，道，“不知大圣爷有何吩咐？”

“你有……粮食吗？”猴子用手比画着说道。

“粮食？”敖听心微微一愣，道，“大圣爷想要多少粮食？”

“很多，要足够乌鸡国人吃一整年的粮食。”

“乌鸡国……有多少人？”

“大概有两百万吧。”猴子想也不想地答道。

“两百万人？”闻言，敖听心不禁哑然，过了好一会儿，她才又福身行了个礼，轻声道，“大圣爷，龙宫富甲天下，但这粮食……那是陆地上的东西，龙宫真没有。如果数量不多，听心还可以让人拿些金银细软到凡间去买。可是两百万人一年的吃食……也不是不能买到，只是这么一买，恐怕就有许多地方要闹饥荒了。”

猴子摸着下巴略微想了下，接着说道：“那你给我出个主意，上哪里可以弄到这么多粮食？”

“大圣爷若是不急，听心可以向天庭请个旨，赐下一年风调雨顺。到时候凡间各地粮谷满仓，听心再着人偷偷去买。这样一来，既能买到粮食，又不至于引发饥荒。”

“不行，等不了一年，我现在就要。”

“现在就要的话，这件事恐怕就只有上报天庭，由陛下下旨干预，才能解决了。”敖听心轻声道。

兜率宫。

清心正漫无目的地走在林荫小道上，心情稍稍平复以后，她从衣袖中取出玉简，贴到唇边。

玉简的另一端当即传来了哪吒的声音：“那猴子又来找麻烦了，我爹说让你赶紧过来啊！”

第五百五十六章

奇怪的条件

清心一怔。

“你快点过来啊，别磨磨蹭蹭的。东海龙宫的人说他马上就到了，你再不过来，到时候……糟糕！他已经在南天门外了……”

听到这句话，清心心里咯噔一下，眼睛睁得大大的，像一个胆怯的小女孩。

清心颤抖着问道：“他……他来做什么？”

“我也不知道，总之你赶紧过来！我……娘的，我得去帮忙了。快点啊！赶紧过来，等你救命啊！”

玉简的另一端，哪吒的声音消失了。

清心呆呆地站着，握着玉简，犹豫着，呼吸都有些凌乱了。

“我……要去见他了？”她捂着胸口，紧闭双目，努力地平复自己的呼吸，不断默念着，“镇定，镇定，他不知道，他什么都不知道……对，对，他什么都不知道……”

过了好一会儿，稍稍恢复的她深深地吸了口气，腾空而起，朝南天门的方向飞去。

南天门外广阔无边的平地上，猴子拄着金箍棒面对着紧闭的大门孤零零地站着，一脸的不快。

南天门内城楼上，一大堆天将紧张地聚在一起，瞪大了眼睛往外看。

双方就这么僵持着。

过了好一会儿，清心才风尘仆仆地赶来。她一踏入城楼，所有人都朝她望了过来。清心也有些木讷地望着他们。

短暂的沉默之后，哪吒“咻”的一声从人堆里钻了出来，不由分说，拉着清心的手就往外跑。

“你怎么才来啊？还好那猴子没发难！”

“等……等一下……”

“还等什么？都火烧眉毛了！”

“不是……我……我得问清楚……”

“他是你师兄，还能把你吃了不成？他可真敢把我们吃了的！”

清心被哪吒硬拽着一路跑，两人很快下了阶梯，来到了南天门正面的通道里。

李靖正焦急地等待着。他一看到清心到来，当即迎了过去，从衣袖中取出一卷黄绢塞到清心手中，低声道：“这是陛下刚下的旨，封你为御使，主掌一切跟这猴子有关的事务。现在形势紧急，回头再看吧。”

清心一脸茫然地看着手中的黄绢：“天庭，天庭有御使这个职务？”

李靖微微一愣，低声道：“以前没有，不过以后有了。现在那猴子就在门外，已经等了有一会儿了，再不出去怕是要出事。你记住，陛下的意思是，无论怎么样都好，一定要顾及天庭的颜面，同时，也不能让那猴子予取予求，否则怕是往后会越来越过分。”

说罢，李靖扭头摆了摆手，示意天兵将南天门打开。

“等一下！”

还没等那天兵迈开脚步，清心便一把抓住了李靖的手腕。

顿时，李靖、哪吒，甚至正走向转轮准备开门的天兵都怔住了，所有人都看着她。

清心的目光不断闪烁着，她看上去有些慌乱，微微张了张口，却又半天什么都没说。

“怎么啦？”哪吒蹙着眉头问。

“我……我还没准备好，可不可以这次你们先自己处理？”

“这要准备什么？”

“我……”

“行啦，赶紧地！再等下去那猴子要发飙了！”

哪吒一下转到清心身后，任清心如何说都不理，伸手就将她往大门的方向推。那天兵也迅速走到转轮前，双手握住扶手，开始使劲地转动。

铁链拉扯的叮当声，齿轮转动的轰隆声，大门轴承的摩擦声……南天门缓缓地开出了一条缝。

门外的强光顺着缝隙照射进来，十分刺眼。

清心忍不住用手遮挡。

还没等清心反应过来，李靖已经站到她身旁，低声叮嘱道：“记住刚刚的话，千万不要出岔子。出了这门，万事就你自己拿主意了。”

“你不跟我一起出去？”

“啊？”

一时间，李靖与清心呆呆地对望。

清心惊慌地说道：“我……我不懂天庭的机制啊，你肯定要在场，不然我怎么办？”

南天门已经开出一个巴掌的宽度。强光照耀在清心的身上，将她的轮廓镀上了一层金色。

时间紧迫，李靖无奈只得重重点了点头道：“哪吒，你也一起。”

“我？为什么我也要去？”

李靖当即怒目瞪了他一眼，哪吒这才乖乖低下头去。

刺耳的声响终于停止了。

高空的狂风掠入，门外的云雾如同潮水一般扑面而来。

三个人并排站在大门口，却没有人迈出第一步。

李靖与哪吒都蹙着眉头看着清心，清心一只手捂在胸前慌乱地站着，目光在两人身上来回。

一时间，三个人都僵住了。

随着云雾渐渐散开，远处显现出了猴子模糊的身影。

他正拄着金箍棒，歪着脑袋瞧着这三人。

李靖反复地给清心使眼色，让她往前走，然而清心却一步都没挪。

时间一点一滴地流逝，李靖已经满头大汗，哪吒将手中的火尖枪攥得紧紧的。

“你们想在那边站到什么时候？”远处传来了猴子不满的咆哮声。

李靖咬着牙压低声音道：“走啊，你不过去吗？”

“要不……还是下次再让我来吧？”

清心往后缩了缩，眼看着就要转身逃跑了。

哪吒连忙一把将她拽住。

“你不能走！都答应了的事情，到这节骨眼儿上走了算怎么回事啊？”

三人就这么磨磨蹭蹭地，猴子已经很不耐烦了。过了好一会儿，三人总算开始往前走，却不是一开始计划的那样由清心打头，而是变成了李靖走在最前头，清心次之，哪吒落到最后。

这对父子就这么一前一后地押着清心，将她往猴子的方向送。

一路上，清心低着头，走走停停，时不时悄悄地望向猴子，目光中充满了忐忑。

猴子打着哈欠，远远地看着她，面无表情，心里琢磨着：“这个所谓的师妹，是不是又准备给自己添什么乱了。”

好一会儿，三个人才走到猴子面前。而猴子早已盘腿坐下，金箍棒斜斜地靠在肩膀上。

李靖躬身拱手上前，轻声道：“有劳大圣爷久候了，李靖罪该万死。”

“你也知道久了？”猴子慵懒地瞧着李靖，脸色有点难看。

李靖只得干笑着，又是躬身行礼。

紧接着，他侧身介绍道：“这位是陛下的御使，代表的是陛下，也许……大圣爷也认识。”

“认识。”猴子抬了抬下巴，瞧着清心悠悠叹道，“我的小师妹嘛，怎么能不认识呢？说吧，你们带她来，是什么意思？”

李靖又干笑了起来，轻声道：“清心御使是天庭新晋的仙家，专门代表陛下处理涉外事务……这，往后大圣爷若有什么事需要天庭帮忙的，可以找她。”

清心鼓起勇气正要开口，却见猴子已经将脸对着李靖，道：“别耍这种小手段行吗？找一个小姑娘来顶缸？”

“这是陛下的旨意。”

“行吧行吧。”猴子摆了摆手道，“谁来管都行，反正我的事办了就行。”

听到这一句，李靖总算稍稍安下心来。

话是这么说，猴子那脸却依旧对着李靖，看都没看清心一眼，全然当清心不存在似的。

清心看上去已经有些不悦了，不过也仅仅是抿着嘴唇，静静地站着，并未发作。

猴子挠了挠脸对李靖说道：“这次来呢，就一件事，我要粮食。够两百万人吃一年的粮食。现在就要，比较急。”

“两百万人……”李靖顿时倒吸了一口凉气，目光稍稍斜向清心，道，“这……天庭一时间恐怕也拿不出这么多粮食啊。”

猴子用金箍棒轻轻敲了敲李靖的肩，笑道：“怎么弄粮食，那是你们的问题。如果粮食实在不够，你们要用蟠桃顶替，我也可以睁一只眼闭一只眼，总之，要给我凑齐足够两百万人吃一年的粮食。”

李靖的目光小心翼翼地在猴子与清心之间来回，似乎在等清心帮他解围。然而，等了好一会儿，清心也没有开口。

无奈之下，李靖只得干咳两声道：“清心御使，大圣爷说要粮食，您……有什么意见吗？”

至此，猴子才斜过眼去看清心，一副耐人寻味的神情。

清心蹙着眉头道：“要粮食，给就是了。”

“啊？”听她这么一说，哪吒与李靖都大吃了一惊。

敢情这是请了个内应回来啊？

猴子当即笑了出来，正要开口夸赞，却见清心微微仰起头，后面又接了一句：“不过有条件。”

听到这儿，李靖和哪吒总算松了口气。猴子则笑得更欢了，却是不怀好意的那种笑。

他跟天庭要东西，什么时候轮到天庭和他讨价还价了？这是想找抽吗？

还没等猴子开口，清心朗声道：“要粮食可以，我清心答应你，要多少都成。就算玉帝办不到，我也有其他办法可以办到。但是有条件。”

猴子拄着金箍棒缓缓站了起来，悠悠道：“什么条件？”

“你去华山把三圣母杨婵救出来，还有，不准再往西了，乖乖回花果山成亲去。这个条件，如何？”

第五百五十七章

诡异的谈判

清心说出这条件的时候，脸上的神情是十分认真的。

然而，旁听者却是另一番感受了。

李靖、哪吒皆是一脸的错愕。至于猴子，眉头干脆蹙成一团。

空荡荡的地面上站着的四个人，就这么一下子僵住了。

过了好一会儿，猴子咧开嘴，看着清心，笑了起来，笑得李靖的脸色刷的一下黑了，笑得一旁的哪吒都有点看不下去了，只得别过脸去假装走神。

“我说师妹啊，你这是什么意思？老头子都管不了我，你这当师妹的准备来管我的闲事，是吧？”猴子别过脸，悠悠道，“李靖啊。”

“李靖在。”李靖尴尬地笑了笑。

“回去告诉玉帝，你们派的这个所谓的……御使，我很不满意，让他看着办。听明白了吗？”

李靖无奈地看了清心一眼，拱手道：“听明白了。”

“你！”清心怒目瞪向李靖，神情一阵恍惚，又转而看向猴子，倔强道，“如果不答应我的条件，你就休想得到你要的粮食！”

“是吗？”猴子顿时笑得更欢了，指着清心道，“李靖，你刚刚说她代表玉帝，她说的这是你家玉帝老儿的意思吗？”

李靖一面猛地使眼色让清心不要再说下去了，一面对着猴子拱手道：“大圣爷，御使只是负责交涉，并非拥有绝对的决定权。此事恐怕还得禀报陛下之后才能定案。”

清心闻言，脸涨得通红。

猴子笑嘻嘻地走到她跟前，伸手触碰她的脸颊。

清心吃了一惊，脸上多了一丝绯红，却仍只是静静地站着，并没有闪躲，就像她对猴子没有任何心理上的排斥，甚至早已习惯了他触碰自己的脸一般。

“你还太嫩了，回去问问你那两个师父，这种事情该怎么处理。我想，他们都未必敢像你这样跟我说话。我是斜月三星洞的弟子，至少曾经是，这是不变的事实。须菩提来了，只要他肯认，我少不了还要给他行个师徒之礼。对师兄们，我也是很敬重的。至于你这师妹嘛……事不过三的道理你该懂的，‘师妹’这个头衔，没办法护你一辈子。”

最后几个字，猴子是一字一顿地说出来的，他双目瞪得浑圆，显然是有些发狠了。

那表情落到清心眼中，不知为何，她鼻子一酸，眼眶就微微地红了。

猴子说罢，仰起头，呵呵笑道：“李靖啊。”

“李靖在。”李靖一边将目光不住地往清心身上瞥，一边躬身拱手道，“大圣爷有何吩咐？”

“别杵着了，我要粮食呢，很急。你该干吗干吗去吧。”

“既然这样，那李靖就先行告退了。”

李靖行了个礼，往后退了几步，转身就走。

哪吒连忙快步跟了上去。

两人走出三丈距离，一回头，才发现清心没有跟上来，她依旧站在原地，咬着牙，看着猴子。

当初李靖想的是请清心来负责对猴子的交涉，好歹她是猴子师妹，猴子怎么都会给几分薄面才是。很显然，他猜对了猴子的心思。

方才如果换个人跟猴子说这种话，恐怕早已经身首异处了。

可惜的是他猜对了猴子的心思，却猜错了清心的。

让猴子去救杨婵，然后回花果山成亲，不再往西，这……这算是什么鬼条件啊？简直荒谬！

要是这猴子决定的事情是用区区一点粮食就可以改变的，天庭还用得着这么怕他吗？

事到如今，李靖也不想再去追究事情的因由了，怪只怪自己太草率，所有的注意力都放在猴子身上，竟全然没想过先对清心进行一番调查，以至于闹出了这种笑话。

李靖无奈地叹了口气，扭头加快脚步朝南天门走去。

转眼之间，南天门外就只剩下猴子与清心了。

清心抿着嘴，看着猴子，心怦怦直跳，两只手已经在出汗，脑海中充斥着三世记忆里各种各样的片段，心中更是五味杂陈。

怕，却又有点舍不得离开，这种感觉，与刚刚李靖还站在这里的时候相比似乎更强烈了。她只是呆呆地站着。

她甚至有点搞不清楚，自己刚刚究竟干了些什么。她只感觉胸前压了一块巨石，就要透不过气来了。

猴子拄着金箍棒低头剔着指甲，悠悠道："你还站着干什么，还不滚？"

忽然间，清心的脑海中闪过了猴子从地府回来，对着风铃掀桌子的一幕，她鼻子一酸，眼泪不争气地滑落。

这一幕看得猴子呆住了，他的手僵在半空，叹道："你没事吧，这就哭了？那两个家伙到底是有多溺爱你啊？这点挫折都受不了？南天门里多少天将看着呢，你在这里哭，会很没面子的。"

此时，南天门内的将领正一个个伸长了脖子往外瞅。

"她……好像哭了。他们干吗了？你听得到他们说什么了吗？"

"没注意啊，这么远哪里听得到，得读口型。"

那些将领一个个睁大了眼睛看，哪吒也从人群中探出头来。

过了好一会儿，清心才低下头，抬手抹去泪珠，深深吸了口气道："我没事，眼睛进沙子了……我知道自己刚刚说的话很傻，但我是认真的，而且那才是你现在最应该去做的。"

"我刚刚说的话像开玩笑的吗？"

"我真不明白，你为什么要西行，西行有什么好的？"

"那是我自己的事，用不着跟你解释。"猴子漫不经心地掏了掏耳朵。

"老老实实去接杨婵，老老实实回花果山，安安分分过日子，不行吗？你还想让杨婵在华山等你多久？"

"那也是我自己的事。"猴子又漫不经心地挠了挠脸。

“佛祖不会再对你出手的，他修的是‘佛’，只要你安分守己，他没有理由对你出手。”

“嘿，我再说一次，我的事，轮不到你过问。”猴子拄着金箍棒左右摇晃。

“你究竟有没有在听我说话？”

猴子面无表情地看向清心，悠悠道：“很明显，没有。要不是看在老头子的分上，就你这么烦人，刚刚已经被我一棍子敲死了。奉劝你还是见好就收。”

一时间，场面又僵住了。

远处的哪吒伸长了脖子，可惜清心背对着他，他只能读到猴子在说什么，却越读越糊涂。

“我就最后说一句，以后都不会再提了。”

“说吧。”

“如果你是想去找佛祖复仇，那根本就没有这个必要。除了一个风铃，其他所有死去的人，都还在这天地间存在着。你应该学会珍惜身边的，而不是等到失去了再后悔，永远都活在过去。”

“这些不用你教我。反正我和如来的账是一定要算的。退一万步说，就算我不复仇，也不可能由着他一直在那里盯着，等着我什么时候行差踏错了再给我压回山下去。”

“可是……”

“你不是说最后一句了吗？讲点信用行不？”猴子面无表情地说道。

两人四目相对。

猴子的眉头微微蹙着，一脸的不耐烦。

清心的双眉稍稍舒展，眼中带着一丝慌乱。

过了好一会儿，她终于呆呆地点了点头。

猴子闭上双目，撑着金箍棒悠然地摇晃着，喃喃自语道：“除了风铃……哼！好一个‘除了’……光她一个人的事，我就不可能这么算了。就算杀不死如来，我也要将他永世囚禁，不死不休。有点自知之明好吗？这事，别说是你了，老头子亲自找我说都没用。当初我离开斜月三星洞，就是因为他向我隐瞒了雀儿的事情，让我识破他别有用心。”

猴子就这么等了好一会儿，发现清心还没走，半睁开一只眼问道："还不走？"

就这一眼，猴子不由得眉头又皱了起来。

他看到清心一边抹着眼泪，一边笑。

这一幕看得猴子一脸错愕。

这家伙有病吧？刚刚莫名其妙地哭，现在又莫名其妙地笑，这……只听说太溺爱会宠坏脾气，还没听说能连脑子一起宠坏的呀……莫非那两个老家伙水平不一般？

猴子无奈地摇头，问道："你这是干吗？"

"你……都没忘记。"清心一边抹着泪，一边笑着。

"忘记啥？"

"没有，我……我猜风铃，还有雀儿知道了，一定会很开心吧。"

"她们开不开心关你什么事？"

清心收了收神，淡淡道："我走了。"

猴子挑着眉看着她。

清心眨巴着眼睛，好一会儿才转身，缓缓地朝南天门走去。

猴子瞧着清心的背影，摸着下巴不由得疑惑了。他似乎……"闻到"了某种熟悉的味道。

他仰着头，开始细细地思索起来，可惜半天都没想出个所以然来。等他再去看时，清心早已进了南天门。

南天门外空荡荡的，又只剩下他一个人了。

清心跨入南天门，看到雀儿正在通道内静静地等着她。

清心默默地点了点头，与雀儿擦肩而过。

雀儿转身跟了上来。

"没跟他说吗？"

"没有。"清心摇了摇头，恬静地笑了笑，叹道，"刚刚忽然有一种感觉，雀儿和风铃……彻底取代了我。连我自己都搞不清楚自己究竟是谁了，真的好乱啊。那两个丫头……太冲动了，怎么可以在那种场合，开那样奇怪的条件？我的名声算是彻底毁了。”

清心呆呆地走着，掩着唇，流着泪，笑着。

那是掩都掩不住的笑，仿佛迫不及待盛开的花朵。

雀儿默默地走在她的身旁。

过道围栏旁的天兵全都有意无意地朝她们望了过来。

清心眨巴着泛着泪光的眼，微笑着说道：“爱情这种东西，真的会让人变得很傻、很笨，我这辈子……都不想碰了。不过……八百年了，他一直记着，从头到尾都没忘……”

渐渐地，雀儿看到清心脸上的笑变得甜甜的，泪眼中甚至洋溢着一种幸福的神采。

第五百五十八章

恶 化

柔和的光照耀着巍巍宫阙，成群的天兵列队走过，旗帜飞扬。

几条锦鲤在清澈见底的鱼塘中缓缓游弋着，一片花瓣飘落，水面泛起涟漪。

御书房中，一位仙家双手奉上一份奏折。李靖伸手接过，转呈到龙案前。玉帝将奏折拿在手中，随手翻了翻，微微蹙起眉。

一旁的李靖弓着身子，静静地望着玉帝。

玉帝翻着手中的奏折，随口说道："那个清心，真的不堪再用？"

"臣以为，还是不用为妙。即便再让她执掌与那猴子相关的事务，最好也先将与她相关的事情通通调查一遍。毕竟……她今天的表现实在离奇，若传出去，恐怕会成为三界的笑柄。"

"就算成了笑柄，被取笑的也不会是天庭。区区一个御使算得了什么？她是太上老君和须菩提祖师的弟子，也许还有许多我们不知道的事情吧。有她在，有个好处，即便那妖猴不买账，也有太上老君和须菩提祖师在背后撑着。就好比今天，她敢直接与那猴头儿开条件，说明即便不通过朕，她也有把握履行诺言。这样的臣子，难得，难得。"

"陛下说的是。"李靖道。

过了好一会儿，玉帝仰起头，眼睛眯成一条缝，捋着长须，伸手把奏折递给李靖。

李靖连忙双手接过，拿在手上细细翻看，轻声叹道："陛下，若如此说，那些粮食，是给乌鸡国准备的了？"

"应该是了。"玉帝点了点头，望向送来奏折的仙家，道，"这乌鸡国发生动乱至今已有些时日，可曾探访过，其中是否有外力介入？”

“陛下所指？”

“天神、妖怪、道家、佛门。”

那仙家躬身拱手道：“启禀陛下，我天庭各司均未介入。至于妖怪，那乌鸡国所处，也并非妖军势力范围。寻常日子里，每半个月，巡天府便派人巡视一周，并未接获任何有关佛门弟子、道家直系在此地活动之记录。此次动乱，乃因国王政令而起，自然演变而来。”

玉帝细细思索了一番，道：“两百万人的口粮，着实多了些，但也并非不可得，只是劳师动众了些，不太好看。不过，既是自然演变而来的动乱，按理天庭便不该介入。天灾犹可恕，是人祸，就更应该有个结果，予世人以警戒。如此横加干涉，着实不妥。先前几个蟠桃、一柄兵器，说到底，不过是颜面问题，也没什么大不了的。这粮食一赐下，可就影响甚广了。”

说罢，玉帝长长一叹，紧闭双目，靠坐在龙椅上。他的手指放在龙案边上有节奏地拍打着，似乎在思索着什么。

等了好一会儿，李靖躬身拱手道：“陛下的意思是……拒绝那妖猴的请求？”

玉帝摆了摆手，眯着眼睛道：“他亲自来到南天门外，若就此拒绝，那妖猴岂肯善罢甘休。一直以来，怕的不就是这个吗？”

“那陛下的意思是……”

御书房中的另外两人，都睁大了眼睛，望着玉帝。

玉帝稍稍犹豫了一下，伸出一指，道：“取一个折中方案。粮食可以给，但，不能随意给。”

李靖微微蹙起眉头望着玉帝，似乎有些听不懂。

玉帝见状，干咳两声道：“这两百万人的口粮，肯定是虚报了。即便是鼎盛时期，乌鸡国也未必有两百万人口，何况如今已动乱五年之久？且不说那些饿死战死的，光逃荒者，何其多也。若真按那妖猴的意思，赐下两百万人的口粮，届时，便不是助乌鸡国渡过难关了，极可能会在南赡部洲上凭空崛起一个大帝国，危及邻国，扰乱凡间。故而，无论如何，这粮食都是轻易给不得的。”

玉帝又顿了顿，接着说道："退一步来说，这天上掉下粮食来，也不符合我天庭的治世之道，长此以往，必成祸患。乌鸡国饥荒，天庭赐下粮食，其他地方饥荒，天庭是不是也要管一管呢？若是不管，往后还有谁祭拜天地？

"所以，取一个折中方案，粮食可以给，但一来不多给，二来……不劳者，不得食。那乌鸡国地处平原，土地肥沃，湖泊、河流、林地众多。可先命福星将乌鸡国人的福禄改一改，再往河流湖泊中放些鱼，往林中放些牲畜，再许一个好年景，如此一来，万物滋长，乌鸡国人的口粮问题，也就解决得差不多了。"

说到这儿，玉帝轻拍了一下龙案，道："爱卿以为如何？"

李靖微微一愣，拱手感叹道："陛下英明。若真如此办，一来，天庭不失体面；二来，也不至于违背原本的治世之道，留下话柄。只是……"

"只是什么？"

"只是那妖猴还在南天门外，不知能否答应……"

"不是还有个清心吗？"玉帝轻声道。

"清心？"李靖顿时面露尴尬之色，干笑道，"陛下也知道，她刚刚……"

"试一试。刚刚是刚刚，现在是现在。"玉帝捋着长须道，"将事情与她说说，实在不行，再另行他法。毕竟她是太上老君和须菩提祖师的弟子，既然已经将她入了仙籍，再撤，便不是那么说得过去了。"

"诺！"李靖躬身退出了门外。

天上一天，地上一年。猴子上天虽说只是一会儿，但在凡间，却已经度过了整整半个月的光阴。

猴子离开的次日一早，卷帘便告别了玄奘一行返回王都继续做那些救火的事情去了。毫无疑问，他依旧是焦头烂额。

此时此刻，对他来说，猴子承诺的粮食已经是最后的救命稻草了。

而告别了卷帘之后，玄奘便收拾好行装与其他人一同朝王都的方向行进。

玄奘原本以为靠近王都的地方情况应该会好一些，然而，他错了。像先前那样的空村确实没有再出现，但越靠近王都，人越多，情况却越恶劣。他们甚至看到了人吃人的场景，其惨状，便是用人间地狱来形容也不为过。

多年的动乱，对这个国家造成的伤害早已深入每一个角落。

玄奘一路讲经，收服灾民，将仅有的食物重新分配，并告诉他们，要带他们到王都取粮食。

很显然，这个承诺比什么都有效。

由于有了小镇原居民的支持，玄奘的说服力骤增。短短半个月的时间，抵达王都时，跟在玄奘身旁的灾民浩浩荡荡，竟有万人之多。

有流离失所的农民，有落魄的商户，甚至部分放下武器的叛军也跟了过来，这些人唯一的共性，便是食不果腹、衣不遮体，已经到了要以树叶充饥的地步。

入城之日，卷帘带着文武百官亲自来迎，那场面可谓浩大。

一时间，无论是外来的灾民还是王都里的原居民，似乎都相信这动乱的日子即将终结了。然而，猴子的粮食还没到，卷帘又干了一件蠢事。他从原本已经十分紧张的军粮中挤出一部分来分发给灾民，算是一种安抚。这粮食不发还好，一发，情况当真是不可收拾了。

消息很快疯传开来，全国的灾民都开始往王都赶来，短短几日的时间，整个王都大街小巷挤满了灾民，而乌鸡国国库里的粮食早已捉襟见肘，根本不够喂饱他们的肚子。

民以食为天，先到的灾民分到了粮食，后到的灾民没有分到，这他们哪里肯？

一时间，整个王都乱成一团。饿着肚子的灾民开始滋事，甚至一部分原本就是叛军的灾民重新拿起武器抢夺其他灾民手中仅有的食物。

无奈之下，卷帘手下的部队只好出面维持秩序。如此一来，又是一番冲突，王都血流成河，死者上千。

这一闹，就连原本支持卷帘的部队也是怨声载道。

面对这烂摊子，卷帘都快抓破头皮了，却一点办法也没有，只能靠着原有的威信勉强维持局面，同时祈求猴子能早点找到粮食，早点回来。

对此，玄奘也只能四处奔走，设法安抚灾民。

而与此同时，猴子还在南天门外静静地等着，全然不知道乌鸡国的情况已经恶化到了如此地步。无论是卷帘还是玄奘，乃至于天蓬，都知道乌鸡国人的口粮不比几个蟠桃，不是天庭随便就能拿得出来的，猴子不能催，催了要出事。

兜率宫的庭院里，清心与雀儿静静地对坐着，李靖手扶着剑柄站在石桌的对面。

清心眨巴着眼睛，低头道："为什么还要我去？你都看到了，我……做不来。"

李靖轻声道："那猴子性格乖张……你毕竟是他师妹，即便真惹着他，他也不至于随便动棍子。况且，此事换了其他人去提，他必定不会同意。而你去，至少还有些许希望。所以，陛下的意思是，御使的任命，依旧。"

第五百五十九章

最后通牒

南天门又一次打开了。

云雾飘荡。

猴子抬眼望去，那门内站着的，依旧是李靖、哪吒、清心，他不禁蹙起眉头。

李靖悄悄对着清心使了个眼色。

清心微微点头，迈开脚步，缓缓朝猴子走去。

她身后，紧紧地跟着李靖父子。

猴子斜斜地拄着金箍棒，哼了一声，笑道："我不是说了不要这个御使吗？李天王这是年纪大了，耳朵不好使还是怎么着？"

李靖尴尬地笑了笑。

三人径直走到猴子跟前，停下了脚步。李靖与哪吒躬身拱手行礼，唯独清心干站着，目光飘忽，手不知该往哪里放。

猴子瞧着三人叹道："怎么，都哑巴了不成？"

清心低头干咳了两声道："让我继续当御使，这是师父的意思。如果你有意见，可以找他说去。"

"你这是拿老头子压我啊？"猴子一愣，摆了摆手道，"得，不跟你计较这些，我的粮食呢？还有，别再跟我提你的那些要求了。我来这里，是来要东西，不是来讲价的。"

李靖悄悄对着清心点了点头。

清心见状，深深吸了口气道："粮食会给，但恐怕不能按照你要的那个数给，而且给的方式，也不能按照你要求的来。希望你能理解，天庭也有天庭的难处。”

猴子缓缓仰起头，瞧了瞧李靖，又瞧了瞧清心道：“那你们打算怎么办？说来听听。”

听他这么一问，清心又朝李靖看了过去，这次李靖干脆后退了一步。

无奈之下，清心只得硬着头皮道：“陛下的意思是不能直接给粮食。这样有违天庭的治世规则。原本的计划是，既然是人祸，就任其发展，只当给凡人一个教训。不过既然你提出来了，天庭也不想驳了你的面子。救灾可以，但不能按照你说的那样做。”

猴子点了点头道：“接着说，接着说。”

“陛下的意思是，若直接赐粮，必定会给世人一个不劳而获的念想，接下来会发生什么事，谁也说不准。所以，可以通过其他方式缓解灾情。”

“什么方式？”

“在林间放一些牲畜，在池塘、河流、湖泊中放一些鱼……”

猴子不禁蹙起眉头：“你的意思是，玉帝准备派十万大军帮我做这件事？”

清心眨巴着眼睛道：“总之办法是有的，灾情肯定可以缓解，但要做到你说的那样，让整个乌鸡国的人不愁吃喝，恐怕不行。”

猴子略微思索了一下，答道：“如果到时候吃食不够怎么办？”

“不够是肯定的，基本上，也就只能保证不出现大面积的饥荒。现在时间不多了，你要的是一年的吃食，再拖下去，凡间已经是一年之后了。如果你还担心，我可以当人质陪你走一趟。”

“你？当人质？”

清心点点头，有些忐忑地看着猴子。

一时间，两个人四目相对。

许久，猴子“扑哧”一声笑了出来：“谢谢你的提醒，不过，算了吧，人质我还是要李天王的好。”

说着，猴子走到了李靖身旁，一只手搭在李靖肩上。

顿时，李靖一个激灵，冷汗都出来了。

猴子笑嘻嘻地说道：“这天庭有时候也挺闷的，不如跟我到凡间走一遭，如何？”

“大……大圣爷，末将在天庭还有要事要……”

“要事？你的意思是说，我的事是‘闲事’咯？”

李靖一惊，连忙摇头摆手道：“不，不！大圣爷，末将绝无此意！只是……”

“只是不赏脸？”猴子瞧着李靖，双目缓缓眯成了缝。

瞬间，李靖心里咯噔一下，连忙擦了擦汗，正色道：“末将明白了，末将这就跟大圣爷一起下凡！”

“这就对了。”猴子笑嘻嘻地拍了拍李靖的背，示威一般瞧了清心一眼，拉着李靖就走。

清心的眉头蹙得紧紧的，牙都要咬碎了。

她实在想不通，这猴子有什么好的，为什么雀儿和风铃都喜欢上他了呢？不仅喜欢上了，还是那种不管不顾的喜欢，到头来连命都搭上了，居然还无怨无悔……

她真的很想离这猴子远远的，最好永远都不要见面，最好压根儿就没有那样一件往事，可偏偏有两世的记忆压在前头。

那种感觉就潜藏在自己的血液里，渗入骨髓，讨厌也好，排斥也罢，却无论如何都无法摆脱。也许……这就是真正的爱情吧，并不因为他哪里好，也没有任何的利益掺杂其中，仅仅是最单纯的一种感觉，却让人念念不忘。

若是往常遇到这样的事，她免不了要笑话对方一番。在修仙者的眼中，爱情，压根儿就是不务正业的行为。

可现在她笑不出来了，因为她忽然感觉自己本身就是一个笑话。因为一段本不属于自己，或者说因为一段来自前世的记忆而去喜欢，那是多么荒谬啊。

隐隐地，她都有点讨厌自己了。

一到南天门的门口，李靖便下了令。很快，那些修为较高的先头部队就准备妥当开拔了。

清心望着腾空而去的南天门众将与猴子，犹豫了许久，最终还是跟了上去。

与此同时，在没有人注意到的远处，云雾之中，须菩提正静静地看着。

许久，他叹了口气，转身离去。

此时，距离猴子离开乌鸡国已经过去了一个月的时间。

灾情比起先前，显然是恶化了。

然而，卷帘面临的危机早已不仅仅是灾情恶化那么简单。

大量难民入城将整个王都变得像难民营一般。城中由于食物短缺引起的接连不断的械斗让原本就怨声载道的部队疲于奔命。

起初，虽说全国各地都爆发了大规模的起义，长达数年的动乱又导致饥荒的出现，但在王都，各种问题看上去还在可控的范围内。一方面卷帘在王都的威信明显要比在其他地方高，各种政令落实的情况也相对好一些；另一方面，王都就在他的眼皮底下，稍微有什么风吹草动，他立即就能知道。

好歹是太乙金仙境的人了，这点事情还是难不倒他的。

所以，虽说整个国家早已濒临崩溃，但王都的情况相对还是好很多，各种矛盾虽然不断积累，却还没到达爆发的临界点。

王都，可以说是卷帘最后的阵地了。

然而，现在局势变了。

大量难民入城，械斗不断发生。每天天一亮，王都的任何一个居民只要打开门，就能闻到浓浓的腐臭味，满大街躺着的都是难民，甚至尸体。

而随着难民逐渐增多，卷帘原本有限的控制力越发显得薄弱了。各种入室抢夺事件此起彼伏，卷帘的支持率极速下降。

很快，朝廷的政局也发生了变化。

最先发难的是驻守南门的左军。

由于国库里的粮食所剩无几，卷帘不得不下令减少军粮的配额。结果，吃不饱的士兵哗变了，迫于压力，将领带着士兵劫掠了一座粮仓，带着仅有的一点粮食撤出城外，宣布不再服从国王的命令。

这一招，着实给卷帘出了一个不小的难题。

首先，这是自下而上发起的兵变，并不是擒贼先擒王就能解决的。其次，这件事应该怎么处理？

如果卷帘直接发兵征讨，他手上还有多少部队可以调用？南门守军哗变，剩下的兵力原本就捉襟见肘，如果再抽调，根本无法控制城中混乱的局势。

如果不管，其他部队很快会有样学样。最重要的是卷帘已经走错了一步，那就是克扣军粮。如此一来，所有人都看着。如果南门守军哗变的事情不了了之，那他们不拿着仅有的粮食跑，还等什么？

为此，玄奘不得不硬着头皮前往军营，试图靠着三寸不烂之舌说服哗变的士兵。

不过，传经讲道这种事，饿着肚子谁听你讲？来回折腾几次，收效甚微，玄奘也只得放弃。

很快，其他部队也宣布不再服从卷帘的命令，全部撤出了城外。一时间，没有了朝廷的军力，整座都城再无秩序可言，甚至连那些朝臣也不得不拖家带口地赖在王宫里。

也不知道是从哪里传出的谣言，说乌鸡国之所以没有粮食，是因为所有的粮食全部堆在王宫里。这谣言听着就离奇，然而，更离奇的是走投无路的难民们居然信了。

他们集结起来变成了叛军，将王宫团团围住，日夜喊话，说给卷帘三天时间，要他将粮食送出去分给难民，不然就强攻，王宫里的人一个都别想活。

此时此刻，卷帘简直欲哭无泪。连他的活动范围都只剩下王宫了，走到这一步，除了祈求猴子早点送来粮食，他还能做什么呢？

这三天，卷帘过得浑浑噩噩，无论走到哪里，都像丢了魂一般，不断地唉声叹气。偶尔有人喊他，他的第一句话必是“是不是粮食来了，是不是粮食来了？”。

到了第三天的清晨，衣衫褴褛的叛军早早地在王宫门外集结，准备强攻。

卷帘站在城楼上望着下方的叛军沉默了许久许久，轻声道：“元帅啊，卷帘总算明白了。治国，不能空凭一腔热血啊。”

他淡淡笑了笑，道：“一会儿你带着玄奘法师走吧，卷帘自知罪孽深重，也是时候赎罪了。能看到你安然无恙，卷帘已经知足。”

第五百六十章

卷帘的困境

朝阳的霞光中，无数流民拿着五花八门的武器，带着饥饿的眼神，颤颤巍巍地穿过街巷朝王宫的方向前进。

远远看去，像遍地的蝼蚁。

这真的是一群蝼蚁，在凡间君王的眼中是，在天庭神仙的眼中也是。

可卷帘折腾了这么久，不就是为了他们吗?

建立一个干干净净的国度……

所有的政令，于卷帘自身没有一分一毫的益处，可到头来，局面却闹成了今天这般模样。

王宫的城墙上，最后一批忠于卷帘的禁卫拉开了一排排的弓弦，将泛着寒光的箭矢指向流民。统领禁卫的将领抬起了一只手，侧眼望向卷帘。

“陛下，下令吧。有我们在，这些乌合之众攻不进来的。”

卷帘望着那些仿佛饿鬼一般的流民，沉默着。

渐渐地，所有的兵将都朝卷帘望了过来，就连站在卷帘身旁的天蓬与玄奘，也默默地注视着他。

晨风扬起了旗帜，拂过卷帘的脸颊，那一脸的大胡子在风中颤抖。

冲到墙脚下的流民徒劳地用武器敲打着坚实的城墙。

几个消瘦的流民搬抬着破损的梯子靠在墙边，可那梯子根本够不着城墙墙头，他们很快退了回去。

更多的梯子被抬了出来，他们将低矮的梯子组装到一起，试图制造出云梯越过王宫的高墙。

禁卫们拉着弓弦的手在微微发抖，仅存的一点士气正在衰减。

卷帘依旧默默地站着，任由局势发展。

那将领望着卷帘，脸上的神情微微有些错愕。

他实在不懂国王还在犹豫什么，一声令下，莫说攻城了，就是野战，这些流民也肯定打不过王宫的精锐部队。

说到底，他们不过是一群没饭吃的乌合之众罢了。

可如果这么耗下去，士气彻底流失的话，再强的部队也回天乏术。

很快，一张张加长的梯子组装好了，靠到了城墙上。

底下的流民开始奋力攀爬。

然而，这些不过是毫无战争经验、缺乏组织、没饭吃的平民罢了，他们不知道这样草草组装起来的梯子根本无法承受人的重量。不多时，便有两张梯子折断了，上面的人尖叫着跌落在人群之中，将底下的流民砸翻了一片。

城墙下喊杀声此起彼伏，城墙上却静默得可怕。

所有人都静静地站着。

时间缓缓地流逝，卷帘依旧呆呆地看着，扶着城墙的手微微发抖。

很快，流民改变了方式，他们不知从哪里用马车运来了巨大的树桩，模拟冲车攻城，伴着一声声吆喝，奋力撞击宫门。

从宫门内望去，整扇宫门在轰鸣声中颤动着，抖落了无数粉尘。

一股异样的情绪在禁卫军的将士心中迅速蔓延开来。

“陛下，只要几轮箭雨过去，这些乌合之众根本不堪一击！还等什么呢？”禁卫将领“锵”的一声抽出了腰间的剑，怔怔地看着卷帘。

许久，卷帘淡淡叹了口气，道：“元帅，您觉得，我应该下令吗？”

天蓬没有说话。

卷帘稍稍犹豫了一会儿，缓缓地摇头，道：“杀不完的，就像先前那样，杀不完的。只要还有人饿着肚子，就会有人拿起武器。而且……杀了他们，那我算什么？暴君？嘿，我连暴君都不如啊。”

天蓬依旧没有说话，只是侧过脸来看着卷帘。

卷帘又沉默了好一会儿，道：“我……出去吧。”

“出去？”一时间，四周的将领、士兵，一个个都呆住了。

天蓬与玄奘默默地站着，不发一言。

卷帘轻声叹道：“我出去，我才是一切的始作俑者。我出去向他们……投降。”

还没等四周的兵将们反应过来，卷帘已经转过身，穿过人群，走下阶梯。

“陛下……陛下——！您不能去啊——！”

一位将领吼了出来，四周所有人似乎都猛然意识到了什么，一大群人发疯一般朝阶梯蜂拥而去，追上卷帘。

只一瞬，宫墙的阶梯就被他们塞得水泄不通。

不过一丈宽的阶梯上，一大群兵将将卷帘团团围在中间。

“陛下，万万使不得啊！您不能去！”

“那些是流民，他们哪里会和您谈判，他们会杀了您的！”

“他们已经饿了许多天了，根本不会听您说的！”

“陛下，末将给您磕头了，求您了！千万别出去啊！万一您出了事，那可就真的全完了！”

“谢谢你们，到这时候还陪着我。”卷帘喃喃自语般叹道，“杀了就杀了吧，反正，我也罪该万死。”

几员大将挡在了卷帘身前，卷帘轻而易举地推着他们往前走。

那些都是纵横沙场的大将，可在卷帘面前，他们甚至连一个婴儿都不如。

“陛下，不能去！快拦住陛下！”其中一个人撑不住了，呼喊出来！

原本围在四周的士兵立即会意，他们一拥而上，有人捉住卷帘的手，有人抱住他的腿，有人在后面拉，有人跑到前面往回推。

足足上百个人，使出了吃奶的力气，一个个脸涨得通红，却被卷帘硬推着，缓缓地前行。

从台阶下的校场，到城墙上的城楼，戍守的士兵都看傻眼了。

都说他们这个国王力量极大，可敌千人。可谁也没想到，他是真的“可敌千人”！

“还看什么！快来帮忙啊——！”

一声叱喝之下，那些看傻了眼的士兵迅速回过神来，一个个冲了过去加入阻拦卷帘的行列。

一时间，数百人直接或者间接地在阻止卷帘前行。可惜的是他们连掰弯卷帘一根手指头的力量都没有，更别提阻挡卷帘的步伐了。

士兵们一个拉着一个，一个推着一个，一片哀号声中，城墙上的士兵被扯下了石阶，石阶上的士兵则被挤到了下方的校场。

城墙上，玄奘默默地看着，发出一声叹息。

“大圣爷……还有多久到？”

天蓬低头看了一眼自己手里的玉简，稍稍犹豫了一番，却将玉简插回了腰间：“不知道，该来的总会来，如果赶不及，那也是没办法的事。有些事，终究得他自己去面对，即便我去拦，也拦不住。”

一声巨响，朱红色的宫门轰然倒下，扬起了漫天尘土。

团团围住卷帘的兵将吓了一跳，一个个连忙松手后退。

卷帘的四周一下空了。大批士兵拿着重盾拥上前来，在卷帘的身后排成战斗队列。

渐渐地，尘土散去，宫门之外显现出大批流民摇摇晃晃的身影。

走在最前头的几个流民忽然发现卷帘就站在眼前，吓了一跳，连忙缩了回去。

一时间，宫门虽然开了，禁卫与流民却只是屏住呼吸，隔着宫门对峙。

过了好一会儿，对面的流民之中蹿出来一个人，他举着手中的镰刀高喊道：“把粮食交出来——！”

顿时，流民队伍群情激昂，他们纷纷高举武器呼喊起来，但面对着盾牌后禁卫的箭矢，依旧没人往前一步。

“把弓都放下吧。”卷帘淡淡道。

“陛下，您这是干什么？我们完全不用怕他们的！”

“我说把弓都放下——！”

一声咆哮之下，那些士兵面面相觑，好一会儿，才一个个缓缓地松开了弓弦。

卷帘仰起头，轻声道：“把武器都放下吧，我们投降。我去跟他们谈，无论发生什么事，你们都不要出手。”

说着，卷帘迈开步伐朝宫门外走去。

在他身后，统领禁军的将领愤恨地将自己的佩剑摔在地上。

一片“叮当”声中，刀剑、盾牌、长弓扔了一地。

卷帘一步步走出宫门，摊开双手，示意自己手上没有任何武器。

那些流民肩并着肩，肘并着肘，往后退开，与卷帘保持着三丈的距离，目光在卷帘与卷帘身后的禁军之间来回。

卷帘走到正中站定，扯着嗓子高喊道：“王宫，是你们的了，里面所有的东西都是你们的了。不过，王宫里面没有粮食，真的没有。你们相信也好，不相信也罢，真的真的没有粮食了……我这个国王干得不称职，所以，我宣布退位，你们想拿我怎么样都行，只求你们放过王宫里的人。”

他浑厚的声音在天地间回荡。

此时，太阳已经高高升起。那些流民一个个握紧了兵器，有些错愕地看着这个他们恨透了的国王。

高墙上，玄奘与天蓬静静地看着。

卷帘侧过身，指着宫门道：“我所有的，都在里面了，你们去拿吧。不过……没多少金银，国库已经空了。”

“财宝有什么用？老子要粮食！”人群中，一个高高瘦瘦的中年男子从衣兜里摸出一串珍珠甩在卷帘面前，握着叉子叱喝道，“粮食在哪里？告诉我们粮食在哪里！”

“对！粮食在哪里？你藏哪儿去了？快点交出来！”其他流民纷纷附和。

“没有粮食。”卷帘拉长了声音喊道。

“你说谎——！没有粮食，那你让那个和尚带我们来王都拿粮食？肯定是你藏起来了，快点交出来——！”

“交出来！交出来！交出来！”所有人齐声呼喊。

一个流民从人群中冲了出来，又被人拽了回去，他挥舞着手中的锄头对卷帘吼道：“不把粮食交出来，我们杀了你！”

“杀吧。”卷帘闭上眼睛，摊开双手道，“死，也是个解脱。”

所有人都呆住了，怔怔地望着卷帘。

短暂的沉默之后，一块石头从人群中朝卷帘飞了过来，重重砸在他的额头上。

顿时，无数人发了疯似的朝卷帘冲了过去。

“杀了他——！成全他！”有人在咆哮。

“不能杀！他肯定把粮食藏起来了！先找到粮食再杀！”有人在奋力阻拦。

但，阻拦的毕竟是少数，转眼之间，无数人冲到卷帘身旁，挥舞着各种武器朝他招呼了过去。

乱棍、乱锤之中，卷帘仿佛入定了一般，缓缓地抬手抱住头，蹲了下去，任他们打。

宫门外乱成一团，宫门内，禁卫将士们静静地看着，眼中透着一种茫然。

他们做梦也想不到，“爱民如子”的国王，最终会是这样的下场。

卷帘捂着头，紧紧地闭着眼睛。鲜血从他的额头上缓缓流淌而下，迅速沾上沙尘，变成了死灰一般的颜色。

一口鲜血从嘴角溢出，他却笑了。

城墙上，玄奘轻声问道：“卷帘大将是太乙金仙境，这些人没有半点修为，他会死吗？”

“会。”天蓬轻声叹道，“撤去了灵力护体，只剩下血肉……只是时间问题罢了。”

玄奘闻言，不由得沉默了。

无数流民如同潮水般涌入宫门，里面的禁卫给他们让出了一条过道。

他们一路飞奔着，很快在并不太大的王宫里找到了所谓的粮库。

然而，他们推开门，只看到几袋粮食。

早已经饿昏了头的流民迅速拥了进去，争抢起来，抓起未加蒸煮的米粒就往嘴里塞。

仅有的粮食很快就被抢夺干净了，无数流民涌回到宫门口。

在那里，打国王的戏码还在上演，根本没有人能够阻止。

最初，流民打卷帘，是为了泄愤，无论怎么打都不解气。可慢慢地，有人发现了异样。这么多人打他一个，他竟然没有死？而且刀插不进，剑刺不穿。

渐渐地，那些人退开了，只留下浑身伤痕累累的卷帘躺着，望着天，呵呵地笑着。

“说！粮食究竟被你藏到哪里去了！为什么粮仓里只有那么一点粮食！”

卷帘呵呵地笑着。

正当此时，有人尖叫起来：“粮食！粮食来了！”

顿时，骚动四起。

还没等卷帘反应过来，一粒粒不知是什么的东西从天而降，打在他的脸上。

天蓬仰头望去，不禁呆住了：“这是……粮雨？”

第五百六十一章

猴子救场

粮食如同黄沙一般化作骤雨落下，只一瞬，整个世界都淹没在一片金黄之中。

有的人已经尖叫了起来，更多的人却望着天空发呆。

“这是怎么回事？下粮食了？”

“天上居然下粮食了？”

短暂的错愕之后，整个王都响起了惊天动地的欢呼声。

每个人都丢下武器，在粮雨之中手舞足蹈，他们用手去接粮食，接满了，又脱下破旧的衣服去包。

每一个人都在粮雨中欢呼着，奔跑着，咆哮着，号啕大哭，再没有人去管卷帘，更没有人在意那王宫之中是否真有粮食了。

一片欢呼声中，卷帘一脸茫然地望着天。他摸着铺满地面的粮食，许久，呆呆地笑了出来。

“大圣爷来了……一定是大圣爷，哈哈哈哈！大圣爷真的要来了粮食。卷帘，替乌鸡国上下谢过大圣爷了！”

正当卷帘感激涕零之际，一个人影闪到他的身旁，对着他的腹部就是重重一击。

顿时，一口鲜血喷了出来，卷帘捂着肚子痛苦地哀号。

“谢你娘的！”

一声叱喝，还没等卷帘反应过来，他已经整个被提到半空，重重地甩到宫墙上。

这一摔，差点儿没把原本就有伤在身的卷帘摔得昏死过去。

再睁开眼睛时，他看到一张猴脸就在眼前，猴子咬牙切齿地吼道：“你他娘的有病是吧？不等我回来就去送死？你死了不要紧，坏了我的取经大事，十八层地狱我都追过去！”

卷帘怔住了，好一会儿，才尴尬地笑了出来，道：“卷帘谢过大圣爷，卷帘替乌鸡国百姓谢过大圣爷，这些粮食……”

“粮食？你是该谢我，但不是因为这些粮食，而是因为我救了你的命。”猴子拄着金箍棒气喘吁吁地直起身子，抬头望了一眼漫天飘降的粮食，道，“没有粮食，这些都是假的，我变的，是幻觉。”

“幻觉？”卷帘顿时张大了嘴巴。

“怎么，不行吗？吃不死人就行了，反正十天半个月他们是发现不了的。这么简单的办法，你难道想不到？”说着，猴子一把将卷帘拽了起来，“你他娘的是脑子生锈了吗？”

还没等卷帘站定，他看到了猴子身后站着的李靖，条件反射般转身要逃，却见李靖只是无奈地朝他笑，这才顿住了脚步。

猴子回过头，对着李靖拍了拍卷帘的肩道：“他现在是我罩着的。”

李靖连忙低头拱手道：“末将明白，末将明白！”

卷帘这才定了定神，忐忑地望着猴子道：“大圣爷，骗……终归是不好的，卷帘一向光明磊落……”

话音未落，猴子的棍子已经扬起，作势要打，卷帘吓得连忙后退了一步，准备闪避。

那看猴子的眼神当即由原本的忐忑变成了惊恐。

猴子握着顿在半空的棍子，露出狰狞的表情，问道：“一个逃犯，跟我谈‘光明磊落’？”

卷帘连忙摇头。

“那‘骗’好不好？”

卷帘连忙点头。

“跟你好好说话不行，非逼着我动棍子！”猴子这才将金箍棒缓缓收了回来，愤愤唾骂道，“我发现你和天蓬就是一个德行，一个逃犯还谈‘光明磊落’，还谈‘骗’好不好！难怪你们天庭当初会输给我，这他娘的都是吃饱了撑的。能达到目的的就是好！”

猴子面无表情地朝卷帘使了个眼色，道：“去，找他。治国李天王未必行，但要权术，把这些人弄得服服帖帖的，他绝对没问题。已经说好了，乌鸡国的烂摊子，他来收拾。”

正言语间，大批禁卫将士赶到，一个个惊恐地看着李靖与猴子。

还没等他们吭声，猴子已经高高举起一只手吼道：“所有人都跟我来！”

说罢，他跃上了宫墙上的石墩。

没有一个兵将动，他们一个个都望向卷帘，猴子也扭头面无表情地望向卷帘。

望着漫天飞舞的粮食，望着宫墙下高兴得号啕大哭的流民，卷帘恍惚了好一会儿，才低声道：“听……听他的。”

禁卫军的将士闻言，当即一个个对着猴子躬身拱手，以示服从。

“你，立即带人封锁宫门，不得再允许外面的人进来！”

“诺！”

“你，带着人马搜王宫，将还在王宫里逗留的流民通通撵出去，要快！”

“得令！”

“你，带齐人马把守宫墙！西墙有两架云梯，立即除去，如果有想硬冲进来的，格杀勿论！”

“诺！”

转眼之间，猴子已经分配好了任务，兵将四散而去。

直到此时，天蓬和玄奘才出现在宫墙的末端。

猴子淡淡地看了他们一眼，纵身一跃，化作一道金光消失无踪了。

“大圣爷……去哪里了？”卷帘问。

李靖无奈地笑了笑，叹了口气道：“大圣爷幻化出的粮雨，吃得饱，却养不活人。越吃，人就会越疲弱，最终其实与饿死无异。现在若是让灾民领了太多的粮食，到时候去取回来，必生事端，若是不取，他们照样会死。所以，这雨必须尽快停。一旦停了，又怕他们反扑。大圣爷这是让你的手下先控制住局势，为了确保万无一失，又亲自出手清查那些不易被察觉的角落。毕竟……王宫里多留下一个人，到时候都是麻烦。”

卷帘眨巴着眼睛想了想，连忙低头拱手道：“卷帘……谢李天王指点。”

转眼之间，在猴子的调动下，禁卫军已经风风火火地将整个王宫控制了起来。所有流民都被驱赶出宫门，一大群士兵用绳索拉扯着将庞大的宫门重新竖了起来，开始修缮。

远处的屋顶上，卷着米粒的风中，清心静静地站着，观望。

直到将所有的事情都料理完毕了，猴子才出现在天蓬和玄奘面前，三个人你看我，我看你。

天蓬回头望了一眼正在远处聆听李靖教导的卷帘，道：“别怪他，卷帘是个忠厚老实的人，总有一些坎，过不了。”

猴子悠悠道：“要是我在，绝不会让他出去。要是真让他出去了，就一定不会让他活着回来。”

天蓬不禁哑然失笑，道：“所以你是大圣爷啊。”

遭此大难，有猴子在一旁盯着，有李靖在身边教着，卷帘顿时就变“聪明”了。

他们首先做的，就是修缮宫门，管好门禁，驱散宫门前的流民。

原本流民造反也是逼不得已，民以食为天，没了粮食，就等于没了命，不拼命难道等死吗？

现在有了粮食，谁还造反？就算剩下几个内心另有盘算的，此时也早已组织不起大量流民进攻王宫。禁卫军一在门外摆出格杀勿论的架势，流民当即就缩了回去，再没勇气叫阵了。

就这么度过了平静的两天。第三天早上，在猴子的逼迫下，卷帘登上城楼向所有百姓宣布上天托梦给他，说他是太上老君座下童子托世，来到凡间，是为了造福乌鸡国的百姓。可惜他没有做好，反倒误国误民了。

说这话的时候，卷帘一脸痛楚地历数自己的罪状。那是真痛，因为猴子就在后面掐着。

卷帘谴责完自己的罪行，又表达了对这些年来在动乱之中不幸死难百姓的哀悼，咬着牙，涨红着脸，说出了最后的总结。大意是玉帝念在他十世修行，有功于天地的分上，决定给他一次将功赎罪的机会，让他安抚乌鸡国的百姓，另立新君，然后护送玄奘西行取经。

这一大段话说完，宫墙之下可谓是鸦雀无声。那些百姓一个个蹙着眉头，将信将疑地望着城楼之上的卷帘。

平白受了这么多年的苦，这伤痕，可不是几句话就能抹去的。

见此情形，猴子索性骗到底。

他暗暗一指，那云间突然降下霞光，照耀在卷帘身上。一时间，所有人都看傻了眼。

“娘的，做戏做全套，还不快谢恩？想我踢你吗？”

卷帘闻言，只得战战兢兢地跪地，叩首。

顿时，所有人都跪下去叩拜。

当然，光这样还是不行的，信仰是假，食物可得是真。没食物，要死很多人。

于是，卷帘又假借托梦的名义，带着一大批民众来到距离王都十里开外的湖泊，跟他们说玉帝托梦给他，说这里面有数不清的鱼。

正言语间，猴子又暗暗施法，几条三尺长的大鱼跃出水面。

顿时，人群一片哗然！

这一下，人们彻底信了。

卷帘按照李靖所提示的，将一个个地点告诉民众，大批民众当即朝他所指的方位赶去，该捕鱼的捕鱼，该打猎的打猎，该到林子里采蘑菇的，就到林子里采蘑菇。

这一下，乌鸡国彻底太平了。

卷帘望着四散而去的民众，仿佛虚脱了一般瘫坐在地，捂着脸，竟哭了。

五年了，整整五年，他就没睡过一天安稳觉。

所有人都静静地看着他，包括卷帘手下的兵将，一大群人，就这么无奈地看着五大三粗的卷帘哭得差点儿咽气。

他哭了好一会儿，才缓过劲来，对着猴子叩拜，哽咽道：“卷帘谢过大圣爷了。”

猴子指了指李靖道：“谢李天王吧。”

卷帘转而叩拜李靖，道：“卷帘谢过李天王，若是没有李天王……这次卷帘真不知道该怎么办了。卷帘谢过李天王，卷帘替乌鸡国的百姓，谢过李天王。都怪卷帘愚昧，都怪卷帘愚昧啊！”

李靖侧过脸去看了猴子一眼，伸手将卷帘扶起，道：“你的那些政令，没有一样是错的。”

“啊？”

一听此话，卷帘顿时蒙了。

李靖叹了口气，轻声道：“但你这个人错了，错得离谱。”

红孩儿

第五百六十二章

华　山

“所谓，慈不掌兵，情不立事，义不理财，善……”李靖仰起头远远地瞧了天蓬一眼，伸手拍了拍卷帘的肩，叹道，“不可为官也。天庭如此，凡间，亦如此。这是大能都改变不了的规则。既然改变不了……自然就得遵守。”

“善……不可为官？”

卷帘闻言，一阵恍惚。

天蓬眉头微微蹙了蹙，面色如常。

“不说了，不说了，说多了，便不好了。”李靖笑了笑，转而对着猴子拱了拱手道，“大圣爷，末将的事，已经办完了，也该返回天庭了。”

猴子朝天蓬与卷帘看了两眼，悠悠道：“不跟他们多聊聊？”

“不了。”李靖干笑道，“两位都是人中龙凤，想必，应该明白李靖所说的。”

猴子轻轻点头，拱手道：“那，就在此谢过李天王此次出手相助了。虽说是玉帝下的令，不过我孙悟空记的是你的情。”

李靖闻言，受宠若惊，连忙低头拱手道：“不敢当，不敢当。”

“那，我送送你。”

“大圣爷请留步，李靖先行告退了。”

说罢，李靖躬身后退了几步，又朝玄奘、天蓬、卷帘拱了拱手，转身腾空而起，只一会儿，便已消失无踪了。

湖面上，许多渔船已经忙碌起来。岸边，民众四散而去，只剩下一支卫队拱卫着玄奘等人。

卷帘还在呆呆地默念着什么，天蓬面无表情地站着。

猴子远远地望去，看到清心孤零零地站在百丈开外。

这一路，她一直跟着，猴子肯定是知道的。不过她跟着自己，是想干啥呢？

“大圣爷，想什么呢？”敖烈顺着猴子的目光，也看到了清心，不由得一愣。

“玉帝给她任了个御使，说是专门管和我有关的事务。”猴子摸着下巴悠悠道，“我在想，刚刚我对李靖这么客气，他回去禀报了玉帝，玉帝会不会就将她的职位撤了，改由李靖担任。”

“斜月三星洞的人上天任职？这可是新鲜事啊。”

猴子冷哼一声，道：“天知道这婆娘打的什么鬼主意。”

说罢，猴子远远地白了清心一眼。

顿时，清心的脸涨得通红。

距离远，猴子也压低了声音，可清心是会读唇的，自然知道他说了什么。最关键的是，猴子说“婆娘”两个字说得特别慢，明显就是有意让她知道的。

此时此刻，清心真恨不得找个地洞钻下去，可自始至终，她的脚却一步都没有挪。

猴子瞧着，不由得微微蹙起了眉头。

小白龙半掩着嘴，低声道：“她会不会是谁派来破坏取经的？”

“你指谁？”

“呃……我是说，您那个师父，须菩提啊。”

猴子顿时笑出声来，道：“这个世界上，谁来破坏取经我都信，唯独他来破坏，我不信。”

说罢，猴子摇了摇头，转身走开了，留下小白龙站在原地一脸的疑惑。

事到如今，猴子早就对那个师父没有丝毫的信任感了，却也绝对不会怀疑须菩提会派清心来破坏取经。

许多事，如今已经真相大白。当初须菩提在斜月三星洞的所为，以及之后对风铃身份的隐瞒究竟是为了什么，猴子心里自然也清楚。

六百多年前的事情，如来算是始作俑者，须菩提又何尝不是助纣为虐呢？真要论起来，两者都是幕后的黑手，都是将自己玩弄于股掌之间的仇敌，其区别不过是各自最终目的不同罢了。

在绝大多数时候，这是一件猴子不愿提及的事情。

为了金蝉子的证道，须菩提助如来设下了局，而到头来，自己却还真的顺了他的心意，踏上了这条西行的路。不得不说，自己的这个师父，才是天地间最高明的棋手。

糟糕的是，他偏偏又是自己的师父，杀他……这一点，猴子真做不出来。

有些事，忘记，也许才是唯一的出路吧。

猴子想着不由得自嘲道："叱咤三界的天地杀神，其实也不过外强中干罢了，一旦戳中软肋，便什么都不是了。"

"啥？"卷帘一脸迷茫地看着猴子。

"没啥，说你应该已经下定决心跟我西行了吧？"

卷帘呆呆地站了好一会儿，轻声道："放心吧，卷帘既然答应了，无论如何，都会做到。"

猴子抿着嘴唇，点了点头。

不多时，天灰蒙蒙的，下起了雨，雨淅淅沥沥的，将地面变得泥泞不堪。

小雨中，那些饿慌了的民众还在湖边折腾着，丝毫没有避雨的意思。

猴子一行人缓缓地往回走。

危机一下子彻底解除了，那些兵将，还有跟来的几个大臣都松了口气，一路上欢声笑语不断。卷帘却截然相反，那样子，好像比先前更加沉默了，似乎还在思考着李靖最后说的那句话。

不仅仅是卷帘，玄奘、天蓬、猴子，都沉默不语。这使得爱说话的小白龙浑身不自在，只得往黑熊精身边蹭。

卷帘返回王都，便开始筹备传位事宜。他认认真真地挑选了几个自认为比较适合继承王位的大臣，又反复征询天蓬、玄奘，还有猴子的意见，折腾了好几天，好不容易才定下了人选。不过，登基大典却只是草草地举行。

一方面乌鸡国经过这么一番折腾，早已经元气大伤；另一方面，卷帘没心情，继任者也没敢要求什么。

做完这些，乌鸡国的事情也算是告一段落了。

起程当日，上万百姓送行，只可惜送的不是卷帘，而是玄奘。

声势浩大的场面中，堂堂乌鸡国前任国王，就这样彻底沦为了配角。

踏上西行路时，卷帘始终愁眉不展，唉声叹气，好像被整个世界抛弃了似的。好在走出王都十里开外，遇到了新任国王带着文武官员为他们送行的队伍，他的神色才稍稍好看了些。

简单地告别之后，一行人离开了乌鸡国，继续向西。

此时，华山。

柔和的阳光下，蜈蚣精吴龙正如往常一样坐在院子里的石椅上悠闲地看着书，晒着太阳。

一名身穿银色铠甲的士兵推着一个被反捆了手的书生从门外走进来。

书生看见吴龙额头上那两根长须的时候，吓了一跳，连忙扭头哆嗦着问道：“这……这位是……”

士兵冷冷地瞥了书生一眼，叱道：“跪下！”

还没等书生反应过来，士兵已经一脚踢在他腘窝上，逼着他“咣”的一声跪倒在地。这一下，书生痛得直冒冷汗，却不敢叫出声来。

吴龙放下手中的书卷，淡淡问道：“什么人？”

士兵拱手道：“启禀吴将军，这是今天巡山时顺手拿下的，还没来得及细问。”

吴龙打量了书生两眼，书生顿时又是一阵哆嗦。

这书生看上去眉清目秀，二十有余的年纪，扎着高高的发髻，穿一身灰色布衣，布衣上没有寻常贫民身上常见的补丁，倒是破损了好几处。看那痕迹，应该是在这山里新磨破的，还来不及修补。整个人看上去十分狼狈。

在这里看守了这么些年，误入的凡人，可谓多不胜数。不过，像眼前书生这么狼狈的还真是不多见。荒山野岭的，会跑到这里来的不是药农就是猎户，哪怕是偶尔见到的几个赶路经过的游人，也必然是有备而来。而眼前这个，很显然三者都不是。

谁会穿着这种平日里居家的布袍跑到这种鬼地方来呢？

吴龙瞧着，随口道：“你，是什么人，来华山做什么？若不从实招来，定叫你有来无回。”

那书生低声道：“小的姓刘，名彦昌，家住华山下，来这里……来这里……是来采药的。”

“采药？”

正当此时，又一名士兵从门外走了进来，一见这刘彦昌便是一愣：“你怎么在这儿？”

刘彦昌连忙低下头。

“你们认识？”吴龙低头抿了口茶，问道。

士兵拱了拱手道：“启禀将军，也不算认识，就是巡山时遇见过。”

“什么时候的事？”

“两天前，可是我已经勒令他离开了。”

吴龙指了指先进来的士兵道：“今天巡山的时候捉住的。”

那后进来的士兵闻言当即朝刘彦昌看过去，一脸的怒容，吓得刘彦昌连忙挪了挪身子，低着头支支吾吾地说道：“那……药还没采到，所以……所以小的就又来了。”

那士兵扬手就要打，刘彦昌连忙伸手去挡，正当此时，吴龙在旁边悠悠说了一句：“住手。”

顿时，两人的动作都僵住了。

那士兵怒视着刘彦昌道：“不是跟你说了那个药不是你能采得到的吗？别说你这手无缚鸡之力的书生了，就是最老练的药农，也爬不上那个崖！”

“不试试怎么知道？”刘彦昌仰头见那士兵抬手又要打，顿时吓得又缩了缩身子，小心翼翼地瞧着吴龙。

吴龙沉默了一下，轻声问道：“什么药？”

没有人回答。

吴龙朝刘彦昌望了过去，稍稍加重了语气道：“我问你什么药？”

“就这个！”刘彦昌连忙从衣袖里抽出一张枯黄的纸，双手递给吴龙，小心翼翼地说道，“这是要给小人那卧床的老母亲治病的，大夫说，非此药不可。可是药农怕危险不肯来，小的家贫，也付不起多少银两……所以……所以只好自己来了。”

第五百六十三章

许愿与还愿

吴龙只低头看了两眼那枯黄的纸张，便又递了回去。

刘彦昌双手接过纸张，咽了口唾沫，满怀期待地看着吴龙，挤出一脸谄笑，轻声道：“几位神君皆法力通天，又是感念苍生疾苦的好神仙，小人家中老母亲已卧床多年，如今命在旦夕。不如……不如神君帮小的去采药，成全了小人的孝心可好？”

吴龙的脸上连半点表情都没有。

刘彦昌连忙收了那谄媚的笑容，眨巴着眼睛正色道：“如此一来，小人不必再冒险上山，也不用再给诸位神君添麻烦了。待回去之后，治好了小人的老母亲，此事必传为美谈。届时，小人定将诸位的事迹广为传播，兴庙宇，盛香火。”

说罢，刘彦昌嘿嘿地笑着，睁大了眼睛看着吴龙。

半晌，吴龙却是哑然失笑，眉头紧蹙，像看一个白痴似的瞧着刘彦昌。

站在刘彦昌身后的两名士兵也笑了起来。

一时间，刘彦昌有点摸不着头脑了。

那三人还在笑，笑得刘彦昌心里都有些发慌了，豆大的汗珠从他的额头缓缓滑落。

无奈，他只得抹了一把汗，硬着头皮腆着脸道：“几位神君也觉得小人说的在理？”

“在理，在理。”一名士兵朝刘彦昌竖起了大拇指，笑道，“确实是个好办法，等你回去了，这么一宣传，往后我们可有得忙了，谁家里有个头疼脑热的，都往这儿来采药。要不，咱干脆在这里摆摊卖药算了，肯定生意兴隆。”

刘彦昌的脸色顿时变了，连忙摇头摆手道：“小人说错了，小人说错了。只要诸位神君帮小人一把，回去之后，小人闭口不谈，闭口不谈！绝不会让人叨扰诸位神君的清修。”

“万一说漏嘴呢？”吴龙问道。

“不会！绝不会！”刘彦昌连忙竖起三指做发誓状。

吴龙抿了口茶，叹了口气，若无其事地说道：“死人的口风，才是最紧的。比起替你去采药，我倒觉得直接杀了你，才是最佳解决办法。一了百了。你觉得这个主意如何？”

在场的两名士兵当即点头表示赞同。

顿时，刘彦昌的脸刷的一下青了。他整个人瘫坐在地，惊恐地瞧着吴龙。

片刻之后，他扑过去抱着吴龙的大腿哭喊道：“神君饶命啊！神君饶命啊！小的这次回去，再也不来了！小的保证再也不来了！”

吴龙一脚踹开哭得一把鼻涕一把泪的刘彦昌，将手中的茶盏放在石桌上，笑道：“放心吧，我们不是妖魔，真要论起来，我们还是天兵。虽说不想帮你，但还不至于杀你。不过……知足常乐，有些事，如果你做得太过分了，让我们起了杀心，那就难说了。”

刘彦昌闻言，连连点头，闭上嘴巴，再不敢说啥了。

吴龙抬起手，正想吩咐两名士兵将刘彦昌丢出华山地界，两名侍女从远处走了过来，手中各端着一个红色盘子，盘子上放着些简单的菜品、蔬果，还有清水。

吴龙见两名侍女朝这边走来，手不由得顿住了。

这两名侍女走到吴龙面前，福身行礼。

“去给三圣母送吃食？”

其中一名侍女福身答道：“今天的已经送去了……这是取回的，昨天的。”

吴龙瞥了她们手中的盘子一眼，皱起眉头。

“又是滴水未沾粒米不进啊……”

“自从上次三太子来过之后，三圣母就一直是这样。三圣母只有炼神境修为，这样下去恐怕……”

“再这么下去，就只能报给二爷，由二爷来处理啦。”

“三圣母，二爷？”刘彦昌眼睛咕噜一转，鼓起勇气说道，“神君，您所说的三圣母，是不是华山圣母杨婵哪？”

吴龙的眼睛缓缓朝刘彦昌斜了过去，叱道：“知道那么多作甚？知道得越多，死得越快。来人哪，把他丢出华山地界。”

“诺！”

一声应和，两名士兵当即朝刘彦昌走了过去，伸手就要将他扭送出华山。

刘彦昌见状，一边闪躲一边呼喊道：“等一下！等一下！神君！神君！三圣母不愿吃东西，小的有办法！小的有办法！”

“什么办法？”吴龙抬手制止了两名士兵的动作。

刘彦昌连忙跪好，低声道：“若是小的能让三圣母吃东西，神君是否……”

“若是你能让三圣母吃东西，莫说那药了，仙丹我都给你找来，保准你那老母亲长命百岁。”

“一言为定！”

不多时，刘彦昌便被送到了洞口。

吴龙指着洞穴道：“三圣母就在里面，若真能如你所说，让三圣母吃东西，一切好商量。若是不行……”

吴龙说到这儿，冷笑两声，吓得刘彦昌当即出了一身冷汗。

刘彦昌望着那黑漆漆的洞穴，忽然有一种骑虎难下的感觉。

“去吧。”

刘彦昌深深吸了口气，卷起衣袖，壮起胆，往前走了两步，又缩回一步，回头看了看吴龙，咽了口唾沫。

“去啊。”吴龙面无表情地说道，“难不成还要我背你进去？”

事到临头，也只能死马当活马医了。

刘彦昌蹑手蹑脚地往洞府里走，走得极慢。

待他完全进入洞府之后，站在吴龙身旁的士兵低声问道：“将军，就这么放他进去？要不要跟过去看看？”

吴龙摆了摆手道：“跟过去作甚？三圣母什么性格你不是不知道，再说了，隔着法阵，你还怕出什么事不成？要真能让三圣母吃上东西最好，要是不能，用这书生给三圣母撒撒气也好。”

说着，吴龙嘿嘿地笑了起来。

此时，刘彦昌已经走过那条长长隧道的三分之一了，望着远处的紫色亮光，他的心里不禁打起鼓来，有些后悔方才提出这个建议了。

三圣母指的是二郎神杨戬的妹妹华山圣母杨婵，这事，华山周围的居民个个都知道。刘彦昌原本想的是，外面的那个神君不好说话，说不定三圣母好说话，万一她真同意帮自己了呢？

不过采个药而已，对凡人来说也许难如登天，但对能飞的神仙来说，根本就不是个事。

可现在想起入洞前吴龙的那番话，他不禁有些胆怯了。

万一这三圣母更不好说话呢？别忘了她可是出了名不灵的神啊，华山顶上的圣母庙，连个庙祝都没有，早就只剩下残垣断壁了。

再说了，她为何不吃东西？发生什么事了吗？心情不好？如果真是心情不好，万一她拿自己开刀咋办？

“哎……千不该万不该，不该什么都不知道就头脑一热地开口啊。娘，孩儿要是回不去，到时候……”他直起腰杆，回头望了一眼来时的路，犹豫着要不要出去跟吴龙道个歉了事。

“如果现在放弃……会不会直接被杀掉呢？”

想来想去，刘彦昌都想不出个所以然来。

不说别的，就光外面那几个，好像跟自己所听说的神仙也不太一样啊。万一想保命往回走，反而丢了唯一的活命机会呢？

刘彦昌想了好久，最终还是咬了咬牙，硬着头皮继续往里走。

他一路磨蹭着，足足走了半个时辰，才走完整条隧道。

当紫色的光芒照亮了他的脸时，他看到了一个巨大的空间，流转的紫色法阵好像天上的星辰一般闪烁着，将一切都映成了紫色。

在法阵的正中，有石制的桌椅、石制的长床，各种家具，一应俱全。

一个白色的身影正端坐在石椅上，背对着他。

顿时，刘彦昌两脚一软，“扑通”一声跪倒在地，“咣咣咣”就是三个响头。

这位，想必就是三圣母了吧。

刘彦昌不敢抬头，更不敢看。

等了好一会儿，一个声音才传入他的耳中。

“你是什么人？”

很沙哑的声音，听上去像是刚哭过，又像是很久没说话，骤然开口的那种沙哑。

刘彦昌来不及细想，连忙答道：“小人，小人刘彦昌，家住华山……”

“你来这里做什么？”

“小人……小人来劝三圣母吃东西。”

杨婵闻言，顿时笑了。

声音渐渐恢复了原本的音色，落入刘彦昌耳中，让他不禁浮想联翩。

这么好听的声音，那人，该有多美呢？

想归想，性命攸关的时刻，他可没胆量冒险抬头。

“吴龙派一个凡人来劝我吃东西……真是越活越没用了啊。”

吴龙，应该就是外面那位神君的名字了吧。

刘彦昌小心翼翼地说道：“吴龙上仙答应了小人，只要小人能劝三圣母吃东西，就帮小人采药去救我那卧病在床的老母亲，所以……所以小人恳请三圣母，稍微吃点东西，救救我那老母亲的命。”

说罢，刘彦昌又是“咣咣咣”三个响头，额头都磕出血来了，嘴里不断嘟囔着：“小人求三圣母了，求三圣母了。”

“哦。是为了救母亲啊，还挺有孝心的。”

“请三圣母成全小人的孝心！”

一时间，整个洞穴寂然无声。

刘彦昌左等右等，都等不到杨婵的答复，正鼓起勇气想抬头之时，又听到几声清咳，连忙将头低下去。

“三圣母……身体有恙？”

“在这里待了六百多年了，难免有些不适。”

待了六百多年？这是怎么回事？

刘彦昌微微张开口，却又连忙闭上了。

这神仙的病，还是不要多嘴为妙。神仙的世界可不是自己这凡人能弄得懂的。

过了好一会儿，杨婵轻声问道："你家中还有什么人？父亲尚在？"

"老父五年前过世了，家中还有小人的独子，名唤沉香，今年刚五岁。"

"独子？那你夫人呢？"

"贱内……贱内难产，只留下小人与刚出生的幼子，撒手西去了。"

"哦。"杨婵淡淡叹了口气。

紧接着，又是漫长的沉默。

刘彦昌的心都揪成一团了。

同样是神仙，怎么里面这个和外面那个差那么远呢？外面那个看上去和凡人并无多大区别，里面这个说话却有一句没一句的，动不动就沉默，这是怎么回事啊？

许久，刘彦昌深呼吸了几次，硬着头皮，鼓起勇气道："小人求三圣母帮帮小人，大恩大德，没齿难忘。待我回去，治好了老母亲的病，小人必定变卖家产，请人修葺圣母庙还愿！"

"我要那庙宇做什么？"杨婵轻声道。

"不要庙宇……不要庙宇那就香火……或者三圣母大人要什么，只要小人能做得到的，万死不辞！"

"什么都行？"

"什么都行！"

杨婵不由得笑了。

"好多好多年前，也有一个人像你这么说。我帮他实现了所有的愿望，足足用了一年的时间，结果，还愿的时候，他吓得尿裤子了，到最后也没还愿。"

所有的愿望都实现了，还吓得尿裤子？这是什么情况？

一时间，刘彦昌也想不明白。时间不等人，他咽了口唾沫又慌忙说道："小人绝不会如那人一般，请三圣母相信小人！百善孝为先，只要能救我那老母亲一命，无论三圣母要什么，只要小人能做到的，即便要了小人这条命，也无怨无悔！”

“你确定？”

“确定！”

“那行，我要出去。”

顿时，刘彦昌明白了。

这三圣母，敢情是被困在这里了。联系方才吴龙说的话，他当即明白将她困在这里的人是谁了……

刘彦昌犹豫了好一会儿，支支吾吾地说道：“这……三圣母，这小人恐怕做不到啊。单是外面那位神君，随手就可以要了小人的命，更别提二郎神了。小人方才说的……是小人力所能及的事情……”

杨婵淡淡笑了笑，缓缓道：“力所能及？什么是力所能及的事情？什么又是力所不能及的事情？我认识一只猴子，一只普通的猴子，为了一个承诺，可以走过十万八千里路拜师学艺；为了一个承诺，可以聚集天下妖怪，反制天庭；为了一个承诺……可以抛下自己的新婚妻子，将天地都毁了。你说，他这是力所能及，还是力所不能及呢？同样是承诺，为什么到了我这里就……”

杨婵说到这儿，便没再往下说了。

从杨婵的措辞之中，刘彦昌隐约嗅到了一种苦涩、幽怨的味道。

许久，刘彦昌小心翼翼地说道：“小人有一句话，不知当讲不当讲。”

“有什么话，说吧。”

“若是小人说错了，还请三圣母不要怪罪小人。”

“说吧。”

刘彦昌鼓起勇气，轻声道：“三圣母说的那猴子，想必所指的，是齐天大圣孙悟空吧？小人虽孤陋寡闻，却也听戏曲唱过，那孙悟空乃天地孕育的石猴，资质怎是小人这等凡人可比？即便小人走过十万八千里，若要拜的师父瞧不上自己的资质，未得名师，又该如何？此乃小人力所不能及也。”

杨婵稍稍沉默了一下，叹了口气道：“要名师，简单。”

一阵“噼啪”声响之中，一道耀眼的紫光闪过，刘彦昌身前的地面忽然

“砰”的一声炸开了，扬起一阵沙尘。

他吓得往后缩了缩。

待那沙尘散去，他才看到，就在方才炸开的地方，一支发簪深深地钉入地面。

杨婵轻声道：“拿着我的发簪去找孙悟空吧。就说，要拜师学艺，学成了，来华山救我。看他到底是收，还是不收。”

第五百六十四章

圣婴大王（1）

刘彦昌端着盘子走出隧道的时候，还守在那里的两名士兵一下蒙了，一脸不可思议地望着他。

刘彦昌一步步走到两名士兵身前，低声道："三圣母吃东西了，不过只吃了一点……还有，三圣母说她对自己的身体有分寸，你们不用担心。"

"你看着他，我去禀报将军！"其中一名士兵转身跑开。

剩下的士兵疑惑地看着刘彦昌。

"三圣母真的吃了？"

刘彦昌点了点头。

"你用了什么办法？"

"我……求她。"

士兵不禁笑了，有些鄙夷地瞧着刘彦昌道："求，对三圣母有用？"

刘彦昌没有回答。

很意外地，从刘彦昌的脸上，士兵没有看到一丝一毫完成任务的欣喜，反倒多了一丝凝重的意味。

士兵伸手接过刘彦昌手中盛着剩菜的盘子，悠悠道："别担心，吃多吃少，都是吃。只要三圣母真吃东西了，帮你采个药，那就是喝口水一样的事情。不过，如果撒谎，那你会死得很难看。"

说着，士兵有意无意地看了刘彦昌一眼，没有从他脸上读到任何惊慌。

士兵将盘子放到一旁的石桌上。两人就这么静静地站着，等着。

刘彦昌暗暗握着自己衣袖中的发簪，忽然低声问道："这位神君，小人可否请教一件事？"

“说吧。”

“小人想请教一下，那个齐天大圣孙悟空……跟三圣母是什么关系？”

被他这么一问，士兵顿时一愣。

“你问这个干什么？”

“也……也不干什么，就是方才三圣母提起了，小人好奇，所以就问一句。若是不方便说，神君当小人没问过就是了。”

士兵摸着下巴想了一下，道：“也没什么不能说的，孙悟空，是三圣母的心上人。甚至可以说，是她的夫君，我们二爷的妹夫。当然，新婚之日孙悟空跑了，洞房没入，天地却拜了。这究竟算不算夫妻，我也说不清。”

刘彦昌眼珠子转了两下，低声道：“那，孙悟空和二郎神的关系如何？三圣母又为何被关在这儿？”

正言语间，吴龙已从远处急匆匆地走来。

士兵白了刘彦昌一眼，道：“这些你就别多问了，还有，方才我说的那些，可别让将军知道。”

刘彦昌连忙拱手道：“小人明白，小人明白，谢神君赐教。”

吴龙快步走到两人身前，朝石桌上的盘子瞥了一眼，道：“三圣母真的吃东西了？”

刘彦昌点了点头。

吴龙转身就要往隧道走去，刘彦昌却赶忙伸手拦住。

“怎么？”

“神君方才答应小人的事……”

吴龙站定，上下打量了刘彦昌一眼，道：“量你也要不出什么花招。辛虎！”

“在！”士兵连忙单膝跪下。

“去给他采药，然后送他离开。给我记下他家地址，往后若是有事，找起来也容易。”

“诺！”

吴龙转过脸，又对着刘彦昌道：“若是你敢骗我，就算你那老母亲医好了，我也会把你们一家一锅炖了！”

刘彦昌连忙躬身拱手道："小人就是有天大的胆子，也不敢老虎头上拔毛，神君大可放心！"

"滚吧！"说罢，吴龙转身朝隧道走去。

士兵辛虎与刘彦昌对视了一眼，做了个"请"的手势，道："这里不方便，你还是到外院去等吧。我先去帮你把药采来，再送你回家。"

"有劳神君了。"刘彦昌连忙躬身拱手。

此时，猴子一行正慢悠悠地走在蜿蜒的山道上。

离开乌鸡国至今已是一月有余，带上个卷帘，加上猴子、玄奘、敖烈、天蓬、黑熊精，一行从原本的五人，变成了六人。

论资排辈的话，这六个人站在一起，挑担子的活儿自然应该还是黑熊精干，不过猴子却提出让卷帘来接手。原本他们以为卷帘会有意见，毕竟不久之前他还是国王，转眼之间就变成了脚夫，这事换了谁都会不习惯。

然而，卷帘一口答应下来，反倒是黑熊精有些不好意思，抢着干活。

乌鸡国的事情解决了，这一路上，卷帘却没有一丝喜色，看上去反倒比原来在乌鸡国的时候更加苦恼了，每日都皱着眉头在想着什么，也不常与人说话，安静得像空气似的。

有一次，猴子借着一个机会问他都在想啥，结果答案出乎猴子的意料。

"回大圣爷的话，卷帘在想李天王最后说的那句话。"

"哪句？"

"就是那句'慈不掌兵，情不立事，义不理财，善不为官'。"

猴子顿时哑然。

敢情这么久了，他还没从乌鸡国的窘境当中走出来啊！

不过，没走出来就没走出来呗，人在，不闹出什么事，就好了。

一样米养百样人，每个人都不同，有的人大大咧咧，总是事情一过就忘得一干二净；有些人则喜欢钻牛角尖，是是非非，都要弄出个所以然来。

从某种角度来说，天蓬和卷帘倒是很像。这种人的眼神一般不是哀怨就是迷茫，再不然，就是忧郁，总之，永远都是那么一副心事重重的样子。而这种人彼此又有着很大的区别。

例如天蓬与卷帘，卷帘的智商明显没有天蓬高，因此，猴子估摸着，他这低谷期会持续很久。

其实，严格来说猴子也属于会钻牛角尖的人，事实上这个队伍当中，也就敖烈比较看得开，其余的都是一路货色。

跟天蓬和卷帘不同的是，猴子属于那种只许自己钻牛角尖，不许别人钻牛角尖的人。明明自己钻牛角尖，却还对别人钻牛角尖的举动嗤之以鼻。

好在这么多年过去了，猴子多少学会了一点，那就是：无伤大雅的事情，别管。

所以，卷帘低谷期久就久呗，关自己啥事？难不成还指望卷帘活跃气氛？

对于这个问题，猴子也就是略微想了一下，就丢到一旁了。

这一天，一行人又同往常一样走在山道上，猴子打头，天蓬押后，卷帘和黑熊精一左一右地将骑马的玄奘护在中间。至于敖烈，他负责牵马。

远远地，猴子望见了一座高耸的山峰。这座山极高，高耸入云，山顶上是皑皑白雪，在群山当中，显得鹤立鸡群。

猴子顿时停下了脚步。

很快，身后的其他人也都跟了上来。

猴子回头问黑熊精道："这里住了谁？'

"谁？"黑熊精一脸茫然。

猴子看他一无所知的样子，摆了摆手，对着众人喊道："都小心点，有妖气。而且不止一个……这里，应该是一个'妖国'。"

敖烈闻言，顿时一个激灵，其余众人也是面面相觑。

天蓬从后方缓缓走了上来，仰头望了那山一眼，道："这里住的应该是圣婴大王。"

"什么人？"

"牛魔王的儿子，红孩儿。"

猴子顿时笑了。

三昧真火？烧两下试试。

阴暗的洞府之中，铁盆里的火吱吱地燃烧着。火光将四周的一切都映成了血一样的颜色。

数不清的妖怪聚集在一起，黑压压一片，甚至连墙上也爬满了小妖，以至于洞府中的空气特别浑浊。

正当中，众妖自觉让出一块空地，上面放着一张造型如同无数恶鬼纠缠在一起的高耸王座，红孩儿端坐在王座上，一脸不悦。

“报——！”一个光着膀子、浑身青色、尖耳大眼的妖怪从洞府外冲了进来。

那些妖怪当即如同往两边退开的潮水一般，为来者让出了一条过道，好让他径直走到红孩儿面前。

“启禀圣婴大王！”那青色妖怪单膝跪地，拱手道，“那猴子，还有和尚一行人，已经到了距此五里处！”

顿时，原本安静无比的洞府之中吵闹起来。

“总共来了几个人？”红孩儿面无表情地问道。

“一共六人一马。”

“都是什么货色？”

“孙悟空、玄奘、西海三太子敖烈，另外还有一只黑熊精、一只猪妖。还有一个大胡子人类，不知道是什么来历。”

红孩儿稍稍沉默了一会儿，轻声道：“修为，都搞清楚了吗？”

那青色妖怪微微一愣，低声道：“西海三太子敖烈不足为虑，玄奘尚未修成佛身，也不足为虑。黑熊精是太乙金仙初期修为，那大胡子人类，也是太乙金仙初期修为。猪妖隐藏了修为，看不清。至于那孙猴子……他倒是没隐藏修为，不过，不知道为什么，却怎么都测不出来。”

说罢，那青色妖怪微微抬头，望着红孩儿。

“测不出来？”

整个洞府之中的所有妖怪都屏住了呼吸，朝红孩儿望了过来，一个个神色紧张。

渐渐地，红孩儿的脸上绽露出笑意，道：“走，去迎接我们的‘大圣爷’！”

第五百六十五章

圣婴大王(2)

猴子一行人绕过两段山路，渐渐接近了前方那高耸入云的山。

荒芜的山道上，猴子面无表情地走在最前头，金箍棒拖地发出的刺耳声响在山间回荡。

敖烈握着缰绳的手越攥越紧，天蓬提着九齿钉耙走在最后，一双眼睛不时地往两边的草丛瞥。

荒草丛中时不时发出窸窸窣窣的声响，好像有什么东西在飞速移动着。

在场的众人，除了玄奘之外，即使是修为最弱的敖烈，也能感觉到浓郁的妖气，感觉到荒草丛中有数不清的眼睛在偷偷地看着自己。

小白龙犹豫了许久，低声问道："大圣爷，那个什么圣婴大王，他爹牛魔王不是您的手下吗？"

"他爹曾经是，他不是。"

"听吕六拐说，上次五庄观出事的时候他爹亲率大军驰援，只是因为到了半路，事情已经解决了才折返的。难不成他还敢反你不成？"

"天知道。"猴子瞪大了眼睛，咧开嘴哈哈大笑。似乎是刻意笑给某些人听的。

六百多年前，三界之中肯定没有任何妖怪敢跟自己叫板。六百多年后，可就难说了。

洞府中，一只妖怪匆匆跑来跪在红孩儿面前，拱手道："启禀大王，那孙猴子一行已经过了断头岭！"

"没有停下来？"

"没有。"

"没有动手拿下一两个哨兵?"

"没有。"

红孩儿握着火尖枪笑了:"还真是大胆啊，敢情把我当成我爹了。"

他身旁一只老妖微微蹙起眉头，低声道:"大王，孙悟空，乃是万妖之王，恐怕不好轻易得罪吧?"

"万妖之王?"红孩儿闻言笑得更欢了，他斜过眼去看那老妖，道，"那是六百年前的万妖之王，如今这天下，哪里还轮得到他说了算?"

老妖连忙说道:"他当年，可是孤身攻破南天门啊!"

"南天门有何可惧?整个南天门，也就一个李靖、一个哪吒上了太乙金仙境，若父王肯放手让我攻打，我也能拿下!"红孩儿摆了摆手道，"休要多言，等本大王会会他，几斤几两，一会儿便知!"

说罢，红孩儿不再搭理那老妖，拄着火尖枪，迈开大步就往洞府外走。

远远地，他们看到了一个岔道口。

往左边走，又是一条蜿蜒的山道，一面是悬崖，一面是峭壁。往右边走，则是一条大道直通那高耸的山峰。

两边的荒草丛中隐约可以看见一个个脑袋，一柄柄兵刃。

玄奘深深吸了口气，朝两边的草丛望了一眼，依旧镇定自若地策马前行。

猴子在那岔道口站定，看见路边立着一块石碑，上书"号山枯松涧火云洞"。他顺着右边的大道望去，在那末端，是一条横跨万丈深渊的铁索桥，过了铁索桥，则是一个五丈高的洞府。府门顶上挂着一块大匾，上书"火云洞"三个大字。洞口立着八只手持长矛的小妖。

这些小妖，看见猴子一行却跟没看见似的，只静静地站着，目不斜视。

"这是干吗呢?"猴子不由得微微蹙眉。

若是善意的，那么猴子走到这里，对方应该早就出来迎接了;若是恶意的，也不应该等对方到自己家门口才发动攻击啊。

敖烈低声问道:"会不会，他们根本就不知道我们来了呢?又或者，那个什么圣婴大王压根儿不在洞府之中，小妖一路监视，只是还不知道我们的身份，出于防范。”

“不会。”天蓬摇了摇头道，“如果是不知道身份，以他圣婴大王在妖界的名气，即便他不在洞府之中，那些小妖也早该派人拦路质问我们来历了，何须这样潜行监视？他们采取如此伎俩，肯定是知道我们的来历。既然知道我们的来历，无论他圣婴大王在不在洞府之中，这些妖怪怎么都应该派人出来迎接才对，可他们没有。这说明，有人给他们下了什么命令，让他们不要轻举妄动。”

“那现在是怎么样？”小白龙的目光在猴子与天蓬之间来回。

天蓬瞧着猴子，笑道：“他们没出来迎接你这大圣爷，你会不会有点……不舒服？”

猴子摆了摆手道：“又不是小孩子了，计较这些干啥？他们不出来，我们便不进去，大家相安无事便好。犯不着徒生事端。”

说着，猴子转身就要朝左边的山道走去。

正当此时，号角吹响了。

整座山仿佛在震动一般，无数小妖从四面八方拥了过来，手持兵刃。

只一瞬，四周已布满了妖怪，黑压压一片。

天蓬、卷帘、黑熊精迅速摆开迎战的架势，将玄奘护在中央。

猴子扭头望去，看到铁索桥的另一端，无数妖怪从洞府之中列队而出，又迅速让出一条宽敞的过道。

在过道末端，红孩儿悠然地站着，歪着脑袋瞧着猴子。

“这个就是孙猴子？”

“就是他。”一旁的小妖低声道。

红孩儿默默点了点头，迅速换上一张笑脸，拄着火尖枪一步步走向铁索桥。

猴子挑了挑眉，大拇指在金箍棒上轻轻摩擦着，一双眼睛迅速将四周所有的妖怪都扫了一遍。

粗略看去，这支妖军，里里外外，该有近万之数吧。数量虽多，但散漫到了极点，甚至说是一群乌合之众也不为过。

盔甲制式不统一，兵器五花八门，完全没有一点行军打仗的样子。

若在以前，猴子会将妖兵按照他们各自的特性编列，这也是最基本的，否则打起来就完全靠数量了。而在这里，猴子却完全看不到这种迹象。

一只只妖怪高矮胖瘦不一，身上的铠甲乱七八糟，许多妖怪干脆赤裸着上身，全然没有防御进攻之分。

这德行，比之牛魔王当年的霜雨山妖军都不如。放到当年鼎盛时期的花果山，这样的部队连戍守外围都不够格。

可细看之下，却又不是全然如此。

虽说这里面的许多妖怪都不堪一击，但还暗藏着不少好手。论平均实力，这支妖军要远高于当年花果山的普通部队。这样数量的实力部下，显然不是一般妖王可有的。

就在这良莠不齐的队伍之中，穿着一袭红色铠甲、扎着两个总角、身高只及猴子腰部的红孩儿看上去格外刺眼。

在踏上铁索桥的前一刻，红孩儿停下了脚步，仰起头，远远地对着猴子拱了拱手，一字一顿地喊道："大！圣！爷——！您与我父王，也算是旧识了，路过我这火云洞，也不进来坐坐？是不是，不太合礼数？"

"不合礼数！不合礼数！"四周的妖怪挥舞着兵器喊了起来，直到红孩儿撑开双手，示意停下，他们才安静下来。

面对如此阵仗，猴子一时间竟不知道说啥好。

这是干吗？挑衅？

曾劝诫过红孩儿的老妖，那脸刷的一下白了，他战战兢兢地挤到红孩儿身旁，低声道："大王，老臣以为，此事，还得先行禀报老大王，再行决断。"

"禀报什么？等我击败了这个所谓的齐天大圣，当上万妖之王时，再去禀报，不是更好？"

"这如何使得？"

"怎使不得？他就是有通天的本领，如今，也不过是只落单的猴子。我有近万大军在此，还怕他跑了不成？"说罢，红孩儿一把将那老妖推开，几个小妖当即上前，捂住老妖的嘴，直接将他拖进了洞府。

红孩儿又往前一步，望着猴子笑嘻嘻地说道："孙叔叔，不如进侄儿的洞府坐一坐，让侄儿尽尽地主之谊，款待诸位，往后父王问起了，侄儿也好有个说辞。”

“孙叔叔？”猴子蹙起眉头，冷笑出来。

这是怎么回事？

先是一个“旧识”，将猴子与牛魔王的身份说成平级，完全抹去了原本的隶属关系。再来一个“孙叔叔”……这算啥？难不成见了牛魔王，猴子还得叫一声“哥”？

“来者不善，善者不来。”天蓬压低声音道，“这洞，是万万进不得的。一旦进去，我们倒也罢了，玄奘法师，怕是难保万全。一会儿我殿后，你们两个护着玄奘法师往左突围。行李和马匹都不要了，玄奘法师的安全要紧。”

天蓬朝猴子看了一眼，继续叮嘱道：“这里面圣婴大王的实力最强，你要设法拖住他。特别是他那‘三昧真火’，你连天劫都扛过了，自然不在话下。不过我们几个可顶不住，可千万不能让火烧过来。”

“你这是让我逃咯？”猴子白了天蓬一眼，悠悠道，“让这娃儿欺负到头上，往后出门，脸还往哪儿搁啊？当年你六十万天河水军围剿花果山，我可都没逃呢，就这点人马，给我塞牙缝都不够。行李都拿好了，一件不能丢！”

说着，猴子往前跨了一步，金箍棒重重一顿，歪着脑袋远远地朝红孩儿笑道：“别装了，想干什么直说吧。”

“大圣爷快人快语！”红孩儿轻蔑一笑，拱手道，“既然如此，那晚辈就明说了。都说您是万妖之王，可当年，您却丢下花果山，为了一个女人杀上了天，全然没有半点妖王的气度。六百多年不知所终，更是分毫没有尽到万妖之王的义务。晚辈以为，您不配当这万妖之王。”

“不配！不配！不配！”无数妖怪当即附和起来。

一片喧哗声中，猴子翻了个白眼，似笑非笑地盘起手来瞧着红孩儿。

直到红孩儿抬起手，众妖才安静下来。

红孩儿干咳了两声，接着喊道：“自古以来，我妖族之王，便是能者居之。您是六百年前的万妖之王，如今，六百年过去了，我妖族代有人才出，这万妖之王，是不是也应该改选了？”

猴子不紧不慢地轻声道：“所以，你准备挑战我？”

“准确地说，是杀了你。”

“是你爹的意思？”

“如此小事，何须劳烦我爹？”

说着，红孩儿已经握着火尖枪，摆出了进攻的架势。

四周的妖怪也一个个攥紧了兵器，咬紧了牙。

瞧着这局势，天蓬与卷帘都紧张到了极点，玄奘胯下的白马在原地踏出阵阵马蹄声，猴子却缓缓地笑了出来，叹道：“给你最后一次机会，放下火尖枪，我让你爹打你五百下屁股，念你年少无知，这事就这么算了。如若不然……你爹，加上你那五个叔叔全来，也救不了你。”

第五百六十六章

圣婴大王（3）

“五个叔叔……”红孩儿的眉头微微一皱。

“哦，不好意思，我忘了。”猴子将金箍棒收入耳中，摆出空手搏杀的架势，笑嘻嘻地说道，“已经死了一个，还是我亲手杀的。现在就只剩下四个了。”

“猴头儿休要狂言！”红孩儿咬紧了牙，扬起火尖枪，一发力，枪尖燃烧的烈火迅速将自己团团包裹住。

四周的妖怪挥舞着兵器尖啸了起来。

“接招！”一声清叱，那烈火中的身影化作一道红光掠过铁索桥朝猴子直刺过去！

一刹那，沿着红孩儿踏过的轨迹，如同宣纸走笔一般，焦黑的颜色在土地上迅速蔓延开来，狂暴的热气朝四周席卷而去，逼得周围的妖怪不自觉地后退。

只一瞬，那红光已与猴子近在咫尺，玄奘的白马惊得后仰，小白龙连忙扯住缰绳，天蓬、卷帘、黑熊精三人皆摆出迎战的架势。

所有妖怪都瞪大了眼睛。

然而，他们期待的精彩战斗并没有发生。

只听“咣咣”连续两声闷响，高高悬于洞顶的火云洞牌匾毫无征兆地炸开了，碎石横飞。

就在众目睽睽之下，红孩儿与那碎裂的牌匾一同砸落在地，整个被埋入了碎石堆里。

所有妖怪都惊得张大了嘴。

原本的尖啸被硬生生扼断，山间一片寂静。

铁索桥的另一边，猴子依旧站在原地，高举着一只手。

所有妖怪都惊恐地看着他。

片刻之后，那火尖枪带着丝丝火焰旋转而下，稳稳地落入猴子手中。

四周的火焰都消散了，好像什么都没发生过。在那出招的瞬间被彻底烧断的铁索桥发出刺耳的声响，拖着火焰在空中解体，坠落。

焦黑的地面上，只剩下点点火星。

此时此刻，方才还在嘶吼助威的妖怪们全都屏住了呼吸。整个世界一片安静。

时间一分一秒地流逝，一双双瞪圆了的眼睛在转动着。

许久，埋着红孩儿的碎石堆微微动了一下。紧接着，“哗啦”一声，碎了一半的牌匾被掀开，红孩儿捂着腹部，从碎石堆中缓缓站了起来。

人还未站稳，他眉头一蹙，一口鲜血喷出，单膝跪地。

那些妖怪看得呆了，一个个连忙上前准备搀扶。正当此时，一道红光从红孩儿的脸颊擦过，速度之快，竟连红孩儿都没反应过来。

那些原本准备上前搀扶的妖怪吓得四散逃开。

红孩儿缓缓地回过头，看见自己的火尖枪深深地钉入身后的崖壁，枪柄还在颤动。

他摸着自己有些刺痛的脸，不禁慌了。

猴子的修为能达到什么程度，红孩儿并不是没有估计过。

他自己是太乙金仙的修为，如果估计没错，猴子失了天道，应该是大罗混元大仙的修为，两者之间差了两重。

不过红孩儿有三昧真火，自认为可以补上一重，加上这边人多势众，又可以补上一重。如果再考虑到对方还要保护没有修为的玄奘法师而自己又是地头蛇，那自己这方，完全是可以占上风的。

然而，他算错了，顶级战斗力之间的较量，根本不能简单地用这种加减法来计算。

此时此刻，他的脑海中可谓一片空白。

“你已经死了两次了，可我还没动棍子呢。”猴子仰起头，手依旧维持着平抛的姿势，笑嘻嘻地说道，“你猜，你们全部一起上，能不能扛得过我三招？”

红孩儿闻言，脸轻轻抽搐了两下。

在外围，将猴子一行团团围住的妖怪们纷纷咽了口唾沫，脚不自觉地往后挪。

“什么？”牛魔王手中的茶杯“咣”的一声，掉落在地，他说，“你说……你说他去挑战孙悟空了？什么时候的事？”

看着牛魔王惊恐的表情，站在他身前的美艳贵妇一时间也蒙了，支支吾吾地说：“他……他刚刚才说的，说是有只猴子要到他的地盘了，他要夺了万妖之王的头衔，好给你长长脸。还说……还说先不要告诉你，要给你一个惊喜。”

“惊喜？”牛魔王的嘴角抽动了两下，眼睛瞪得浑圆，“惊吓还差不多！”

还没等铁扇公主反应过来，牛魔王已经一个箭步跨过去，取下了挂在一旁兵器架上的混铁棍，朝洞府外冲去。

“你要去哪里？”

牛魔王停下脚步，回头看了铁扇公主一眼，低声道：“去救人，立即帮我通知老三他们，若是还念旧情，就赶紧到火云洞去，替我们的孩儿求情！”

铁扇公主一阵恍惚，呆呆地问道：“我们……我们的孩儿会怎么样？”

“去晚了，连魂魄都别想找到啦……”

说罢，牛魔王转身冲出了洞府，只剩下铁扇公主愣在原地。

对一个没有经历过六百年前那一战的人类来说，她是不可能理解“万妖之王”这四个字的含义的。但此时此刻，光看牛魔王那从未有过的惊慌，任她一介女流如何不懂三界大势，也知道出大事了。这件事，大到远远不是她那叱咤三界的夫君能摆得平的。

火云洞前，依旧是剑拔弩张的态势。

猴子缓缓往前迈了一步。

顿时，红孩儿与那些妖怪纷纷往后退了两步。

“不是要杀我吗？”猴子伸手指了指自己的头，笑嘻嘻地说道，“‘万妖之王’的头就在这里，摘下来，你就当上‘万妖之王’了，怎么还不过来呢？”

红孩儿侧过脸，望向自己左边的妖怪。

那些妖怪也都看着他。

“上……”

妖怪们一个个摇头摆手。

红孩儿侧过脸，望向自己右边的妖怪。

“上！”

那些妖怪也是一个个摇头摆手，纷纷往后缩。

“都他娘的给老子上！谁敢退，老子就杀了谁！”

他一扬手，身后深深钉入岩壁之中的火尖枪被拉扯了出来。

红孩儿握着火尖枪，飞速舞出一段枪花，动作可谓行云流水，凌厉之至。

然而，猴子却只是盘起手来笑，丝毫没有亮出金箍棒的意思。

“他们人少，双拳难敌四手，我们一拥而上，很快就可以赢的！”红孩儿环视着自己的下属，喝道，“谁若是敢退，今晚便拿来下油锅，当消夜！”

原本正在往后挪的妖怪们闻言，一个个停下了脚步，握紧了武器，目光在猴子与红孩儿的身上不断来回，却依旧没有任何往前冲的迹象。

猴子依旧蹙着眉，瞧着红孩儿。

“上啊！”一声清叱，一道红光从火尖枪的枪尖甩了出去，瞬间将不远处一只徘徊不定的妖怪拦腰斩成两段。

顿时，其余的妖怪都像吃了兴奋剂一样地咆哮起来。

几只胆子稍微大点的妖怪举着兵刃就朝猴子冲了过去，无数妖怪迅速跟进。

正当天蓬、卷帘、黑熊精三人都压低了身姿准备迎战之时，却见那冲在最前面的六只妖怪，一个个腾空而起，丢下兵器在半空中挣扎着，好像有看不见的手掐着他们的脖子将他们硬生生提起一样。

紧跟上来的其他妖怪一个个都停下脚步，傻眼了。

自始至终，猴子都只是盘着手静静地站着，笑嘻嘻地瞧着惊慌失措的红孩儿。

他悠悠道："想下跪认错的话，现在已经迟了。"

"下跪？"红孩儿涨红了脸，仰起头呼喊道，"三叔！四叔！六叔！你们快出来帮帮侄儿，我们联手，必可将这猴头儿诛灭在此！"

"哟？还有帮手啊？"猴子笑得更欢了。

此时，在距此处五里开外的一座高山上，三个身影正远远地看着这里发生的一切。

鹏魔王低下头，从腰间摸出一块正闪烁的玉简。

一旁的狮[illegible]王低声问道："谁？"

"是那头老牛。"鹏魔王说着将玉简收了起来。

很快，一旁的狮狔王和猲狨王也各自掏出了一块正闪烁的玉简，互相对视了一眼，都像鹏魔王那样直接收了起来，没有理会。

鹏魔王眯着眼睛望着远处，低声道：'他应该已经知道这里发生的事情了，想让我们几个出手救他儿子一命。"

狮狔王冷哼一声，道："如果红孩儿不死的话，大哥很快会知道是我们诱使他挑战孙悟空的，到时候，怕是还有点麻烦啊。"

猲狨王闻言望向火云洞的方向，似乎在盘算着什么。

"放宽心吧。"鹏魔王瞧了猲狨王一眼，道，"就算他知道了，能怎么样？我们三个联手，还怕他不成？到如今，肯叫他一声大哥，他就该偷笑了。"

猲狨王犹豫着说道："到底是我们的侄儿，这样……是不是不太好？好歹我们也是看着他长大的。"

"有什么不好的？既然决定了投身佛门，就应该斩断过往，还念什么兄弟情？"鹏魔王伸手拍了拍猲狨王的肩，轻声道，"走吧，已经确定了那猴子的修为，也就可以了。红孩儿就是投石问路的那个石子，路已经问到了，石子接下来怎么样，与我们何干？"

说罢，鹏魔王转身腾空而起，朝西方飞去。

狮狔王迅速跟了上去，猲狨王稍稍犹豫了一下，往火云洞的方向看了一眼，最终也跟了上去。

第五百六十七章

牛魔王

“三叔，四叔，六叔！你们在哪里，快点出来啊！”

猴子用手掏了掏耳朵，放出自己的神识在五里范围内搜索，却一无所获。

“三叔，还等什么，我们联手，必定能将这猴头儿拿下！”

所有妖怪都望着惊慌失措的红孩儿，有些骇然。

“三叔！你们答应过要出手帮我的！”

那声音在山间回荡了许久，回音阵阵，四周却没有半点动静。

一时间，红孩儿似乎明白了什么，脸色刷的一下彻底白了。

猴子咧开嘴笑道：“看来，我今天命不该绝啊。”

说着，他往前迈开两步，一跃跳过了五丈宽的悬崖，落到火云洞前，与红孩儿相距不过十丈，缓缓地、一步步地朝红孩儿走去。

“你……你不能杀我，你杀了我，我爹不会善罢甘休的！”

“我杀了你二叔，他报仇了吗？”

“不……不一样，我是他亲儿子！我是他亲儿子！杀了我，他一定不会放过你的！”

“不放过就不放过吧，我还真没求过谁放过我。”

猴子伸手从耳中掏出了金箍棒，红孩儿惊得后退了两步。那些妖怪一个个瞪大了眼睛，却不敢有所动作。

“你……你不能杀我，我愿意投降，我臣服，替你征战三界。”

猴子棍子一顿，停下了脚步，瞧着眼前吓得快哭了的红孩儿，呵呵笑了起来，意味深长地叹道：“征战三界需要你吗？等西行完成了，三界还不是任我搓圆捏扁？”

红孩儿一咬牙，又一次挺起火尖枪冲了上去！

没有丝毫的悬念，猴子单手持棍，慢悠悠地摆出迎战的姿势，在红孩儿靠近的瞬间，他忽然跃起，一个横扫，直接将红孩儿拍飞了。

那些妖怪见此情形，一个个丢下兵器，作鸟兽散。

浑身血污的红孩儿强撑着站起来的时候，发现眼前原本里外三层的包围圈，只剩下一堆散乱的兵器。

顿时，红孩儿怔住了。

远处，玄奘、天蓬、卷帘，都静静地看着狼狈不堪的红孩儿。

危机已经解除，妖军散去，只剩下一个红孩儿也掀不起多大风浪了。众人不由得松了口气。

猴子绕着红孩儿不断地转悠着。

红孩儿匆匆用手抹去了自己脸上的沙土，此时此刻的他，脸色惨白，浑身上下的铠甲早已破损，沾满了血污。虽然眼泪在眼眶里憋着没有落下，但那模样，像极了做错事等待大人处罚的顽童。

“还有什么伎俩吗？听说你有个三昧真火，还没使出来呢。”猴子扛着金箍棒，朝红孩儿勾了勾手指头，悠悠道，“使出来我瞧瞧，看是不是像传闻中的那么厉害。”

红孩儿咬着牙，眼巴巴地望着猴子，踩着碎石一步步地往后退，直到背贴到了岩壁上，退无可退。

玄奘瞧着红孩儿那可怜巴巴的样子，微微张口，却见天蓬暗暗给他使了个眼色，摇头，说道：“这算是花果山的家事。如果连这孩子都压不住，以后，天下会大乱。若是为苍生着想，你就不要开口。”

玄奘闻言，默默点头，闭上双目，叹了一句：“阿弥陀佛。”

猴子俯视着身材矮小的红孩儿，取出金箍棒点在他的身前，道：“三昧真火呢？使出来，我是真的很想见识一下。”

若是往常，任何人跟他说这样的话，红孩儿肯定不管三七二十一先烧了再说。但此时此刻，他都要哭出来了。

他低下头，从腰间摸出一沓玉简，或许是紧张过度，手一颤，所有玉简掉落在地，他连忙蹲下去手忙脚乱地开始找。

正当此时，一个黑色的身影从天而降，落到了猴子身后五丈开外的地方，单膝跪地。

“老牛参见大圣爷！”

一听这话，红孩儿彻底崩溃了，眼泪如同决堤一般啪嗒啪嗒地往下掉。

“爹……爹，快救我，他要杀我……他要杀我，你快帮我杀了他！”

“你给我住嘴！”

一声叱喝之下，红孩儿连忙闭上了嘴巴，眼巴巴地望着自己的父亲，哽咽着。

牛魔王朝猴子拱了拱手，朗声道：“老牛教子无方，得罪了大圣爷，实在罪该万死。还请大圣爷恕罪！”

猴子没有回头。

他深深吸了口气，背对着牛魔王，指着红孩儿道：“得罪？他要杀我，你知道吗？”

牛魔王连忙改换姿势，双膝跪地，叩首。

“爹你干什么？”

“不想死你就给我闭嘴！”

红孩儿张了张口，却再说不出话来。

牛魔王仰起头，朗声道：“大圣爷，老牛就这一个儿子，无论他犯下什么错，都请大圣爷饶他一命。这份恩情，老牛必定铭记于心！若大圣爷觉得老牛的承诺不够……老牛愿一命换一命，还请大圣爷成全！”

说罢，他“咣咣咣”就是三个响头。

对天庭来说，他是祸害甚深的牛魔王；对其他妖王来说，他是食古不化、做事犹豫不决的大哥；对红孩儿来说，他仅仅是父亲，一个过度溺爱自己儿子的父亲。

猴子缓缓回过头来看着匍匐在地的牛魔王，一时间，竟不知道说什么好。

此时，华山外围，刘彦昌浑浑噩噩地走进了自己居住的小镇。

阳光透过枝叶洒在他的肩上，过往的行人与他打招呼，他却一副浑然不觉的模样。

刘彦昌伸手摸了摸藏在衣袖中好不容易得来的药，不禁有些忐忑。

三圣母真的帮了自己，真的吃了东西，那个叫昊龙的天神，也真的让手下替自己采了药。不仅如此，还派人将自己送了回来，叮嘱说如果母亲的病情没有好转，就告诉他，他们可以去别处讨来仙丹医治。

当然，这种帮助并不是无偿的，条件是下一次如果三圣母再滴水不进，他必须再去劝说。

下一次，三圣母还会再对自己开恩吗？

刘彦昌不知道，就像他不知道自己拿着三圣母的发簪去找齐天大圣孙悟空会是什么结果一样。

对那个自己连脸都不敢瞧的三圣母，刘彦昌好像有一种与生俱来的恐惧。某种直觉告诉他，如果按照三圣母所说的方式去做，他会死得很难看。

刘彦昌浑浑噩噩地走在大街上，远远地看到一个背着斗笠的白胡子老头儿正柱着一根拐杖坐在树下打盹。

他快步走上前去，伸手推了推那老头儿道："肖家大爷，肖家大爷？"

那老头儿猛地惊醒了，睁着眼迷迷糊糊上下打量了刘彦昌一番，道："原来是彦昌啊，怎么，听说你进山给你母亲找药，药找着了？"

刘彦昌点了点头。

"找着了就好，找着了就好啊。"肖大爷点头叹道，"你母亲有你这么个孝子，也是上辈子修来的福分啊。若换了别人，估计现在已经在料理后事了吧。"

刘彦昌稍稍犹豫了一番，压低声音道："肖家大爷，问您个事。"

"说。"

"那个，三圣母，您知道吗？"

"二郎神杨戬的妹妹杨婵？"

刘彦昌点了点头道："对，就是她。她是咱华山的圣母，这么些年了，可有什么关于她的传说没有？"

"关于她的传说？"肖大爷嘿嘿笑了起来，直起腰板道，"你想问些什么？"

"什么都行！肖家大爷，您知道什么，就都告诉我吧。"刘彦昌连忙坐在肖大爷身旁的石头上，竖起耳朵听。

肖大爷仰起头略微想了想，轻声叹道：“这三圣母啊，是玉帝亲封的华山圣母。按理说呢，我们华山的百姓，最应该拜她。可那华山顶上的圣母庙，却已经荒废了许多年。你可知道为什么？”

“因为她不显灵？”

肖大爷缓缓摇了摇头，道：“你只知其一，不知其二。若只是不显灵，为何会数百年都没人拜呢？”

“那是怎么回事？”

肖大爷捋了捋长须，故作神秘地说道：“那圣母庙，你可去过？”

刘彦昌缓缓地摇了摇头。

“我去过。”肖大爷捋着长须笑道，“那圣母庙啊，只剩下残垣断壁啦，还长满了野草，不细找，压根儿就找不到。不过啊，之所以变成残垣断壁，非日晒，非雨淋，更非风吹。乃是因为……”

肖大爷说到这儿，稍稍一顿，刘彦昌连忙瞪大了眼睛，将耳朵凑了过去。

肖大爷一只手掩着嘴，压低声音道：“乃是因为人祸。”

“人祸？这……”

一时间，刘彦昌听得傻眼了。

肖大爷呵呵地笑了起来，低声道：“传说，那三圣母，自从封了华山圣母，从不显灵，以至于香火断绝。不过，几百年前她倒是显过一次灵。那可真不是一般的显灵啊。不过一个破落书生，却被扶上了宰相之位，手握重兵，隐隐有问鼎王位之势。不过……那书生的下场很惨，惨不忍睹。那还愿的代价，高到断子绝孙！哈哈哈哈！”

闻言，刘彦昌嘴角微微抽了抽，脸色刷的一下，白了。

第五百六十八章

去还是不去

火云洞前，猴子静静地站着，冷冷地瞧着这对父子。

牛魔王一个接一个地磕响头。

“求大圣爷饶我儿一命！求大圣爷饶我儿一命！求大圣爷饶我儿一命！”

玄奘一行几人远远地看着，不发一言。

伴着一声声闷响，地面都被磕裂了，一滴滴鲜血渗入尘土中。

猴子身后的红孩儿看得失了神。

短暂的错愕之后，红孩儿连滚带爬地来到牛魔王身旁，哭喊道：“爹，爹！你别这样！孩儿求你了，别这样！”

他咬着牙，用尽所有力量去搀扶自己的父亲，希望将他从地上拉起来：“我们不求他！孩儿可以死，但不能死得没有尊严！”

“你懂什么？要尊严有什么用？你死了，你娘怎么办？”牛魔王重重地一甩，将红孩儿甩出一丈开外，然后面向猴子，又是重重一磕，那鲜血在地上晕开了。

“老牛只求大圣爷饶我儿一命。当年撤军，是老牛的错。这些年没有复兴花果山，与吕丞相作对，也是老牛的错。只要大圣爷饶我儿一命，老牛这条命任大圣爷拿去，绝不反抗！这几百年来积累的法器、人马，也一并奉上，绝不私藏！只求大圣爷饶我儿一命！只求大圣爷饶我儿一命！”

猴子依旧不发一言地站着，看着。

望着不断磕头的父亲，趴在地上的红孩儿傻了。他张大了嘴巴，眼泪如同决堤一般地流。

这是一个他从未想象过的父亲。

“爹，孩儿错了，你别这样……你别这样好吗？孩儿知道错了。”他一点一点地朝牛魔王爬了过去，哭喊着伸手去拽自己的父亲。

牛魔王一个转身，一巴掌重重打在红孩儿脸上。

“啪”的一声，清脆的声响在山间缓缓荡开。

猴子睁大了眼睛，玄奘蹙起了眉头。

牛魔王咬着牙，怒视自己的儿子。

红孩儿捂着有些红肿的脸，呆住了。

从小到大，牛魔王从未对红孩儿动过手。这一巴掌，直接把红孩儿给打蒙了。

牛魔王回头看了猴子一眼，从地上爬起来，握紧了拳头，猝不及防地一拳重重打在红孩儿的腹部。

红孩儿一口鲜血喷出，就连远处的玄奘都吃了一惊。

“爹……”

牛魔王一把将红孩儿压得跪倒在地，高声叱喝道：“解开灵力防护！”

“爹……”

“解开！”

红孩儿散去身上所有的灵力，紧紧地闭上眼睛，咬紧了牙，跪着。

牛魔王扬起拳头，对着他的背就是重重一击。这一击，打得红孩儿整个贴在地面的岩石上。

“起来——！”牛魔王握紧了拳头，重重地喘息着。

“爹……”

“我让你起来！”

红孩儿颤颤巍巍地撑起身子，跪好。

鲜血从他的口鼻之中渗出，滴落在沙土上。

“大圣爷。”牛魔王回过头，拱了拱手，朗声道，“老牛这就教训这个逆子，打到您满意为止！”

他说着咬了咬牙，一脚朝红孩儿狠狠踢了过去。

红孩儿整个身躯如同秋日里的枯叶一般被扫起，凌空翻滚，又重重砸落，扬起一阵尘土。

红孩儿咬着牙，颤颤巍巍地从地上爬起来，跪好，眨巴着眼睛。牛魔王匆匆又至，又是重重一击，如此反复。

自始至终，红孩儿没有任何的反抗，也没有任何的惨叫、求饶，更没有运用灵力抵御牛魔王的攻击。

他只是咬着牙，紧闭双目，握紧了拳头，承受着，反复地从地上爬起来，跪好。

转眼之间，红孩儿已经奄奄一息，再也动弹不得。

牛魔王却还没有任何停下来的意思。

正当牛魔王狠下心再次扬起拳头时，他的手腕被猴子从后面稳稳地握住了。

“别打了。”

牛魔王回过头，看见猴子面无表情地看着自己，连忙放下高举的拳头，拱了拱手，往后退了一步。

猴子瞧着趴在地上奄奄一息的红孩儿。

“痛吗？”

红孩儿没有吭声，那半埋在碎石堆里的手是松开的，人似乎已经晕了。

“痛吗？”猴子指了指红孩儿道，“我问你，打他，你痛吗？”

牛魔王抬头看了猴子一眼，一阵失神，又连忙闭上双目，重重点头。

“你不是个好统帅，霜雨山那一战，你打得很糟糕。”

牛魔王攥紧了拳头，静静地站着，弓着身子，紧闭双目，咬着牙重重点头。

“你不是个好盟友，一出事，你就为了自己的安全抛弃盟友，甚至落井下石。”

牛魔王重重点头。

“你也不是个好大哥，一帮子兄弟，全都没带好。他们现在都敢打你儿子的主意了。”

牛魔王重重点头。

“你还不是个好下属，花果山一战，你没有和六拐他们协商好，就撤军了。不说别的，如果你们在，稍微处理一下，也许大角能活。他，是一路跟随我的兄弟。”

牛魔王重重点头。

猴子伸手拍了拍牛魔王的肩膀，叹道：“但你确实是个好父亲，虽然孩子也没教好，但你确实是个好父亲。”

说着，猴子转过身，拄着金箍棒一步步朝玄奘的方向走去，笑道：“其实我真想杀了他，杀鸡儆猴。不过，当着一个好父亲的面杀他唯一的儿子，这事，我实在做不出来。”

牛魔王闻言，顿时老泪纵横。

他“扑通”一声跪倒在地，重重地磕头：“老牛谢过大圣爷，老牛谢大圣爷恩典！”

“之前的事都算了吧，你不是好下属，我也不是什么好头头，大家都不是什么好货。实在……也没什么脸面和你们计较。不要老是那么心惊胆战的了，六拐爱摆点谱，但他没什么恶意。”猴子背对着牛魔王，摆了摆手道，“这件事就这么算了吧，带你儿子回去养伤。再有下次，就没那么容易了。”

“老牛谢过大圣爷，若有什么事，大圣爷一句吩咐下来，无论是上刀山还是下油锅，老牛万死不辞！”

猴子回头看了他一眼，道：“我的油锅，你下去，泡都不会冒一个的。有空替我盯着你那几个兄弟就好了，别让他们再给我惹出什么事来。”

牛魔王重重抱拳，叩首道：“老牛遵命！”

猴子一跃跨过悬崖，带着玄奘一行，又继续慢悠悠地向西了。

空荡荡的火云洞前，只剩下牛魔王与那奄奄一息的红孩儿。

他微微颤抖着，扫开散落在红孩儿身上的碎石，躬身将他抱起来。

“爹……对不起，儿子……闯祸了……”

“没事，活着就好，活着就好。”牛魔王将红孩儿抱在胸前，低声道，“都怪爹太宠你了，都怪爹。以前还是小妖的时候，朝不保夕，我老护着你，现在日子好过了，还是只想着把最好的东西都给你……才养成了你这天不怕地不怕的性格，都怪爹。”

“爹……我以后……一定都听你的。”

“别说话了，爹现在就带你回去，好好养伤。”

“嗯，谢谢爹。”

那怀抱中的红孩儿，微微睁开眼睛看着自己的父亲，眼泪一直不停地流，却挤出了一丝笑容。

牛魔王一个转身腾空而起，抱着红孩儿，朝自己的洞府前进。

此时，华山外围的小镇。

刘彦昌浑浑噩噩地回到家中，将药煎好，服侍老母亲喝下去，之后便坐在自己家看上去已经有些破落的院子里盯着三圣母的发簪发呆。

肖家大爷的那些话在他的脑海中回荡着。

刘彦昌是读书人，在这个时代，读书人就是官员的后备军。然而，刘彦昌并不属于出类拔萃的读书人，如果不是从小被自己有着当官梦的老爹拿木棍逼着，他现在也许已经变成一个屠户或者裁缝了。

都说书中自有颜如玉，书中自有黄金屋，可惜，对读书读得不出色又没有很好家底的刘彦昌来说，当官这档子事，这辈子肯定也轮不到自己了。如此一来，颜如玉和黄金屋自然是没有了。可读书还有一个好处，就是明事理。刘彦昌自认读书不怎么样，却还是颇懂盘算的。

三圣母的这个还愿的要求，内有玄机，这几乎是铁板上钉钉的事了。

若在往常，神鬼之说，刘彦昌必定会留个心眼，可这次亲眼所见，已经由不得他不信了。

那天兵说孙悟空是三圣母未洞房的夫君，肖大爷说孙悟空六百年前在三圣母与书生的婚礼上，将三圣母抢了去，书生则落入了天庭大军的手中，此后生死不明。

这两件事一一对应，说明都是真的。

然而，三圣母让自己去找孙悟空，听口气，孙悟空是必定会顾及她情面的。由此看来，当初的“抢亲”，并不一定真的是“抢亲”，所谓的婚礼，很可能不过就是个幌子。

可，既然如此，为什么不是让自己直接拿着发簪去要求孙悟空来华山救她呢？难道孙悟空亲自来，不比将自己收了为徒，教上十年八载还指不定教成什么样来得有效吗？

刘彦昌想不通，实在想不通。

神仙的世界，他不懂，此刻他只明白一件事，那就是这个三圣母绝非善类，自己若是一个行差踏错……那被天庭捉去下落不明的书生，就是他的前车之鉴。

“接下来该怎么做，如果不去，会不会出事呢？”刘彦昌握着那发簪一脸茫然，“如果我有个三长两短，我那母亲……到时候，这病好与没好，不都一个样吗？岂不是出了狼窝又入虎口？”

他无奈苦笑。

正当此时，一个年仅五岁、浑身沾满了泥巴的孩童从门外奔了进来，看见刘彦昌，连忙喊道：“爹！他们说你回来了！帮奶奶找到药了吗？”

说着，那孩童急匆匆地跑到刘彦昌跟前，睁着一双大眼睛，眨巴眨巴地看着刘彦昌。

刘彦昌瞧着自己的儿子，不由得笑了，他伸手摸了摸沉香的头发，轻声叹道：“药找到了，山里的神仙，也答应一定救奶奶的命。”

“太好了！”小沉香一下尖叫起来，手舞足蹈地喊道，“奶奶有救咯！奶奶有救咯！”

他飞奔进里屋，又很快跑了回来，眨巴着眼睛低声道：“爹，你见过神仙啦？”

刘彦昌点了点头。

“那，神仙是什么样子的？”

“就……”刘彦昌用手比画着，想了好一会儿，也不知道该怎么表达。

“是不是像庙里那样子的？”

刘彦昌随意地点了点头。

“哇！我爹见过神仙了！我要告诉大家——！”

沉香又是一声尖叫，就要往院外跑，却被刘彦昌硬拽了回来。他做了个噤声的手势道：“这件事，不能说出去。”

“为什么？”沉香眨巴着眼睛问。

“神仙不喜欢有人去骚扰他们，这次你爹我都差点儿死在那里了呢。若是让他们知道我回来之后四处跟人说，到时候啊，咱都得死！”

一听“死”字，小沉香连忙捂住了自己的嘴，缓了缓，又问道：“那，他们不喜欢有人去骚扰他们，为什么又愿意帮我们了呢？”

刘彦昌晃着身子面无表情地答道：“因为我答应了去拜另一个神仙为师，然后帮他们做一件事。”

“哇！”小沉香又尖叫起来，接着连忙捂住自己的嘴，小声问道：“拜师？那……学成了，爹爹也是神仙了？”

“算是吧。”刘彦昌随口答道。

小沉香激动不已，手脚忍不住动起来，好一会儿，他才稍稍镇定下来，道：“爹，他们让你去拜哪个神仙为师啊？”

“拜……”刘彦昌吧唧了几下嘴，说道，“拜一个很厉害的神仙，但是暂时不能告诉你拜哪个神仙为师。”

“很厉害的神仙？”

“对，很厉害。”

“有二郎神厉害吗？”

“有，也许比他还厉害。”

小沉香的眼睛都在发光了，他紧紧地盯着自己的父亲道：“爹，那……到时候，等你学成了，你会教我吗？让我也变成神仙好不好？”

刘彦昌瞧着一脸期待的沉香，眉头不由得微微蹙起。

黑水河

第五百六十九章

有古怪

小沉香的话，刘彦昌没有回答。因为他甚至不知道拿着发簪去找孙悟空之后，自己还能不能活。就像两头大象在自己的面前打架，而他只是一只蚂蚁。

命运的前方究竟是福是祸，他早已看不清，也早已由不得他了。

不过，好在这药确实灵验，母亲的身体渐渐好转，也算是这忐忑不安的一点点回报吧。

转眼，五天过去了，母亲已经能够下床走动。第六天一早，刘彦昌匆匆出了门。

走过漫长的道路去拜师，这算是一种诚意的表现，也是一种意志的考验。然而，三圣母似乎并不重视这个，她教了刘彦昌另一个更加简便的办法。

出了门，刘彦昌到小镇上的木匠那里用一两银子订了一尊一尺高的小神像，三天之后，他拿到了这尊定制的神像。

虽说做工粗糙到了极致，但该有的还是有了，乾坤圈、火尖枪、风火轮、混天绫，稍微有点常识的人一眼就能看出这是一尊哪吒像。

刘彦昌拿着哪吒像回了家，又讨来一点朱砂，按照三圣母教导的那样在哪吒像的底座绘上了图腾，然后将它与三圣母给的那支发簪供在一起。

每日早晚，刘彦昌都会上香叩拜，口中反复念叨着想求见哪吒一面。

在道家的术语里，这种行为叫作“求愿”，它会产生一种叫作“愿力”的东西，这种东西会被八重天上一棵叫作“愿力树”的宝树感知到。

与那庞大的月树不同，愿力树虽然大，但只有百丈高。上面长满了金色的花蕾，这些花蕾每隔一刹那，就会绽放，释放出点点晶莹，然后花本身迅速凋落，原来的位置又重新长出新的花蕾，如此反复。

那被释放到空气中的点点晶莹，就是凡间的愿力了。

这愿力树唯一的作用，就是让天庭知道凡间的百姓许下了什么愿望，却不是为了帮凡人达成愿望，而是为了监控凡间。

凡人的愿望，毫无疑问是跟自己的生活息息相关的，天庭透过凡人的愿望，就可以知道凡间许多具体的情况。

出于信仰，敢对天神撒谎的人实在不多，所以这些讯息一般不会有误。

试想一下，如果凡间每天有一百万人在求神，那么，就意味着有一百万个念头被送上了天庭，通过筛选，天庭可以从当中获得有用的信息，从而纠正许多异常的情况，例如——某个地方出现了一只妖怪。

在这种情况下，每一个信仰天神的凡人，都变成了天庭的潜伏在凡间的探子，而凡间的每一尊神像，每一座庙宇，实际上也都变成了天庭的情报站。

从某种角度来说，这种办法是行之有效的，在天庭强势的日子里妖怪不敢骚扰人间，就是因为这个。只要哪里出现妖怪，有人求神，天庭立马就知道了，大军随后便到。

当然，现在则未必了。天庭势弱，意味着他们即使知道问题，也不一定能解决问题。

不过，该知道的还是要知道。

八重天之上，依旧有上千名愿使。这些愿使每天要做的事，就是不断地清扫愿力树凋落的花瓣，同时收集愿力树释放出来的愿力，再将这些愿力写在纸上，或刻在竹简上，按照不同的种类，或分送天庭各部，或就地封存备查。

刘彦昌那有着三圣母亲授图腾加持的哪吒像自然非一般神像可比，愿力是第一时间送达天庭的。当然，每天许愿的人多了去了，就这么个破事，也别指望那些愿使会真的给哪吒送去了。

不过，世上无难事只怕有心人，在刘彦昌反复许愿一个月之后，这个消息，终于进入天庭愿使长的视线……

清晨，两位南天门的天兵抬着从愿力树送来的整整一箩筐的竹简书册从侧门走上了南天门的城楼。

正门口，哪吒面无表情地站着，一脸的呆滞。

不多时，清心远远地走来。

她看见哪吒，连招呼都没打便直接与他擦肩而过。

哪吒无奈地甩了甩头，只得转身跟上。

两人在城楼里转了好一会儿，最终，在哪吒的带领下，清心来到了一个不算大，但格外精致的房间里。

这房间建造在城楼内部，顶部有通风口，却连半扇窗户都没有，终年必须依靠点灯照明。

清心淡淡扫了一眼，问道："这就是给我准备的？"

"对。"

"怎么有两张桌子、两把椅子？"

"因为我也在这儿办事。"

"为什么我要和你一起？"

"你以为我很想和你一起吗？"哪吒翻了个白眼道，"你家师兄出山，弄得整个天庭都紧张不已，现在军费全花到造舰和炼丹上去了，哪里还有金精兴建新楼？"

清心"哦"了一声，指着其中一张堆满东西的桌子道："我要这张。"

"这是我的，旁边临时加的那张才是你的。"

清心面向哪吒，毫不客气地说道："我说，我要这张桌子。"

两人就这么静静地对视着。

清心高高仰着头，哪吒面无表情。

就这么僵持了好一会儿，哪吒轻声叹了口气，摊手道："好男不跟女斗，你要就给你好了。反正本太子也很少在这里待着。"

"那，收拾一下吧，把你的东西都搬过去。"

说罢，清心转到门口，盘起手来靠着门无所事事地瞧着。

"忍一时风平浪静，退一步海阔天空。"哪吒悠悠叹了一句，便着手收拾，可越收拾越气，那"放"东西的力度，也隐隐开始朝"摔"的方向发展了。

这算鸠占鹊巢吗?

可气归气，他这天庭出了名的混世小魔王，此时也是没办法。毕竟他面对的是比自己还横的清心。

更糟糕的是，接下来南天门和猴子打交道，还得靠她呢。万一闹翻了，到时候和那猴头儿打交道的事情又得自己和父亲硬着头皮上了。

不多时，两位天兵端着一个红色的木盘来到门外，盘上放着分好的竹简。

两人见到清心，连忙躬身行礼:“卑职参见御使大人。”

说罢，又转而对着房中的哪吒行礼:“卑职参见三太子。”

“免礼。”

清心伸手摸了摸那盘子里的竹简，歪着脑袋问道:“这是啥?”

“这是愿力树那边送来的。”哪吒轻声叹道，“我都当小说看的，要是看到什么有趣的事，兴许我会趁着下凡的机会，帮那许愿人把愿望给实现了。”

“哦?那倒是个好东西。”清心接过盘子，走到自己桌前随手翻起来。

“喂。”哪吒停了下来，有些不悦地说道，“那是我的东西。”

“我不能看吗?你能帮他们实现愿望，我也能。而且我时间更充裕，随时都可以下凡。”

“这不是能不能实现的问题，关键是他们拜的是谁。”

哪吒看了清心好一会儿，见她丝毫没有放下竹简的打算，也只得叹了口气，转而继续收拾自己的东西了。

不多时，清心咯咯笑了起来:“有人向你许愿生男孩啊，你连这个都管吗?”

哪吒白了清心一眼。

“哎呀，这个是求你让他娶四房美妾的。连老婆都没有，居然开口就要四房美妾，真够无耻的。”

哪吒默默地整理自己的旧战报。

“有个老头儿许愿让你弄死邻居家的狗……怎么，你还干这种缺德事?”

哪吒继续默默整理自己的旧战报。

“有个女人求你让她丈夫平安归来。嗯……她丈夫好像被征兵，去打仗了。”

哪吒踮起脚尖，将整理好的旧战报放到柜子上。

“有人把你的神像和发簪供在一起，说想求见你一面呢。”

“这有什么稀奇的。”哪吒道，“上次还有人把我的神像跟尿壶供在一起呢，我特地跑下去揍了他一顿。一问才知道，他做了一个梦，以为是祖先托梦给他，让他把尿壶跟我供在一起，说是会发大财。”

“后来发财没？”

“你说呢？”

清心掩着嘴咯咯地笑。

“这发簪的款式好像有点特别啊。以前没见过，倒是挺好看的。”

“特别的发簪？”哪吒刚巧整理完了，拍去手上的灰走到清心面前，伸手道，“拿来我看看。”

清心随手递了过去。

哪吒接过竹简，随意扫了两眼，顿时，心里咯噔一下。

“怎么啦？”

“没，”哪吒连忙摇头道，“没啥，这发簪确实挺好看的。”

清心眯着眼睛狐疑地瞧着哪吒。

哪吒一阵干笑。

“明明就有啥，都写脸上了。”

“哪里有！”

“没有为什么笑那么欢？这发簪有那么好笑吗？”

听她这么一说，哪吒连忙收起自己脸上那夸张的笑容。

就这么与清心默默对视了一会儿，在她锐利的目光下，哪吒简直觉得自己都要活活被看死了，连忙故作恍然大悟状道：“哎呀，不好！我忘了今天是我轮值了，得先走。失陪了！”

说罢，他一拱手，转身奔出了大门口。

身后，清心悠悠地瞧着，喃喃自语道：“有古怪……”

第五百七十章

神仙姐姐

哪吒握着竹简一路拐了好几个弯，直到自信已经走得够远，才撒开腿一阵狂奔。他直奔出南天门的范围，左顾右盼确定四下无人，才抹了一把冷汗，忐忑地拿起手中的竹简看了一眼。

只一眼，他又将竹简猛地合了起来。

哪吒眨巴着眼睛咽了口唾沫，喘了两口气，翻开再看。如此反复几次之后，他终于绝望了。因为他没有看错。

再往下，看到许愿人的姓名和地址，哪吒简直觉得两眼一黑，不禁苦笑。

这竹简上发簪的图案，像极了杨婵头上的那支。

三界之大，可谓无奇不有。可相似的发簪或许有，但相似，又偏偏被人拿来跟自己的神像供在一起，而且还刚巧就在华山地界……这巧合，只能说神了。

他双手一掐，毫不犹豫地将手中的竹简化作飞灰。

“杨婵姐……这是想干吗？”

哪吒呆呆地凝视着地上的灰好一会儿，然后抿着嘴唇，转身离开。

此时，在凡间，距离刘彦昌开始对着哪吒像许愿，已经过去了整整两个月。

在这两个月里，刘彦昌过得极为平淡。

刘家虽说不是什么大富大贵的人家，但也有祖辈留下的几亩薄田、一份房产，不多不少，刚好够他一家子过活的。

在这个时代，读书虽说不等同于富贵，但读书人的社会地位还是不低的。

刘彦昌是读书人，自然不可能下地干活。因此，那几亩田地便租给了同镇的其他乡亲耕种，每年收些租子。而他自己，在母亲病重之前，是镇上一所私塾的代课老师。

这代课老师虽说薪资微薄，但到底是一份体面的职业。乡里乡亲的见了面，若非辈分相差过大，少不了要称他一声“刘先生”，也算对得起他那望子成龙的父亲了。

只可惜，天有不测风云。前段时间，由于母亲的病情一天天加重，他不得不辞去代课老师的职务回家尽孝。而如今，随着母亲的身体一天天好转，他也重新拾起了原本的代课工作。

一时间，除了为给母亲治病而欠下几锭银子之外，一切似乎又回到了从前。

每天清晨天未亮，他便起身洗漱，烧火，备下早饭。一切准备妥当之后，他服侍母亲起床，然后前往私塾教书。风风光光地站在讲台上朗诵一遍连他自己都一知半解的经典，教训一圈各色顽童之后，在夕阳西下之前，他又回家烧水做饭。晚间，再给自己的孩子开小灶补习一番，指望他长大之后，能真的当个官，别再像自己一样只能混成个私塾先生。

身体渐渐康复的母亲，聪明孝顺的儿子，一切像极了他原本想象的美好生活，只是少了一个娇妻罢了。哦，不……还多了一尊神像。

按照三圣母交代的，快则一个月，慢则三个月，只要他坚持许愿，哪吒必定会出现在他面前。对于神仙的嘱托，刘彦昌这区区凡人自然没有胆子怠慢，每天早晚叩拜，即便再忙也不敢疏忽。可……

“这都两个月过去了，哪吒会不会压根儿就不来呢？”

每次看见那做工粗糙的神像，刘彦昌都会萌生出这样一个想法：如果哪吒不来，那么他的世界就完美了。哪吒不出现，他就没法儿找到孙悟空，自然也没办法拜师。如此一来，他便不需要再为自己的性命忧心，可以好好地当他的教书先生，过着平淡却安逸的生活了。

这……应该不算是违约吧？哪吒不来，那是哪吒的问题，怎么都不应该算到自己的头上啊。

只要不是违约，那三圣母就算有朝一日真从华山出来了，也应该没有理由找自己算账才对。

想着，刘彦昌悄悄用自己的衣袖将那绘在神像底座的朱砂图腾擦掉了一点，造成无意间损坏，却又没有发现的样子。

然而就在这天夜里，刘彦昌一直等待、却又一点都不希望他出现的人无声无息地降临了……

“你就是刘彦昌？”哪吒无声无息地出现在他身后，歪着脑袋，一脸鄙夷地瞧着他。

短暂的慌乱之后，刘彦昌迅速镇定下来，跪地拱手道：“草民刘彦昌，参见三太子。”

哪吒瞥了一眼桌上与哪吒像供在一起的发簪，轻声问道：“发簪，谁给你的？”

说着，哪吒悄无声息地丢了个禁音术法，将这房间的声音与外界完全隔绝。

“是三圣母。”刘彦昌连忙叩首道，“三圣母让草民给三太子传个话。”

“说。”

“三圣母大人说……请三太子，送草民去见大圣爷……”

此时，一双白色镶金边的靴子踩在院落内稀疏的落叶上，发出轻微的声响。

清心睁大了眼睛左顾右盼了一番，屏住自己的气息，蹑手蹑脚地朝刘彦昌的房间走去，弓着身子贴到墙边。

半晌，她的眉头微微蹙起，因为她啥也听不见。

“这哪吒，这次倒是一点不马虎啊。”说着，她从腰间摸出一件锥子状的法器，对准土墙的墙面。

正当她准备做些什么的时候，一扭头看见一旁的小沉香正站在自己的房门口探出半个脑袋来，眨巴着眼睛望着自己。

两人对视着，场面僵住了。

“姐姐，你要干吗？”

“小孩子别多事，回房睡觉去。”

“这里是我家，我没见过你……你是贼吗？”

“我是……贼？”

清心差点儿没给呛死。她抬眼望去，小沉香还趴在门边，依旧眼巴巴地盯着她。

“你看我像贼吗？”

小沉香摇摇头。

“不像不就行咯？”

“我是说，我不知道。因为我没见过贼。”

两人又对视着，僵住了。

就这样僵了好一会儿，正当清心准备施个术法把沉香弄昏过去的时候，他忽然开口道：“姐姐，你长得真好看。我从没看过像你这么好看的人。”

说着，沉香甜甜地笑了。

清心正在施法的手顿在空中，到嘴边的咒法忽然就变成了一句：“小小年纪，有眼光。”

沉香捂着嘴，咯咯地笑了起来，然后又神秘兮兮地问道：“姐姐，你是神仙吗？”

“你见过神仙？”

“我没见过，不过我爹见过。我爹说，有一个神仙会来找他，然后带他去找另一个更厉害的神仙，那个更厉害的神仙会教他法术。然后，他也会变成神仙。”

“哦？”闻言，清心顿时笑了，随手在空中画了个圈。

那圆圈中点点晶莹飘散，在这深夜里，看上去就像一群飞舞的萤火虫，又很快消失不见。

沉香惊得张大了嘴巴，猛地拍手。

清心朝沉香招了招手，笑嘻嘻地说道：“没错，我就是神仙。来，过来，告诉神仙姐姐，你爹还告诉你什么了？”

房间内，刘彦昌一五一十地将事情的经过告诉了哪吒。哪吒听完顿时觉得浑身都不舒服了。

他面无表情地坐在刘彦昌的卧榻上，目光呆滞。

“所以，杨婵姐的意思是，让我送你去见那只猴子？”

刘彦昌睁大了眼睛看着哪吒，微微点头。

“然后让那猴子教你法术？”

刘彦昌又是微微点头。

“再由你去击败二哥，救她出华山？”

刘彦昌依旧点头，只不过那力度越来越轻。因为他看得出来，哪吒已经十分不悦了。

哪吒白了刘彦昌一眼，冷哼一声，道：“你知道修仙是怎么回事吗？”

刘彦昌摇头。

“就你这资质，修到死，也别想上炼神境，更别提和二哥过招了，还救杨婵姐？真是笑话。”

刘彦昌小心翼翼地说：“三圣母大人说，有丹药可以补救。”

“就你这资质？整个天庭的丹药都让你吞了也不够。”

刘彦昌低着头，不说话了。

就这么沉默了好一会儿，哪吒轻声道：“你就跟三圣母说，我认为不行，没那么多丹药让你修炼，所以，不送你去。”

说罢，哪吒起身就要走，又愣了一下，转而说道：“你还是跟三圣母说没见过我吧……就说你拜了很久，无论怎么拜，我都没来。听明白了吗？”

刘彦昌点了点头。

哪吒略微想了想，还是觉得不放心，对着刘彦昌招了招手道：“算了，你过来，我还是直接把你的记忆消除了吧。这样就算杨婵姐逼问，也问不出什么来。”

“消除……记忆？”刘彦昌顿时一惊，连忙往后退了一步。

“怎么？我想消除你的记忆，你还躲得掉？”

刘彦昌呆呆地看着哪吒。

“放心，顶多变成傻子，不会死的。”哪吒也不等刘彦昌回答，松动了两下手脚，便一脸坏笑地朝他走去。

刘彦昌被吓得连连后退。

正当刘彦昌张大了嘴准备要呼救求饶之时，门响了。

一时间，两人都僵住了。

还没等他们反应过来，刺耳的摩擦声中，门被推开了。清心抱着小沉香一脚跨入房中，淡淡扫视了一圈，目光最终落到了发簪上。

就在哪吒和刘彦昌惊愕的目光中，她笑盈盈地说道："三太子这是准备要做什么呢？下个凡居然还布下禁音术，莫非，有什么不可告人的秘密不成？"

第五百七十一章

等 待

冰凉的洞府之中，杨婵一袭白衣素服，静静地坐着，如同一尊石像，目光黯淡得没有一丝神采。

“哪吒，会帮忙吗？”

洞府之中没有风，只有流转的法阵。一切，就连时间，仿佛都是静止的。

她用指尖蘸了杯中已经凉掉的茶水，点在光洁的石桌上。

茶渍缓缓地晕开了。

“会，还是不会？”她歪着脑袋想了许久，也没想出个所以然来。

六百多年的光阴并没有在她身上留下多少痕迹，可记忆中的一切却已经渐渐淡去了。

整个世界变得朦朦胧胧的，只剩下单纯的等待。而这等待是否有意义，此时此刻，恐怕连她自己也说不清了吧。

许久，她抿了抿嘴，淡淡地笑了。

“就算哪吒愿意帮忙，他会来吗？”

六百多年了，早已流干的眼泪，竟在此时又漫过了眼眶。

“为什么……为什么每次都要等我让人去催促呢？就不能，主动一次吗？”

她掩着唇，笑着，眼泪一滴滴地往下掉，滴落在冰凉的石桌上。

她心中仅存的一丝暖意，也一点一点地流逝了。

清心一步步走到桌前，伸手要去碰那发簪，一旁的哪吒张口正要阻止，清心的手突然顿住了，视线缓缓朝哪吒飘了过去。

哪吒一惊，连忙闭上嘴巴左顾右盼，装作若无其事的样子。兴许因为心虚，他的额头上已经开始冒冷汗了。

清心灿烂地笑着，轻声叹道："这发簪，看上去是上等货色啊。有些年月了，款式倒是不错。是谁的呢？"

哪吒不说话，脚却不自觉地往旁边挪了挪。

清心将发簪拿到眼前细看两眼，又放到被她单手抱着的小沉香面前晃了晃，笑嘻嘻地说道："沉香啊，告诉姐姐，这发簪哪儿来的？是你娘的吗？"

沉香摇了摇头，眼睛小心翼翼地望向缩在墙角的父亲。小小年纪，他似乎也意识到情况有些不对了。

刘彦昌目光闪烁。

清心顺着沉香的目光，也朝刘彦昌望了过去。

清心看沉香的目光是充满了怜爱的，可就在这短短的视线偏转的过程中，那眼神忽然多了几分犀利。

刘彦昌一惊，看向哪吒，见哪吒已是一副避之不及的样子，他只得摆了摆手低声道："说，没事，沉香告诉姐姐。"

沉香大眼睛转了两下，道："是……是华山里的神仙给爹的。"

"哦？华山里的神仙？"清心瞧着涨红了脸的哪吒，意味深长地问道，"那神仙……叫什么名字？"

"沉香不知道。"

"那你爹知道吗？"

沉香没有回答，只是低着头揉搓自己的手，时不时抬头可怜巴巴地看清心一眼。

清心收起笑容，将沉香放下，伸了伸懒腰。

沉香一被放下，连忙朝刘彦昌冲了过去，一下扑入他怀里，扭过头，睁着警惕的大眼睛，目光在清心与哪吒之间不断来回。

哪吒依旧一动不动地站着，涨红了脸，无所适从。

清心盘起手在这小小的土房中来回转了两圈，悠悠道："他说，还是你说？"

哪吒顿时有些怒了，张口叱道："这件事跟你没关系，你管来作甚？蛮横也要有个限度！"

清心翻了个白眼，转身指着刘彦昌道：“你说，我保你没事。”

“你！”

“你不说，我让他说，怎么啦？”清心悠悠道，“你刚刚是想做什么呢？动他的记忆？就凭你那点行者道的本事，动他的记忆，少不了要发生错乱，轻则变成傻子，重则一命呜呼，到时候留下一个卧病在床的老母亲和一个年仅五岁的孩子……啧啧啧啧，原本好好的一家子，被你三太子这么一弄，肯定是家破人亡的下场了。我清心路见不平救下他一家老小，不行吗？”

哪吒火尖枪重重一顿，怒视着清心，胸膛重重起伏。

清心与哪吒对视了好一会儿，面无表情地问道：“你觉得我这么做不对吗？”

“你觉得对吗？”

“我也不知道对不对，既然搞不清，不如，我们一起上灵霄宝殿论一论如何？”

哪吒闻言，猛地瞪大了眼睛，那握着火尖枪的手已经攥得咯咯作响了。

怒火中烧。

可，就是再气，他又能如何呢？这明摆着是他让人捉住了痛脚，难道真要闹得人尽皆知不成？

就这么对视了好一会儿，哪吒无奈，只得避开清心的目光道：“是杨婵姐托他找我，拜托我办点事，可我没答应。就这么点事，有必要宣扬出去吗？闹开了，我是没什么所谓的，反正我没答应。二哥有点麻烦罢了。他可和你无仇无怨，何必呢？”

清心笑嘻嘻地问道：“那，具体是找你办些什么事呢？”

“没什么大不了的事。”

“没什么大不了的，究竟是什么事呢？”

“都说了没什么事了，你问了有什么意义！”

清心转过脸，伸手指向刘彦昌，道：“他不说，你说。”

“行行！我说，行了吧？”还没等刘彦昌开口，哪吒便抢白道，“就……就是让我带他去拜师学艺，说是让他学成了，回来救杨婵姐……嘿，你说这算什么事呢？就他这破资质，还想救杨婵姐？真是个笑话。哎，杨婵姐肯定是在那暗无天日的地方待得太久了，有点糊涂了。改天去探望她的时候，我再好好劝劝她便是了。”

说罢，哪吒摊了摊手，拄着火尖枪装模作样地就要往外走，清心却一动不动地站着，注视着他，脸上全然没有了原来的笑容。

哪吒停下脚步，有些不自然地笑道：“怎么啦？难……难道你真觉得他能救杨婵姐不成？”

清心一字一顿地问道：“拜谁为师？”

“这……这拜谁为师有区别吗？就他这破资质？你真当二哥是吃素的吗？”

“我问你，拜谁为师？”

“这根本就不是拜谁为师的问题好吗？这件事根本、根本、根本就不可行！真带他去拜什么师，到时候不但没救成杨婵姐，还可能招惹了二哥，陛下那边也不好交代。你说这吃力不讨好的事情，我们做来干啥呢？再说了……”

哪吒叽里呱啦地说着，理由一个又一个地往外冒，顾左右而言他。

那对父子缩在墙角静静地听着，清心的神情则越来越冷淡了。

还没等哪吒说完，清心一个转身，一指指向了刘彦昌。

“说！”

这一指，毫无心理准备的刘彦昌顿时一惊，脱口而出道：“齐天大圣……孙悟空。”

一时间，整个场面都僵住了。

清心静静地站着，面无表情。哪吒咬着嘴唇，蹙着眉，一脸愤恨地瞪着刘彦昌。刘彦昌咽了口唾沫，又往里缩了缩，伸手护住沉香。

而沉香，依旧一脸的懵懂。

许久，清心缓缓地放下手来，淡淡笑了笑：“原来如此啊。”

“你想干什么？”

“没什么。”清心深深吸了口气，叹道，“我觉得这个主意挺好的，就让他拜我师兄为师吧。”

“他能学成？这……这根本就是荒谬！”

“他学不成，那就让他儿子去。沉香我倒是挺喜欢的。”

“就这小孩也不行！根本不可能！”

清心向前迈出一步，伸手就要去抱沉香。哪吒忙一个箭步挡到她身前。

两人对视着。

许久，哪吒低声道：“杨婵姐根本不是要让他去拜师，就连我都看得出来，她是变相地想让那猴子表态。说白了，就跟当年那喜帖一个样。她想让猴子来接她，又不肯说出来罢了。”

清心依旧面无表情地看着哪吒。

“你听明白我的意思了吗？”哪吒急切地说道，“这件事我们最好不要掺和。如果能让杨婵姐出来，为什么二哥还要困着她？那可是他亲妹妹啊！困着她，是为她好！跟那猴子纠缠在一起，随时都会粉身碎骨！”

“如果我一定要这么做呢？”

“那我就上奏！让陛下干预此事！”

清心侧身推开哪吒，伸手将沉香从刘彦昌的怀中夺走，随手抓起放在桌面上的发簪转身就往外走。

“你站住！”

一声叱喝之下，清心停下了脚步。

“你别以为我不敢上奏！反正这件事我也没掺和在里面，陛下肯定不敢拿二哥怎么样，更没办法拿杨婵姐怎么样！闹大了，也就是灵霄宝殿上一通扯罢了！”

清心用手上的发簪刮了刮沉香的小鼻子，轻声笑道：“沉香啊，姐姐带你到另一个地方去，去修仙，当神仙，好不好？”

沉香眼巴巴地看着清心道：“要……离开这里吗？”

“当然要了，这地方怎么修仙？”

“那沉香还可以回来看爹和奶奶吗？”

“当然可以，学成啦，想什么时候回来就什么时候回来。神仙都会飞的，懂吗？”说着，清心用握着发簪的手做了个飞的手势。

沉香小心翼翼地点了点头。

“那……沉香想和爹，还有奶奶道别……”

"去吧。"清心弯腰将沉香放了下来。

"陛下那边，我自有交代，不用你操心。还有，"清心再仰头望向哪吒之时，神情一变，对着他一字一顿地说道，"既然三圣母想让他来接，那么，我就一定、一定会让他亲自，来接。"

第五百七十二章

黑水河

此时，西牛贺洲某地。

风浪之中，一艘小船正在漆黑的江面上缓缓航行着。

船首，天蓬迎风而立，眼睛微微眯起，一动不动，神情冷峻。

在他身后，黑熊精和卷帘分别坐在两侧船舷，面无表情，却都是一只手按在自己的兵器上，保持着警惕。

再往后则是猴子了。

他盘着腿，双目紧闭，看上去像打坐入定似的。

船尾，玄奘与小白龙靠坐在一起，与掌舵的艄公谈笑风生。

一开始，谈的是艄公的家人。那艄公支支吾吾的，话题打不开，于是又扯到了这黑水河中的鱼，对这个艄公倒是能聊，但似乎也不大感兴趣。最后东拉西扯地，话题就扯到了小白龙身上。

艄公似乎对小白龙格外感兴趣，一提起他，精神头就上来了。

与其他人不同，小白龙是西行队伍中仅有的话痨，被艄公这么一问，他就真和盘托出了。从西海三太子的身份，到为了白素离家的往事，连半点遮掩都没有全说了出来。

更奇怪的是，这身份，这经历，艄公一没怀疑，二不震惊，直接就相信了，好像这些再平常不过一般。

一旁的猴子耳朵微微颤了颤，嘴角扬起一丝笑意。玄奘低着头，悄悄朝其他人瞥了一眼，似乎也已经心中有数。

就这么侃着侃着，艄公随口来了一句：“父母之恩如同天地，儿女情长如何比得？”

小白龙闻言，有点不开心了，鄙夷地瞧了艄公一眼道："父母之恩我知道，逢年过节，父王寿诞，我都有去函问候的。"

"只一封信函如何够？父母希望看到的是你啊。"

"如果他真的希望看到我，就不应该继续处处针对我家娘子。"

"毕竟是父母，总有点父母的架子不是？身为子女的，就不该体谅一下吗？依老朽看，三太子若是有空，还是应该回一趟西海龙宫，探望一下老龙王、老龙母才是啊。你若是能常回去，那西海龙王就算嘴上不说，心里想必也是高兴的。"

"嘿，我说你咋那么关心我的家事啊？"小白龙翻了个白眼，有些不屑地说道，"他要肯让我带我家娘子回去，别说回去探望了，就是搬回去都没问题。"

"哪能这么说？"艄公摇着船桨叹道，"常言道，父母在，不远行。趁着父母健在，便该多尽孝才是。莫等日后有个什么风雨不测了，悔恨莫及啊。"

"哼！"小白龙甩了甩头道，"有些事，你们凡人不懂。龙宫有天庭赐的蟠桃，可以延年益寿。怎是凡人可比？"

"我怎么就不懂了？"艄公悠悠叹道，"若真是有了蟠桃就不会死，你那姑丈泾河龙王现如今身在何处啊？"

小白龙一惊，抬眼瞧了瞧艄公。

玄奘静静地坐着，手握佛珠，一言不发。

猴子放在膝盖上的手颤了颤。

艄公一愣，连忙说道："这有什么不知道的？泾河龙王赌局的事，天下尽人皆知，都传开了。"

"那倒是。"小白龙点了点头道，"我那姑丈也是一时糊涂了，才会做出那种傻事。"

小白龙扭过头，用肘部轻轻碰了碰玄奘，道："玄奘法师是大唐人士，我那姑丈泾河龙王的事，想必略有耳闻吧？"

玄奘点头，道："听倒是听过。好像说是泾河龙王与一江湖术士打赌，赌次日的雨水，那江湖术士算对了，泾河龙王私自更改了时辰和雨量，结果引得玉帝发怒，所以……"

小白龙神秘兮兮地摇了摇头，道："哪是那么简单？六百多年前那一战之后天庭衰落，四海龙宫早就不像之前那般臣服了。就因为更改了时辰和雨量就要了我姑丈的命？你觉得这可能吗？"

"哦？"艄公笑了笑，随口问道，"不是这样，那，实情又是如何？"

"这你们就没我清楚了。"小白龙缓缓说道，"不是更改了时辰和雨量，而是停雨，整个长安一年不降雨。而且也不是玉帝要我姑丈的命，而是魏征先斩后奏。"

猴子闻言，忽然睁开眼睛朝他们望了过来。

正当此时，江上的风浪似乎大了不少，整条船都倾斜了。玄奘已经有点坐不稳了。

还没等小白龙反应过来，黑熊精和卷帘已经一下站了起来，两人运力往两边一压，顿时，船体复归原位。

任那江面风浪如何肆虐，船体稳如泰山。

一滴冷汗从艄公的额头上缓缓滑落，他连忙低下头继续划船。

"没事。"猴子指了指小白龙道，"接着说，我想听听这泾河龙王的故事。"

"大圣爷也想听？"小白龙舔了舔嘴唇说道，"那我就接着说了。我这姑丈，其实也是逼不得已啊。那一年，大唐遭了灾，国库里的粮食有些紧，唐皇下令让大臣们想办法。钦天监的台正袁天罡就求助于他的叔父袁守诚。这袁守诚，本就是个修士，虽说修为不咋的，不过刚刚踏入炼神境，但放到凡人之中，也是佼佼者了。他呀，就将算盘打到了泾河上。你说一个炼神境的修士想要告诉渔夫哪里能捕到鱼，还不是轻而易举的事情吗？

"经他那么一弄，泾河渔夫的收获自然大增，袁天罡也受了唐皇的嘉奖。

"可，这人是好了，那水族怎么办？虽说人吃鱼，千万年来都是如此，可泾河就那么大，你捕那么多，水族肯定锐减。龙王毕竟是水族之王，这件事，我那当泾河龙王的姑丈怎能不管？"

小白龙咽了口唾沫，接着说道："为此，我姑丈托梦唐皇，要他处置袁守诚和袁天罡叔侄。可那唐皇护短，又自认是天子，哪里肯？双方就这么僵持不下，唐皇不单不处置那叔侄，还给袁天罡奖赏。这口气，我姑丈哪里咽得下。于是啊，就停雨，长安城地界，不降雨了。

“那唐皇也是个硬骨头呀。长安一年不降雨，他也不妥协。他一方面从其他地方运粮食接济长安，另一方面，还不断祭天，有点向天庭告状的意思。

“玉帝知道了这消息之后，三番五次下令降雨。可我们龙宫一族哪里肯答应？要真对一个凡人妥协了，以后我们水族哪还有立足之地呢？于是乎，我那姑丈把事情拖着，就不降雨。后来才有了魏征先斩后奏的事情。其实不是玉帝下旨斩杀我姑丈，而是魏征受唐皇之命出的手。这件事后面还有好长一段扯皮呢。四海龙王联名上书要取魏征的性命，天庭诸神又出手保他，袁守诚得知矛盾已经彻底激化，连夜出逃……这些事，到现在都没扯清。再详细的，我就当真不知道了。”

说罢，小白龙无奈摊手，笑了笑。

其余人都沉默着。

玄奘点了点头，轻声叹道：“传说的东西，总归是有些错乱的。有的是被蓄意曲解了，有的，则是以讹传讹，传到后面已经面目全非。”

“真要如实传了，天庭颜面何存啊。”小白龙伸了伸懒腰道，“我要是我姑丈呀，才不管什么天神不能干预凡间的天条呢。袁守诚不过是个炼神境修士，直接自己出手杀了便是。如此一来，也不至于把事情闹得那么大，最后落得个死不瞑目的下场。”

说罢，他长长一叹。

正当此时，只见江面一阵涌动，忽然掠起一卷滔天大浪，由上至下朝船体拍了过来。

这浪之大，莫说是江上的浪，便是海中的浪，也难与之相比。若是迎面拍中，任你船体重心如何稳定，肯定也是四分五裂的下场。

正当众人的注意力都被大浪吸引之时，只听艄公疾呼一声：“大师！小心！”他说着便朝玄奘扑了过去。

可惜，还没等他碰到玄奘，便已经感觉到有什么东西顶在了他的胸前，阻断了他的去路。

他仰起头，看到坐在远处的猴子正握着金箍棒的一端，而另一端，则顶在自己的胸口。

一时间，艄公怔住了。

此时此刻，船上除了小白龙，其他人都冷冷地瞧着他。而那大浪也没有如意料般将整艘船拍翻，因为它凌空被冻成了冰雕。

不仅仅是大浪，就连船体四周的江水也被冻住了，冰块承载着小船上浮了一点。

天蓬面无表情地走到玄奘身旁，将玄奘拉到自己身后。

“回去。”猴子握着金箍棒瞧着艄公，冷冷地说道，“没有你，我们也能过江。所以，别动什么歪脑筋。”

艄公手微微一颤，往后退了一步，乖乖地去握船桨。

汗如雨下。

此时整艘船四周都已经被冻结，完全靠着猴子的法力连同冰块一起推动着朝对岸去，哪里还需要他撑船呢？

一时间，整艘船都寂静无声了。

第五百七十三章

陷　阱

一眼望不到岸的河面上，水流被法力操控着推动浮冰，载着小船一点一点地朝黑水河对岸缓缓飘去。

黑熊精和卷帘拿着武器迅速跳出小船，站在浮冰上警惕地查看四周。

天蓬握着九齿钉耙将玄奘稳稳护在身后。

艄公握着已经被冻住的船桨一动不动地站着，好像正在发生的一切都与他无关一般。

船的正中，猴子依旧盘腿而坐，仰头望天，淡淡叹了口气，对艄公道：“说吧，你是谁，对玄奘法师出手，有何居心？”

小白龙闻言，连忙缩到猴子身后。此刻，也只剩下小白龙还搞不清状况了吧。

“大……大圣爷说笑了。”艄公咧开嘴干笑，轻声叹道，“老朽能是什么人？老朽……老朽就是这黑水河上的艄公而已啊。”

风从猴子施法凝成的冰上掠过，吹在他的脸上，一阵寒意袭来，汗水却忍不住一滴滴地滑落。

“演技这么差，就别装了吧。”猴子伸了伸懒腰，站起来，将金箍棒扛到肩上，扭头瞧着艄公道，“最后一次机会。你是谁？”

“大圣爷……您，是不是误会了？”

“三。”

“老朽真的只是黑水河的艄公，您可别错怪了好人哪！”

“二。”

艄公的脸色刷的一下，白了。

"一。"

猴子话音未落，只见艄公"扑通"一声跪倒在船板上。

一阵白光闪过，艄公已经换了一副模样，变成了一只身高约莫七尺的妖怪，上下颌长达一尺，浑身上下遍布着褐色的鳞片，长长的十指看上去锋利无比，身后更是甩着一条长长的尾巴。

那模样，像是一只鳄鱼精。

这一切，对其他人来说似乎都是意料中事了，唯独小白龙惊叫了出来。

"鼍洁？"

那鳄鱼精抬头看了小白龙一眼，却不发一言。

"真的是你？你怎么会在这儿？"

天蓬轻声问道："你认识他？"

"这是我表弟，就是我刚刚提起的姑丈泾河龙王的儿子。"小白龙连忙拦在猴子身前道，"大圣爷，这是我表弟鼍洁，肯定是误会了。"

"是吗？"猴子冷冷地盯着鼍洁，依旧不为所动。

正当此时，只听"咣"的一声闷响，整艘船连带着冻结的冰面都剧烈地颤动了一下。

玄奘差点儿跌坐在地。

与此同时，那原本悬在头顶上的浪花冰雕被拦腰震裂，朝小船砸过来。

就在这一瞬，猴子一个翻滚，手中金箍棒骤然伸长刺在砸落的浪花冰雕上。

顷刻间，巨大的冰雕碎裂开来，如同滑落的山体继续朝小船砸过来。

如此猛烈的"冰雹"，若是真给打中，凡人肯定是要一命呜呼的。

情急之中，天蓬连忙撑起护盾将玄奘护在其中。

此时此刻，小船之外的冰已经全裂了，立在冰面上的黑熊精与卷帘一阵手忙脚乱，闪躲着跳回船上。

正当所有人的注意力都被转移开的时候，那跪在船板上的鼍洁骤然跃起，推开挡在猴子身前的敖烈朝玄奘扑了过去。

电光火石之间，猴子一个反手，金箍棒悄然改变了方向朝冲刺之中的鼍洁呼啸而去。

还没等鼍洁的手触及玄奘的衣角，猴子一击重重地打在他的腰上。

“咚”的一声，鼍洁被打落在船板上，喷出一口鲜血。

若不是身在这小船上不好施展，就这一下，猴子恐怕已经取了鼍洁的性命了。

机会稍纵即逝，鼍洁也不敢再逗留，他捂着伤处一个翻滚，直接翻出了小船，落入水中。

这一切发生得极快。

就在这短短的一瞬，原本用来抵御风浪的冰被震碎了，猴子与天蓬忙着抵挡砸落的冰块，卷帘与黑熊精被逼了回来，鼍洁对玄奘出手，猴子反击，鼍洁逃离。前前后后，小白龙甚至没来得及再说上一句话，一切便已经结束了。

碎冰如同雨点一般打在小船上，发出哗啦哗啦的声响。

小白龙看着远处水波缓缓荡开，一时间，傻了眼。

“追！”卷帘一咬牙，就要跃出小船，却被天蓬一把扯了回来。

“不要追，他有同党。”猴子仰起头，看到头顶上距离河面不足三丈的高度，不知何时已经多了一个巨大的法阵凌空悬浮。

这法阵之大，几乎横跨了十里宽的河面，一眼望不到边。

黑熊精顺着猴子的目光望去，看到了那巨大的法阵，犹豫着说道：“对了，刚刚，我们似乎没办法施展腾云之术。”

猴子叹了口气，道：“这应该是禁飞法阵，保护玄奘法师要紧。”

当年老白猿引以为傲的禁飞法阵，猴子没想到会在这种情况下再次遇见。不同的是，这一次的施法者实力绝非老白猿可比，术法的范围也极大。

河面上的风浪越来越疯狂，整艘船如同枯叶般剧烈地颠簸，好像随时都会被巨浪吞噬一般。若不是天蓬搀扶着，玄奘早被甩出船外了。

天蓬扶着玄奘，仰头瞧着那法阵，轻声道：“能破吗？”

“能。不过，动静有点大。”猴子低下头，望向翻腾的河水，“上面的不过是幻象而已，如果对方把法阵绘在我们头顶，我们不可能没察觉。真正的法阵应该在河底。对方，也在河底。看来，对方这是蓄谋已久啊。”

此时，黑水河之中，负伤的鼍洁已经逃出了好一段。

他伸手从腰间掏出一片白玉含在口中，眼前漆黑一片的河水顿时与往常无异了。四周甚至隐约可见游荡的鱼群。

转眼之间，他栽倒在河底一处淤泥之上。

那淤泥上站着的，赫然就是鹏魔王、狮狔王、猸狨王三个妖王。在他们脚下，还有一个直径十丈有余、布满梵文的蓝色法阵在缓缓流转。

远远看去，法阵的正中有一位干瘦的僧人盘腿而坐，作双手合十状。只可惜他披着头巾，遮挡了面容。

鹏魔王见鼍洁到来，连忙迎了上去。

“失手了？”

鼍洁躺在地上捂着伤处，痛苦地点头：“那猴子太快了……只要他在那和尚身边，我根本就没法儿下手。”

狮狔王瞧着躺在地上的鼍洁无奈地哼了一声道：“那接下来怎么办？”

鹏魔王回头看了一眼法阵中心的僧人，又抬头仰望河面，道：“就算没法儿下手，有这东西在，他们暂时也逃不脱。先困住他们，如果能逼他们下水，就最好不过了。”

说罢，鹏魔王快步朝法阵走了过去，站到了法阵的一个角上。其余两个妖王也连忙走到法阵的另外两个角上。

缓缓地，三人开始朝法阵注入灵力。

此时，河面上形成了一个又一个的旋涡。

猴子甚至看到一条鱼被甩出了河面，紧接着又在两个旋涡的撕扯下被撕成了两半。

若不是猴子用灵力对这小船进行了加持，又强行稳住重心，此时此刻，这艘船怕也和那鱼一样被撕碎了吧。

这些已经不是水了，根本就是液态的刀！

就在这肆虐的河水之中，小船无视所有的风浪与颠簸缓缓前行，速度极慢。

然而，正当所有人都以为抵达对岸，脱离法阵范围不过是时间问题的时候，忽然间，整艘船朝前方疾射了出去，又在诡异莫测的河水推动下迅速偏离了原本的航线，在这翻腾的大浪中毫无规律地飞蹿着。

卷帘和黑熊精自顾不暇，天蓬紧紧地拽住玄奘，小白龙抓着船尾，差点儿就被甩了出去。

好不容易，猴子总算再次将船稳定下来，却再也不敢朝任何方向移动了。

所有人都气喘吁吁的，好像只剩下半条命一般。

天蓬看着被灵力阻隔的浪花，一滴冷汗从额头上缓缓滑落。

“这恐怕……不是禁飞法阵那么简单吧。”

此时此刻，猴子的脸色铁青。

“这是佛门的术法。”

“佛门的术法？”

“对，是佛门的东西，看来，那个鼍洁投靠了佛门。”

“这不可能！”一旁的小白龙高声呼喊道，“我龙族与佛门无甚往来，鼍洁怎么可能投靠什么佛门呢？”

所有人都朝小白龙望了过去。

猴子面无表情地看着他，轻声道：“你是他表哥？”

“对。”小白龙点了点头。

“那行，你下去跟他谈谈，把事情问清楚再回来吧。”

说着，猴子伸手就去拽小白龙，吓得他抱住玄奘死活不肯放，勒得玄奘差点儿背过气去了，猴子这才松手，算是放过了小白龙。

天蓬指着肆虐的河水，道：“这法阵的威力不小啊，你觉得，会是谁来了？佛门当中应该没几个人能施展出这种强度的法阵吧？”

“至少是四大佛陀之一。”猴子想也不想地答道，“正法明如来、普贤、文殊，再不然，就是那个诡异莫测的地藏王了。”

第五百七十四章

作 弊

天空中，一丈宽的八卦盘缓缓地朝西边飞去。

迎面而来的是美景，从身旁掠过的是流云，展现在眼前的，是无边无际的天地。

什么叫“天高任鸟飞”，什么叫“一览众山小”？

坐在八卦上，眼前的一切将沉香惊得都合不上嘴了，他眼中有什么东西在闪闪发光。

“姐姐，这个八卦好厉害啊！”

“是挺不错的。这是我一位师兄的遗物，用来载人送物，最是方便了。”

“姐姐。”

“嗯？”

“你要送沉香去拜谁为师啊？”

“拜一只猴子为师。”

“啊？”沉香顿时有点不开心了。

他蹙着眉头沉默了半天，扭扭捏捏地说：“姐姐，沉香不拜猴子为师了，拜你为师行吗？”

“为啥想拜我为师？”

“因为姐姐长得好看。”沉香咧开嘴笑着，眨巴着眼睛看着清心。

“鬼灵精。”清心回头白了沉香一眼，伸手刮了下沉香的鼻子道，“要是他不收你为徒呢，我就勉为其难收了你吧。”

沉香重重地点头，笑开了花。

又过了好一会儿，沉香回头望着后方紧跟着的哪吒，低声道：“姐姐，哪吒怎么跟着咱啊？”

清心伸手将沉香的头扭了回来：“别管他就是了。”

“我们现在是去找那猴子吗？”

“对。不过先顺路去斜月三星洞一趟。”

“斜月三星洞是哪里？”

“斜月三星洞就是姐姐的师门。”

“那，能见到姐姐的师父吗？”

“你见他干啥？”

“没。沉香只是想，姐姐都这么厉害了，姐姐的师父，一定更厉害吧！”

清心微微一愣，好一会儿才伸手揉了揉沉香的脑袋，笑道：“他就是一个糟老头儿而已。一个……成天算计的糟老头子。”

两人就这么有一句没一句地聊着。

身后的不远处，哪吒驭使着风火轮紧紧地跟着，时不时低头看一眼握在手中的玉简。

此时，九重天之上，玉帝靠坐在龙椅上，捋着长须，瞧着龙案上并排放置的两份奏折。

龙案的另一边，李靖恭敬地站着向玉帝汇报。

“哪吒的意思是，一旦让那发簪落到妖猴的手中，妖猴必定强攻华山，到时候，少不了要和二郎神起冲突。间接地，有可能牵连到天庭。

“清心御使的意思是，若是能让妖猴有了牵挂，说不定他就不会再西行。如此一来，与昆仑山的冲突自然而然得到化解。三界可安。”

闻言，玉帝淡淡笑了笑。

李靖拱了拱手，轻声道：“陛下的意思是……”

玉帝深深吸了口气，缓缓闭上双目长叹道：“一旦拿到发簪便会强攻华山，李天王觉得，是这样吗？”

“这……”

玉帝摇了摇头，道：“朕倒觉得，未必。那妖猴出来已经有些时日了，至今未踏足华山一步……以他的性格，若是拿到发簪会去，想必，没拿到之前，也该有所动作才是。这件事，实在不好说。”

玉帝翻了翻清心的奏折，哼了一声，笑道：“至于杨婵出山，妖猴有了牵挂便可安三界……这说法，怕也是言过其实了。”

“那陛下觉得，是下令召回哪吒呢，还是勒令清心御使停止？”

玉帝微微仰起头，捋着长须稍稍想了想，道：“召回哪吒，往后便少了一个说辞。勒令她停止，恐怕，她也未必会听令。既然如此，还是先观望吧。”

说着，玉帝伸手拿起哪吒的奏折递给了在一旁守候的卿家，轻声道：“将事情通报给三清、昆仑山、五庄观、斜月三星洞，还有……二郎神杨戬。”

“诺。”

此时，黑水河上，猴子一行已经被困了三个时辰。

天空依旧笼罩在法阵之中，河水依旧肆虐，水面上甚至出现了大量的水龙卷，如同一条条巨龙倒栽在河中不断搅动着河水。

有猴子、天蓬等人坐镇，这河水虽说厉害，但也不可能突破层层灵力防护伤及玄奘以及船体。可整整三个时辰过去了，那法阵的威力不单没有减弱，反倒还有一点点增强的趋势。

河底，三个妖王依旧聚精会神地操控着法阵。

鼍洁捂着伤口缓缓走到法阵旁边坐下，目光呆滞地看着法阵。

鹏魔王从腰间抽出一柄金色的锥子朝鼍洁丢了过去，他稳稳接住。

“别干坐着，到他们附近去守着，只要他们下水了，就有机会。”

鼍洁瞧着手中的锥子稍稍犹豫了一下，低声问道：“他们真的会蠢到下水吗？”

鹏魔王轻蔑笑道：“这不是蠢，而是别无选择。这法阵有金身加持，力量只增不减，难不成他们真愿意被永远困死在这里不成？”

“那你答应我的事……”

“放心，只要那和尚死了，地府还不是地藏王说了算？魏征任你宰割，想怎么报仇都行！”

太上老君◎拂尘
轻丝一摆天地动
杀气横扫遍是劫
大泼猴
宁愿死，不认输！

杨婵◎剑
上百剑阵顷刻生
冰刃飞斩快如风
大泼猴
宁愿死 不认输！

鼍龙咬了咬牙，握着金色锥子转身朝小船所处的位置游去。

水面上，猴子盯着如同深渊一般漆黑无比的河水一动不动地站着。

天蓬伸手在空中抓了什么，放到鼻边轻轻嗅了嗅，又直接将手放到水中去探。

好一会儿，天蓬将手收回，甩去上面的水滴轻声道：“这河水很诡异，不仅能阻隔视线，还能弱化灵力感知。一旦下到水下，随时都可能被对方偷袭。”

“这些是鼍洁变的。”小白龙低声道，“他很小的时候就有这种能力了，在别的人身上倒是从未见过。”

“有破解之法吗？”

小白龙想了想，道：“有一种玉石，含在嘴里就行了。要不……我让人给我们送过来？”

闻言，猴子笑了出来：“让谁？”

被他这么一问，小白龙不由得愣住了。

要问出这种玉石是啥，很简单，只要联系一下西海龙宫就行了。

至于说送进来，可就有点麻烦了，毕竟，西海龙宫可没几个人能穿越这个法阵。

再说了，小白龙自己都不敢下水了，让他们来？

鼍洁是西海龙宫的近亲，西海龙王又对他有大恩，按道理，他肯定是不会伤害西海龙宫一家子的。但眼前这阵仗，明显不止他一个人。而且他的那些同伙之中甚至可能有佛门的重量级人物。在他们面前西海龙宫一家子能否保证安全都难说。

小白龙想了想，只得抿了抿嘴，低下头去。

猴子叹了口气，对着天蓬问道：“你说这河水有多深？”

“深浅都无所谓。他们就是想逼我们下去，特别是你，只要你一走……这里就危险了。”

猴子咧开嘴笑嘻嘻地说道：“其实，我倒是忽然想到一个既能下水，又不用离开这艘船的办法。就是不知道，他们有没有本事破。”

片刻之后，只听“咣”的一声巨响，金箍棒变大伸长，从小船上直刺向河底！

紧接着，河水朝四周退开。

在激流之中，身躯高达数百丈的猴子一只手拄着金箍棒，一只手托着小船，缓缓地站了起来。

窥心术

第五百七十五章

低　估

长长的石阶上，清心牵着沉香的手一步步地往上走着。不远处，哪吒依旧小心翼翼地跟着。

沿途的花草在风中微微颤动，树干上，一只青虫缓缓扭转自己的身体，爬向另一处。

清心鄙夷地回头看了哪吒一眼，对方连忙停下脚步，目光却充满了敌意。

清心低下头，看到小沉香小脸通红，气喘吁吁，时不时地用手去撑膝盖。

“这山有法阵，所以不能乱飞，只能走上去。”

沉香默默点了点头。

“累了吗？”

沉香猛地摇头。

“要不我抱你吧？这么远的路，对你来说太吃力了。”

闻言，沉香抬头眨巴着眼睛看着清心，好一会儿，还是摇了头，小声答道：“能……能走。”

清心淡淡笑了笑，牵着沉香迈开脚步继续往上攀爬。

又走了一小段，她轻声叹道：“其实，当神仙没有你想的那么好。神仙，也有神仙的烦恼。一个人的快乐，取决于心的宽度，就算当上了神仙，也不会多出一分一毫……所以，修仙也不一定就是什么好事。”

清心说出这句话的时候，缓缓地笑了。

这是须菩提说过的话，却不是对她说的，而是八百年前，对那个本就不该存在于天地之中的女子说的。

也不知道是无心插柳，还是有意为之，最终这句话，却变成了她的

“记忆”。

沉香牵着清心的手，小心翼翼地问道：“那，姐姐为什么修仙呢？”

“因为没有选择啊。我生下来就被收了为徒，修仙是自然而然的事，连我都不知道为了什么。”

“还有这种好事，为什么我生下来不是像姐姐这样呢？”

“沉香原本想做什么呢？”

沉香仰起头想了想，握着拳头道：“沉香想当将军。”

“为什么想当将军？”

“因为当将军有马骑。肖爷爷说，当兵是没马骑的，要当将军才有。”

“你骑过马？”

“没有骑过真的。”沉香嘟着嘴道，“不过每次玩骑马打仗，都是我当马……沉香也想骑马。”

清心被这番话逗乐了，不由得伸手揉了揉他的头。

“凡人真是简单，有时候想想，其实当凡人也挺不错的。”清心长叹道，“其实当凡人真的比当神仙好。许多凡人都修仙，说到底，除了术法之外，他们其实是怕死。修仙能长寿，甚至长生不老。”

沉香仰着头，一脸的懵懂。

清心抿了抿嘴，轻声道：“死，真的一点都不可怕。死了就会投胎，投胎了就什么都忘记了，又可以重活一世，认识新的人，过新的生活。真正可怕的，是几辈子的记忆垒在一起，一团乱，想管管不了，想理理不清，却又不能视而不见。而且，偏偏寿命还没有止境，这意味着你不出手做个了断，记忆就会永远地纠缠着你。”

“当神仙就会这样吗？”

清心摇了摇头道：“正常的神仙不会，倒霉的神仙才会。所以姐姐要去做一些事情，做个了断，让某两个人死心。”

“那……姐姐是正常的神仙还是倒霉的神仙呢？”

被他这么一问，清心顿时蒙了，犹豫了好一会儿，才笑嘻嘻地说道：“姐姐啊，要当一个超脱世外的神仙。天庭的事，不管；凡间的事，不管。反正啥事都不管，就清清静静地过自己的日子。以后你也要这样，千万别想不开去沾什么儿女私情。明白吗？”

沉香越听越糊涂，但最终还是点了点头道：“沉香知道了，沉香谨遵师父教诲。”

“师父？我什么时候答应收你为徒了？”

“姐姐你在来的路上答应过沉香的！”

“我是说那猴子不收你，我就收你。”

“那我希望他不收我！”沉香斩钉截铁地答道。

清心咯咯地笑了起来，伸手摸了摸沉香的脑袋，轻声道：“按照我对他的了解，他应该也不会收你的。不过，过场还是要走。到时候把事情跟他说了，把发簪给他看了，他应该会二话不说就杀到华山去的。哪里还顾得上你啊！”

此时，沉香听得一知半解，身后远远跟着的哪吒更是如此。

“这个清心，究竟想干啥呢？”哪吒停下脚步，摸着下巴细细地想着，可怎么想都想不明白。

再往前就要进入斜月三星洞的外围法阵了，未经通报，他这么一个外人随随便便闯进去，虽说不会有什么危险，但到底是于礼不合啊。

无奈，哪吒只得盘着腿就地坐下。

不多时，清心与沉香便上到了半山腰，望见了依山而建的道观。

一声钟声从观中传出，在山间缓缓地回荡着。

门口扫地的道徒见了清心，连忙躬身拱手道：“弟子拜见清心师叔祖。”

那道徒瞥见清心身旁的沉香，微微一愣。

清心在他面前停下脚步，问道：“怎么这时候鸣钟，观里怎么啦？”

“也没什么事，师父在讲经罢了。”

“哦。”闻言，清心点头，带着沉香跨过门槛继续往里走。

沉香挠了挠头，问道：“姐姐，刚刚他叫你什么？”

“师叔祖。”

“师叔祖？”

“对。他是于义的弟子，于义是伊圆师兄的弟子。于义见了我得叫一声师叔，他的弟子，可不就得叫我师叔祖了吗？”清心笑道，“以后啊，无论你是拜入我门下，还是拜入那猴子门下，都是他的师叔了。”

沉香转着眼睛想了半天，也没想出个所以然来，依旧是一脸的懵懂。估计是没听懂吧。

在同龄人里，他已经算是很机灵的了，不过师叔祖、师叔一类的辈分名词显然还是太生僻了，在寻常的人家，也不大可能听得到。

如今的斜月三星洞比起以前规模还是差不多，大概是因为位置较之前更加偏远，弟子少了许多。清心带着沉香从山门一路往里走，都走出上百丈了，也没见到几个弟子。

当然，更主要的原因应该是于义今天讲经。

须菩提已经好几百年没开过讲了，二代弟子只剩下清心和猴子，猴子就不用说了，清心也经常是兜率宫和斜月三星洞两边跑。现如今，身为三代弟子中佼佼者的于义是这里真正意义上的执掌者。他的课，众弟子自然趋之若鹜。就连一些临近道观洞府中的游散修仙者有时候也会列席旁听。

清心顺着小路走过一片紫竹林，终于回到了自己的住所静心院。

虽说名字里有个“院”字，听上去很大，但其实不过是两座平房外带一个小院子罢了。

其中一座是清心的起居处，另一座是清心在斜月三星洞中主要的活动场所，里面有一间小小的书房和一间小型炼丹房。对修仙者来说，这里用来居住已经是绰绰有余了。

平日里她不在的时候，这里都是交给观内弟子打理的。

走在外面的时候还没什么感觉，可一到清心的卧房门口，沉香就呆住了。

他小心翼翼地将自己沾着泥巴的鞋子脱了下来，却又犹豫着该不该迈开脚步跨过门槛。

“怎么啦？”清心回头问道，“还站在外面干什么？”

沉香低头看了看自己脏兮兮的袜子，又伸长脖子看了看里面光洁的地板，可怜巴巴地望着清心。

“哪那么多讲究！”清心一伸手，直接将沉香给拎了进去，点着他的鼻子笑眯眯地说道，“这么小气吧啦的，怎么当我清心的弟子？”

沉香眨巴着眼睛不说话。

正当此时，一个人影急匆匆地朝这边赶来。

雨萱一进门，连忙躬身拱手道："雨萱参见清心师叔。"

她瞧见沉香的时候，也是一愣。

清心缓缓地直起身子。

"怎么啦？"

"于义师兄听说师叔回来了，特地让弟子赶过来看师叔有何差遣，还有……"

"还有什么？"

"还有……于义师兄让弟子提醒师叔，师尊就在潜心殿。"

闻言，清心顿时愣了一下："老头子说想见我？"

"说倒是没说……不过，师尊交代于义师兄，若是师叔回来了，就告诉师叔他在潜心殿。"

"我知道了。"清心点了点头，深深吸了口气，伸手将沉香推向前去，道，"你先帮我个忙吧，给他洗个澡，换身干净点的衣服。"

雨萱点了点头，伸手就要去拉沉香。沉香却连忙将自己的手藏到身后。

"怎么啦？"

"爹说，男女授受不亲，我……我自己洗。"沉香小声说道。

此时，黑水河上，猴子的战斗还在继续着。

他已经使出了法天像地化作数百丈的巨人，那河水也不过漫到他的胸前，即使不施展任何飞行术法，按道理他也能轻而易举地蹚着河水过河。

可惜，对方显然早有准备。

猴子刚一使出法天象地，那几条肆虐的水龙卷便一下向他缠绕了过来，试图阻拦他的脚步。

猴子当即挥舞着金箍棒朝水龙卷扫了过去。

一击之下，几条水龙卷被击得粉碎，化作漫天飞雨。

然而，还没等猴子手中的棍子再次撑住河底，它们便又从水中生长了出来，无论如何都摆脱不了。

渐渐地，猴子陷入了困境，举步维艰。

若在平时，猴子要挣脱是相当容易的，坏就坏在他的法天象地。

这种术法有利有弊，而此刻，无疑是弊大于利。

猴子无奈之下，干脆一咬牙，将手中的船朝对岸抛了出去！

整艘船，连同船上的人，如同流星一般朝对岸飞了过去。

就在这短短的一瞬，天蓬已经将玄奘背在了身后，借着猴子的力道朝对岸冲去。

可也就在这一瞬，一只黑水化成的巨手忽然从水里伸了出来。

在法阵的作用之下，天蓬一时间无法凌空改变方向。只一瞬，天蓬连同玄奘一起被那巨手稳稳地拿住，拽入了河底！

这一下，猴子傻眼了。

显然，他低估了对方的准备工作……

第五百七十六章

金 身

就在玄奘与天蓬被黑水化成的巨手吞噬的瞬间，猴子急忙伸出手去想要阻止。

可也就在这一瞬，他露出了破绽。

汹涌的黑水将他整个包裹其中，慌乱之下，甚至有一部分黑水灌入他的口中。

他看到黑水化成的巨手被自己拍散，里面却已经空无一物。紧接着，他便陷入了与河水的激斗之中。

溅起的水花遮天蔽日。

巨大的身躯带来了强大的攻击和防御能力的同时，却也极大地限制了速度和灵活性。在应对这种大型法阵的时候，不但无益，反倒有害。

已经落到对岸的黑熊精、卷帘还有小白龙目瞪口呆地望着发生的一切。

“中招了！”水底下，鹏魔王一下终止了对法阵的操控，操起方天画戟指着猾狨王道，“你留下来。”

说着，他一蹬腿，朝远处游去。

这种游不靠任何的灵力，甚至没有任何的动作，是单纯地利用河水的力量推动。

狮[illegible]王稍稍愣了一下，也连忙赶了上去。

真正的战斗开始了。

“散——！”

一声暴喝，身旁的黑水被猴子用灵力强行震开。

情急之中，他这一下的灵力，甚至激起了旋风朝四周疯狂地扩散，吹得小白龙猝不及防，只得用手遮挡着后退了几步。

整个河面一下平息了下来。

猴子借着河水退散的空当，迅速解除了法天象地，他低头俯视，发现天蓬与玄奘都不知所终。河面漂着小船粉碎之后残留的木块。

由于他忽然解除法天象地，河面上迅速形成一个巨大的旋涡，使得原本肆虐的河水被迫顺着那旋涡旋转，因此才赢得了那么一点点喘息的时间。

然而，还没等他落下，一条条水龙卷已经再次腾空而起，朝他扑来。

“稳住。”

一个声音在猴子的脑海中响起了。

“天蓬？”猴子不由得一愣。

“是我。这河水很奇怪，虽然阻断外界感知河里的东西，却不阻断从河里感知外界。”

“你现在什么情况，在哪里？”

“玄奘法师和我在一起，暂时安全。我们在你垂直下方往东南方向五百丈左右的位置。”

此时，一脚踩在河底淤泥上的天蓬撑起了一面以自己为中心、直径三丈有余的球形护盾，将所有的河水隔绝在外。

护盾之中有足够的空气，玄奘正气喘吁吁地站在天蓬身旁。

天蓬握着九齿钉耙，警惕地环顾着四周。

一滴滴水从他的额头上缓缓落下，也不知道是汗还是这河里的水。

此时此刻的处境真是再糟糕不过了。

对于河面上的一切，他的感知依旧非常清晰，可水里的情况，能感知到的便只剩下他四周这三丈的范围。超出这范围的一切对他来说都是一片空白。

若在这样的情况之下遭遇偷袭，别说身旁还有个玄奘了，即便只他一个人，他也难以应付其他太乙金仙修为以上的修者。

没有丝毫的犹豫，猴子如同一块陨石般从半空中重重坠落，顺势躲开了朝他袭来的水流，一下遁入河中。

禁飞法阵还在，这意味着他根本无法随意操控自己的身形。无论是在空中还是在水中，都是一样的。而在如此之激荡的水流之中，想要游，除非原本就是水族，否则根本就不可能。

要在这样的地方行动，唯一的办法也许只剩下“走”了。

猴子直接沉入河底，撒开腿便朝天蓬所说的方位冲去。

可刚跑几步，他便发现了异样。

这河底，有许许多多他从未见过的法阵，上面一概都是梵文，明显出自佛门的手笔。当中许多甚至到现在都没有激活。

很明显，对方详细地计划过，甚至估计了他们所有可能的举动，并且一一做了相应的安排。

“还真是……用心良苦啊。”猴子想着，不由得冷笑出来。

他已经预感到接下来的困局了。

这种能坐下来细细谋划的对手，实际上比那些拿着刀枪和自己对战的对手更加恐怖。这也就是悟者道之于行者道的可怕之处了。

在战场上悟者道绝对不是行者道的对手 可一旦退居幕后，悟者道就会变成一个难缠的对手。

很遗憾的是，佛门几乎是清一色的“悟者道”，而且抛弃了苦与乐，他们比道门的悟者道更加纯粹，更加能细细地琢磨对手。

很快地，猴子发现了一个更大的问题——河床的底部是柔软的淤泥！

若是往常，踏着这些淤泥便可以前进了。然而此刻却不然。

猴子将自己的双腿压入淤泥之中，那些如同利刃一般的河水，竟可以将淤泥如同秋风扫落叶一般轻而易举地卷走。

河水无法推动猴子的身躯，却可以让他脚下的淤泥像另一条湍急的河流一般不断流动，让他无法行动。

无奈之下，猴子只得使用了坠地术增加自身的重量，将身躯深深陷入淤泥之中直至踏足更深的地层。

他撑开双手，踏着淤泥下的地层，使出所有的力量破开迎面袭来的淤泥前行。可惜的是，速度还是太慢了。

在河底的另一处。

一声闷响，天蓬的护盾从侧后方被撕开了。一把大刀从缝隙中刺了进来，紧接着，黑色的河水之中显现出狮狏王的身影。

还没等天蓬转身，狮狏王已经冲过了短短三丈的距离，一刀砍在天蓬的腰部。

剧痛之下，天蓬咬着牙挥舞九齿钉耙还击。

可还没等九尺钉耙落下，对方已经从另一面钻出了护盾，消失在黑色的河水之中。

天蓬捂着腰部的伤口单膝跪地，鲜血顺着指缝一点一点地滴落。

“元帅……”

玄奘想去搀扶，却被天蓬伸手制止了。

“别管我……自己小心……”

话是这么说，可在这河底，玄奘能做什么呢？

对手就在自己身旁伺机而动，天蓬瞪大了眼睛朝四周看去，却什么都看不见。

正当此时，天蓬忽然感觉到猴子借着金箍棒的力量冲出河面，顿时心里咯噔一下。

猴子的位置改变了，距离自己更远了！

由于能感知到外界的变化，借着几个参照物，天蓬可以清楚地知道，虽然自己和玄奘都没有动，位置却在无声无息地偏移。

更糟糕的是，猴子的位置比刚刚更远了。很明显，猴子在河底也遭遇到了某些问题，以至于位置发生了某种偏移。

“位置改变了，原本的位置往西二十丈！”

就在这稍纵即逝的一刹那，天蓬迅速告知了猴子自己的位置。

猴子没有回答，而是迅速冲入水中。

局势，已经容不得他细想了。

天蓬握着九齿钉耙缓缓地站了起来，换了手，摆出迎战的架势。他的目光依旧朝护盾外黑漆漆一片的河水不断扫视着。

“轰”的一声闷响，头顶的护盾被破开了。

一支方天画戟顺着缝隙朝天蓬的头顶刺了过来。

慌乱之中，天蓬只得往一旁闪躲。

正当此时，侧面的护盾又被破开，狮狔王又一次握着大刀冲了进来。这次大刀的落点是天蓬的脖子。

电光火石之间，天蓬一咬牙，连忙用九齿钉耙去挡。

可也就在这一瞬，鹏魔王从头顶的裂缝冲了进来，一个翻滚，方天画戟在天蓬的手臂上重重划了一刀，顿时血流如注！

紧接着，就在天蓬分神闪躲方天画戟之时，狮狔王忽然空出一只手一拳重重打在天蓬腰部的伤口上！

这一击，直接将天蓬打得口吐鲜血。

下一刻，正当天蓬以为完蛋了的时候，这两个妖王却都一个转身钻出了护盾，消失在黑水之中。

灵力在天蓬的掌心凝聚，迅速修复千疮百孔的护盾，止住了疯狂灌入的黑水。

他回过头，看到一旁双手合十、一脸凝重之色的玄奘，不由得苦笑。

这种层次的战斗，玄奘根本没有参与的可能。只要能自顾，别添乱，便已经是帮了大忙了。

可狮狔王和鹏魔王是怎么回事？

还以为是佛门的人，结果冒出来两个妖王。这是怎么回事？妖王投靠了佛门？还是说他们真的相信了佛门放出来的那个可以长生不老的谣言呢？

这个中因由，此刻天蓬没办法细细去想。他更加在意的问题是，对方方才的表现，究竟是谨慎，还是自信呢？

多好的机会啊，刚刚自己身受两刀，又面临狮狔王的近身突击，只要鹏魔王稍稍冒点险，应该就有很大机会可以拿下玄奘吧。

可对方居然放弃了……

难道，他们真就那么确定猴子没办法很快赶到吗？

此时，天蓬又一次感觉到猴子借着金箍棒跃出了水面。

“刚才的位置……往西北五十一丈……”

天蓬又吐出一口鲜血。

又移动了，他们分明没有动，可是河水，乃至于河底的淤泥都在动。更糟糕的是，猴子的距离忽远忽近，显然还没摆脱河底困局。

在这样的形势之下，猴子真的能找到自己吗?

正当天蓬都有些绝望了的时候，正从半空中缓缓下坠的猴子凌空调整身形，将自己手中的金箍棒直接指向了天蓬所说的位置!

“长——!”

一声叱喝之下，猴子手中的金箍棒骤然伸长，贯穿了河水擦着天蓬的护盾插入了玄奘身旁河底的淤泥里!

一时间，河底的沙石淤泥都被掀了起来。

天蓬恍然大悟，连忙朝就在不远处的金箍棒伸出手去。

正当此时，鹏魔王却忽然破开了天蓬身后的护盾，出现在玄奘身旁。

情急之中，天蓬只得转身一耙朝鹏魔王砸去。

鹏魔王连忙闪躲，这一闪，却距离玄奘更近了。

就在此时，在天蓬的身后，狮狁王突然出现，一个横劈在天蓬背部重重开了一刀。

一声惨叫，鲜血喷出。

剧痛之下，天蓬只得转身应对。

鹏魔王一只手揪着玄奘，另一只手握着方天画戟猛地后退准备随时遁入黑水之中。

此时此刻的天蓬，已是强弩之末。

负伤、失血，同时对付两个实力几乎与自己齐平的对手，还要保护玄奘。这对他来说根本就是不可能完成的任务。

在这激斗之中，天蓬拼尽全力重重一击砸在狮狁王手中的大刀上。虎口剧痛之下，狮狁王往后退了两步，不慎踩到了身后斜斜插入淤泥之中的金箍棒。

这一端的震动瞬间传到了金箍棒的另一端。

还没等众人反应过来，只听“嘭”的一声巨响……猴子从那护盾的顶部钻了进来……

瞬间，狮狁王、鹏魔王的脸刷的一下白了!

“原来是你们！”

猴子一个翻滚，一脚重重踢在狮狔王的脸上，直接将他踢飞了。

紧接着，他脚尖点地，一个冲刺，一拳重重打在鹏魔王的腹部。

这一击之下，鹏魔王背部的护甲都被撕裂了。

剧痛之中，鹏魔王只得松开拽着玄奘的手转身遁入黑水之中。

猴子没有追击，而是迅速将玄奘背在身后，一只手拽着伤痕累累的天蓬，另一只手握着金箍棒，大喝一声：“长！”

顿时，金箍棒破开河水冲向对岸。

“握住！”

站在岸边的黑熊精看到重重砸在自己身旁的金箍棒迅速反应过来，连忙一把握住！

下一刻，在黑熊精的拖拽下，那金箍棒以极快的速度缩短，扯着猴子、玄奘、天蓬三人一同冲出了水面！

黑色的河水一浪接一浪地拍打着河岸。

跌坐在靠近河岸浅滩上的三人，身上的衣物都被染成了纯黑的颜色。

“娘的，原来是他们！别让我遇到，让我遇上了，这两个家伙一个都别想活！当初就不该留下他们的狗命！”猴子拖着玄奘与天蓬，骂骂咧咧地朝岸上走去。

一股股的黑水从玄奘和天蓬的口中呛了出来。

远处，黑熊精和卷帘涉水急匆匆地朝他们奔来。

“别骂了……骂也没用。”天蓬重重咳了两声，咳出了血，手乏力地在水中浮动着。“这阵仗不是他们能搞出来的，背后肯定有人指使。就算没有他们，也会有另一拨人来做这件事。”

血从伤口不断地流出，浮在水面上，红黑两色掺杂，看上去就如同墨水掺了朱砂。

这一番激斗，猴子基本上毫发无损，天蓬负了伤，玄奘一介凡身，虽说也只剩下半条命，但相比天蓬还是好上许多。

最起码，他还能挣扎着自己站起来。

“没事吧？”

玄奘上下检查了一番，缓缓摇头：“先看看元帅怎么样吧。”

猴子将天蓬背了起来。

“伤得很重？”

“有点。”天蓬面色惨白地答道，“死不了。不过你要是再晚点来，我估计就真死了。”

“关键时候，要相信大圣爷，懂吗？”

猴子嘿嘿地笑着，背着天蓬一步步地走向河岸，与卷帘等人会合。

此时，那河底，三个妖王已经聚到了一处。

法阵依旧流转，正中的干瘦老僧依旧一动不动地坐着，某种奇异的金色元素如同萤火虫般在四周散开。

自始至终，他都没有半点动静，看上去就像已经坐化了一般。

鼍洁握着鹏魔王给他的那柄金色锥子小心翼翼地看着三人。

猸狨王没有参加偷袭自然是安然无恙。

狮狔王中了猴子一脚，脸上一副痛苦的神情，似乎还没缓过来。看样子有点够呛。

鹏魔王也同样挨了一击，不过似乎并无大碍。

鼍洁瞧着面色难看的三个妖王，说道：“刚刚，为什么不直接擒拿玄奘呢？或者杀了他也行啊。”

鹏魔王翻了个白眼，冷哼一声道：“我怎么做事用得着你管吗？”

“这不是管不管的问题。”鼍洁憨笑着说道，“刚刚那么好的机会……”

话没说完，鼍洁发现鹏魔王正怒视着自己，当即将到嘴边的话咽了回去，扭头道：“我去监视他们。”

三个妖王也不吭声。

无奈，他只得悻悻离开。

待鼍洁走后，狮狔王才蹙着眉头道：“刚刚……确实是难得的机会。”

鹏魔王伸手揉了揉太阳穴，道：“你懂什么，刚刚那种情况下动手，一个不慎，玄奘随时可能殒命。”

“这有什么关系？”狮狁王仰头道，“地藏王不是说了吗？只需用金锥取血，取到血就行，至于玄奘的死活，不管。”

闻言，鹏魔王冷笑一声，叹道：“他肯定不管了，其实不是不管，而是死了更好。只是杀玄奘这档子事，不能出自他的口罢了。这和释迦牟尼不能杀玄奘是一个道理。都美其名曰要考验玄奘，其实啊，都在证自己的道，都在辩自己的法。”

鹏魔王顿了顿，接着说道：“不过，对我们来说，玄奘是万万不能死的。这一点，你们一定要记住。”

“这是为何？”一旁的猸狨王挑了挑眉头问道。

“如果玄奘死了，我们算什么？”鹏魔王伸手捂着腹部被猴子击打过的位置，一步步走到法阵边缘，注视着里面的僧人道，“玄奘死了，那猴子就破罐子破摔了。你以为他真无法解决这黑水？要硬来，他完全可以让整条河改道断流。再说了，佛门承诺给你我的，你们就都当真了吗？玄奘活着，那猴子就是个威胁，我们就是刀，可以让他们的手不沾血。玄奘一死，那猴子就屁都不是，而佛门，也不再需要我们了。嘿嘿……那条鼍龙小子到现在还没弄清楚状况呢。报仇？到时候魏征是死了，仇是报了。猴子一怒，他那一家子，连塞牙缝都不够。西海龙宫全部拿去陪葬都不够，又有谁来替他们报仇呢？”

闻言，狮狁王不禁忐忑地点了点头。

一旁的猸狨王却是一脸的无奈。

很明显，他们都走错了。猴子放过红孩儿的事情已经传遍三界，他根本没打算和昔日的下属计较到底。

如果当初他们像牛魔王一样低头认错，或许根本不需要走到猴子的对立面。可事已至此，谁能保证猴子还能像原谅牛魔王那样原谅他们呢？

他们走错了一步，现在只能硬着头皮一路走到黑了。

鹏魔王沉默了好一会儿，缓缓地笑了出来，道：“别担心，他们暂时跑不了，我们还有机会。”

此刻，已是日落西山之时，众人却并没有远离黑水河而去，而是在河岸边上露宿。

当猴子踏上黑水河的河岸之时，便发现这对岸的土地不知何时也已笼罩在法阵之中。他快步往四周寻了一圈，很快便发现他们踏上的根本不是什么对岸，而是这黑水河中的一座“岛”，或者说是这黑水河里一块陆地，那四周尽是翻腾的黑色河水。

“千算万算啊……”猴子无奈地笑了出来。

这就是我在明，敌在暗的坏处了。

简单地说，对方一开始派出鼍洁来当艄公，便打定了主意将自己一行人诱骗至此。在那小船上东拉西扯，用极其缓慢的速度过江，一方面是为了尝试捕捉机会，另一方面则是为了拖延时间，麻痹一行人，等到船走到这一带再动手。

虽然依旧没有真正脱离危险，但好在对方也没胆子踏上陆地来。总体而言，算是暂时扳回一局吧。

可这样的局面应该如何突破呢？

直接用金箍棒将他们一个个带过黑水河吗？

虽说对方指不定在河里暗藏了些什么，但这招也不是不可以。最起码，猴子在的时候这些人是没办法拿他们怎么样的。

可是，这么远的距离，猴子一次能带几个人？万一猴子离开带人的时候对方偷袭怎么办？

猴子想着想着，忽然想到了小时候听过的一个故事。说是一只老虎生了两只小老虎、一只小豹，一旦大老虎不在，小豹就会咬死小老虎，现在要过独木桥，一次只能带一只。要将三个小家伙都安全带过去，应该怎么办？

老虎怎么能生出豹子来呢？

这个问题，猴子至今没搞懂。

猴子一路胡思乱想着，缓缓走回了扎营的地方。玄奘在一旁生火，黑熊精正在收集柴火，负了伤的天蓬依旧躺着不动。

猴子一步步走到天蓬身旁，盘腿坐了下去，望着河面道：“好点没？”

“好多了。”天蓬干咳了两声，缓缓道，“也许我们都猜错了，来的不是佛陀。”

“那是什么？”猴子回过头来。

天蓬抿了抿嘴，犹豫了好一会儿，低声道：“很可能是……某位佛陀成佛的金身。这玩意儿有时候比佛陀本身还难对付。”

第五百七十七章

河　边

“金身？”

篝火烧得噼啪作响。

猴子回头望向玄奘。

身后的不远处，玄奘正在整理仅存的物品。

马已经没了，绝大多数行李都随船一起沉入了黑水河。这仅有的几本经书和几件衣物，还是卷帘抢救回来的。

玄奘见猴子回过头来，轻声说道：“佛陀成佛的时候，成的是灵，修成佛光，肉身会留下坐化，成为金身。这一点，与道家有极大的不同。根据佛陀品阶的高低，金身的力量也有强有弱，是一件不可多得的宝物。许多寺庙就是因为有佛陀遗留的金身而兴旺。至于具体的，贫僧也不太清楚。”

魂魄成佛，肉体变成金身？

这东西猴子倒是听过，可几百年前猴子和佛门打成那样，也没见他们拿出来啊。

说起来，也只有如来的那个被天道状态下的猴子打烂的“六丈金身”了。

不过那是同一种东西吗？如果是的话，确实有点棘手。

虽说当时几棍子就给他砸了，但那毕竟是在天道修为下，如果换成现在，猴子恐怕难以招架。

按照猴子当时的体验，那尊金身就相当于同样品阶下佛陀的行者道战力。当然，释迦牟尼成了天道，那金身却没成。不然也不会被自己那么轻而易举地毁掉吧。

至于其他佛陀的金身……按理说应该不会像释迦牟尼的“六丈金身”那

么强才对。不然他还怎么是佛祖呢？

猴子挑了挑眉，瞧了瞧玄奘，又瞧了瞧天蓬道：“那，这金身具体是怎么个情况？它算是佛陀的先天法宝吗？”

“也不能这么说。”天蓬轻声道，“征战西牛贺洲的时候，由于佛门随时可能介入，这方面我倒是研究过。每个佛陀成佛，都会产生一具金身，却不是每个佛陀都敢留下自己的金身。

“佛陀成佛，需要脱八苦，去执念，斩断过往。那金身，代表的其实就是过往。除却几个位阶较高、心性极稳的大佛陀之外，其他的，谁敢将金身带在身边？即便知道金身酝酿强大实力又如何？稍有不慎，对他们来说便是灰飞烟灭的结局。像释迦牟尼那样敢修金身的，更是寥寥无几。所以，绝大多数的佛陀金身，最终都被遗弃了，不知所终。”

天蓬顿了顿，接着说道：“不过，那流传下来的金身，却没有一个不厉害。”

猴子闻言，一下笑了出来：“听你们这么说，这成佛怎么搞得好像坐牢似的？这个做不得，做了坏佛心；那个不敢做，做了灰飞烟灭……那么多忌讳，果然还是道家活得舒服啊。”

玄奘默默地听着，不表态。

猴子笑过后，话锋一转，问道：“如果金身在这里的话，那佛陀本尊会不会也在？”

天蓬微微点头道：“有可能，但概率不高。”

“金身会在什么地方，能估算出来吗？”

“在主法阵的核心，充当阵眼。也是整个河底法阵所有力量的源泉。”

“阵眼会在哪里？”

“这个，就不清楚了。”

在场的三人就这么沉默了。

过了好一会儿，猴子道：“这么说，眼下最好的解决办法还是直接破了这黑水河的黑水了？只要破了这黑水，那些家伙就无所遁形，到时候，什么都好办了。”

天蓬默默点了点头。

猴子朝四周扫视了一圈，忽然问道："敖烈呢？跑哪儿去了？"

此时，就在这陆地的另一边，小白龙正踩着水花朝黑水河中走去。直到河水及腰，他才停下脚步。

他深深吸了口气，扯着嗓子呼喊道："鼍洁——！你丫的给老子出来！"

声音在空中回荡着，渐行渐远。

夜幕下，河面一团漆黑什么也看不见，只剩下哗哗的波涛声。

"鼍洁——！快给老子滚出来！你个忘恩负义的东西！快给老子滚出来！"

小白龙又呼喊了一声，气喘吁吁地来回扫视着。

半晌，他忽然感觉到身后有什么东西破水而出，连忙回头。

他借着微弱的星光，勉强看到鼍洁就站在距离自己不到五丈的地方。

一时间，小白龙愣住了。

对面的鼍洁默默地站着，眉头紧蹙，目光闪烁，不敢直视小白龙。

短暂的沉默之后，小白龙缓缓说道："你这是想干吗？齐天大圣、天蓬元帅，哪个是你惹得起的？"

"我……"鼍洁咽了口唾沫，小声答道，"三哥，我想给我爹报仇。杀父之仇不共戴天，不报枉为人子。"

"你想给你爹报仇？"小白龙"哼"的一声笑了出来，用力一拍，一卷水花朝鼍洁洒了过去。

鼍洁不闪不躲，任那黑水打在自己脸上。

"你有病吧？你爹是魏征杀的，关大圣爷、关玄奘法师他们什么事？你跑到这里来添乱？"

"我知道。"

"你知道还乱来？"小白龙卷起衣袖，蹚着水一步步朝鼍洁走了过去，到相距一丈时停下脚步，怔怔地瞧着他。

鼍洁犹豫了好一会儿，龇着牙道："就因为是魏征杀的，所以只能通过这个办法报仇不是吗？"

小白龙微微一愣，问道："你什么意思？"

鼍洁缓缓说道："三哥，我爹的事，几个舅舅上奏天庭也不是一次两次了吧？"

小白龙点点头道："对。"

"然后呢？"鼍洁摊了摊手，望着小白龙道，"然后就没有然后了呀。天庭根本不会有任何的动作，这一点，你知我知，大家知。"

小白龙静静地瞧着鼍洁。

鼍洁苦笑着，轻声叹道："地府现在是佛门的地盘，连玉帝都管不了。那魏征在地府任职，就算是玉帝下旨，也取不了他的性命。况且……我看玉帝压根儿就没想取他性命。现在不是满世界传着说是我爹跟那个谁打赌，私改了降雨量和降雨时辰吗？那魏征反倒变成执行玉帝的圣旨了。这消息能是谁放出来的？他们在粉饰太平，不是吗？"

闻言，小白龙脸上气愤的神情一下消失了，转而换上的是一脸的错愕："所以，你就投靠了地藏王，想借他的手，杀魏征？"

鼍洁点了点头道："只有这个办法了，否则我永远报不了仇。"

小白龙脸上的错愕渐渐消失，变成了一脸的不可思议。

…… ……

营地中，天蓬猛地起身回望，猴子却一把抓住他的手腕，摇了摇头。

…… ……

此时，就在距离小白龙与鼍洁一里开外的河面上，三个脑袋缓缓浮出了水面，六只眼睛齐刷刷地望向鼍洁所在的方位。

"这龙小子有病吧，这时候跑去见他表哥？"

猸狨王意欲朝鼍洁的方向游去，却被鹏魔王一把拉了回来。

"不要去。"鹏魔王瞪着那三角眼四处张望了一下，低声道，"他也许已经被盯上了。"

一听此话，猸狨王顿时吃了一惊，连忙往后靠了靠。

如果鼍龙被盯上了，他们再去，就等于羊入虎口啊。

"那怎么办？这河水都是那小子弄出来的，万一他被拿下，会不会就撤了术法？"狮狔王低声道，"万一术法撤了，金身的位置暴露，咱可就满盘皆输了。"

鹏魔王缓缓摇了摇头道:“他不敢的。就算他不想报仇，也得顾及泾河龙王的魂魄。别忘了，泾河龙王的魂魄现在可在地府。除非他想让他爹魂飞魄散，否则就算杀了他，他也不敢解除术法的。”

说着，鹏魔王往后撤了一段，其他两位妖王也跟着后撤。

…… ……

“大鱼没上钩啊。”

猴子悠悠叹了口气，拍着膝盖站了起来。他活动了一下筋骨，然后拖着金箍棒朝小白龙的方向慢慢走去。

…… ……

乌云缓缓地飘走。

月光下，小白龙与鼍洁四目相对。

小白龙双目瞪得犹如铜铃那么大。鼍洁也不回避，只是气势弱了许多。

“你知道自己得罪的是谁吗？”

鼍洁眨巴着眼睛，看着小白龙。

“你得罪的是天下第一恶棍，能为了一个女人掀了天庭，毁了三界的家伙！你他娘的知道吗？”

…… ……

正缓缓走着的猴子眉头蹙成了八字，笑了出来。

…… ……

小白龙迈开脚步，踩着水朝鼍洁冲了过去，抡起拳头毫不留情地朝鼍洁的脸砸去。

鼍洁忙用手去挡，连连后退。

“你他娘的把我们西海龙宫当成什么了？你知不知道他谁都敢杀？”

小白龙依旧穷追不舍，一拳接一拳地招呼，一脚接一脚地踢。

鼍洁闪躲不及，已经扎扎实实地挨了几下，跌跌撞撞地后退。

“你这个忘恩负义的家伙，枉我父王当年那么照顾你，就算你爹死了，他还替你做好各种安排。……你这是什么意思？你是要让我们全部给你陪葬是吧？……要死你自己去死！我现在就宰了你！现在就宰了你！”

小白龙一路叫骂。转眼之间，鼍洁被逼到了沙滩边上，一个不慎，他整个跌倒在只有脚踝深的河水中。小白龙也顾不得许多，扑上去照准了他的腹部腰部一阵乱踢。

“住手——！”

听到这声呼喊，小白龙才停下动作，气喘吁吁地盯着鼍龙。

卧在水中、嘴角淌着血的鼍洁也气喘吁吁地看着他。

鼍洁看了好一会儿，仰起头，闭上眼睛，成大字形躺了下去，缓缓说道：“三哥，舅舅的恩情……咳咳……舅舅的恩情我不敢忘。动手之前我就想过了，你们不会有事的。那猴子和三圣母……有寸心姐在，他再怎么样，也不至于对嫂子动手吧？再怎么样也不会迁怒整个西海龙宫的，不会的……真的。三哥，你就放心吧。”

“万一会呢？”

小白龙咬着牙，上前又重重踩了两脚，鼍洁痛得满地打滚。

溅起的水花啪啪作响。

小白龙指着那河面，恶狠狠地说道：“解开，让河水恢复原样，立即！”

“不行。”鼍洁有气无力地看着小白龙，摇头摆手。

“为什么不行！”小白龙气不打一处来，凑上前去又是两拳，打得鼍洁哇哇直叫，“我说了，立即解开！是不是我说的话你现在都不听了？”

鼍洁掩着嘴剧烈地咳着，在河水中蜷缩成一团，好一会儿才缓过气来。

“不是……三哥，真不是……”

“好！有你的！翅膀硬了是吧？”小白龙指着鼍洁，咬牙吼道，“既然你不答应，我不劝你了！我这就把事情告诉父王去，让他和你说！”

说罢，小白龙转身就要走。

情急之下，鼍洁连忙一把抱住了他的大腿：“别，别！三哥，别告诉舅舅！”

“不想我告诉父王，那就解开！”

“不……不行，真的不能解。”

“不解开，我就告诉我父王。”

小白龙不再废话，抬腿将鼍洁蹬开，转身就走。

慌乱之中，鼍洁只得连忙喊道：“我爹的魂魄在他们手上——！”

小白龙顿时停下了脚步。

黑漆漆的河面上，鹏魔王的嘴角微微上扬。

“很好，这小子脑子还没全坏。”

狮狔王小心翼翼地问道：“怎么办？真的不管他？”

“你管得了吗？这地方才多大，那猴子的神识又有多强？”鹏魔王掉转头，“咚”的一声沉入水中。

余下的两个妖王面面相觑，稍稍犹豫了一下，也跟着潜入水中。

…… ……

远处，猴子翻了个白眼，加快了脚步。

…… ……

小白龙转过身，蹚着水一步步朝鼍洁走去，弯腰伸手抓住他的衣领。

还没等他拽住鼍洁的衣领，一只毛茸茸的手已经先一步扼住了鼍洁的咽喉。

顿时，无论是鼍洁还是小白龙都怔住了。

“谈谈吧。”

猴子那毛茸茸的脸悄然出现在鼍洁面前。

鼍洁一惊，连忙挣扎着往后缩，却被猴子一用力，单手掐着脖子从水里举了起来。

“你是敖烈的表弟。说起来，咱也算是远亲了。我不打算杀你。不过这烂摊子，你得替我收拾好。”

猴子掐着不断挣扎却无论如何也无法挣脱的鼍洁，一步步朝陆地上走去。

高高梳起的发髻，蓝灰色的道袍，粉嫩粉嫩的小脸。

此刻，斜月三星洞中，换了一身干净衣裳的沉香站在了清心面前。

雨萱就站在一旁。

清心绕着沉香走了三圈，伸手去捏他的脸，笑嘻嘻地说道：“果然是人靠衣装啊，换一身衣裳，立即就有种仙风道骨的感觉了，不再是凡夫俗子。”

一旁的雨萱仰着头插嘴道："资质在凡人中算是上佳了，但在这斜月三星洞，只能算很一般。"

她看着沉香的眼神淡淡的，好像在说"实在搞不懂为啥要收这么个孩子为徒"似的。

沉香虽然年幼，但对这言语之中的意味还是挺敏感的，他一下嘟起了嘴。

"中等就中等呗。"清心一把将沉香抱了起来，轻轻捏了捏他的鼻子说道，"咱有的是丹药，吃了，不就上等了嘛。对吧？没事，姐姐当年的资质也不怎么样，丹药吃多了，自然就好了。"

沉香重重地点头。

然后两个人呵呵地笑了。

那模样，看得一旁的雨萱顿时一怔。

如果不是知道清心离开南天门的时日也不算太久，就眼下这情形，她几乎要以为二人是母子了。

雨萱犹豫了好一会儿，低声道："清心师叔真的要收他为徒吗？"

"先看看那猴子收不收，他要是不收，我就收。"

"悟空师叔？"

"对。"

大概是觉得雨萱说起话来有些伤人吧，清心抱着沉香一步步走到走廊上，弯腰将他放了下去，又从腰间摸出一块腰牌塞到沉香手中，摸着他的脑袋道："去玩吧，这里就是姐姐的家，你可以随便逛。"

沉香默默点了点头，转过身去，撒开腿就跑。

清心望着沉香一路飞奔的背影，眼中有一种说不出的羡慕。

一时间，雨萱都有些蒙了。

"这孩子……有什么特殊之处吗？"

清心摇了摇头道："没有。"

"那，清心师叔为何要……"

"他爹的运气很不错，本来应该是他爹来拜师的，不过我不喜欢那种步步算计的人。"清心翻了个白眼，摊手道，"虽然他也没算计出什么，但我看得出来，他在算计。我不喜欢。所以，我将他的仙缘直接过给这孩子了。"

说着，清心转身走入房中，跪坐了下去。

雨萱朝沉香离开的方向看了一眼，转身进屋，也跟着清心跪坐着，道："师叔这次回来，打算什么时候走？"

"明天就走。"

"那，师尊那边，师叔真不打算过去吗？既然师尊都让人特意提醒了，师叔刚从外面回来，至少应该过去请个安吧。"

清心捧起茶杯呵了口气，道："他要真想见我，会明说的。"

话音未落，只听外面忽然传来一阵脚步声。

一位道徒来到清心的院落中，躬身拱手喊道："弟子介庄，奉师尊之命请清心师叔往潜心殿一叙。"

清心闻言，那端着茶杯的手顿在半空。

好一会儿，她才低头抿了口茶，轻声道："知道了，你先回去吧。"

第五百七十八章

夜　谈

月色下，斜月三星洞狭长的小道上树影摇曳。

前来召唤的道徒提着灯笼走在最前面，清心牵着沉香紧随其后，雨萱则落开了一丈有余的距离。

林间的虫蝉鸟雀吱吱地鸣叫着。

沉香时不时抬起头来仰望自己的这位神仙姐姐。

这一路上，清心面色淡然，一直沉默。

她的双眸之中，隐隐有一丝慌乱，就像一个孩子即将面对自己未卜的前程一般。

她牵着沉香的手忽紧忽松的，似乎还有一丝忐忑。

不多时，四人就望见了一半依着山、一半建在洞穴之中的潜心殿了。

朴素而庄严的殿堂，一旁的窗户透出幽幽的烛光。

这潜心殿的门并不大。

沿着门前的石道望进去，古宅之中，整整齐齐的八根石柱分列两旁，如同一条狭长的隧道。

在那隧道的末端，须菩提盘腿端坐着。孤身只影，低头摆弄着身前的棋盘。

烛火微微摇曳着。

这一刹那，清心忽然有一种错觉，好像她即将要面对的并不是一直以来看着自己长大的师父，而是一个陌生得记不清容貌的故人罢了。

也许正是因为害怕这种感觉，在兜率宫的时候她才不敢去见太上老君吧。

与猴子之间的一切，她都可安慰自己，那并不是她自身的记忆。风铃是风铃，雀儿是雀儿，清心是清心，虽是前世今生，却是全然不同的三个人。

可与两位师父呢？

领路的道徒退到一旁，伸手道：“师叔，请。”

清心默默点了点头，松开沉香的手往里走。

沉香连忙跟了上去牵住清心。

清心停下脚步，摸着沉香的脑袋道：“跟雨萱姐姐去玩会儿。姐姐要去找姐姐的师父谈点事情，很快回来。”

沉香呆呆地看着清心，又扭头去看雨萱。

雨萱默默往前一步，伸出手去。

“去吧。”清心淡淡笑了笑。

沉香这才点头，伸手去牵雨萱。

雨萱带着沉香，朝潜心殿门前的庭院走去。

沉香一步三回头。清心远远地望着他，笑着。

清心望了好一会儿，直到沉香消失在转角处，才稍稍收拾了心情，转身，迈开脚步，朝须菩提走去。

蜡烛吱吱地燃烧着，爆开烛花。

清心轻轻踏在潜心殿的地板上。

须菩提拿着棋子的手顿住了，缓缓抬头看了一眼。

“回来啦？”

清心仰着头默默地走着，没有回答。

她走到须菩提跟前，振了振衣袖，双膝跪地，叩首道：“弟子清心，参见师父。”

一时间，须菩提怔住了。

脸上原本的笑意消失，换上了一丝错愕。

须菩提瞧着匍匐在地的清心，短暂的沉默之后，脸上又浮现出笑容，却已经不是原本那种自信、高深莫测的笑了。

“怎么，出去一趟回来，就变得见外了？”须菩提将掌心的棋子放回棋篓中，捋着长须叹道，“虽说为师是你师父，但你对为师行如此大礼，还真是少之又少啊。”

说罢，须菩提呵呵笑了。

清心一动不动地维持着原本的姿势，不笑，不说话。

须菩提的笑声戛然而止。

须菩提怔了好一会儿，干咳两声道：“起来吧，免礼。”

“谢师父。”清心直起身子，跪好，却低垂着双目，不看须菩提。

潜心殿中又是一阵沉默。

风呼呼地透过帘子的缝隙吹入殿中，烛火一阵摇曳。

须菩提静静地注视着清心，清心默默地盯着须菩提身前棋盘上凌乱的棋子。

两人的影子在各自的身后微微颤动着。

许久，须菩提伸手将身前的棋盘推开，轻声道：“你，有什么想问为师的吗？”

清心摇了摇头道：“清心没什么想问的。”

“今天，你有什么想问的，都问出来，为师知无不言，言无不尽。”

“清心没什么想问的。”

“你就没什么想知道的？”

“清心想知道的已经知道，不想知道的也知道了。”

“可你还有很多事情不知道。”

清心仰起头，迎着须菩提的目光，面无表情地答道：“更多的，清心并不想知道。”

顿时，须菩提笑了。

他抿着嘴唇，蹙起眉头，盘起双手长长叹了口气。

“有些事，即便你不想知道，为师也必须让你知道。”

清心的目光微微低垂，不发一言，手不自觉地攥紧了裙角。

“许多事情，你已经知道了，但还有很多事，你并不知道。你不知道，风铃也不知道的事。我们师徒也是时候好好聊聊了。漫长的八百年光阴里发生的一切，都是时候聊聊了。”须菩提缓缓闭上双目，如同一个垂暮的老人，轻声叹道，“你是个好孩子，风铃也是。雀儿为师不认识，但……想必也是吧。悟空，能被你们三个爱上，那是一种怎样的福分啊？”

清心仰起头来，眨巴着眼睛看着须菩提道：“回师父的话，清心没有爱上他，也不会爱上。爱他的是雀儿和风铃。而我，是清心。”

闻言，须菩提不禁笑了起来：“从小，师父就一直惯着你。那是因为为师前世亏欠了你，为了三界大局，为师把你，还有你的一众师兄，当成赌注放到了赌桌上，跟你那老君师父对赌。为的，就是打开一个新局面，让金蝉子证道成为可能。这份心思，清心你明白吗？”

清心静静地看着须菩提，没有回答。

两人默默对视着，许久，须菩提淡淡笑了，低下头道：“不明白也是正常，不明白也是正常。为师在你这年龄的时候，也不曾明白这许多。”

窗外的风声呼呼地响，几片落叶被风卷着穿过窗棂，掉落在光洁的地板上。

须菩提撑着膝盖，缓缓起身，叹道：“其实，为师是一株菩提树，三界初生时便已存在于世间了。”

他一步步走到窗前，伸手一晃，那几片掉落在地板上的落叶便随着卷动的气流腾空而起，顺着原路飞出窗外。然后，他伸手将忘记放下的竹帘放了下来。

须菩提拨开竹帘的缝隙，望着窗外月色下摇曳的树影道：“刚诞生的时候，为师就和它们一样，不知，不觉。就这么静静地长着。

“有一天，为师忽然很想知道这个世界究竟是什么样子。于是，为师用了五千年的光阴，长出了一双眼睛。

“那时候天地之中只有水，只有风，只有土。没有所谓的妖怪，也没有神佛。

“看着荒芜的天地，为师很失望。

“于是，又用五千年的光阴，长出了一双耳朵。

“可惜的是，那双耳朵只能听到雷声，还有呼呼的风声。

“自始至终，为师看不到，也感知不到任何一个同伴。

“这个世界，实在太寂寞了。”

须菩提说到这儿的时候，嘴角扬起一丝微笑，似乎是嘲讽，更像是在缅怀。

清心在一旁静静地听着。

顿了好一会儿，须菩提望着窗外的绿叶，轻声道：“后来，为师遇到了很多人。你的那个老君师父、镇元子、元始天尊、通天教主……还有，女娲。

“这个世界，应该是丰富多彩的。于是，我们几个一起合力创造了天地间所缺少的其他东西，比如鸟兽、草木。女娲还按照我们幻化而成的模样，造了人。一下子，整个世界喧闹起来。”

“可……喧闹过后，许多问题也浮现出来了。我们几个，产生了分歧。”须菩提忽然笑了出来，转身道，“不过那不重要，因为这个世界有它自己的法则，有天道。所有的大能，就算再强，也强不过天道。世间的一切在被我们创造出来之后，其实便已经脱离了我们的管控，自由地在发展。世界的面貌永远不可能按照我们想要的来塑造，它只会长成它自己的样子。

“有时候，为师会想，当初我们所做的一切，其实不过是多此一举罢了。就算没有我们，这个世界也会发展成如今的样子。”须菩提顿了顿，接着说道，“不过，后来事情发生了变化。”

“什么变化？”清心轻声问道。

“这个变化就是……老君修成了天道，修成了无为。紧接着，其实该算是晚辈的释迦牟尼也修成了天道，他是无我。”须菩提摊了摊手，蹙着眉头似乎想说什么，却转而问道，“你知道什么叫无为吗？”

“无为，到无不为。无所不知，无所不能。”

“对。虽然还不全，但也相差无几了。”须菩提点了点头道，“简单地说，就是老君真正掌握了天地。天地之间的一切，再没有能逃脱他的眼睛、超出他的算计的。整个三界，变得如同兜率宫院子里的盆栽一般，他可以随意地将其修剪成自己想要的样子。”

“所以……”清心疑惑地问道，“你们就集体反他？”

须菩提顿时笑了出来，摆了摆手道：“非也，这前因后果，待为师细细道明。”

第五百七十九章

夙　愿

昏暗的烛光摇曳着。

清心静静地跪坐着，仰头看着师父。

须菩提一步步从窗边走回原位，影子扫过了大半个潜心殿。

他撑着膝盖缓缓地坐下，伸手轻轻敲了敲棋盘，轻声叹道：“这三界，就如同一盘棋，不同的是，三界不是非黑即白那么简单。”

清心一脸疑惑地看着须菩提。

须菩提捋了捋长须，拨弄着棋盘上的棋子，道：“三界之中，不仅仅是大能，人、妖、兽，乃至万物，皆可为棋手。所有的生灵，都在这天道的规则之下演化，或繁衍，或厮杀，此消彼长，争相斗艳，纷纷扰扰。每一个棋手，都有自己的渴求，都有自己的过往，自己的烦恼，自己的立场，自己的苦难……在这尘世之中追逐着自己想要的。也许是名，也许是利，又或者，只是单纯的道。任何生灵，都是独立的，不附属于其他。”

须菩提一边亲自给清心沏上一杯茶，一边悠悠笑道：“通天教主易怒；元始天尊谨慎有余，进取不足；镇元子意气用事；老君优柔。为师，则是过于淡泊。其实，所谓大能，也不过是万千棋手之一罢了。三界演化到今天，像为师这样的几个从上古留下来的老家伙，之所以看上去还有那么些特殊，只不过是因为我们活的时间更长，看惯了天地变迁，比普通生灵，多出那么一点点的阅历罢了。”

清心依旧静静地看着须菩提，不发一言。

“抛开多活的那些年月，所谓大能，其实不值一提。”须菩提将茶杯推到清心面前，双手在身前交叉，侧过脸去望着竹帘上微微晃动的影子，轻声叹道，“其实，为师一直以为，这才是对的。三界，必然是朝这个方向去发展，对错是非，自当是在这棋盘上一决胜负。”

须菩提缓缓闭上双目，接着说道：“可有一天，老君忽然成就了天道，修成了无为。这一下……嘿，三界还是那个三界，棋手，却只剩下一个，那就是老君。对错是非，一概都由他一个人说了算。任何人做任何事，都逃不过他的眼睛。有这样一位裁决者在，对错还有什么意义呢？

“也因此，道家渐渐脱离俗世，潜心于修行。好不容易出来一个佛门，却也是遁世教义。那佛祖，更是直接修成了天道无我……渐渐地，三界，好像走入了一个死胡同，变成了一潭死水。所有的一切都难再往前半步。”

清心微微低头，捧起茶杯抿了一口茶。

须菩提睁开眼睛，道：“历时万年，强者强，弱者弱。天庭镇压妖众，血流成河，凡人却依旧沉沦苦海。修道者只知追寻长生不老，却忘记了原本的‘道’。生生死死，死死生生，到头来，纵使是神仙，也不过是活在另一种痛苦中罢了。对错正邪，已经不分彼此。三界的每一寸土地，都沾了血。可这血，却并不是为了改变而流，仅仅是为了维持，维持这个……其实并不完美的娑婆世界，以及那一碰即碎的盛世太平。活着，到头来，只是为了活着。”

须菩提说到这儿，忽然笑了起来，道：“那前两世的记忆，你都已经看过了。你以为，悟空如何，天蓬如何，杨婵如何，风铃、雀儿，又如何呢？”

清心呆呆地听着，没有说话。

须菩提捋了捋长须道：“他们，都不过是这世间的一角罢了。所有的努力，都是为了掩盖自己的痛楚。可即便他们的痛楚被掩盖了，其他人的痛楚又如何？

“玉帝维持三界平衡，有错吗？佛祖追寻教义至高，有错吗？天将奉行法令，有错吗？甚至那恶蛟，出卖同族以求苟活，说到底，也不过是为了在这乱世之中寻求一席之地，有错吗？”

清心依旧呆呆地听着。

“没人有错。”须菩提缓缓摇了摇头道，“说到底，错的不是他们，错的甚至不是这世间任何一个人，而是这整个世界本身。只要这个世界没办法往前一步，那么，所有旧日的痛楚，必然反复上演，只不过出现在不同的人身上罢了。

“当年为师选择隐居，一是不愿再看，二则是无能为力。”须菩提仰起头，轻声叹道，“直到某一天，为师的门前来了一只早了三百年拜师的猴子，提醒为师，那牢不可破的天道出现了裂痕。然后一位后生来到为师的面前，告诉为师，若众生之苦乃是整个世界的错，那么，他愿受十世轮回，哪怕九死一生，也要度化三界。”

话到此处，须菩提便顿住了，静静地注视着清心。

清心微微抬头，看着自己的师父。

“如果你是为师，你会怎么做？是放手一搏，纵使让三界经历一场浩劫，也要打开一个新局面；还是，继续闭目遮耳，孤身求道呢？”

“所以，师父……选择了放手一搏？”

须菩提微微点头。

“可是……可是……”清心一下站了起来，有些手足无措地说道，“师父，你将所有人都压在了赌桌上，九个师兄因此毙命，还有风铃、悟空师兄。你说你为了苍生，可是三界的苍生，却在那次浩劫之中死伤惨重！这……”

“那次浩劫让三界彻底摆脱了老君的掌控。”须菩提低头抿了口茶，道，“也只有这样，金蝉子的普度之道，才有可能得证。这就是所谓的破而后立。每一个人，都会为此付出代价，可每一个人，也将迎来新的希望。只有这样，这个世界已经停下的脚步，才有可能继续向前。血，才不会白流。”

须菩提的语气淡淡的，却带着无与伦比的坚定，不容辩驳。

清心彻底怔住了。

好一会儿，她缓缓地笑了。

“师父，这代价，值得吗？”

“不值得吗？”

“真的值得吗？”

两人对视着。

清心怔怔地看着自己的师父。

这一刻，她的心中有一种说不出的滋味，一种酸楚。这酸楚不仅仅来自清心，更来自风铃。

这份大义，清心无法辩驳。可师徒之情在这大义面前，就真的如此不堪一击吗？

可这不正是自己获得那份记忆的时候，就已经明明白白知道的事实吗？如今不过是经由师父的口说出来罢了。

烛光轻轻摇曳。

“和弟子说这么多，师父，想让弟子怎么做？”

“为师想要成全你一直以来的夙愿。”

“什么夙愿？”

“就是……让你和悟空，有情人终成眷属。”

“师父确定这是清心的夙愿吗？”

“不是吗？”

“不是！”清心斩钉截铁地答道，“那或许是雀儿的愿望，是风铃的愿望，但绝不是清心的愿望。况且，它没有任何存在的价值。”

“为何？”

清心深深吸了口气，缓缓说道：“雀儿和风铃，已经魂飞魄散了。过往的一切都结束了，所以，清心请师父不要再提。现在清心所想的，只是如何对过往的事做一个了结。”

须菩提看着清心，好一会儿才轻声叹道：“为师懂了。”

须菩提稍稍沉默了一下，又道：“那如果，这三界，需要你去达成原本的那个夙愿呢？”

庭院中，雨萱静静地坐在石椅上。

幽幽的烛光从她身后的窗内透出，照着窗前的草木。

沉香在四周来回转悠，雨萱表面上是在替清心看顾沉香，心思却都放在了身后的潜心殿上。

她听不见潜心殿里师徒二人在谈什么，但能感觉到那是一件很重要的事。

清心这次回来，让她隐隐地感觉到这位师叔身上发生了一些说不清的变化，而须菩提，显然也有些不一样了。

自从斜月三星洞搬了新址之后，须菩提就像一尊石像，从来都是别人来找，他见与不见的问题，还真没听过这位师尊想要见谁的。

“会是什么事情呢？”

雨萱实在搞不清楚。

不远处，孤孤单单转悠了半天的沉香朝她走了过来，轻声问道：“姐姐，你会变法术吗？”

“会。”雨萱不经意地点了点头。

“那，可以帮我变个梯子吗？”

“梯子？”

沉香指着一旁的大树道：“我想到树上面去看看。”

闻言，雨萱当即白了沉香一眼，一把将他扯到身旁，冷冷道：“给我好好待着。”

“哦。”

沉香只得缩了缩脑袋，乖乖站到一旁。

时间就这么一点一滴地流逝着。

过了好一会儿，雨萱看到清心从潜心殿中走了出来。

还没等雨萱开口，沉香已经提着道袍的下摆飞奔了过去，一下扑入清心的怀中，又小心翼翼地回头望向雨萱。

雨萱缓缓走到清心身旁，躬身道：“师叔。”

清心点了点头，又低头摸了摸沉香的脑袋，道：“走吧，我们回去。”

说罢，她牵着沉香就往回走。

雨萱连忙快步跟了上去。

“师叔和师尊都说了些什么？”

“没什么，一点琐事罢了。”

“琐事？琐事用得着大半夜的找你过来？”

清心没有回答。

潜心殿中，须菩提将竹帘掀开一角，远远地看着。

第五百八十章

用　刑

此时，黑水河畔，鼍洁已经被整个捆成了粽子丢在篝火旁。头朝地面重重一磕，沾得满脸的沙子。

玄奘、天蓬、卷帘、黑熊精在一旁静静地看着。

敖烈紧张地眨巴着眼睛伸手去扯猴子。

“大圣爷，大圣爷，小孩子不懂事，别跟他计较，别跟他计较啊。”

猴子一把甩开小白龙，绕着鼍洁走了一圈，蹲到他的身旁，掏着耳朵悠悠道：“把黑水河的术法解开。”

鼍洁强忍着心中的恐惧，别过脸去。

“解开！只要解开，我就放了你，之前的事都不跟你计较。不然，我确实不会杀你，但你会比死更难受。”

鼍洁紧紧闭上双目，咬紧了牙。

见状，猴子的眉头颤了颤，双目顿时瞪得犹如铜铃那么大。

一旁的小白龙一惊，趁着猴子还没发火连忙挡到身前，低声道：“大圣爷，小孩子不懂事，别和他计较，让我来跟他说，我是他表哥，我说的话他多少……”

话音未落，猴子推开小白龙，拽着鼍洁衣领，一把将他从地上提了起来。

“别瞎扯了，刚刚你们的对话我不是没听到。”猴子看向一副死猪不怕开水烫模样的鼍洁，缓缓道，“对付你这种人，我有无数种办法。”

还没等众人反应过来，只听“咣”的一声巨响，猴子毫不留情地将鼍洁整个砸在地面上。

滚滚的沙尘迅速朝四周散开，就连一旁的火堆都被吹散了，火苗伴着碎木屑冲天而起。

慌乱之中，天蓬与黑熊精几乎同时挡到玄奘身前。

一时间，小白龙都吓蒙了。

沙尘散去，猴子缓缓走到趴在地上的鼍洁身旁，弯腰，又一把将他举了起来，二话不说地朝一旁河滩边上的礁石砸了过去。

只听“轰”的一声，整块礁石都被砸裂了。

碎石飞溅。

用来捆绑的绳子直接崩裂了，当鼍洁从碎石堆中翻过身的时候，已是浑身血迹斑斑，奄奄一息，连站都站不起来。

猴子再次迈开脚步朝鼍洁走去。

他双手的关节握得噼啪作响。

短暂的错愕之后，小白龙连忙挡到猴子身前道：“大圣爷，这件事交给我，我来说服他。”

“你说服不了他。”

说着，猴子回头使了个眼色，黑熊精当即走过来将小白龙从身后一把制住。

“大圣爷！我真的能说服他！”

猴子不理会小白龙的呼喊，一步步走到鼍洁身旁，屈膝蹲了下去，伸手捏着下巴将他的脸抬了起来。

头已经磕破了，鲜血顺着脸部的弧线滑落，渗入了眼眶。此时的鼍洁，只能半睁着眼睛看着猴子。

“解，还是不解？”

闻言，鼍洁死死闭上双目。额头上的青筋已经鼓了出来。

“好！有骨气，我就喜欢有骨气的人！”

猴子一扬手，鼍洁整个被拽着甩了出去。还没等他飞远，猴子一个跃起，一拳重重打在他的腹部上。

连惨叫都来不及，鼍洁便如同陨石一般重重坠落在地了。

掀起一大片沙尘。

那滚滚的沙尘之中，一声声惨叫刺破天空，隐约可见猴子的身影在不断来回，一拳接着一拳，一脚接着一脚。

一声声闷响。

小白龙微微张口，目瞪口呆地看着，看傻了眼。

玄奘想要开口制止，却被一旁的天蓬伸手拦住。

猴子打了好一会儿，才停下动作，站在原地怒视着鼍洁，喘着气。

“断了二十根骨头了，感觉如何？”

一阵夜风吹过，沙尘缓缓地飘散。

此时，众人终于看清躺卧在地的鼍洁的状况。

短短的时间里，他的四肢被全部打断，扭曲得不成样子。鲜血不断地从他微张的口中流出，掺杂着泥沙，变成了红褐色。

“放心，我说了不会杀你，就一定不会杀你。”只见猴子弓下身子，伸出二指点在鼍洁的眉心，将灵力一点一点地注入他的体内。

顿时，鼍洁原本惨白的脸色红润了许多。

紧接着，还没等众人反应过来，猴子反手就是一巴掌重重打在鼍洁脸上。两颗牙齿就这么直接被打飞了。

“这样不好吧。”玄奘连忙拨开天蓬挡在自己身前的手上前道，“此事涉及鼍洁的父王，他怎么可能轻易屈从？还是……还是应该好好跟他谈谈。”

还没等玄奘迈开步伐，天蓬便一把将他拽了回来。

“未必不行。”

玄奘有些错愕地看向天蓬。

“凡间的酷刑可能未必有用，但这修道者的酷刑，可就大不相同了。”只听天蓬淡淡叹道，“反复疗伤，反复施刑……一天不行就十天，十天不行就一个月，反正我们被困在这里，也不急于一时半刻。酷刑之下，就是意志再坚定的人，也总有妥协的一天。”

天蓬顿了顿，接着说道：“以前天庭拷问妖怪就是这么干的，他花果山也经常用这种招数。说出去不好听，但确实有效。’

一声声的惨叫传来。

不远处，猴子已经将鼍洁被悉数打折的四肢扎成了蝴蝶结。血淋淋的画面看得玄奘一阵毛骨悚然。小白龙，更是彻底蒙了，那张大的嘴巴酝酿着一声歇斯底里的呼喊。

还没等他喊出声来，黑熊精已经迅速一个手刀敲下去，当场将小白龙敲晕了。

此情此景，看得身在河底的三个妖王也是一阵哑口无言。

与天庭的酷刑不同。

天庭的酷刑多是为了逼供。在天兵天将的眼中，妖怪这东西，只要拿到要的口供，就一文不值了，杀掉了事。花果山的酷刑，更多的是为了报复。当刑罚上升到报复这个层面的时候，就会无所不用其极，真正让人生不如死了。

虽说花果山的酷刑三个妖王都见识过，但万万没想到，身为花果山真正主宰的猴子，竟会亲自下手。而且手法一点不比那些专司刑罚的酷吏弱。

“这样下去，鼍龙那小子会不会撑不住啊？”

“暂时……暂时应该还没问题。”

“那久一点呢？”

这个问题，鹏魔王没法儿回答。

很显然，对方绝非善类，真要用起手段来，只怕比自己这边的几个人都要有过之而无不及。

鹏魔王眨巴着眼睛沉默了好一会儿，低声对一旁的猸狨王道：“你去下游，堵住河道。”

“堵住河道？”

“对！淹了他们！”

折腾了一整晚，终于到了黎明时分。

这一整夜，鼍龙都在生死边缘挣扎着。每每将他虐到奄奄一息，猴子就会为他注入灵力补上一口气，然后接着虐。自己虐烦了就换黑熊精继续折腾，休息一下之后又亲自上阵，用尽各种手段。其残暴程度简直跟凡间的凌迟处死没什么区别。

整整一夜，鼍龙都在不断惨叫着，如果不是还要他念咒，说不定猴子早将那舌头直接割了下来。

小白龙还昏迷不醒，每当要醒的时候，猴子便会给他补上一击。至于玄奘、天蓬、卷帘，刚开始都在一旁看着，到后面则走得一个不剩。

天蓬之前是天河水军元帅，长期战斗在镇压凡间妖怪的一线，他麾下的部队，各种酷刑自然也是齐备的，但今天见识了猴子的这些手段，却当真是开了眼界。

大概因为想起曾经被猴子虐杀的天衡，当猴子将鼍龙的身体扭曲成一个球放在地上踢来踢去的时候，天蓬看不下去了，随便找了个借口转身离开。

见天蓬离开，早已受够了这血腥场面的卷帘也跟上，顺便将神色凝重的玄奘也一并拉走。

这一下，营地里就只剩下一个昏迷的敖烈，两只折腾得不亦乐乎的妖怪，外带早已被玩残了的鼍龙。

从夜里折腾到黎明，又从黎明折腾到正午，为了让鼍洁的意志彻底崩溃，猴子甚至变出了各种行刑的家伙。割肉、烧烫，一样不缺。可就在这样的酷刑之下，昏过去无数次，又痛醒无数次的鼍洁依旧紧咬牙关不肯解开术法。

黑熊精瞧着这模样，已经有些心灰意冷了。

“大圣爷，这样真的有用吗？”

“你在花果山的刑房干过吗？”

黑熊精摇了摇头。

猴子深深吸了口气，瞧着趴在地上如同一摊烂肉的鼍洁，拍了拍黑熊精的肩道：“花果山的刑房拷问过无数人，除了我压根儿不想问的，从来就没有问不到的。时间问题而已。再说了，你有更好的办法？”

黑熊精指了指躺在不远处的小白龙道：“要不，让敖烈试试？”

“让他试？”猴子笑了出来，长长叹了口气道，“他说是肯定没用的。你要知道，这家伙老爹的魂魄被扣着呢，你觉得谁说有用？别说敖烈那小子了，就是西海龙王亲自来了，他也会咬着牙挺下去的。”

说罢，猴子又朝奄奄一息的鼍洁走了过去。

正当此时，黑熊精一愣，指着一旁的礁石道：“大圣爷，这河水，是不是在涨？”

第五百八十一章

最后的办法

河岸的另一侧，玄奘沿着沙滩缓缓地走着，眉头紧蹙，时不时回头望向猴子和鼍洁所在的位置。

鼍洁的惨叫声还萦绕耳畔，让他有些心神不宁。

时刻跟在他身旁的天蓬看在眼里，轻声道："玄奘法师无须放在心上，那鼍洁与猴子也算有些渊源，按理说，猴子是绝不会对他下杀手的。只要不直接废去修为，无论受多重的伤，等到他出手解除了术法，自然有办法医治。"

玄奘淡淡叹了口气，道："贫僧倒是有一道窥心术，若用此法，不知如何？"

"那是他与生俱来的能力，"天蓬回头看了一眼，道，"即便知道口诀，换了一个人，也施展不出来。所以，只能逼他自己解开。"

玄奘无奈笑了一声，摇摇头，迈开脚步踏着细沙继续往前走。

他握着佛珠，轻声问道："如果他不解开术法，我等就难以继续往西。无法继续向西，便没办法证道。这三界众生，便无以普度……所以，做大事，不拘小节。否则，便成了迂腐。是这个理吗？"

天蓬答道："确实如此。"

玄奘淡淡笑了笑，道："可，若是这一路向西，本愿普度，到头来却又给另一些人带去了痛苦……这样证得的道，还是我们原来想要的吗？"

"玄奘法师这话的意思是……"

"众生皆有其苦，我们证的是普度之道，为的，是化解众生之苦。"玄奘轻声叹道，"那鼍洁为父仇所苦，如今出现在贫僧面前，贫僧不单无法化解，还要看着他承受新的痛苦而坐视不理。”

天蓬闻言，顿时一愣。

天蓬稍稍沉默了一下，道：“那，玄奘法师可有良策？”

玄奘缓缓地摇了摇头，低头凝视着脚边的细沙，依旧一步步地往前走。

这才是西行所遇到的，最大的困局。

黑水河的水能阻断感知，黑水河底的淤泥能用法阵任意调整，令人迷失方向。可是，真正阻断西行之路的，却不是黑水河，而是眼前的这个困局。

每一个人都有自己的苦，为了减少自己的苦，往往又将自己的苦强加到别人身上。一来二往，恶性循环，于是就有了苦海无涯之说。

西行，为的就是寻找一条能扼断这恶性循环的路子，将众生从沉沦的苦海中拉出来。

可是，照这么走下去，西行又何尝不是一种新的苦呢？

玄奘一路细细思索着，好一会儿，忽然苦笑出来。

天蓬轻声问道：“玄奘法师想到什么了？”

“贫僧忽然想通了。”

“想通了？”

玄奘点了点头道：“从昨夜开始，贫僧就在想，该不该制止大圣爷施刑。制止，一来贫僧无甚理由，二来贫僧也拿不出突破这黑水河的办法，我等必被困在这黑水河畔，无以往西。不制止，面对众生之苦而袖手旁观，贫僧所发普度之宏愿，便形同作废。可若制止了，被困在这黑水河畔，无以往西，那宏愿，不也形同作废？”

天蓬稍微想了想，疑惑地问道：“那……玄奘法师想通了什么？”

玄奘笑对天蓬，伸出一指，道：“此乃，贫僧之苦。身在苦中不自知。”说罢，他深深吸了口气，转身便沿着来时的路大步走。脸上原本的愁容已一扫而空。

一时间，天蓬与卷帘都有些蒙了，连忙快步追了上去。

河岸边上，猴子将金箍棒插在水中，与黑熊精一起细细地观察着。

黑水河的波涛一浪接一浪地打来，拍在金箍棒上。

就这么盯着金箍棒上被水漫过的痕迹看了许久，猴子狠狠地骂了一句：“娘的，他们肯定是堵住了下游！”

“那现在怎么办？”

“怎么办？”猴子撑着膝盖缓缓起身，随手将金箍棒收入耳中，一脸怒意地说道，“若是往常，上天不行，我就入地。反正这地又不是没被我捅穿过，我就不信他这破法阵到了地府还能有效！再说了，水都流到地府去，那所有的问题不就解决了吗？”

一听此话，黑熊精吓得一缩脖子。

猴子伸手拍了拍黑熊精的肩，悠悠道：“放心，这是最后的办法，不到逼不得已我不会用的。不然，岂不是我们经还没取到，这三界先烂透了吗？来，我们继续玩！”

说着，他转身走到奄奄一息的鼍洁身前，一把将他提了起来，恶狠狠地说道：“放心，这水难不住我。大不了捅穿了，让水流到地府去。到时候什么鹏魔王、狮[illegible]王，一个都别想活！”

这话几乎是吼出来的，那声音在天地间回荡着。

鼍洁依旧咬紧了牙不吭声，但黑水河底的三个妖王，却已经吓出了一身冷汗。

“你们说，他会不会真的捅破了，让水流到地府去啊？”

正当三个妖王犹豫着要不要先行撤离的时候，玄奘来到了猴子身旁。他首先双手合十，朝猴子行了一礼，看得猴子一愣一愣的。

“大圣爷，不如让贫僧和他谈谈吧。”

“你和他谈？”猴子瞧了瞧不远处躺着的小白龙道，“你有信心？”

“姑且一试。”

猴子微微松手，鼍洁“扑通”一声摔在了地上。

“那你试试吧。”说罢，猴子扭头便走，站在岸边来回扫视着黑水河面。

玄奘朝猴子点了点头，躬身将鼍洁扶正，让他的头枕在岩石上。

他的伤势实在太重了。虽说要害一个没伤到，但全身上下，早已没有一寸完好的肌肤，没有一根不碎的骨头。其中很多是被猴子治好又重新打断的。

这一举一动之间，鼍洁哼哼连连，额头上痛出了汗珠，与血污掺杂在一起缓缓滑落。

他微微睁着眼，蒙蒙眬眬地看着玄奘，低声道："我……我是绝对不会解开的，你们不用妄想了。"

玄奘淡淡笑了笑，点头道："贫僧知道。"说罢，他转身用猴子变出来的木盆盛了一些河水，一点一点地替鼍洁擦拭身上的血渍。

自始至终，鼍洁都警惕地注视着玄奘。

不远处，天蓬缓缓走到猴子身旁，与他并肩而立。

"解决不了吗？"

"骨头很硬啊，一时半会儿弄不服他。"猴子回头看了一眼，叹道，"水已经在涨了，那些王八羔子堵住了下游，用不了多久，这里就会被全部淹没。短时间内，用刑恐怕是没用了。"

"那接下来怎么办？"

"刚刚他好像说这件事跟地藏王有关对吧？要不，我直接淹了地府？也算报复。"

天蓬顿时笑出来，摇了摇头道："有时候我挺佩服你的，什么办法都敢想。不过，这个办法真不行。一来，你把地府淹了，看起来是你报复了地藏王，其实苦的是那些鬼差以及三界众生；二来，你真敢这么做，就不怕如来又打着救世的旗号出来找你麻烦吗？当年，可不就是这个借口？"

闻言，猴子有些犹豫了。

如果他是孤家寡人，即便如来真出来了又如何？大不了再来一场虚实之战，大家谁也奈何不了谁。

可糟糕的是，自己不是孤家寡人，即使是六百多年后的今天，他还是有着许许多多的弱点。这一路西行，不就是为了解决这个问题吗？

猴子吧唧着嘴，抬头望了望天道："你说，我那个洞捅得小一点，回头再用金箍棒给堵上不让水流下去，会不会好点？"

天蓬拍拍猴子的肩道："人家需要的是一个借口，至于你究竟造没造成破坏，不重要。"

猴子听着这话，顿时像泄了气的皮球一般。

都说修仙要不沾红尘，不理俗事，放在这件事上，还真就给他们说对了。同样的修为，同样的实力，沾染了红尘、理了俗事的人，弱点确实要比一心修行的人多出无数倍。

抛开长生不老一事不谈，这修仙，还真是看不到多少好处。实力上去了，自以为凌驾于凡人之上，其实不过是从一个牢笼踏入另一个牢笼罢了。依旧战战兢兢的，有无数的不痛快。

猴子想到这儿，不由得又想起了自己当初跪在斜月三星洞门前风铃说的那句话："人的快乐，取决于心的宽度……"

他想着，低声叹道："我这么不快乐，肯定是因为心胸狭窄吧。"

"什么？"

"没，胡思乱想而已。"

天蓬一只手搭着猴子的肩，缓缓说道："现在我们来探讨一下另一个问题吧。假设，我们没有办法在河水漫上来之前让鼍洁解开术法，那么，我们肯定就会深陷河底。走，是肯定走不出去的。对方是铁了心地要困住我们，所以，得做好长期战斗的准备。其他人没什么，玄奘法师没有修为，还需要俗物资身……恐怕撑不了多久啊。"

此时，鼍洁经过自行调息，脸色看上去比刚才稍稍好了一些。

玄奘在旁边专心致志地帮他清理着伤口，忽然开口问道："令尊，过世几年了？"

第五百八十二章

照　料

斜月三星洞，阳光明媚。

微风徐徐吹过，院落中的草木沙沙作响。

小屋里，清心摊开羊皮地图，趴在桌上细细地查看着。

一旁的沉香个子太矮看不到，时不时跳两下，可还是看不到，只能眼巴巴地看着清心。

“最近有悟空师兄的消息吗？”

“没有。”雨萱摇了摇头，也伸长了脖子看。

清心抬起头，掐指算了算，又伸手在西牛贺洲的版图上来回丈量，最终在地图上画了个小圈道：“应该在这一带，过去找找便是了。”

说罢，清心将那地图卷了起来。

“清心师叔要找悟空师叔？”

“嗯。”

“师叔为何不直接问问天庭呢？他们每天盯着，肯定知道悟空师叔的所在。”

清心将地图放入一旁的纸筒中，淡淡回了句：“不想节外生枝。”

说罢，她牵着沉香就往外走，走到门前回头交代道：“这一趟应该用不了多久就会回来的，你帮我把炼丹房收拾一下，缺的材料也补全了，回头我要闭关炼丹。”

沉香听得懵懵懂懂，雨萱的眉头却微微蹙起。

闭关炼丹，用的是普通耗材，这炼的，毫无疑问是要给沉香用的丹药吧。

想当年，自己拜入昆仑山门下，端茶递水铺床叠被，什么没干过啊？即使这样，得到的也不过是一套普通的入门功法。这沉香也不知道走了哪门子的运，还没正式拜入门下，未来师父就已经准备用丹药帮他提升资质了。

当初的清心也就罢了，两位大能同时将她收入门下，肯定是有什么机缘。这凡间随处可见的小毛孩子又是怎么撞的这种大运呢……清心收了他当徒弟，那须菩提和老君岂不是都成了他师公？

想着，雨萱不由得一叹："真是同人不同命啊。怕是用不了两百年，他的修为就该超过我了吧。"

想想又觉得好笑，自己好歹也是一个化神境的修士了，这样去妒忌一个还没开始修仙的小毛孩子，真的好吗？

雨萱无奈摇了摇头，转身朝清心的炼丹房走去。

"不过话说回来，昨天夜里，师尊和师叔谈了些什么呢？"她心里嘀咕道。

黑水河畔。

哗哗的浪涛声中，河水已经打湿了猴子脚下的细沙。

他拄着金箍棒，低着头，默默地看着。

"在想什么？"天蓬轻声问道。

"在想能找什么外援。"猴子伸手挠了挠脸颊，道，"不过，想来想去好像也没什么人可以找。佛门出的手，天庭是指望不上了。我都搞不定，六拐他们除了人多一无是处，找来也没用。四海龙宫擅水，但又打不过妖王们。想来想去，就剩下一个斜月三星洞和一个兜率宫。可惜这两个都不那么容易请得动啊。"

猴子顿了顿，随口问道："你呢？有没有什么老朋友能派得上用场的？"

"你这是在调侃我还是调侃你自己呢？"说罢，天蓬扭头意味深长地瞧了猴子一眼。

猴子顿时一愣，很快明白了天蓬的意思。

天蓬最为亲信的天河水军被花果山打得全军覆没，天蓬自身又在天庭受到排挤。更何况整个天庭还被猴子血洗了一次。现在天蓬上天，别说找人了，就连路都不认识，哪里还有什么帮手呢？

猴子伸手拍拍天蓬的肩以示愧疚，转头吆喝道：“挪地方了！”

黑熊精和卷帘闻言，当即抬着鼍洁往高处走。玄奘、小白龙也都紧紧地跟着。

按照玄奘的意思，黑熊精给鼍洁变出一个担架让他躺着。小白龙看见表弟这般惨状，一阵嘘寒问暖，早将造成如今困境的因由抛到了脑后。

这两人一前一后地护着，猴子恨得牙痒痒，好不容易才按下了再次出手严刑拷打的冲动。

被他们一折腾，自己反倒成了坏人。

有时候事情就是这么奇怪。当你坏得彻底的时候，事情往往就很畅顺了。那些和猴子扯不上半点关系的人，除非脑子坏了，否则谁敢来惹他？

就算惹了也没关系，大不了一棒子打死。

说白了，这鼍洁现在就是仗着猴子和西海龙宫多少有些渊源，有所顾忌罢了。

所以啊，这坏人好当，好人难当。而最难当的，莫过于猴子这种半好不坏的人。

猴子冷哼了两声，拖着金箍棒又开始巡视，以防妖王偷袭。

此时，原本有百丈宽、三百余丈长的陆地随着河水上涨，只剩下七十丈宽、两百丈长。那面积差不多少了一半。

说到底，这本来也就只是大河中间高出水面的一片滩地而已，根本不是什么山川丘陵。最高处也就不到三丈的高度而已。

按照这速度，用不了一个昼夜，这块陆地就会被淹没，而众人则必定身陷河底。到时候可就真陷入天蓬所说的那种持久战了。

也不知道到时玄奘这凡人之躯能撑多久。

小土坡上，敖烈将自己珍藏的丹药全都拿了出来，通通喂到了表弟的嘴里。他瞧着鼍洁这面目全非的样子，也不知道说什么好。

反正劝是劝不动了，喂完了药，他便干脆转身离开。

一来二去地，守在鼍洁身边的又只剩下玄奘了。

两人默默相对，鼍洁用有些沙哑的声音断断续续地说道：“玄奘法师不用这样一直盯着……我不会跑。就现在这情况，也跑不了。”

玄奘双手合十道：“贫僧不担心施主跑。”

“那你一直盯着我作甚？”

“贫僧是想，施主受了伤，想必需要人照料。所以，贫僧就留了下来。”

“照料我？就你能照料我？”鼍洁不由得笑了出来，这一笑，胸前的伤口当即裂开，痛得他咬紧牙关直冒冷汗。

玄奘连忙上前，折腾了好一会儿，才将裂开的伤口重新包扎好。

“看，这不就是照料了吗？”

鼍洁一言不发地看着玄奘，目光之中依旧敌意重重。

玄奘也不多说，握着佛珠，在一旁盘腿而坐，闭起双目。

半个时辰过去了。

鼍洁咬牙低声道：“你们是觉得硬的不行，想来软的吗？别妄想了，我是无论如何都不会解开术法的。”

玄奘微微睁开眼睛朝远处看了一眼，轻声道：“大圣爷的耳朵，这四周的任何动静都逃不开吧。你这话最好别让他听到了，否则，贫僧也救不了你。”

听他这么一说，鼍洁连忙咽了口唾沫，闭上嘴。

时间还在一点一滴地流逝着。

最开始，鼍洁认为玄奘是来盯着自己的，可眼下的情况显然不是。

一来玄奘连看都不看他，只是静静地打坐；二来玄奘是个凡人，按道理，队伍中的其他任何人来看管，都比他合适。

紧接着，鼍洁认为玄奘准备硬的不行来软的，试图通过给自己疗伤的方式套近乎，再想办法达成目的。

可看情形，也不是。包扎好伤口之后，他就什么都没做了。

那他究竟是来干吗的呢？难不成真的只是来照料自己？

鼍洁实在想不通。

玄奘没动静，渐渐地，他反而好奇起来。

又这么待了好一会儿，日渐西沉，已是黄昏时分。

玄奘依旧一动不动地坐着。不远处，猴子与天蓬等几个人正忙活着，在河滩边上筑起一堵堤坝一样的东西。

大概是想将这里被淹没的时间尽量延后吧。

鼍洁就这么一直干躺着，浑身上下剧痛不断，他双眼有些模糊了，想睡觉。可惜，在敌阵之中睡觉实在不是什么好主意。

他犹豫了好一会儿，低声问道："你西行，究竟是为啥呢？"

"取经。"

"取什么经？"

"普度之经。"

"是……佛经吗？"

玄奘微微点了点头："算是。"

"是佛经，那为什么佛门的人还要阻止呢？"

"佛门的人阻止了吗？"

被他这么一问，鼍洁顿时一愣。好一会儿，鼍洁才反应过来道："确实没有，确实没有，是我说错了，从来就没有任何佛门的人说过要阻止。"

说着，鼍洁一脸茫然地望着夕阳下火红的流云。

"施主这么做，是为了给令尊报仇吧？"

鼍洁点了点头。

玄奘侧过脸，轻声问道："令尊要求的吗？"

鼍洁有些不悦地答道："你这和尚说的什么胡话？替父报仇，这种事情天经地义，哪里还用父王开口？"

"去地府见过令尊的魂魄了？"

"去过一次。地府是地藏王的地盘。我在天庭挂着的职务也只是个河神，这些年，也就去过一次，还是想办法买通了鬼差进去的。"

"令尊在地府……如何？"

"在地府能如何？父王好歹也是水族龙王，受难是肯定不用的，也就排个队，等投胎而已。"

"已经安排好去处了？"

"还没，不过，我会设法给父王安排一个好去处的。"

玄奘淡淡笑了笑，道："先前你的一些事，元帅也与贫僧说了。若真依你这么做，你父王，恐怕将陷入水深火热之中啊。"

第五百八十三章

农夫与蛇

提到自己的父亲，鼍洁的心咯噔一下，他勉强笑了笑道：“你不用吓我，我父王能有什么事？地府安全着呢。只要我乖乖听令，地藏王必然不会对我父王如何。”

玄奘轻声道：“就算你不听令，地藏王也不会对你父王如何。”

鼍洁闻言，先是一愣，接着艰难地扭过头来看玄奘。

“你这话是什么意思？”

“不是吗？”玄奘摊了摊手道，“地藏王连阻止贫僧取经的话都从未说过，又有什么理由对施主的父亲出手呢？从头到尾，施主所知道的，恐怕都不是地藏王亲口所述吧。即便真让施主报父仇，顶多也就是事前不阻拦，事后不追究罢了，断不会真的出手助施主一臂之力。相反地，如果此行施主真的成功了，贫僧的性命倒是不值一提，但大圣爷，恐怕不会那么容易善罢甘休啊。”

鼍洁眯着眼睛注视着玄奘好一会儿，闭起双目道：“你不用吓唬我。再说你吓唬我也没用，父王的魂魄就在对方手上，我是绝不会拿我父王赌的。”

玄奘也不接话，两人就这么静静地待着。

又过了约莫一个时辰，天已经完全黑了。

浪拍打着猴子他们筑起的堤坝，发出阵阵声响。

浓浓的夜色中，河滩上猴子他们的身影甚至有点看不清了。

期间，几个人都来过几回。小白龙来看鼍洁的伤势，话没说几句便走了。黑熊精则是来提醒玄奘，最多再过六个时辰，这里就会被彻底淹没。

时间一点一滴地流逝，其他几人有的积蓄体力，有的擦亮兵器，都已经开始紧张地备战了，唯独玄奘依旧一副淡定自若的样子。鼍洁，反而忐忑不安起来。

确如玄奘所说，如今陷入困局的，早已不只是这西行队伍，还包括了鼍洁自己。

西行队伍的困局难破，难道他的就好破吗？

泾河龙王的魂魄在地府，地府归地藏王管辖，即便地藏王真不会对泾河龙王出手，那其他人呢？

俗话说：“阎王好见，小鬼难缠。”

地藏王虽然不可能说出要让泾河龙王魂飞魄散报复鼍洁之类的话，但他身边只要有个把鬼差看透了这层心思，想抢这个功，讨这个好，难道还会有人去阻止吗？

随便一个鬼差、一个阎罗，或者一个妖王，获得地藏王的许可自由出入地府，想掐灭一个魂魄，还不是手到擒来的事？

一旦鼍洁真的帮西行队伍解除了术法，到时候纵使地藏王不出手，也基本可以断定泾河龙王凶多吉少了。

也正因为这样，鼍洁无论受多重的刑，都咬紧了牙没松口。因为他一旦松口，那泾河龙王就只剩下一个魂飞魄散的结局。

可是，即便事情成了，难道就万事大吉了吗？

这大圣爷的脾气三界尽人皆知，自己之所以敢来，一方面因为有西海龙宫这一层关系，即便他要报复，自己应该也不会有性命之忧；另一方面则是因为父王的魂魄在对方手上，他不得不来。

可，一旦成功，报了父仇，坏了西行大事，这大圣爷会怎么报复呢？

经历了一夜折磨的鼍洁不敢想。

在此之前，他是头脑一热没想太多，如今在这里静静地躺着，却是不敢想。

因为，这大圣爷压根儿就不是他一开始所想象的那种人。

这成就天道的妖王，不单没有半点大仙的飘逸，反倒一副市井流氓的嘴脸，比其他妖怪更像一个恶棍。他居然亲自用刑，而且乐此不疲，在数个时辰里，孜孜不倦地反复救活自己，又想出各种奇怪招数反复折磨自己……

这样的人，天地间也仅此一个吧。

经历通宵的折磨之后，现在的鼍洁相信即便猴子现在不杀他，一旦报复起来，这位绝世妖王一定会让自己全家生不如死。

因为，他就是这么个人。

对于这一点，鼍洁如今深信不疑。

可是，走到这一步，他还有路可以退吗？

想到这儿，鼍洁不禁无奈一笑。

后退的路，应该是打从一开始就没存在过吧。他根本别无选择，自始至终，不过是个提线布偶罢了。

对自己来说，现在最好的结果，也许就是事情能顺顺利利办完，而这位齐天大圣又没有迁怒于自己父王的魂魄吧。

可这世上真的有那么好的事吗？

不知怎的，鼍洁忽然对玄奘说道："玄奘法师，那个……若有可能，能不能替我父王说说情，让大圣爷不要迁怒于他？"

"此话怎讲？"

"就是，帮我劝说一下，让大圣爷别迁怒于我父王。要杀要剐都冲我来，我鼍洁就算魂飞魄散，也毫无怨言。"说着，鼍洁尴尬一笑，低声道，"抱歉，我只是随口问问，你不答应就算了。"

说罢，他缓缓地闭上眼睛。

短暂的沉默之后，玄奘淡淡一笑，道："此事过后，若无事，大圣爷必不至于迁怒；若有事，贫僧恐怕已经身殒，又如何规劝大圣爷呢？"

鼍洁连忙睁眼问道："如果你不身殒，你会答应？"

玄奘缓缓侧过脸，看向鼍洁。

两人默默对视着。

鼍洁睁大了眼睛，满脸的期待。

玄奘一脸淡然，若有所思。

片刻之后，玄奘轻声道："救人一命胜造七级浮屠，若是贫僧还活着，必定劝诫大圣爷。"

"真的？你……你是想以让我解开术法为条件？"

“施主愿意？”

鼍洁没有回答。

两人又默默对视了许久，玄奘双手合十，淡淡道：“施主念及令尊魂魄的安危，定然不肯解开术法，这点贫僧理解。即便如此，若贫僧有机会，还是会规劝大圣爷的。请施主放心。”

听他这么一说，鼍洁脸上顿时浮现出一抹诧异的笑。

提出这个请求的时候他也只是随口一说，可万万没想到，玄奘居然答应了。

这算什么？

自己是来要这和尚命的人，可他居然就这么轻易地答应了自己的请求，而且没有附带任何条件，甚至连讨价还价的打算都没有。

这秃驴的脑子是怎么长的？

还是说，他的道貌岸然只是装出来的，实际上他并不会这么做呢？

鼍洁实在想不通。

两人又陷入了沉默。

许久，玄奘见鼍洁一脸疑惑，轻声道：“施主，贫僧与你讲个故事，可好？”

“大师请讲。”

玄奘缓缓道：“有一年寒冬，有个农夫在路上捡到一条冻僵的蛇。为了救这条蛇，他将蛇放入怀中，想要捂暖它。可是蛇完全苏醒后，却咬伤了农夫。”

“农夫与蛇的故事？”

玄奘点点头：“施主听过？”

鼍洁缓缓道：“小时候，父王给我讲过，说的是要明辨是非忠直，对恶人，千万不能心慈手软。否则只会反受其害。”

鼍洁说到这儿，忽然笑了一下：“父王一定没想到，他的儿子最终没有变成农夫，却成了那条蛇吧……”

他稍稍停顿，看向玄奘，肃然道：“大师，你要说的，鼍洁明白了。可父王的魂魄在地府，为人子自当尽孝，当不当蛇，早已由不得鼍洁了。”

“不，施主没明白。”

“嗯？”

“贫僧在想，如果知道是一条蛇，是不是就不该将它揽入怀中呢？”

“啊？”

鼍洁略带惊讶地望着玄奘。一时间，他蒙了。

玄奘见鼍洁不解，接着说道：“贫僧有什么资格，有什么能力去预判对方是不是一条蛇？况且，蛇也有蛇的道理。蛇咬人多，人吃蛇难道就少吗？为了自己的安危，反击，这似乎也没错啊。

“任何一个人，三界之中任何一个生灵，做任何事，都一定有他自己的道理。如果他认为是错的，肯定不会那么做。”玄奘顿了顿，接着说道，“如果每一个人都担心对方是一条蛇，还会有谁肯去为别人考虑呢？时间久了，三界众生，都会变成蛇。贫僧要证道，若是连贫僧都没有勇气将蛇揽入怀中，那贫僧又有什么资格，有什么可能证得大道？”

鼍洁眨巴着眼睛听得有些莫名其妙了，好一会儿才理清楚玄奘的逻辑，略带嘲讽地说道：“就你这样，有几条命被蛇咬呢？”

玄奘摇了摇头，叹道：“贫僧西行，为取经，为辩法，更为证道。可这道，如何证？证道，岂是上西天找了佛祖辩法，辩赢了便是证道？若真是如此，贫僧转世之前早该证道，无须这十世轮回了。”

鼍洁眉头微蹙。

“施主以为，这普度之道，该如何证？”

“如何证道？应该是……顿悟？”

玄奘摇了摇头，道：“若是证自身之道，明理，知天命，顿悟足矣。要证普度之道，却不然。光明理，不足以普度众生。”

“那该如何？”

玄奘深深吸了口气，道：“要证此道，须得众生开明。当农夫不疑蛇，蛇不疑农夫之时，此道可证。”

“那要如何才能做到农夫不疑蛇，蛇不疑农夫呢？”

“须得有农夫揽蛇入怀。”

“被咬死了咋办？”

“来世再揽。”

“再被咬死呢？”

“再揽。”

“这世间会有这么傻的农夫吗？”

玄奘闻言，笑了，笑得鼍洁都有些慌了。

玄奘仰起头，缓缓说道：“其实，贫僧应该感谢施主的。这一路，贫僧做了许多事，其初衷，本为证普度之道。可这道究竟该如何证，贫僧却心中困惑。直到遇见了施主，才令贫僧幡然醒悟。”

玄奘顿了顿，接着说道：“农夫若不救蛇，有农夫的理由。蛇咬农夫，亦有蛇的理由。昨夜贫僧本可以开口劝诫大圣爷，却没有，因为贫僧有贫僧的理由。可如此一来，贫僧便已是那见死不救的农夫，或者咬死农夫的毒蛇了。己所不欲，勿施于人。如果自己都是毒蛇了，还谈何普度？普度不得，西行何用？留这残躯何用？还不如做做好事，换令尊安康。”

鼍洁张大了嘴巴。

“方才，施主问玄奘‘这世间会有这么傻的农夫？’，贫僧的答案是，有。”玄奘微笑着看向鼍洁，双手合十道，“若无，便由贫僧来当那感化毒蛇的第一个农夫吧。”

闻言，鼍洁哑然，那张脸上，尽是错愕。

他想开口嘲讽这病得不轻的和尚，却什么也说不出来。因为此时此刻，他，就是农夫即将揽入怀中的那条毒蛇。

第五百八十四章

还是毒蛇

黑水河的对岸，一个巨大的八卦缓缓降落在河滩边上。

清心一跃从八卦上跳了下来，有些错愕地看着眼前翻滚的浪花以及天空中巨大的法阵。

“这是怎么回事？有人在这里施法？”她回头对八卦上的沉香说道，“你先不要下来，在这里等我。”

沉香默默地点了点头。

清心快步走到河边，弯下腰用手捧了一点黑水河的水放到鼻子边上闻了闻，又随手甩掉。

很明显，有人在这里施法。这么大阵仗，说明施法者实力极为强大，而他要对付的人也至少拥有对等的实力。

三界之中，能施展这种规模术法的人，和需要施展这种规模术法才能对付的人，两者皆是寥寥可数。

就这鸟不拉屎的地方，会是什么人在这里产生如此激烈的摩擦呢？

隐隐地，清心意识到了什么，连忙从衣袖之中取出那颗可以看到过去的珠子朝河面一照……

不多时，她转身跃上了八卦，带着沉香，沿着河流飞速朝上游而去。

陆地上。

水还在一点一点地涨。有了猴子他们筑起的堤坝的阻拦，河水吞噬陆地的速度极大减缓了。但也只是暂时的，只要河水漫过了堤坝，这里很快就会被吞噬。

剩下的时间不多了。

猴子拄着金箍棒，走到玄奘跟前，淡淡地看了他一眼，又转而靠坐在鼍洁身边上下打量着他。

鼍洁也惊恐地看着他。

猴子看了好一会儿，伸出一根手指戳在鼍洁大腿的伤口上。

顿时，剧痛传来，鼍洁只能咬紧了牙死死地忍着。冷汗从额头上飞速滑落。

玄奘连忙站了起来。

“大圣爷，不要再动刑了。”

“你那么关心他干吗？”猴子回头看了玄奘一眼，又转而瞧着鼍洁狡黠地笑道，“恢复了不少啊，看来敖烈身上的丹药药力不错。最后跟你说一次，解开术法，咱两不相欠。如果方便，我还可以想办法帮你营救泾河龙王的魂魄。如果不解开，等老子从这里出去了……死是肯定不会让你死的，我也不吓唬你，不过，你们全家老小，包括你、你老爹，还有你老娘，全部都不得安生。”

鼍洁连忙闭上眼睛，咬紧了牙不出声。

“不答应是吧？”

猴子说着，摁住鼍洁伤口的手指缓缓用劲。

原本结疤的伤口又裂开了，鲜血不断渗出。

鼍洁依旧死死地咬着牙不吭声。

一旁的玄奘实在看不下去了，连忙走过来拨开猴子的手。

“大圣爷，既然鼍洁施主无论如何不会解开术法，又何苦为难他呢？”

猴子冷哼一声，瞧了瞧鼍洁，又瞧了瞧玄奘道：“放心，死不了，要死昨晚就死了，哪里会让他活到现在。”

说罢，猴子扯着嗓子喊道：“敖烈——！”

“在！在这儿呢！”小白龙连忙从远处跑了过来。

猴子指着鼍洁，道：“你，看住他。”

“看住？”

“已经恢复一点了，你负责看住他，或者我再让他到鬼门关走一回。”

猴子也不等敖烈回答，拖着金箍棒离开了。

敖烈只得咽了口唾沫，乖乖坐到鼍洁身旁。

玄奘用力从自己的衣袖上撕下一条布带，简单地将鼍洁的伤口重新包扎。

看着，就这德行还用看着吗？

虽说鼍洁伤势好转，性命无碍，甚至灵力都稍稍恢复了一点，但有些伤可不是那么容易复原的。例如那手和脚，被猴子绞成四根布条似的，不送回西海龙宫还真治不了。现在的鼍洁简直就是一根“人棍”。就这样子，还能干吗？

至于术法嘛……这地方才多大？只要稍微用一点灵力，猴子立马能感觉到。那完全就是在找死。

敖烈瞧着随便一动就痛得上气不接下气、脸色惨白的鼍洁，不禁叹了口气。

“别说表哥说你，这事，你算是惹大了。大圣爷要离开这里，轻而易举。你们要对付玄奘法师，对付不成，你们白忙活，万一让你们成功了……到时候天涯海角，谁也保不住你。这完全就是死路一条啊。”

鼍洁淡淡笑了笑，默不作声。

见状，敖烈也只能哼道：“算了，不说了，反正说了也没用。你好自为之吧。”

说罢，敖烈别过脸去不看他了。

时间一点一滴地流逝着。

很快，河水便漫过了简易的堤坝，一通倒灌之下，陆地的面积开始迅速缩减。

一行数人，连同鼍洁都只得龟缩在最高处。

几个妖王已经在河底摩拳擦掌，准备出击了。猴子则早早地撑起了护盾。

那水一点一点地吞噬着陆地。

然而，到与猴子相距十丈距离的时候，蔓延的势头就止住了。

猴子撑起的护盾，半径足足十丈！

见此情形，河底的几个妖王也不由得一怔。

猴子拄着金箍棒懒懒地打了个哈欠，眯着眼睛，意味深长地瞧着滔滔河面。

猴子的护盾，自然非天蓬可比。在河底，天蓬撑起三丈的护盾便已经耗费了相当的灵力，而猴子随手撑起的护盾就达十丈。

狮狔王扭头看向鹏魔王，低声道：“接下来怎么办？”

“没什么怎么办。”鹏魔王咬着牙冷冷道，“我们等机会就行了。他们不可能逃得出去，只要困住了，时间一长，自然会乱。一乱，我们就有机会了。”

话音未落，却听一旁的狮狔王忽然惊叫道：“不好，有问题！”

鹏魔王连忙朝陆地的方向望了过去。

此时此刻，猴子筑起的堤坝之中，不知怎么的，那灌入的水在飞速减少。渐渐地，堤坝又露出河面。

“这是怎么回事？”

无论是陆地之上的猴子等人，还是河底的三个妖王一概都蒙了。

过了好一会儿，鹏魔王才反应过来。

“上游被人堵住了！”

“谁？”

“管他是谁！娘的，还不赶紧过去！”

在鹏魔王的一顿怒斥之下，猬狨王连滚带爬地冲了出去。

鹏魔王捂着额头，怒视着陆地的方向，眼中像要冒出火来。

猴子的强悍程度已经超出他们一开始的预估了，即使真的将他们全部拖入水中，三个妖王能奈他们何？

十丈的距离，别说他们了，就是加上牛魔王，再加上猕猴王，五个妖王凑齐了，十丈的偷袭距离，出手，那也是九死一生的事。

弄不好玄奘没捞着，反倒把自己搭了进去。

但好歹这河水能将他们困住，不是吗？

可现在是怎么回事，上游居然有人堵住了水？

会是谁？

眼前的问题还没解决，新的对手又出现了。一时间，鹏魔王隐隐生出些不祥的预感。

连他都有不祥的预感了，一旁的狮狔王更是忐忑不安。

狮狔王小心翼翼地说道："总得想个办法，不能干等啊。"

鹏魔王静静地注视着那陆地好一会儿，缓缓地游了过去。

陆地之上，倒灌的河水止住了，原本紧张的气氛顿时缓解了不少。

猴子一脸疑惑地看着河面，好一会儿，扭头对着天蓬问道："你怎么看？难道下游他们堵不住了？"

天蓬仰起头看了两眼，摇了摇头。

正当此时，两道化成刀刃状的灵力忽然从河里冲了出来，一路掠起水花，如同鲨鱼的鱼鳍一般朝猴子筑起的堤坝冲去。

说时迟那时快，没有丝毫的犹豫，猴子手一扬，两面单独的护盾迅速在堤坝前生成。

"咣"的一声巨响，河面荡开的水波化作浪花朝四周翻滚而去，堤坝分毫无损。

还没等众人反应过来，那四周的河里无数一模一样的灵力刃已经冲出水面，从各个方向冲向堤坝。

猴子一咬牙，双手一掐，生成十余面单独的灵力护盾。

一时间，河面之上一场你来我往的战斗开始了，溅起的水花遮天蔽日。

正当所有人的注意力都被这战斗所吸引的时候，只见原本奄奄一息的鼍洁抓准时机一个翻转，化出了本相——一条鳄鱼！

这鳄鱼的四肢都已经血肉模糊，但他还有长长的上下颌，还有尾巴！

"对不起了，玄奘法师。我最终还是一条毒蛇，你不该不防我的。"一个声音在玄奘的脑海中响起。

电光火石之间，只见鼍洁张口吐出一支金锥子，咬住，用力朝玄奘甩了过去。

敖烈彻底蒙了。

猴子把盯住鼍洁的任务交给他，可他怎么也想不到自己的这个表弟在这种情况下，居然还化出本相袭击玄奘。

慌乱之中，天蓬朝玄奘冲了过去，卷帘挥舞着伏魔杖冲向那凌空飞行的金锥子，黑熊精则扬起黑缨枪刺向鼍洁。

可他们还是不够快。

就在金锥子即将刺入金蝉子胸膛的瞬间，猴子的金箍棒到了。

他用金箍棒轻轻一挑，已经刺破玄奘皮肉的金锥子直接被弹飞了。

与此同时，黑缨枪直接贯穿了鳄鱼的腹部。

地藏做局

第五百八十五章

骗　局

鲜血顺着脚下的斜坡缓缓地流淌，渗入泥土之中。

鳄鱼蜷缩着身子，长长的刺在他的肚皮上的黑缨枪微微颤动。

另一边，玄奘捂着胸前的伤口单膝跪地，鲜血在袈裟上晕开。

只一瞬，猴子已经挡在玄奘身前，天蓬和卷帘也护在玄奘左右。

“玄奘法师，你没事吧？”

天蓬伸手要去把玄奘的脉。

玄奘紧蹙着眉，痛苦地摇了摇头，隔着猴子远远地望向卧在地上的鳄鱼。

“你这不知好歹的东西！”

黑熊精一把将黑缨枪抽出，鲜血溅洒而出。紧接着，他瞄准了鳄鱼的眉心就要往下刺。

小白龙连忙挡到鼍洁身前，还没来得及开口，就被黑熊精推出老远。

就在黑熊精准备一击了结鼍洁的性命之时，一丝有气无力的声音传来：“住……住手……”

黑熊精的枪凌空顿住了，他缓缓扭过头，一对如同尖刺一般的眼睛怔怔地望向玄奘。

“他必须死。”猴子拖着金箍棒朝鼍洁走去，却猛然发现自己被玄奘拽住了。

玄奘望着猴子缓缓摇头道：“大圣爷……饶他一命。他罪不至死。”

“他刚才要杀你！”

“大圣爷……饶了他，好吗？”

玄奘依旧死死地拽着猴子的裤腿。

猴子瞧着玄奘那布满了冷汗、惨白的脸，顿时气不打一处来："我以为你不迂腐，现在看来，还是差不多。"

"这不是迂腐，这是……善念。若贫僧不心怀善念，如何证道？"

他那看向猴子的目光中透着无比的坚定。

猴子一怔。好一会儿，他才冷哼一声，轻声叹道："行吧，听你的。"

猴子无奈笑了笑，对着黑熊精使了个眼色，示意他收手。

黑熊精得到猴子的指示，这才将高举的黑缨枪缓缓放了下来。

玄奘轻声道："放了他吧，他是一个孝子，无论如何……都不可能解开术法的。所以，留在这里也没用。"

一时间，河底的两个妖王都有些不敢相信自己的耳朵。

"这和尚，是傻的吗？就这么放了鼍龙小子？"

"会不会是计？那和尚一直在伺候鼍龙小子，说不定他们达成了什么协议。"

鹏魔王看了狮狔王一眼，道："除非鼍龙小子不想要他老爹的魂魄了，否则能是计？"

陆地上，黑熊精和敖烈都缓缓地退开了。

鼍洁怔怔地看了玄奘好一会儿，才咬着牙，艰难地扭动着躯体朝河里挪去，不断地眨巴着眼睛。

会死吗？他们会不会是等着在我背后动手。

这和尚肯定有另外的计谋，他们放了我，说不定是……说不定是……

鼍洁咬着牙一点一点地往前挪，脑海之中如同一团乱麻。

有那么一刹那，他甚至希望玄奘忽然开口让猴子将自己打成肉酱，那样的话，虽然他还是毒蛇，可玄奘也不见得是农夫。

如果是那样多好，那样的话，自己刚才的那一掷，就可以无愧于心了。

然而，直到鼍洁挪到水边，他所期盼的一切也没有发生。

身后，所有人静静地看着他，水底的两个妖王也注视着他，可是谁也没动。

整个世界都是寂静的，一种让他感到无限罪恶的寂静。

鼍洁一头栽入河水之中，摆动着尾巴缓缓地往前游。

久违的水，带来一阵眩晕，可从浑身上下伤口处传递来的刺痛却让他更加清醒了。

鼍洁游到猴子筑起的堤坝边上，从水中竖起头颅，望着玄奘。

这一刻，他终于相信没有人准备在背后偷袭了。

他犹豫了许久许久，朝玄奘鞠了一躬，然后转身遁入黑水之中。

涟漪缓缓地荡开。

他头也不回地朝金锥子掉落的方向游去。

那一刻，他的脑海是空白的。

黑水河的上游，清心站在八卦上与猸狨王隔空对视。

沉香见到这满脸是毛的妖怪，吓得魂不附体，紧紧地拽着清心的衣角不敢动弹。

“一会儿抓紧了。”清心低头望了望底下已经被极大延缓了流速的河水，轻声笑道，“万一掉下去，可是会尸骨无存的。”

沉香重重点了点头。

“你是什么人？”猸狨王咬着牙，发出呜呜的低吼声。

“你管我是谁？”清心笑嘻嘻地盘起手，一字一顿地喊道，“猸狨王！”

“你认识本王？”

“你居然敢跟我自称本王？以前，可都是自称末将的。”

此话一出，不仅猸狨王微微一愣，连清心自己也是一惊。

“末将？”猸狨王的双眼眯成了一条缝，有些诧异地上下打量着清心道，“你在花果山待过？为什么本王完全没印象？”

清心干笑着，操纵着脚下的八卦缓缓后退。

“想走？没那么容易！”

伴着一声惊天动地的咆哮，猸狨王脚下的河水都炸开了！他撑开双手，化作一道黑影朝清心冲了过去。

他身下的河水被猛烈的冲击波掠起。

“抓紧！”

"嗯！"沉香猛地闭上双目，死死地抱住清心的大腿。

悬空的八卦迅速后退，旋转之中，数十种法器从清心的袖中射出，五颜六色的，齐刷刷对准猬狨王。

"你究竟是什么人！"

猬狨王的利爪朝清心招呼过去，却被八卦以一种匪夷所思的角度轻巧地闪过。正当他回首准备再次发起攻击时，两道水龙卷从河中迅速升起，微微一晃，如同两根巨棍一般朝他砸了过来。

只见猬狨王凌空一个翻滚，撑开双手。澎湃的灵力炸开，将与自己近在咫尺的两道水龙卷炸断了。

河水从天空中倾泻而下。

激战才刚刚开始。

从清心的手中，各种奇怪的法器、术法层出不穷，令人目不暇接。

有能激起水龙卷的圆球，有能操纵风刃的叶片，有能凝成巨型灵力弹的碟子，有自动来回穿刺追踪的飞剑……

两把飞剑与猬狨王擦身而过，一道风刃借机从他的肩部刮过，鲜血溅起，却丝毫无法阻挡猬狨王的攻势。

竖起的护盾被猬狨王的利爪强行击破。转眼之间，猬狨王已经杀到清心的身旁。然而，铆足了劲的一抓还没击中清心，一卷黑风已经将他团团包裹其中。等他从黑风中挣脱出来，清心早已逃开上百丈的距离了。

一场追逐战开始了。

猬狨王紧追不放，清心驭使着八卦带着沉香一路逃窜。

清心的术法和法器多到让人眼花缭乱，累于修为不济，杀伤有限，只能起到减缓猬狨王的攻势的作用。

渐渐地，猬狨王与清心之间的距离越来越近。

此时，猴子一行依旧被困在那只剩下一丁点的陆地上。

河底，鼍洁叼着金锥子缓缓地朝两位妖王游去。

那金锥子的末端，沾了玄奘血的部分已经变得通红，并且正一点一点地蔓延开来。

鹏魔王盘起手，眉开眼笑地瞧着鼍洁。

鼍洁来到两个妖王身旁，口一松，金锥子当即掉落在地，他自己也整个趴倒在河底的泥沙上了。

鹏魔王连忙快步上前将金锥子捡了起来，拿在手中细细查看。

“嘿，没想到，居然真的取到了玄奘的血啊。”

鼍洁挣扎着翻转身体，断断续续地说道：“你们要我做的，我已经做了。我……什么时候可以去杀魏征……还有，我父王的魂魄，什么时候可以投胎？”

“别急，这个我会帮你问一问的。既然地藏王开了口，就肯定不会食言。”鹏魔王用自己的衣袖细细地擦拭了一番金锥子，将之收入怀中，又转而笑嘻嘻地对卧倒在地的鼍洁说道，“不过，我们现在还有另一笔账要算呢。”

“另一笔……账？”鼍洁缓缓仰起头，有些疑惑地望着鹏魔王。

“对。谁让你上去见白龙那小子的？”鹏魔王脸上的笑意消失了。

“这……他是我表哥……他在叫我，所以我就……”

“我有说过是你表哥你就可以上去见吗？”

“可是……可是……”

正说着话，狮狔王已经踱着步，走到了另一边，两个妖王一前一后将鼍洁包抄了。

“你们想干什么？”鼍洁惊恐地喊道，“没地藏王的命令，你们不能动我！”

“需要地藏王的命令吗？”鹏魔王顿时笑了，悠悠道，“地藏王还没说过要帮你报仇呢，我不一样替他许诺了吗？”

“没有说……过？”鼍洁一时怔住了。

鹏魔王瞧着张大了嘴的鼍洁，一面用手弹了弹自己方天画戟的戟尖，一面恶狠狠地说道：“给我听清楚了，从头到尾，地藏王只说过一句话，那就是让我们取来玄奘的血。你听懂我的意思了没？”

鼍洁的眼角猛地一阵抽搐。

陆地上，猴子抱着金箍棒，百无聊赖地瞧着无边无际的河水。

忽然间，他发现那河水正迅速变得清澈！

第五百八十六章

暴走的金身

黑水河上游，清心带着沉香还在来回逃窜。

猬狨王忽然顿住了身形。

他低头望去，发现原本漆黑如墨的河水正迅速变得清澈，心中顿时一惊。

对岸上的人来说，河水是否还原，可谓是一目了然。对在河底的人来说就不一定了。

术法依旧维持，意味着河底的一切岸上无法感知到；一旦能感知到，则意味着术法已然解除。而对身处河底，并且拥有破解黑水玉石的人来说，解不解开术法，都能够清晰地视物，所以无论河水如何变化，他们不会有一丝一毫的感觉。

只一刹那，猴子便已经先于其他人反应过来。

他舞动金箍棒摆出一个突刺的姿势。

“长！”

他一声清叱，手中的金箍棒顿时化作一道金光猛地伸长，刺穿堤坝斜斜地插入浪涛之中。

“放心吧，我会把你的魂魄带回地府，让你和你那亲爱的父王一起长相厮守！哈哈哈哈！”

一阵大笑之中，鹏魔王缓缓举起方天画戟对准了鼍洁的咽喉，目露凶光。

正当此时，鼍洁却笑了，笑容之中有一种说不出的狡黠。

还没等鹏魔王和狮狔王从鼍洁这一丝笑意中感觉出什么来，鹏魔王觉得背后一凉，河水缓缓地分开，晃动他的羽毛。

正要落下的方天画戟顿住了。

他背后的东西也同样顿住了，悬停在距离鹏魔王脊部不足一尺的地方。

鹏魔王瞪圆了眼一动不动地站着，惊恐地望向狮狔王。

狮狔王早已惊得张大了嘴巴。

无声无息悬停在鹏魔王身后的，是金箍棒的一端；那另一端，还握在远处陆地之上的猴子手中。

“你……你居然敢解开术法！”狮狔王猛地吼了出来。

“我有什么不敢的？咳咳……”一缕鲜血从鼍洁的口中溢出，缓缓地漂荡在水中。

他面无表情地仰望着头顶阳光也透不进来的河水，轻声道：“你们能骗我，难道我还会坐以待毙吗？”

他脸上的笑意更浓了，那是一种垂死挣扎、疯狂的笑。

“不如……一起死吧！”

两个妖王都紧紧地咬着牙，惊恐地望着已经有些癫狂、奄奄一息的鼍洁。

猴子的声音同时在两个妖王的脑海中响起：“放下武器。现在放下武器，跪地求饶，我还可以赏你们一个死无全尸。万年以后，你们的魂魄还可以轮回。否则，就是魂飞魄散，永不超生！”

鹏魔王的手在抖，那喙咬得咯咯响。

狮狔王的眼球来回转动，他已经彻底慌了。

“怎么办？”狮狔王用传音的方式惊恐地问道，“现在怎么办？水已经还原了，我们……我们死定了！这次真的死定了！当初就不该来！就不该……”

“不要慌！你个废物！不要慌！”鹏魔王的声音直接轰在狮狔王的灵魂上。

顿时，原本已经脚软的狮狔王镇定了下来。

“我们，还有机会……不要慌，我们还有机会。”鹏魔王瞪圆了眼睛，一道道的传音被送入狮狔王的脑海中。

“大圣爷，鼍洁这条命给你了，要杀要剐，悉听尊便。”

猴子淡淡答道：“你的命不值钱。”

“我知道……总之，任你处置。”说罢，鼍洁闭上双目，一动不动地躺在河底。

鼍洁已经彻底放弃了，两个妖王还在僵持。

猴子的金箍棒缓缓贴近鹏魔王的脊背，似乎在催促对方给出最后的答复。那两个妖王却在不断来回地使着眼色。

忽然，狮狔王一声暴吼，抡起九环大刀朝鼍洁砍去！

“狗改不了吃屎！”猴子微微调整金箍棒，用那细长如一条直线的棍子干净利落地将狮狔王手中的九环大刀挑飞了。

紧接着，一棍重重捅在狮狔王的腹部，将他整个顶飞。

鲜血在河水之中缓缓晕开。

又一个翻转，金箍棒打在正要逃亡的鹏魔王肩部，鹏魔王手中的方天画戟被打落在地。

两个妖王分头没命地奔逃。

天蓬低声问道：“怎么样了？”

“不好打，太远了，使不上劲。”猴子淡淡叹了口气，将手中金箍棒插入鼍洁身旁的泥沙中。

金箍棒一端变重变大，另一端猛地缩短，将猴子朝鼍洁所在的位置扯了过去。

河水的术法解除了，法阵却还在，这也许是猴子目前最有效的移动方式了。

与此同时，鹏魔王和狮狔王急匆匆地来到河底法阵的阵眼边。

狮狔王急切地要朝那阵眼之中的金身冲过去。一旁的鹏魔王一惊，连忙将他拦住。

“你要干吗？”

“带……带走金身……”

“带你娘！带着金身，我们两个都别想逃！”

说罢，鹏魔王一把推开狮狔王，自己俯身双手摁在法阵的两个节眼上。

道道灵力从鹏魔王的掌心流入法阵之中，顿时，整个法阵放射出如同旭日一般的璀璨光芒！

此时，猴子已经落到了鼍洁身旁。

“还活着吗？”

“活……活着。”

“那就好好活着，回头跟你算总账！”

猴子一个转身，扬起金箍棒，对准了百丈开外的鹏魔王直刺了过去。

就在此时，剧变开始了。

整个黑水河中的水好像沸腾了一般在翻滚，强大的水压猝不及防地从四面八方袭来。河底的水形成一个巨大的旋涡疾速流转着，就连水中的光影都被扭曲变形。

卧倒在河底的鼍洁差点儿被整个掀起，好在猴子及时单脚踏住并给他施展了一个护盾，这才保住了他一命。

突破了百丈的距离，眼看着金箍棒就要刺中鹏魔王的后脑勺。可就在此时，金箍棒在强劲水流的冲击下，偏了。

一击不中，鹏魔王与狮狏王慌忙借着水流的力量向两边逃窜。

猴子想追上去。

可惜的是，水流帮助鹏魔王与狮狏王逃窜，又阻挡了猴子的追击，让他寸步难行。

阵眼之中的金身缓缓睁开眼，那是一对纯金色的眼球，放射着摄人心魄的光。

“南无阿弥陀佛，南无阿弥陀佛，南无阿弥陀佛……”

瞬间，数不清的声音从四面八方袭来，好像四周围了众多反复念经的僧人。

鼍洁痛苦地打着滚。

慌忙之中，猴子抡起金箍棒来回狙击两个妖王。然而水流的力量实在太过强大，距离又远，在这种情况下猴子这一端的手抖一分，到了棍子另一端，便已经是数丈的偏差！如同一个凡人拿着棍子在打飞舞的苍蝇一般，纵有千钧之力，也莫可奈何。

转眼之间，两个妖王便跑得不见了踪影。

“娘的！”猴子转而望向金身。

此时，那金身已缓缓升起，身上的衣物尽数褪去，变成了一个干瘪的僧人模样。底下法阵的图腾转动的速度快到让人眼花缭乱。就像一台机械的功率到了极限，随时都有崩溃的可能。

原本漆黑的河底被照得如同白昼，强大的力量正在汇聚。

此时此刻，河水的汹涌程度早已经不是先前能比得了的。在这河水之中，猴子甚至只能撑起五丈范围的护盾。

他能清楚地感觉到，这金身上的力量，甚至不输给正法明如来，不输给通天教主……

“你懂得操控这个金身吗？”

“不……不懂……”

猴子的眼角微微抽了抽。

他趁着那金身的力量还没完全凝聚，一个转身将鼍洁从淤泥中托起，夹在腋下。

“长——！”

金箍棒又一次出水，落到黑熊精脚边。

黑熊精连忙伸手握住。

“砰”的一声，猴子与鼍洁一同被扯出了水面。

“怎么样了？解决了吗？”小白龙急切地问道。

“没有。”猴子“咣当”一声将鼍洁甩在地上，转身又冲入河水中。

不多时，整个河面都安静了，好像什么都没发生一般。

河滩上的众人都伸长了脖子静静地看着。

“轰——！”

一声巨响，两个巨人同时从河中站了起来！

一个是使出了法天象地的猴子，一个是由河水汇聚而成的巨人。远远看去，类似一个僧人的轮廓，那眉心处一点金光闪烁。

陆地上的众人都惊讶得张大了嘴巴。

猴子露出了獠牙，亮出了利爪，踩着水花，如同一只野兽一般嘶吼着朝巨大的僧人冲了过去。

每一步，都激起惊天巨浪。

天蓬连忙撑起护盾将所有人护在其中。

另一面，那巨大的僧人也朝猴子冲了过来。

一声惊天动地的巨响。

两个高达数百丈的巨人重重地撞在了一起，激起的冲击波掠过地表，竟将河岸边的小树连根拔起!

…… ……

十余里外，清心还在驭使着八卦来回地逃遁，远远地看到那两个巨大的身影，顿时吃了一惊。

她身后的猬狨王微微一愣，连忙掉头朝西边逃去。

…… ……

巨人与巨人之间的近身搏杀正式开始了。

猴子嘶吼着朝僧人眉心那一点金光抓去，僧人身子一缩，躲过了猴子的攻击，紧接着，一击重重地打在猴子的腹部。

趁着这个机会，猴子直接将对方的脖子夹在腋下，对着对方的背部一阵肘击。

这是最单纯的力量与力量的对抗，两个巨人的每一个动作都惊天动地，每跨一步都地动山摇。

惊天的巨浪以这两人为核心朝四周疯狂地席卷而来，一次又一次地拍打在天蓬的护盾上。

护盾之中的小白龙叹道:“这可真是长见识了，还能这么打……”

转眼之间，僧人被猴子推倒在河水之中一阵践踏。紧接着，猴子也被扳倒，双方在河水之中扭打在一起。

所有人都目瞪口呆地看着。

这一仗，足足打了一个时辰。

大浪一次又一次地冲刷陆地，反反复复。

最后，随着猴子再一次将对方压倒，他抡起拳头自上而下插入水中。

那朝猴子的脸砸去的巨大拳头顿时僵住了，紧接着，崩成了滔滔洪水，溃退下去。

天空中悬浮的法阵彻底碎掉了。

猴子气喘吁吁地看着那僧人倒下的地方，看着他身形迅速缩小，直至消失在河面上，只留下几个巨大的旋涡。

片刻之后，猴子跃出水面，浑身湿漉漉地落到众人面前，将完好无损的金身、鹏魔王的方天画戟、狮犸王的九环大刀一并甩在地上。

他环视了一圈，拖着金箍棒与玄奘擦肩而过，轻声叹道："这鬼东西真难缠啊，不过……还是赢了。"

第五百八十七章

那孩子叫啥？

朝阳缓缓升起，金色的光辉洒落凡间。

剧烈的动荡之后，河水正在退却，原本被河水浸泡的陆地一点一点地重新露出水面。

折腾了几天，这黑水河的事情终于告一段落。随着河水归于平静，天蓬也终于可以解开护盾了。

玄奘和小白龙蹲在鼍洁身旁细细地帮他清理伤口。

“玄奘法师……对不起……”

玄奘缓缓摇了摇头，依旧细细地帮他清理着伤口。

瞧这模样，估计他又准备要原谅鼍洁了。这让猴子有些不悦。

不过，也是没办法啊。

说到底，这西行的主角是玄奘，得靠他来证道。先前玄奘的那句话，直接问得猴子愣住了。

“不心怀善念，如何证道？”

是啊，如果道都证不了了，西行还有什么意义。

行吧，瞧鼍洁那半死不活的样子，反正他也就是个小鱼小虾，玄奘想护着就护着吧。接下来盯紧点，等他恢复得差不多了，赶走就是了。

不过，现在除了这个半死的，还有一个全死的要处理啊。

想到此处，猴子伸手理了理自己湿漉漉的毛，斜眼望向一旁卧倒在地一动不动的金身。刚准备要开口，他就怔住了。

“大圣爷，怎么啦？”一旁的黑熊精问。

猴子没有回答，他蹙着眉头朝黑水河的上游望了过去。

远远地，众人看到有什么东西正朝这里飞来。

“清心？她来干什么？”

八卦缓缓地降低了高度，掠着河面飞行。

霞光中，河面上的点点晶莹好不绚丽。

沉香闭着眼睛，紧紧地拽着清心的手。

“你师父就在前面了。”

“我师父？”沉香一惊，连忙睁开眼睛看着清心。

“就是那只猴子，嗯……孙悟空，听过吗？”

沉香连忙重重点头：“我听说书先生说过，他好厉害的，大闹天宫，无人能敌！最后被如来佛祖给制住了。”

“就是他了。如果他不收你呢，到时候我再收你为徒。以你的资质，如果他肯收，你很快就能有所成就。毕竟这三界之中无论什么样的丹药，他都能搞来。当然，我也弄得到。”

“那……他会收吗？”沉香小心翼翼地问道。

清心用手指点着下巴略微想了下，道：“按道理，是不会收的。看到发簪，他应该会立即去华山才对。”

说着，清心淡淡地笑了笑。

八卦旋转着，缓缓落到河滩上。

其他人都默默地看着。

猴子迈开脚步，拄着金箍棒一步步向前。

他瞧了瞧清心，又瞧了瞧沉香，懒懒地掏着耳朵道：“你怎么来了？还真巧啊，我们打完了你就来，来的可真是时候。”

“我早就到了。”清心从八卦上站了起来，面无表情地看了猴子一眼，一跃跳下八卦，又转身将沉香抱了下来，轻声道，“不是我来了，你以为是谁帮你止住上游的水的？”

“你止住了上游的水？”

“你没感觉到吗？”

猴子翻了个白眼，嬉笑道：“抱歉，真没什么感觉。”

猴子扭过头，指着其他人问道：“喂，你们感觉到了没？”

其他人都不吭声，只是默默地看着两人。

猴子露出一副无赖嘴脸，摊了摊手道：“你看到啦，没人感觉到啊。也不知道是不是特地找这么个机会来讨功劳的，没讨到，真是不好意思啦。”

听他这么一说，清心的脸顿时涨红了。

沉香面带惊恐地仰头看着清心。

清心怒视着猴子好一会儿，咬了咬牙，深深吸了两口气，道：“我来这里不是来跟你耍嘴皮子的。”

说着，她从腰间摸出发簪，朝猴子丢了过去。

猴子稳稳地接住清心丢过来的发簪，摊开手面无表情地看了一眼。

只一眼，猴子的表情顿时僵住了。

这发簪他怎么可能不认得？

清心和灌江口并无过节，相反地，和南天门似乎还有些交情。找点关系，走点门路，想要见杨婵并非不可能，拿到这发簪也没什么好奇怪的。

可这丫头片子这时候带着发簪来见自己，是什么意思？

清心见猴子表情有些异样，当即高傲地仰起头。

短暂的沉默之后，猴子面色如常地将发簪收了起来，轻声道：“什么意思？”

“有人让我给你带话。”

“什么话？”

清心将沉香推向前去，一字一顿地说道：“三圣母说了，让你收他为徒。日后好让他劈开华山，将三圣母救出来。”

“劈开……华山？”猴子听到这句话，呼吸顿时有些急促。

杨婵的意思，猴子自然明白。可他现在能去吗？

如果能去，他还在这里干吗？

就算离开了五行山，他也没有跳脱出三界。只要如来佛祖还存在一天，就像在他的头顶悬了一把剑一样。

莫说劈华山救杨婵了，就连恢复天道修为，猴子虽说是没必要，其实又何尝不是不敢呢？

任何过头的举动，都有可能授佛门以借口。任何借口，都可能给身边之人带来伤亡。六百多年前的那场灾难，那种无能为力的痛，无论如何，猴子都不想再经历一遍了。

难道这时候去把杨婵接出来，让她和自己一起承担这个风险吗？

猴子不愿意，也不敢。

猴子眨巴着眼睛，轻声道："发簪留给我了，你带着这孩子回去吧，我不收什么徒弟。"

"然后呢？"

"什么然后？"

"什么然后？！"

一时间，四目相对，两个人隔着三丈的距离就这么僵住了。

沉香仰着头，睁大了眼睛，目光在两人之间来回。

四周的人也都默默地看着。

一阵风掠过，卷起了地面的沙尘。

清心的眉头微微蹙起："你，就不打算做点什么吗？"

"我做什么用得着向你报告吗？"

清心顿时气不打一处来，怒道："你能好好说话吗？"

"我没好好说话？"猴子冷哼一声道，"准确地说，不是我没好好说话，而是我压根儿不想和你说话。你听清楚了，我很讨厌很讨厌你，非常讨厌你，希望你滚得远远的，不要再沾任何与我有关的事情。如果你不是我师妹，如果不是看在老头子的分上，我早宰了你了。也许还不止宰了那么简单。还有，我和杨婵的事不用你管，不管你是出于好心还是恶意，都不用你管。这是我们的私事，轮不到你管。你听懂了吗？"

猴子一口气，说出了这么长长的一段话。

听完这一大段话，清心怔住了。

她睁大了眼睛，有些错愕地望着猴子。

猴子一抬手，做了个"请"的手势，转身便拖着金箍棒走向一旁，不再搭理清心。

此时，就连一旁的玄奘都悄悄斜眼朝清心望了过去。

清心呆呆地看着猴子，眼中已经泛起了泪光。

“哭也没用。”猴子撇过脸去，叹道，“讨厌的人流泪，看上去就更讨厌了。”

顿时，清心的眼泪啪嗒啪嗒地往下掉。

沉香手足无措地张望着，小心翼翼地扯着清心的裙角。

“姐姐……别哭。”

清心伸手摸了摸他的小脑袋，嘴角微微上扬，却怎么都笑不出来。

过了好一会儿，她深深吸了口气，眨巴着眼睛道：“没事，沉香，我们走。”

沉香？

猴子的耳朵顿时颤了颤，连忙瞪大了眼睛回过头来。

清心远远地瞪了猴子一眼，将沉香抱上八卦。

紧接着，自己也跳上八卦，一运灵力，飞走了。

自始至终，猴子都没有开口阻止，那双眼睛却越瞪越大。

清心一走，众人当即就活跃起来。

小白龙走到猴子身旁坐了下来，拍拍他的肩道：“这对话，怎么听着火药味那么浓呢？大圣爷，我觉得你们两个前世肯定是结怨了。”

“她刚刚叫那孩子沉香？”

“啥？”

猴子侧过脸，十分认真地问道：“她刚刚，是不是叫那孩子沉香？”

小白龙想了想，挠了挠头道：“好像是吧，我也没太听清楚，怎么啦？”

一旁的黑熊精插嘴道：“就是沉香没错，大圣爷，小的听得很清楚。”

猴子闻言，嘴角顿时抽了两抽。

第五百八十八章

纠　结

长风凌厉。

清心站在八卦上一动不动，神色之中有一种说不出的落寞。

细细想一想，这段姻缘，从一开始就是个错。错误的开始，错误的节点，错误的过程，这当中没有一处不是错。自始至终，都不过是被大能们利用的一个棋子罢了。

可是，错了两世，难道还要错第三世吗？

“真是……孽缘。”这是清心唯一能给的评价了。

自己都已经将杨婵的发簪带到他面前了，他居然不为所动。

他对雀儿的爱是假的，不过是自责造成的假象，难道和杨婵在月树上的花也是假的？

清心实在不懂。

漫长的记忆告诉了她许多许多，却也带给她各种各样的情绪，以至于她没有办法平静地去算计这只猴子，甚至看不穿，悟不透。

回过头来说，如果不是放不下，她又何苦那么急着想要了结呢？

一旁的沉香乐呵呵的。

“你笑什么？”

被她这么一问，沉香连忙闭上嘴，低下头。

“我问你笑什么？”

沉香扭扭捏捏了半天，才低声说道：“齐天大圣不收沉香，沉香不就可以拜姐姐为师了吗？”

清心闻言，笑了出来。

她脸上原本的阴郁也一扫而光。

她伸手摸了摸沉香的头，轻声叹道：“你不知道自己刚刚失去的是什么。”

沉香一脸懵懂地看着清心。

“我的这位师兄，是三界之中仅有的一位行者道天道修者，虽说他已经失去了天道修为，但只要他想，随时都可以恢复。除了佛门，三界没有谁敢不买他的账。如果拜入他门下，你想要什么，就可以有什么，三界之中，谁都要高看你一眼。你可以自由自在地做自己想做的事，就连天庭，也管束不住你。”

说罢，清心低头注视着沉香道：“明白了吗？神仙的世界，和凡间其实没什么差别，一样要看出身，一样要论身份。如果姐姐不是老君和菩提祖师的入室弟子，怎可能如此逍遥？”

“沉香不要逍遥。”

“你还小，不懂事。”

沉香噘着嘴，眼巴巴地瞅着清心。

“有什么想说的，就说吧。”

沉香犹豫了好一会儿，低声道：“姐姐是不是不喜欢沉香了？”

“怎么这么说？”

“姐姐……好像不开心。”

清心顿时一愣，又伸手揉了揉沉香的脑袋：“别瞎想，姐姐不开心是因为其他事。好了，从今天开始，你就正式是我清心的弟子了。”

“真的？”

“真的。”

沉香开心得一下扑了上去。

这一对师徒乘着八卦缓缓地掠过万里长空。

相距数十里外，山之巅，须菩提静静地遥望着，轻抚长须。

漆黑的夜里，黑水河的河岸边上，黑熊精抱来一堆柴火哐当哐当地堆成一排。

天蓬伸手要去拿柴火，却被猴子制止了。

“今天我来吧。”

天蓬瞧着一脸阴沉的猴子，微微蹙眉。

“你怎么啦？”

“没什么，我能怎么？有谁能把我怎么吗？”猴子撑着膝盖坐到了篝火边上，伸手拿了一根柴火，“咣当”一声丢到篝火中。

点点火星溅起。

猴子注视着那吱吱燃烧的篝火，就这么一动不动地坐着。

“行吧。”天蓬淡淡叹了口气，“我去玄奘法师那边看看。”

说着，天蓬撑着膝盖缓缓起身。

一次河难，船翻了，马没了，随身的物品，包括玄奘的衣物、携带的经书还有一应生活用品全都落了水。

被困了两天，那落水的物品早不知道被冲到哪里去了，任凭小白龙下水如何搜，也只找回一点点而已。

此时此刻的玄奘，可谓是孑然一身、一穷二白。他正对着一堆散乱的物件发愁呢。

不多时，小白龙从河里钻了出来。这是他第十二次回来了，带回来的是玄奘平日里化缘用的钵。

玄奘用衣袖从头到尾细细地擦拭了一遍自己的钵之后，对正在休息的小白龙说道：“算了，不用再去了。找到钵就好了。”

小白龙默默点了点头，转而去照顾自己的表弟。

猴子依旧注视着篝火一动不动地坐着，时不时拿出杨婵的簪子细细地看。

狠狠地折腾了几天，大家都累了，不多时，便都沉沉地睡去，唯独猴子还静静地坐在篝火旁。

“沉香……沉香……”

他反复默念着这个名字，咬着牙，手微微用劲，握在手中的柴火被攥得咯咯响。

许久，他起身来回踱步，蹲在河畔洗了个脸，然后蹙着眉，抿着唇朝华山的方向张望。

吐出的气息化作淡淡的雾在空中散开。

好几次，他都想不管不顾地腾云飞去，却终究没能成行。

他在害怕。

他又呆呆地在营地边上站了好一会儿，深深吸了口气，转身走向篝火，将手中的小半块柴火丢了下去，再次出神地看着篝火。

时间就这么一点一滴地流逝。

他发了好一会儿呆，忽然徒手从篝火堆中捡起一块烧红的炭，握在手中。

没有运用灵力进行防护，没有采取任何的术法，他就这么徒手握着。即使是不死之躯，也被吱吱地烫出了一丝焦味。他却丝毫没有松手的打算，只是静静地看着，入了神。

忽然间，一只手从一旁伸来，握住了猴子的手腕。

“你干什么？”

猴子一仰头，看到天蓬站在自己面前，有些错愕地瞅着自己。

“没什么。”猴子手一松，那木炭掉到沙地上。

他挣脱了天蓬的手，坐到一旁的石头上借着月光细细地看着焦黑的手掌：“好久没有真正痛过了，自从修成天道之后，就没有真正痛过了。我只是，有点怀念那种感觉而已。”

“出什么事了吗？”

“没。”猴子垂着脑袋一动不动地坐着，不再说话。

好一会儿，天蓬也躬身坐了下去，随手捡起一旁的树枝挑动篝火：“想去华山？”

猴子摇了摇头。

“如果想去就去吧。三个妖王是难对付了点，但若是有准备，他们未必能拿我们怎么样。”

“不是。”猴子仰望星空，眼眶不知什么时候开始有些发红了。

天蓬一时间都蒙了。

“出了什么事，不能告诉我吗？”

猴子沉默着，闭上双眼，抱紧了自己的脑袋。

“不方便跟我说？”

猴子犹豫了好一会儿，仰起头，舔了舔干瘪的嘴唇，低声道："那孩子……是杨婵的儿子。"

"啊？"

"那孩子，是杨婵的孩子。"猴子忽然一跃而起，徒手从篝火中抓起一块烧红的柴，还没等天蓬出声，他用尽全力狠狠地将它朝东方甩了出去。

那柴如同一颗流星一般，刷的一下消失在夜空之中。

站在河滩边上，猴子远远地眺望着着它。

天蓬端坐着，静静地看着他。

"你怎么知道他是杨婵的孩子？还有，杨婵如果有孩子的话……那父亲是谁？"

"他的父亲叫刘彦昌。"

"什么人？"

"华山脚下一介书生。"

天蓬揉了揉太阳穴，细想了一番，道："这些你是怎么知道的？"

"不要问我怎么知道的，反正我就是知道，什么都知道，只是从未逃脱过。"猴子转过身，又坐回了原地。

他侧过脸，瞧着天蓬道："以前我觉得你真的好蠢。"

天蓬挑了挑眉。

"但我现在发现原来我比你还蠢。"

"你究竟想说什么？"

"没什么，自嘲一下而已。不过也是实话。"猴子低头抚摸着自己手掌上的烫伤，道，"还记得你围剿花果山那会儿吗？当时我就想，这世界上怎么会有这么蠢的人呢？连自家媳妇都保不住了，还拼什么命啊。还不如跟我一起揭竿而起，到时候要什么有什么，就算最后失败了，起码也死得不憋屈。"

天蓬静静地听着。

"现在我发现自己比你蠢多了，你拼死拼活，起码还赢回了一个美名。如果西行证道成功，你还可以堂堂正正迎娶霓裳。虽然过程糟糕了点，但起码结果是好的。我呢？雀儿死了，我保护不了。风铃就在我身边，我不珍惜……最后魂飞魄散了。杨婵等了我那么多年……"猴子掩着脸，狠狠地抓着头顶的毛，沉默了好一会儿，接着说道 “到最后，我就剩下一个‘蠢’字而已。齐天大圣，就是个笑话。我都不知道我活着是要干吗了。”

天蓬淡淡笑了笑，道：“不管你是怎么知道的，我认为你还是应该当面求证一下。杨家兄妹，最早是我的同僚，后来变成我的对手，我跟他们交手过好几次。我所知道的杨婵，不像是会嫁给一个书生的。”

“求证……怎么求证？成亲的时候我跑了，让她守了六百年的活寡，我有什么资格问？”猴子抬头瞥了天蓬一眼，低声道，“说实话，如果霓裳和别人有了孩子，你怎么办？”

“凉拌。”天蓬面无表情地答道，“她转世的这几百年里，这种事又不是一次两次。”

“得，问错人了。你这绿帽专业户，不问也罢。”

猴子伸手捡起一个石子狠狠甩了出去，正中小白龙的脑袋。

顿时，小白龙一声尖叫，所有人都被吓醒了，一个个慌张地四处张望。

黑熊精和卷帘都把武器握到了手中。

“没事没事，石头是我扔的。你们继续睡觉吧。敖烈，你过来。”

其他人面面相觑，一个个有些莫名其妙地瞧着猴子。

“大圣爷……真没事？”

“让你们睡你们就睡。”

黑熊精与卷帘这才眨巴着眼睛躺了下去。

小白龙捂着被砸中的脑袋屁颠屁颠地跑了过来。

猴子将他拉到一旁，小心翼翼地问道：“假设，你家娘子找到了，然后你发现她和别人有了孩子……”

话音未落，小白龙已经瞪圆了眼。

“我就是假设，不是真的，随口问一下，你不用紧张。”

小白龙这才稍稍缓了口气。

“来，说说，如果你发现她和别人有了孩子，你会怎么办？”

“先杀奸夫，再杀淫妇！”说着，小白龙还做了一个切的手势，以示决心。

猴子瞧着小白龙那意志坚决的眼，有些迟疑了，蹙着眉头想了半天，转而说道：“那，假如是你先对不起她呢？”

“我对不起她？我哪儿对不起她了？”

“我就假设，假设你先对不起她。”

“那得看怎么对不起了。”

“嗯……就比如成亲当日，你跑了。”

“我成亲当日没跑。”

“我说假设，你没听懂吗？”猴子的语气已经有点重了，怒视着小白龙。

“行行行，大圣爷说怎么就怎么……”

“就……假设你成亲当日丢下她跑了，然后……她就和别人有了孩子，你会怎么办？”

“成亲当日我为啥跑？”

“因为……因为很重要的事。”

“重要的事是什么事？”

“就是重要的事。”

“那到底是什么事呢？我没有比成亲还重要的事啊。”

“我他妈说了是假设了！”猴子气不打一处来，捡起一块石头对准了敖烈就要砸。

一时间，所有人又被吓醒了，一个个朝这边望了过来。

猴子指着连同玄奘在内的众人恶狠狠地吼道：“都闭上嘴，睡觉！”

众人连忙扭过头去。

猴子一扭头，看到敖烈已经跑出了五丈开外。

他瞪眼怒视着敖烈，伸手朝自己身旁的位置指了指。无奈，敖烈只得硬着头皮又走了过来。

一旁的天蓬强忍住笑。

“大圣爷，你就别打哑谜了，我都听出来了。”小白龙压低声音，小心翼翼地问道，“杨婵姐和别人有了孩子？”

猴子的脸刷的一下黑了。

他忽然有一种很强烈的、要揍小白龙一顿的冲动。

他犹豫了半天，最终还是将那股冲动按捺下去，恶狠狠地说：“我问你啥，你回答就行了，话太多活不长。”

“行，我不多话了。”小白龙连忙摇头摆手，想了想，答道，“新婚之日，抛下新娘跑了，而且还是为了另一个女人……这要换了我是女的，不但要给新郎戴绿帽子，还要戴很多顶。”

话音未落，小白龙已经手脚利落地闪到一边去了。

两人隔着十来丈的距离对视着，小白龙小心翼翼地看着猴子，做好了随时跑路的准备。猴子的眼睛瞪得浑圆，嘴角不住地抽动。

短暂的沉默之后，猴子弯腰去捡石头，小白龙掉头就跑。

只听“嗖”的一声，猴子的石头丢了出去。黑暗中传来小白龙的惨叫声。

天蓬在一旁捂着嘴一直笑。

华山，幽暗的洞府中，杨婵静静地端坐着，凝视着空无一物的石桌。

…… ……

“笑什么？有什么好笑的！”猴子气冲冲地坐回了原地，捡起一块石头，捏得粉碎；再捡起一块，又捏得粉碎。

不远处的黑熊精悄悄将身子往远处挪，以免殃及池鱼。

“我在笑啊，威震三界的齐天大圣孙悟空，也有今天。”

猴子恶狠狠地瞪了他一眼。

两个人静静地坐着。

天蓬笑眯眯地瞧着猴子，猴子瞪大了眼睛注视着篝火，一对獠牙咬得咯咯响，一双手更是摸到什么捏碎什么。

“不要那么早下定论，去一趟华山，当面问一问，不就什么都知道了？”

猴子用手重重地揉了揉脸，低声道：“你……替我走一趟？”

“这事得你去。”

“丢下她六百多年，我拿什么脸去问？”

“那你问是不问？”

猴子盘起腿坐在石头上，猛地抓头皮。

“不问！”

“不问你着急个啥？”

猴子仰起头正色道：“如果是真的，我问了又能如何？如果不是，我不问又何妨？”

天蓬噘着嘴，拍着大腿笑眯眯地说道：“对，说得好。就是这个理！”

猴子也重重地点了点头。

两个人对着篝火又陷入沉默。

…… ……

华山，幽暗的洞府中，杨婵静静地端坐着，凝视着空无一物的石桌，等待着。

六百多年的光阴，她一直静静地等待着。

短短一刻钟不到的时间里，猴子拿出发簪看了六次，叹气十五次，朝华山的方向望了十八次，抓头皮二十六次。

天蓬低眉，悠悠道：“实在坐不住，就去吧。”

“不去！”猴子闭起双目，握紧了拳头。

“问一问，就清楚了，省得你在这里东猜西猜。”

“万一是真的呢？”

“万一是假的呢？”

斜月三星洞。

清心路过沉香的房门前，顺手将被沉香踢到一旁的被子盖了回去，伸手捏了捏熟睡的小家伙的脸。

远处林间，须菩提远远地注视着，淡淡叹了口气，拂袖而去。

“如果是真的，我该怎么办？”

“坦然面对，该怎么办就怎么办。”

“要不……我再找敖烈问问？”

天蓬笑了：“齐天大圣从来都是想一出是一出的，天庭一直以来最怕的就是你这不管不顾的性格。怎么到这问题上，你这么畏首畏尾呢？”

“那……”猴子低头抱膝，有些茫然地问道，“见了面，我第一句话跟她说什么呢？”

第五百八十九章

召 唤

夜风轻轻地吹着。

不远处的几个人，包括重伤的鼍洁在内，全部都在装睡。

天蓬有些诧异地瞧着猴子。

猴子的眼神真真切切地告诉他，猴子是在真心求教。

虽然小白龙嘴硬地胡扯，但杨婵真的会这么做吗？更何况她还被杨戬压在华山下，就算杨婵肯，也得杨戬肯才行啊。

这两个人天蓬极为熟悉，无论怎么想……不能说完全不可能，毕竟这个世界上任何事情都是可能的，但可能性极低。

可眼前的这只猴子已经彻底乱了，即使是极低的可能性，也足够让他坐立不安，乱了分寸。

“该怎么说，就怎么说。”

“可……”猴子伸手揉了揉眼睛，又挠了挠头，“我真不知道该说什么……”

“你原本打算怎么跟她说？”

“我原本打算……”猴子挠头的手顿住了。

原本打算怎么说？

原本，他打算将所有的事情都了结了，结束所有的危险、所有的问题，然后干干净净地出现在她面前，祈求她的原谅。

到那时候，无论她打也好，骂也好，自己都要扛住，都要死死地缠住。什么面子也不要了。就算要他给她叩头，被三界嘲笑也认了。

这是他欠她的。

可是……可是……

猴子不断地揉着眼，不断地眨巴着眼睛。

现在，他真的一点都不知道应该怎么办了。

“大圣爷……”

小白龙的声音从身后传来。

猴子一个转身，拿起石头又要砸。小白龙吓得连忙往后缩了缩，高举双手喊道：“听我一句，说完我就滚！”

猴子握着石头恶狠狠地吼道：“你说！”

听他这么一说，小白龙的心顿时定了不少。他盘着手，弓着身子笑嘻嘻地跑到猴子身旁，小声说道：“你别怕，还记得我跟你说过的我对付媳妇的绝招吗？”

“什么绝招？”

“就是那个离家出走的绝招啊。”小白龙掩着嘴，笑眯眯地说，“要说生气啊，六百多年，该撒的气早撒完了。你回来，她开心还来不及呢，怎么可能怪罪你呢？所以啊，你过去，就直接跟她说，‘我来接你了。’。”

“我来接你了？”

“对，就这一句，千言万语，尽在不言中。”

“那我该怎么开口问……问那孩子的事情呢？”

小白龙摆了摆手道：“不用问。”

“啥？”

“干吗要问呢？这要是真的，你下得了手打她？”

猴子眨巴了两下眼睛，看着小白龙。

“下不了手吧。”小白龙晃悠着脑袋道，“这方面你就没我有经验了。好歹我西海玉面小飞龙不是浪得虚名，当年也是万花丛中过，半点不沾身的。”

说着，小白龙刻意摆了一个自以为很潇洒的姿势，得意地瞧着猴子。

猴子面无表情地瞧着他，冷哼一声道：“有话快说，有屁快放！”

“得！”小白龙一下又恢复了原本的猥琐样，低声道，“你啊，当面问是不行的。是真的，你下不了手打。可遭此奇耻大辱，你不下手，你受得了？再说了，不是真的，你这么问，杨婵姐还不跟你拼命？到时候好事也变成坏事。”

“那该怎么办？”

“别急，山人自有妙计。你刚刚不是说他叫沉香，他爹叫刘彦昌，是华山脚下一介书生吗？”

“你都听到了？”猴子吃了一惊。

“这能听不到吗？你说话连禁音阵都忘了布啊！”小白龙指了指远处躺着的几个人道，“他们也都听得清清楚楚，你信吗？”

猴子本来就红的脸刷的一下更红了。

小白龙瞧着猴子，乐呵呵地说：“别急着害羞，我们先谈正事。你呢，下一趟地府，查一查生死簿。找一找沉香和刘彦昌，看看沉香的母亲是不是杨婵姐，不就一清二楚了吗？是，你又下不了手发难，就老老实实吞了这哑巴亏，回来和我们继续西行。不是……我劝你啊，就去一趟华山，见一见杨婵姐吧。”

猴子若有所思地瞧着小白龙。

小白龙伸手拍了拍猴子的肩膀，道：“别谢我，本太子乃西海情圣是也。”

猴子犹豫了好一会儿，轻声道：“这里荒山野岭，把你们送到有人的地方，我就出发。”

身旁的河水顺着陆地的曲线向南滚滚而去。

次日一早，沉香早早地跪在清心的房门前。

“弟子沉香，给师父请安。”

房门缓缓地打开。

清心拖着长裙，抬腿跨过高高的门槛。

“从今天开始，你修行者道。”

“谨遵师父教诲。”沉香叩首。

相隔不远的潜心殿中，须菩提双目紧闭，盘腿而坐，耳朵颤了颤。

日升日落，时间一点一滴地流逝着。

西行的路上，猴子依旧担负着开路先锋的职责，却心事重重。人一路向西，心却时刻在东方。

斜月三星洞中，银杏树下，清心耐心地教授着自己唯一的徒弟。从最基本的识字开始教，一字一句地教经文，亲手炼制丹药为他提升资质，帮助沉香感悟灵力。

须菩提默默地观望。

华山下，杨婵依旧静静地等着。

虽说什么都没发生，但西行的队伍渐渐接近约定的人类聚居点，一切似乎都在向好的方向发展。

半个月后，地府。

终年阴暗的天空，广阔的平原上遍布着各种各样的阴间植物，两道长河穿流其间。

在那平原的正中，连鬼魂都见不到的平整土地上，不知道什么时候，有人在这里建起了一座祭坛。

蓝色的鬼火悬浮在空中吱吱地燃烧着，将四周的一切都映成阴森的颜色。

三个妖王单膝跪在祭坛前的地面上，朝祭台上身材高大的佛陀叩首。

这佛陀穿着黑色的袍子，头戴佛冠，赤脚，手持一柄金色法杖，浓眉大眼，浑身上下散发着金色的光芒……正是当日趁着猴子发难、三界大乱之时接管地府的地藏王！

“尊者，我等此行，幸不辱命。”鹏魔王从衣袖中取出那柄沾过玄奘血的金锥，双手奉上。

地藏王手一扬，鹏魔王手中金锥当即脱手而去，稳稳地被地藏王接住。

地藏王将那金锥高举过头，细细地查看：“做得好。”

鹏魔王看了地藏王一眼，犹豫了好一会儿，拱了拱手，低声道：“不过……尊者，那猴头儿实在厉害，此行，我等没能将金身带回。”

“金身丢了？”

三个妖王悄悄地你看我我看你，然后小心翼翼地望着地藏王。

“丢了就丢了吧，无碍。”地藏王淡淡叹了口气，躬身放下手中法杖，拿着金锥，转身朝祭台的中央走去。

三个妖王都睁大了眼。

乍一看，这祭台足有二十丈宽，二十丈长，平平整整，空无一物。细看之下，就会发现祭台的面上绘有烦琐的图案，似乎是一个繁杂的法阵。只是因为并未启动，加上光线极暗，任妖王们如何看也看不出个所以然来。

地藏王一步步走到祭台正中，将那金锥高举过头。他松开手，金锥却并未掉落，而是好像被什么力量牵引着，悬浮在半空。

顿时，他脚下烦琐的图案似乎也有了某种反应，一道灵光以金锥为中心顺着图案的轮廓，如同涟漪一般迅速扩散，转瞬又消失不见。

地藏王低下头，从衣袖中取出了什么东西。

鹏魔王眯着眼睛远远地看，待他看清时，顿时吃了一惊。

这是猴毛，三根猴毛，暗金色的猴毛！

“看来，地藏王早有准备啊。”狮狏王兴奋地说道，“取玄奘的血也就罢了，若今时今日，要取那猴子的毛，只怕……难！”

鹏魔王道：“闭上你的嘴，静静地看着就是了。”

“是……是。”

地藏王将那三根猴毛用二指夹着，在半空中来回挥动，很快，猴毛迅速生长，如同有了生命似的舞动起来。

三个妖王都屏住了呼吸静静地看着。

只见那三根猴毛如同植物的根一般缠上了金锥。

顿时，原本沉寂的法阵被唤醒了。它如同忽然被注入了无尽灵力一般疯狂地运转起来。

一道道的金光直冲天际。

地藏王一步步地后退。

大地都在震动。

法阵的表面显现出无数跃动的梵文，一道道的环状金光夹带着碎石飞起，又凌空炸开，然后悄无声息地扫过整个平原。

三个妖王惊恐地睁大了眼睛，呆呆地看着眼前的奇景。

金锥放射着光芒颤动不已，好像随时都会因为承受不住这澎湃的力量裂开一样。然而，疯狂滋长的毛已经将它死死地缠绕，渐渐地，甚至连光都透不出来了。最终，那颤动变成了一阵阵的嗡嗡声，好像在召唤着什么。

“谁在叫我，谁在叫我？”

无边无际的虚空，黑暗之中，一个声音在喃喃自语。

“你还记得自己是谁吗？”

“我是……我是……”在反复的自问之中，那声音渐渐地小了。

“六百多年了，也是时候回家了。贫僧，是来给你引路的。”

…… ……

地藏王回头看了一眼三个妖王，轻声叹道：“金蝉子要证普度之道，贫僧，便给他这个机会，让他来度一度，这沉沦苦海至深之人。”

车迟国

第五百九十章

一模一样的脸

荒芜的林间，猴子孤身一人缓缓前行。

徐徐刮过的夜风压低了杂草，卷起了落叶，有那么一丝丝的凉意。它穿梭在林间，引来一阵如同恶鬼号哭的声响。

猴子就这么漫无目的地走着，不断地走。

也不知道怎么的，越走天色越暗，天上的星辰、云间的月牙都失了踪。天地间仿佛没有一丝一毫的光明。

到最后，猴子竟连四周的景致都看不清了。

“这是怎么啦？”他有些茫然地揉了揉眼睛，却又似乎没觉得有哪里不对。

更准确地说，他的脑子早已放空了，以至于种种的异常，都没能引起他的警觉。

渐渐地，他觉得有些昏昏沉沉，不得不停下脚步拄着金箍棒休息。

忽然间，一个黑影从他的眼前掠过。

“谁！”猴子一惊，本能地操起了金箍棒。

然而，在他的前方，黑暗之中仅仅能看到几根微微颤动的树枝，除此之外，什么也没有。

猴子就这么盯着那个位置看了许久，才缓缓松了口气，放下金箍棒。

“我这是怎么啦？我……我在哪里？”

直到此时，他才发现自己的一应外在感知，似乎都失效了。

感觉不到灵力和灵气的波动，没有了夜视，就连听觉也变得迟钝，似乎也只能听到周遭这一点点范围内的动静。

正当他一阵茫然之际，一个声音忽然在他的脑海中响起了。

“是我。”

“你是谁？”

“我是你。”

“你是我，那我是谁？”

“你……什么也不是。”

“呵呵呵呵，我什么也不是？这三界之中，敢这么说我的人可不多呀。”

天空中的云层缓缓地散开了，月光又一次照亮了大地。

就在前方十丈开外的地方，一个黑影静静地站着，背对着他。

瞬间，猴子方才的无力感消失了，对外界的感知似乎恢复了一些。但对眼前的这个人的感知，依旧是朦朦胧胧的。

那种感觉就像当初在斜月三星洞刚刚领悟了灵气和灵力的时候一样，虽然知道对方就在那里，却无法直接透过感知获知对方灵力的虚实。

猴子暗暗攥紧了手中的金箍棒，低声道：“你到底是什么人？”

“你真的想知道吗？”

这一次的声音不是在猴子的脑海中直接响起，而是实实在在的声音，却极为沙哑，难听得让人起鸡皮疙瘩。

好像这人许多年都不曾开口说过话似的。

“佛门的人，天庭的人，妖怪，还是昆仑山的人？”

“你猜。”

“我不喜欢猜。我最讨厌的，就是打哑谜了。”

那人闻言，笑了起来，笑得上气不接下气。

“我们认识吗？”

“认识。”

“熟吗？”

“很熟。”

“有过节吗？”

对方犹豫着，轻声叹道：“算是……有吧。”

“有过节，应该早点说。这样就可以省去那么多废话了。”猴子暗暗运起了灵力，准备动手。

正当此时，头顶的乌云缓缓遮掩了月亮，四周又一次陷入了黑暗。

猴子的眼睛再次看不清前方的身影，但他依旧可以凭感觉锁定对方的具体位置。

“有过节，所以，你就准备杀我？”

“这个理由还不够吗？既然都已经有过节了，不杀你，难道留着你给我添堵？”

“对……你说得对。换了我，也会像你这么干。可是，你确定你打得过我吗？”

猴子“噗”的一声笑了出来。

这世界上，能跟猴子这么说的，现如今好像也就只剩下一个如来吧。可是，这个人身上有明显的灵力波动，几乎可以断定出身道门，而且，修的必然是行者道。

短暂的沉默之后，对方“咻”的一声，以极快的速度朝前方飞遁而去。

几乎是同一时间，猴子不假思索地追了上去，抡起金箍棒就砸。

然而，这重重的一棍，却落了空。

扬起的石屑扑面而来，一时间，猴子有些愣了神。

对方并不是闪过了这一击，准确地说，对方是单纯用速度，瞬间拉开了与猴子之间的距离，以至于猴子一棍落空。

以战场上最可怕的战士来说，他们往往都有一个共同的特点，那就是手动得比脑子还快。更多的时候，他们战斗凭借的是直觉与本能。

猴子没有丝毫的犹豫，迅速加快了自身的速度。然而，对方的速度也在加快。

黑暗中，两人就这么你追我赶地冲刺着，也不知道猴子打烂了多少块山石，砸烂了多少根巨木，掀翻了多少片树林……可无论如何，猴子就是追不上对方，更碰不着对方一根毫毛……因为，对方的速度和他一样快！

这让猴子十分不悦。

这么多年，除了那无根无凭的如来，还没有人能跟他比速度。

情急之中，猴子暴喝一声：“长——！”

那金箍棒骤然伸长，朝对方呼啸而去。

“当！”

一声刺耳的声响，猴子能清楚地感觉到自己的金箍棒打在了什么硬物上。

紧接着，对方反击了。

凭借着对灵力波动的感知，猴子虽然看不见，却也能清楚地知道对方出手的方位。

手中金箍棒迅速回防，稳稳地接下了对方的一击。这一击之下，猴子的手竟有一丝发颤。

这是谁？

天地间还有力量如此之强的行者道修者？

瞬息万变的战局已容不得猴子细想，他一个翻滚，连着三棍朝对方击去，全部被对方稳稳接住。紧接着，对方又是三招还击，也被猴子稳稳接下。

双方你来我往地激战了起来，陷入胶着之中。

渐渐地，猴子的感知越来越清晰了。可随着感知能力一点点地恢复，他却越来越心惊。

他可以清楚地感觉到，对方的修为竟然是和自己一样的大罗混元大仙巅峰，使的也是棍，一根和自己手中的金箍棒一样、伸缩自如的棍……一样的行者道，一样的，只有死门，没有活门的棍法。

这就像在和自己对战一样……这是怎么回事？

重重的撞击之下，双方弹开了，隔空对峙着，谁都没有率先出手。

天空中的云又一次缓缓地散开，月光洒下。

一张毛茸茸的脸出现在了猴子面前……

猴子猛地瞪大了眼睛，一跃而起。

柔和的月光，微微闪烁的星辰，风从身旁徐徐地刮过，树林发出沙沙的声响。

篝火旁的天蓬略带疑惑地看着他。

猴子放眼望去，发现其他人都在不远处躺着。

睡梦中的小白龙伸手挠了挠脸，黑熊精的呼噜声如同雷鸣……

“是……梦？”

“扑通”一声，猴子如同被抽掉了所有力量一般瘫坐下去，呆呆地盯着自己摊开的手。

直到此时，他才发现自己已经大汗淋漓。

“怎么？”天蓬用手中的树枝挑动了两下篝火，轻声叹道，“你也会做噩梦？”

猴子伸手揉了揉脸，依旧瘫坐着。

噩梦？

他有多久没做过梦了？

应该……从五行山下出来以后就从未做过梦吧。

修仙之人，修为越高，需要的睡眠时间便越少。修为到了猴子这种境界，别提做梦，基本连睡觉都不需要了。

在五行山下的时候，他是自己想睡觉，为的是打发时间，解除了所有防御，才有可能做梦。从五行山下出来，这一路的西行，他都是戒心极重的。别说做梦了，连睡觉都不可能。可这一个月来，因为杨婵的事情，他每日心神不宁，精神状态一天不如一天，这才会在今夜躺下去准备眯一会儿。没想到这一眯，居然真的睡着了，还做了个噩梦。

这是怎么回事？

他撑着膝盖缓缓地站了起来，一步步向熟睡的玄奘走去。

“怎么啦？”天蓬问。

猴子没有回答。

他轻轻握住玄奘的脉门，朝他的体内注入了一丝灵力，在确定他安然无恙之后才将灵力收了回来。

“发生什么事了？”

猴子摇了摇头，转过身去走到天蓬身旁坐下，道：“我居然睡着了……还以为中了什么诡计呢。”

“睡着了不是很好吗？难得能睡一下。”天蓬回头扫了众人一眼，道，“每次守夜，我们都是轮着来，你却是天天如此。嘿，也该你睡一下了。”

猴子低头注视着篝火，入了神。

和自己长得一模一样的猴子……六耳猕猴?

见猴子的脸色有些难看，天蓬轻声问道:“梦见……杨婵的事了?”

“不是。”

“梦见如来佛祖了?”

猴子摇了摇头。

“那还有什么能把你吓成这样?”

“总之，是一些不好的东西就对了。”猴子朝西方望了两眼，道，“明天应该就能到车迟国了。把你们送到那里，我就下地府走一趟。那边我有预感，可能会出点麻烦，不过你们应该能解决。”

“放心吧，我们自己可以的。”天蓬从腰间摸出了一块玉简，握在手中摩挲着，说道，“实在不行了，我会向你呼救。”

猴子侧过脸看了天蓬一眼，轻声道:“记住，只要感觉有一点点不对，立即通知我，千万不能迟疑。”

“放心。”

第五百九十一章

车迟国

次日中午，猴子一行便抵达了车迟国的王都。

那是一座位于一望无际原野上的小小城池，城中房屋密布。车迟国气候寒冷，国土一半是草原，一半是山川，这使得这个国家同时拥有农耕和游牧两种截然不同的生活方式。

在水草丰美的季节，王都四周扎起大量的帐篷，遍地都是牛羊。在干旱的季节，则人烟稀少。

由于居民的数量随着季节变动非常大，这所谓的王都甚至都没有大范围地修建城墙，以至于绝大部分的民居其实都暴露在外。

众人抵达时，正巧是干旱季节。

一路上，身穿厚实夹袍，头戴皮帽的居民川流不息，一个个都以一种奇异的目光注视着猴子一行。

天蓬已经习惯性地幻化成人形。

虽说猴子维持着原本的相貌没有施展任何的幻术，但猴子本身有个人样，个头也跟寻常人差不多，除了满脸的毛，谈不上多惹人注意。

至于黑熊精，为了减少不必要的麻烦，也早早幻化成人形。

按道理，这样一支队伍走在这东西方交汇的商道上，应该不算奇怪啊。

猴子纳闷了好一会儿，渐渐发现四周居民指指点点的对象，竟是玄奘，不由得轻声叹道："看来该来的麻烦，还是逃不过啊。"

"麻烦？什么意思？"

"没什么大不了，一点你们能解决的麻烦罢了。等你们安顿下来我就走。"

猴子与天蓬回过头，看到玄奘正在尝试问路，一众路人却都是走避不及，见了玄奘，就像见了瘟神一般。

好不容易找到一个愿意说话的，那人神色慌张，开口便道：“小师父，在下劝你还是速速离去吧，指不定官府的卫队已经在往这里赶了。走晚了，可就想走都走不了了！”

“官府？”玄奘一下愣了。

那人还想再说些什么，身旁的好友却硬拽着他离去了，边走还边嘟囔着：“管那闲事干吗？匿藏者与僧人同罪，你不懂吗？”

见状，天蓬微微蹙起了眉头。

“看懂没？”猴子问。

天蓬摇了摇头。

过了好一会儿，玄奘终于放弃问路的打算，有些沮丧地回到众人身边。

玄奘朝天蓬和猴子看了两眼，叹道：“曾听闻车迟国寺庙众多，香火鼎盛，本想着先行拜访众寺，挂个单……没想到，连路也问不到啊。”

猴子笑了：“你想找本地的僧人？”

玄奘点点头。

“放心，你很快就会见到了。”

话音未落，远处传来了一阵整齐的踏步声，顿时，大街上的路人纷纷自觉地让出了一条过道。

在那过道的末端，一群身穿铠甲的卫兵正全副武装地朝这里赶来。

玄奘也想让到一边，却被猴子一把拽住了。

“来拿你的，躲不掉。”

“拿贫僧？贫僧并未犯事，他们为何要拿贫僧？”

还没等猴子回答，数十名卫兵已经将他们一行人团团围住。

四周的路人默默地看着，似乎已经习以为常了。

一个将领模样的人扶着腰间的长刀往前跨了一步，指着玄奘厉声叱道：“大胆妖僧，竟敢违抗陛下的旨意！”

一行人闻言，皆是一脸的茫然。

猴子拖着金箍棒往前跨了一步。

眼看着猴子就要动手，玄奘连忙将他拦住，低声道：“是非不明，怎可乱伤无辜？此事，还是交由贫僧处理吧。”

猴子瞧着玄奘，略微想了想，点了点头，往后退了一步。

玄奘振了振衣袖，走上前去，双手合十恭恭敬敬地对那将领行了个礼，轻声道：“这位施主，贫僧法号玄奘，自东土而来，初到贵地。不知道施主所说的违抗旨意，所指何事？”

“何事？”那将领轻蔑一笑，道，“看你的样子，确实像刚从境外来。不过，也不打紧，反正陛下的旨意说的是所有僧人，既然进了我车迟国，就该依从法令！”

玄奘正要询问是何法令，可还没等他问出口来，便已见那将领手一扬，叱道：“来人哪，将妖僧拿下！”

围在四周的卫兵一个个就朝玄奘走了过去。

这是要强拿玄奘的意思了。

见到此情此景，众人如何能答应？

还没等玄奘反应过来，猴子等人便悉数亮出了各自的兵器，将玄奘护在中间。

黑缨枪、九齿钉耙、伏魔杖……

眼看着对方动了兵器，那些准备要拿下玄奘的卫兵一惊，一个个连忙退了回来，抽出自己腰间的长刀。

双方一下成了对峙之势。

玄奘连忙双手合十，又行了一礼，道：“这位施主，不知玄奘所犯何事？”

那将领却丝毫没打算和玄奘说话，只扫了他一眼，便指着猴子等人叱道：“本将今日只拿妖僧，此事与尔等无关。若是强行护佑，则与其同罪，尔等可懂得？”

金箍棒一顿，猴子歪着脑袋挡在玄奘身前，低头剔着指甲，连看都没看那将领一眼。

“既然如此，就休怪本将无情了！”那将领冷哼一声，手一扬，叱道：“将这些乱党一并拿下！”

“诺！”

“慢——！”还没等双方冲在一起，玄奘便喊了出来。

玄奘第三次朝那将领行礼，轻声道：“将军欲拿贫僧，可否先让贫僧知道所犯何事？若在情在理，贫僧愿束手就擒。”

所有卫兵都朝那将领望了过去，将领似乎也有些犹豫了。

玄奘那边，猴子、天蓬、卷帘、黑熊精、小白龙，再加上一个玄奘，总共六个人。依照他多年的经验看，包括玄奘在内，这六人，似乎都是好身手。

反观自己这一边，包括他自己在内，总共有三十五人。

虽说三十五对六，应该是十拿九稳的，但刀剑无眼，如果狗急了跳墙，难免也会有些伤亡。

那将领眯着眼睛看了玄奘两眼，摸着自己的剑柄，歪着头一脸不悦地说道：“陛下有旨，我车迟国境内所有僧人，一概征发徭役。你觉着，这算不算在情在理？”

地府。

祭坛上的法阵还在运行着，放射出道道金光，不断地发出阵阵诡异的嗡嗡声。

三个妖王早已离去，此时，整个平原上只剩下地藏王一个人孤零零地站着。

道道光华映在脸上，他看上去就如同一尊不懂哭笑的佛像一般。

一名鬼差匆匆落到他的身旁，单膝跪地，奏报道：“启禀世尊，正法明尊者驾到。”

“有请。”

“诺！”

鬼差匆匆转身离去，不多时，又引着正法明如来落到了地藏王身旁。

鬼差分别朝两人行了个礼，便离开了。

地藏王一言不发，正法明如来也不开口，只随着他一起注视着法阵。

许久，地藏王侧过脸来笑了笑，指着法阵道：“这法阵，如何？”

“甚是巧妙，只是……”

“只是什么？”

正法明如来深深吸了口气，道：“只是，魂魄引回来了，却还有许多事要做。否则，光有魂魄，也无用处。”

地藏王瞧着法阵，轻声道：“引回来便好，至于其他的，顺其自然吧。”

“顺其自然？”

“顺其自然。”地藏王点了点头道，“过两日，贫僧准备上一趟灵山，想请尊者与贫僧同去。”

“所为何事？”

“到时便知。”

正法明如来朝地藏王瞥了一眼，叹道：“听说，为了金锥取血，还把金身弄丢了啊。”

“金身本是身外之物，丢了，也无须多想。”地藏王轻声笑道，“况且，即便是丢了，也会有人将它送回来的。”

“哦？”

地藏王低垂着眉头，淡淡道：“人，一会儿便到。”

此时，夕阳西下。

猴子一行正缓缓地走向西郊采石场，身旁环绕着一众脸色发青的卫兵。

这一趟，与其说是押送，不如说是胁迫，而且不是卫兵胁迫众人，而是众人胁迫卫兵……因为，他们没缴除猴子一行的兵器。

并不是他们不想缴除，而是根本没有能力缴除。

那将领要拿玄奘的理由自然是不合理的，但玄奘坚持凡间之事，应该用凡间的办法解决，猴子只好答应。

如此一来，众人也只好跟着。

这一下问题来了，他们是被官兵拿下的，按道理，应该先缴除手上的兵器。

可问题是，这些凡间的官兵有能力拿他们的兵器吗？

别说猴子的金箍棒了，就是最轻的，小白龙的剑，那也是几百斤重的东西。就是几个人抬也不一定抬得动。

当发现根本拿不动对方的兵器之后，那将领顿时意识到自己碰到的是一群非比寻常的人，隐隐有了打退堂鼓的意思。

不过，事情既然开了头，怎么收尾可就由不得他们了。

于是，事情开始朝令人哭笑不得的方向发展了。

他们不想拿玄奘，玄奘却要求他们按照规定收押自己。一番折腾之下，猴子烦了，直接开口威胁，甚至还有意无意地露了一手，当场就吓哭了两个卫兵，在闹市中引起了一番骚动。

整个王都都被震动了。

无数卫兵蜂拥而至，在经历了一番短兵相接之后，一众卫兵吓得连滚带爬地逃走，唯独那最开始的将领还有十几个卫兵被硬留了下来。

就这么着，那将领和卫兵无奈，只得硬着头皮将猴子一行“押”往西郊石场。

玄奘终于如愿以偿。

当然，后面还尾随了一大群偷偷摸摸跟着看热闹的人。

远远地，还没等猴子一行抵达，戍守采石场的卫兵便已经收到风声，集结起来严阵以待。

那些正在服徭役的人也都放下了手中的活计，远远地观望着，不明所以。

不多时，那将领便领着玄奘等人来到了采石场的围栏外。

“肖将军，开一下门——！”

没有人回答，大门依旧静静地关着。透过围栏的缝隙，可以看到里面尽是全副武装的卫兵。

猴子用金箍棒轻轻捅了捅那将领的背。

无奈之下，那将领只得又高喊了一声：“肖将军！开门！末将带了今天在集市捉住的僧人来了！”

不多时，门后传来了一个声音：“不收！你们回去吧！”

将领回头看了玄奘一眼，见玄奘依旧目光炯炯地望着紧闭的门，只得扯着嗓子喊道：“不行啊，不能不收！”

“你们今天在集市干的好事以为我没看见吗？回去！不收！说什么都

不收！”

接下来，那门后半点回应也没有了。

“看来他今天就在集市上，看到了情况，所以快马加鞭赶回来……”那将领无奈地看着猴子，在确定猴子丝毫没有改变主意的意思之后，他无奈地咽了口唾沫，正要再喊，却见猴子已经拖着金箍棒走向前去。

只听“咣”的一声巨响，一丈高、两丈宽的大门轰然倒下，扬起阵阵尘土。

门后筑起的长枪阵往后缩了缩，卫兵一个个惊恐地望着猴子。

“今天你们是收也得收，不收，也得收！”说罢，猴子伸手一招，迈开脚步踩着大门往里走。

身后的几人护着玄奘一步步前进。与此同时，围栏内长枪阵却一步步后退。

领头的大胡子吓得脸都紫掉了。

“肖将军，人交给你了，我走了！”送玄奘他们过来的将领高喊一声，扭头就跑，连自己的佩剑也丢掉不管了。跟着他一起过来的卫兵也一个个连滚带爬地逃开。

在场的戍守采石场的卫兵一个个都咽了口唾沫，面露惊恐之色。

“你们别过来！别过来！”那大胡子监军挥舞着手中的马鞭呼喊着。

然而，谁也没准备听他的。

猴子缓缓后退了两步，对天蓬和玄奘说道：“估摸着整个车迟国的僧人都在这儿了。守军就是些凡人而已，你们自己解决吧。”

“行。”天蓬点了点头道，“金身带上吧。地府是地藏王的地盘，有金身在手，你也有谈判的筹码。”

猴子转过身，从黑熊精的手中接过被包得严严实实的金身，回头扫了那些兵将一眼。紧接着，他将金身夹在腋下，腾空而起。

这一下子，那些兵将彻底傻眼了。

大胡子监军压低声音对一旁的士兵道：“快，去请国师来！”

第五百九十二章

伺机而动

星夜，城门半开了一边。

数十名卫兵高举着火把来回巡视着。一匹快马从他们身旁经过，迅速穿过了城门。

马上的士兵使出了吃奶的劲不断抽打着胯下战马。不多时，这士兵便穿过了长长的街道来到一座大宅前。

“来者何人？”一名把门的卫兵叱喝道。

那士兵连忙翻身下马，从腰间摸出一块令牌双手奉上，朗声道：“卑职是肖将军麾下掌旗使，奉肖将军之命有要事求见国师，还请通传一声。”

“采石场？”

门外的几个卫兵互相看了一眼，不知为何，竟都笑了出来。

不多时，宅邸内，一位仆人装扮的青年推开房门恭敬地跪地道：“禀国师，肖将军派了人过来，正在门外候见。”

好一会儿，房内一片静默。

那仆人微微抬起头来。

这不大的厅堂中摆放着六张座椅，两张在正方向的主位上，四张分置两侧。

此时，两侧的四张座椅上坐着三个道士装扮的人，分别身穿红色、橙色和灰色道袍。在主位前则站着另一个黑袍道士，背对着前来报信的仆人。

那橙袍道士捋着嘴角的小胡子道：“采石场派来的，他们想干什么？”

“还能干什么？”身穿红袍，留着大胡子一脸凶神恶煞的道士翻了个白眼道，“一行人去了采石场，他们不派人来才奇怪呢。”

说罢，他摆了摆手，对前来报信的仆人道：“就跟他说，已经知道了，让他先回去。稍后，国师自有决断。”

那仆人仰头朝黑袍道士望了一眼，道了声“诺”，转身退出门外，顺手将门带上。

待那仆人离开后，一直没开口的羊胡子灰袍道士捋着长须道：“已经到了采石场，那就是见到那些秃驴咯？接下来，我等该如何？”

六只眼睛齐刷刷地看向黑袍道士。

正当此时，门外又传来了敲门声。

“进来。”

门被缓缓地推开了，另一位仆人走入房中跪倒在地，道：“禀国师，那毛脸和尚不知为何，已经腾云离去。”

“哦？”

在场众人顿时都睁大了眼睛。

“大圣爷居然离开了？”黑袍道士缓缓地转过身，笑了出来，“看来，天助我也！”

此人，便是蜈蚣精多目怪！

此时，地府，生死殿外，猴子正悠悠地瞧着跪在地上瑟瑟发抖的秦广王。

“你是觉得你那些死去的同僚太孤单了，想去陪他们是吧？”

“大圣爷……大圣爷说笑了，说笑了。”秦广王吓得抬手抹了两把冷汗。

“那你拦着我？”

“大圣爷，”秦广王畏畏缩缩地说道，“小的哪敢阻拦您啊。只是……多一事不如少一事，小的这可都是为了大圣爷您好啊。”

秦广王咽了口唾沫，接着说道：“今时不同往日了。现在地府归地藏王执掌，没有地藏王的命令，即便是阎罗……也不能私自放人入生死殿啊。”

“是吗？”猴子冷哼了一声，道，“既然如此，那就让他来见我吧。”

“让他来……”秦广王一下呛到了，抬头瞅了猴子一眼，见猴子不像开玩笑的样子，只得点了点头，躬身离去。

祭坛边上，一位鬼差道："禀世尊，齐天大圣孙悟空正在生死殿外。说……说要世尊亲自过去见他。"

地藏王侧过脸看了正法明如来一眼，道："看，贫僧的金身已经回来了。"

"那，尊者是准备过去见他了？"

"先等一会儿，不急。"地藏王深深吸了口气道，"难得离开一次，若他就此回去了，怕是有人要不高兴啊。"

正法明如来眯着眼睛，略带狐疑地注视着地藏王。

此时，西郊采石场内众多士兵握着兵刃微微颤抖地站着。

不远处，玄奘与一众被征了徭役的僧人席地而坐。

这些僧人一个个衣衫褴褛，裸露的皮肤上满是被皮鞭抽过的痕迹。

天蓬等人紧紧地守在玄奘身旁。

一位白胡子老僧痛哭流涕地对玄奘说道："大师有所不知。佛教，原本是车迟国国教，想当初，上到国王陛下，下到山野乡民，无不信奉。只因一年前，我车迟国遭大旱，国王陛下命我等祈雨……"

那老僧抹了把泪，接着说道："迫于无奈，我等召集车迟国上下高僧，于都城外设坛，诵经九九八十一天，却不见雨来。无奈之下，只好撤坛。结果一个远道而来的道士，只用了一炷香时间便求得了风雨，解了旱灾……"

话到此处，四周的僧人已经一个个抽泣起来。

那老僧顿了顿，接着说道："事后，陛下便立道教为国教，没收车迟国境内所有寺庙寺产，将所有僧人征了徭役……"

须臾之间，四周的僧人已经哭成一片，一个个朝玄奘叩首号哭道："大师必是佛祖派来的。求大师搭救我等！求大师搭救我等！"

玄奘不由得无奈一笑，望向了天蓬。

佛门修的是自身，求的是成佛。一切苦难皆为淬炼心性。

虽说常言佛祖庇佑，但祈雨这种事，西方诸佛真的有可能出手相助吗？

让佛门祈雨，这本就是找错了方向，将佛门等同于道门了。

可，这道士一炷香时间求来风雨，这怕也不太对劲吧。

虽说玄奘并未修过仙，但也知道，寻常术法，要降雨可以，要解车迟国一国之旱，除非龙宫出手，否则根本不可能。

一炷香的时间请来龙王……从这里到龙宫有多远？从凡间上天庭，又要多久？

这，可能吗？

玄奘淡淡叹了口气，伸手扶起那老僧，道："此事贫僧已知晓。"

"那，大师意欲何为？"

此时此刻，所有的僧人都眼巴巴地盯着玄奘。

无奈之下，玄奘只得轻声道："若可以，贫僧不日便进宫与陛下理论。"

就在此时，距离此处五里开外的斜坡上，一名士兵匆匆跪到多目怪以及其他三个道士面前。

"禀国师，那毛脸和尚并未回来。一行人还滞留在采石场中。"

多目怪点了点头，淡淡道："再探！"

"诺！"

那士兵转身上马，又朝采石场的方向飞驰而去。

"大人，"大胡子红袍道士朝多目怪拱了拱手道，"既然大圣爷还没回来，机不可失，我等为何还不出手？"

"不可轻举妄动。"多目怪摆了摆手道，"大圣爷虽不在，但那玄奘身旁，还有天蓬元帅、黑熊精等一众高手。若是真硬碰硬，咱未必有好果子吃。也正因此，我们才要与他们相距如此之远的距离，为的，是躲过他们的感知。"

多目怪深深吸了口气，伸手摸出一块令牌递给羊胡子灰袍道士，道："传令大军围剿。先用凡人转移他们的注意，我等伺机而动，必可一击得手！"

第五百九十三章

有古怪

星夜，采石场中，一众僧侣围着玄奘席地而坐。

天蓬伫立在玄奘身旁，听着他不断劝慰众僧。其他人，除了小白龙在照看着鼍洁之外，都在外围来回巡视着，提防着采石场的守军。

采石场的守军已经被逼到了围栏边上，一个个握着兵刃警惕地望着黑熊精和卷帘。

一名士兵悄悄走到大胡子将领身旁，低声道：“将军，我们就这么等着吗？他们只有几个人，要不……”

“放屁！”那大胡子将领低声唾骂道，“今天他们在集市，三两下就打跑了整支护卫队，你是嫌老子死得不够快是吧？”

“那我们……”

“什么都不要做，既然国师让我们按兵不动，我们就按兵不动！”

“诺！”

此时，在围栏外数十丈开外的地方，大批军队悄然集结。

趁着夜色，他们如同一摊流动的黑水一般迅速匀开，列起盾墙，拉开硬弓。

一名士兵快步从被猴子推倒的正门走入，挤过围栏边上密布的士兵来到大胡子将领身旁。

“将军，大军已经到了。”

那大胡子将军瞥了来者一眼，低声道：“听到了。国师怎么说？”

“国师让将军撤出采石场外。”

闻言，那大胡子将军摆了摆手，一众士兵开始有序地向正门移动。

采石场中的僧人有些诧异地看着，一个个屏住了呼吸。

“这是怎么回事？都走了？”

“准备放我们走吗？”

天蓬瞧着正在撤离的戍卫队，侧过脸对一旁的卷帘道：“要放箭了。”

“不会吧。”卷帘低声道，“就算他们真想杀，应该也只是想杀我们而已，不至于让所有僧人都陪葬才是。”

“难说。”天蓬冷哼了一声，道，“我总觉得这车迟国远比表面看上去的要古怪。按道理，我们今天在集市上那么一闹，他们要么招揽，要么围剿……虽说围剿是没什么可能的，但至少，他们应该派个人来谈一谈，尝试招揽才是啊。到现在为止，你见到国王派来的使者了吗？”

卷帘的脸色隐隐有些难看了。

在场的有将近两千服徭役的僧人，如果对方放箭，要劝玄奘丢下他们跑，估计是不可能的。可不丢下他们……那得是多大范围的护盾才能将他们护住啊？这采石场里里外外虽说也有些能躲的地方，但终究藏不下两千人。

“要不……擒贼先擒王？”

“不。”天蓬眯着眼睛道，“再等等，先看看形势再说。”

“报——！”一名士兵飞扑到多目怪面前，拱手道，“禀国师，那些和尚开始往里缩了。”

“往里缩？”多目怪顿时愣了一下，捋着长须的手顿住了。

“就是，”士兵抬头道，“就是往采石场里缩，似乎是想躲避箭雨。”

“他们竟然没出击？”多目怪捋着长须，陷入了沉思。

身旁的三个道士面面相觑。

“大人，”身穿橙色道袍的道士拱手道，“不如，干脆放箭吧。只要放了箭，射死几个和尚，不怕没办法把他们逼出来！”

多目怪缓缓摇了摇头，喃喃自语道：“居然不主动出击……他们是不是，已经意识到什么了？”

地府。

猴子拄着金箍棒在生死殿前来回走动。

身旁的铁盆里火吱吱地燃烧，两侧的鬼兵一动不动地站着，头顶一团团鬼火呼啸而过。

回首望去，无边无际的阴间看上去像一个繁华的夜市，只有走近了，才能意识到其中的阴森恐怖。

金箍棒重重一顿，只听“咣”的一声巨响，猴子脚下的石砖都开裂了。

四周的鬼兵吓得微微一缩。

“什么意思？这么久了，居然还没来？嘿，那是不是说，地藏王根本就不在这地府之中？”

说罢，猴子抬腿一步步跨上了台阶。

四周的鬼兵都眼睁睁地看着，没有人敢上前阻拦。因为，六百多年前猴子在这里做了什么事，他们都知道。

生死殿的大门就在眼前。

正当猴子已经走过了一半的台阶之时，一个声音从身后传来。

“且慢！大圣爷！且慢！”

秦广王提着衣摆，气喘吁吁地朝猴子飞奔而来。

猴子回头看了秦广王一眼，脚又往前迈了一步。

秦广王挡在猴子面前，双膝跪地，喊道：“大圣爷，不可啊！”

“不可？”猴子白了他一眼，哼了一声道，“你不是去请地藏王了吗？地藏王呢？”

秦广王抹着冷汗道：“世尊马上就到，马上就到。”

“马上是多久？”猴子晃了晃脑袋，忽然发狠，一把揪住秦广王的衣领将他从地上拽了起来，瞪大了眼睛恶狠狠地吼道，“一炷香，一刻钟，还是一个时辰？啊？多久？你他妈给老子说说！”

额头上鼓起的青筋、布满血丝的双目、獠牙，都在秦广王眼前。

猴子突如其来的举动将秦广王吓得怔住了，他嘴角的肌肉微微抽动，浑身上下不住地打战。

此时此刻，他甚至能清楚地感觉到猴子呼出的炙热气息。

“大……大圣爷……”

“别叫得那么好听。”猴子怒视着他缓缓道，“你说说，多久？一炷香，一刻钟，还是一个时辰？说错了，老子当场就宰了你！”

秦广王眨巴着眼睛望着猴子，半天说不出一句话。

见秦广王已经被自己彻底吓傻了，猴子手一松，将他丢到了一旁，抬腿就要继续往上走。

正当此时，一个声音同时在猴子、秦广王以及在场所有鬼兵的脑海中响起。

“这么多年过去了，大圣爷的性子还是没变啊。哈哈哈哈。”

闻言，猴子当即停下脚步，缓缓回过头来。

不多时，一道金光落下，生死殿前的广场上出现了一个人——地藏王。

山坡上的四人依旧静静地站着。

多目怪不断捋着长须，眼睛眯成了一条缝。

“大人，此事宜早不宜晚啊。”

“是啊。大人，若是大圣爷回来了，这千载难逢的机会，就没啦！”

多目怪依旧眯着眼睛，望着采石场的方向。

此时，采石场的僧人都已经被聚集到了石山脚下。

他们利用采石场中的几座小屋和一些大块的石头遮掩身体。可惜空间实在不够，大多数僧人还是无遮无拦地暴露在对方弓箭的射程之下。

俗话说，双拳难敌四手。凡人如此，神仙亦如此。

超过两千人，光凭天蓬与卷帘等人，根本不可能撑起一个庞大到足以防住所有箭矢、护住所有人的护盾。

当然，护住玄奘是毫无问题的。

玄奘一步步走到天蓬身旁，低声道：“贫僧虽不曾读过兵书，但也知道擒贼先擒王的道理。若是能拿住对方主帅的话，说不定……”

玄奘没有接着说下去。他静静地看着天蓬，似乎在征求天蓬的意见。

“大师有所不知，”天蓬淡淡叹了口气道，“无论按何种理念治国，对方都不应该至今不派出特使与我等交涉。所以，这里面恐怕另有内情。”

一旁的小白龙低声道：“要不，我们赶紧通知大圣爷？”

天蓬低头掏出玉简看了一眼，缓缓摇了摇头。

秦广王弓着身子快步跑到地藏王跟前，伏地行礼道："卑职恭迎世尊！"

"免礼。"

地藏王轻轻摆手，早已吓得脸色发青的秦广王迅速连滚带爬地闪到一旁。

远远地，地藏王与猴子对视着。

一个面色淡然，不喜不悲。

一个一脸的轻蔑之色。

僵持了好一会儿，猴子朝身后的生死殿努了努嘴，道："我想进里面去看看，听说得你同意。"

"确实如此。"地藏王淡淡笑了笑，一步步朝猴子走过来。

那动作，便是用闲庭信步来形容也毫不为过。

猴子拄着金箍棒，悠悠道："那你是同意还是不同意呢？"

"不太好。毕竟生死殿事关三界，若可随便查阅，岂不是乱了套了？"

"若是我一定要查呢，你是准备在这里跟我打一架吗？"

地藏王笑眯眯地摆了摆手道："一言不合拔刀相向，此乃凡间刀客所为，岂是得道之人该做的？"

"那你是什么意思？"

地藏王摸着下巴故作为难状。

就这么沉默了好一会儿，猴子都有些不耐烦了，指着被丢在一旁，用布包裹得严严实实的金身道："我也不白看你的生死簿，这金身还你，就当是入生死殿的买路钱，如何？"

地藏王淡淡瞥了金身一眼，轻声叹道："大圣爷可真是豪爽啊，金身就这么还给贫僧了。回头，若贫僧一个不小心又将它给大圣爷送了去，可如何是好？"

"你若还敢送来，我就直接砸了它。"猴子一步步走到金身旁，单手握着金箍棒对准了金身的头颅，扭头道，"你也可以拒绝，我现在就当着你的面砸了它。反正，留着也没用。"

一听此话，秦广王以及四周的鬼差都不由得蹙起了眉头。唯独地藏王面容依旧。

祭坛边上，正法明如来面无表情地望着悬在空中的金锥。

金锥放射出来的光越来越盛了，好像所要召唤的“东西”，已经近在咫尺。

生死殿外，两人就这么僵持着。

不多时，地藏王注视着那金身笑了出来。

“来人哪，替大圣爷打开生死殿的门。”

“诺！”

几个鬼兵迅速绕过猴子朝生死殿的大门飞奔而去。

直到此时，猴子才将手中的金箍棒放了下来，点地。

此时，采石场外，一名士兵手握旗令骑马沿着盾墙飞驰而过。

那士兵一路吼着：“国师有令！放箭——！放箭——！”

顿时，一阵弓弦之声响起，密集的箭雨朝采石场内的僧人呼啸而去……

第五百九十四章

你帮谁？

箭矢的破空声呼啸而来。

天蓬一把将玄奘拽到自己身旁。

转瞬之间，大片箭矢如同雨点一般洒落，一支支箭矢插在地上微微晃动。

数十名毫无防备的僧人应声而倒，鲜血顺着脚下的碎石缓缓地渗入地下。

玄奘惊得睁大了眼。

他的身旁有天蓬，寻常弓箭即便再多，也近不了他的身。可是，其他人呢？

整个采石场中，早已是哀鸿遍地。

其他僧人缩在石缝中，缩在房舍后，有的吓得痛哭不已，有的则死死地捂着自己的嘴，生怕出了声，被人知道自己的躲藏之处而招至另一轮箭雨。

“放！”

还没等玄奘缓过神来，围栏外又传来阵阵破空之声。又是一阵箭雨倾泻而下。

血泊中，一名身中数箭，却还没断气的僧人哭喊着想往玄奘这里爬。可还没等他爬出多远，只听“噗”的一声，一支箭射穿他的太阳穴。紧接着，又是三支箭接连射到他的背上，数十支箭落到了他的身旁。

那僧人张大了嘴巴，所有的言语都被死死地锁在喉中。他脖子一歪，维持着错愕的表情，没了声息。只剩下一双空洞的眼睛似乎还在朝玄奘的方向望。

这一刻，玄奘的手微微发抖。

他面容之中依旧看不出一丝的惊恐，但额头上豆大的汗珠却真真切切地滑落。

他死死地握住自己的手，呆呆地站在天蓬身旁，像是在逼迫自己镇定下来。

四周，所有的僧人都望着他。

围栏外架起了梯子，一名士兵爬上梯子朝里面望了一眼，回头朝后方比画着什么。

“放！”

又是一声清叱，一阵箭雨从围栏后破空而起向矮屋飞去。

只一瞬，惨叫之声从那屋内传来，原本就简陋的土墙竟被箭射得千疮百孔。

刺耳的声响中，门被缓缓地推开了。一名身中数箭的僧人从里面颤颤巍巍地走了出来，没走几步，便栽倒在地。

那一双手颤抖着，不甘地伸向玄奘。

在他的身后，房舍之中，堆满了尸骸。

玄奘瞪大了眼睛，眼中布满了血丝。

还没等玄奘反应过来，天蓬出手了。

他隔空一指，那趴在梯子上遥望的士兵当即口吐鲜血栽了下去。

“你干什么？他是凡人！”玄奘一把拽住了天蓬的手。

天蓬缓缓地回过头，轻声道：“他在观测这里面的人躲在哪里，指挥箭矢的方向。如果他不死，就会有更多的僧人死。”

玄奘的手一颤，松开了。

山坡上，多目怪如同一根钉子一样一动不动地站着。

“禀国师！他们出手了！”

“怎么出的手？”

“隔空杀了我们负责观测的兄弟！”

“隔空杀了一个人？”多目怪的眉头抖了抖，道，“还真忍得住啊。证道普度？哼！一派胡言！看你如何证道，继续射！派更多人去观测，让他们杀！”

"诺！"

围栏外同时架起了数十架梯子，一个个脑袋探了出来。

天蓬有些不可思议地望着这一切，玄奘脸上的惊恐之色已再难掩饰。

"怎么办？"卷帘急急忙忙地凑到天蓬身旁。

"不对路，完全可以确定不对路了。"

"怎么说？"

…… ……

山坡上，多目怪轻轻地搓着手指，一双眼睛不断转着，喃喃自语道："多了个天蓬元帅，这种身经百战的大将……果然是棘手许多啊。"

…… ……

天蓬瞥了卷帘一眼，低声道："这是要强攻……我不相信凡人会这样毫无恐惧地进攻他们心目中的神仙……哪怕是妖怪。最关键的是，其实我们什么都还没做，根本不值得他们这么做。所以，可以肯定是有人躲在背后指挥他们，想要达成某件事。"

"那怎么办？他们的目标肯定是玄奘法师！"

小白龙掏出了联络猴子的玉简，天蓬连忙一把抓住了他的手腕。

"还不通知大圣爷？"

"不通知。"天蓬摇了摇头，道，"那猴子在办对他来说最重要的事，你中途打断，回头他还得去。最关键的是，真正的敌人没露面，你就是喊他来了也没用。"

玄奘有些错愕地看着天蓬。

是啊，虽然同路，但他们终究不是一样的人。

猴子身上的血债多不胜数，天蓬又何尝不是踏着尸骨一路走来的呢？不仅仅是他们，就连小白龙、黑熊精、卷帘，他们哪一个没见过杀戮，早已见惯了这种场面。

可是玄奘呢？

一行人中，只有玄奘一人是真正双手不沾血的。

玄奘低下头，看到众僧正紧紧地拽着他的衣角，一双双眼睛巴望着。

他们在害怕。

他们怕玄奘一离开这里，天蓬也会离开，到时候，护盾就没了，他们都会死。

此时，地府之中，猴子正坐在堆积如山的目录上翻阅着。

一旁的地藏王轻声道："大圣爷，一个人查，要查很久的。这还仅仅是目录。要不，贫僧让人帮您查？"

"哼！"猴子白了地藏王一眼，悠悠道，"你是想知道我要查什么吧？心领了。"

"怎么？大圣爷要查的东西，不能让贫僧知道？"

"你猜。"猴子笑嘻嘻地瞥了地藏王一眼，低下头，刚巧看到华山地域人类降生记录存放地的一页，却只是暗暗记在心里，不动声色地翻了过去。"我发现，这生死殿你管得不错啊。上次来，我可没看见还有目录这东西，一下子，要查阅也方便了许多。"

"大圣爷过奖了。"地藏王轻声笑道，"这其实都是大圣爷您的功劳，若不是您毁了整个生死殿，烧了生死簿消戾气，哪里来的重整一说呢？再说，贫僧既然接手了阴间，自然得有所建树才是。"

"你这是夸我还是夸你自己呢？"猴子随手将翻完的目录丢到一旁，又捡起一本装模作样地看。

"当然是夸大圣爷了，不破不立嘛。"地藏王顿了顿，轻声道，"既然大圣爷都说不用贫僧帮忙了，那贫僧，就失陪了。"

"哦？你要走？"猴子微微抬起头来。

"大圣爷介意？"

"不介意不介意，相反，求之不得。"

"大圣爷真是……快人快语。既然如此，贫僧失陪了。"地藏王淡淡笑了笑，后退了三步，转身向殿外走去。

可他这么一走，猴子的心却突然咯噔了一下，朝地藏王离去的方向望了过去。

一个念头在他的心中浮出。

“有点不对。难道，他已经……知道我想找什么了？”

“破！破！破！破！”

天蓬不断地出手。

不仅仅是天蓬，卷帘、黑熊精、小白龙也都加入其中。

一个个爬上长梯的士兵应声而倒，速度甚至快到他们连往里看的机会都没有了。

可即便是这样，一个个士兵还像不怕死似的从围栏后探出头来。

一轮轮箭雨射来，僧人无论躲在哪里，都会被准确地射中。

很显然，这并不是盲射。

渐渐地，天蓬发现对方派出了许多人正透过围栏那细小的缝隙往里查看，尽管视野十分狭窄，却依旧可以借以指挥箭矢的方向。

站在天蓬的位置，若不细细观察，根本察觉不到。

“他们能用另一种方式观测，却还是不断地派人送死？只是为了分散我们的注意力吗？”

数十名僧人躲到了岩石后，那箭矢如同长了眼睛一般，选了一个极为刁钻的角度隔着围栏瞬间射杀了一半。

十余名僧人被逼着往身后的矮山上爬，他们压低身子借着乱石隐蔽，避免被围栏外的士兵看到。然而，还是被发现了。

一名僧人哀号着从矮山上滚了下来，磕在山石上，脑浆都磕了出来。

玄奘红着眼眶，静静地看着这一切，他的双手依旧紧紧地交握着。

他喃喃自语道：“连他们都救不了，这西行一路，还如何证道普度啊……”

“现实没那么理想。”天蓬面无表情地答道，“就像战争一样，有得必有失。伤敌一千，自损八百。想要攻城略地，就必须付出血的代价。想把什么都护住，那是不可能的。”

“若如此说的话，普度岂不是也不可能？”

天蓬没有回答，只是如同先前一般隔着围栏细细地感知围栏外的一切。

那里，已经有超过两万大军了，还有更多军队正在赶来，他却还是没有感觉到任何的灵力波动。

一支支箭徒劳地打在护盾上，掉落在地。

整个采石场中，似乎已经只剩下玄奘所处的，由天蓬、黑熊精、卷帘还有小白龙共同撑起的这个护盾里才是真正安全的了。可惜这里满打满算，只能容纳两百人。

尽管已经拥挤不堪，还是有大量僧人从采石场的各个角落冒着箭雨朝这里冲过来。然而，他们没有一个能走到。

这里就像一个巨大的鱼饵，无数士兵正隔着围栏细细地看着，等着散落各处的僧人冒险出击的一刻送上致命的一箭。

最接近的一名僧人，也仅仅是走到与护盾相距五丈处罢了。

他身中五箭，栽倒在地，却依旧朝玄奘伸出一只手："大师……救我……"

下一刻，一轮箭雨射在他的身上。

鲜血在他身下晕开了。

玄奘眼睁睁地看着这一切，恍惚中，他向前迈出一步，却被天蓬拦住了去路。

"他已经死了，别过去。"

玄奘愣了好一会儿，缓缓闭起了双目。

箭雨连续不断地袭来，一阵阵惨叫此起彼伏，一声声如同梦呓般微弱的呼救声从尸堆中传来，一双双沾满鲜血的手朝玄奘伸去。

他深深地吸了口气，平复了心情，睁开双眼。

"元帅，你说得对。万事万物，不付出代价是不可能的，但贫僧，起码可以决定付出什么样的代价。"

还没等天蓬听明白他话里的意思，玄奘已经迈开了脚步。

天蓬一个转身，连忙上前又一次将他拦了下来。

"大师想做什么？"

"我们，降。"玄奘注视着天蓬，缓缓地说道，"在我们来之前，众人安然无恙。很明显，他们的目标是我们，只要我们降了，他们便不会再射箭。僧人不死，士兵，也不会死。如果这能救众人于水火之中，我们便该去做才是，不该有丝毫的犹豫。"

天蓬闻言，眼角顿时微微抽动。

地藏王缓缓地来到祭坛边上，与正法明如来并肩而立。

“当年，第一个发现那魂魄的是你？”

地藏王点了点头。

“你准备要直接介入西行了？”

地藏王没有否认。

“那你帮谁？”

地藏王侧过脸，淡淡笑了笑，伸出一指，指向天空。

第五百九十五章

投　降

“这是个局。”天蓬轻声道，“他们这是在逼我们出手，千万不要中计。”

“西行，又何尝不是明知山有虎偏向虎山行？贫僧别无选择。”

小白龙、黑熊精、卷帘一个个都睁大了眼望着天蓬。

僧人们的目光在玄奘与天蓬之间来回。

一名跪在地上的僧人扯着玄奘的衣角低声道：“大师……大师，我们不想死……求大师搭救，求大师搭救……”

玄奘默默点了点头，转而对着天蓬道：“元帅说得对，不能叫大圣爷回来，这个难关，贫僧必须自己渡过才行。”

众僧环绕之中，玄奘缓缓迈开了脚步。

那一众僧人紧紧地跟着他。

“自己渡过……凭什么渡？”

天蓬稍稍犹豫了一下，无奈，也只得转身跟了上去。

见状，小白龙、黑熊精、卷帘也一个个跟了上去。在他们庇护之下的僧人自然也瑟瑟发抖地跟着。

箭雨停了。

“禀国师，他们投降了。”

“投……降？”多目怪有些错愕地蹙起了眉头。

“对。他们……全部投降了。”

那身后的三个道士面面相觑。

“这是怎么回事？投降了？”

“宁愿投降也不通知大圣爷……还是说，他们根本没有通知大圣爷的手段？”

“不可能，一块玉简而已，大圣爷怎么也不可能大意到连玉简都没留下。”

“那是怎么回事？是计？”

多目怪眉头紧紧地蹙着，一时之间，竟也想不出个所以然来。

“国师，接下来怎么办？受降，还是格杀？”

多目怪捋着长须，缓缓道：“受降，看看能不能想办法，将那为首的和尚和其他人分开。”

“诺！”那士兵翻身上马，朝采石场的方向疾驰而去。

待那士兵走后，一旁的大胡子道士轻声道：“此事即便不是十拿九稳，想必也相去不远了。大人可曾想过，事成之后，该如何向大圣爷交代？”

“交代？要什么交代？”多目怪冷哼一声，咬牙道，“西行，毫无疑问是佛门的诡计。大圣爷当局者迷，我等身为下属，自当为大圣爷分忧。即便大圣爷事后要我的命，给了他便是。我妖族的王者，怎可沦为佛门的走狗！这事骗得了吕老狗，可骗不了我多目怪！”

其余的三个道士躬身拱手，道：“大人高义，我等自当舍命相随！”

多目怪咬着牙，望向采石场的方向。

此时，昏暗的火光中，猴子正在生死殿的书架之中来回穿行。

几个鬼兵紧紧地跟着他，手忙脚乱地捡起被猴子丢了满地的生死簿，放回原位。

猴子一面飞在半空中飞速查阅着生死簿，一面仔细留意着那几个鬼兵。

不仅仅是鬼兵，他还细细感知着四周的一切。

渐渐地，他可以确定这些鬼兵并没有在捡起的生死簿上做任何的记号。

可是，这是怎么回事呢？

关于沉香，关于刘彦昌，这两个名字的重要性，只有猴子自己才知道。

猴子为什么在这时候来地府，除了西行同伴，谁也不可能知道。难道佛门就真的一点都不在意吗？

这不像他们的风格啊。

是因为不在意，还是因为已经知道了，抑或……他们事后还有什么办法探查？

猴子越想越觉得不对劲。

猴子一面思索着，一面翻着生死簿。

转眼之间，他已经翻了两个书架的生死簿，渐渐接近他真正的目标……

祭坛边上，正法明如来和地藏王依旧静静地站着，看着那法阵渐渐变化。

“他这个时候来地府作甚？”

“查生死簿。”

“查什么？清心吗？”

地藏王缓缓摇了摇头，道：“查沉香。”

“什么人？”

“一个凡间的孩童。”

“一个凡间孩童的生死簿，他查来作甚？”

地藏王淡淡笑了笑，道：“因为他有个特殊的名字。”

这一笑，意味深长，一时间，正法明如来竟看不透其中的奥妙。

佛门四大佛陀：正法明如来、地藏王、普贤、文殊。这四人当中，论法力，三界公认最强者乃是正法明如来，可是要论神鬼莫测，却要数地藏王。

许多人认为这是因为地藏王极少出手，因为少出手，故而给人一种神秘的感觉。可正法明如来知道不是。

分明修的是同一种佛法，可有时候，在地藏王面前，正法明如来甚至感觉两人相距甚远，对他猜不透、悟不明。

“一时半会儿的，离家的游子恐怕还回不来。”地藏王振了振衣袖，轻声叹道，“贫僧前几日心血来潮，新制了一副有趣的竹牌，尊者可有兴趣，一同前往一观？”

正法明如来默默点了点头。

“我说，元帅啊，”小白龙低声道，“你说不能叫大圣爷回来，那我们叫其他人来如何？”

“叫谁？”

“叫天庭的人。借用凡人之手，他们这也算捣乱凡间了，天庭想必不会坐视不理才对。”

“你有证据吗？无凭无据地，你让李靖过来，要多久，得来多少兵力？”天蓬扭过头，压低声音对一旁的卷帘道，“无论如何，守在玄奘法师身旁。不能走远。”

“明白。”卷帘低声答道。

一旁的黑熊精也默默点了点头。

小白龙显然也听到了，不过他还要守着受伤的表弟，早已自顾不暇。即便让他走他也走不了。

一众僧侣从采石场的大门鱼贯而出，玄奘走在最前头。

一排排的弓箭拉得满弦指向了他。

玄奘双手合十，对着那为首的将领行了一礼，道：“玄奘愿降，只求将军怜悯这一众僧人，放他们一条生路。”

为首的将领眯着眼睛，注视着玄奘，一只手举在半空中，既没下达命令受降，也没下达命令攻击。

四周的僧人一个个噤若寒蝉，小心翼翼地观望着。

玄奘伸出了双手，却没有人给他戴上镣铐。

双方就这么僵持着。

过了好一会儿，一匹快马来到那将领身旁，马上的士兵飞速下马贴近将领耳边嘀咕了几声。

天蓬耳朵颤了颤，他冷哼了一声，低声对西行其他人说道：“要将我们连同其他僧人一同拿下，这是要把他们当人质的意思啊。”

“动手杀人的话，你们需要多长时间可以将这两万多人的军队全灭？”小白龙忽然悠悠地问道。

众人皆愣住了。

站在最前方的玄奘摇了摇头，轻声叹道：“不可伤及无辜。”

“他们还是无辜的？”小白龙不由得哼了一声。

玄奘看了看不远处将弓拉得满弦的士兵道："他们也只是听命行事罢了。"

小白龙的头顿时摇得跟拨浪鼓一样。

一直以来，他都不太清楚证道普度究竟是什么，也就是被猴子连哄带骗地拉上贼船罢了。今天，他第一次感觉普度是那么不靠谱，就像看着一个天真的孩童在畅想着一个他从未见过的世界一般——简直就是满口胡话。

瞧一旁的黑熊精与卷帘的脸色，估摸着他们的想法也和小白龙的相去不远。

小白龙犹豫了好一会儿，道："以前大圣爷在身边的时候老觉得他太冲动，现在想想，冲动也有冲动的好处。没了他，我们就是任人宰割的鱼肉啦……"

不多时，几个士兵用手推车推来了一大堆镣铐，然后全部倾卸到地上。

那将领高声吼道："武器都放下，戴上镣铐，饶你们不死！"

众僧面面相觑，最终都望向了玄奘。

"真降？"

"真降。"玄奘走上前去，捡起镣铐，戴在自己手上。

见他如此举动，其余的僧侣一个个连滚带爬地拥了上去，心急如焚地将镣铐戴上。

不远处的一众士兵看得都发笑了。

这恐怕，还是他们第一次看到这么心急地要给自己戴上镣铐的人吧。

天蓬悄悄在九齿钉耙的柄上摁上一个法印，有意无意地瞧了其他几人一眼。

其他几人领会了他的意思，一个个也在自己的兵器上摁上法印。

紧接着，他们松开了自己的武器。

一柄柄重兵器掉在地上，发出一声声闷响，地面都稍微颤了一下。

这一下，为首的将领脸色可就没那么好看了。

不过不好看归不好看，箭在弦上不得不发，既然已经走到这一步，说什么他们都不能后退。

一大群长枪兵迅速上前，将众人连同一应僧人全部团团围住。

将领一步步走到玄奘跟前正要开口说什么，天蓬却已经挡到了玄奘身前。

“你们要拿要放我不管，但玄奘法师，必须跟我在一起。”

这一句话说出去，那将领顿时没了脾气，只得点了点头。

星夜，两万大军高举着火把押送着仅存的一千余名僧侣以及玄奘一干人等缓缓地朝王都走去。

情况实质上没改变，就算被俘，那些“护卫”还是一个个紧守在玄奘身旁。

多目怪远远地望着平原上正朝王都走去的大军，叹了口气道：“希望大圣爷能再晚点回来吧。去将他们的兵器都收起来，没了兵器，动手的时候我们的胜算就大了。”

他正要转身之时，一名士兵匆匆来到他身前，跪地拱手道：“禀国师，陛下请您过去一趟。”

多目怪稍稍犹豫了一下，随口道：“知道了。”

此时，地府中的猴子正握着一份生死簿，瞪圆了眼气得瑟瑟发抖。

千般隐瞒，百般忽悠，结果，翻到自己想要的那一页的时候，竟发现已经被撕了，而且还是刚撕不久！

杨婵之子

第五百九十六章

五毒八苦

隐蔽的深谷中，一座小小的阁楼静静地伫立着。

朴素而带点诡异气氛的装潢，里外不透一丝光亮，四周又草木丛生，甚至还有浓厚的瘴气。

这是一片寂静得如同真正的死亡一般的地域，唯一的光彩，是半空中飘浮的点点鬼火。

地藏王带着正法明如来缓缓地来到阁楼前，自始至终，他们甚至没有看到一个把守的鬼兵。

正法明如来朝四周望了望，轻声问道:“这是什么地方?”

“一个别院罢了。”地藏王依旧一步步向前走着。

很快，两人来到了正厅门前。

地藏王伸手轻轻一拨，足有一丈三尺高的两扇巨大门板在刺耳的摩擦声中缓缓打开。

户外鬼火的光顺着缝隙照入其中，那里面，是仿佛能吞噬一切的黑暗。

正法明如来深深吸了口气，看了地藏王一眼，没有再问。

直到那门完全打开，正法明如来借着鬼火照入的光，看见里面空荡荡的地板上放着一张矮桌，桌上放了一个两个巴掌大的矩形木盒。

地藏王跨过门槛，走到矮桌前，弯腰将那木盒拿了起来。

“不进来吗?”

正法明如来这才迈入殿堂之中，眉头却依旧紧紧地蹙着。

地藏王打开木盒，从中取出了一片片刻着字的竹牌在桌面上一字排开。

“生、老、病、死、怨憎会、爱别离、求不得、五取蕴、贪、嗔、痴、慢、疑……这是，八苦和五毒？”

地藏王点点头。

“尊者不觉得，这金蝉子一路走得太轻松了吗？”

“轻松？”正法明如来淡淡笑了出来，若有所思地注视着地藏王。

地藏王捋着僧衣缓缓跪坐下去，伸手在桌面上整理着那些竹牌。

“凡间众生皆苦，那玄奘身旁之苦，便已比比皆是。就以那猴头儿而论……”他伸手取出几片竹牌叠到桌面上，道，“贪、嗔、痴、慢、疑，五毒俱全；爱别离、求不得、五取蕴，八苦有其三。”

八片竹牌被推到正法明如来面前。

“以那天蓬而论，痴、慢，五毒有其二；爱别离、求不得、五取蕴，八苦同样有其三。”

又是五片竹牌被推到了正法明如来面前。

地藏王摊了摊手，轻声叹道：“至于其他的，黑熊妖、龙太子、卷帘天将，哪一个又能算得上干净？身旁之人尚且恶果恶念累累，就这样，一路向西，即便真到了大雷音寺，又能如何？辩得赢吗？”

正法明如来注视着自己面前堆起的竹牌，轻声问道：“那，尊者以为，该当何如？”

“贪、嗔、痴、慢、疑，此乃五毒，一切恶业皆因五毒而生。生、老、病、死、怨憎会、爱别离、求不得、五取蕴，此乃八苦。金蝉子所度者，乃众生之苦。”地藏王低头捋着衣袖，悠悠道，“贫僧以为，西行辩法，非在于大雷音寺，而在于那西行十万八千里路上。既然金蝉子已经决心证道，我等，便不可让他空手而回。这普度的是与非，必须证出个所以然来！”

此时，生死殿中，猴子合上手中的生死簿，脸色难看极了。

早年的地府虽然归属天庭，但实际上处于放牛状态，只要不出大事，压根儿没人管。三界之中的大能想要出入生死殿很容易，就算发生点什么也不奇怪。

可地藏王接管之后的地府已今非昔比。

要在佛门的眼皮底下悄无声息地撕掉一页生死簿，还刚巧是猴子想要的这一页……

“这是……什么意思？”

猴子攥紧了拳头，咬着牙，微微颤抖着闭上双目。额头上的青筋鼓起，手中的生死簿被攥得吱吱作响。

眼看着猴子已在暴走边缘，一直紧跟着替他收拾生死簿的几个鬼兵吓得魂不附体，连忙跪了下去，头都不敢抬。

此时此刻，猴子很想当场发火，砸了生死殿，然后揪住地藏王问个清楚。

他有极大的把握一对一能战胜地藏王。

他突破了天道，莫说地藏王了，就是四大佛陀全数现身，也可以轻易拿下。

可理智告诉他，他不能发火。

因为他能击败四大佛陀，却无法彻底击败四大佛陀背后的如来。

让眼下的一切脱离辩法的轨迹，到头来，势必会出现一个连他也无法控制的局面。

如果能直接对佛门动手，他根本就不需要陪着玄奘走那么长的路，这一走，就是好几年。

六百多年前的失败早已证明了单纯的武力并不能解决问题，至少无法获得他想要的结局……

过了好一会儿，猴子才渐渐冷静下来，自言自语道：“老君还只是封印了内容……这家伙居然直接就撕了。哼！这是连遮掩都懒得做了吗？”

他缓缓地低下身子，盘着腿坐下，一言不发。

那模样，就像虚脱了一般。

几个鬼兵小心翼翼地看着他。

猴子随手将生死簿扔到一旁，仰起头靠到身后的书架上，双目紧闭。

寂静无声的生死殿里只剩下他重重的喘息声。

一团团鬼火在空中放射着诡异的光。

对方，肆无忌惮地想要激怒自己。

是的，他们成功了。

此时此刻的猴子，已然怒火中烧。一口气噎在喉中咽不下去的感觉让他想当即操起金箍棒将这里的一切全部砸个稀巴烂。

如果他只是一个人，也许，他已经这么干了。

可他不能。

他不是第一天面对佛门了。在猴子心目中，这是个狡诈到让人毛骨悚然的宗门。敢这么做，他们必然有后手。

而最最糟糕的是，猴子所查的是沉香的身世，对应的是杨婵。

连这种事对方都介入了，说明即使自己已经想尽办法让杨婵置身事外，对方依旧早早地将她作为棋子捏在手中……

“这……分明是‘阳谋’啊。”

猴子缓缓地睁开眼睛望着漆黑一片的穹顶。

使用“阳谋”，说明对方能应对他所能做出的所有反应，甚至希望他做出反应。可能是一次单纯的挑衅，更可能是某种阴谋诡计的前奏。

就事论事的话，查沉香身世的重要程度远远无法和当初查雀儿的转世相比。

当初要找到雀儿的转世，只有查阅生死簿这一个办法。要查沉香的身世，猴子却有无数种办法，只不过这件事说出去终究不好听罢了。正如天蓬所说，也不方便直接询问杨婵，所以他才会贸贸然跑到地府来查。

因为这样最简单、最直接，也最隐蔽，不会在自己与杨婵之间留下任何芥蒂。

最开始猴子所想的，是在不惊动杨婵的情况下，把事情搞清楚。

可现在生死簿被撕了……

很显然，对方知道自己要找的是什么，对自己的举动一清二楚。

他们老早把自己的底子查了个一清二楚吗?

怪自己太天真了吗?

现在想想，似乎也没什么奇怪的。自己在五行山下昏睡了一百五十年，对方有足够的时间对自己做一切他们想做的事，以佛门的实力，要查探这些东西并非不可能。

猴子胡思乱想了好一会儿，忽然笑出来，伸手揉了一把脸。

被人死死捏住的感觉，真的很不舒服，非常不舒服!

他缓缓地睁开眼睛，面无表情地瞧着跪着的鬼兵道：“你们的那个……地藏王，走的时候有交代什么吗？”

那些鬼兵面面相觑，纷纷摇头。

“没有……很好，很好……”

这是赤裸裸的威胁啊。

用杨婵威胁自己。

片刻之前，猴子还在为沉香的身世憋得慌，现在，一把尖刀已经抵到了杨婵的喉咙上。

猴子缓缓地起身，忽然从耳中掏出金箍棒重重砸在一旁的书架上。

只听“轰”的一声巨响，书架轰然倒塌。书架上的生死簿掉了一地，纸屑木屑纷飞。

几个鬼兵吓得撒腿就跑。

他们直跑出上百丈的距离，见身后再没半点动静，才一个个回头张望。

预料中的暴怒并没有发生，倒塌的书架旁，猴子只是拄着金箍棒静静地站着，气喘吁吁。

他分明只出了一招，却好像已经疲惫到了极致。

恐惧缓缓地消散，那些鬼兵心中顿时升起了一丝疑惑。

“替我转告地藏王，今天的事，我不会就这么算了。”

过了好一会儿，猴子低着头，转身朝大门走去。

沿途又有几个书架被他随手砸得粉碎。

“禀世尊，孙悟空已经离开生死殿了。”

“往这边来没有？”

鬼兵恭敬地答道：“回世尊的话，没有。”

“没有？”

一旁的正法明如来从猴子的一沓竹牌中抽出写着“嗔”字的一枚，在地藏王眼前晃了晃。

地藏王不以为意，随口问道：“那，他可曾说些什么？”

鬼兵想了想，道：“他让小的转告世尊，今天的事，他不会就这么算了的。还有，他临走时砸烂了几个书架，小的正让人修复呢。”

正法明如来闻言，只得又将写着“嗔”字的竹牌放了回去。

“非是不怒，只是碍于形势，发作不得罢了。”地藏王笑着叹道，“这金蝉子的证道之路，远矣。”

第五百九十七章

水

黎明时分，玄奘一行被安置在一个露天广场中。

这个有点类似竞技场或者校场的大广场被整个包围了起来，四周缠着一圈圈的铁链充当围栏，加上大军看管……虽说不比监牢，但也算得上十分严密了。毕竟，面对眼下这足足千人的队伍，这个西域小国没有足够的监牢可用了。

王宫中，一位文职官员匆匆来到国王面前，躬身跪地：“启禀陛下，国师已在门外。”

蜡烛燃了一宿，烛台上的蜡已经滴到了地上。

小小的殿堂里，老国王昏昏沉沉地抬起头来，注视着眼前的文官轻声道：“有请国师。”

“诺。”

文官行了个礼，转身离去。

“哼！他总算来了。”站在一旁胡子花白、看上去却依旧十分硬朗的大臣厉声道，“竟然将守护王宫的禁卫都调了出去，陷陛下于险境，真要论起来，此举形同造反！陛下，可莫再骄纵啊。”

这番言辞说得很重，老国王却似乎不以为意。只是一夜未眠，他实在有些熬不住了，那双眼蒙蒙眬眬的，提不起神来。

不多时，多目怪走入殿堂中，躬身拱手道：“贫道多目，参见陛下。”

老国王连忙摆了摆手：“免礼，免礼。”

多目怪缓缓松开双手，直起腰杆。那神色，就像全然不曾犯错一般。

一旁的大臣有些按捺不住了，正要开口厉声叱责，却见老国王已在悄悄暗示让他们不要多言，只得不甘地闭上嘴。

老国王稍稍沉默了一下，捋着长须道:“多目爱卿哪，听说，你昨日将本王的禁卫都调走了，可有此事啊?”

“确有此事。”多目怪仰头朗声道，“只因东方来了一妖僧，伙同一些盗匪于菜市口出手伤了巡城的兵将。为免此妖僧祸害百姓，贫道才斗胆，借用了陛下的禁卫。还请陛下恕罪。”

嘴上说“请陛下恕罪”，可多目怪脸上，全然没有愧疚之意。一时间，在场的几个大臣更加怒火中烧，一个个攥紧了拳头。

只可惜，多目怪全然没有将他们放在眼里。

“原来是这样啊。”老国王松了口气，道，“这妖僧，是怎样的妖僧?可懂得呼风唤雨?如今，又拿下否?”

“禀陛下，不过是一些旁门左道之辈罢了。”多目怪连看都没有看那些大臣一眼，只对着老国王躬身道，“陛下洪福齐天，那妖僧已被贫道命人拿下，幸未祸及百姓，如今正囚于齐云台中。”

“拿下就好，拿下就好。”老国王呵呵地笑了起来，“多目爱卿又立下大功，本王，都已经赏无可赏了。”

“陛下……”

大臣刚想说话，又被老国王摆摆手制止了。

老国王抬起双手伸了伸懒腰，期间又有意无意地瞥了一眼站在两旁铁青着脸的诸位大臣，轻声叹道:“既然事情已经了了，诸位爱卿一宿未眠，早些回去休息。都退下吧。”

老国王说着，也不管其他大臣还有何话讲，撑着龙案起身，在左右侍从的搀扶下晃晃悠悠地朝后堂走去了。

一时间，在场的大臣皆是面面相觑。唯独多目怪神色依旧。

短暂的沉默之后，多目怪面无表情地说道:“陛下累了，要歇息。今天的早朝就免了，诸位也早点回府歇息吧。若是有什么要事急事，便同往常一样将奏折交给贫道便可。贫道，自会转交陛下。”

那些大臣全都怒视着他，却没有人敢当面叱责。

就这么僵持了好一会儿，大臣们纷纷拂袖而去。直到大殿之中只剩下多目怪一个人，他这才捋了捋长须，转身离去。

此时，烈日下，囚着玄奘等人的露天广场上一片寂静。

情形与刚开始的时候不同。

玄奘刚到采石场的时候，众僧把他当救星，认为玄奘能救他们脱离苦海。大军包围之后，乱箭之中，玄奘更成了救命稻草。

然而，如今被囚，却是另一番光景了。

众僧窃窃私语，渐渐地，他们似乎也已经意识到这场血光之灾、生死之祸，皆因玄奘等人而起。一个个看玄奘的眼神有些变了，没有了原本的那种炙热，转而多了一丝怨恨。

当然，有天蓬等人在，没有人敢说出口，但他们的举止已经告诉了所有人真相。

没有人再缠着玄奘问道，甚至一个个对玄奘走避不及，就算盘腿而坐，也恨不得能坐得离玄奘远点。

这露天广场是圆形的，四周有重兵把守，又缠绕了铁链充当监牢的围栏，里面的僧人虽然身戴脚镣枷锁，却还是保有一定程度的自由。

玄奘盘腿坐在广场的一角，其他僧众便都挤到了另一角，无端端在广场中排出了一个缺月的形状。

这一切，玄奘自然都看在眼里。烈日下，他的嘴唇都晒得干裂了。

西行队伍的其他几个人，天蓬、卷帘、黑熊精依旧紧守在玄奘身旁。

蹲坐一旁的小白龙忽然看到了什么，起身朝众僧冲了过去。

一时间，坐在前排的几个僧人吓得连滚带爬。

“你！”小白龙站在众僧前方，指着里面的一人开口道，“给我点水。”

众僧纷纷回头望去。

藏在人堆里的一名僧人连忙将手中的水壶塞入衣袖中，假装没听见。

“就说你，我都看到了，把水壶给我。”

那僧人依旧佯装没听见，闭眼念佛。

小白龙顿时气不打一处来。

他一跃而起，一下落到人堆里。

众僧惊叫着四散逃开，唯独那捂着袖中水壶的僧人依旧一动不动地忍着。待他发现周遭众人皆已逃开时，为时已晚。

小白龙拽着他的衣袖一把将他从地上提了起来。

“你……你要干什么，你要干什么？”

“把水给我。我们几个没关系，玄奘法师可是凡身，这么晒下去，一个不小心得被晒死！”

“你们不是神通广大吗？你们变口水给他喝啊！不要抢我的水！”

“没有他，你们早死了！你连一口水都不肯给他？”

“胡说！没有他，我们根本就不会死那么多人！”

这一声嚷嚷之下，原本被小白龙搅得喧嚣不已的露天广场整个安静了下来。

众僧有些惊恐地望向玄奘，望向玄奘身旁的天蓬等人，又回头看着那被小白龙死死拽住的僧人。

玄奘微微睁开了眼睛，依旧一言不发。

小白龙有些错愕地看着被自己制住的僧人。

那僧人也惊恐地看着小白龙，好一会儿，他鼓起勇气接着嚷嚷道：“我说错了吗？你们来之前，我们虽然要服徭役，却无性命之忧。你们来了之后……才短短一天，一天……我们就死了那么多人……我的师父死了，师弟也死了……我说错了吗？”

话到此处，僧人已是号啕大哭。

四周的众人一个个神色紧张地缩了缩脖子，不听，不看，好像那僧人的哭喊根本就不存在一般。

玄奘依旧静静地坐着，远远地望着被小白龙制服的僧人，不发一言。他的目光之中，尽是难以释怀的无奈。

小白龙回头看了玄奘一眼，稍稍犹豫了一下，最终翻了个白眼从僧人的衣袖中抽走了水壶。

“就算你爹死了这水壶也得交出来。”

小白龙握着水壶，一步步地往回走。

众僧纷纷闪避。

他一步步走到玄奘面前，拧开水壶，递到玄奘的嘴边："喝口水吧，别到时候没被射死，反倒给渴死了。"

玄奘的目光依旧停留在远处呜呜抽泣的僧人身上。

他看了好一会儿，伸手接过小白龙手上的水壶，以及盖子，却没有喝，而是将盖子拧上，拿着水壶一步步朝那僧人走了过去。

小白龙顿时傻眼了。

他看着玄奘穿过众僧，一步步走到那整个瘫倒在地上的僧人身旁，躬身将水壶递了过去。

那僧人睁大了眼睛看着玄奘，一时之间，竟不知该不该接。

"贫僧的这位朋友，虽然鲁莽了些，但并无恶意，还请见谅。"

那僧人一下将水壶从玄奘手中夺了过去，捂在怀里，连滚带爬地闪到远处。

玄奘看着自己空荡荡的手，直起身子，一步步地往回走。

"你是念佛念傻了吧？我抢来给你，你又还回去了？"

"敖烈，闭嘴！"一旁的天蓬开口了。

小白龙只得不甘地闭上嘴巴。他走开两步，又回头喃喃自语道："我是指望着你喝完了，我还能给我表弟喝一点。他有伤在身……没想到你……"

小白龙咬了咬牙，一脸怒意地坐到鼍洁身旁。

玄奘遥望了一眼横卧在地脸色惨白的鼍洁，微微躬身行了一礼。那鼍洁似乎也会意，艰难地朝玄奘点了点头。

"这事，你可都看仔细了？"

"禀国师，卑职亲眼所见。"一名将领回道。

多目怪不由得笑了出来，身旁的三个道士皆是不明所以。

"大人，您这是……"

多目怪眉开眼笑地招了招手，那将领连忙靠上前来。

一阵耳语之后，那将领应了声"诺"，转身朝殿外奔去。

待那将领走后，多目怪悠悠道："有趣，真是有趣。天蓬等人在兵器上留了术法，让我等一时半会儿不能夺了他们的兵器。既然如此，就换一种方式吧。”

他瞧着身旁的三个道士，轻声道：“给他们发水，只发一点，而且，只发给原本被囚于采石场的僧人。”

第五百九十八章

硬着头皮

正午的太阳火辣辣地炙烤着大地，众人脚下的石砖都要冒烟了。

被安置在广场正中的僧人们一个个热得直吐舌头。

其实热不是问题，最关键的问题，是燥。被关在这地方，连口水都没得喝，就这么几个时辰暴晒下来，汗早就流干了，一些人甚至隐隐有了昏厥的趋势。

无数军士轮换着拉紧长弓指向广场正中。

那外围，每隔一会儿，就有一队军士巡视而过，一双双眼睛都盯着玄奘。自始至终，玄奘只是盘腿而坐，双目紧闭。

天蓬等人纹丝不动地拱卫在他身旁。

一个长着招风耳、贼眉鼠眼的僧人左顾右盼了两眼，偷偷低下头用衣袖遮掩住面部。

“水！有水！”

有人忽然尖叫起来，顿时，无数双眼睛都朝这里望了过来。

招风耳惊得手中的水壶“咣当”一声掉落在地。

那里面清澈的水咕咚咕咚地往外冒，很快湿了一地。

所有的僧人都睁大了眼睛。

还没等招风耳伸出手去，那水壶已经被一个肥头大耳的僧人捡了起来。

“还我！”

大耳朵冷哼一声，瞧了瞧手中的水壶，又笑嘻嘻地瞧了瞧惊慌失措的招风耳。

“快还我——！”

一声暴喝，招风耳朝大耳朵扑了过去。然而，瘦小的他哪里是大耳朵的对手呢？

只见那大耳朵一只手顶住招风耳，另一只手拿着水壶就往口里灌。

清水顺着他的嘴角流下。

“水……是水……”

“给我一点……给我一点！”

很快，四周的僧人都反应过来，一个个朝两人冲了过来，迅速扭打成一团。

一声声惨叫之中，上了年纪的长老站在一旁挥舞着手臂劝架，却不断地被人往外推，他气得直跺脚，到最后竟瘫坐在地大哭起来。

一片混乱之中，玄奘缓缓睁开了双目，轻声道：“三太子能否下场雨，缓解一下众僧之急？”

小白龙抬头朝天空望了一眼，低头看了看广场外的军士手中绷紧的弓弦，然后侧过脸看了看一旁的天蓬，道：“想下雨，要上天。早说了他们背后有人指使了……下雨不难，关键我这一去，怕是有去无回啊。”

说着，小白龙朝躺在自己身旁的表弟问道：“渴吗？”

鼍洁连忙摇了摇头：“我……我没事……”

闻言，小白龙当即朝玄奘翻了个白眼：“没事，死不了的。我们没来之前，他们每日在那采石场干活，不一样没死吗？没那么容易死的。”

“今时不同往日。”玄奘轻声道，“平日里，他们虽然做的是苦活累活，但至少有口水喝。如今被困在这里，若是一个不小心中了暑……”

“那也是他们自己的事。”小白龙转过脸去不看玄奘，悠悠道，“别跟我说什么西行普度众生，是你普度，又不是我们普度。再说了，你先前帮村民写信的时候不也说了吗？若非涉及神仙妖怪，你不能靠我们。如果什么事都靠我们，后来者如何重走你的路？”

这一通说辞，竟让玄奘无言以对。

玄奘稍稍犹豫了一下，只得无奈地看了看那些哄抢的僧人，叹了口气，又一次闭上双目。

见状，卷帘走到小白龙身旁悄悄踢了他两脚。

“干吗？”

“降个雨吧。降个雨，大家都舒坦。你不也热得喉咙冒烟了吗？”

“不去。”小白龙白了他一眼，没好气地答道，“要去你自己去。”

“我要能自己去还用得着找你啊？”

“反正我不去，天大的事等大圣爷回来了再说。”小白龙斜眼看着那些还在来回折腾的僧人，道，“如果他们能熬到大圣爷回来，就得救了。熬不到，那也是他们命不好。”

卷帘见劝不动，只得朝天蓬望了过去，正想说什么，却看见天蓬朝他使眼色，示意他什么都不要说了。

无奈，卷帘只得坐了下去。

“元帅，就看着他们这么下去啊？”一个声音在天蓬的脑海中响起。

“你救得了谁？就是因为要救他们，我们才不得不留下。可也正是因为要救他们，我们却又害了他们。算了吧，我们的责任是护送玄奘法师西行，不该管的，管不了的，就别管了。”

小白龙忽然插了一嘴进来，道：“我倒觉得他们死了好。死了，玄奘法师就没了再逗留的理由，我们也就无所顾忌了。嘿嘿，凭我们要带着玄奘法师离开，轻而易举。”

卷帘努了努嘴，还想说点什么，可半天也没想出什么对答的词来，只得作罢。

此时，猴子问了好几个人，好不容易找到了斜月三星洞的山门，却踌躇不定，不知道该不该进去。

“清心应该是在里面的吧，如果她在的话，沉香肯定也在。

“可是……老头子在不在呢？在的话，见了面说啥好呢？

“如果我要问沉香他爸和他妈的事，清心会不会阻止？

“她应该不会嘲笑我吧？

“不对，她都不知道我为什么要问沉香，应该是不会笑的……

“算了，不管了，笑一笑又不会死。”

猴子就这么犹豫了好半天，再次确认了与天蓬联络的玉简完好之后，最终咬了咬牙，抱着不入虎穴焉得虎子的心态，一步步沿着蜿蜒的台阶往上爬。

庭院中，沉香正趴在石桌上习字。

对面，坐着清心与雀儿。

“笔要握好！”

沉香连忙将提笔的手抬高了半分。

“谁教你这么奇怪的坐姿？”

沉香连忙坐直。

“抖脚是怎么回事？哪有人写字的时候抖脚的？”

沉香连忙伸手摁住自己的膝盖。

他眉头蹙成一团，却又没胆子辩驳，只能忍着。

一旁的雀儿看得忍不住掩着嘴咯咯笑了起来。

曾几何时，也有一个人这么教过她，在兜率宫里。

那时候的她，还以为自己就是“雀儿”，成天想着有朝一日能见到梦中的那只猴子，只可惜……

笑过之后，雀儿的眼神渐渐变得落寞。

如今身为兜率宫的管事，她有着无尽的寿命。可这无尽的寿命究竟是为了什么，却连她自己也说不清了。

往事如烟啊……

“也不知道这孩子是怎么回事，”清心将手中的戒尺拍到桌上，愤愤地说道，“他爹还是个教书先生呢，这都几岁了，居然连字都不认识几个。”

沉香缩了缩脖子，不敢吭声。

清心瞧着沉香笔下像蚯蚓一样扭曲的字，又怒道：“你来这里之前写过字吗？”

“回师父的话，”沉香小心翼翼地答道，“写过……不过纸贵，我爹不准我经常写。”

“只有纸能写吗？”清心的脸色越来越不好看了，“竹简不行？再不济，拿根木棍在地上也能写，肯定是平日里偷懒不练字！”

雀儿又忍不住笑了出来："算了，清心妹妹小时候不也这样贪玩吗？沉香像师父，也是应该啊。"

说着，雀儿起身抽走了沉香笔下的纸，拿在手中看了看，接着说道："再说了，这字其实也还可以，慢慢练，以后会更好的。"

沉香提着毛笔小心翼翼地看着清心。

清心沉默了一会儿，撇嘴白了沉香一眼，道："今天的字先练到这里，到内室去练五百次吐纳。日落之前必须完成。"

沉香连忙点了点头，撒腿就往屋里跑，好半天，他又想起毛笔还在手上，又奔回来把笔墨纸砚一并带走了。

他脚步轻得跟老鼠似的，生怕一个不小心又招清心责备。

雀儿瞧着沉香的背影，淡淡叹了口气道："现在自己当师父，知道当师父的辛苦了？"

清心白了雀儿一眼，道："主要是这徒弟不争气。"

"是吗？"雀儿笑盈盈地说道，"一个五岁的孩童，你指望他认多少字啊？他又不是神童。再说了，你自己五岁的时候，也不见得比他好多少。"

"雀儿姐！"清心嘟着嘴道，"你能不能别在他面前提起我小时候的事啊？我这师父还要当的。"

"行行行，以后不提便是了。"

雀儿掩着嘴笑了。

清心"扑哧"一声，也跟着笑了。

庭院中，这两人坐在一起，就像一对姐妹花。

清风徐徐地吹着，枝丫上的绿叶微微颤动。

过了好一会儿，雀儿轻声问道："他那边，你没再过去吗？"

"没有。"清心摇了摇头，望着天空中飘荡的云彩喃喃自语道，"去了又能怎么样呢？他都已经恨我入骨了。"

"怎么会呢？"

"我也不知道，总之就是非常非常讨厌。其实我也有点讨厌我自己了……"清心咬了咬嘴唇，幽幽道，"算了，被讨厌也好，反正他不来找我，我也不去找他……大家相安无事。"

清心低下头，注视着自己交握的双手道："本来我是想着……想着让他别去灵山的。他能回头的话，我也能安心。只要……时间够久，大家都忘记了，事情也就了了。不过我还是太天真了，他根本不会听我的。准确地说，他就像茅坑里的石头，不会听任何人的，没有人能阻止他。六百多年了，表面上好像收敛了些，其实本质上还是一样。"

"也许风铃，或者真正的雀儿能呢？"

清心仰头看了雀儿一眼，眨巴着眼睛道："你知道我不是……只是有记忆而已，一次转世，便是另一个人了。一旦道破……"

清心缓缓闭上双目，低声道："一旦道破，我不知道怎么面对他，他也不知道怎么面对我……这样有意义吗？风铃当初还担忧被他打入地魂，我连担忧的理由都没有了……魂飞魄散的时候，连地魂都毁了，想打入都不行。"

"那你现在准备怎么做？"

清心摇了摇头道："我也不知道，也许，什么都不做才是最好的。须菩提师父让我等他取经成功之后告诉他……可我不想。"

雀儿注意到她说这话的时候，双手握着，紧了又紧。

清心沉默了好一会儿，轻声道："雀儿姐，你跟着老君师父那么久，能准确消除记忆了吗？"

"你想把前两世的记忆都除去？"

清心点了点头。

"做不到。"雀儿摇了摇头道，"这个，普天之下，道门之中应该只有师父、须菩提祖师能做到吧。其他人乱动手的话，会有很大的隐患。记忆、情感，都是最复杂的东西，轻易动不得。"

说罢，雀儿小心翼翼地朝清心看了过去。

有那么一瞬间，雀儿从清心的眼中读到一丝失落。不过，仅仅是一闪而过。

很快，清心又打起了精神，深深吸了口气，大大咧咧地说道："没事，删除不了，我就自己想办法忘记呗。只要不在乎了，就算还记得又怎么样，对吧？一年忘记不了十年，十年忘记不了一百年，一百年忘记不了……"

话音未落，只听"咣"的一声，一个身影从天而降，稳稳地落到两人身旁的石桌上。

猴子四下看了两眼，随口说道：“我来找沉香的，与你们无关。”

说罢，他转身一跃跳下了石桌，朝内室走了过去。

雀儿和清心愣在当场。

第五百九十九章

问

短暂的错愕之后，清心拍案而起："你给我站住！"

猴子停下脚步，缓缓地回过头来，瞧着清心："干吗？我找沉香，又不找你。"

雀儿悄悄扯了扯清心的衣角，手却被清心拨开了。

"这是我的地方！"

"我知道。"

"我的地方，岂容你乱闯？"

"我就闯了，你准备怎么办？"说话间，猴子已经把金箍棒从耳朵里抽了出来，握在手中。

既然已经闹僵，不如就将脸皮撕破，这样一来，也省得尴尬。这是猴子此刻的想法。

"你！"清心顿时气不打一处来，怒视着猴子叱道，"你还敢在斜月三星洞闹事不成？"

"又不是第一次在斜月三星洞闹事了，我闹事的时候你还没出生呢。"猴子随手耍了个棍花，然后将金箍棒往地上重重一顿，朝清心招了招手道，"要不要试试？"

雀儿慌张地来回看着清心与猴子。

清心的牙齿已经咬得咯咯响了，一双明媚的眸子怒视着猴子，眉头紧蹙。

"怎么？不敢啊？不敢我就找沉香去了。"猴子回头朝内屋看了一眼，悠悠道，"他在里面，我知道，不用你陪了哈。"

说罢，他还笑嘻嘻地瞧了清心一眼。

这一眼，让清心顿时气血上涌。

她转身去拔自己的佩剑。情急之中，雀儿连忙出手摁住了她。

雀儿微微低着头，睁大了眼睛对着清心摇了摇头，又尴尬地笑了笑，扭头对猴子说道:“大圣爷，到底是师兄妹，干吗这么大火气。一言不合就要动手，何必呢?”

猴子盘起手来，问道:“你怎么也来了?”

雀儿微微福身行礼，道:“我与清心妹妹素来交好，过来看看她，叙叙旧，也算正常。”

“既然你们要叙旧，那就接着叙吧，我去找沉香了。”

说罢，猴子转身要走。

“站住!”

清心一声喝斥，猴子又一次停下了脚步，懒懒地掏着耳朵回过头来，一脸不耐烦。

“你找他做什么?”

“问点事情。”

“问什么事?”

“不用你管。”

“我是他师父!”

“那又怎么样?”猴子歪着脑袋又一次朝清心招了招手，“来，打赢我，你说怎么样就怎么样。打不赢，就别那么多废话。”

“你!”清心瞪大了眼睛，咬着嘴唇。

她握在剑柄上的手微微用力。雀儿一惊，连忙又出手摁了上去。

“别……别……”

庭院中，两个人就这么静静地对视着。

猴子一脸的挑衅之色，清心眼看着就要哭出来了。

“你什么意思?我都已经不去找你了，你还来这里做什么?”

“这里是我的师门，我不能来吗?别忘了，我还是你师兄呢。我做什么，你管得着吗你?”

“我不想再看到你!”

“不想看到你滚就是了，又没人拦着。”

清心一气之下又要拔剑，雀儿依旧死死地将她摁住。

论修为，雀儿到底还是要比清心高那么一点。

情急之中，清心对雀儿奋力喊道：“放开！我要杀了他！”

“放开她。”猴子懒洋洋地用金箍棒指着雀儿，说道，“让她来，我倒要看看她能怎么个杀法。”

“大圣爷，她是你师妹。”

“是吗？”猴子瞧着清心似笑非笑地说道，“话说回来，当初我入门的时候，师兄们尚且要考验我一下，我可还没考验过她呢。这就算师妹了吗？把剑拔出来，咱打一场，能接得了我五招，我就承认你是我师妹。”

“大圣爷！”

正当此时，一大拨道徒走入院中。

那些道徒看到猴子，一个个都大吃一惊。

一条过道被迅速让了出来，在那通道的末端，于义和雨萱一前一后地朝这里走来。

“弟子于义，参见悟空师叔。”

“弟子雨萱，参见悟空师叔。”

他们远远地便朝猴子行礼，其余众弟子见状也一个个对着猴子拱了拱手。

“弟子参见师叔祖。”

见状，清心只得松开了手中的剑柄，不忿地侧过脸去，眼眶中已隐隐有了泪光。

对清心来说，眼下来的这一大拨人都是晚辈，在他们面前失态，终究不好。

同样，猴子也将金箍棒收了起来。

虽说和清心比，于义和雨萱是晚辈，却都是真正的故人，还是要留几分薄面的。

猴子瞧着众人，蹙了蹙眉头叹道：“别来无恙，如今观中可还安好？”

“托悟空师叔的福，一切安好。”于义快步走到猴子身前，又朝他行了一礼。

礼毕，他有意无意地瞥了气得满脸通红的清心一眼，轻声道：“悟空师叔忽然回来，可是有要事？”

“有点事，要找一个叫沉香的毛头小子问问。”

“哦？”于义朝沉香所在的屋子看了一眼，侧过身，伸手做了个“请”的手势，道，“悟空师叔难得回来一趟，不如随于义到大殿喝杯清茶。那沉香，弟子随后让人请他过来可好？”

“老头子在观里吗？”

“在。师叔想向师尊请安？”

“他说要见我了吗？”

“师尊不曾提及。”

“既然如此，那就省了吧。”猴子侧过脸瞥了清心一眼，笑嘻嘻地迈开脚步，大摇大摆地随于义走了出去。

身后，清心怨恨地看着他的背影。

…… ……

潜心殿中，须菩提正把玩着手中的一柄法器。

他微微抬眼朝猴子所在的方向看了一眼，心生疑惑。

…… ……

猴子一走，一行人便徐徐地撤出清心的庭院，原本人满为患的庭院只剩下三个人。

雨萱缓缓走到清心身旁行了一礼，道：“清心师叔息怒，悟空师叔的脾气向来如此。但我想，他应该没存什么坏心思。”

“没存坏心思？”清心冷哼一声，一个转身坐到石凳上，憋了许久的眼泪如同决堤般一滴滴地往下掉。

“师叔这是……”

一时间，雨萱的脑子“嗡”的一声，一片空白。

这是她第一次见清心这个样子。

“没事，你先回去吧。我会劝她的。”雀儿抬头看了看雨萱，朝她摆了摆手。

清心一遍又一遍地擦拭着眼泪，嘴里嘟囔着："这只死猴子！死猴子！我都躲着他了，他还想怎么样……"

"可是……"雨萱犹豫着说，"悟空师叔说要见沉香。"

正言语间，那屋子的房门被推开了。

沉香快步跑到清心跟前，递上了什么东西。

三人定睛一看，发现那竟是一块布。

沉香的衣袖缺了一角。

清心愣住了，雀儿愣住了，雨萱也愣住了，她们都盯着沉香看，看得沉香的脸刷的一下红了。

他低着头，小心翼翼地说："对不起……师父，弟子实在找不到手绢……只好，只好把衣服剪了。"

清心听他这么一说，当场破涕为笑，一把将沉香抱在怀中。

"没事，师父不怪你。师父再也不对你那么凶了。"

"真的？"

"真的。"

见状，身旁的两人松了口气。

"那……现在让我带沉香去见悟空师叔吗？"

"不去。"清心白了雨萱一眼。

"不去……这不好吧？悟空师叔轻易不会到观里来，既然来了，肯定是有要紧事。"

"要紧事也不去！"沉香气鼓鼓地说道，"让他欺负我师父。"

雨萱瞧着这对同仇敌忾的师徒，只得叹了口气，看向雀儿。

"你先过去吧。"雀儿道。

雨萱朝雀儿点了点头，又朝清心行了个礼："弟子告辞。"

说罢，她转身出去了。

此时，大殿中，一杯热腾腾的清茶被推到了猴子面前。

"师叔请。"

猴子端起茶杯闻了闻，浅浅抿了一口便放下，轻声叹道："我不懂品茶。"

于义闻言，笑了笑，道："不懂品，何不学一学呢？"

"学来作甚？附庸风雅？"

"也不全是附庸风雅。"于义捋着长须道，"我道教非比佛门，入道，无须四大皆空。这世间多彩，有人好茶，有人好酒，有人好棋，有人好字……人人皆有所好。师叔已成天道，即便没有蟠桃琼浆，也能长生不老。漫长的寿命，如若没有些许爱好，岂不乏味了些？"

听他这么一说，猴子一下笑了出来，指着于义道："以前你可正经得很，怎么，现在也好这些老头子喜欢的玩意儿了？"

于义淡淡笑了笑。

"以前那是年轻，现在年纪大了，这不……都八百多岁了吗？既然是老头子了，好些老头子的玩意儿，有何不可呢？"

"对，对，对。"猴子端起茶杯细细品了一口，"都是老头子啦，我也八百多岁了。只可惜啊……八百多岁了，还是无法享受天伦之乐，有忙不完的事情啊。等我闲下来了，就来找你学。到时候，你可别不收我这徒弟啊。"

于义连忙拱起双手，笑着朝猴子行了个礼："于义不敢。"

不多时，雀儿带着沉香缓缓走入大殿之中，来到猴子的面前。

见了猴子，沉香低着头小心翼翼的，眼神之中似乎有些许敌意。

"你爹叫什么？你娘，又叫什么？"猴子淡淡看了沉香一眼，一边问，一边故作淡定地端起茶杯吹了吹，却悄悄伸长了耳朵。

第六百章

他母亲死了？

一听猴子问起自己的父母，沉香当即警惕地睁大了眼睛。

小巧的布鞋稍稍往后挪了两步，直到碰到身后的雀儿，才停了下来。

“怎么啦？”雀儿躬身在他耳边轻声问道。

小沉香睁大了眼睛，小心翼翼地说：“他……他问我父母作甚？”

猴子已经蹙起了眉头。

“怎么，你父母的名字还不能对人说起？”

沉香眨巴着眼睛，目光之中充满了敌意。

“大概，是悟空师叔方才吓坏他了吧。毕竟还是孩子。”

一旁的于义沏上一杯茶推到一旁，朝雀儿点了点头。

雀儿默默地回礼，跪坐下去。

雀儿端起茶杯，轻声道：“方才你师父不是说了吗？大圣爷想问什么，告诉他便是了。”

“可是……他问我父母……”

“问你父母怎么啦？你不会以为我想对你父母怎么样吧？”猴子双手撑着大腿笑眯眯地瞧着沉香道，“我说你这孩子，这才几岁呢，戒心怎么就那么重？来，告诉师伯，你父母姓啥名谁，家住何方。师伯回头给你买糖吃。”

那表情，跟拐卖孩子的人贩子简直没什么两样。

说着，猴子还伸手要摸沉香的脸，吓得沉香一个转身，拔腿就跑。

还没等另外两人反应过来，猴子已经一伸手，将他吸了回来。

“师父救我——！救我——！”

慌乱之中，沉香叫了出来。

紧接着，在其他两人惊恐的目光中，猴子一只手把住沉香的脉门，另一只手扼住他的咽喉将他死死地压在地上。

“咣”的一声巨响，大门敞开了。

清心握着佩剑风风火火地赶来，一进门看到猴子将沉香压倒在地，她也蒙了。

于义惊得手中的茶杯“咣当”一声掉落，茶水洒了一地。

“师父……师父救我……”

“你……你要做什么？”短暂的错愕之后，清心怒视着猴子，“锵”的一声抽出了佩剑。

雀儿连忙撑开双手挡在两人之间：“快把剑收起来，大圣爷没有恶意。”

“没恶意？”清心隔着雀儿，用剑指着猴子叱道，“没恶意这么对沉香？当我没长眼睛吗？”

灵力已经开始汇聚。清心情绪很激动，刚刚哭过的眼眶还红着呢。

眼看着局势就要失控，于义连忙握住了猴子的手腕，摇了摇头：“悟空师叔……”

猴子冷冰冰地看了清心一眼，又低头看了看被自己死死压在地板上苦苦挣扎、早已哭得喘不过气来的沉香，再回头看了于义一眼，最终松开了手。

他一松手，沉香当即连滚带爬地躲到清心身后。

“别怕，有师父在。”清心丢下剑，一面安慰着沉香，一面怒视着猴子。

猴子摊开双手面无表情地说道：“我什么都没干，一没打他，二没骂他。是他忽然转身就跑，我才出此下策制住他的。”

猴子的话，清心一点都不信。她低头摸着沉香的脑袋道：“沉香乖，告诉师父，这疯猴子对你干吗了？别怕，有师父替你做主。”

“他……他问我爸妈的名字。”

“然后呢？”

“然后……然后就扣我的手了。”

“喂喂喂，你说清楚。”猴子指着沉香喝道，“你跑我才扣你手的，你不跑我干吗扣你？乱说话，小心我宰了你个小屁孩！”

被他这么一喝，沉香顿时止住了哽咽，抿着嘴唇瞪大了眼睛惊恐地望着猴子。然后，沉香“哇”的一声哭得更厉害了。

清心狠狠瞪了猴子一眼，拉着沉香就要往外走。

忽然间，猴子一掌拍在地板上。只听“咣”的一声巨响，一个巨大的反向护盾挡住了清心的去路。

清心停下了脚步。

身后，猴子恶狠狠地说：“站住，等我把要问的话都问完，你们才可以走。”

“你想在这里动手吗？”

于义连忙走到猴子身旁：“悟空师叔，您可别……”

“我知道，放心吧。要打，我也会把他们拎出去再打，绝不会砸了你的东西。”猴子缓缓盘起手，瞧着清心道，“把我问的问题回答了，你们爱去哪儿我都不管。不然，就算师父他老人家出来了，你们也休想走。”

这狠话说出去了，清心却依旧不退不让，只是抱着沉香对着猴子施下的护盾。

于义无奈地擦了擦汗。

…… ……

潜心殿中，须菩提捋着长须微微抬头，半晌，眉头不但没舒展开来，反而锁得更紧了。

…… ……

大殿中，猴子瞧着沉香，伸手拍了拍身旁的地板：“过来，把话说清楚。我也就是问问而已，绝不会对你干吗的。”

沉香搂清心搂得更紧了。

清心看了沉香一眼，眨巴着眼睛道：“你问他父母作甚？”

“这你别管，反正我要问。实在不行，我还可以把他带走。他现在一点灵力都没有，查一查他的记忆，就什么都知道了。”

“如果我不让呢？”

“那我只能硬来了。”

于义一边抹着汗，一边来回地看着两人。雀儿则干脆一言不发。面对这情形，她也不知道说什么好。

猴子从来就不是能被劝动的人，清心的脾气也有够呛的。说到底，这两个人是一路货色。

两人就这么僵持着，好一会儿，清心才回过头来，冷冰冰地说道：“你要问也可以，但我必须在场。”

“行。”猴子摊了摊手道，“反正也没什么不能让人知道的。”

闻言，于义有意无意地与雀儿对视一眼，松了口气。

这下大概就打不起来了吧。

清心牵着沉香的手，一步步往回走，找地方坐了下去，却刻意和猴子保持了相当的距离。

“沉香，告诉他吧。”

“师父……”

“没事，告诉他，不会有事的。”

沉香警惕地看了猴子许久，噘着嘴低声道：“我爹，叫刘彦昌。”

一听到这个名字，猴子的心顿时咯噔了一下，瞪大了眼睛问道：“那你娘呢？”

沉香吓得连连后退。

清心一把将他抱住了。

“没事，告诉他。说完我们就走。”

沉香默默点了点头，支支吾吾地说：“我娘……我娘的名字我也不知道。”

“什么？你不知道？”猴子微微一愣，凶巴巴地说道，“你娘的名字你怎么可能不知道？”

“我是真的不知道嘛……我娘死得早，我爹没说，我怎么知道？”

沉香“哇”的一声，又哭了起来。

“你娘死……死了？”猴子的眼角微微抽动。

“好了好了，不要哭了。沉香乖。”清心一边安慰着沉香，一边扭头问道，“我们可以走了吗？”

猴子轻轻摆了摆手，撤除了护盾。他的眼睛瞪得犹如铜铃那么大，来回转着，似乎在思索着什么。

清心牵着沉香，头也不回地离开了。

待到清心走后，于义见猴子似乎还没缓过神来，轻声问道：“悟空师叔找沉香的父母，可是有什么事？”

“没什么。”猴子抬手摸了把脸，那眼睛依旧滴溜溜地转着。

杨婵的发簪还在自己身上。如果杨婵真的出了事，二郎神倒真有可能不告诉猴子，但清心不至于还拿着发簪让他收沉香为徒，教成了让沉香去救啊……

这么说的话，杨婵不可能是沉香的母亲才对。

如此一来，事情应该算是确定了，可猴子伸出去端茶杯的手分明在颤抖。

猴子抿了一口茶，放下茶杯，于义又替他倒满。

“悟空师叔在想什么？”

猴子缓缓摇了摇头。

人有时候就这么奇怪，一直害怕的事情最终确定了没有发生，却还是疑心不已，拼命想要找出漏洞。

或许……是因为这件事对猴子来说，实在太重要了吧。

猴子注视着茶水上浮着的茶叶，就这么端坐着一动不动。

过了一会儿，猴子抬头仰望屋顶，低头俯视地板；一双手盘起又松开，松开了又盘起，如此反复。那眉头自始至终紧紧地蹙着。

那副坐立不安的样子，让于义也感觉浑身不自在了。

正当于义准备再次开口询问时，猴子却忽然抬起头来问道：“你们说……会不会是他母亲没死，但他爹骗他说，他母亲死了呢？”

雀儿和于义都被问蒙了。

…… ……

潜心殿中，须菩提捋着长须笑了。

他转过身，迈开脚步飞速走出殿门，化作一道白光朝华山的方向飞逝而去。

…… ……

华山，映着紫光的洞府中，杨戬静静地站着。

“他出来了。”

“我知道。”杨婵端坐在冰冷的石椅上看着空无一物的石桌，点了点头。

“可他没说要来。”

“我知道。”

“他……应该是有顾忌吧。”杨戬轻声叹道，“听说，他在护送金蝉子西行，想与如来辩法。如果辩法赢了，如来的佛心就破了。”

杨婵的嘴角微微上扬，却无论如何勾不出一丝微笑。

“你想出去吗？”

杨婵沉默了许久，摇了摇头。

“我下次再来看你吧。最近因为他的事，三界有些动荡，我不得不处理一些备战的事宜，会有点忙。”

杨婵没有回应。

杨戬静静地注视着自己的妹妹，好一会儿，转身离开了洞府。

偌大的洞府之中，又只剩下杨婵孤零零一个人，伴之以漫长、无止境的等待。

第六百〇一章

真与假

长空中，须菩提手握拂尘，面无表情地朝华山的方向飞去，暗暗加速。

没有强劲的气流，没有被搅乱的云彩。

与猴子不同，他的气息温和得如同一股清泉。

小镇上，刘彦昌刚从私塾回来。

他推开房门，坐在卧榻上，有些失落地注视着角落里早已被收起的小被子，长长叹了口气。

地府，小小的阁楼中，一名鬼差对着地藏王微微躬身道：“禀世尊，须菩提祖师离开了斜月三星洞，看方向，应该是往华山去了。”

“哦？”地藏王放下手中的竹牌。

“要去吗？”一旁的正法明如来轻声问道。

地藏王摇了摇头，道：“换个方式。”

“换个方式？”正法明如来一脸的疑惑。

大殿中，猴子睁大了眼睛看着雀儿与于义。

“你们说会不会是那样？”

他的眼神之中掺杂了期待与忐忑，看得于义都蹙起了眉头。就像眼前的根本就不是什么曾经叱咤风云的齐天大圣、万妖之王，而只是一个纠结的孩童。

这个世界上，有些人看似强大，看似看破一切，超然物外，其实，不过是没被击中软肋罢了。

雀儿似乎也渐渐意识到了什么，默默地低头抿了一口茶。

“怎么样？你们别不说话啊。你们觉得……会不会是他爹骗他呢？”猴子伸长了脖子希望听到建议，哪怕只有一点点。

在场的两人悄悄对视了一眼，于义尴尬地笑道：“悟空师叔，你问我们，我们哪里知道呢？既然师叔仍有疑惑，为什么不去查一查呢？翻一翻地府的生死簿，不就什么都清楚了吗？”说罢，于义两手一摊。

猴子一愣，猛然发现两人的神情都有些怪异，这才意识到自己的失态，连忙收了收神。

他低头深深吸了口气，摆了摆手道：“地府我已经去过了，就是查不出来才到这里来的。如果不是这样，我才不想见到那个所谓的师妹呢。”

雀儿掩着唇笑了笑，道：“清心妹妹……好像也没做错事吧。不知大圣爷身为师兄，为何如此生分？”

“因为讨厌。”猴子瞥了雀儿一眼，道，“反正我看到她就讨厌，最厌恶这种什么都不知道就爱多管闲事，实力弱还不知道天高地厚的人了。”

“也许……大圣爷误会她了呢？”

“误会了什么？”

“例如……她其实什么都知道，甚至知道的比大圣爷还多。”

听她这么一说，猴子稍稍有些迟疑，脸上的神情微微有了变化。

这个雀儿，原本是另一个雀儿的替代品。这一点猴子是很清楚的。如今这雀儿在兜率宫任职，这猴子也是知道的。

难道她在兜率宫待久了，也学会了话里有话这一招？

可是，这里面能暗藏什么话呢？

猴子一双眼睛滴溜溜地转了好几圈，也没想出个所以然来，随口道：“她看上去像什么都知道的样子吗？就算是，也不关我啥事。难道还要费力去了解不成？我没那个闲工夫。讨厌就是讨厌，老死不相往来，就当……是上辈子结的怨，这辈子八字不合好了。”

上辈子结的怨……

雀儿低头抿着茶，不再说话。

猴子扭过头，对着于义说道：“我记得，我以前入观的时候，要记下一些过往，现在还是如此吗？”

“自然是如此。斜月三星洞不收来历不明之人，这规定，千年未改。”

“把沉香的卷子给我看一下，那上面，应该有他原本的住址才对。”

于义点了点头，扭头着人去取。

聚在一起的灰色屋顶看上去就像嵌在平原上的鳞甲一般，四周的丘陵上尽是梯田，耕农们三三两两走在一起忙碌着。

穿过扑面而来的云雾，那山间小镇终于显现在须菩提的眼前。一片安静祥和的景象。

须菩提凌空双手一掐，身形迅速淡去，变成了半透明的形态，如同幽魂一般，平常人不细看根本注意不到。

紧接着，他降低自己的飞行高度无声无息地穿行在城镇之中，苍老的眼四处捕捉有用的讯息。

只一会儿，他便找到了刘彦昌的住址。自始至终，这大街小巷中的人都没察觉出丝毫的异常。

须菩提悄无声息地落到庭院中，显现身形，一抖拂尘，快步朝刘彦昌所在的房间走去。

他手一扬，那门“咣”的一声自动打开了。

房中的刘彦昌惊得站了起来。可还没等他张口说话，须菩提已经伸手一指，刘彦昌失去知觉，“咣当”一声倒在了卧榻上。

对这结果，须菩提似乎还算满意。

他默默点了点头，迈开脚步就要向刘彦昌走去，可就在此时，抬起的腿突然顿在了半空中。

他缓缓地将脚收了回来，转而回过头。

在他的身后，房门口有一个虚影——地藏王！

猴子握着沉香的卷子，冲出大殿一跃而起，化作一道金光朝华山的方向冲去。

…… ……

刘彦昌的房中，地藏王与须菩提对视着。

地藏王眉目带笑，须菩提的眼睛却缓缓眯成了一条缝。

许久，须菩提捋着衣袖轻声叹道：“佛门如今的实力，真是越发让人忌惮了。”

“不敢当。”地藏王的虚影双手合十躬身，恭敬地朝须菩提行了一礼。

“有何不敢当的？”须菩提注视着地藏王，轻声笑道，“快了就是快了，慢了就是慢了。老夫还以为自己是第一个察觉的，没想到，佛陀已经抢先了一步。果真是，后生可畏啊。”

“此事埋藏甚深，祖师晚一步，不奇怪。至于贫僧，不过是侥幸知之罢了，先到一步，也无甚意义。‘后生可畏’这四个字，实在当不起。”地藏王又躬身行礼，仰头道，“祖师是想修改这位书生的记忆吧？将他的记忆改为，他与三圣母相恋，生下沉香。”

须菩提意味深长地瞧着地藏王，眯起双目，却不吭声。

见状，地藏王面无表情地说道：“普天之下，贫僧最佩服的，除了如来尊者，便数您，须菩提祖师了。”

“哦？”须菩提微微一愣，面无表情地看着地藏王道，“老夫何德何能，受此殊荣啊？”

“不顾道门、天庭、佛门三方重重压力，为苍生，出手助金蝉子一臂之力，可谓德之至也。八百年筹谋，将计就计，顺势而为，四两拨千斤，布下这西行大局。既在局中，却又置身事外。八百年了，三界之中，除了祖师您，还有谁的手没沾血呢？此为能也。”地藏王望着须菩提，淡淡笑道，“甚至连西行之后对您那徒儿的安抚都已经想好了，让他远离飞扬跋扈的杨婵，安排另外一个稳定的归属，确实不失为一个好办法啊。这世间，论佛法，当数西天如来尊者。论智，论德，论能，则当数您须菩提祖师了。”

须菩提闻言，顿时笑了出来。

他捋着长须道：“佛陀太过抬举了。老夫，不过一蒙混度日的老道罢了。此番言语，切勿对他人说起，免得贻笑大方。”

此时，长空中，猴子正以极快的速度沿着须菩提先前走过的路朝华山呼啸而来。

须菩提朝西方的天空看了一眼，话锋一转，道:“说正事吧，佛陀出现在这儿，总不会是专程来向老夫表达敬仰之情的吧?”

“这倒不是。”

“那，”须菩提伸手指了指一旁躺着的刘彦昌道，“莫非佛陀是想制止老夫? 我那徒儿若非不得已，绝不会登老夫的门。既然已经上了斜月三星洞，也必定去过生死殿，查过生死簿了吧?”

地藏王缓缓摇头，道:“贫僧是来劝祖师的。”

“劝我?”须菩提淡淡一笑，看似不以为意，双手却不由得攥紧了。

对他来说，所剩的时间不多了。

“对。”地藏王点了点头道，“地府的生死簿，已经被贫僧撕了，他自然查不出什么。贫僧也不是非要碍着祖师不可。让那猴头儿平白生出些误会，对贫僧也并无好处。只是……那猴头儿之苦，该由自己挣脱。祖师所做的已经够多了，接下来，能否证道，就顺其自然吧。一旦过了，届时，即便贫僧不出手，也自然会有人出手。”

须菩提注视着地藏王，眉头颤了颤，掩在袖中的手却攥得更紧了。

片刻之后，一道金光从天空中悄无声息地落下。

猴子看到地藏王的虚影的瞬间，整个怔住了，脑海中闪过无数个念头。

他立刻将金箍棒握在手中，怒视着地藏王道:“你怎么在这里?”

地藏王淡淡笑着，望向一旁。

猴子顺着地藏王的目光，看到了虚掩的房门。

下一刻，他冲入房中，看到了昏迷的刘彦昌。

“你这是什么意思? 你对他做什么了?”猴子咆哮道。

地藏王又淡淡笑了笑，对着猴子摊手道:“贫僧说什么都没做，大圣爷信吗?”

猴子的眼角微微抽动。

一阵风徐徐吹过，那虚影渐渐消散了。

“别跑——！”猴子举起金箍棒，想也不想就朝地藏王砸了过去，却落了空。

“查生死簿，查月树，找这个，找那个。大圣爷，这八百年的光阴，您似乎一直在做这种事。这可一点都不像您那深谋远虑、未雨绸缪的师父啊。”微风中，地藏王的虚影消散无踪，只剩下一个声音在猴子的脑海中回荡着，“听贫僧一句吧。其实，什么，都有可能是假的；什么，也都有可能是真的。关键是你信什么，不信什么……否则，等您把一切都弄得清清楚楚，自己的心，却再也不清明了。”

第六百〇二章

下　策

空荡荡的屋前，猴子孤零零地站着。

他回首望着刘彦昌所在的屋子，抬腿想朝那屋子走去，却又顿住了。

这一刻，他忽然不知道自己该做什么了，有一种迷失感。

地藏王出现在这里，还有必要查看刘彦昌的记忆吗？即便看到了什么，他又怎么知道是真是假呢？

猴子抬头仰望天空淡淡叹了口气，一脸茫然。

他不懂地藏王这两次出手究竟是为了什么，但他知道，如果地藏王能出手，自己的师父，肯定也能出手。

如果刘彦昌的记忆可以是假的，斜月三星洞里沉香的记忆，也可以是假的。

最终的答案，只会在杨婵那里。

想到这儿，他忽然笑了出来，苦笑。

无论是须菩提、太上老君，还是地藏王，这些人所说的话，他一句都不相信。但他此刻又忍不住信了地藏王最后的那句话。

“其实，什么，都有可能是假的；什么，也都有可能是真的。关键是你信什么，不信什么……否则，等您把一切都弄得清清楚楚，自己的心，却再也不清明了。”

是啊，兜兜转转，一切都可能是假的。猴子不愿意去相信沉香就是杨婵的孩子，却又忍不住去想。

此时此刻，他唯一不会动摇的，就只剩下相信杨婵绝不会骗自己了吧。

那个高傲的女人，不屑于骗自己。只要走到她面前，自己就能知道一切真相。

他扭头望向华山的方向。

可是，自己真的要在这个时候去见她吗?

见了她，第一句话说什么呢?

地藏王出手，这说明通过避而不见保护杨婵已经不可行了。只要有必要、有理由，佛门会毫不犹豫地将她卷入。

可是……自己就这样去见她吗?

阔别六百多年，猴子很想很想，很想见了面，第一句话跟她说："我已经把所有的问题都解决了，把该斩断的都斩断了。从今往后，都不会再离开。"

可是，如果此刻过去，他只能问她："沉香的母亲到底是谁?"

他问不出口，这时候的他——一个在婚礼上为了另一个女人跑掉的新郎，也没有资格去质问什么。

小小的庭院中，猴子就这么呆呆地站着，望着华山的方向，犹豫着。

一片枫叶从枝丫上悄无声息地脱落。

车迟国。

广场中，一个又一个僧人在烈日的暴晒下昏厥了。每有一个人倒下，都会掀起一阵骚动。

在这种时候中暑倒下，几乎就等同于死亡。这已经是所有人的共识了。

渐渐地，恐惧的种子在僧人们的心里发了芽。

这一切，玄奘都看在眼里。

"就不能变点水吗?"

"能。"天蓬想也不想地答道，"但是变的饭食无论吃多少也解不了饿，变的水，自然也解不了渴。到头来，不过是幻觉罢了。"

"那该怎么办?"

天蓬朝远处的一排排箭矢扫了一眼，低声道：'大圣爷不在，若想救他们，唯一的办法，就是我们带着你强行突围。这些人明显是冲着我们来的。我们不在了，他们也就没有价值了。如此一来，虽说不能保证安全，但起码……是一个希望。”

玄奘怔住了。

年轻，习过武，这让他的体魄比一般僧人强健不少。但，这也不过是在凡人的范畴里罢了。此时此刻，他的状况其实也好不到哪里去。

如果他也中暑倒下的话，天蓬应该会毫不犹豫地背起他突围吧。届时，这广场之中，必然又会血流成河。

天蓬看了玄奘一眼，接着说道：“当然，我们要突围，死伤是难免的。至于什么擒贼先擒王的事情就算了吧，真正的主使者至今都没露面。一旦我们离开你身边，反倒有可能让你身陷险境。”

玄奘望着不远处一张张近乎虚脱而又充满敌意的脸，犹豫了。

普度之道，在于救众生脱离苦海。可是，即便为了救人，他有权利替他们选择生死吗？

玄奘微微低着头，一动不动地坐着。

夕阳西下。

正当众僧奄奄一息之时，几个士兵推着一辆装满水的木车走了过来。

顿时，整个广场都沸腾了。

僧人们你推我挤，趴在被晒得滚烫的铁链上，朝木车伸出了手。

“给我水！给我口水喝！”

“有救了！有救了！”

铁链的叮当声传遍了广场。

望见木车沿途留下的水渍，一直站在外围的大胡子将领顿时愣了一下。

还没等他迈开脚步前去阻止，一个面容消瘦的文将走到他的面前。

“这是国师的命令。”

大胡子一脸错愕：“为什么？”

那文将回头看了一眼广场中的僧人，道：“没饭吃还能坚持几日，若是没水喝……顶多也就三两天的光景。这些人活着才有用，若是死了，你们挡得住那几个人？”

说着，那文将朝天蓬等人的方向使了个眼色。

大胡子顿时醒悟过来，连连点头：“那，国师可还有其他命令？”

“等。”文将拔开自己的水囊猛饮了一口，低声道，“等到那关键的人不行了，自然就有破绽了。”

“卑职明白！”

一双双的手隔着铁链，如同鸟巢里嗷嗷待哺的雏鸟的嘴一般伸了出去。

几个士兵推着木车，用一个个竹筒装了水朝里面递，迅速引起一阵哄抢。

僧人们很快发现每一个竹筒中都只装着不到三分之一的水，甚至都不够一个人解渴，那车上的竹筒仅有数百个，这里却有上千僧人，士兵又不肯给回递的竹筒再次装上水……

很明显，他们并不想让每一个人都喝上这并不多的水。

这一下子，哄抢更加严重了，为了抢一个位置，他们甚至打得头破血流。

纷纷扰扰之中，一个年幼的小和尚捡起被打落在地的竹筒，匆匆跑到自己已经晕厥的师父身旁。还没等他拔开盖子，一双大手将竹筒从他手中夺了去。

“都要死的人了，还给他水作甚？”那大个子恶狠狠地看了小和尚一眼，伸手就要拔开竹筒。

小和尚急得眼泪啪嗒啪嗒地往下掉，却也无计可施，只能眼睁睁地看着大个子拔开竹筒的盖子，将竹筒口往自己的嘴边凑了过去。

正当此时，卷帘忽然从身后重重推了大个子一把，将他推倒在地，脱手而出的竹筒被卷帘稳稳地接住。

紧接着，卷帘伸手一吸，洒出去的水也被全部吸回了竹筒之中。

“你想干什么？”大个子慌忙从地上爬了起来，惊恐地看着卷帘。

卷帘一言不发地将竹筒的盖子盖好，伸手递给了玄奘，玄奘又转交给小和尚。

自始至终，卷帘看都没看那大个子一眼。

僵持了一小会儿，大个子最终没敢跟卷帘动手，转而继续争夺有限的水去了。

广场上的喧闹依旧。

小和尚捧着竹筒眼巴巴地看着玄奘，小心翼翼地说道：“大师……要不要，分一点给您？”

“不用。”玄奘缓缓摇了摇头。

此时，卷帘挤进了僧人堆里，也学着其他僧人的样子朝分水的士兵伸出了手。

和意料中的一样，那士兵巧妙地避开了卷帘。

卷帘回头看了玄奘一眼，无奈地摇了摇头，连忙跑过去将小和尚抱了起来。

一时间，毫无准备的小和尚吓蒙了，嘴巴张得可以塞下一个橘子。

“他们不发水给我，我带你进去，你领水，我保护你。”

卷帘抱着小和尚，迅速拨开那些挡在身前的僧人，几个来回，竟弄到十几个竹筒。

看着玄奘身旁堆起的竹筒，那些僧人眼都红了。如果不是一旁有个天蓬盯着，而他们又见识过天蓬的实力，也许早就扑过来抢了吧。

“三太子？”

“作甚？”

“将几个中了暑、又没人照料的人都集中过来吧。”

小白龙蹙着眉头想了一会儿，拖拖拉拉地起身。

不多时，十来个早已失去知觉的僧人，连同那小和尚的师父便一起被安置到了玄奘身旁。

此时，水已经发完，骚动也结束了，然而，对僧人们来说，危机并未解除。

虽说总共发了七八百个竹筒，但真正喝到水的，却不到三百人。

广场之中，一边是聚在一起的僧人，一双双眼睛都紧盯着卷帘抢来的十几个竹筒，咽着唾沫；另一边，则是稀稀疏疏躺着的几个僧人，还有玄奘等人。

不多时，玄奘便开始给那些中了暑又无人照料的僧人喂水。

小白龙想也没想地抢了一个竹筒给毘洁送过去，毘洁却没有喝，而是放到了一旁。

很快，剩下的水都耗尽了。玄奘给所有昏厥的僧人喂了水，却没有人醒来。

一旁的天蓬道："这种事，我以前还没上天任职的时候曾经遇到过。你这样是没用的。他们恐怕连明天都撑不到。你应该将水留给自己，留给清醒的人。"

玄奘呆呆地坐着，注视着自己身前躺倒的僧人，听着对面传来的阵阵低声呻吟。

相比之前，此时的困境已经不是单纯的饥与渴了。由于先前的骚动，这广场中的僧人即便喝上了水的，也已经或多或少负了伤。当中更有几个已是奄奄一息。

许久，玄奘开口道："贫僧一直认为，人命无分贵贱，不可以利弊权衡取舍。贫僧的命，其他人的命，三界众生的命，都不可以如同算盘上的珠子一样互换。但，如若舍贫僧之命得以换众人之命，贫僧倒觉得，不亏。"

天蓬蹙着眉头朝他看了过来。

玄奘顿了顿，接着说道："大圣爷正在做的事对他来说很重要，玄奘不便以一人之所想在此时向他求助。即便此次召他回来，事情没做完，他也得再去一次。届时，对方必再来一次，不过是害更多人罢了……但突围，肯定也是不可行的。我们从这里突围出去，到时候他们确实可能因为没和我们在一起，不再有危险。但也可能，会被处死。所以……还是试试找出主使者吧，待天色再暗些便动手。即便有危险，也要试一试。毕竟，不能再等了。"

屠杀

第六百〇三章

有何区别?

西边的最后一抹阳光渐渐消失，天边的云犹如镶了金边一般。从斜月三星洞远远望去，颇为壮观。

几只雀鸟啼叫着飞过头顶，归巢。

在清心居住的屋前，沉香正盘腿而坐，向清心展示着这几日不断练习的吐纳。

须菩提缓缓地走了进来。

清心稍稍犹豫了一下，转身朝他行了个礼:“弟子清心，参见师父。”

沉香也连忙从石椅上爬了下来，跪地，朝须菩提行了个叩首大礼。

“起来吧，免礼。”须菩提振了振衣袖，坐到石椅上，看了清心一眼。

清心低垂着眼，面无表情，对他视而不见似的。

须菩提深深吸了口气，转而看向沉香:“这些时日的修行，可有进展啊?”

沉香抿着嘴唇，抬头看向清心。

“师尊问你话，该怎么答，就怎么答。”清心道。

沉香低着头，支支吾吾地答道:“回师尊的话，弟子……也不知道有没有进展。”

“可是还感知不到灵力?”须菩提捋着长须道。

沉香默默点了点头。

“凡人修仙，若非天赋异禀，这么短的时间里，能感知到灵力，那才是奇了。”说着，须菩提从衣袖中取出一个白色的瓶子朝沉香递了过去，“此丹，你师父也用过。对灵力的感知，会有些帮助。”

沉香又抬头看向清心。

“师尊赏给你的，就接着吧。”

沉香闻言，这才恭敬地从须菩提手中接过瓶子，捂在胸前。

须菩提笑了出来，道：“你年纪还小，修行之事贵在坚持。即便是行者道，也须日积月累，方能有所成。无须急于一时啊。”

沉香抿着嘴唇默默地点头。

“暂且回避一下吧。我与你师父，还有些话说。”

沉香再次抬头看向清心。

他见清心点头，才往后退了两步，朝须菩提行了个礼，然后握着丹药瓶子走开。

这庭院之中只剩下须菩提与清心了。

清心仰着头，面无表情地说道：“师父可否长话短说，弟子还有其他事呢。”

须菩提当即苦笑出来。

他一扬衣袖，石桌上便出现了一整套茶具。

“怎么，连跟师父喝喝茶，都不愿意了？”

“弟子不敢。”

“你不敢？你还有什么不敢的。就连南天门的守军都知道你清心上人天不怕地不怕，就是玉帝都要给你三分薄面啊。”说罢，须菩提呵呵地笑了起来。清心却没有笑，反而眉头紧蹙。

很快，须菩提就泡好了茶，倒上一杯，推到清心面前。

然而，清心却没有伸手去接，只是静静地看着。

晚风穿过庭院的围栏徐徐吹来。

须菩提盘起手，缓缓闭上双目，细细感受着风中的清凉，如同一位打盹的普通老者一样摇晃着身子，轻声叹道：“听说，你和你那师兄，又闹不愉快了？”

清心悄悄白了他一眼。

这是明知故问。斜月三星洞中，还有什么事能逃过他的眼睛吗？

“你知道你那师兄今日为何如此着急吗？”

清心没有搭话，只是默默地站着，听着。

“因为啊，一些旧事。总之，为师可以向你保证，他不是故意来招惹你，也不是故意来找沉香麻烦的。”

“师父，能说得明白点吗？”

须菩提微微睁开左眼，似笑非笑地瞧了清心一眼。

被他这么一瞧，清心眉头蹙得更紧了。她连忙别过脸去，继续装作漫不经心的样子。

“你从小是为师看着长大的，虽说现在因为三世的记忆，为师已不可能如同过往那般对你十拿九稳，但……这三世之中，也仅有雀儿一个，是为师毫无接触的。再说了，无论如何变，你也还是清心。”说着，须菩提睁开双目，端起茶杯抿了一口，“这茶不错，是前些日子玉帝遣人送来的。虽说天庭的茶向来不怎么样，但这一次，确实还不错。你不尝尝？”

清心也不看须菩提，道：“既然师父知道弟子是清心，不是风铃，也不是雀儿，为何还要勉强弟子去做弟子不该做的事呢？”

“什么是该，什么是不该？”须菩提放下茶杯，长长叹了口气，道，“为师知道，你不愿与你那师兄走近。一来，因为在你的心中，你依旧是清心，不是雀儿，也不是风铃；二来，因为西方如来最终的那个结论……那猴子剖开的心中并没有爱，和杨婵在月树上却曾经有过花。你虽好胜，却也不愿意放下身段，去争这样一段感情。”

清心依旧静静地站着，眨眼频率明显加快了些许。

“不过，有些事，是不得已的。”须菩提轻声道，“如今，为师的冥云镜中依旧保存着你那九个师兄的魂魄。不破不立，破而后立。想要迎来一片新气象，总要有些牺牲。”

“师父，弟子不懂。”

“不懂什么？”

“弟子不懂，新气象真的那么重要吗？”

须菩提微微抬头。

清心稍稍低头。

这一次，她没有逃避须菩提的目光，两人就这么默默对视着。

许久，须菩提淡淡笑了笑，低头摩挲着茶杯道：“新气象很重要，对于三界，对于众生之中的任何一个，都太重要了。这里面也包括了为师，包括了你。”

“弟子怎么就没看出有多重要呢？”

“那是因为你还年轻。”须菩提笑嘻嘻地看着清心，看得她浑身不自在。

就这样好一会儿，须菩提轻声叹道：“有些事，即便为师现在说与你听，想必你也不会懂得。不过……你何时看为师求过人？”

清心的眉头皱成一团。

“为师不求人，即便真开口求助，那也是交易，不会是单方面的请求。”须菩提撑着双膝，摇了摇头道，“唯独对你……一来，为师已经亏欠你许多；二来，为师也给不了你真正想要的。所以，只能是求。求了一次，不成，这还来第二次，估计，依旧不成。由此，你便知道新气象，何其重要了。”

话到此处，清心对着须菩提拱手道：“师父，若没有其他吩咐，弟子告辞了。”

听她这么一说，须菩提一愣，只得苦笑道：“为师这正题还没说呢，你这急性子到底是跟谁学的？”

“弟子性格向来如此，想必师父也是早知道的。”

“罢了罢了。”无奈之下，须菩提只得摆了摆手道，“为师过来，只与你说两件事。其一，虽说你不认为自己是雀儿，是风铃，但一旦事情说破，那猴头儿必然是认你的。届时，你若想做什么，他即便不一定顺你的意，但多少会听上一些。这可比我这当师父的跟他说有用。为师费尽心力希望促成此事，为的，就是给他这匹脱缰的野马安上一个马鞍，系上缰绳。否则，现如今有佛门压制还好，若无佛门压制……他祸害的可不仅仅是三界，还有他自己。”

“还有呢？”清心面无表情地问道。

须菩提干咳两声，接着说道：“还有就是，你不要再想着阻止他西行了。莫说是现在的你，即便他知道你是雀儿风铃转世，你怕是也劝不动。即便劝动了，他也会念念不忘。与其阻止他西行，你还不如表明身份。万一有事，你还可以在身旁劝说一下。”

“师父想说的就是这些吗？”

清心的神情依旧冷冰冰的，不愿多谈。

须菩提无奈，只得抬头仰望天空，叹道："为师要说的，就这么多了……地藏王已经出手，接下来，他们的路怕是没那么好走了。"

"地藏王？"清心微微一愣。

星空下，对面的一众僧人大多已睡去。

玄奘缓缓地侧过脸，望向众人。

卷帘蹙起眉头，黑熊精眨巴着眼睛，天蓬目光低垂，不发一言。小白龙则干脆笑了出来。

"我，反对。"

所有人都朝小白龙望了过去，玄奘也是如此。

敖烈岔开双腿大大咧咧地坐着，说道："最理想的办法，应该是你喝了水，多撑两天。大圣爷肯定不会离开很久，一旦他回来了，所有的问题便都迎刃而解。"

"那他们怎么办？"玄奘指着一众僧人道，"贫僧可以多撑几天，他们呢？"

"管他们作甚？"小白龙鄙夷地笑着，"刚开始是你非要看看这车迟国的僧人的处境，后来是你非要救他们，现在落到如此境地，说到底，难道不是你那所谓的'善心'导致的吗？我敖烈不懂你那些佛法普度，但我知道，现在的场面，压根儿就是你一开始的妇人之仁造成的。如果再玩一出'擒贼先擒王'，玩砸了，出事了。到时候，断送了西行，可不止他们倒霉、你倒霉，连我们也要跟着一起倒霉。你懂吗？"

他这一通毫不客气的辩驳说出来，黑熊精与卷帘的脸色都略微变了变。天蓬倒是神色如常，只是，这一次，他并没有如往常一样开口袒护玄奘。

玄奘深深吸了口气，双手合十，直起腰杆道："普度众生，最根本的，就是帮助他人。若是视而不见，贫僧与西方佛陀有何区别？"

"有区别。"小白龙缓缓笑道，"区别就是，佛陀不救人，但也不害人。你想救人，结果，却害了人。所以，我反对。因为我不想成为被害的人之一。"

顿时，玄奘一脸的诧异，他已然被逼入了死角。

第六百〇四章

续命与黑色玉简

玄奘沉默了，彻底地沉默了。

一时间，周围的气氛变得诡异无比。天蓬、卷帘、黑熊精，都朝小白龙看了过来，就连鼍洁也不例外。

“怎么，我说错了吗？”

小白龙一脸气愤，还想接着往下说，手却被一旁躺卧在地的鼍洁轻轻握住了。

一时间，小白龙愣住了。

鼍洁向玄奘侧过脸去，轻声道：“玄奘法师，我表哥……不是有意的。您别怪他。”

“不。”玄奘摇了摇头，“他说的一点都没错，如果不是贫僧自以为有你们庇护，滥发善心，事情又怎么会发展到如此地步？说到底，他们的苦，皆因贫僧而起。”

玄奘望着小白龙，尴尬地笑了笑，不再说话。

他这么一笑，小白龙反倒有些过意不去了。

其实这样的结果谁又能想得到呢？莫说他们当中没有一个修的是悟者道，即便是修了，难道就一定知道这车迟国还有人准备着要给他们打埋伏吗？

说到底，这其实是一次谁都不愿意看到的意外罢了，互相责怪，本就毫无意义。

玄奘没有再提，其他人，自然也没再多说。

一片寂静之中，时间一点一滴地流逝，那些中暑的僧人气息渐渐微弱，而玄奘，只能静静地看着。

对面的每一次重重的喘息，都如同一声叱责扎入他的心。

地府，小小的阁楼中，正法明如来与地藏王对视。

“佛法，在乎辩，不辩不明。但更在乎行。”地藏王低下头，伸手拨开摆在正法明如来面前的、代表着玄奘一行人各怀之苦的竹牌，又取来四片竹牌摆到正法明如来面前。“凡人有生老病死，病而不得救治，个中煎熬，当属于‘病之苦’。众僧畏惧，懦弱不前，甘受徭役，当属‘死之苦’。此二者，又皆因‘生之苦’。将所受之苦归咎于玄奘，则为‘怨憎会之苦’……此乃如今车迟国僧人四苦也。你猜，这金蝉子，究竟能否破解？”

正法明如来注视着桌面上的四片竹牌，摇了摇头：“不知。”

“贫僧也不知。”地藏王笑道，“且行且看吧。若金蝉子真能破解这佛法百世之惑，贫僧自当从善如流。若是不行，也好断了佛门众弟子的念想。从今日起，金蝉子这西行的点点滴滴，贫僧都会替他牢牢记住。”

正法明如来无奈笑了出来：“你还真是较真哪。”

地藏王同样笑着，淡淡答道：“佛法，贵乎一个‘真’字。若非真义，证来作甚？”

车迟国的都城中，一名小厮快步走过庭院中狭长的步道来到多目怪的面前，双膝跪地。

“禀国师，方才，门外来了一位僧人，让小的给国师带一句话，还有，将一件东西转交给国师。”

“僧人？”多目怪低头抿着茶，看都没看那小厮，悠悠道：“捉起来没有啊？”

“没……”

“没？”多目怪当即抬了抬眼皮。

那小厮支支吾吾地说道：“小的本想将他拿下，送往齐云台一同关押，可那僧人一说完话，人就不见了。任小的怎么找都找不到。”

“不见了？”立在一旁的三个道士皆吃了一惊。

不见了，那就说明，对方是有法力的了。车迟国中有已成佛身的僧人？还是说……西方佛门也介入了？

三双眼睛都朝多目怪望了过去。

此时，多目怪端着茶杯的手顿在半空，他眉头紧蹙，似乎在细细思索着什么。

“他让你转交什么给本座？还有，让你带什么话？”

小厮连忙从衣袖中取出一块黑色玉简，双手呈上，道：“那僧人说……那僧人说，国师一直害怕的那个人，用不了多久就会回来。机不可失，让国师您……好自为之。”

说罢，那小厮连忙低下了头。

多目怪接过玉简，眼睛缓缓眯成了一条缝，一旁的三个道士则面面相觑。

“你先退下。”

“诺。”

小厮起身后退了两步，转身离去。

待那小厮走后，三个道士当即议论起来。

“这是什么情况？他说的，不会是指大圣爷吧？如果大圣爷马上就会回来的话，那我们确实得……”

“放屁！如果是大圣爷要回来了，佛门的人会那么好心给我们送消息？”

“说不定……佛门之中也有派别呢？你想想，我们妖怪当中有派别之分，天庭有派系之分。灵山上就算有派系之分、门阀之斗，那也是情理之中啊。”

“简直胡说八道！佛门有派系之争，你当佛陀都是山大王啊！还派系之争？要是佛门真是这般，当年大圣爷又怎会落败？”

“大圣爷败给了如来，又不是败给佛门。你这说的就有点没道理了。”

“我没道理？你就该没事找两本佛经翻一翻！让你不学无术！”

“说我？你翻了吗？你翻了吗？”

“别吵了！”多目怪一掌重重拍在石桌上。

顿时，那三个道士都闭了嘴，一个个睁大了眼睛望向多目怪。

“别吵。”多目怪怒目瞪了三个道士一眼，深深吸了口气，一动不动地坐着，继续琢磨手中的玉简。

这黑色的玉简与平日里使用的白色玉简很是相像，却明显不是同一个东西。贴到唇边，也不见传来任何音讯。

隐隐地，多目怪能感觉到当中蕴含了微弱的灵力。应该是某种法宝才是。可是……该怎么用呢?

抛开这送来的玉简不提，这带的话，又是什么意思呢?

佛门的人来送信……这安的能是好心吗?多目怪怀疑。

可是，如果不是好心，打的又是什么算盘呢?难道是为了诱使他提早动手?

按照他目前所了解的，因为这水的关系，玄奘一行人确实已经有了一些不愉快，但暂时还没有太大的嫌隙。更重要的是，多目怪根本不知道什么时候能够造成更大的嫌隙。就这么等着，其实多目怪心里比谁都忐忑。

如果佛门真要介入，让玄奘一行顺利，他们大可以明目张胆地来。只要他们一出现，不用多，三五个佛陀就行了，自己保准落荒而逃。

如果不准备介入，他们又为何给自己送这样的消息呢?

一时间，多目怪糊涂了。

正犹豫着，他朝玉简内部送入了丝丝灵力。

此时，夜还不深，随着时间的推移，广场上中暑的僧人们却是命在旦夕。

那小和尚跑到玄奘面前，跪地，叩首：“弟子自幼父母双亡，全赖师父一手带大。师父，便是弟子的再生父母。如今师父性命危矣，若玄奘法师愿意出手相救，弟子来世便是做牛做马，也要报答法师的大恩!”

玄奘睁开眼睛望着那匍匐在地的小小身影，双手紧握，却连将他从地上搀扶起来的勇气都没有了。

一时间，他竟也有些慌乱。

他注视着小和尚道：“元帅，贫僧有一事相求，不知可否?”

天蓬回过头看了他一眼：“说吧。”

"求元帅为众僧续命。"

说罢，玄奘转身，深深地叩拜了下去。那小和尚见状，也连忙转而拜向天蓬。

其他人都微微一惊，唯独天蓬面色如常，只是静静地看着他们。

天蓬犹豫了好一会儿，上前将玄奘与那小和尚都搀扶起来。

"灵力续命，并非不可，只是，终究解不了这缺水之困。而且，续得越长，所耗灵力就越多。"

天蓬回头扫了一眼身边的这十来个无人照料的中暑僧人，又看了看散落在对面的其他僧人，轻声道："时间越长，耗费的灵力就越多。到时候，恐怕连突围的力量都没有了。"

"贫僧明白，只是……贫僧实在狠不下心，看着他们死去……"玄奘紧紧握着天蓬的手道，"若是贫僧证道之路，须以见死不救铺平，那证道何用？即便到了西天，也不过一败而已！"

"你就没想过，如果我们的灵力耗完了，到时候对方强攻我们怎么自保吗？"一旁的小白龙道，"实在不行，就别死撑了吧。让大圣爷回来。只要大圣爷回来了，以他的实力，这些都不是事。"

说罢，小白龙摊了摊手，一脸的轻蔑。

玄奘依旧目不转睛地看着天蓬。

等了好一会儿，天蓬无奈点了点头，转身朝那些僧人走了过去。

"就这么办吧。不过，一旦对方有异动，就只能立即通知那猴子了。否则，到时候一个不小心，莫说他们，连我们都会葬身在这里。"

玄奘望着天蓬的背影，双手合十，深深鞠了一躬。

庭院中，一只乌鸦借着夜色悄悄降落到多目怪身前，化作人形。

"大人，天蓬元帅正在用灵力给那些和尚续命！"

"什么？"

听到这个消息，那三个道士当即愣住了。

"他们不会这么蠢吧？你可……看清楚了？"

"亲眼所见！"

“大人！”那大胡子道士当即拱手道，“他们居然敢用灵力续命，待到黎明，天蓬元帅的灵力必然所剩无几！”

“是啊，大人！”穿灰色道袍的道士连忙道，“我等一直害怕的就是强攻不成，他们拖了时间，召回大圣爷。如若没有了天蓬元帅，只要我们倾尽全力，想必他们连召回大圣爷的机会都没有！机不可失啊！”

“不，不用等到黎明了。”多目怪将手中的黑色玉简摊在众人面前，轻声道，“这种玉简，是用来封住另一种玉简的。不用等到他灵力耗尽，只要再稍等片刻，我们就可以动手了。”

第六百〇五章

只要一个人的命

天蓬缓缓行走在众僧之间，将一道道灵力汇聚二指，注入昏迷僧人的眉心。

他轻轻一点，原本奄奄一息的僧人顿时呼吸平稳了许多。

见状，四周的僧人一个个恍然大悟，连忙双手合十对着天蓬和玄奘行礼道谢。他们看玄奘一行的眼神和善了许多。

玄奘也双手合十，向他们回礼。

“别开心得太早。用灵力续命……小心连我们一起搭进去。”小白龙将手背贴上鼍洁的额头，又摸了摸自己的额头，悠悠道，“灵力是我们保命的根本。续命最耗灵力，一旦耗尽，我们就只能任人宰割了。”

“你今天话有点太多了。”

小白龙回过头，看到卷帘正冷冷地看着自己。

“怎么？我说错了吗？我说错了吗？”

地府。

阁楼中，地藏王瞧着放在正法明如来身前、写着“怨憎会苦”的竹牌，只是一直笑。

“这，算是解了‘怨憎会苦’了吗？”

“没解吗？”正法明如来反问道。

“如果这样算解了，那西行就是个笑话。”地藏王微微仰头，闭着眼睛叹道，“若这算解了，那普度之道，就不该由我佛门来证，而该由道门来证。别忘了，天蓬元帅，可是道门的人。证道，岂是空有善心、有勇气便可为之？”

正法明如来面无表情地问道：“若依你之见，该当如何？”

被他这么一问，地藏王眉头微微蹙起。他略微思索了一番，注视着正法明如来道：“若是一伙强盗，那好办。可惜，这些不过是寻常士兵。要护住僧人，便只能对士兵出手。可刀剑无眼，士兵又人数众多……说到底，那些士兵，不过是奉命行事，本身并无过错。这就好比狼吃羊，本是天性。若救了羊，那狼必饿死；若要救狼，羊又如何能护？这世间的事，本就不是用单纯的对错能说得清的。”

“你也不知道？”

地藏王点了点头：“贫僧，解不开。”

正法明如来笑了笑，道：“既然都解不开，静静看着就是了。你想给他设多少难关，我也不阻拦。将他送上西行之路，为他安排好了护法，接下来怎么去做，是成是败，就看他自己的了。”

一圈走下来，天蓬的额头上已经多了几滴冷汗，脸色看上去就像刚刚经历过一番大战似的。

“元帅，没事吧？”

卷帘要上前搀扶，却被天蓬制止了。

“这才刚刚开始呢，如果这就要人扶，一会儿岂不是要抬着我去。”

卷帘尴尬地笑了笑：“要不，下一次换我去？或者，我们轮流去？”

“不行，你们几个必须保存实力。”天蓬摇头道，“如果每个人都出手替他们续命，万一对方忽然出手，我们怕是连抵抗的力量都没了。”

天蓬一声叹息，缓缓地坐到玄奘身旁，手中握着联系猴子的玉简。

迈出了这一步，猴子已经是唯一的希望。不过，按照猴子的速度，即使再远，也应该能瞬间抵达才对，就像当初面对奎木狼一样。

玄奘双手合十，朝天蓬鞠了一躬：“贫僧替众僧谢过元帅。”

天蓬轻轻摆了摆手，并未多言。

对面的僧人一个个小心翼翼地望着他们。

不多时，他们三三两两地朝玄奘一行走了过来，朝玄奘与天蓬行礼。

“弟子妙道，替家师谢过诸位救命之恩。”

“弟子固法，替师弟谢过诸位救命之恩。”

“弟子普惠，替师兄谢过诸位救命之恩。”

一时间，这围栏之中的气氛好了许多，玄奘也终于绽露了一丝微笑。天蓬也笑，只是那眉头却舒展不开。

一旁的小白龙看在眼里，嘴巴动了动似乎还想念叨些什么，不过最终没有说出来，只是一边摇头，一边叹气。

一个时辰过去了，那些昏迷僧人的呼吸又渐渐微弱。

在一双双眼睛的巴望下，天蓬只得起身，又逐一给他们注入灵力续命。

第二次续命，耗费的灵力足足是第一次的四倍多。一圈走下来，天蓬的脸色都有些惨白了。

“元帅。”

“我没事。”

天蓬摆摆手，盘起腿坐到一旁，开始专心致志地补充灵力。

然而，莫说在这种灵气稀薄的地方，就是在那些灵气充裕的仙山福地，如此巨量的灵力耗损也不是一时半会儿能补充得过来的。

“喂，”卷帘轻轻踢了踢小白龙，“你的丹药呢？”

小白龙摊了摊手，没好气地答道：“我要还有丹药，能让我表弟这么躺着？”

卷帘哑口无言。

玄奘深深吸了口气，对天蓬道：“都是因为贫僧的过错，所以才……”

话音未落，天蓬轻轻摆了摆手，叹道：“玄奘法师无须多言，天蓬明白的。西行不过是形，证道才是神。若是丢了神，即便走到灵山又有何用？三番五次劝阻法师，只是因为我们冒不起这个险。”

玄奘双手合十，微微躬身道：“贫僧谢过元帅体谅。”

深夜，广场之中一片寂静。

转眼之间，又一个时辰过去了。

天蓬只得再次起身为众僧续命。

那些僧侣一个个恭敬地让道，再三向天蓬道谢。

对此，天蓬只是无奈苦笑道：“我本身的灵力，加上刚积蓄的，顶多也就够一次而已。再往后，只希望你们不要怪我才好。”

听他这么一说，那些僧人脸上的笑容顿时僵住了。

修佛的人，特别是像他们这种居于底层的佛门弟子先前并不知道，灵力是有限的，而续命，又极为耗费灵力。

其中一位僧人小心翼翼地问道：“你的灵力耗尽了，不是还有他们吗？”

那僧人所指的，是卷帘、黑熊精等人。

“他们不行，如果他们的灵力也耗尽了，我们拿什么保护玄奘法师？”

“可是……可是……”那僧人支支吾吾了半天，加重了语气低声道，“玄奘法师在采石场不是跟我们说众生平等吗？为了保护他，就可以置我们于不顾吗？”

天蓬没有回答，只是凝聚灵力，为僧人续命。

那僧人见天蓬不作答，底气一下足了不少，朗声叱道：“这件事任谁都看得出来，是因你们而起。若不是你们来了，我们本来好好地在采石场服徭役，怎么都不需要……”

他话还没说完，就被人捂着嘴拉走了。

另一位僧人站在他原本站立的位置，笑嘻嘻地说道：“大仙别介意，他胡说八道的，贫僧替大家谢过大仙。”

天蓬依旧没有说话，连客套话都不想说。因为，他清楚地听到有人在一旁压低声音叱责那刚刚指责自己的僧人：“你这蠢货！现在和他们撕破脸，万一他们不治了怎么办？要闹，也得等他灵力真的耗尽了再闹啊！”

“怨憎会苦”，天蓬的脑海中忽然浮现出这个他曾经在佛经上看到的名词。

熟读佛经的僧人尚且如此，这三界之中的众生，又能好到哪里去呢？

证道之路，还真是长路漫漫啊。希望这条路，真的走得通吧。

天蓬无奈地苦笑着，低下头，继续为僧人续命。

不多时，又一轮走完了。

天蓬回到玄奘面前的时候，差点儿一脚踩空整个栽下去。卷帘与玄奘几乎同时扑上去，一人扶住一边。

天蓬低着头，低声对玄奘说道："我尽力了。现在灵力已经所剩无几，接下来，要么让那猴子赶紧回来，要么……就只能看着他们死了。"

玄奘默默点了点头。

正当此时，一阵号角声响起。

所有僧人都骚动起来，四下张望。

远远地，他们听到一阵整齐的脚步声从黑暗中传来。透过四周的阵列，他们可以看到远处黑暗之中点点光亮正在汇聚。

"那是火把……不好，他们要动手了。"

天蓬微微颤抖着从腰间摸出了那块与猴子联系用的玉简，他猛然发现手中的玉简变成了黑色的！

"不好，他们动了手脚！"

几个人闻言，纷纷掏出猴子留给他们的玉简，发现每一块都变成了黑色！

他们再仰头时，看到大批军士已经里外三层将这里团团围住了。几个士兵正在解开四周缠绕的铁链。无数弓弦拉满，月色下，森森箭矢正指着他们。

"你们想干什么？我们犯了什么错？"

"陛下说让我们服徭役，没说要杀我们啊！"

僧人们惊呼起来，紧紧地缩成一团，当他们发现箭矢大都指向玄奘之后，又很快开始和玄奘保持距离。

一排排手握各式兵器、身穿重甲的士兵走到了最前方。这些士兵身材魁梧，站在军阵之中犹如鹤立鸡群。

卷帘的眼角抽动，低声道："这些……都是妖怪……"

"什么！都是妖怪？"小白龙惊得张大了嘴。

"我们……还是低估了对方的实力啊。早知道，应该一开始就召回那猴子。"天蓬无奈地苦笑。

此时，大军缓缓让出了一条过道。

那过道的末端，多目怪以及那三个道士骑着高头大马晃晃悠悠地朝他们过来。

“不用怕，本座只要一个人的命。”多目怪扬起马鞭指向玄奘，悠悠道，“玄奘法师，只要你死了，就什么事都没了。要么，你自杀；要么，我们杀了你。再或者……”

多目怪望向众僧，轻声笑道：“再或者，你们替本座杀了他？”

第六百〇六章

现　实

僧人们纷纷望向玄奘，一双双眼睛瞪得犹如铜铃那么大。

多目怪的一句话，便将他们早先的猜想证实了——这一行实力高强的人，都是为了保护玄奘而存在的。而他们遭此大难，也完全是因为玄奘的到来。

此时此刻，一双双眼中布满了血丝。原本略微淡化的敌意又重新燃起。

玄奘双手合十，双目紧闭，道了声："阿弥陀佛。"

"怎么样？"多目怪骑在高头大马上说道，"自己了结，在下动手，或者他们动手。玄奘法师，路有三条，你自己选一条吧。"

广场四周，黑暗之中紧绷的弓弦发出阵阵吱吱声，让一众僧人的心寒到了极点。有好些人，已经双脚一软，直接瘫坐下去，抽泣不已。

玄奘睁开双目，深深吸了口气正准备开口，一个身影却挡到了他的身前——黑熊精！

他不由分说地将玄奘护到身后，平日在队伍中从来不言不语，此时却高声喊道："多目大人可还认得卑职？"

一时间，整个广场都安静了下来，所有人都略带疑惑地望向黑熊精。

好一会儿，多目怪才眯着眼睛，迟疑地问道："你是……猕猴王麾下裨将……黑毛？"

"这家伙也是那猴子的花果山旧部？"天蓬顿时一愣。

玄奘也是面带惊疑之色。

不过，想想先前的鹏魔王、狮狁王、猸狨王，乃至于直接挑战猴子的红孩儿，这也没什么奇怪的。

花果山早已四分五裂，不再是当年的花果山了。

“难得多目大人还认得卑职！”黑熊精往前一步，拱了拱手道，“多目大人向来对大圣爷忠心耿耿，这卑职早有所闻。只是……”

黑熊精摊了摊手，朝四周团团围困的军阵扫了一眼，接着说道：“大圣爷一心保玄奘法师西天取经，多目大人这是何意？”

“何意？”多目怪冷哼了一声，道，“我倒想问问你，大圣爷受佛门蒙蔽，你身为臣子却不加劝阻。鹏魔王、狮狏王、猸狨王都已叛逃至佛门，莫非你的主子猕猴王也跟着叛逃了？”

“我哪里叛逃了？”黑熊精勃然大怒，攥紧了拳头就要往前冲，身后的卷帘连忙将他拉住。

卷帘注视着黑熊精，摇了摇头。黑熊精这才稍稍镇定下来，回头朝多目怪唾了一口。

多目怪仰起头，轻蔑地笑着，对玄奘说道：“玄奘法师还想躲到什么时候？莫非，这就是你普度众生的方式？果真是佛法高深哪。”

听他这么一说，军阵当中当即有不少人笑了出来。

天蓬的耳朵颤了颤，对玄奘轻叹道：“至少，有上千妖众在这里面啊……”

此时，绝大部分在场的士兵依旧一脸茫然，因为他们压根儿听不懂双方的对答。没反应的未必不是妖怪，但那听得懂，并且还笑出来的，肯定就是多目怪麾下的妖怪无疑了。

无论是黑熊精还是卷帘，脸色都有些难看了。

“元帅莫忧，对方应该是误会了。”玄奘拍了拍天蓬的手，轻轻拨开挡在身前的卷帘与黑熊精，往前两步，双手合十，默默地朝多目怪行了一礼。

“哼！想清楚了？”

玄奘仰起头，望着多目怪道：“多目大人是大圣爷的故人，玄奘实在不懂，多目大人为何说大圣爷受了佛门的蒙蔽？”

“这就得问你了！”多目怪怒视着玄奘，道，“你究竟用什么办法蒙蔽了大圣爷，让他踏入你佛门陷阱的？”

“大圣爷为对抗佛祖，贫僧为普度，西行一路，各取所需罢了。何来陷阱一说？”

“少在那里胡言乱语！”多目怪策动战马在原地打转，指着玄奘高声叱道，“大圣爷为战如来而西行我相信，但你的普度，又是个什么东西？”

说着，他手一扬，从一旁道士的手上接过一柄长弓，毫不犹豫地搭弓上箭。

还没等玄奘反应过来，黑熊精与卷帘一人拉一只手将他拉到了身后。

然而，那箭并没有朝玄奘射来。

“咻”的一声，两个僧人应声而倒，他们甚至连惨叫都来不及发出就一命呜呼了。

温热的血在地面缓缓流淌开来，四周的僧人吓得尖叫、哭喊，一个个惊恐地往后缩，像圈里待宰的猪仔一样惊慌失措。

“师叔！师叔！你不能死啊！”一个小沙弥跪倒在其中一个死去的僧人旁边，号啕大哭。

这一幕来得突然，玄奘呆住了。

“你倒是普度啊！你的众生就在那里，你倒是普度一个给老子看一看。”说着，多目怪又接过一支箭，搭弓上箭，对准了已经往后闪开的僧人们。

那些僧人吓得疯狂地往后挤，使出吃奶的力气拼命地想把别人推到自己的身前挡住箭。

“怎么样？普度一个给我看看。”多目怪骑在马上看着僧人们的窘态，笑着，一点点地绷紧弓弦，“这两天的事情我可看得清楚，普度？哼！佛门有八苦，生老病死，怨憎会、爱别离、求不得、五取蕴，今天，老子就让你知道什么是真正的普度！”

玄奘一惊，迈开脚步要朝多目怪冲去，却被天蓬、卷帘、黑熊精死死抱住。

“不，住手，住手——！”

慌乱之中，卷帘在多目怪瞄准的方向上竖起了一面护盾，试图将那箭挡下。

然而，还没等卷帘反应过来，多目怪已经转而将箭瞄准了跪倒在尸体旁边、孤零零对着尸体大哭的小沙弥。

“咻——！”

只见多目怪二指一松，箭射了出去，准确地穿透了小沙弥的太阳穴，甚至还刺伤了不远处另一名僧人的大腿。

鲜血溅起，飘洒。

被射中了大腿的僧人惨叫着往后靠，却被自己的同伴一把推了出去，栽倒在地。

玄奘的脑海一片空白。他面无表情地看着，看着小沙弥一脸呆滞地仰头，然后失去了所有支撑的力量，悄然倒地……

有那么一瞬，整个世界仿佛都离他远去，四周安静得没有一丝声响。

整个世界，只剩下小沙弥那微微颤动的手指。

下一刻，一切似乎又都苏醒了，僧人的哭喊声依旧萦绕耳畔。现实依旧是残酷的，无从逃避。

“不是说只杀他吗？为什么要杀我们？”

“那和尚还在考虑什么？难道他想让我们陪他一起死吗？”

“他不是说要救我们吗？”

玄奘不怕死，踏上西行之路时，他便已将生死置之度外。可是，这一声声低沉的议论却如同一把把尖刀一般扎在了他的心上。

或许，这就是被蛇咬的农夫的心情吧。

忽然间，他苦涩地笑了。

“看，我的普度。八苦一下去了七苦，就剩下一个死苦。哈哈哈哈！”多目怪放下手中的长弓，略微收了收神，冷冷地说道，“怎么样？是不是比你的普度有效率？你在这里折腾了两天，为他们消了几苦？”

玄奘捂着胸口，看着不远处血泊中的身躯，微微颤抖着，拼命想稳住自己的呼吸。那眼眶已然微微发红。

黑熊精猛地叱道：“你这样做，就不怕大圣爷怪罪吗？”

“住口！”多目怪侧过脸，指着黑熊精怒吼道，“我堂堂妖族之王，又怎能去做佛门的走狗！杀了这妖言惑众的和尚，我自会向大圣爷请罪！到时候要杀要剐，任凭大圣爷处置！天蓬元帅本来就是天庭的人，敖烈是西海三太子，卷帘是天庭叛将……反倒是你，你是花果山的人，你是妖！大圣爷被迷惑，你居然不劝阻，还助纣为虐！论罪，当诛！”

“你……我……”

“若你还知道悔改，就该当着我的面，将这和尚的头颅砍下！”

一时间，黑熊精竟被激得说不出话来，只能反复喃喃自语道：“不是这样的……不是这样的……”

大胡子道士策动马匹，缓缓走到多目怪身旁，递上了一柄长剑。

多目怪接过长剑，手一扬，剑“咣当”一声被丢到了玄奘面前。

他冷冷道：“你这个妖言惑众的和尚，普度一下你的众生吧。你当场自刎，这里的人，我一个都不伤，如何？”

望着地上的长剑，一时间，不仅仅是玄奘，就连天蓬、卷帘、黑熊精，乃至于小白龙都不由得怔住了。

玄奘可以清楚地感觉到，有无数双眼睛在盯着自己。那些他一心想要搭救的僧人在期待着他……自刎，然后，所有人都可以转危为安。

…… ……

地府中，正法明如来与地藏王默默对视。

…… ……

玄奘若自刎，众僧得救。他完成了自己的诺言，但，他再也无法向西一步。普度宏愿化作泡影。

玄奘若后退……或许玄奘可以自称是为了大局，为了三界众生，为了证道。但，无论以何种理由，众生平等的誓言，便成了一个笑话。初心已改，这西行的路，还有走下去的意义吗？

玄奘望着掉落在地、泛着寒光的剑，这一刻，他真的犹豫了。

一旁的天蓬抓住他的手腕低声道：“这是激将法，别中计。”

“不，这不是计，而是现实。”玄奘注视着那小沙弥的尸体，缓缓地摇了摇头，道，“西行普度，果然非玄奘一人之力可及也。”

说着，他淡淡笑了笑：“若玄奘在此倒下，日后，他人尚可踏着玄奘的尸骨继续向西。若玄奘在此变节，则日后，西行之路在天地之间将不复被提起。贫僧一命，不足挂齿。”

他笑着，那笑中有一种豁然开朗的感觉，看得天蓬都愣了。

这不是在委曲求全，不是在以退为进，他是认真的……

玄奘挣脱了天蓬的手，一步步走向那柄剑，弯腰将剑捡起。

“贫僧的命，这就送上。希望多目大人能遵守约定，放了他们。”

四周的人，一个个眼睁睁地看着，看着月色下，玄奘将剑抵住自己的咽喉，看着他淡淡地笑着，袈裟在风中飘荡。

他的脸上，平静，毫无惧色。

第六百〇七章

一个不留

微风拂过，军阵之中林立的火把摇曳着，晃动了玄奘脸上的光与影。

那袈裟在风中轻轻飘荡。

剑锋抵近咽喉，玄奘高高仰着头，注视着多目怪。

“贫僧身陨之后，绝不伤害这里的任何人。多目大人，可否给贫僧一个确切的保证？”

所有僧人都沉默了，他们呆呆地看着。

片刻之前，他们打从心底怨恨玄奘，希望玄奘去死，用玄奘一人的命，救下他们这一众僧人的命。

可当玄奘真的站出来的时候，他们又觉得是那么难以置信。

是在演戏，还是这个人真的傻了？

鼍洁紧紧握住小白龙的手，低声道：“保护玄奘法师，谁都可以死，玄奘法师不能死……他死了，就再也找不到一个一样的人，西行证道了。”

小白龙目光闪烁，他压低声音问道：“我们带着玄奘法师突围，能有几成把握？”

天蓬低声答道：“卷帘、黑毛，还有你三个人带上玄奘法师，表面上看能有六成，不过……不知道多目怪还有没有后手。如果有后手的话，可能连两成的把握都没有。前提是，别管我和鼍洁。”

“不行！”卷帘和小白龙几乎异口同声地喊了出来。

“不行也得行。错过了机会，也许连两成的把握都没有了。”

卷帘一面观察着前方的动静，一面咬着牙低声道：“若真如此，我宁愿不带玄奘法师，只带元帅你！”

“我表弟我是说什么也不会丢下的。”小白龙低声道。

“既然接下这个任务，就要有不能活着回去的觉悟。”天蓬道，“卷帘啊，你也曾是天军的人，不会连这道理都不懂吧？还是说，除了天河水军，其他地方都没这规定了？”

说着，天蓬无奈地笑了笑。

卷帘顿时哑口无言。

多目怪顿了好一会儿，涨红了脸叱喝道：“你以为你还能复活吗？你死后，我会让你魂飞魄散，永不超生！你真的敢自刎吗？”

“敢不敢，是贫僧的事。”玄奘淡淡道，“多目大人所需要做的，只是给贫僧一个确切的承诺。”

“你与他们素昧平生，就甘愿用自己的性命换他们的性命吗？”

“多目大人不是说想看普度吗？”玄奘轻蔑地笑道，“你只需要回答贫僧，你所承诺的，会不会做到？”

这一刻，多目怪反倒迟疑了。他睁大了眼睛，有些错愕地看着玄奘。

“为什么？”

玄奘凝视着小沙弥渐渐冰凉的躯体，轻声道：“因为，普度。”

锋利的剑割破了咽喉处的皮肤，鲜血顺着剑刃一点一滴地滑落。

这一瞬，凉风扫过，流云飞舞。

所有人都睁大了眼睛。

明月的光辉洒落凡间，将一切都照亮了。

风中，玄奘就这么静静地站着，如同一个巨人，巍巍如山。

那身后，一众僧人瞪圆了眼睛，望着玄奘。

“普度，那就是个笑话！”

“在苦海的彼岸，有一片净土，属于众生，而不仅仅属于佛陀。”

“你如何得知？”

“贫僧不知，贫僧只是相信。”

“相信？”多目怪冷哼一声，质问道，“倘若没有呢？”

“倘若没有，便让贫僧葬身汪洋。日后，必还有与贫僧一样的人，踏着贫僧走过的路，继续向前，直至找到为止。”

多目怪的眼角抽动，手不自觉地握紧了腰上的马鞭。

他忽然明白，自己所面对的，不是一个修仙者，不是一个修佛者，而是一个，最单纯的，殉道者。那种只在古籍之中出现过的殉道者。

不同于修仙者只求长生，不同于修佛者只求超脱，他是最愚昧的，那种几乎已经从世间销声匿迹的人，殉道者——只求心中至道，而他的道，就是普度。

抛却佛身，十世轮回，只为证道普度。

“玄奘法师！”一位僧人跪倒在地。

紧接着，第二位，第三位……所有僧人都跪了下去，他们对着玄奘俯首叩拜，就像在璀璨的光辉面前会不自觉地闭眼一般，无论他们愿意与否。

“贫僧有一个遗愿，还希望诸位能替贫僧达成。”

“法师请讲！”

“贫僧死后，希望有一位佛门弟子，能替贫僧将西行之路走下去，如此……贫僧虽万死，而无悔。”

短暂的沉默之后，有人高呼道：“弟子愿意！”

紧接着，几乎所有僧人都呼喊了出来。

地府之中，地藏王微微蹙起眉头，正法明如来却欣慰地笑了。

“当日，在长安城的地牢中，他就是这么逼得我不得不出手相助的。”

“即便如此，又如何？”地藏王冷冷地说道，“众僧之苦，依旧未解。西行的局中之人，苦难依旧。普度之道，哪里是那么容易证的？”

“若普度之道真的存在，要证道，你觉得，首要条件该是如何？”

“应该……应该要有无上的智慧，能化解一切苦难。”

“不。”正法明如来低头抿了一口茶，笑道，“这世间，拥有无上智慧者并非没有……要证道，首先要有一个像他这样的傻子，不顾自己的性命，抛却所有，走这条不归之路，做这样一件吃力不讨好的事。”

多目怪惊恐地望着匍匐在地的众僧，一时间，竟忘记了要进一步地阻吓。

玄奘侧过脸，看向天蓬等人："元帅。"

天蓬在卷帘的搀扶下微微仰起头，看着玄奘。

"恐怕，接下来要麻烦大家保护新的取经人了，贫僧并非无可替代，而这条路，也必须走下去。"

天蓬的眉头蹙得紧紧的，一时间，他竟不知该如何作答。

鲜血染红了僧袍。

再也没人怀疑，这个看似手无缚鸡之力的和尚，有着无穷的力量。

…… ……

"灵山有些宵小之徒认为应该对金蝉子的转世出手，直接杀了他，以绝后患。"地藏王笑了出来，摇了摇头道，"真该让他们好好看看。玄奘死与不死，这条路，都是要走，只是谁去走，到最后，又能否证道罢了。"

…… ……

玄奘仰起头，睁大双目，直逼多目怪："贫僧的后事已经交代完了，接下来，只要多目大人一个承诺。"

多目怪的眉头微微跳动。

怎么会这样，他原本是要当众揭穿这个"骗子"，向大圣爷证明自己才是对的。可是……现在看来，这个目的不但没有达成，而且因为他的步步紧逼，反倒证明了玄奘证道的决心……

多目怪犹豫不决，握紧缰绳的手在微微颤抖。

玄奘望着多目怪，高声质问道："多目大人，这个承诺，有那么难吗？"

大胡子道士策动战马来到多目怪身旁："大人，会不会是我们搞错了，这玄奘的证道是真的……"

"就算是真的又如何！阻我妖族大业者，杀无赦！"

"啪"的一声，多目怪回头一马鞭重重甩在大胡子道士的脸上。

大胡子道士捂着脸，连忙退了下去。

多目怪再度看向玄奘时，恶狠狠地吼道："懒得跟你这疯和尚废话了！弓弩手准备——！"

他一抬手，无数的弓弦瞬间绷紧。

站在前方的盾兵竖起了盾牌，往后退了两步。

“动手！”

还没等多目怪的手落下，天蓬先喊了出来。

黑熊精、卷帘抢先一步朝多目怪冲了过去，小白龙紧随其后，一下蹿到了玄奘面前。

就在这瞬间，黑熊精的身形迅速膨胀，变成了一只五丈高的巨熊。

卷帘站在黑熊精的背上，双手因为凝聚了灵力而闪烁着光芒。黑熊精的衣服被撑破了，露出紧绷的肌肉。

一时间，那些士兵都看傻了眼。

眼看着化作庞然巨物的黑熊精冲来，多目怪的战马受了惊，跃起嘶鸣，挣扎着想要掉头逃走。骑在马背上的多目怪却不以为意，只是专心致志地控制战马。

就在黑熊精那巨大的熊掌朝多目怪呼啸而去之时，忽然间，一只与黑熊精体魄相当的老虎不知从哪里蹿了出来，一下与黑熊精扎扎实实地撞到了一起。

与此同时，卷帘已经一跃到了多目怪头顶，直冲而下。那手中，凝聚了几乎所有的力量。

正当此时，一个身影挡在卷帘与多目怪之间。

这是一个道士，原本站在多目怪身后的其中一个道士。

紧接着，这道士的头顶上迅速长出了两只角。那是鹿角。

还没等卷帘反应过来，那疯长的鹿角如同珊瑚礁一般在他与多目怪之间形成一道“墙”！

机会仅此一次，错过了，就再也没有了。

时间不容许卷帘做出更多的判断，他只能使出浑身的力量朝那鹿角墙冲了过去。

第一层鹿角在卷帘的冲撞下粉碎了。

第二层鹿角在卷帘的冲撞下粉碎了。

第三层鹿角在卷帘的冲撞下粉碎了……

直到最后一层，第七层微微颤动，开裂，却没有彻底粉碎。

一口鲜血从鹿精的口中喷了出来。

还没等卷帘重新凝聚力量，隔着最后一层鹿角聚成的墙壁，多目怪轻轻一指，一道白光瞬间穿透卷帘的肩胛！

无奈之下，卷帘只得后撤。

战场的另一边，小白龙准备了一肚子的话，准备在玄奘拒绝自己撤离的建议之时用来说服他。

可惜，这些话他根本就没机会说。

当他握住玄奘的手腕，从玄奘的手中夺走那柄剑的时候，那留着羊胡子的道士已经站到了他预想撤离的道路上。

“镇定——！保持队形！”一名将领骑着战马沿着略微有些松散的军阵飞驰，呼喊着，“这是国师请下的天兵！不要害怕！”

骑在马上的多目怪面无表情地说道：“一个不留！”

第六百〇八章

活腻了吗？

那一众僧人，早已被眼前的一幕吓得目瞪口呆，他们想跑，可根本无路可逃。

四周的铁链栏杆已经被解开，但士兵们又以盾牌筑起了铜墙铁壁，将广场围得滴水不漏。

真正的激战才刚刚开始。

只见那军阵的后排，大片的箭飞射上天，朝一众僧人所在的方位射去。

卷帘想回援，可嘴角还挂着一抹鲜血的鹿精挡在了他与众僧之间。身后，多目怪依旧骑在马上淡淡地笑着，让卷帘不敢轻举妄动。

小白龙紧紧地拉着玄奘，与那羊胡子道士对峙着。

天蓬拖着疲惫的身躯一步步向前，可惜他已经什么都做不了。

慌乱之中，化身巨熊的黑熊精连忙往回跑，试图用身躯阻挡箭雨。就在此时，与他缠斗在一起的巨虎一个飞扑将他扑倒在地。

两只巨兽迅速撕打在一起，沙尘飞滚，地动山摇。一声声的嘶吼响彻天地。

箭雨无情地射来，只一瞬，广场上已是一片血泊，遍地都是中箭哀号的僧人。

玄奘呆呆地望着，却没有发出一丝一毫的声响，仿佛瞬间被摄去了魂魄，忘记自身也处于危机之中。

号角吹响了。

走在前方的大刀兵一个个仰天长啸，肌肉撑破了铠甲，他们长出了利爪、尾巴，露出狰狞的面容，现出了妖身。

一双双让人不寒而栗的眼睛整齐划一地望向玄奘。

竖在军阵最前方的盾牌如同一块块门板一般张开，无数长枪兵列队从中冲了出来，与那前方现出妖身的妖怪一同迈开脚步，一步步朝玄奘逼近。

天蓬无奈地笑着。

玄奘一脸呆滞，目光还停留在僧侣身下缓缓蔓延的鲜血上。

小白龙无比惊恐地望着这一切，在他的对面，那羊胡子道士的脑袋上缓缓长出了两根卷曲的山羊角。

“投降吧，忍一忍就过去了，不要做无谓的挣扎。”

“你休想——！”小白龙原本白净的脸上迅速长出了一片片白鳞。他一个翻转，抱住早已木然的玄奘化作龙身，冲云而去。

“想走？没那么容易！”

那山羊精手一扬，手中拂尘一端化出刃口，变成了一支槊！紧接着，他化作一道幻影追上天去。

军阵之中冒出了大批妖怪，也一个个腾空而起冲了上去。

卷帘也想追上去帮忙，却在腾空而起的瞬间，让那鹿精用一卷皮鞭捆住了脚，被硬生生扯了回去。

激战已经如火如荼。

化作白龙的敖烈抱着玄奘在天空中来回飞蹿。环绕在他四周的妖怪像一群蜜蜂一样，疯狂地蛰咬着、逼迫着，营造出一个看不见的牢笼，让敖烈无论如何都逃不脱。

一缕缕的鲜血飘洒而下。

黑熊精将虎精死死压在地上，刚想要给虎精致命一击，猛虎的尾巴却扫到了他的眼睛。

这一瞬的痛楚让他松开了熊掌，不得不后退，肩被狠狠地咬了一口。

当他挣扎着起身之时，被一大批妖怪团团围住了。

仅存的僧人被逼到了广场的角落里，身后，是层层叠叠的盾牌，已经退无可退。

天蓬抱着鼍洁走到他们当中，轻声道：“帮我照顾他。”

说罢，天蓬也不管那些僧人的回答，走到了最外围，直面一步步逼近的妖怪和长枪兵们。

“你们以为，没有灵力，我就没办法战斗了吗？”

他不紧不慢地将自己的衣袖束好。

一个长枪兵吼着朝他冲过来。

天蓬躲过了枪尖，伸手抽出长枪兵腰上的长剑，从那长枪兵身旁闪过。

那长枪兵还没跑几步，腰部的护甲便迅速开裂，紧接着，整个上身都飞了出去。

各种内脏掺杂着血水落了一地。

那些正朝天蓬与众僧步步紧逼而来的妖怪顿时都蒙了。

这是怎么回事？他的灵力不是耗尽了吗？

天蓬将剑尖刺在地面上，摇摇晃晃地，勉强撑住了身子。

“吃惊吗？”他仰起头，笑了出来，“在我还不知道什么是灵力之前，也不是没杀过妖怪。”

封神之战的前期，他在修仙之前，便已是周朝大军中除了阐教门徒之外战功最显赫的一个了。这种情况，一直持续到封神之战结束。

“他已经快不行了，不用怕！”有人低声道。

原本已经停下的脚步又一次迈开了。

妖群之中有五个妖怪同时挥舞着兵器朝天蓬冲过去。

一支长枪朝天蓬的胸膛径直刺了过来。

就在这一瞬，天蓬用剑轻轻拨开了枪尖，近身的瞬间，那妖怪的头飞上了天空，他甚至连惨叫的机会都没有。

又一支长剑落入天蓬的手中。

很快，双手持剑的天蓬与众妖纠缠到了一起。

“别给他喘息的机会！一起上——！”

数十个妖怪紧接着冲了上去，一时间，血肉横飞！

天蓬的身躯灵巧地在妖群之中来回穿梭着，妖怪一个接一个地倒地。

鲜血沿着地面砖石的缝隙渗了下去。

激烈的战斗之后，妖怪们缓缓地后退，留下满地的尸骸。

天蓬却还站着。

他身中数刀，却还稳稳地站着。

他将右手上已经钝了的长剑丢掉，又从地上捡起血淋淋的一把，用衣袖抹去血渍，握在手中。

“这剑，真垃圾，比当年花果山的差太多了。”他那惨白的脸上，依旧维持着原本的微笑，“当然，你们也比不上你们花果山的先辈。”

所有的妖怪都倒吸了一口凉气。

没有人想到会出现这样的一幕，已经耗尽了灵力的天蓬，用单纯的身法剑技，凭一己之力将妖军逼退，护住了那些僧人。

他身后的僧人们都看得痴了。

“上，上，杀了他！连灵力都没有了，他就是个废人而已！”瞬间，又有大批妖怪朝天蓬冲了过去。

如同狂潮一般的妖群之中，天蓬挥舞着双剑，游刃有余、死死地将他们牵制住了。

与此同时，黑熊精却被连番攻击推倒在地。

与他体量相当的猛虎死死地咬住了他的熊掌，无数小妖掷出了一道道绳索，那绳索的一端，是锋利的三爪钩子，直接抠住黑熊精的皮肉，限制他的动作。

卷帘同时应对着鹿精的冲撞、多目怪的攻击，还有无数小妖的暗箭，来回冲刺着，早已无暇他顾。

片刻之后，小白龙的身躯从天空中重重地砸了下来，腾起阵阵沙尘。

天蓬、卷帘、黑熊精都停下了动作，惊慌地看着。

整个妖军，包括多目怪在内也都微微一愣。

待那沙尘散去，显现出来的是布满伤痕的躯体。

刀伤剑伤不下百道，有的地方甚至还带着已经断掉一半却仍有半截刺入肉体之中的长枪与箭矢。

那躯体上还缠绕着大量肉眼难以察觉的蜘蛛丝。

涌出的鲜血浸湿了地面。

一道白光闪过，小白龙化出人形，一直被他用爪子护在胸前的玄奘挣扎着爬了起来。

“保护玄奘法师——！”

“杀了那和尚——！”

双方同时喊了出来。

几乎同时，战斗中的所有人都朝玄奘蜂拥而去……

天蓬闪过了几个小妖，手握双剑拼尽最后的力量往前冲……

黑熊精不顾扎入皮肉的铁爪使出所有的力量冲刺，血流如注……

卷帘一个手劈直接将一个小妖砍成两截，冲向了玄奘……

虎精飞扑着朝玄奘奔去……

鹿精将双角瞄准了玄奘，撒开腿狂奔……

羊精手握长槊从天空中俯冲而下……

还有数不尽的小妖。

玄奘从地上摇摇晃晃地站了起来，满脸血污。

他放眼望去，看到几乎每一个人都在冲向自己，那是一张张扭曲的脸。

每一寸土地都吸足了鲜血，一片血红色的世界。

他低下头，看到奄奄一息的敖烈。

“这就是，三界众生啊……”

此时此刻，他的脸上没有恐惧，没有愤恨，有的，仅仅是无穷无尽的，无奈。

一片混乱之中，多目怪咬紧了牙，使出所有的力量绷紧了弓弦，瞄准了玄奘的咽喉。

“妖族万岁——！”

已经无路可走。

走到尽头的，也许不仅仅是玄奘的性命，还有，西行证道之路。

玄奘缓缓闭上双目，双手合十。

“南……”

多目怪松开手指，那箭脱弦而出，以极快的速度飞射出去。

“无……”

黑熊精与虎精一面朝玄奘冲刺，一面使出所有的力量撞击对方，每次撞击，这两头庞然巨兽身上每一条肌肉的抖动都清晰可见，鲜血溅洒了一路。

“阿……”

一个漂亮的圆弧，天蓬砍翻了两个小妖，咬着牙，踩着他们的尸骨继续向前。

“弥……”

羊精握着长槊，如同一颗流星一般以极快的速度从天而降。

“陀……”

破空的箭与玄奘近在咫尺，所有人都瞪大了眼睛看着。或惊恐，或满怀期待。

“佛。”

整个世界都安静了，安静得好像整个世界都忽然消失了……

许久，玄奘缓缓地睁开眼睛。

他看到猴子挡在自己的身前，一只手稳稳握住了那支射向自己咽喉的箭，另一只手，握着一块发黑的玉简。

瞬间，多目怪脸上期待的神情凝固了。

每个人都停止了动作，画面如同定格了一般。

猴子轻挑着眉头，一字一顿地问道：“你是，活腻了吗？”

第六百〇九章

越快越好

重重的一巴掌打在脸上，多目怪整个身子都歪了，一口鲜血喷出。

他忍着剧痛，又跪好。

“啪！”

又是重重的一巴掌，多目怪被抽翻在地，摔得满脸泥沙，他连忙又爬了起来。

远处的妖怪们都看傻了眼。

“大圣爷……这西行是佛门的陷阱，万万去不得啊！”

“啪！”

第三下，多目怪的一颗门牙被打飞了。他依旧低着头，跪好。

“我问你话了吗？”

多目怪捂着脸，颤抖着不敢作声。

猴子绕着多目怪，缓缓地踱着步。许久，他轻声问道：“谁让你做这些事情的？”

“回大圣爷的话，没……没人让我做，是我自己。”

“你做这些事情之前，知会过我吗？”

“没，没有……”

“谁告诉你可以这么做的？”

“没……没人说。”

“全盘都是自己策划的？”

多目怪点了点头。

猴子的手又抬了起来。多目怪连忙紧闭双眼，缩着脖子，却不敢闪躲。

等了好一会儿，猴子这一巴掌最终没有落下。

“你什么时候知道我出来的？”

“回大圣爷的话……大圣爷您刚出来不久，我就知道了。”

“可是，你都没想过要找我聊一聊？”

“大圣爷，这是佛门的阴谋，您看！”多目怪抬起头指着远处的那些僧人急切地说道，“那和尚普度什么了？该死的还是死了，该伤的也还是伤了，根本就没有普度，那就是个谎言！他是佛门的人，哪怕和如来有教义之争，到底还是佛门的人。咱与佛门有血海深仇，佛门的人有什么理由引狼入室？大圣爷，您可千万不要相信他啊！此时此刻，大圣爷当登高一呼，三界妖众必从者如流，重现花果山昔日盛况不在话下啊！”

重现花果山昔日盛况？

猴子不由得冷哼了一声。

重现了又如何，当初强盛的花果山，还不是让佛门一锅端了？

多目怪见猴子没反应，又急切地吼道“三界妖众皆以大圣爷马首是瞻，六百多年了……苦苦等待六百年之后，若他们知道大圣爷归来，却成了佛门的一条走狗，他们会怎么想？”

他这句话一说出来，猴子双眼一瞪，手又抬了起来。

多目怪吓得连忙紧闭双目，咬紧了牙，苦苦地等待着又一巴掌。

然而，猴子并没有再打他。

猴子把手缓缓地放到多目怪的肩上，一把将他揪了起来。

猴子怒视着多目怪，一字一顿地对他说道：“什么是对，什么是错，不用你替我分辨。”

说着，猴子一松手，多目怪瘫坐了下去。

“滚吧，该干吗干吗去。我的事情，自己会解决。”

多目怪眨巴着眼睛，眼眶微微地红了。

猴子迈开脚步，一步步朝玄奘走去。

“大圣爷！老臣对大圣爷的一片赤诚，日月可鉴啊！”

猴子停下了脚步。许久，他背对着多目怪道：“怎么，念在你对我一片忠心的分上，这件事我都不跟你计较了，你还想怎么着？”

多目怪仰望着猴子，颤抖着说道：“大圣爷，玄奘万万不可信，万万不可信啊！您若信了他，我妖族危矣，危矣！”

猴子用余光瞪了声泪俱下的多目怪一眼，头也不回地朝玄奘走去。

在他身后，多目怪捶胸顿足，痛哭不已。

然而，猴子已经不再理会了。

人总有立场，有些事，说不明白，也说不清楚，更永远没可能达成一致。

半途中，虎鹿羊三妖与那七个蜘蛛精分列两旁，恭敬地朝猴子行礼。

“参见大圣爷。”

猴子停下脚步，看了看那挂了满身彩的虎鹿羊三妖，又望向另一边的七只蜘蛛精。

对虎鹿羊三妖，猴子没什么印象，也许是这几百年来新长成的妖怪吧。当然，也可能是当初花果山的妖众，只是当时还没崭露头角罢了。这七个蜘蛛精他倒是有些印象。

当初在花果山的时候，她们七个还稚嫩得很，每天只知道紧紧跟着她们的师兄。记得老九的媳妇到花果山避难的时候，猴子还特别嘱咐过让多目怪派他的师妹们多去陪陪呢。说起老九的媳妇，她叫什么来着？一时间，猴子也没想起她的名字来。不知道她现在是否安好。

老九……

猴子深深吸了口气，对着七个蜘蛛精轻声说道：“你们师兄，很忠心。当然，你们也很不错。你们的这份忠心，我知道了。”

七个蜘蛛精微微低着头，面面相觑，轻声答道：“奴婢替师兄谢过大圣爷赞赏。”

“不过，忠心也要讲究个方式方法，不是这样乱来的。帮我盯着他，别让他再给我捣乱了。听明白了吗？”说着，猴子掏出一块玉简丢给了其中穿着紫色衣裳的蜘蛛精。

那蜘蛛精将玉简收入袖中，福身道：“奴婢明白了。”

猴子侧过脸，又对虎鹿羊三妖道：“回去养伤吧，好好修行，别干这种没意义的事情了。妖族要在这个世界真正站稳脚跟，必须要流血，但不是靠你们去流血，而且……也不是用这样的方式。”

“诺！”

猴子迈开脚步，一步步走到玄奘跟前。

多目怪错了吗？

多目怪其实没有错。如果猴子不是早在另一个世界就知道了另一个版本的玄奘取经，也许根本就不会相信玄奘。说来可笑，有些事，信与不信，不过一念之间罢了。

猴子默默朝玄奘点了点头，转而走向一旁正在打坐调息的天蓬。

一身的白衣，已经被彻底染成了红色。身上数不清有多少伤痕。那从肩部一直绵延到胸前的刀伤此刻看上去触目惊心。若真是凡人，大概早就一命呜呼了吧。

“没事吧？”

“没什么事，就是灵力耗尽了，需要些许时间恢复罢了。”

猴子上下打量着天蓬的伤势，笑嘻嘻地说道：“还是那么猛啊，没灵力了还能打。哈哈哈哈，不愧是我的手下败将。”

天蓬无奈地笑了笑。

猴子一扬手，几道光从远处一片漆黑的地方飞了过来，稳稳落入他的手中。

那是天蓬的九齿钉耙、卷帘的伏魔杖、黑熊精的黑缨枪，还有小白龙的剑。

猴子将兵器一件件抛还给他们，最后一件，递给了天蓬。

天蓬仰头看了一眼猴子手中的九齿钉耙，没有伸手去接，问道：“哪来的？”

“在……离这里五里开外的山里挖到的。他们将你们的兵器都埋在了那里。好在你们都留下了气息，否则还真不好找啊。”

天蓬的眼睛渐渐眯成了一条缝：“你早就回来了？”

猴子抿着嘴，点了点头。

“既然已经回来了，为什么不出来？”

“本来我是想出来的，不过……”猴子将九齿钉耙硬塞到天蓬手中，撑着膝盖在天蓬的身边坐了下去，“不过当我看清了围攻的人是多目怪之后，就改变主意了。多目怪想看普度，我也想看。我想知道，队伍如果没了我，会怎么样。”

“你差点儿害死我们！”天蓬吼了出来。

一时间，无数双眼睛都朝这里看过来。

猴子随手使了个禁音术，悠悠道：“不会死的，谁都不会死。你以为敖烈为什么还活着？我悄悄让所有的攻击都避开了他的要害。”

“那他们呢？”天蓬伸手指向了远处堆起的僧人的尸骨。

“他们与我何干？”猴子面无表情地反问道。

被他这么一问，天蓬反倒蒙了。瞬间的错愕之后，他才猛然想起眼前坐着跟他谈笑的，其实是一个杀人不眨眼的妖王，一个，万妖之王。

天蓬苦笑一声，低下头去。

好一会儿，他才抹了把脸轻声问道：“你不是去办事吗？事情办得怎么样了？”

“别提了，没办成。”猴子努了努嘴，蹙着眉道，“而且我发现，在端了如来的老窝之前，我什么也办不成。所以，怎么证道，这一点很重要，非常重要。一天没搞清楚，我都寝食难安哪。”

“所以你就让玄奘法师和我们，身陷险境？”

“算吗？”

“还不算吗？”

猴子瞧着一脸凝重的天蓬，枕着手臂躺了下去：“你说算，那就算吧。”

天蓬的脸色更加阴沉了。

他忽然有一种感觉，回来的这个猴子，跟离开的那个有着极大的差别。这一个，才是当初在花果山使出浑身解数与自己拼杀的美猴王。

“天蓬啊。”

“嗯？”

“我忽然觉得自己好傻，大概是在五行山下被压得太久了，脑子都迟钝了吧。”

“啊？”

猴子接着说道：“这次出去，我见了地藏王两次。一次在地府，一次在刘彦昌的家门前。”

天蓬有些疑惑地看着猴子。

猴子淡淡笑了笑，又说道：“他跟我讲了一通佛门唯心的东西，我承认，他说的……有点对。但更重要的是，他告诉了我一个道理，佛门的人，是永远不会让我好过的。他们就像一群苍蝇，让人讨厌。所以，证道必须成功，越快越好。”

女儿国

第六百一十章

女儿国境

次日一早，收拾完残局，前来拜别了猴子之后，多目怪及其麾下的妖怪便从车迟国彻底消失了。忽然失去了一直以来仰仗的多目怪，老国王顿时陷入恐慌之中。

玄奘顺势带着猴子等人入宫，面谏国王。

当然，在猴子等人施压之下，国王自然对玄奘言听计从。

禁止佛教的律法很快被废除，所有僧人都解除了徭役，寺院得以恢复。死难者被厚葬，负伤者得到了补偿。

兴许是因为猴子的逼迫，兴许是因为玄奘的劝说，总之，那老国王最终做了一件天上地下极少有君主肯干的事情——下“罪己诏”。当然他其实也只承认自己被蒙蔽，将绝大部分的罪责推到了多目怪的头上。不过，事实也确实如此。

因此，大街小巷贴满了多目怪的悬赏通缉令。

虽说多目怪肯定是捉不到了，不过众僧还是对玄奘一行人感恩戴德。

这个世界往往就是这么奇怪，只要你能取得最后的胜利，那么你之前所有备受诟病的污点都会变成闪光点。

不久之前，僧人们还一致认为是玄奘的到来给他们带来了灾祸，让他们死了那么多人。现在，他们却又几乎一致地将这场无妄之灾归为“佛祖对他们的考验”。甚至有人说玄奘就是佛祖派来的使者，之所以来到车迟国，是为了考验他们修佛的决心。至于是真是假，又有谁在乎呢?

这种说法让玄奘如鲠在喉，却又无从辩解。

这真的是他想要的吗?

面对这一切，玄奘的眉头时刻紧锁着。

由于作为第一功臣的猴子根本就不理他们，连话都没兴趣跟他们说，所有僧人的感激之情自然而然地都落到同属佛门的玄奘身上。

为了表达对玄奘挽救车迟国众僧的感激，他们甚至准备向老国王提出由国库拨款，在王都外兴建一座大型寺庙，让玄奘来当主持，总理车迟国所有寺庙。

当然，这个建议被玄奘拒绝了。

一场轰轰烈烈废除弊法的运动之后，应众僧和老国王的邀请，玄奘又在车迟国的王都开了整整七天的讲坛，主讲“从善”。

一时间，不仅仅是那些刚刚死里逃生的僧人，就连国民也对他推崇备至。短暂的消沉之后，车迟国的佛门迎来了千年难得一见的盛况。

弊政得以了结，佛门得以兴盛，与此同时，玄奘又顺利传播了自己也涉猎不深的“普度”思想。

这对玄奘来说，几乎可以算是最完美的结局了。可面对这样的盛世景象，玄奘却笑不出来。他不但没有笑，反而愁眉不展，陷入了郁郁苦思。

而另一方面，自始至终，猴子都没有对他当日在最关键的时机“刚巧”出现做更多的解释，玄奘也没问。

西行的队伍，产生了某种不易察觉的变化。

与此同时，洞府之中，多目怪静静地坐着，额前的一缕头发斜斜地垂下，目光恍惚。

身前的石桌上几个酒瓶倒着。

那紫衣蜘蛛精福了福身子，轻声道：“师兄这些时日多有操劳，如今闲下来，该修养才是。这酒，还是少喝为妙。”

“修养？”多目怪的嘴角抽搐着，像是要挤出一抹冷笑，却无论如何也笑不出来。

他伸出手，微微颤抖着抚摸自己的左脸。那是被猴子连续打了三巴掌的左脸。

六百多年了，他与妖王斗、与天庭斗、与佛门斗，甚至与吕六拐斗，输输赢赢，起起伏伏，卧薪尝胆，不是没伤过，不是没出生入死过，却没有哪一次，让他如此痛彻心扉。

这就是他等了六百多年所等到的结果吗？

“滚——！”

顷刻间，石桌上的菜肴、酒瓶被扫落一地。

紫衣蜘蛛精连忙往后退了一步，当她想再上前时，却被身后的姐妹拉住了。

“不要劝了……我们已经劝过，劝不动的。”

紫衣蜘蛛精无奈叹了口气。

“那个谁？”多目怪浑浑噩噩地抬起头来，看向自己的一众师妹道，“那个，白骨妖精的事情，你们有没有告诉大圣爷？”

紫衣蜘蛛精缓缓摇了摇头。

“没有就好，没有就好。”多目怪身子一倾，摔倒在地。

一众师妹连忙上前搀扶。

“这是一个棋子……”他断断续续地说道，“早晚有一天，我会向大圣爷证明，我，才是对的。我，只有我，才是，真正，对他，忠心耿耿的！”

地府的阁楼中，正法明如来与地藏王皆沉默着，四目相对。

许久，正法明如来轻声道：“这，可算是普度？”

“不。”地藏王摇了摇头，道，“众僧生而畏死，贪享太平，又趋炎附势。多目怪执念未除，怨气反生……说到底，不过如同溺水之人忽然间抓住了一根稻草，得以稍事喘息罢了。即便真要硬说成普度，也是那妖猴在普度，不是金蝉子在普度。试问，玄奘尚且说不清，那妖猴又岂知普度为何物呢？不知普度之人的‘普度’，即便真解了苦楚，也不过是偶然，哪里能硬说成佛法？再说了，离了妖猴，此次金蝉子必是身死魂碎的结局。只能说，尊者给他找了个好帮手。”

正法明如来闻言，呵呵地笑了起来，道：“若没了这个帮手，玄奘又如何会招惹上多目怪这等妖族大员呢？西行一路，若无妖神佛三方作怪，玄奘遇到的顶多是凡人的各种刁难，凭自身之力，未必不可解。”

正法明如来顿了顿，轻声叹道：“万事万物，相辅相成，有因，方有果。岂可单纯依果而论？”

“尊者所言甚是。”地藏王点了点头，道，“既然如此，且待些时日，等贫僧那帮手出来了，再行论断。”

此时，祭坛之中，那束在金锥上的毛在不断膨胀，如同一只大蚕茧一般，也许下一刻，里面的东西便要破茧而出了。

这世间，总有着各种各样的说不清道不明。

每一个人都有自己的立场，每一个人都有自己的坚持，他们在自己的道路上或昂首阔步，或蹒跚前行，做着各种各样的决定，或对，或错。但无论如何，至少，当他们做出决定的那一刻，他们认为自己是对的，没有想过要去后悔。

众人的伤势还未痊愈，西行的队伍便又起程了。

与抵达车迟国之前不同的是，队伍中的每个人都沉默了许多。

猴子一心向着西方，永远走在队伍的最前头，表情僵得就像戴了个面具，心事重重。

天蓬总是远远地盯着猴子，时刻保持着警惕，面无表情。卷帘从天蓬的眼中看出了敌意，自然与他共进退。

黑熊精依旧没心没肺地跟在猴子屁股后头，不过，他本来话就不多。

至于玄奘，则一直愁眉不展。这一点，倒真与猴子无关。

车迟国一役最终的结果，几乎是玄奘所能想到的，最好的。可是他的普度之道呢？

或许多目怪说的那些话，做的那些事，是出于纯粹的挑衅。但说者无心，听者却有意。真到了万分危急的时刻，玄奘拿什么去普度众生呢？

任谁都明白，真正挽救了车迟国僧人的，不是玄奘，不是揽蛇入怀的善心，更不是玄奘口中的普度之法，而是猴子。用的是最简单的，以暴制暴的方式。而得到的结果，也与普度毫无关系，只是单纯的挽救。

这让玄奘陷入了深深的疑惑。

整个队伍之中，到最后，就剩下一个话痨小白龙一如往常地说个不停。

尽管说的话并没人在听，但他还是乐此不疲。

对他那叨叨念念的嘴巴，猴子开始有些不满了。刚巧玄奘的马也早没了，于是，猴子干脆采取强硬手段逼小白龙变成马让玄奘骑。这样一来，也就了了那张几乎一刻不停的嘴带来的烦恼了。

转眼之间，三个月过去了，他们终于穿越了车迟国的国境，进入一片荒原地带。此时，一行人的伤势已经恢复了大半，最重要的是队伍之中最早的病号鼍洁终于恢复到活动自如的状态了。

康复之后，鼍洁所做的第一件事就是向玄奘请求留在队伍中，一起西行。

对此，玄奘倒没什么意见。不过，猴子却坚决反对。

为啥？

第一，除了一种在水中才能用，而且不知要准备多长时间的天赋能力之外，鼍洁并不比敖烈强，反而还要弱许多。可以说他本身就用处不大。敖烈还可以算是给玄奘安排的“代步工具”，鼍洁呢？就算要马，也不用两匹吧。

第二，查沉香身世的消息泄漏，猴子有点怀疑是鼍洁走漏的风声。毕竟鼍洁自己也曾说过，他父王的魂魄就在地藏王手中。

鼍洁留下没什么实际帮助，还可能是佛门的内应。考虑到这两点，猴子反对得极为坚决。

毕竟，猴子才是整个队伍中最说得上话的人。碍于猴子的态度，鼍洁虽说不愿意，最终也只得放弃了加入西行队伍的想法。他对着玄奘三拜九叩之后，依依不舍地离开了。

临别前他一再表示会回来探望玄奘。

一行人继续往前走，用了整整两个月的时间无惊无险地穿越了无人的荒原地带。

那荒原的边界上立着一块石碑，上书“女儿国境”。

第六百一十一章

女儿国的妖物

祭坛前，一名鬼差匆匆来到地藏王身后，躬身道："禀世尊，玄奘、孙悟空等人已经抵达女儿国国境。"

"哦？"地藏王的嘴角微微上扬，"知道了。"

那鬼差默默行了个礼，退下了。

一旁的正法明如来意味深长地看了地藏王一眼，道："你不准备派那三个妖王给他们制造点事端，再考验一次吗？"

"他们能制造什么事端？论智谋无智谋，论实力无实力……"地藏王目不转睛地盯着祭坛上散发着暗金色光芒、微微搏动的茧，轻声叹道，"不需要啦。到了她的地盘，就算没有人插手，也必然会生出事端来的。我们在这里等着便是了。只是可惜了，不能派人进去一窥究竟。"

正法明如来点了点头。

正当此时，悬浮在祭坛正中的茧搏动的速度明显加快了，已经接近人类心脏跳动的速度了。

女儿国边境线。

一行人对着那被杂草遮蔽了半边的界碑看了好半天，一个个皱起眉头。

"女儿国……"

这地方可有点诡异……那剧情，猴子倒是记得清楚。可惜的是一直以来，事情一般都不按说好的剧情上演，差以毫厘，失之千里啊。

猴子指了指黑熊精，问道："听说过女儿国吗？"

黑熊精摇摇头。

猴子指了指玄奘，问：“你呢？”

“贫僧不曾听过。”

小白龙把马脸挡到了玄奘身前：“咴儿！嘶——！嘶——！”

“你呢？”猴子指了指天蓬。

“没听过。”

“东征西讨上千年，这凡间还有你没听过的？”

小白龙又把马脸挡到了天蓬身前：“咴儿咴儿咴儿！”

猴子别过脸去，连看都不看他。

“咴儿咴儿！”变成了白马的小白龙显然有些激动，他绕着猴子不断地转，艰难地用那马蹄比画着。“咴儿，嘶——”

“他想说什么？”卷帘侧脸问道。

“天知道。”天蓬转而看向猴子，道，“你就帮他把灵力解开吧，看看他想说什么。”

“不解。”猴子面无表情地瞥了小白龙一眼，道，“既然是马，就老老实实当马就是了，废话那么多干吗？”

“咴儿咴儿！”小白龙顿时更加激动了，他用马蹄在沙地上写，“他在公报私仇！那天晚上甩了我两块石头还不解气，他这是……”

好一番折腾，小白龙才把想说的话写了出来，可当他伸长了脖子，准备去咬天蓬的衣袖拉他来看时，却咬了个空。他一抬头，猛然发现众人已经走远了。

“咴儿！嘶——嘶——！”

无奈，小白龙只得屁颠屁颠地跟了上去，一路上不断地换着各种方式叫着，以表达自己的不满。可惜，没人理他。

“没想到还真有女儿国。”猴子一边走着，一边问道，“这里真有一条子母河？”

“不知道。”天蓬想也不想地回答。

“你真不知道？听说你以前剿妖满三界跑，就没来过这里？”

“天军有一条硬规定，无论何种情况下，这一带都是不准进入的。而且也从没听说这里有妖怪闹事，即便是被追缉得走投无路逃入这一带的妖怪，多半也不会再出现了。”

“什么原因？”

“不知道。”

“你就没想过搞清楚吗？”

“这才多大一片地方，四周还都是荒原，人迹罕至。有必要费心费力去搞清楚吗？”

猴子摸着下巴，不禁有些迟疑了。

连天军都不敢进入的区域，这怎么说得像三界禁区似的？

不过，就算禁区又如何，只要不是佛门的地盘，还有什么地方是他齐天大圣不能去的吗？

“咴儿！嘶——”小白龙又叫了起来。

天蓬瞧着将马头伸到两人之间的小白龙，轻声叹道：“也许他知道呢？”

猴子无奈翻了个白眼，伸手点在小白龙的耳朵上。

被他这么一点，小白龙当即重重咳了两声，可以说人话了。

“这事我父王跟我讲过，女儿国，是绝对不可以进入的。这里有妖物，很吓人的，进去了会没命！”

“然后呢？”

“这是我爷爷告诉父王的。”

“你父王还说了什么？”

“没了，我爷爷也就跟我父王说了这么多。”

话音未落，猴子又是一指点在小白龙的耳朵上，气得小白龙嘴都噘起来了，在两人身后又蹦又跳，却也无可奈何。

“知道我为什么不帮他解开了吧？”

天蓬默默点了点头，表示十分赞同。小白龙这话，当真是说得一点用处都没有。

一旁的卷帘伸长了脖子道：“既然有妖物，又这么凶险，要不我们还是绕行吧？”

闻言，天蓬一下笑了出来，指着猴子道：“要论妖物，我们这里有个更厉害的，妖物的祖宗。”

对于这句话，猴子不予置评。不过，这倒是大实话。别人可能因为前面有妖怪而不走，但猴子可是妖王，队伍里除了卷帘和玄奘，其余是清一色的妖怪。要绕道，也应该是其他妖怪绕道吧。

“怎么样？”猴子回过头去瞧着玄奘道，“绕道还是直行？”

玄奘微微一愣，如梦初醒似的瞧着众人，好一会儿才缓过神来，双手合十道：“既是西行证道，自当直行，怎可趋利避害？”

如此，众人便顺着原本的路线继续向前。

不多时，他们走入了一片树林之中。

这树林郁郁苍苍，花草繁茂，各种飞鸟、走兽比比皆是，看得众人一阵感叹。

很难想象在荒原边上竟然能看到如此景象。为此，猴子还特地腾空察看了一番。

荒原与绿林，一边是寸草不生，一边是郁郁葱葱。

这种情景猴子不是没有见过。当初出海寻仙，刚刚登上南赡部洲的时候看到的不就是这种场景吗？

不同的是，那时候树林与荒原之间隔着一条山脉。而在这里，那中间根本就没什么间隔。就像有人用尺子在地图上硬生生画出一条线似的。仿佛有某种力量在支持着树林在荒野中生长。

这让猴子心生疑惑。

一行人又走了大约一里路，忽然间，猴子停下了脚步，仰起头。

众人也跟着仰头望去。

在那头顶上，高空中，一只鹰在云间不断来回盘旋着，时不时啼叫两声。

“怎么啦，妖怪？”天蓬问。

“不是。”猴子摇了摇头道，“就是一只普通的鹰而已，不过……我感觉它在跟着我们。”

“嘶——咴儿咴儿！”

猴子瞪了小白龙一眼，轻声道：“有人来了，小心。”

一听这话，其他人连忙暗暗做好准备。

不多时，前方的林间果然出现人影，却不是直接站出来，而是隐藏在树后，似乎在等待着什么。

当然，这种隐藏方式也就对凡人有用，对猴子这一行人，那是一点用都没有。

“出来吧！”猴子扯着嗓子高声喊道，“不用躲了！躲也没用！”

他们就这么静静地等着，好一会儿，对方确信自己的行踪已经暴露，这才一个个现身。

那是一个个娇俏的少女。

她们穿着用皮革、树藤、枝叶编成的衣饰，手中却拿着制作精良的武器，包括长弓、弩箭、短刀等，看上去与她们简单而原始的衣着极不相称。

“是修仙者。”还没等她们站稳，天蓬便下了结论。

陆陆续续地，竟走出来二十余人。那为首的是一个握着长弓、留着披肩长发、身材高大的女子。

“你们是什么人？为什么到这里来？”

“嘶——！咴儿咴儿！”

猴子一把将抢着说话却又说不出来的马脸推转过去，往前跨了一步，盘手道：“我们要到灵山取经，途经此地。”

“灵山？”那女子微微一愣，目光落到了玄奘的身上，“你们是佛门的人？佛祖难道没告诉你们女儿国是禁地，不欢迎男人吗？”

说罢，那女子似乎意识到自己少说了什么，又连忙补充道：“也不欢迎公猴子、公猪、公龙和公熊。总之，一切雄性生物都不欢迎！”

“一切……雄性生物？”卷帘伸手一吸，将林间的一只兔子吸入掌中。

这一手，让站在对面的一应武装少女吃了一惊。

卷帘提着兔耳朵低头检查了一下，对猴子说道：“还真是母的。”

“所以呢？”猴子撇了撇嘴，有些不悦地说道，“现在我们闯进来了，你们准备怎么样？”

说着，猴子还故意将自己本来隐藏的气息释放了出来。

这一下，那为首的女子脸色刷的一下变了。

不仅仅是她，其他少女的脸色也都变了。

她们没办法准确判断猴子的修为，但身为修仙者，肯定都知道猴子不是她们惹得起的。而且照卷帘方才露的那一手来看，这整个队伍中的人可能都隐藏了气息，没有一个是她们惹得起的。

女子没有直接回答猴子的问题，而是侧过脸对着身旁的随从低声道："去通知梨花将军。"

"梨花将军……能行吗？"

"把情况告诉将军，由将军定夺。"

"诺！"

那随从正准备转身之时，动作却一下僵住了，像是被施了定身咒。

少女们一下都蒙了。

很快，那为首的高大女子迅速反应过来，拉开长弓指着猴子叱道："你要干什么？"

"这明显是要去报信，放她走，岂不是显得我很傻？"猴子伸手挠了挠脸，咧开嘴笑嘻嘻地朝那为首的女子走了过去，"谁都别想逃。咱先坐下来聊聊，说说看你们这女儿国的'妖物'，究竟是怎么回事。"

第六百一十二章

来者何人？

猴子笑嘻嘻地望着她们，瞪大了眼睛一点一点地释放自己的气息，仿佛没有止境一般。

在场的少女，最高的也就是炼神境，距离化神境还差了一大截。即使是小白龙登场，全身而退也是毫无问题的，何况还有猴子以及其他人在？

如果说片刻之前，对方对猴子是忌惮，那么此刻，这种忌惮已经彻底演化成了恐惧。

那些少女一个个惊恐地望着猴子。为首的女子早已经屏住了呼吸，身躯微微颤抖。

“快跑——！”随着一声尖叫，全副武装的少女们分散而逃。

猴子只是笑嘻嘻地看着，直到那些少女即将逃出他的视线范围，他才将金箍棒重重一顿，骤然发力。

“回来！”猴子一声清叱。

瞬间，一卷狂风刮过，地上的叶片瞬间形成一个以猴子为中心的旋涡。

下一刻，所有少女腾空而起，就像被人从背后扼住了脖子往上提，双脚离地。她们无论如何挣扎都无法挣脱，只觉得天旋地转，身躯如同枯叶一般被那狂风强拽着在林间穿梭，又重重摔落地面。

当她们再度睁开双目之时，那张毛茸茸的脸已在眼前。

一时间，她们都摔蒙了。还没等她们反应过来，原本翱翔蓝天的鹰“啪嗒”一声掉到了一旁，奄奄一息。

为首的女子惊恐地看着眼前的一切，脑海一片空白。

“你……你们到底是谁？”

“轮不到你来问。”

“放了我们！如果我们没有按时回去，将军必定会知道我们出事了，到时候……”

那话被轻轻拍在脸上的金箍棒打断了。

猴子轻挑着眉毛，用金箍棒挑起对方的下巴，咧开嘴露出獠牙，笑着说道：“你猜，我怕吗？”

只一句话，顿时，那一众少女的心已经跌入谷底。

很明显，她们遇到的是女儿国前所未见的强大入侵者。

玄奘无奈地看着猴子，淡淡一叹。其他人则一声不吭。

如果猴子不在这里，玄奘大概会以一种更加友善的方式来解决问题吧。然而，没有如果。猴子也显然不是他玄奘能完全左右得了的。

眼看着这些女子被自己彻底吓傻了，猴子半蹲下身子，用手掐住那为首女子的咽喉道：“我问一句，你答一句。”

那女子点了点头，眼眶已经红了，却还拼命忍着。

“你们这里有子母河吗？”

“没……没有。”

“没有？”

“我不知道你说的子母河是什么。”

“没有子母河，又没男人，你们怎么繁衍？”

那女子紧张地望了望自己身后的姐妹，低声道：“我们有母亲湖，喝了母亲湖的水，就能怀孕……”

“如果生出来是男的呢？”

“如果是男的，按例送祭……”

身后站着的其他人顿时愣住了。

不是她们想要的，就直接“回炉”……这，怎么有种似曾相识的感觉？

猴子淡淡叹了口气，接着问道：“听说，你们这女儿国有个什么妖物。具体，是什么东西？妖怪吗？”

“我不懂你在说什么。”女子稍微别过脸去。

“你们这里像你这样，达到炼神境的有多少人？”

女子摇了摇头："不知道。"

"化神境以上的呢？"

"不知道。"

"你什么都不知道？"

"我只是一个小将，怎么可能知道那么多。"

"那，你们最强的人是什么修为？"

那女子紧紧地闭上了双目，看情形，也是答不上来。

猴子将金箍棒往肩上一扛，轻声道："行吧，你带我去找你们那个什么将军。"

接着，猴子又回头对着玄奘问道："那个什么献祭的事，你肯定是想管的，对吧？这应该是普度的内容吧？"

被他这么一问，玄奘反倒有些蒙了。

四周的其他人都保持沉默。

"你不想管吗？那你的普度怎么办？"

玄奘愣了好一会儿，默默点了点头。

真的该介入吗？其实，玄奘自己也不知道。

他不怕麻烦，不怕凶险，但他怕事与愿违。就像在车迟国，虽说离开的时候僧人们都已不计较了，可那些死去的僧人是否也这么想呢？

天蓬有些诧异地望着猴子。

这就是那天晚上，猴子对他说的"证道必须成功，越快越好"吗？

猴子扭过头，对着那些女武士道："带路吧！"

无奈之下，玄奘只得硬着头皮，跟着猴子往树林的深处走，颇有一种赶鸭子上架的意味。

这些前来截击的女武士在这女儿国之中的地位并不高，应该说，有点低。她们所知道的，也并不多。不过，从她们的口中，猴子还是问到了许多基础的情报。

女儿国的最外围是一圈环形树林，将整个女儿国都包裹在内。中间是平原丘陵，丘陵上布满了哨塔，却并非全都有人把守，绝大多数时候，哨塔中是没人的。

在正常情况下，她们以驯养的鹰作为哨兵。这些都是普通的鹰，在入侵者距离女儿国边境十几里时便开始追踪对方。由于没有妖气，更没有灵力，即使对方是实力强大的修者，这些鹰也不容易被对方注意到。

在判断出对方的实力之后，她们再派出相应的队伍进行截击。在绝大多数情况下，她们会确保入侵者有来无回。大概因为猴子这一行人一方面隐藏了实力，另一方面看上去又真的很像旅客，她们并没有派出强力的截击部队，这才导致了眼下阴沟里翻船的情况吧。

不过，这些都没什么。从她们手中接过女儿国的地图时，猴子不由得愣了一下。

整个女儿国的版图，居然是圆形的！

不仅如此，最外围是树林，第二层是丘陵，第三层是平原，第四层是城邦，核心是一个不大的湖泊。女儿国的地图摊开来看，就像一个箭靶，层次分明。

不，不仅层次分明，上下左右居然还是对称的！好像这整个地域，压根儿就不是天然形成的，而是某种力量，或者某股势力出于某种目的硬生生创造出来的世外桃源。

可是，什么人会做这种事呢？

猴子实在想不明白。

这三界之中，能硬生生在荒原上开辟出一片世外桃源的势力，总共也就那么几个。从她们的口气看，不会是佛门。按照天蓬的说法，也不应该是天庭。道家已经有了昆仑山，没必要千辛万苦弄这么个东西，再说了，道家肯定无法威慑佛门。至于妖怪……在花果山崛起之前，他们压根儿就屁都不懂。即使真是妖怪建立的，那也应该是花果山之后的事。难不成这里会是花果山的某个分支？

可是按照天蓬的说法，这个禁区由来已久，甚至连天蓬也不知道它是什么时候出现的……

这，会是什么人呢？

猴子越想，只觉得越糊涂。

不多时，众人便穿过了外围的树林。

映入他们眼帘的，是一幅如诗如画的美景。

明媚的阳光，翠绿的草地上蝴蝶飞舞，远处的丘陵上牛羊成群。

整个世界弥漫着温软的气息，给人一种身心无限放松的感觉……

就在猴子一行正为眼前的景象暗暗吃惊时，远处，无数身影朝他们飞驰而来。转眼之间，他们已被团团围住。

这是一群装束与他们所俘获的女武士差不多的士兵，一个个手上拿着长弓、短刀，清一色的少女，容颜俏丽。

原本被猴子俘获的那些女武士也趁着这个机会一下归了队，转而又拿起武器对准了猴子等人。

双方就这么对峙着，互相打量对方。

大概因为经常会遇到偶然进入的男人，这些女子对这一行外来的闯入者并没有表现出多少好奇心，更多的，是敌意。反倒是小白龙伸长了脖子，对这个全由女子组成的国度好奇得很。

猴子略微感觉了一下，已经大概确定了对方的实力。

相比之前的那些，这一百多人能力强了不少，甚至还有好几个化神境的修仙者在里面。不过，也还没到让猴子费心的地步。

正当猴子将金箍棒扛到肩上，准备开口说点什么的时候，忽然间，他愣了。

“恭迎女王陛下！”

将一行人团团围住的女子们呼喊了出来。她们让出了一条道。远处，一个身影正朝这里飞来。

那是一个有着棕色及腰长发的女子。

火红色的瞳孔，如画般的精致脸庞，如冰雪一般泛着光泽的皮肤。一身镶了金边的灰黑色紧身皮甲穿在身上，给人一种无比矫健干练的印象。

小白龙看得有些痴了，猴子却只是微微蹙起眉头。

他能清楚地感觉到，来者是妖，虽然完全没有妖气，但确实是妖。只是还不能确定究竟是什么品种的妖罢了。当然，最重要的是对方实力相当不错，最起码，对付天蓬绰绰有余。

难道这就是所谓的“妖物”？

他暗暗地攥紧了金箍棒。

正当猴子准备在对方靠近之后将她制住，让玄奘好好跟她理论一下所谓的“献祭”问题时，对方却忽然凌空悬停。

她望着猴子，有些不可思议地睁大了眼睛，说出了一句话：“您是……大圣爷？”

第六百一十三章

女儿国的女王

“您是……大圣爷？”匆匆赶来的女王掩着唇，睁大了眼睛。

猴子双目缓缓眯成了一条缝，有些诧异地望着对方。

对于女王的反应，四周将他们团团围住的女兵们一个个都愣了，反倒是玄奘等人淡定得很。

会叫“大圣爷”的，大概都是猴子花果山的旧部吧。想想当初花果山的盛况，在任何一个角落遇到猴子的旧部都不奇怪。

天蓬等人一下松了口气，握着武器的手微微松了松。

短暂的错愕之后，那女王迅速落到猴子身前，双手按在腰间，正要福身行礼，却又猛然意识到什么，只是象征性地点了点头，收了收神。然而，双眸之中的欣喜之色，嘴角满满的笑意，却是无论如何也掩不住的。

“解除……解除警戒。”

“啊？”一位女将指着猴子道，“陛下，他们是入侵者。”

“本王说了，解除警戒。”

再次确定了女王的命令之后，那些女兵才一个个松开弓弦，面面相觑。

数千年了，女儿国还从未出现过这种放任外来入侵者，特别是男性外来入侵者的事情。按道理，即使不立即将他们处死，也该驱离才对。可她们的女王陛下却下令解除警戒……没有人知道究竟发生了什么事。

这转折……

天蓬悄悄朝猴子望了过去。

此时的猴子眉头蹙成了八字，愣在当场。

这人他真不认识，一点印象也没有。可对方这举动，又明显应该是认识的。

怎么办？就对方这表现，要告诉她自己没想起来她是谁吗？

猴子有点犹豫不决……

看到自己的下属全部解除了武装之后，女王看了一眼猴子身后的人，然后才对猴子点了点头。她的嘴角微微上扬，带着笑意。

“大圣爷是途经此地吗？”

“对。”猴子稍稍松开手中的金箍棒。

“既然来了，便是客，婢……不，本王，自当好好招待才是。”

说着，女王侧身站到一旁，伸手做了个“请”的手势。

“婢？”猴子眉头蹙得更紧了。

他听得很清楚，刚才对方自称“婢”。不是“末将”，不是“卑职”，不是“臣”，而是“婢”。

在花果山，自称“婢”的，应该是女婢。要这么说的话，可能性就多不胜数了。当初花果山齐天宫的女婢何其多，猴子记不住也很正常。可是……一个女婢成长成这样，难道不奇怪吗？当初花果山虽说不可能每个妖怪都用天材地宝去养，但她资质如此高，堪比天蓬，而且修的还是行者道，按理说怎么都不可能被派去当女婢啊。

“大圣爷，本王的行宫就在这附近，走一趟如何？”

猴子支支吾吾地说道：“我们这一行人，还有一匹马……恐怕……不太合适吧？”

“没事，我们先行一步，他们稍后就到。”

听她这么一说，猴子顿时又警惕起来。

该不会是想支开他然后找玄奘麻烦吧？

这么一想，猴子顿时坚定了许多，冷冷答道：“不了，我还是跟他们一起吧。”

女王恍然意识到什么，朝玄奘等人看了看，点了点头道：“也行，那本王，就陪大圣爷散个步吧。”

自始至终，这个号称女儿国国王的女子都未道破自己的姓名，却一直微微仰着头，望着猴子，欣喜之色溢于言表。

看着自家女王陛下兴致如此之高，那些女兵都蒙了。不过，既然命令已经下达，她们也不便违抗。

一路上，猴子与这位女王并肩走在最前面，身后，玄奘一行被一群女子团团围住。虽说她们没直接拿兵器，但对他们的防备还是显而易见的。

走了一小段，几个士兵甚至走到玄奘等人的前方，有意无意地挡在玄奘与猴子之间，放慢了脚步，似乎想拉开其他人与猴子之间的距离。

这让猴子的戒心更加重了，他不得不几次放慢脚步保持与玄奘之间的距离。

对于这些微妙的动作，这位女王却丝毫没放在心上。只要猴子停下脚步，她便跟着停下，笑嘻嘻地望着猴子，丝毫没有催促的意思。

这让猴子百思不得其解。

无奈，猴子只得直接用传音的方式和那女王沟通。

“那个……我们认识吗？”

“大圣爷自然不认识奴婢了，不过，奴婢肯定不会不认识大圣爷。”

“你以前在花果山待过？”

“是啊，奴婢以前是齐天宫的婢女。不过……在下属面前不好直接说出来，所以，只能委屈大圣爷您了。”

“这没什么……”猴子意味深长地看了她一眼，目光交汇之际，他发现对方笑得像朵花儿似的。

这位女王身上没有一丝一毫妖的痕迹，不过，猴子可以清楚地感觉到她是妖无疑。此时此刻，她与猴子之间的距离不过三尺，猴子甚至可以清楚地感觉到，对方是一只蝎子精。

难道是像卷帘当初那样，莫名其妙跑到这里，然后当上了女王？也不对啊，莫名其妙当上女王有可能，可她这一身修为哪来的？

按照当初花果山的风格，她会被派去当婢女，资质顶多也就中等偏下，这样的资质，得用多少丹药才能达到化神境太乙金仙，甚至大罗金仙的境界？恐怕连天庭也拿不出来吧。

而且，看她的神情，一路上只顾望着猴子傻笑，不像城府很深的样子。

一路上，猴子心事重重，时不时地问点当初齐天宫的事情。对方倒是对答如流，不像是装出来的。这让猴子不禁有些郁闷了。

穷凶极恶的敌人其实不可怕，只要你比对方更穷凶极恶就行了。真正难缠的是这种。就她表现出来的那副善意，猴子实在干不出忽然下手将她制住，然后挂在树上逼问这种事。

很快，他们渐渐接近女王口中的行宫，路上开始见到一些散落在山川之间的岗哨与房屋。

总体而言，这女儿国当真是一片世外桃源。不仅鸟语花香，湖光山色，而且这里的人全部都修仙，安居乐业，又个个是美女，看上去一个比一个年轻。如果排除不欢迎男人这一点，这里还真就是男人的天堂了。

渐渐地，房舍越来越多，那些女人像看怪物一样远远地望着这一行人。

不多时，众人来到了所谓的“行宫”——飞檐青瓦，大大小小的木质房舍——这是一座颇有苗族风格的建筑，自然、简单、古朴。

一个穿着翠绿衣裳的女子带着一众随从迎了上来。

她看见女王身后猴子一行人的时候，明显吃了一惊，却并未多言，只是躬身朝女王行了个礼。

“本王要在这里宴请大圣爷，你们赶紧准备一下。”

“诺。”

女王带着猴子一行，大步向前。一路上，所有人都恭敬地行礼。

女儿国并不大，女儿国的王宫，自然也不可能特别大，何况这只是个行宫呢？

与寻常的宫殿不同，这座所谓的行宫高达三层，布局密集，内部没有大广场，看上去就像一座占地极大的宅子，真要论起来，根本谈不上是什么宫殿。

大概因为除了负责对付入侵者的部队之外，其他人都极少见到男人，当猴子一行走在天井之中的时候，一些女子站在二楼或者三楼的栏杆边上饶有兴致地打量着他们，叽叽喳喳地议论着。

很快，一行人被安置在一座小宅子里。

而小白龙则被拴到了宫外的马厩里。他望着一群对着他两眼放光的母马，狠狠地打了个冷战。

房间里，天蓬有些诧异地说道：“你不认识她？”

“应该不认识，反正没想起来。她说自己曾经是齐天宫的婢女……那时候齐天宫的婢女一堆，除了经常接触的几个，我哪记得啊？”

“一个齐天宫的婢女能有这样的修为？”

“我也觉得奇怪。”猴子摇晃着身子，道，“也许是有什么奇遇吧，不过这奇遇还真有点……太大了。”

其他人都静静地瞧着猴子。

猴子顿了顿，长叹了口气，接着说道：“走一步算一步呗。我看她不但没恶意，还有问必答。不是说要宴请我们吗？想知道啥，大不了问一下就是了。”

此时，行宫的另一处，在宫门口迎接他们的绿衣女子站在女王身后轻声道：“女儿国向来不欢迎男人，陛下让男人进入行宫，这恐怕不太好吧？”

“你能制止他们？”

“这……”

“大圣爷的修为，最起码是大罗混元大仙。在这女儿国，根本没人能与之匹敌。所以啊，不是我们有意为之，而是逼不得已。”

绿衣女子福了福身子，轻声道：“无论如何，这都是违反祖例的事。卑职以为，应该跟娘娘说一声。”

“娘娘正在休眠，不便打搅。这种事，本王做主便是了。”女王放下臣子呈送的晚宴的菜单，拉着绿衣女子的手走到自己的衣柜前，道，“这些就不要多想了。你来帮我挑挑，看看今晚应该穿哪件衣服。大圣爷难得来一趟，可是怠慢不得。”

她脸上的笑，灿烂得如同一位少女遇见了失散多年的梦中情人一般。

这让绿衣女子不禁有些忧虑。

她并不知道，甚至连猴子也没想起，将近七百年前，当猴子终于逃离了天庭，被妖族大军迎回花果山的时候，花果山举行了一次盛大的庆典。在那庆典上，有一个婢女不慎将酒水洒到了花果山一位重臣的身上，本应被重罚，却因为猴子，最终被免罪，还被当时心情大好的杨婵提升了品级。

那个在花果山的历史上不曾留下名字的婢女，现在是女儿国的国王。

第六百一十四章

宴 席

衣服换了一件又一件，女王却始终不满意。身旁的衣服都堆积如山了。

借着更衣的空当，一个又一个婢女从屋外走进来，从酒菜到宴席用的酱料，女王都一样样亲自指定，还时不时地询问一下猴子一行人有没有什么其他要求。

一旁的小侍女都看傻眼了，她还从未见过女王像今天这样。

女王穿着一件杏黄色镶金边的衣裳，在镜子前转起了圈，裙摆一下飞了起来。

“你觉得这件怎么样？”

一旁的小侍女甜甜地笑道：“陛下穿什么都好看。”

“你就会拍马屁。”女王瞧着自己衣袖上的金边花饰，蹙眉道，“总觉得还是不行，太华丽了。”

“您是陛下，衣服当然要华丽了。不华丽，怎么彰显贵气呢？”

“再贵气，也比不过他啊。”女王叹道，“谁又能贵气得过大圣爷呢？”

她的神色之中，似乎有些许的无奈。

小侍女好奇地问道：“陛下，从刚刚回来就一直不断念叨着‘大圣爷’‘大圣爷’的，那‘大圣爷’究竟是什么人哪，能让陛下如此上心？”

“大圣爷是……”话到嘴边，女王一顿，瞧着小侍女道，“说了你也不懂，那是外面的事，跟女儿国无关。”

小侍女撇了撇嘴。

女王一边拿着头饰对着镜子比画，一边说道：“说了你也不会懂就是了。”

“陛下不说，怎么知道奴婢不懂呢？”

小丫头有些不开心了。

这女儿国中的人，虽说与外边一样也有着贵贱之分，但大多数时候，她们却像姐妹一样和睦，难见朝堂的争斗与腥风血雨。

见状，女王无奈地叹了口气，笑道："行吧行吧，就告诉你。不过，可不许四处传哦。"

小侍女当即收了收神，笑道："奴婢的嘴，陛下难道还不放心吗？"

女王回过头，瞧着小侍女翻了个白眼："该怎么说呢？嗯……这大圣爷呀，是三界妖王，所有的妖怪，都以他为尊。将近八百年前，他一手创立的花果山妖国，逆转了局势，逼得天庭也无可奈何。今时今日，三界之中，几乎任何一个上得了台面的妖怪，都曾是他的臣子。这么说，你知道他有多厉害了吧？"

小侍女蹙着眉头，听得懵懵懂懂的。好一会儿，她小声问道："那，他干过什么大事吗？"

"大事啊？"女王想了想，道，"他一个人打上天庭去，百万天兵也奈何他不得。前任的玉帝、王母都是他杀的。他还破了太上老君的天道修为。这算不算大事？"

"天道修为……"小侍女越发糊涂了，"天庭，比我们女儿国还厉害吗？还有，他为什么要创建妖国呢？"

"啊？"

"玉帝和王母是什么？还有那个什么'天道修为'，又是什么？"

这下轮到女王糊涂了。

女儿国，是一个消息极为闭塞的地方。除了少数像她这样从外面来的人，大部分土生土长的臣民，连女儿国之外究竟是怎么样一个世界都不知道。

数千年以来，她们都是这么过的，也从未想过要改变。

女王无奈叹了口气，轻声道："所以说，说了你也不懂嘛。总之，大圣爷是个很重要很重要的人，他对本王有恩，大恩。"

女王顿了顿，看着镜中的自己，淡淡笑道："以前我只是齐天宫的一个女婢，连让他看我一眼都不敢想，他又怎么可能记得我呢？不过，今时不同往日了，我现在是女王。刚刚，我还和他并肩而行，他还给我传音了呢……

这次，我一定会让他记住我，无论如何，要给他留个好印象。”

此时此刻，她那平日里总要强撑出威严的脸上洋溢着一种少女才有的幸福的笑，如同春日里的阳光一般温软。

夕阳西下，马厩里，小白龙已经被一群母马逼到了墙角。

小白龙看着一大群围着自己两眼放光的母马，腿发软。

“咴儿！咴儿——！”

一名正在站岗的女兵背对着马厩伸手掏了掏耳朵。

“怎么回事，马厩里怎么啦？”

“没什么，刚放进去一匹公马。是那些人带来的。”

“公马……这，没关系吗？”

“问过陛下了，陛下说不用管。”

另一名女兵略微想了想，道：“也好，这样一来，今年不用特地去母亲湖取水来给它们喝了。”

片刻之后，一声凄厉的马嘶响彻整个行宫。

“几位贵客，女王陛下已经在大殿备好了宴席，特命奴婢来请诸位赴宴。”

她们等了半晌，房门紧闭，房中没半点动静。

站在门外的三位侍女面面相觑。

“几位贵客，女王陛下已经在大殿备好了宴席，特命奴婢来请诸位赴宴。”

依旧没有半点动静。

那为首的侍女犹豫了片刻，伸出手去准备敲门，就在她即将碰到门板的瞬间，那门“咣”的一声开了。

一时间，门外的侍女都吓了一跳。

猴子从里面探出头来朝外面望了望，将两扇门都推开了。

“带路吧。”

那三位侍女小心翼翼地点了点头，提着灯笼走在前头。

随着一行人挨个儿从房中走出来，那对面楼台上聚集的一众女子又叽里呱啦地议论起来。

“那毛脸的好可恶，居然还吓人。”

“还是那光头好，长得好看，看上去，温文尔雅。”

“我觉得使钉耙的那个好，雄壮有力，白白净净的，长得又好。他那钉耙，听姐妹说起码有数千斤重。光头软趴趴的，哪里比得？”

“那是个猪妖。”

“不会吧？猪妖？会不会搞错了？”

“不会搞错，都照过了。这些人里面，只有光头和大胡子是人，另外三个是妖。马厩里的那匹马还是条龙呢。”

“哎呀，这倒是可惜了。”

“可惜什么？”

顿时，那些女子被吓了一跳。回首望去，发现那在这行宫之中一人之下万人之上的绿衣女子就站在身后冷冷地看着，她们一个个连忙低下头。

“可惜什么？怎么不接着说了？”绿衣女子仰着头，瞪大了眼睛来回瞧着她们。一个身穿甲胄的女将站在她身后。

被绿衣女子这么一瞪，原本兴高采烈的女子们顿时感觉头皮发麻，不敢作声了。

就这么沉默了好一会儿，其中一个唯唯诺诺地说道：“奴婢……奴婢还要去准备宴席，所以……”

“去吧。”

那女子默默福身，低着头，快步离去。

“奴婢还要去厨房帮忙……”

“去吧。”

“陛下命奴婢准备今晚的焰火……”

“去吧。”

不一会儿，所有人都走光了，只剩下绿衣女子与那女将静静地站在楼台上。

“哼！居然还有烟火……我们女儿国，该有上百年没放过焰火了吧？丞相，陛下贸然邀请男性外来者进入行宫，这恐怕不妥啊。”

“我倒是劝过陛下，不过，她不听。”绿衣女子叹了口气，轻声道，“你速速去一趟母亲湖，将这件事禀报娘娘吧。”

“娘娘还在休眠，恐怕……”

“娘娘休眠之前说过，若是真有急事，可将她唤醒。妖猴实力强横，除了和尚之外的几个，也都不是省油的灯。这帮人一旦发难，就算我们倾尽全国之力，恐怕也压制不住。你觉得这件事还不够急吗？”

那女将稍稍犹豫了一下，躬身拱手道：“诺！”

一排排美艳侍女，张灯结彩的殿堂。

女王化着淡妆，穿着一身杏黄色的长裙，戴着她认为最美的饰品，站在高高的台阶上，如同一朵盛开的康乃馨，美得不可方物。

猴子踏入大殿的一刻，着实愣了一下。

同样吃惊的还有站在猴子身后的玄奘等人。

这女儿国的建筑风格，多以简单、自然为主。可如今放眼望去，这大殿竟有几分当初齐天宫的风格，有种熟悉的味道。

女王挺直了腰杆，站在台阶上淡淡地笑着。

猴子缓缓地往前走，不断地四下张望。

这木雕，是刚雕好的。悬挂在屋顶的红绸，巧妙地掩盖了大殿原本的纹饰。两侧矮桌上放置的水果，都是猴子喜欢的。

王座被移开了，取而代之的，是并排的两个座位。身为君主，哪怕是宴请另一位君主，也还是有主宾之分。移开自己的王座是令人难以想象的举动。

猴子有些错愕地望着女王，一时间蒙了。

这是下了多少功夫来准备这场宴会啊……要干吗呢？

此时，已从一身戎装换成了长裙的女王双手按在腰间，缓缓地福下身去，实实在在地行了个礼。

一个声音在猴子的脑海中响起：“奴婢毕竟是女儿国的国王，所以……只能委屈大圣爷与奴婢平坐了，还请大圣爷不要怪罪。”

“没……没事。”猴子木讷地点了点头。

“奴婢的本名，叫芸香。是在花果山书院的时候，吕清吕丞相给起的。”

第六百一十五章

陵

“大圣爷，请入座。”芸香捋着长袖，做了一个“请”的手势。

虽说整个殿堂有几分熟悉的味道，但不知为何，猴子的心中，却有一种说不出的不适应，准确地说，是有些别扭。

猴子点点头，一言不发地走上了台阶，并未拒绝。

“诸位，请入座。”芸香又朝玄奘等人友善地点了点头。

芸香似乎看出了什么，亲自斟满一杯酒，经由侍女的手呈到猴子面前，轻声道：“这算是家宴，还请大圣爷不要过于拘谨。”

猴子点了点头，接过酒杯，算是回答。

待众人坐定，芸香轻轻拍了拍手，十余名侍女从殿外鱼贯而入，呈上各色菜肴。

鼓乐齐鸣，整个殿堂顿时活跃了起来，一片莺歌燕舞。

此时，猴子才注意到不仅仅是对自己，即使是对玄奘等人，那菜色看上去也是根据各自的身份刻意搭配过的。

猴子压低了声音道：“这……是不是有点过了？”

“大圣爷指的是什么？”

“听说，女儿国不欢迎男人。我们不但受到了欢迎，还被奉若上宾，受到了款待，这是不是有点……”

芸香掩着唇，淡淡笑了笑，道：“若是其他男人，女儿国自然不欢迎。可您是大圣爷。对……”

芸香朝在自己身旁侍奉的侍女看了一眼，望着前方殿堂正中的舞女，接着说道：“大圣爷对奴婢有恩，自然不可一概而论。”

“有恩？这，怎么说？”

芸香端起酒杯，低声道：“大圣爷挽救了整个妖族，芸香也是妖，这难道不算是恩吗？”

说罢，她转而朝自己的臣子高声道：“敬我们远方的来客！”

台阶下还没搞清楚状况的女儿国文武官员们见状，连忙一个个跟着端起酒杯：“敬远方来客！”

玄奘等人也都礼貌性地端起了酒杯。

猴子也象征性地端起酒杯回敬，却只是抿了一口，轻声道：“我对妖族究竟是功是过，我自己清楚。”

芸香闻言，脸上的笑意顿时黯淡了。

女儿国虽说举办宴会也不少，酒，却不是常备之物。一众臣子参与这场宴会，纯粹是女王的要求，出于礼貌的考虑。玄奘等人更是如此。故而，高亢的乐声之下，宴会的氛围却始终低沉。

左右两边的人，不过是在偶尔目光交汇之际礼貌性地点头微笑罢了。

猴子更自始至终都阴沉着脸，即使看着特意安排的舞蹈，也是一副心不在焉的样子。

这让芸香想起了许多年前在花果山举行的欢迎猴子归来的庆典。在那次庆典上，前半场，猴子也是这般木讷，一副心不在焉的样子，直到中途离场与杨婵一起看了焰火。之后，整个人便彻底不同了。没有人知道当时在阁楼上，三圣母究竟和猴子说了些什么。

那时，芸香只能远远地看着这位她一直敬仰的大圣爷，一步都不能靠近。谁又能想到，有一天自己能堂堂正正地坐在他身旁呢。

那次宴会上，三圣母的位置和大圣爷的位置似乎也跟现在差不多吧？

不，应该还要更近一点，当时，他们共用一张桌子。

不过……那都是过去的事情了，前尘往事。

芸香深深吸了口气，稍稍收了收神，直起腰杆，又向猴子望了过去。

这宴会，其实办得一点都不成功。也许是她太过于自来熟，而猴子一行人，又一个比一个沉闷。

猴子几乎没有碰那桌上的菜肴，酒也只是礼貌性地抿了几口。玄奘的杯中都是清水。天蓬撑着双膝盘腿而坐，一双眼睛不断来回扫视。至于那黑熊精与卷帘，也是一脸的冷漠。

乐曲到了高潮，一位红衣舞女在大殿的正中挥舞着水袖。

芸香端起酒杯又敬猴子："大圣爷说功过自知，芸香不便评价，不过，大圣爷对芸香的恩，却是真真切切的。如果没有花果山，芸香也许早已身死魂灭，不会有机会识字，更不会有机会当上这女儿国的国王。所以，这杯酒，芸香必须敬大圣爷。"

猴子一副如梦初醒的样子，侧过脸来看了芸香一眼，端起酒杯象征性地回敬，道："你是什么时候到花果山的？"

"芸香出身于南赡部洲，在大圣爷受天庭册封弼马温上天的第二十五年，抵达花果山。"

"那时候花果山可是杨婵在打理，你应该感谢她，而不是谢我。"

芸香低头抿了一口酒，轻轻将酒杯放到了矮桌上："大圣爷要谢，三圣母，自然也不可少……若今生有机会再见，芸香自当亲自谢过三圣母。"

"会有机会的，再过几年吧。过几年，我就去把她接出来。"

"嗯。"芸香点点头。

二十里外，一望无边、平静得如同一面镜子的母亲湖湖畔，一座占地百亩、好似佛寺一般的庙宇静静伫立着。

在那庙宇的正中有一座七层塔状的建筑。

与一般的佛门浮屠不同，这座塔状建筑基座极厚，四四方方的。最下两层足有十丈宽，到了第三层，却骤然缩小到只有三丈，再往上，则不再缩小，像根柱子似的。

三名女将从东方而来，匆匆降落到庙宇前。刚一落地，戍守的女兵便迎了上来。

不多时，一位女吏匆匆步入正在举办宴会的大殿，小心翼翼地绕开殿中众臣的视线走到角落里，偷偷朝伺候在女王身旁的小侍女招了招手。

那小侍女收了收神，左顾右盼了一下，躬身往后退了两步迅速转入屏风后，很快来到那女吏的身旁。

芸香有意无意地朝正在耳语的两人瞥了一眼。

不多时，那侍女便又回到了芸香身旁。她借着斟酒的机会，悄悄地对芸香说了什么。

芸香的眼睛微微睁大了，略带惊恐地望向坐在自己右手边次席上的绿衣丞相。

此时，绿衣丞相正面不改色地看着舞蹈，还时不时微笑着鼓掌。

小侍女低声道："陛下莫急，祭司大人正设法拖住她们呢。一时半会儿，她们还不可能进陵。"

芸香点了点头，朝猴子望了过去，正巧与他四目相对。

芸香连忙把目光收了回来，稍稍犹豫了一下，低声道："芸香有点急事，恐怕要失陪一会儿，还请大圣爷不要见怪。'

"不怕，我们不用人陪的。"猴子剥了颗瓜子，丢入口中，朝芸香笑了笑。

芸香也连忙撑起一丝微笑回应，点了点头，起身拖着裙摆离开了。那侍女匆匆跟了出去。

"她去哪儿？"天蓬的声音在猴子的脑海中响起。

"不知道。"

"你问过她关于修行的事情了吗？"

"还没有，回头等她回来了，问一问吧。"

绿衣丞相对着猴子端起了酒杯，猴子回敬。

此时，芸香拿着自己的长鞭冲到了行宫门外。

戍守宫门的几个女兵被女王焦虑的神色吓了一跳。

芸香将一块玉简塞到侍女手中，低声叮嘱道："切记不可怠慢了大圣爷他们。"

说罢，她转身腾空而起，以极快的速度朝西边飞去。

庙宇中，高塔紧闭的石门外，一群女兵正结成人墙死死地挡在三名女将面前。

“让开！”那为首的红袍女将一只手都已经按上了剑柄。

女兵们一个个纹丝不动。

身穿灰色长袍的女祭司站在那些女兵身前，轻声道：“娘娘正在休眠，岂容闲杂人等擅闯？”

“娘娘吩咐过，若真有急事，可即刻禀报。”

“本座又怎么知道你要禀报的事情，是否真是急事呢？”

“陛下未经娘娘允许，擅自准许外来的男人入行宫，坏了娘娘立下的规矩。这难道还不是急事？”

“正如你方才所说，那入侵者实力强悍，说不定，陛下只是虚与委蛇呢？”

“既然你也知道对方实力强悍，那就更应该禀明娘娘！”

“此言差矣。”女祭司微微仰起头，道，“本座倒觉得，既然陛下没有下令禀报娘娘，就说明陛下觉得没必要禀报娘娘。既然陛下都觉得我们自己能解决，又何必劳烦娘娘，打搅娘娘休眠呢？”

“你！”

“不准男子进入我女儿国国境，是娘娘立下的规矩。我女儿国臣民世代以侍奉娘娘为天职，这也是娘娘定下的规矩。若是因为这种自己能解决的芝麻绿豆小事就打搅娘娘的休眠，那岂不是反过来变成娘娘侍奉我们了吗？”

闻言，那红袍女将勃然大怒，吼道：“如果陛下因为女儿国之外的旧情而坏了女儿国的规矩，这又怎么说？”

女祭司注视着已怒不可遏的女将，说道：“陛下，是娘娘钦点的女王。既然娘娘做出这个决定，就说明她信得过陛下。你是想质疑娘娘的决定吗？”

到底是文臣对武将。

一时间，那红袍女将竟被顶得张大了嘴，说不出话来，往后退了一步。

身后的两位同僚连忙将她搀住。

“怎么办？她们不认丞相大人的手令。”

“要不我们还是先回去，与丞相大人再行商榷吧。”

“不行，没时间了。她们肯定已经通知了陛下，若我们就这么回去，怕是再也来不了。”红袍女将低声问道，“可敢与我一同闯陵？”

说罢，红袍女将瞪大了眼睛向自己的两位同僚看了过去。

好一会儿，那两人才犹豫着点了点头。

几乎是同时，三人的手握住了剑柄，对面的一众女兵连同女祭司顿时都吃了一惊。

这陵位于女儿国的中心地带，处于女儿国层层防御圈的最正中。这里是女儿国臣民心中最为神圣的地方。如果敌人能来到这里的话，那么几乎可以肯定，所有的防线都被突破了，女儿国已经无兵将可用。也正因此，陵前的守卫，不过是象征性的，主要是充当仪仗队。真要打起来，这些守卫哪里是这三名女将的对手呢？

“你们要干什么？”女祭司惊呼了出来。

那三名女将一言不发，手握着剑柄一步步向前，逼得众女兵步步后退。

“住手！你们要造反吗？”

正当此时，只听“咣”的一声巨响，一个身影从天而降，落在双方中间。

所有人都怔住了。

众人看到芸香穿着一身杏黄色的长裙稳稳地立在正中，长鞭如同一条毒蛇一样盘在她的左手上，在澎湃的灵力之下颤动着。

她那一双瞪大了的杏眼之中，透着浓浓的敌意。

若说站在猴子身边，芸香表现出的是一个彻彻底底的小女人的姿态，那么现在，她则是一位真真正正的女王。

“参见陛下！”祭司以及那些女兵都跪了下去。三名女将却依旧一动不动地站着，看着芸香，脸上的惊恐之色犹未散去，握着剑柄的手微微攥紧。

“立即跟我回去，否则，有你们的苦头吃。”

说罢，芸香手中长鞭一甩，一声巨响，鞭子如同一道疾驰的闪电，直接在身旁坚硬的石板上留下了一道深深的痕迹，掀起阵阵尘土。

整个地面都颤了一下。

此时此刻，就连坚定地站在女王一方的祭司都有些傻眼了。

女儿国历代的国王，以侍奉女娲娘娘为本职。这里是女娲庙，身为女娲娘娘钦定女儿国国王的芸香，准备在这里动手吗？

这种事，女儿国成立数千年来，还从未发生过。

有什么理由能逼得堂堂女儿国国王在这里跟几个下属动手呢？

那三名女将自知实力不济，无奈地看了一眼芸香身后紧闭的石门，这才双膝跪了下去。

“末将遵命！”

见她们已经屈服，芸香稍稍松了口气。

“好了，回去吧。跟本王回去，这件事可以既往不咎。”

芸香正要迈开脚步，只听一阵轰鸣，身后，巨大的石门缓缓地打开了……

第六百一十六章

黑　影

鼓乐齐鸣，水袖飞舞，身穿五颜六色长裙的舞女如同陀螺一般旋转。

随着时间一点一滴地流逝，宴席渐渐接近尾声。然而，预料之中的高潮并没有到来。随着女王忽然离席，整个大殿蒙上了一层诡异的氛围，只剩下歌舞与鼓乐在继续徒劳地渲染着欢乐气氛。

女王依旧未归，任凭那小侍女如何呼叫也没反应，她站在猴子对面已经急得团团转了。可是，急又能怎么样呢？

她只是个小小的侍女罢了，在丞相不愿意出面主持大局的情况下，她什么也做不了。即便是最简单的对猴子劝酒，也是一种极为失礼的举动。

失去了女王这个主心骨，整个宴会渐渐地有点变味了。夜已深，无奈之下，小侍女只得草草宣布收场。

临走的时候，猴子意味深长地看了一眼那镇定自若、正与众臣谈笑风生的绿衣丞相。

“怎么啦？”天蓬轻声问。

“没什么。”猴子摇了摇头道，“只是觉得有点不太对。”

“怎么说？”

“女王忽然离席，至今未归……若说是有心怠慢的话，她又何必费那么大的功夫邀请我们呢？必然是有很重要的事情。可是，什么样的事情，是女王必须亲自去，而丞相又可以不管，甚至分毫不上心的呢？”

“这……说起来还真有点不太对劲啊。要做点什么吗？”

猴子有些意外地朝天蓬看了过去。

“她是你的旧部，又不是我的。这里的事情，自然是该你拿主意了。”

说罢，天蓬跟上前方玄奘的脚步，留下猴子站在原地。

“要……干点什么吗？”猴子扭头朝大殿的方向望了过去，许久，又摇了摇头喃喃自语道，“算了，人家盛情款待，不打招呼乱动手总归是不太好。”

说着，猴子也朝玄奘的方向跟了过去。

夜幕下的行宫，除了马厩还有些骚动之外，一片寂静。

此时，女娲庙，高塔下那笼罩在幽幽绿光之中的地宫里，芸香正孤零零地跪着。

这地宫深埋在地底百丈之下，四周漆黑的岩壁湿漉漉的，待在里面就像身处一个雨林之中的岩洞一般，让人极不舒服。

在芸香正前方的墙面上，有一面巨大的翡翠镜，透着幽绿的光，将地宫中的一切都映成阴森恐怖的颜色。

这是整个地宫唯一的光源。

细看之下，可以隐约看见翡翠镜里似乎有某种液体在流动，偶尔可以看到阵阵不起眼的雾升腾而起，像是气泡。

就这么静静地待了好一会儿，一个巨大的长条状的影子忽然从那镜面上掠过。

芸香一惊，连忙仰起头来，对方却早已不知所终。

很显然，芸香所面对的翡翠镜，并不是它的全部。应该说，她看到的不过是某个庞然大物微不足道的一角罢了。

它实际上是一块埋藏在地底深处的巨大中空翡翠，厚厚的翡翠壁之后，是一个如同它顶上的母亲湖般巨大的水团。有某种巨大的生命体生活在里面。

“事情，本宫已经大概清楚了。”一个声音在芸香的脑海中响起。

那声音听上去是个女声，宛如天籁，如同从远方传来一般带着阵阵回音，同时，还有一丝金属感，冷冷冰冰，透着威严。

芸香忍不住用手攥紧了裙角。一滴滴的汗从她光洁的额头上渗了出来，在这幽暗的绿光之下格外显眼。

“身为女儿国的国王，你，有什么想解释的吗？”

芸香微微张口，半晌，却只能紧闭双目，缓缓地摇头。

“那，你有什么想说的吗？”

芸香连忙仰起头道：“大圣爷……大圣爷是公认的妖族之王，我们女儿国应该对他怀有善意，怎可将他当作普通误入者呢？毕竟……毕竟娘娘，您也是妖啊。”

“‘妖’？‘妖’是什么？什么是‘妖’？”那声音冷冷地反问道。

一时间，芸香越发紧张了，猛地眨巴着眼睛。

“‘妖’，是除了人类之外，所有领悟了变化之术，修成人形的修仙者的统称。”那声音意味深长地说道，“这个称呼，是选定了人类作为三界使徒，代行天命之后，才出现的。实际上，本宫，是这个统称的缔造者之一。你说得对，按道理，本宫也是妖。太上老君、元始天尊、通天教主、镇元子、须菩提……这些当初一同缔造这个统称的，谁又不是妖呢？”

芸香沉默不语，只是呆呆地望着那翡翠壁。

“从来就没有妖族，以前不会有，以后也不会有。‘妖’，不过是我们用来区分人类与其他所有物种的称呼罢了。除了出身人族的修仙者之外，一律统称为妖。它，能真正代表什么吗？”

芸香低下头，微微颤抖着。

时间一点一滴地流逝着，在这令人窒息的气氛中，芸香那攥紧了裙角的手，都有些酸软无力了——与灵力无关，这单纯是因为来自对方的威压，或者说是内心的恐惧。

许久，那声音道：“说说你宴请他们的真正理由吧。本宫，不想听借口。”

芸香深深吸了口气，缓缓说道：“大圣爷……大圣爷对芸香有恩，他对整个妖族都有恩。娘娘不认可妖族，但芸香也是妖，所以……”

“仅仅是这个理由？”

芸香抿着唇，缓缓闭起双目，神色之中的无奈越发明显了。

翡翠壁上，那黑影又一次出现。这一次，黑影并没有如同上一次一样转瞬即逝，而是悬停了身子，隔着厚厚的翡翠壁注视着芸香。

芸香的头埋得更低了。

“如果仅仅是这个理由，为什么不趁本宫还没苏醒，让他们赶紧离开呢？那样，即使国中有异议，怕也来不及阻止吧。”

芸香没有回答，只是静静地听着，无法辩驳。

那攥着裙角的手，一点点地用力。

绿光下，她双肩微微颤动，一滴滴的眼泪从脸颊划过，落在身前湿漉漉的地砖上。

“本宫早已经厌倦了世间的纷争。这里，应该是一片世外桃源，比任何地方，都更安逸、更温暖。妖和人，可以在这里共存。当然，男人，是不需要的。雄性生物总是热衷于争夺各种资源，他们只会为了各自的目的不断地制造各种混乱，破坏这个世界的祥和。这一点，你只要看看外面的世界，就会明白。不仅不能让他们存在，一旦有男人闯入，还应该予以彻底的消灭。只有这样，才可以保守住女儿国的秘密，避免女儿国受到来自外界的滋扰。”

芸香用一种近乎哀求的语气低声道：“大圣爷……大圣爷不会说出去的，他一定不会对外人透露女儿国的秘密。”

“是吗？他不会，那跟他一起的其他人呢？”

芸香沉默了。

“此例一开，往后，女儿国的律法又该如何执行呢？你的资质不算好，甚至可以说有些差。除了修行功法出自名门之外，几乎乏善可陈。当初之所以选你继任女儿国的国王，就是因为你是从外面来的。你知道外面世界的丑陋，不会留恋，也不会好奇。由你来执掌女儿国，远比这国中的其他人，更让本宫放心。”那黑影顿了顿，接着说道，“可现在你所做的，竟违反了女儿国数千年的规矩……你是否辜负了本宫对你的期望？”

芸香缓缓地俯下身去，叩首。

“芸香，有罪。”

从翡翠壁里传来的声音停止了，对方只是静静地注视着她。

短暂的沉默之后，芸香俯着身子，高声哭喊道：“请娘娘责罚！”

她的声音在地宫中回荡着，又透过翡翠壁，飘向远方。

翡翠壁中的影子依旧一动不动，只是静静地注视着她。

“芸香有罪，请娘娘责罚！”

许久，那影子仰起头来，轻声叹道：“你，是女王……”

芸香维持着叩首的姿势，发出一阵阵幽咽之声，在这幽暗寂静的地宫之中格外令人动容。

“你，是女王。女王，是女儿国直接的统治者，万千女子依附的对象。你应该，比男人更加勇敢。如果连你都在哭泣，那么，你要让你的臣子，怎么办呢？”

芸香没有回答，因为这个问题，她没办法回答。

那影子等了好一会儿，才接着说道：“女儿国，是世外桃源，不是十八层地狱。没有人要责罚你，只要你一天是女王，便不会有人责罚你。当然，每一个人都必须为自己犯下的过错负责。你必须回到行宫去，亲口咽下你自己种下的种子长出来的果。向所有人证明，你依旧适合坐在王位上。否则，会有人替你收拾你的烂摊子的。到那时，你该何去何从，就难说了……”

说着，那影子仰起头，摇摆着身子一点一点地向上游去。

这是一个半身蛇人。上半身跟一般的女性相似，下半身却是长长的蛇尾。一条巨蛇在翡翠壁中游动的场景，多少有些让人毛骨悚然。

很快，那影子在翡翠壁上彻底消失了。

一个声音在芸香的脑海中响起：“记住，不是赶走，而是按照女儿国一贯的规矩，该怎么办，就怎么办。至于你用什么方法去达成，本宫不想过问。”

第六百一十七章

毒

芸香从地宫中走出来的时候，浑身湿透，分不清是冷汗，还是那地宫之中的水汽。

她望着门外的火光，有些恍惚。

站在门外的三名将领恭敬地躬身行礼，面无表情。

“陛下，现在就回去吗？他们还在行宫里，趁夜，我们可以好好准备一下。”

“回去……”芸香的呼吸变得急促，长长的睫毛微微抖动，她强撑起笑容朝那红袍女将看了过去。

很明显，这地宫外的人，至少眼前的这三名女将，已经知道女娲娘娘的命令了。

芸香顿了顿，轻声道：“准备什么？能把大圣爷安安稳稳地送走，就已经是最好的结果了。娘娘并不清楚大圣爷的实力……一旦动起手来，我们绝不是大圣爷的对手，到时候……”

“未必。”那女将从衣袖中摸出了一个小巧的白色瓶子，呈到芸香面前。

芸香看着那瓶子，有些慌张地笑了：“早在六百多年前，大圣爷就是天道修为，怎么可能用区区毒药就……”

“陛下，”那女将冷冷地打断芸香的话，道，“这丹药，是娘娘给的。”

芸香惊恐地看着一旁的祭司。

祭司点了点头。

顿时，“嗡”的一声，芸香的脑海之中一片空白。

行宫中。

飞檐上，猴子与天蓬并肩坐着，抬头望月。

其他人早已睡下了。按照原计划，应该是猴子守夜。不过不知道为何，天蓬坚持要守夜，于是乎，屋檐上就坐着两个人。

不过，两个人也有好处。虽说以他们的修为守个夜肯定不至于打瞌睡，但毕竟挺无聊的。有个人可以聊天，终究不是坏事。

一片漆黑寂静的行宫中，一名侍女提着灯笼从远处的回廊上走过。天蓬静静地看着，轻声道："那边暗处有五个守卫，阁楼上还藏了两个。宫墙边上有十二个。每一座岗哨上，除了明面上的两人之外，至少还有十人躲在暗处。"

说着，天蓬淡淡一笑，又指着一旁的阁楼道："那边阁楼里有三十几个，全部都是炼神境以上的修为。这么晚了，不睡觉，不说话，什么都不做，只是干待着。"

"你想说什么？"猴子问。

"这行宫里，暗哨这么多，你不觉得有点奇怪吗？"

"也许这里向来如此呢？"猴子深深吸了口气道，"堂堂女儿国国王，一国之主，宫里有几百号人值夜轮换，有什么好稀奇的？"

"女儿国非比一般国度。再说了，如果单纯是值夜轮换的话，她们不是应该驻在外围吗？不仅把我们安排在内围，还刚好在我们旁边加了重兵。这，应该不是偶然吧？"

猴子回头看了天蓬一眼，然后继续抱着膝注视着前方一动不动地坐着。

"你怀疑她们想对我们动手？"

"不一定动手，但起码，并不像表面上那么欢迎我们。而且那女王今天不是离席未归吗？说不定，也跟我们有关系。"

对于这个说法，猴子没有回应，只是长叹了口气。

总体而言，猴子到目前为止对芸香的印象还是不错的。

当初齐天宫的一个女婢，变成了一国的国王，还有堪比天蓬的修为。这背后，她究竟经历了什么呢？

天上不会无缘无故掉馅饼。当初自己为了修仙，走过十万八千里路，记不清咬着牙吃过多少苦。再说天蓬，数不清打了多少场硬仗，这普天之下的妖怪都被他杀得望风而逃……整整千年，他依靠着在战斗中获得的各种资源，才将自己的资质提上去。

一个女婢要获得今天的地位要经历多少？猴子不知道，但可以肯定的是，不会那么简单。

物以类聚，人以群分。总体而言，猴子对芸香是欣赏的。当然，这种欣赏也没到能拿人格给她打包票、对她深信不疑的地步。不过，双方实力差距那么大，对方真会贸然对自己动手吗？

猴子不太相信。

当然，这并不能作为放松警惕的理由。这值夜还是不能马虎的。

“对了，你不是嚷嚷着要让玄奘法师去普度那些被拿来献祭的男婴吗？”

“这个问题啊，”猴子悠悠道，“他自己好像还没缓过劲来。我原本也就想着刚好有个机会，逼一逼他。不过，吃人的嘴短，我们刚被人宴请过就闹事，总不太好吧。还是算了。”

长夜就这么过去了。黎明时分，芸香才带着那三名女将降落到行宫前。

那速度慢得不可思议。

这一路，芸香几乎可以说是被那三名女将押送回来的。绿衣丞相也早早守候在宫门口。

“陛下。”绿衣丞相简单地行了个礼之后，便默默地望着芸香。

对于女娲庙地宫里发生的一切，她大概已经一清二楚了吧。

芸香看都没看她一眼，一脸的冷漠。就这么站了好一会儿，芸香才迈开脚步朝行宫内走去。一行人紧紧地跟着。

冰凉的风拂过，天蒙蒙亮了，整个行宫还在睡梦之中。

一行人走在冷清的宫道上，没发出半点声响。

每走一步，芸香都觉得身后一双双眼睛在死死地盯着自己。一旦自己轻举妄动，她们随时会一拥而上。

她们能拿下自己吗？

不一定。

自己已到太乙金仙修为的巅峰了。而她们，充其量也不过是金仙，连太乙散仙都没到。这样的修为，别说十个八个，就是来五十个，也不一定能制服自己。

当初女娲娘娘赐给自己这一身法力，为的不就是在她漫长的休眠期中，无论女儿国发生什么变故，芸香都可以凭借一己之力解决吗？也正因此，她才能在女儿国数万臣民面前保持自己强大的威信。

不过，这威信是娘娘给的。如果违背了娘娘的命令，就什么都没有了。

这女儿国，说到底，是女娲娘娘的。她这所谓的女王，尽管看上去有着其他臣民难以匹敌的力量，其实也不过是个摆设罢了。平日里她想怎么做都可以，可一旦娘娘插手……

说来可笑，原本是自己直接受命于娘娘，监控整个女儿国，现在却反过来，成了她们来监控自己。

芸香无奈地苦笑着。

在她身后，绿衣丞相拿着从女娲庙带回来的白色瓶子，寸步不离地跟着。

真的要下毒吗？

娘娘知道大圣爷曾经是天道修为吗？

如果不知道倒好办，反正无效，下了便下了，应该不会出什么问题。

如果知道……知道大圣爷曾经是天道修为，还给出丹药，勒令自己下毒，那么，这丹药肯定对天道修为的人也有效。一旦中毒的话……

一边是大圣爷，对自己有恩，也是自己一直以来崇拜的对象；另一边是女娲娘娘，同样对自己有恩，一手扶持自己坐上王位，随时可以让自己身首异处。

究竟应该如何抉择？

一时间，芸香心乱如麻。

大门缓缓地开了，芸香看到自己的贴身侍女与一帮支持她的文武大臣站在一起。

她们见到芸香的时候，一个个沉默不语，躬身行礼。

“陛下……”

芸香轻轻摆了摆手，那小侍女只得将到嘴边的话又咽了回去。

“你们先退下吧，早点休息。”

众臣面面相觑，好一会儿，才一个个躬身拱手。

“诺！”

随支持女王的众臣一起退出门外的，还有跟随丞相在宫门外守候的其他几位大臣，以及从女娲庙回来的三名女将。不过，支持女王的众臣是真离开了，而那三名女将却迅速领兵将芸香的住所团团围住。

房门紧闭。宽敞的房间里，只剩下芸香、丞相，以及芸香的贴身侍女三人。

芸香淡淡看了丞相一眼，道：“你不回去休息吗？天已经快亮了，就算要下毒，也得等到他们用餐的时候，不是现在。”

“确实只能等到他们用餐的时候。不过，陛下，”丞相面无表情地说道，“我们的准备，却应该及早开始。妖猴实力强劲，此事事关重大，身为臣子，此时哪里还敢休息呢？”

“对……你说得对。丞相果然是，国之栋梁。”芸香淡淡笑了笑，转而对一旁的贴身侍女道，“你也辛苦了，先去休息吧。”

侍女仰头看了看芸香，又侧过脸去看了看面无表情的丞相，默默行礼，退出了门外。

在她临关上门的时候，丞相意味深长地看了她一眼。

“那些外来者不过是过眼云烟，臣劝陛下，还是以国事为重的好。”

“怎么，丞相认为本王现在没有以国事为重吗？”

“不敢。臣，只是善意地提醒罢了。”

芸香转过身，一步步朝里屋走去，额头上渗出一滴滴冷汗。

那藏在袖中的手，紧紧地握着那块用来与自己的侍女联系的玉简。

此时，已经离开芸香住处的侍女刻意放慢脚步，低着头，沿着宫内的过道慢慢地朝猴子一行人下榻的阁楼走去。

那藏在衣袖中的手，同样紧紧地握着用来与芸香联系的玉简。

第六百一十八章

芸香的办法

当第一缕阳光透过云层照亮整个行宫的时候，猴子在屋檐上懒懒地站起来，伸了个懒腰。

正当此时，他远远地看到芸香的贴身侍女就站在远处的阁楼上注视着自己。

他微微一愣。

短暂的目光交汇之后，那侍女急匆匆地走下了阁楼。

“怎么啦？”天蓬问。

“没什么，我去去就来，你别声张。”说着，猴子在原地盘腿坐了下去。紧接着，他留下一个虚影，真身悄悄朝那侍女所在的方向飘了过去。

守在四周的暗哨丝毫没有发现屋檐上的异常。

打开房门，绿衣丞相从门外的女婢手中接过盛放着各色糕点的红色木盒，转身走到圆桌旁放了下去。

“陛下，糕点都做好了，随时可以送过去。”

“我知道了……”芸香端坐在卧榻上，紧紧地抿着朱唇，双手不停地绞着一方手绢。

她已经没有退路了，只能放手一搏。

芸香并不认为让猴子一行人进入行宫是多大的过错，因为他们并不会留下，更不会对女儿国构成威胁，只能算是过客。身为花果山旧部，自己也不过是尽一尽地主之谊罢了。女娲娘娘之所以一定要除掉猴子，只是因为忌讳。

可女娲娘娘是自己的恩人，猴子又何尝不是呢？

无论毒药是否对天道修者有效，向猴子下毒，对芸香来说是万万不可行的。

她的认知决定了她不可能做这种事。

如果非要选择的话，芸香宁可因此获罪。但，怕只怕……即使芸香愿意去承担这个罪责，也是于事无补。因为女娲娘娘说过“会有人替你收拾你的烂摊子的”。

这么多年了，芸香深刻知道这句话的含义。身为上古大能之一，女娲娘娘是说得出做得到的。

即便她真的狠下心忤逆了女娲娘娘的意思，大概，也只会掀起另一番纷争吧。到头来，很可能将是女娲娘娘和猴子之间硬碰硬。这是芸香无论如何不愿意看到的。

为今之计，也许只剩下铤而走险了。

行宫的另一边，无人的角落里，猴子盘起手静静地站着，俯视着跪在身前的侍女。

“你说，是你们陛下让你转告我的？”

“对。”侍女叩首道，“陛下交代了，过一会儿，她会亲自送下了毒的糕点给大圣爷。到时候大圣爷只需要佯装吃下去，然后勃然大怒就是了。”

猴子一脸狐疑地瞧着侍女：“佯装吃下去？”

“对。”侍女点了点头道，“陛下说了，以大圣爷的修为，必定可以瞒过所有人，装出已经吃下糕点的样子。大圣爷曾是天道修为，即便毒对大圣爷无效，也是情理之中。届时，只要大圣爷勃然大怒，声称发现糕点有毒，如此一来，自然不会有人知道大圣爷其实没有吞下糕点。此事事关重大，还请大圣爷千万配合。大恩大德，女儿国上下感激不尽。”

猴子瞧着侍女，眉头紧蹙。

这是怎么回事？预告要下毒，还教自己怎么应对？变相赶人吗？怎么又感觉不像呢？

见状，侍女连忙从衣袖中取出一块玉简双手奉上，道：“奴婢绝无半句虚言。这是奴婢与陛下联系的玉简，若大圣爷不信，可直接与陛下确认。不过……现在陛下身旁有人盯着，恐怕大圣爷得稍微等上一等。”

“还有人盯着？”猴子接过玉简，拿在手中对着阳光细细检查了一下，“你们的陛下被人挟持了？什么人想对老子下毒？”

“陛下说了，这是女儿国的家事，恕她不能明言。另外，陛下恳请大圣爷无论如何，不要伤及这女儿国中的姐妹。’

猴子盯着玉简看了好一会儿，无奈冷哼了一声：“行吧，我答应她。翻了脸，我就带着人走。”

“奴婢替陛下谢过大圣爷大恩。”侍女俯身，深深地行礼，道，“奴婢是奉陛下之命偷偷过来的，若是离开太久，怕是会被察觉，到时候……”

“你先回去吧。”

侍女起身再次行礼，后退两步，转身匆匆离开。

猴子握着那玉简，眉头紧锁。

“女儿国的家事……兵变了？不对啊，兵变她应该向我求助才对。”猴子想了半天，只能无奈摇头，“搞不懂啊。”

微风中，侍女悄悄地沿着来时的路返回，只剩下一道身影渐渐淡去。

当猴子回到原地，附在自己留下的虚影上睁开眼睛的时候，屋里的玄奘等人早已经起来了。

卷帘正在门前的水井边上打水准备梳洗。

猴子从飞檐上一跃而下，跨入大厅中，正巧看到玄奘端坐在屋里的圆桌旁津津有味地看着一本红皮书，嘴角挂着一丝难得的笑意。

两名婢女不知道什么时候进到这屋子里，正在更换香炉里的檀香。原本已经变淡的香味又重新浓烈起来。

“这是什么书？”

“卷帘大将从那边抽屉里找到的，这……应该是女儿国独有的书吧。”

“讲什么的？”

玄奘合上手中的书，轻声叹道，“一些女子处事的道理，角度甚是独特，当真是闻所未闻，见所未见。倒是给了贫僧些许启发。”

“哦？”猴子笑嘻嘻地拿起桌上的果子啃了一口，道，“那你是顿悟了？”

听他这么一说，玄奘脸上的笑当即消失不见，他缓缓摇了摇头。

这，算是意料之中吧。如果看一本书就能普度，那普度还轮得到玄奘来做吗？

不过话说回来，原本说的献祭那档子事，到底管不管呢？

猴子悄悄朝玄奘看了一眼。只见玄奘盯着书本，已经入了神了，也不知道在想些什么。

算了，还是别管了吧。

那女王芸香算是旧识，对自己这帮子人也还不错，硬拿她的女儿国来当试验品，有点不太仗义啊。再说了，听刚才那侍女话里的意思，芸香现在也是焦头烂额，自己就别添乱了。再说，一会儿还要假装察觉到糕点有毒和她们闹一番呢。

“反正玄奘也是自己逼着来的，献祭的事，就这么算了吧。”猴子心里嘀咕道。

宫道上，芸香身着盛装，面无表情地走着。她的身后跟着那女丞相，以及六名侍女，其中两人端着红色的木盒，盒中尽是精致的糕点。

“昨夜陛下离席未归，今天一早便来致歉，这是情理之中的事。按道理，妖猴不会起疑才对。毕竟，昨夜在宴席上他们也并没有忌讳我们送上的酒水食物。

“娘娘给的丹药，臣已经命人化了水，掺入糕点之中。

“说起来，娘娘这丹药真是厉害，无色无味，更没有丝毫的灵力波动。即便是知道这糕点中有毒的人，也丝毫察觉不出异样来。量那妖猴修为再高，在药力发作之前也发现不了。

“臣已经吩咐下去，让各部暗自做好准备。只要妖猴一中毒，所有兵力立即汇聚一处……

“当然，最好是能让他们所有人都中毒。不过这恐怕有点难。也不知道这毒要多长时间发作，那妖猴吃下之后多久会察觉异样。为了以防万一，臣以为，应该尽可能让那妖猴第一个吃下糕点。毕竟，他才是对方的主力。其他人未中毒兴许我等还可一战，可若他未中毒……到时候怕不仅仅是功亏一箦，还要惹来杀身之祸啊。”

一路上，丞相一直在芸香的耳边细细叮嘱，芸香始终一言不发。

转眼之间，一行人已经来到猴子等人下榻的阁楼前。

“女王陛下驾到——！”

芸香跨过门槛，默默地朝猴子福身行礼，猴子也随意地拱手回礼。

猴子身后的其他人，芸香身后的一干人等，也都十分有默契地按礼节各自行礼。

就在与猴子的目光交汇的短暂瞬间，芸香悄悄往左边一瞥。站在她左后方的，正是那位绿衣丞相。

猴子顿时对侍女口中“盯着陛下的人”心中有数了。

拿下她，对猴子而言是分分钟的事。不过，毕竟在人家的地头，人家已经有所决定，他也不好越俎代庖。

猴子盘起手，笑眯眯地瞧着芸香，准备演一场早已说好的戏。

由于猴子早跟大家都打过招呼了，玄奘、天蓬等人只是冷眼旁观。

“昨日的宴席实在是抱歉。本王有要事不得不离席，以至于怠慢了诸位，今日，特来致歉。”

猴子摆了摆手道：“没什么大不了的。谁没点破事呢？”

“谢大圣爷体谅。”芸香微微福身，转身接过女婢呈上的装有糕点的食盒，放在桌上，亲手将食盒打开。动作轻得没有一丝声响。

“大圣爷，这是本王亲自做的糕点，一点心意，还请大圣爷不要嫌弃。”芸香又对着玄奘等人道，“诸位也都尝尝吧。”

玄奘等人都有意无意地朝猴子看了过去。

绿衣丞相依旧维持着入门时的笑容，眉头却微微蹙起。

不可否认，此时此刻，她的心中充满了忐忑。从一进门开始，她就感觉气氛有些不对了。

难道女王陛下已经将消息透露给对方了？

丞相的心中焦虑无比，但面对眼下的情况，她也只能佯装一切如常。

猴子挠了挠脸颊，悠悠道：“我是不怎么喜欢吃糕点的。”

“大圣爷不喜欢吃糕点，我喜欢。既然是陛下的一份心意，那我等也不便推辞了。”说着，天蓬伸出手去。

绿衣丞相的眉头蹙得更紧了，一双手紧紧地攥成拳头。

如果天蓬先吃了，先发作，而猴子却没吃，到时候……

还没等天蓬碰到那些糕点，猴子便伸手将他拦了下来：“人家主要是送给我的，你着急个什么劲？我平时是不怎么喜欢吃，不过，既然是陛下送来的，那便没理由不吃了。”

说着，猴子伸手拿起一块。

绿衣丞相的眉头颤了颤，一双眼睛都瞪圆了。

不知为何，站在天蓬身后的玄奘脸色渐渐有些难看。不过，此时在场的所有人注意力都在猴子身上，竟没有人察觉到这微小的变化。

猴子笑嘻嘻地瞧着芸香，又有意无意地看了那丞相一眼，将糕点放到了嘴边。

就在这一瞬，猴子悄悄地用术法变出一小块糕点，偷龙转凤换掉有毒的糕点。凭借高超的修为，如此障眼法，猴子一气呵成，不露半点破绽。

然后他一口咬下，细细咀嚼。

在场无人察觉。

芸香睁大了眼睛看着猴子，等待着。

丞相松了一口气，嘴角微微上扬。

猴子吃下糕点，事情就算成功了一半。

她往前跨了一步，捧起食盒，微笑着说：“诸位实在羡煞我等啊。这么多年，这女儿国中可还没一个人见过陛下亲自下厨。若非诸位来，我们都还不知道陛下厨艺如此了得呢。”

说着，她迈着小步来到了西行队伍中修为排行第二的天蓬面前，望着天蓬。

待天蓬伸手取了一块之后，她又快速走向修为排行第三的黑熊精。与此同时，她却悄悄地用余光打量着天蓬，屏住了呼吸。

正当天蓬准备将糕点放入口中之时，猴子忽然双目一瞪，将手中的糕点甩到了地上！

“这什么东西？你们居然下毒？”猴子一声暴喝。

早已意料到这一切的芸香呆呆地站着，丞相连忙往后退了一步，准备闪躲，随行而来的其他人皆还没反应过来，只是略带惊恐地望着猴子。

猴子伸手一抓，金箍棒已经落到了手中。

正当猴子准备借机开闹之时，一阵眩晕感向玄奘袭来，从头到尾没有碰过糕点的玄奘身子一晃，“咣当”一声栽倒在地。

一时间，厅堂中的所有人都呆住了。

第六百一十九章

条　件

发生了什么事？

这一瞬，所有人脑海里同时浮现出这个疑问，一个个停止了动作，呆呆地看着倒地的玄奘。

恍惚中，玄奘挣扎着想要站起来，却无论如何也使不上力，眼前一片天旋地转。

“这是……怎么啦？”

“浑身……浑身乏力……”

短暂的错愕之后，天蓬连忙丢下手中的糕点朝玄奘冲了过去，与同时赶到的卷帘一同将玄奘扶起。

直到此时，猴子才回过头，望向芸香。

“这是怎么回事？”

“我……我也不知道……”

芸香也是一副完全不知情的样子，不仅仅是她，就连丞相也全然摸不着头脑。

还没等浑身乏力的玄奘在椅子上坐稳，卷帘身子一歪，也跟着倒了下去。

“中毒了。”天蓬同时握着玄奘与卷帘的脉门，迅速给出了结论。

那檀香有问题？

猴子望向正在冒着稀薄烟气的香炉。

他三步并作两步，飞速来到香炉旁，一把将盖子掀飞，伸手便抓出一把香灰凑到自己的鼻子下闻了闻。

所有人都望着猴子。

好一会儿，猴子却只是将手中的香灰撒回炉中，眼珠子一直在转。

没有毒？还是这毒厉害到连自己也察觉不出来？

还没等猴子想明白，黑熊精也一只手扶着椅背，另一只手按着自己的太阳穴摇摇晃晃的了。

“怎么你也……”

“浑身乏力，灵力也运不上来……”

还没等把话说完，他已经身子一歪，朝后方倒去。好在天蓬眼疾手快一把将他搀住了。

与此同时，站在芸香身后的六名侍女也一个接一个地倒地，症状和玄奘等人如出一辙。

猴子已顾不得那么多了。他一个冲刺，以迅雷不及掩耳之势准确地扼住了丞相的咽喉。

“说！这是怎么回事？”

一声暴喝，猴子连獠牙都露了出来，丞相惊得整个人都蒙了。躺在地上的六名侍女吓得魂不附体，挣扎着想要逃，却连爬也爬不动。

“说——！”

猴子又是一声暴喝，扼住咽喉的二指扣得更紧了。

到底是女人，丞相吓得眼泪直流，张大了嘴，却说不出一个所以然来。

因为，连她也不知道为什么。

门外，无数的卫兵被惊动，正朝这里狂奔而来。

情急之中，芸香连忙握住猴子的手腕试图阻止，被猴子一瞪，她又连忙将手缩了回去。

隐隐地，猴子看她的眼神已经发生了一些微妙的变化。

转眼之间，整个阁楼被围了个水泄不通。拥入厅堂之中的兵将一个个握着长枪指向猴子等人，却没有一个胆敢靠近。

猴子深深吸了口气，怒视着丞相，咬着牙冷冷道：“到底……到底是怎么回事？”

这一句话像是在问丞相，却更像在质问芸香。

没有人回答。

芸香早已经慌了神。

“说啊——！既然是中毒，就一定有解药！今天你们不把解药交出来，整个女儿国都要陪葬！”

猴子猛地吼了出来，体内的灵力一下汇聚起来。

顿时，所有兵将都惊得往后退了一步。芸香更是瘫坐在地，眼巴巴地望着猴子。

“咣当”一声，连天蓬也栽倒在地。西行的队伍之中，只剩下猴子一个人还站着。

“发生了什么事，你还不明白吗？”一个声音在所有人的脑海中响起，“那些糕点根本就没有被下毒。她只是骗取你的信任罢了。如果没人告诉你糕点有毒，你可能会将一切都细细检查。而如果有人说过糕点有毒，那么……你的注意力就会全部集中在糕点上。我的女王啊，你做得不错，本宫，很满意。”

“娘娘！是娘娘来了？”有人惊呼了出来。

“有娘娘在，就再也不用怕这妖猴了！”

“这猴子怎么可能是娘娘的对手？”

猴子有些吃惊地看着芸香。

“糕点没有毒？”只一瞬，芸香便明白了女娲的用意。她睁大了眼睛望着猴子说道：“大圣爷，不是您想的那样的……真不是……不是……”

然而，猴子早已没工夫理她了。一阵倦意袭来，猴子顿时觉得天旋地转，手不禁微微一颤。

有那么一瞬，他的力量仿佛被吸干了一般，有无数女妖在他的耳边呢喃，奉劝他放弃抵抗。可就在那阵倦意即将吞噬意识的瞬间，猴子猛地瞪大了眼睛，扣紧了扼住女丞相咽喉的手指。他凭借着意志力，凭借着强大的修为，将那种不适感硬压了下去。

“呵呵呵呵，本宫，倒是低估你了。你居然曾经是天道修为。两千多年了，本宫两千多年不曾踏出过女儿国，这世间竟多出你这么一只猴子？”

“你是谁？”猴子重重一甩，直接将丞相摔出门去，砸倒了一排卫兵。

“你不知道我是谁，就跑到女儿国来？你的师父是谁？他是怎么教出你这么一个无知的徒弟的？”

“你究竟是谁？”猴子仰天怒吼道，“出来！给我滚出来！别偷偷摸摸的，出来与我一战！”

他体内的灵力迅速疯狂地滋长着。

马厩里，早已经被折腾得筋疲力尽的白龙马听到行宫里的骚动，感觉到猴子不同寻常的气息，顿时警觉了起来，他用马蹄猛踹围栏意图冲出马厩。

只听一声巨响，玄奘等人居住的阁楼被整个掀飞上了天！

漫天飞舞的木屑之中，猴子用灵力将已经昏迷的玄奘等人，以及还清醒的芸香团团包裹住，冲了出来，落到了行宫主殿的屋檐上。

几乎每一个角落都充斥着女子的尖叫。

他以最快的速度将所有人安顿好，直起身子开始用自己的神识翻查整个行宫。

风扫过他的脸颊，脸颊上的绒毛微微颤动。他的双目瞪得犹如铜铃那么大，不放过任何蛛丝马迹。然而，却一无所获。

在他的身后，芸香颤抖着说道：“大圣爷……我真的没有……”

“不要说话。”

芸香一下愣住了。

猴子重重地喘息着，一边站在最高处扫视着整个行宫，一边低声道：“我没那么好骗。她的那个毒，根本就不需要什么遮掩，连我都发现不了。她跟我那么说，纯粹是要陷你于不义罢了。不过……她已经彻底不信任你了。留下来，你会死得很难看。”

一时间，芸香抿着嘴唇，眼泪啪嗒啪嗒地往下掉。

猴子侧过脸，轻声问道：“你没事吧？”

“我……好像也中毒了。”芸香捂着胸口，只觉得眼前的世界渐渐模糊，身体慢慢倾斜。

猴子连忙将她一把抱住。

她靠在猴子的胸前，笑着，却泪流满面。

“她究竟是谁？”

“她是……女娲……娘娘……”

芸香缓缓地闭上双目，失去了知觉。

“放心吧。”猴子深深吸了口气，将芸香放平，轻声道，“女娲娘娘，大能又如何？镇元子、通天教主、元始天尊，他们哪个没被我揍过？我一定会替你们拿到解药的。”

只一会儿，主殿就被重兵团团围住了。只是，正主却始终没有出现。而猴子甚至感觉不到对方所在的方位。

这种情形，与当日在地府与镇元子对打的时候颇有点类似。区别是，现在猴子手上的金刚琢，已经发挥不了效用了。

猴子憋足了气，攥紧了拳头吼道：“滚出来——！灵霄宝殿都被我砸了，兜率宫都被我毁了，这些兵丁奈何不了我！”

顿时，声波沿着地表如同波浪一般横扫，无数瓦片瞬间被掀上了天，地上的大军连站都站不稳了。

站在最前排的几个将领以及士兵口吐鲜血栽倒下去。

“极限行者道，曾经是天道修为，如今依旧是大罗混元大仙巅峰修为，随时都可以突破返回天道，却没有选择突破……这是为什么呢？是不是本宫休眠太久了，错过了太多好戏？”

“出来啊！出来，你出来，老子就把你错过的戏讲给你听！”

“出来和一个极限行者道、大罗混元大仙巅峰修为的修者正面对打吗？”

随着一阵阵清脆的笑声传来，猴子的脸色越来越难看。

他能清楚地感觉到玄奘等人的气息越来越微弱，时间不多了。

猴子反手将金箍棒握到身后，咬牙笑道：“你也是大罗混元大仙，我也是大罗混元大仙，大家井水不犯河水，不好吗？你应该很清楚，和我硬碰硬对你没好处。不说别的，这女儿国肯定是毁了。你不喜欢我们？没关系，给我们解药，我们马上就走，还你一份清静，如何？”

猴子的声音在行宫上空飘荡。

整个行宫，除了脚下的大军还有些许骚动之外，别处都静悄悄的。

猴子瞪大了眼睛，静静地等待。

许久，那声音又一次在猴子的脑海中响起：“你是担心他们性命不保吗？”

被她这么一问，猴子的眉头顿时颤了颤。

他忽然想起了当初与如来的那场虚实对决——牵挂越多，弱点就越多。如果女娲也是如来那样的对手，那么这一战，他就彻底输了。

猴子握着金箍棒的手攥得咯咯作响，双目瞪得犹如铜铃那么大，他的脸上，却依旧挂着虚假的笑意。

豆大的汗珠从他的额头上缓缓滑落。

过了好一会儿，那声音才再度响起。

“老实说，毒对你无效，这一点确实出乎本宫的意料。之所以要用毒，其实只是想试探一下这位本宫亲命的女王是否还称职……你可以走，解药，本宫也可以给你。”那个声音顿了顿，接着说道，“但是，芸香，你必须给本宫留下。”

第六百二十章

谈不拢

猴子微微一怔，回头看了一眼失去知觉的芸香。

微风中，芸香一动不动地躺着，嘴角还带着一丝甜甜的笑，安静得好像只是睡着了一般。

将芸香留下，她会有一个什么样的结果，这一点，不用猜，猴子也是知道的。

猴子怔了好一会儿，咧嘴笑了笑，调侃道："都说女人小心眼，你这当始祖的就不能来个特例吗？"

"你是同意，还是不同意呢？"

"不同意。"猴子一只手将金箍棒扛到肩上，另一只手掏着耳朵想也不想地答道，"他们我全部都要带走，包括芸香。"

"她是我女儿国的国王，与你有何干系？你不要欺人太甚。"

"她在是你女儿国国王之前，便已经是我的贴身婢女！欺人太甚的是你！"迎着风，猴子的声音顿时提高了八度，浑身的绒毛都炸开了，颇有一种用威势压人的意味。

整个行宫顿时又安静了下来。

猴子瞪大了眼睛细细观察着周遭的一切。

许久，传来了女娲咯咯的笑声。

"'贴身'婢女？这'贴身'二字从何而来？如果真是'贴身'婢女，你怎会一开始对她毫无印象？这女儿国中到处都是本宫的化身。说谎，麻烦你也打个草稿。"

见自己的谎言被一针见血地戳破，猴子的眉头不由得颤了颤，干脆摆出一副流氓嘴脸，恶狠狠道："反正解药我要，人也要，就这么简单。"

"你这是想耍无赖？"

"不行吗？"猴子随即抡起金箍棒，摆出了迎战的姿势，道，"我经常耍无赖。镇元子、通天教主、元始天尊，他们三个不服，和我车轮战，全都被我揍得鼻青脸肿，老君都是我的手下败将。不知道你的修为比他们如何？"

"不要敬酒不吃吃罚酒！只要十天半个月，没有解药，他们必然殒命！"

"呵呵呵呵，谁敬酒不吃吃罚酒，还很难说呢。"猴子咧开嘴露出獠牙，笑嘻嘻地说道，"谢谢你把期限都告诉我了。十天半个月……足够了。你不肯解，我找老君就是了。这世间，应该没有老君解不了的毒才对。"

"你！"

"嘿嘿，要么现在给我解药，大家相安无事；要么等我解了他们身上的毒，再回来收拾你！"

"那就试试看吧！"

倾刻间，行宫中井里的水如同喷泉一般喷涌而出，直冲云霄。行宫附近的河流、湖泊，所有水都仿佛失去了重力一般升上天空，汇聚到一起。

"还真动手了？"

不多时，那些水便在空中汇聚成一个半透明的身形——一个巨大的半身蛇人！

"你不会以为，真身不出来就能拿我怎么样吧？是不是太天真了？"

没有搭理猴子的调侃，那巨大的半身蛇人发出一声歇斯底里的咆哮，伸长了手便朝猴子抓过去。

猴子迎着对方凶猛的攻击，一咬牙，一跃而起，抡着金箍棒就朝半身蛇人的手掌砸去。

交手的瞬间，半身蛇人足有猴子身体大小的手掌在猴子重重一击之下，整个炸开。

然而，这由水汇聚而成的半身蛇人不过一件武器罢了，没有分毫的痛感。在猴子的连番重击之下，她依旧咆哮着前进，巨大的身体被猴子一棍接一棍地砸得粉碎。

庞然大物化作漫天飞雨倾泻而下。

在猴子猛烈的打击之下，那原本冰冷的液体竟变成滚烫的热水。升腾而起的水蒸气迅速扩散开来，将一切都笼罩住了。

滂沱大雨中，猴子迅速回头伸手一指，布下一个护盾为玄奘等人阻隔热水。

紧接着，他又聚精会神地感知起周围的情况。

茫茫一片白雾之中，他清楚地听到地面上女儿国大军的阵阵惨叫声。

大概是一些修为尚浅的卫兵猝不及防地被这滚烫的大雨烫到了吧。都这时候了，谁还有空顾及她们呢？

猴子微微晃动身子，朝玄奘一行所在的位置退去。

“就只是这样吗？堂堂女娲娘娘，未免太弱了吧？”

没有人回答。

正当此时，猴子忽然发现那些水滴正在空中汇集，形成一个个大小不一的半身蛇人，其中一个三尺高的小半身蛇人竟然已悄悄来到了与昏迷的玄奘等人相距不到一丈的地方！

“娘的！”猴子丝毫没有犹豫，纵身朝玄奘等人冲了过去，还没落地便一棍子将那小半身蛇人砸碎。

然而，战斗才刚刚开始，对方根本没打算给他喘息的机会。

猴子一个转身，发现白茫茫的雾中又有三个小半身蛇人从三个不同的方向朝玄奘等人飞扑过来。

“砰砰砰！”

连续三棍，三个半身蛇人全部被猴子砸成了水花。

越来越多的半身蛇人朝这里拥了过来，数也数不清。

这着实让猴子吃了一惊。

此前，猴子完全感觉不到女娲的存在。但现在，猴子感觉到女娲无处不在。这里的每一滴水，每一丝水蒸气都是她，她的灵力遍布每一个角落！

更糟糕的是，这浓厚的白雾遮掩了一切。

若在往常，看不清其实也没什么关系，猴子可以依靠对灵力的感知判断对方的所在，早一步察觉对方进攻的方向，从而做好准备。可现在对方的灵力无处不在，这就意味着猴子的灵力感知彻底失效了，他只能靠眼睛去观察对方的动向，靠绒毛去感受对方行动引发的气流波动。遗憾的是，对气流的感知往往慢一步，在近身格斗中几乎毫无用处，而浓雾又遮蔽了视线，猴子几乎没有反应的时间。

这是一种可怕的体验，面对几乎无处不在，却又看不真切的半身蛇人，猴子的头皮隐隐地有点发麻。

激战已经开始，猴子匆忙应对，一次又一次地将靠近的半身蛇人打碎。渐渐地，猴子发现了一个更要命的事实——这些半身蛇人，拥有极高的灵性！

他们并非寻常的分身，他们懂得寻找猴子的死角，攻击忽快忽慢，既不畏死，又不按照统一的进攻节奏与猴子纠缠。

这是怎么回事？

这种战术，猴子遇到过。在地府与镇元子激战的时候，镇元子用地书召唤的石人就与此类似。可他毕竟借助了地书的力量，女娲又是如何准确操纵比镇元子的石人还要多出数倍的半身蛇人呢？难道她手上也有类似的法器？

无奈之下，猴子不得不将自己的速度提到极限，一旦发现对手，立即毁灭，绝不给对方反应的时间。但这样又带来了另一个问题——猴子灵力的消耗极快！

“好玩吗？”

“有本事出来一对一单挑！用他们当人质有什么意思？”

“刚刚谁说本宫天真来着？看情形，你可比本宫天真多了啊。哈哈哈哈。”

“混蛋——！”猴子一声咆哮，重重一甩，金箍棒骤然伸长，在击碎一个半身蛇人的同时，还将远处的一座建筑砸得粉碎。

“省着点用。”女娲的笑声又传来了，“你的灵力再充沛，这么浪费，你也撑不了多久。”

“笑话！难不成你能撑得比我久？”

“忘了告诉你，本宫有秘法，能储藏灵力。你说，本宫两千年未出山，灵力会不会比你少呢？”

猴子的眼角不由得抽动了一下。

他实在不相信有什么储藏灵力的秘法，镇元子、通天教主、元始天尊，这三个大能，当初不都是被自己通过七巧弥云丹，用无限灵力打败的吗？

同样是大能的女娲有储藏灵力的秘法？

这听上去不可信，但万一是真的呢？

猴子望着玄奘等人，不由得心中一悸。

如果只是他一个人也就罢了，即便真输了，女娲还能杀了他不成？如来压了他几百年都拿他没辙。可眼下还有五个拖油瓶，别说输，只要落了下风，稍有不慎，保准得出人命啊……

猴子没招了，只得趁着一个机会高高腾空而起，然后，用金箍棒对着屋顶重重一砸。

这一棍下去，屋顶都被他砸塌了，瓦片倾泻而下。他自己，连带着昏迷的玄奘等人通通掉进了脚下的大厅里。

一时间，攻击停止了。

一个个高矮不一的半身蛇人匍匐在仅存的半边屋顶上朝里望，密密麻麻挤在一起。

"怎么，绝望了？本宫的建议依旧有效，只要……"

话音未落，整座主楼都炸开了！

猴子化身为百丈巨猴，从主楼的废墟中缓缓地站了起来，将玄奘等人悉数护在胸前。

一片混乱之中，那些还不到他半片指甲大的半身蛇人被他随便一抖，便飞了出去。

"要你娘！就凭你这点小伎俩就想打败老子，做梦！等安顿好他们，有你受的！"

"是吗？"女娲又咯咯地笑了起来。

一个个半身蛇人迅速化作弧形的剑刃飞射了出去，密集地打在猴子身上。

顿时，猴子身上伤口遍布，鲜血淋漓！

第六百二十一章

玉　简

猴子顶着骤雨一般的剑刃，死死地将玄奘等人护在怀中，一步步前行。

女娲的笑声在宫中每一个角落回荡，刺痛了猴子的神经。

在剑刃的摧残下，猴子庞大的身躯显现出一道道伤痕，鲜血直流。

猴子忍着剧痛，坚持着一步步向前，试图强行突破，心中早已憋了一肚子火！

外围还没来得及幻化成剑刃的半身蛇人被猴子一脚踩得稀巴烂，高耸的宫墙轰然倒塌，女儿国的兵将们四处奔逃。

转眼之间，猴子已经穿透了浓雾，护着玄奘等人，加快速度朝女儿国外狂奔而去。身后，数不清的半身蛇人追赶而来。

“你想跑去哪里呢？”

猴子没有回答。

在这百丈巨猴的践踏之下，整个女儿国的地面都在颤动。

建在山坡上的房屋轰然倒塌，鸟兽没命地奔逃，平静得如同镜子一般的母亲湖，也掀起了浪涛。

“只要离开女儿国就赢了，只要离开女儿国。”此时此刻，猴子是这么想的。

女儿国是绿洲，四处有水。只要有水，在灵力不枯竭的情况下，女娲的攻击就是无穷无尽的。如果真如她所说，她蓄了两千年的灵力……猴子是无论如何都耗不过她的。

可一旦离开了女儿国，情形就不同了。外面是荒漠，一滴水都没有！

想想也真是可悲，都说修为高了之后行者道吃亏，猴子以前不怎么觉得，现在感觉，这亏吃大了。单打独斗他毫无问题，可一旦带上几个拖油瓶……就只剩下骂娘的份了。

猴子不禁狠狠地啐了一口唾沫。

远远地，他已经看到森林尽头的荒漠了！

他当机立断，一跃而起，单手握着巨大的金箍棒往后重重一扫，将追得最紧的几个半身蛇人拍了个稀巴烂。待到落地时，他已经身在荒漠之中。

脚下的沙土被他踏出了深深的坑，扬起的沙尘以他的双脚为中心疯狂地荡开来，又迅速下沉。

猴子落地造成的巨大声响消失了，女娲的笑声也消失了，整个世界变得寂静无比，只剩下猴子重重的喘息声。

那些紧追不舍的半身蛇人悬浮在森林的边界上空，不甘地望着猴子，却始终不敢再往前一步。

猴子将金箍棒靠在肩上，一只手护住玄奘等人，另一只手抹了一把满脸的血，啐了口唾沫，怒视着那些半身蛇人道："来呀，怎么不敢来了？"

那些半身蛇人依旧徘徊不前。

歇了好一会儿，当猴子气喘吁吁地转身，准备带着玄奘等人前往天庭找太上老君求助的时候，忽然看见一个个半身蛇人正聚集到一起。

不一会儿，他们便组成了一个巨大的半身蛇人。长长的蛇尾蜷曲着，只挺立的躯干便与猴子一般高了。

猴子一愣，连忙停下脚步。

如果只是这家伙的话，猴子肯定不怕。只要四周没水给它补充，不管它多大，猴子不消几棍子就能把它解决掉。

可是猴子发现，之前那些半身蛇人脑袋上除了两个点似的眼睛便只剩下一张长长的嘴，这一次的这个不同，隐隐约约有一张精致的女人的脸。

那半身蛇人微微张口，轻声道："你以为本宫只能控制水，对吗？"

这是女娲的声音。

猴子睁大了眼睛，心中生出一种不祥的预感。

"其实，本宫还可以控制很多东西，例如土。"

话音刚落，只见那荒漠之中，猴子的四周隆起了一个个沙丘。那些沙丘迅速化作一个个半身蛇人，密密麻麻地将猴子围住。

猴子的眼角微微抽动，手不由得攥紧了金箍棒。

还好……这里没蒸气，只要看得清，这些蛇人压根儿就不是个事。

还没等猴子做好准备迎战，那张精致的脸又一次微微张口了，她面无表情地吐出了三个字：“还有，风。”

顿时，荒漠之中狂风骤起，远处，惊天的黄沙巨浪铺天盖地而来——那是一阵前所未见的巨大沙尘暴！

猴子惊得眼珠子都要掉下来了……

这算什么？分明就是欺负人啊！

无奈之下，又一次夺命狂奔开始了……不同的是，这次究竟该往哪儿跑，猴子自己也不知道。

地府之中，一个鬼差走到地藏王面前，躬身道：“禀世尊，那妖猴一行人已经离开女儿国国境了。”

棋盘对面的正法明如来微微抬起头。

地藏王注视着棋盘，深深吸了口气，道：“怎么离开的？”

“与世尊料定的差不多，打起来了，一方是女娲，一方是那妖猴。不过妖猴要护住其他人，看上去，很被动。”

“正常。”地藏王淡淡笑了笑，一边将一枚棋子放到棋盘上，一边轻声叹道，“就算不用护住其他人他也不见得主动。这个世界上，除了如来尊者是天道修为，老君和他曾经是天道修为之外，还有一个半天道的女娲呢。”

此时，猴子几乎陷入绝境之中了。

他要带着众人腾空而起，女娲便使出类似盘古幡的重力阵，将他从天空中硬生生吸下来。

他带着众人四处逃奔，女娲就不断滋扰，消耗他的灵力。

沙刃划破脸颊，石刺打在肩上，留下一道道伤口。渗出的鲜血已将百丈身躯染红……虽然每一击都不重，但每一击都在消耗猴子的力量。

他只能全力护着玄奘等人，时而以百丈身躯狂奔，时而恢复原形躲藏。

可无论他怎么逃，怎么躲，女娲都能很快地找到他。而他至今无法察觉到女娲的真身究竟在哪里……

“只剩下恢复天道修为一条路了吗？”

猴子额头上的青筋在不断跳动着。

只要恢复了天道修为，拥有了无限灵力，女娲这点伎俩无异于挠痒痒……但那样一来，他就不得不提早面对另一个更强大的敌人——如来了。

到时候又该怎么办？

可眼下的局势，已经糟糕透顶了！

“女娲，在女儿国待了有两千多年了吧。”正法明如来拈起棋子，犹豫着要不要放上棋盘，轻声道，“她也是个沉沦苦海中的人哪。说起来，她应该是像通天教主那样，道门的悟者道，兼修行者道吧？如果她当初行者道能修得再慢一点，说不定就是一个完整的天道，而不是如今这般模样了。”

“那可未必。”地藏王盘着手悠悠道，“她的事，贫僧倒是知道一些。若不是修行者道，她连这半个天道都不会有。当然，怎么也好过现在，真身被困在女儿国的石头里，寸步不得离。”

正法明如来微微一愣，抬眼道：“怎么说？”

“你还不知道吧？”地藏王笑道，“万年以前，她与如来尊者，以及老君，可都是有过一番争斗的。起因，是这三界的法则。”

正法明如来的眉头微微蹙起，注视着地藏王，等待进一步的答案。

然而，地藏王却没有要细说的意思。他沉默了许久，只是收了收笑意，淡淡叹道：“总之啊，她的心结大着呢，想凭悟者道成天道，绝无可能。”

一子落下，地藏王又恢复了笑容。

两个人都沉默了，各自注视着棋盘，想的却是全然不同的事情。

地藏王淡淡地笑着，正法明如来面无表情。

过了好一会儿，正法明如来撑着膝盖缓缓起身，抖了抖衣袖道：“不下了。”

“不下了？”地藏王仰起头瞧着他。

“既然有好戏，当然要去观战了。这棋下得再多，来来去去，也不过是场游戏罢了。”说着，正法明如来将握在手中的白子都抛到了棋盘上。

一下子，整个棋盘全乱了。

地藏王无奈苦笑。

正法明如来瞧着地藏王，轻声问道：“同去？”

“你把好好的一盘棋都给毁了，”地藏王摊了摊手道，“贫僧还留在这里作甚？”

此时，猴子与女娲已经斗了整整一个昼夜。

黎明时分，西牛贺洲的某处山洞里，浑身鲜血的猴子正趴在洞口仔细地往外张望。

洞外，群山之间，几个沙土汇聚而成的巨大的半身蛇人盘起蛇尾上身挺立着；在那天空之中，则有数不清的水和风化成的半身蛇人在盘旋。

猴子的身后，那昏迷的五人整整齐齐地并排躺着。

“别躲了，躲，也是躲不掉的。你曾经是天道修为，本宫也知道杀不死你。

“只要你将芸香交出来，本宫可以以解药交换。从今往后，你我各不相干。如何？

“再拖下去，即使老君能解毒，恐怕也不够时间炼药了。你，可要想清楚。”

女娲的声音一遍又一遍地在耳边回荡，猴子翻了个白眼，高声应答道：“你少废话，逼急了我现在就升天道！反正他们死了，我的计划也就砸了，不如拉你当垫背的！”

一时之间，洞外一片沉寂。

自从修为提升上来之后，这么多年了，除了与如来对战，猴子好像还真没狼狈到这种程度过。

他实在不明白女娲到底是什么情况。在自己之前，这天地间除了太上老君，便只有如来是天道修为，这应该是不会错的。自己说对方是大罗混元大仙修为，对方也并没有否认。可……刚刚那是怎么回事？猴子简直觉得自己遇到了一个大罗混元大仙境的哪吒，浑身各种法宝层出不穷——如果那种奇异的操控术是法宝的话。可除了法宝之外，好像也没有第二种解释了。

不过，这都不重要了，重要的是先解毒。扛过了这一关，以后有的是机会弄清楚。

猴子转过身来，将藏在腰间的玉简一口气全掏了出来，撒到地上，开始细细挑选了起来。

既然自己没办法躲开女娲去见太上老君，那就只能想办法找外援了。

一大串玉简里面，有联系敖听心的，有联系吕六拐的，有联系多目怪一支的，有联系李靖的……甚至连联系那个被丢在女儿国变不回人形的小白龙的都有。可看来看去，愣是没有能联系自由出入南天门，并以最快的速度见到太上老君的人的……

猴子忽然有些后悔当初没顺便向太上老君要一块玉简放身上了。这件事人家答不答应帮忙另说，但首先，得能联系上不是？再说了，万事总有个价。自己这身份，就算太上老君想要点什么补偿，也还是付得起的。眼下的大问题是，没有人可以替自己传这个话啊！

“等等……这是联系谁的？”正当猴子急得焦头烂额的时候，忽然注意到一块他从未用过的玉简。

解毒

第六百二十二章

求 救

和煦的风缓缓吹过，树影摇曳。

敞开的房门内，清心跪坐在矮桌前认真书写着什么。

不一会儿，沉香挎着个小布包走了进来。

他小心翼翼地脱下沾满泥沙的布鞋提在手上，抹了把汗，踏上了光洁的走廊。从清心房门前走过的时候，他还刻意放慢了脚步，蹑手蹑脚地，生怕被清心发现。

“站住。”

沉香缩了缩脖子，无奈，只得转身站好。

房中的清心依旧仔细书写着，连头也没抬。

“今天都学了些什么？”

被她这么一问，沉香撇着嘴抬头看天，又回头看了看院落里的树叶，一副扭扭捏捏的样子。

“我问你话呢。”

见躲不过了，沉香只得深深吸了口气，答道“回师父的话，于义……师兄，今天讲的是《乾辰协帝经》。”

“听懂了吗？”

沉香支支吾吾地答道：“听……不太懂。”

“是‘不太懂’，还是‘完全不懂’呢？”

沉香犹豫了半天，只得硬着头皮答道：“完全不懂。”

说罢，他连忙低下头去。

清心的笔尖顿住了，她微微直起身子看了沉香一眼，道：“你听不懂也正常。”

“真的？”

清心低下头，又继续书写，随口道：“对。所以，去把没听懂的部分抄一百遍背下来吧。”

听她这么一说，沉香脸上刚绽开的笑马上就僵住了。

“师父……能过一会儿再抄吗？”

“为什么要过一会儿再抄？”

沉香伸手挠了挠头道：“这都听了一早上的课了，弟子一句也没听懂，只觉得晕晕乎乎的。弟子感觉自己……都要睡着了。”

清心瞧着沉香那委屈的样子，微微一愣。

自从来了斜月三星洞，沉香也算刻苦了。至少，比观里其他弟子要努力许多。但他毕竟是个六岁的孩子。再说了，也不是每个人都可以像猴子当初那样，那么执拗拼命的。

清心无奈叹了口气，淡淡道：“行吧，累了就休息一下。”

“谢谢师父！”

最大的危机解除，沉香当即欢呼起来。他将布鞋放到台阶下，一个转身就溜进了清心屋子里，转了几个来回，他趴到桌前看着清心。

“师父，你在写什么？”

“给你准备的经文。修行者道，还是要多结合一点悟者道的东西比较好。对了，你刚刚不是准备要回房吗？”

“不回了。”

“那你现在准备干什么呀？”

“什么都不干。”

“什么都不干？”清心瞥了沉香一眼。

“是啊，什么都不干最舒服了。要是每天都能这样多好。”

闻言，清心笑了：“行，等你修成了，为师就准你每天什么都不干。”

说罢，她伸手摸了摸沉香的脑袋。

“谢谢师父！”

忽然间，清心的表情僵住了。

“怎么啦，师父？”

清心低下头，从腰间掏出了一块玉简。

“刚刚这玉简……好像有反应。”

“对她，本宫是无论如何不能妥协的。若女儿国的国王背叛本宫还能有好下场，往后本宫还怎么统领女儿国？

“你可想清楚了。芸香只是你的一个婢女而已，真的有必要为了一个婢女跟本宫这么僵持下去吗？”

“你给我闭嘴！有本事就攻进来，大家一拍两散！说那么多干吗！”猴子猛地咆哮出来。

洞外又安静了下来。

他回过头，盯着手中的玉简，眉头蹙成了一团。

这玉简是清心给的，当初她说另一块会给须菩提，让自己有空多和师父聊聊。当然，给完之后她就被猴子挂到树上了。猴子本以为这辈子都不会用上这块玉简，可是……

找须菩提帮忙，确实是一个好办法。一来须菩提到天庭肯定通行无阻，想找太上老君也不会找不到。二来……说不定根本用不着太上老君出手，须菩提自己就能把解药炼出来。要知道，他也是天地间数一数二的炼丹高手。第三，说穿了，这西行的局，其实是他一手促成，按理说他没理由看着金蝉子转世殒命而不出手帮忙才是。

可是……猴子实在不想找他。

自从逃离昆仑山，这么多年了，两个人虽然还维持着师徒的名分，却早已形同路人。前前后后，猴子也就主动找过他一次，为的是追查雀儿魂魄的下落，结果他闭门不出，只派了大师兄搪塞自己。

“真的……要找他吗？”猴子握着玉简，实在有些拿不定主意。

“老君还好，明码标价，想要他帮忙，总要有所付出。找那死老头儿的话……”

猴子有点拉不下脸啊……

一旁，玄奘等人，包括芸香还静静地躺着，气息越来越微弱。

一颗豆大的汗珠从芸香的额头上缓缓滑落。

眼看着众人的脸色越来越差，猴子只得硬着头皮将玉简贴近嘴唇，可在即将碰到的瞬间又拿开了。

他犹豫了一下，将玉简贴近唇边，却又拿开了。

如此反复几次，终究下不了决心。

他额头上的汗珠，简直比芸香等人还多了。

洞外，女娲的声音又一次响了起来："本宫只给你一炷香的时间考虑。一炷香之后，如果你再不将芸香交出来，就休怪本宫不客气了。"

"再吵，老子现在就一棍子打烂你的女儿国，让你统领个屁！"

猴子扭头朝洞外咒骂了一句，不再理会。

他低头注视着手中的玉简，不禁咽了口唾沫。

"师父，这玉简，能千里传音对吗？"

"嗯。"清心注视着手中的玉简，呆呆地点头道，"玉简是一种法器，每一套都是两块，只要将玉简贴在唇上，运动灵力，就能千里传音。"

"那，师父，另一块在谁手上啊？"

"在谁手上？"清心看了沉香一眼，将玉简放到桌上，轻声叹道，"另一块，在你悟空师伯手上。"

"他呀……"

"他怎么啦？"

"他太讨厌了，老欺负师父。昨天晚上我还听见师父在骂他呢。"

"昨天晚上？"

"对啊，昨天晚上我起夜，路过师父房门前，听到师父在骂他。"

清心的脸刷的一下红了，连忙问道："我……我骂他什么了？"

沉香歪着脑袋想了想，摇头道："我就听到'死猴子'，其他的……就没听清了。我还以为师父在说什么秘籍呢。"

清心的脸更红了。

这应该是说梦话了吧。她第一次知道自己原来也会说梦话。看来……以后睡觉还是布个禁音阵的好。

沉香趴在桌面上眼巴巴地看着清心道："师父啊，要是他有事找你帮忙……他那么讨厌，你会帮他吗？"

清心干咳两声，故作镇定地要提笔继续书写："不帮，肯定不帮。"

"对，就不能帮。"

话音未落，一旁的玉简又闪了。

还没等沉香的手碰到玉简，清心已经抢先一步将那玉简抓在手中了。

清心顶着沉香满是狐疑的目光，硬着头皮，手微微颤抖着将玉简贴到了唇上。

顿时，玉简的另一端传来了猴子支支吾吾的声音："老头子啊……那个，是这样的，我现在在和你的老朋友女娲打架，你的另一个老朋友金蝉子中了女娲的毒，情况有点危急。我也快顶不住了……所以呢，想找你帮个忙。"

听到"顶不住"三个字，清心不由得想起了风铃记忆中猴子被丹彤子打得浑身是血的模样。她脸色一变，蹭地一下站了起来，不假思索地问道："你现在在哪里？"

一时间，玉简两端的人都愣住了。

"怎么是你？"猴子握着玉简，原本有点讨好的语气一下就没了。

"我……我忘了交给师父了。"

"那还不赶紧去交！娘的，有你这么个师妹我真是倒了八辈子霉了！"

清心一急，"咻"的一声冲出了门外，只留下沉香愣在当场。

"刚刚还说不帮……"沉香托着腮帮子，叹道，"昨天晚上说梦话还哭得稀里哗啦的，师父真是越来越可疑了。"

清心冲出了自己的宅子，迅速腾空而起，转眼之间已经落到了潜心殿外。

潜心殿大门敞开，里面空无一人。

清心一慌，连忙拉住门前扫地的道徒问道："师父哪儿去了？"

"师尊……师尊今天一早就出去了，说是一个月后才回来……没说去哪儿。"

清心丢下那道徒，连忙又将玉简贴到唇上："师父不知道去哪里了，你那边现在怎么样？”

“快被你害死了。”

“害……害死……很严重吗？”

“女娲这厮说是大罗混元大仙修为，我怎么看都觉得她有天道修为，你说严重吗？”

“那……那现在怎么办？”清心急得眼泪都在眼眶里打转了。

玉简的另一端，猴子的眉头紧蹙。

这着急的语气……不太对啊。这家伙不是跟自己八字不合吗？这么着急是怎么回事？就算她肯帮忙，不是也应该先冷嘲热讽几句吗？难道是斜月三星洞的“同门之谊”忽然间生效了？

“你现在在哪里？我马上过去！你现在怎么样了？”

猴子抿了抿唇，轻声道：“你过来也没用。女娲，你打得过吗？这样，你立即找老君，让他帮个忙，炼一下解药。”

“好！”清心不假思索地答道。

猴子又一次怔住了。他本来还想着说几句中听的话，毕竟现在是求人办事，起码说点“之前的旧账就算翻篇了，以后大家不要再互相针对”之类的话。得，这下都省了。

“不过，这丫头这次是不是太配合了？”他握着玉简心里想道。

第六百二十三章

解　药

狂风中，清心朝南天门飞奔，到了门前都没有减速。

南天门四周浮石上的法阵瞬间被全部触发了。赤红的光芒冲天而起，一时间，号角声响彻九霄，天兵蜂拥而出。原本平静的南天门瞬间乱成了一锅粥，就连李靖和哪吒也从大殿中走了出来，仔细地聆听着那不断回荡的声响，大为困惑。

“是什么人？敌袭吗？”一名天将一只手提着剑，另一只手扶着头盔火急火燎地冲出了南天门，“为什么事先没有收到消息，外围守军都干什么吃的？”

他还没站稳，只见清心已经脚尖点地落到了他的身前，通行的令牌在他眼前一晃。

“兜率宫？”

清心又腾空而起，径直穿过了敞开的南天门。

号角声还在回荡，南天门外的天兵却都已经安静了下来，一个个呆呆地望着清心离去的方向。

“发生什么事了？”

一个天兵悄悄来到这位天将身边低声道：“禀将军，是兜率宫的清心上人来了，刚刚外围已经通报过。可是……她速度太快，不慎触发了法阵，所以……”

那天将眨巴着眼睛，都不知道该说什么好了。

大殿前，一个天兵匆匆奔上台阶，将一份谍报呈到李靖面前。

“禀天王，这是巡天府刚刚送来的西牛贺洲紧急军情。”

“西牛贺洲紧急军情？”李靖朝前来禀报的天兵瞥了一眼，又回头朝南天门的方向望去。

此时，号角声已经停止，南天门寂静如初。不过，那因警报而引起的骚动还没完全停止。

他回过头，对哪吒说道：“去看看怎么回事。”

“诺。”哪吒应了一声，当即驭使着风火轮朝南天门飞去。

李靖这才伸手接过天兵呈上的谍报，随手翻了翻，脸色刷的一下就变了。

此时，西牛贺洲的激战又开始了。

群山之间，猴子飞速穿行着。他咬着玉简，伸出五指牵动着五道灵力将玄奘等五人悉数包裹住，带在身旁。另一只手握着金箍棒的一端来回搅动，将各色半身蛇人通通砸碎。

而在他身后跟着的，是数也数不清的半身蛇人，像一支大军，所过之处被碾出长长的沟壑。在女娲强大的攻势下，无论是草木还是山石通通被压得粉碎。

这激烈的战斗，几乎将一切卷入其中的物体碾成了粉末。

忽然间，猴子前方的山颤了颤，猛地“站”了起来，变成了一个身躯魁梧的半身蛇人，身上还披着密密麻麻的植被。

眼看着自己与那巨型半身蛇人越来越近，猴子眼睛眯成了一条缝，丝毫没有减速的打算，径直朝他冲了过去。

那巨大的半身蛇人发出一声惊天动地的咆哮之后，伸出一只手朝猴子迎面抓了过来。

没有丝毫的犹豫，猴子凌空一个翻转，单手持棍一挥，金箍棒骤然伸长，朝那手掌招呼了过去。

一声轰鸣，激起的气流沿着地表四下扩散，吹弯了树苗，吹斜了那些疾追而来的半身蛇人。

巨大的手掌崩裂了，变成一块块碎石坠落，激起漫天的沙尘。

猴子微微调整了身形，又扬起金箍棒准备对着眼前独臂巨型半身蛇人的天灵盖再来一记重击。正当此时，四方的重力威压骤然加强。猴子身子忽然一倾，连带着众人瞬间被压到地上翻腾的沙尘之中。

已经缓过劲来的巨人微微低头，迅速伸出仅存的一只手朝沙尘中摸了过去。可还没等他那巨大的手掌摸到沙尘，只见那沙尘之中猛然伸出一只几乎和他的手臂一般大小、长着暗金色绒毛的手。

那手速度极快，一把按到了巨人的脸上。

“去死吧！”

还没等巨型半身蛇人反应过来，他的头被那手拧了下来。

残余的身躯轰然倒塌了，激起的沙尘遮天蔽日。

四周的山像一个个浸泡在汪洋之中的小岛一样。

翻腾的沙尘之中，猴子又一次化身百丈巨猴将玄奘等人护在胸前，缓缓地站了起来。

待那沙尘渐渐散去，一个个的半身蛇人显现出来，层层叠叠，漫山遍野！

猴子的眼角不由得微微抽动：“到了没？”

“快到了，你撑住，快到了。”

用牙齿紧紧咬住玉简的清心拼了命加速，眼眶都红了。

“那是什么？”站在灵霄宝殿前的玉帝握着一份奏折，不由得蹙起了眉头。

一旁的仙家躬身拱手道：“回禀陛下，臣也不清楚。要不……臣去问问？”

“问问吧。”玉帝摆了摆手，转身朝御书房走去，轻声叹道，“当今三界太平，在天庭之内以这种速度掠行，简直目无法纪。不知道的，还以为三界出了什么大事呢。”

“诺。”

那仙家行了礼，刚一转身离开，李靖就气喘吁吁地到了。

“陛下，出事了。”他单膝跪地道，“那妖猴在西牛贺洲和人动了手。臣方才查了一下，与他动手的人，应该是女娲娘娘。”

玉帝一惊，手中奏折“啪嗒”一声掉落在地。

“妖猴和……女娲……娘娘？”

清心一落到兜率宫前，就快步冲进阁楼中。

雀儿迎面走来，可还没开口，清心便与她擦肩而过。

雀儿有些蒙了，呆呆地看着清心的背影，半天摸不着头脑。

“咣”的一声巨响，清心一把推开房门。

正在房中泡茶的太上老君顿住了手，有些诧异地抬头望着她。

“师父，猴子出事了，你得帮帮他！”清心喊了出来。

大量半身蛇人被抛上了天空，依旧维持着法天象地形态的猴子在人海战术中苦苦挣扎着。浑身上下爬满了大大小小的半身蛇人。

随着半身蛇人越来越多，猴子被整个压倒在地，几乎被人海吞没了。

可还没过一会儿，只见金箍棒冲天而起，飞速旋转。猴子身上的半身蛇人不是被抛上了天空，就是被绞成了粉末。

疾风横扫了一切。

待风暴过后，已经缩小了的猴子的身形渐渐地显现出来。

顺着额头滑落的鲜血浸到他的一只眼睛里，引来一阵刺痛。

他一边用一只手牵引灵力保护众人，一边重重地喘息着，环顾四周。

他们依旧被一层又一层的半身蛇人围在中间。这些半身蛇人暂时停止了攻击，静静地注视着他，数量似乎比刚刚更多了。

他咬着牙说道：“女娲，敢不敢出来一战？”

天空中传来了女娲清脆的笑声：“老这么问，你就不嫌烦吗？不是每个人都争强好胜，被你一激就中招的。把芸香交给本宫，如何？”

“做你的梦去吧！”

“那就接着打咯。”

顿时，一个个原本如同雕像一般的半身蛇人又动了起来，朝猴子蜂拥而去！

兜率宫中，太上老君说道："谁让他没事去惹女娲那个泼妇的？女娲是随便能惹的吗？"

"师父，"清心眯着眼睛，狐疑地问道，"您早就知道他出事了？"

"那是。"太上老君直起身子，干咳两声道，"为师天道修为是没了，小事不可能一清二楚，但这种大事，还不至于不知道。"

"那你也不提醒他？"

"须菩提老头儿是他师父，自己师父都不提醒了，为师跟他非亲非故的，干吗那么多事？"说罢，太上老君端起一杯清茶细细地品，一脸惬意的神色。

"你！"清心一下快步走到他身旁跪坐下去，拉住他的手，嚷嚷道，"你答应了我要照顾他的！"

听她这么一说，太上老君一口清茶喷出来，差点儿没被呛死。

"你答应了我的，你不能说话不算话！"

太上老君侧过脸，注视着睁大了眼睛看着自己的清心。

恍惚中，他似乎看到了数百年前跪在自己身前用匕首顶住咽喉，苦苦哀求自己营救那只猴子的女孩。

是啊，这是一个承诺。他答应过的，答应过风铃，只要她按照自己的要求去做，那么，那只她一直挂念的猴子，便会一路顺畅，得到自己永远的照顾。

一时间他竟无言以对。

太上老君沉默了许久，只能捋着长须无奈摇头，轻声叹道："冤孽啊。"

"猴子！猴子！你没事吧？"

"还剩下半条命……"

清心轻轻一跃，从三十三重天一跃而下，朝下界飞去。

"解药我已经拿到了，可是还缺一个人。要解女娲的毒，必须先找到一个人。"

"谁？"

"草小花，水帘洞里的仙草！"

第六百二十四章

目标，花果山

“水帘洞里的仙草……什么意思？”猴子不禁瞪大了眼睛，“原本住在水帘洞里的仙人就是女娲？”

“对。”

猴子又是一记重击，无数的半身蛇人被抛上了天空。

猴子握着金箍棒，用手背抹去眼角的血。

他想起杨婵告诉过自己，花果山灵力充裕，却在渐渐消散。花果山的生物，与其他地方的有着极大的不同，他们都能说话。

“花果山与女娲，究竟是什么关系？”

清心以极快的速度落到南天门，朝守将晃了一下自己的令牌，径直穿过南天门，铆足了劲朝东方冲去。

“这个我也不清楚，没时间问。我现在立即去找草小花。”

“草小花在花果山。”

“我知道。”

“你怎么知道的？”

“我见过她。”

“什么？”猴子一愣。

清心去过花果山？她去花果山干吗？

不知为何，猴子忽然有一种感觉。清心的背后，有许多他并不知道，却又与他有着千丝万缕关系的事情。

铺天盖地的半身蛇人又向他袭来，他不得不中断思绪，再次投入战斗。

清心疾速穿过云层，向东方飞去。

一阵狂风拂过，云层悄然改变了形态，两个身影浮现出来。

地藏王望着清心离去的背影，叹了口气道："看来，老君还是没法儿真正做到置身事外啊。"

正法明如来淡淡看了他一眼："怎么说？"

"那女娲并非纯粹的悟者道，论炼丹，比之老君自然是不如。要让那猴子一行人中毒，所使用的，必然是她那独门毒药。小姑娘这是带着解药，去花果山找药引去了。"

正法明如来有些诧异地瞧着地藏王，少顷，笑道："看来，你知道的事情真是不少啊。"

地藏王也笑了，道："佛途万般，终归一处。尊者每日诵经参禅，贫僧，却更喜欢行走游历。各有所长罢了。"

正法明如来沉默不语。

地藏王看了好一会儿，长叹道："走吧，既然老君已经介入，坏了规矩，贫僧也是时候做点什么了。"

说罢，地藏王手一扬，一道青光朝西方呼啸而去，他自己却转身朝东方飞去。

正法明如来瞧着地藏王远去的身影，又回头望向猴子与女娲激斗的方向，微微蹙起了眉头。

他犹豫好一会儿，最终还是跟着地藏王向东方飞去。

翻腾的沙尘之中，一个由石头化成的半身蛇人朝沉睡的芸香飞扑过去。

电光火石之间，芸香的身躯被牵引着稍稍偏移。那半身蛇人扑了个空。同时，金箍棒自下而上顶在他的腹部上，直接刺穿了他的躯体，紧接一个翻转，将他石质的身体撕成了两半。

猴子牵引着昏迷的五人，从上方杀出一条路，脱离了沙尘的中心。

忽然，他感觉半身蛇人的攻势弱了许多。他仰起头，看到一道青光划过天边，朝女儿国的方向冲了过来。

"那是什么？"猴子怔了一下。

所有半身蛇人都停下了动作，呆呆地抬头仰望着，似乎在等待着某种灾难的发生。

青光划破了天际，撕裂了云层，低空掠过女儿国的国土。

不一会儿，前方出现了那最终的目的地——母亲湖！

地面上，女儿国的臣民们都在抬头仰望着，一个个瞪大了眼睛。

青色的光芒照在她们的脸上，有一种说不出的诡谲。

…… ……

“是谁？是谁在背后放冷箭？”

巨大翡翠的正中，那巨大的影子攥紧了拳头微微颤抖着。

…… ……

只见青光降低了速度，扶摇直上冲入云层，然后，对准了母亲湖的正中，骤然加速俯冲！

还没等女娲庙中的众人反应过来，青光已经准确地击中了母亲湖的正中。

刺目的青光瞬间笼罩了一切，又迅速消散，无声无息。

母亲湖的湖面，依旧如镜子般平静通透。四周的草木，依旧在风中摇摆。

“这是怎么回事？”女祭司呆呆地看着，一脸的茫然。

地底深处，巨大翡翠中，巨大的影子微微颤抖着。

“是谁？如来？还是老君？”

不仅仅是她，四周的一切，每一滴液体，以及整个翡翠，都在微微颤抖着。

翡翠绿色的光华渐渐暗淡了。

连接着翡翠内外的灵力被悉数切断了。

半身蛇人一个个崩溃，或化作碎石，或化作流水。

顷刻之间，攻势凶猛的大军崩溃了，只剩下一地的烂泥。

猴子难以置信地看着眼前的一切，竟有些蒙了。

这是怎么回事？女娲的灵力枯竭了？不对，如果是灵力枯竭，那么在枯竭之前她就应该预料到。眼下的情况，看上去更像是她出于某种原因被迫解除了术法。

来不及细究缘由，他一个转身腾空而起，用灵力牵引着众人，以最快的速度朝花果山的方向飞去。不管女娲出于什么原因停止了攻势，对猴子来说，现在最重要的就是救活众人。只要其他人没事了，即便女娲来袭，又能奈他何？

地藏王与正法明如来并肩朝花果山的方向飞去。

“当初，女娲其实已经修成了天道修为。不过，行者道破天道修为，必须经受天劫。古往今来，除了那两个灵魂的猴子得以成功之外，未有胜者。女娲，应该算是个特例。不过，也好不到哪儿去。得益于悟者道修为，她及早为自己炼了一块神石，将自己的真身藏于其中。如此一来，天道便无从感知其真身了。只不过，她再也不可能踏出神石一步。只要一击直中要害，让神石动摇，所有外放的灵力，都会顷刻间消散。故而，称之为‘半天道’。”地藏王嘴角微微上扬，笑道，“这就是，所谓‘女娲补天’的故事了。”

“凡间的传言也并非全是虚妄啊。”正法明如来淡淡叹了口气，道，“天劫，便是那天破的洞。女娲炼石修补了天，从那之后，女娲身陨……其实说的也没错。只不过不是凡人想象中的那般补法，而且女娲也并不是真的身陨，只是困在某个地方出不来了而已。可叹凡人皆以女娲为母，以为她牺牲自我挽救苍生，造下大功德。不知道他们知道了真相又会如何说？”

地藏王瞧了正法明如来一眼，轻声笑道：“此言差矣。”

“莫非还另有内情？”

“单从补天一事而论，确实如此。但若因此定论女娲无甚功德，则是言之过早。再说了，女娲强渡天劫一事，说到底，也是被人逼出来的。”

“哦？”

“她的功德，恐怕比世人所想象的更大，只不过众生愚昧，无法理解罢了。创世大能之中，能担得起‘众生之母’这一名号的，也唯有女娲了。”

“娘娘！出了什么事了？娘娘，您没事吧？”

地宫之中，女祭司面对着失去了光泽的翡翠壁，带着众人跪倒在地号啕大哭。

许久，那翡翠壁开始微微闪烁。

“娘娘！娘娘，您没事吧？”

“娘娘，求求您了，您说句话啊。让奴婢知道您没事啊！”

任凭一众女子如何呼喊，女娲都没有回应。

过了好一会儿，那翡翠壁重新散发出绿光来，比先前任何时候都要明亮。

“这猴子……居然还请了帮手，实在欺人太甚！”

一个饱含怒火的声音在地宫之中回荡，那些原本号啕大哭的女子，一下都呆住了。

一阵狂风掠过，霎时间，如同镜面一般的母亲湖泛起了波涛。

湖心逐渐形成一个旋涡，一个翠绿色、半透明的半身蛇人的身影冲天而起，悬在半空——这是女娲的魂！

只见处于魂灵状态的女娲手一扬，点点晶莹落下，迅速形成一个翠绿色的护盾，将整个母亲湖覆盖住。

然后，她也朝花果山的方向飞去了。

东海上空，清心一只手捂住藏在怀中的药瓶，拼尽全力飞行，身下的海水在气流剧烈的冲击下掀起狂潮。

南赡部洲的高空中，猴子一只手用灵力牵引着昏迷的五人，另一只手握着金箍棒保持警惕，同样使出全力飞速前行。

群岛之上，地藏王与正法明如来结伴而行，穿过层层云雾。

所有人的目标都惊人地一致——花果山。一场更为激烈的战斗正在酝酿中！

兜率宫中，太上老君蹙着眉头盘腿而坐，细细地思索着。

“去，还是不去呢？”

他卷起衣袖，伸手一晃，手中顿时多了一个龟壳和三枚铜钱。

他将铜钱装入龟壳中，用力摇晃两下，再将铜钱倒在桌面上给自己卜了一卦。

太上老君瞧着那卦象，捋着长须摇头道：“算了，还是别去了……免得惹来一身骚。”

第六百二十五章

停　下

南天门。淡薄的云雾之间，依稀可见大批兵将穿着铁甲铿锵往来。

一把把兵戈在微光之中泛着寒意。

短短的时间里，南天门已经从原本开放的状态变成严防死守，所有人都神经紧绷。

“女娲娘娘和那猴子，究竟是怎么打起来的？”南天门的城楼里，玉帝撑着书案咬牙问道，“此事究竟牵涉几方，是否有我天庭人员牵涉其中？”

在场的天将们一个个面面相觑。

李靖咽了口唾沫，低声道：“回陛下的话，臣不知。”

“不知？不是已经派了探子出去了吗？”

“两人实力均极强，探子难以接近。要查清事情的原委，不是一时半会儿的事。所以……至今尚未有回报。”

话到此处，李靖便没再往下说，只是微微抬起眼皮看了玉帝一眼。

其他人也都一个个低着头，小心翼翼地等着玉帝的反应。

此时此刻的玉帝，正处于极为焦虑的状态。

他一会儿伸手按着睛明穴闭目养神，一会儿撑着桌面眉头紧蹙，一会儿又不安地往南天门外张望，绕着长桌来回走动。他还时不时伸手拿起桌上早已看过许多次的谍报翻看，简直像要将它们全部背下来似的。

他目光飘忽，自始至终，都没看身前的众将一眼。

堂堂君临三界的玉帝，一碰到这猴子就变成这般模样，这让他如何面对自己的下属呢？

过了好一会儿，玉帝又低声问道：“可曾派人将事情通报给三清？”

“已经派人去了，但三清皆闭门不出，不见，也不接谍报。”

玉帝差点儿将握在手中的奏折甩了出去。他好不容易按捺住怒火，却也只能紧紧地闭上双目。

他简直连死的心都有了。

为什么每次一出事，平日里作为天庭庇护者的三清便都将他像弃子一样丢了，不管不问呢？既然天庭那么廉价，为什么还要让自己这些人每日累死累活地折腾呢？

这玉帝当得实在憋屈！

玉帝沉默了好一会儿，无奈地眨巴着眼睛，转而问道：“那妖猴，我们近期没得罪他吧？”

“回陛下的话，在女儿国附近，天庭没有安插半个山神土地，也极少派出巡天府巡查。若非战斗动静太大，怕是我方至今都还不知道。故而，我方人员牵涉其中，得罪妖猴的可能性，很小。”

“如此一来，若真出事，就只能出在女娲娘娘身上了。她修为如何？”

“陛下，臣还没上天任职，女娲娘娘便已闭关。关于她的事，臣……着实不知。”

“天庭的书库里，没有记载吗？”

“没有。若想知道，恐怕还得问问天庭的老人儿才行。”

玉帝咬紧了牙，攥紧了拳头又朝空荡荡的南天门外望了一眼。

正当此时，一个天兵匆匆走了进来，单膝跪地。

“启禀陛下，接下界快报。那妖猴正向东而去，女娲娘娘……似乎也向东去了。”

“似乎？”玉帝一愣，厉声问道，“是就是，不是就不是，什么叫‘似乎也向东去了’？”

被他这么一问，那天兵也蒙了，只得向李靖投去求助的目光。

无奈，李靖只得轻轻摆了摆手示意那天兵退下，自己往前一步拱手道：“陛下，女娲娘娘诡异莫测，先前的战报中，她甚至不曾显出真身。下界如此禀报，应该是为了谨慎起见。”

说罢，李靖又小心翼翼地望着玉帝。

然而，此时玉帝的思绪却早已不在此处了。

他一只手撑着长桌，时而闭目蹙眉，时而瞪圆双目，如此反复多次，似乎陷入了纠结之中。好一会儿，他才喃喃自语道："妖猴向东，她也向东。这是在追击吗？他们会不会……追着追着，跑到南天门来？当年那猴子闹事也是这样，天上地下闹了一通，最终还是大闹南天门……"

李靖眨巴着眼睛不敢吭声。

许久，玉帝深深吸了口气问道："女娲娘娘的修为究竟如何？"

李靖嘴角顿时微微抽动。

这问题刚刚才问过，又问……

碍于君臣关系，李靖只得硬着头皮答道："回陛下的话，臣不知……"

"不知不知，这也不知那也不知！"玉帝一掌重重拍在案上，怒道，"连最基本的事情都不知道，朕要这巡天府，要这南天门何用？万一他们真的打到南天门来了，如何抵御？啊？你告诉朕，你有何良策，如何抵御！"

"陛下教训的是！"李靖连忙抹了一把汗，拱手道，"臣这就去查！"

说罢，李靖迅速往后退了两步，转身就走。临走之时，还悄悄给一旁的哪吒使了个眼色。

见状，哪吒连忙也朝玉帝行了个礼，道："陛下，时间紧迫，臣忽然想起北区的防御似乎还有些不足，臣想……"

"去吧去吧。"玉帝不耐烦地摆了摆手。

哪吒点了点头，后退了两步，转身就走。

他刚一踏出大门，就悄悄朝后方白了一眼，嘴里嘟囔着："问问问，问个屁！能把那猴子撵得到处跑的，还能是天庭对付得了的？除了南天门一关，还能怎么防？就这点兵力，还能指望什么？"

哪吒一抬头，看见正在前方等他的李靖，一下愣住了。

李靖瞧着哪吒冷冷地说道："不要多话。"

哪吒连忙缩了缩脖子："父亲教训的是……"

两人转过身，缓缓朝远处走去。

"现在的陛下跟以前的陛下有些不同，像这种时候，还是不要站在朝堂上为好。"

“孩儿知道了……”

正当此时，身后不远处传来一声吆喝：“启禀陛下，太白金星到——！”

花果山。

幽暗的洞府中，一盏孤灯长明。

草小花面对堆积如山的书卷正头痛呢。

六百多年前的花果山妖国相对于人类的国度来说，其实并不大，满打满算也就六七百万子民。但在人类国度，十个人当中也挑不出一个识字的，而在当初的花果山妖国，却几乎每一只妖怪都能读书习字。

因此花果山拥有极为丰富的藏书，即使妖国覆灭，遗留下来的书籍数量，也依旧是一个天文数字。

这些东西能丢吗？

肯定是不行的。那里面，记载了关于花果山的一切。按照猴子留下的训示，什么都能丢，就是不能把这些书给丢了。因为这些是传承。只要这些东西还在，无论妖族面临何种绝境，都还有复兴的希望。

草小花并不知道猴子说这些话的时间、地点、用意。不过，作为花果山齐天宫的内务总管，她有义务去保护这些东西。

一只白兔精小声道：“小花姐，还是让我们来吧。也就搬出去晒一晒太阳，回头再放回原处便是了。我们还是做得来的。”

草小花摇了摇头，轻声叹道：“光你们我不放心。算了，也不是第一次了。”

“诺。”

要保存一册藏书不难，要整理十册藏书也不难，但要定期整理整整二十个书库的藏书，一本本检查，那就真的不容易了。就算每天只干这件事，做一次，那也要五年之久。

正当草小花指挥着几个小妖将那些书册往外搬的时候，小七忽然从洞府外冲了进来，急匆匆地奔到草小花面前。

“不好！小花姐，上次那个自称是大圣爷师妹的女人又来了！”

“啊？”

“正在外面嚷嚷呢，说要见你！”

说着，小七拉起草小花的手就往洞府外奔去。

“草小花——！你快出来啊！有急事！很急，是你们大圣爷托我来找你的！”

清心掠过花果山境内一片荒芜的地表，像无头苍蝇一样到处乱转。

草小花躲在一处乱石堆中，只是远远地看着。

“小花姐，要不要派个人和她谈谈？”

“不。”草小花注视着远处的清心，摇头道，“先不要轻举妄动。如果一个不小心有人落到她手里，就麻烦了。交代大家都躲好。”

“诺！”

清心来回转了好几圈也找不见人影，只得顿住身形，拿出联系猴子的玉简贴在唇上。

“我到花果山了，可是草小花不肯出来。”

“你跟她说是我让你去找的，你是我师妹。”

“我已经说了，可她还是不肯出来。”

“这不可能啊……难道她已经不在花果山了？”

“那个……”清心支支吾吾地说，“我上次和她打过一架……”

“啥？”猴子顿时一愣。

“那时候我还什么都不知道，所以才会打……我真不是故意的，真不是……”

玉简另一端的猴子沉默了好一会儿，冷冷问道：“你之前跑到我的花果山，究竟是干吗去了？”

“我……我什么也没干。”

“什么也没干？”

清心的眉头皱成一团，千言万语堵在喉咙里，不敢说，也不能说。无奈，她只得支支吾吾地说道：“要不……你告诉我几个花果山的暗号？”

“不用了，我马上到。”

“你到现在还不信我？”

“比起你，我更信任草小花。”

说罢，猴子直接断了联系。玉简另一端再无声息。

清心呆呆地握着玉简悬在半空中，一时间，无所适从。

过了一会儿，她淡淡笑了笑，轻声道：“不信任也好，不信任……往后，大概也不会再有什么纠葛了吧。”

她永远忘不了猴子剖开的心中找不到“爱”，永远忘不了月树上唯一存在过的猴子的花。

两世的纠葛，付出了所有，到头来换回的也不过是似是而非的怜悯。

远远地，猴子的身影已经飞了过来，越来越近。

她缓缓落向一处山坡，将玉简贴在唇上，轻声道：“解药已经有了，不过另外还需要一个药引，就是草小花原形凝结的露水。只要滴在解药上，服下便可。”

清心将药瓶放到石头上。在猴子抵达的前一刻，腾空而起，转身离去。

既然知道往前一步是深渊，不如，今生就在这里停下吧。

第六百二十六章

证　明

猴子飞速落到地面上捡起清心留下的药瓶握在手中，望着她离去的背影，有点摸不着头脑。

“难道我刚刚那句话太过分了？不对啊，之前更过分的话都说过，又不是第一次……为什么忽然有种怪怪的感觉呢？”

远处，潜伏中的众妖还在不明所以地看着。

小七的眼都直了。

“是……大圣爷？小花姐，这是大圣爷吗？”一回头，他才发现草小花也呆住了。

一听此话，聚集在一起的七八只妖怪全都眼巴巴地看着草小花。

在场的，除了小七和草小花，谁也没见过真正的大圣爷。即便是小七，过了这么多年，也早已记不清大圣爷的模样了。

与其他地方的妖怪不同，他们太弱小了，弱小到一不小心就有可能被别人彻底吞掉。多年的生活让他们学会了谨慎，在没完全确定对方的身份之前绝不露面。

此时此地，唯一能辨认出对方身份的，就只剩下草小花了。

然而，此刻的草小花同样拿不定主意。

她睁大了眼睛望着山坡上的猴子，微微张嘴，却半天也说不出一句话来。

她认出了猴子，可是，这世间洞悉变化之法的人何其多。如果刚刚清心没走，她或许多少会相信清心真的是猴子的师妹，真的是受了猴子的委托来找她。可是眼前的这个“大圣爷”来了，清心却走了……这又是怎么回事呢？

她脑子里的思绪就像忽然被打了个死结，完全理不清楚。

猴子长长地吐了口气，将药瓶收入怀中，又将昏迷的五人一个个安置好。

女娲随时有可能再出手，他已经没有多余的时间去思考清心的反应究竟代表什么。

他转过身，朝草小花他们藏身的方向招了招手，吼道：“是我回来了，知道你们在那里，赶紧出来！急事！”

“……”

“这么远都能感知到我们？会不会……真的是大圣爷？”

“真的是大圣爷！一定没错了！”

还没等草小花下令，小七连同其他几只妖怪已经欢呼着冲了出去，只留下草小花依旧站在原地，眨巴着眼睛。

她犹豫了许久，最终还是迈开脚步走了出去。

南天门城楼。

太白金星弓着身子从门外匆匆走了进来，拱手道：“老臣，参见陛下。”

“免礼。”玉帝瞥了太白金星一眼，似乎想起些什么，稍稍调整了下情绪，轻声道，“爱卿是三朝老臣了，这女娲娘娘的事，你应该清楚吧？”

被玉帝这么一问，太白金星一怔，直起身子朝左右瞥了一眼，犹豫了一下，拱手低声道：“陛下想知道哪一方面？”

“全部。”

“全部？这……”

“怎么，连朕都不能知道吗？”

太白金星又左顾右盼，然后抬头望着玉帝尴尬地笑了笑。

殿中一片寂静无声。

见状，玉帝摆了摆手道：“其他仙家，先下去吧。”

“诺！”

待到其他仙家走后，太白金星才振了振衣袖，走上前来，躬身拱手道：“陛下，女娲娘娘之事，实在不便公开讨论，还请陛下见谅。”

“平日里即便有什么事忌讳人多嘴杂，李靖也不过是用禁音术解决。”玉帝冷冷瞧了太白金星一眼，哼了一声，道，“你倒好，还得屏退左右。”

“陛下，事有轻重，不可一概而论。”太白金星笑了笑，低声道，“平日里的事，顶多也就牵扯朝政。这女娲娘娘的事，可是牵扯了三清、如来。说少一分无功，说多一分有过。既然陛下要问，臣也不是不能说，但在大庭广众之下说，即便借臣几个胆子，臣也不敢啊。”

玉帝看着太白金星道：“那你说说，女娲娘娘的修为，究竟如何？她能击败那猴子吗？”

“女娲娘娘的修为，属半天道。”

玉帝闻言，哼了一声，道：“天道就是天道，哪里来的半天道？”

“陛下有所不知，”太白金星清了清嗓子，接着说道，“这得从那女娲补天的传说说起，且等老臣细细说来……”

“大圣爷！您可算回来了！我们等得好苦啊！”

此时，那群小妖跪在猴子身前，一个个激动得哇哇大哭，哭得一把鼻涕一把泪。

“爷爷临死之前，最最挂念的就是大圣爷了。他嘱咐我们一定要守着花果山，一直守到大圣爷回来。只要大圣爷回来，我们妖族就一定可以重振！大圣爷，您以后不会再走了吧？”

猴子鼻子一酸，眼泪差点儿也跟着一起掉下来。

“还不行，我还有重要的事情要做。”

“大圣爷，您会回来重建妖国吗？”

“会的，等我西行取经完成，一定回来。大家再忍耐忍耐，不会很久的。等我回来了，带大家吃香的喝辣的！”

“大圣爷，您可别骗我们啊。”

“放心，骗谁都不骗你们！”

“大圣爷一定不会骗我们的！”小七紧紧地拽着猴子的手，抹了一把眼泪鼻涕，哭喊道，“当初大圣爷说出海修仙，修成了就回来，最后真的回来了。大圣爷一言九鼎，这次也一定不会骗我们的！无论是谁欺负我们，大圣爷都会帮我们讨回公道的！”

“对——！”所有妖怪都喊了出来，然后哭得更厉害了。

这么多年了，他们一个个活得像乞丐似的，却依旧死守这片寸草不生的土地，等的不就是今天吗？

“我就怕这个，就怕这个。所以上次回来，都不敢见你们……”说着，猴子也憋不住了，眼泪跟着往下流。君臣几个抱在一起痛哭。

就这么折腾了好一阵，猴子才将他们一个个从地上搀起来。

远远地，草小花一步步走来，福身行礼，却没开口说半句话。

她那望着猴子的目光中，有些许欣喜，但依旧有警惕。

猴子松开搀着小七的手，轻声道：“怎么啦？看到我回来，不开心？”

“小花不敢。”

一旁的小七看气氛有些不对，连忙解释道：“大圣爷，您可别误会。您回来，小花姐肯定高兴。自从有传闻说您已经从佛门的手中逃脱，她……她每天都念叨着呢，每天都念叨，怎会不高兴？肯定是高兴过头了，所以才……”

“闭嘴。”

被草小花冷冷的两个字打断，小七把满肚子的话都咽了回去，脸上的笑也有些僵了，眨巴着眼睛看着草小花。

草小花微微低头，眼睛盯着猴子身前空荡荡的地面一动不动地站着，冷冷道：“既然您自称是大圣爷，总该先向我们证明一下吧？”

听她这么一说，不仅小七，连其他妖怪脸上的表情也僵住了，他们一个个噤了声，往回缩了缩，警惕地瞅着猴子，心都提到了嗓子眼。

如果这个大圣爷是假的，那……怎么办？

“怎么证明？”猴子不禁眉头蹙起。

“拿出信物，或者，说些大圣爷才知道的事。例如，卑职在花果山任何职，主司何事，曾经与谁关系好，与谁关系差。”说罢，草小花又冷冰冰地补充道，“大圣爷别怪卑职无礼。人心险恶，卑职不可不防。”

猴子顿时觉得又气又好笑，叉着腰，歪着脑袋上下打量着草小花。

“怎么？不会证明不了吧？”

猴子一下笑出声来，长叹道：“以前可真没发现你戒心这么重，不过，这也是好事。这些年你辛苦了。”

猴子将手中的金箍棒晃了晃，变大缩小，轻声道：“这个是金箍棒，你应该认得。当然，这个三界都知道，要造一个看起来相似的东西不难，证明不了什么。再来一个没多少人知道的。”

说着，他取下手腕上的金刚琢晃了晃，道：“喏，这个是风铃的金刚琢，我一直留着。可大可小，不过时间太长，现在已经越来越不好使了。被压到山下的时候我只留下这两件，其他信物例如令牌什么的，早就没了。”

猴子将金刚琢重新套回手腕上，伸手挠了挠头接着说道：“接下来回答你的问题。你之前的职务，是齐天宫内务总管，反正跟内务有关的东西都归你管，每次我支取东西都要找你。你跟谁关系不好我就不知道了，不过你跟杨婵还有风铃关系都不错，这个我是知道的。哦对了，你跟白娟的关系也不错。”

听着这些话，草小花的眼神渐渐变得复杂，她低着头，轻声问道：“有一次您亲自出手剿了一伙妖怪，夺了慧泉。那伙妖怪的头目是什么妖？”

“棕熊精。”

“那天晚上，你在什么地方见到我？”

“水帘洞瀑布前。”

“那天除了你和我，还有谁在瀑布前？”

猴子深深吸了口气，道：“以素。她来找我有事。”

再也没有丝毫的怀疑了，草小花笑着，眼泪却如决堤一般地往下掉，连忙福身道：“卑职参见大圣爷！”

其余妖怪悬着的心总算都放了下来，他们齐声欢呼。

“快起来吧。”猴子快步上前，将草小花搀起，轻声道，“他们几个中了毒了，我需要你凝结的露珠解毒。”

“解毒？”听他这么一说，草小花登时僵住了，犹豫着问道，“大圣爷，卑职可否问一句……这毒，是谁下的？”

第六百二十七章

孩　子

阳光透过厚厚的云层照在花果山的大地上。

凝结露珠，这算是草小花的一个天赋技能吧。每凝结一滴，都会损一点点修为，但并不会有其他副作用。

不多时，草小花便按照猴子的要求凝结出露珠滴在解药上，让五个人依次服下，并将还处于昏睡之中的众人安顿在花果山地下洞府之中。

脸色苍白的草小花一步步走到洞口，刺眼的光迎面照来。她头一晕，一脚踩空，若不是小七搀着肯定摔倒在地了。

“辛苦了。”猴子转过身来淡淡笑了笑，道，“没事吧？”

“没什么事。”草小花摇了摇头，轻声道，“谢大圣爷关心。不过……大圣爷可曾见到那下毒者的模样？”

“没见着。不过瞧她变出来的东西，应该是人首蛇身。怎么？想起什么来了？”

“早年小花连眼睛都没有，又能想起什么呢？”草小花抿着唇无奈地笑了笑，道，“只是，若有生之年能再见娘娘一面，小花死也值得了。”

“你后悔了？”

“后悔？”

“后悔帮我救他们，毕竟，他们是你那位娘娘想要害的人。”

草小花沉默了。好一会儿，她仰头叹道：“有什么可后悔呢？听命，是为臣的本分。再说了，娘娘与大圣爷之间肯定有些误会，若是能坐下来好好谈谈，未必不能解决。”

“你就那么确定？”

“当然。因为娘娘是好人，大圣爷也是。”

阳光下，草小花面色惨白却笑得灿烂，猴子翻了个白眼。

“我算好人吗？”

和女娲坐下来谈谈？他倒是想。可惜，照目前的形势来看，只怕没什么可能了。

再说，女娲是“好人”，这说法怎么来的？女儿国里献祭的男婴都是假的吗？

猴子想着，不由得摇摇头。

“……陛下，这便是‘女娲补天’的全部真相了，也是她那半天道修为的由来。”南天门的城楼中，太白金星拱了拱手，轻声道，“这女娲娘娘虽是半天道修为，凌驾如今的三清之上，但要破她，却也极为简单。只要前往女儿国找到她那神石，一击，可破此局。也正因此，两千年来她固守女儿国不理世事。她太脆弱，相较于其他大能来说，她沾不起因果。此次那妖猴与她激战久而未决，怕是因为那猴子根本不知道女娲娘娘有这个弱点。否则，早该分出胜负才是。”

“竟还有这等旧事。”玉帝捋着长须啧啧长叹。少顷，他又轻声问道：“可朕就不明白了。既然制止女娲娘娘是三清手到擒来之事，为何三清又要闭门不出呢？哪怕提点一句，算是卖个人情给那妖猴也好啊，岂不是少了许多事端，也省得我等……白忙一场。”

闻言，太白金星又呵呵笑了起来，道：“陛下有所不知，三清不管，只因四字。”

玉帝显然对这种卖弄的口气有些不耐烦了，瞥了太白金星一眼，冷冷道：“哪四字？”

太白金星连忙躬身道：“‘于心有愧’。”

“哦？”听他这么一说，玉帝顿时来了兴致，“此话怎讲？”

正法明如来与地藏王静悄悄地落到了一片山坡上。

遥遥望去，花果山的主峰已是依稀可见。

地藏王望着远方，说道："那猴子已经到了，女娲，应该也快到了吧。"

"贫僧有点不太明白啊。"正法明如来微微侧过脸去，轻声问道，"为何要助那猴子脱困？你不是应该……给那猴子制造各种困难吗？"

"尊者就这样看贫僧？"地藏王似笑非笑地瞧着正法明如来。

"不是吗？"正法明如来反问道。

"若依尊者这般说，那贫僧应该是金蝉子的对头了。可若真是那金蝉子的对头，贫僧就不该插手，甚至应该出手将他一路上可能遇到的问题全部清理掉。如此一来，莫说一次西行十万八千里，便是来回走上十遍，他也徒劳无功。如此说，可对？"

正法明如来越发疑惑了。

地藏王看着正法明如来，淡淡笑道："急症易疗，慢疾难治。贫僧要做的，就是让这西行的水更浑，越浑越好。若这普度之道是真金，自然不怕红炉火。若不是真金……烧化了也是天注定，还不如早早结束的好。"

"这样做会将水搅得更浑？"正法明如来侧过脸，朝猴子所在的方向望去，低声道，"我倒是想知道，你究竟是怎么把女娲的事情弄得那么清楚的？"

"因为地府。"

"地府？"

"对。"地藏王轻声笑道，"天道轮回，万物皆有其法则。女娲厌恶男子，认为男子是乱世祸根，可惜一则无法违反天道法则，二则不忍将襁褓中的男婴处决，所以，女娲与地府有协议，不准地府向女儿国的男婴，甚至于雄性生物投放魂魄。所以，他们一生出来，便只是一个躯壳，没有魂魄，没有生命。贫僧接管了地府，接手了这份协议，知道的东西，自然也就多了，非旁人可及也。"

"陛下稍安，且听老臣细细说来。"南天门城楼中，太白金星轻声道，"这一切得从开天辟地说起。那时候，天地间的诸位大能一心修炼，唯独这女娲娘娘与旁人不同，她见天地苍茫，便起了创造生灵的念头。"

玉帝默默点头，静静地听着。

“一开始，其他诸位大能对此并不热衷，甚至有些反感。为此，通天教主还曾与女娲娘娘起了争执，讥讽她‘不务正业’。那时的女娲娘娘毕竟年轻气盛，别人越是讥讽，她便越是执着。”

太白金星说到这儿，淡淡叹了口气。

“其实，即便是创世之初便已存在的大能，也不是一开始就有了通天的法力。真要说起来，他们不过是最早在天地间产生的自我意识罢了。早年的女娲娘娘何其羸弱，即便是化了形，也就相当于今日一只炼神境的小妖。创造生灵，改变天地这种事，哪里是一只炼神境的小妖做得了的？

“但她不气馁，依旧想尽各种办法……这里面，也包括了寻求其他大能的帮助。

“只可惜，那时诸位大能的修为正处于上升期，天地无主，彼此之间又是竞争关系，谁愿意将自己本就紧迫的修行时间分出来，做一件完全看不到前景的事情呢？费尽唇舌，她求到的，更多只是讥讽罢了。

“无奈，女娲娘娘只能一边提升修为，一边自己摸索创造生灵的方法。这期间究竟经历了多少磨难，无人知晓。她孤身一人，数千年的光阴，走在一条孤独、看不见明天的道路上。直到，她的第一个‘孩子’诞生。”

长空中，女娲的魂缓缓地飞着，忍不住低头俯视凡尘。

曾经，她有一个梦，梦里绵延的群山不再是单调的颜色，清风卷过，带起的也不再仅仅是寂寞。

在那梦中，有鲜花，有绿叶……有无数生灵，所有的生命幸福地生活在同一片土地上，彼此依偎，互相给予温暖。

而她，可以坐在高山上看着自己的孩子嬉戏，沉浸在无限的美好之中。

是的，年轻时的她，一直在做这个梦。她决心无论需要多少年，她都会用自己的双手去实现这个梦。她相信总有一天，自己会做到。

然而那样一条路，实在太孤独了。

倔强的心可以克服一切困难，却无法永久地抵御寂寞的侵袭。

足足五千年的光阴，当创造出了第一片绿叶的时候，她向所有大能展示自己的成果，再次诚意地邀请他们加入自己美化这个世界的行列。

无可否认地，他们被那片叶子吓到了。包括太上老君，包括元始天尊，也包括通天教主、镇元子和须菩提，以及许许多多已经湮没在时间之中的大能。

在此之前，没有人想过有任何方式可以创造出生命。

有了这片叶子，她以为他们会重新考虑这件曾经被他们彻底拒绝的事。

然而，预想的事情并没有发生，大能们依旧对这件事漠不关心。

还有什么比提高修为、争夺天地位份更紧迫的事吗？

最重要的是，那片叶子……枯萎了。

女娲至今依然记得那一刻的情景，她的心，都要碎了。

虽然那只是一片叶子，但那也是她所创造的生命，是她的孩子，是她的全部。

为了挽救它，太上老君的门前她跪过，元始天尊的门前她跪过，通天教主的门前她跪过，镇元子的门前她跪过，须菩提的门前，她也跪过。

她只是想求他们救救自己的孩子。

然而没有人出手。因为在其他大能的眼中，女娲所做的，不过是在无理取闹罢了。

身为母亲，女娲只能看着叶片一点一点地枯萎，最终化作飞灰。

在那灰暗的日子里，须菩提是她唯一的朋友，却也并不赞同她的做法。他苦口婆心地规劝道："天地如同牢笼，这牢笼之中的资源、空间，乃至一切，都是有限的。已经具有意识的并不只有你我，以后还会有更多。与其耗费时间做这种毫无意义的事，不如好好钻研，提升修为，避免被淘汰。否则，即便拥有再好的东西，最终也会被抢走。"

"不会被抢走的，他们是我的'孩子'，'孩子'，又怎么可能是其他人能抢得走的？"身为天地间的第一个母亲，女娲给出了一个让当时的须菩提无法理解的回答。"难道他们会忍心抛下自己的母亲吗？"

最终，须菩提拂袖而去。

没有人能理解作为"母亲"的心，因为她是天地间唯一的"母亲"。但这有什么关系呢？女娲依旧坚持自己的信念。

只要将来她的孩子能理解自己的苦心就够了，这是身为母亲的她，唯一的寄托，唯一的期盼。

她笑着对自己说："今天我没有放弃他们，所以将来，他们也一定不会放弃我。因为我是他们的母亲。"

叶片枯萎了，一切又重归原点。

从那时起，她开始在每一次的试验之中注入自己的精血，付出所有的爱，希望能给诞生的"孩子"哪怕多一点点的生命力。这直接导致了她的修为在很长一段时间里难进分毫，在大能之中的排位越来越低，甚至已经到了被淘汰的边缘，沦为笑柄。

转眼又是五千年的光阴过去了。

皇天不负有心人，天地间第一株真正意义上的小草诞生了！这是一个经由大能的手创造出来的，真正的生命。

女娲把它种在花果山的水帘洞里，给它起了个名字叫"草小花"，希望它某一天能开出一朵花来。她每天和它说话，说着自己的心酸，说着自己的烦恼，说着自己的梦想。从此之后她不再孤单。

她的排位一天比一天低，已经沦落为三流大能，如果不是昔日的好友须菩提照顾着，也许她的寿命早已走到了终点。

但，排位真的那么重要吗？

女娲觉得，没有什么比她的草更重要了。

日子一天天地过去，小草一天天长大。由于有了成功的经验，女娲创造生灵越来越驾轻就熟。一个又一个新的种族在这片土地上诞生。

最终，这引起了顶级大能们的注意。

此时，创世之初出现的大能大部分都走到了寿命的终点，天地间自然产生生命的速度，远比他们一开始预料的要慢得多。而存留下来的大能们，修为也已经到了难进分毫的瓶颈。

元始天尊对女娲说："我们想过了，这世界确实太单调了。所以，你是对的，我们打算参与你的计划。"

那一天，女娲笑靥如花。她感到从未有过的开心。

心思单纯的她张开双臂，接受了其他大能的帮助。为了更好地完成自己的梦想，她将自己这许多年来摸索的经验和盘托出。

那也许是她一生中最美好的时光了。

有了其他大能的鼎力相助，世界开始以极快的速度朝她所希望的样子演化，每一天都有新的生物出现。

阳光下，女娲觉得整个世界温暖得就要融化了。她美滋滋地看着这个世界的生灵一天天丰富，看着自己的“孩子”们一天天成长。她以为自己的梦很快就会实现，然而，事实大大出乎她的意料。

梦想在这一刻，永远地停下了脚步……

那一天，她发现她最看重的“人类”学会了自私与欺骗。

“究竟是谁教给他们这些东西的？”

没有人回答，所有的大能都保持沉默，眼神却似乎在对女娲说：“他们不是本来就该懂这些吗？”

是的，他们都参与到了创造生灵的活动中来，却有着和女娲截然不同的目的。

丰富多彩的世界听上去很美，但当世界越来越拥挤，灵气越来越稀薄的时候，大能们开始后悔了。他们希望有一种生灵能替他们克制这世间其他所有的生灵，而这种生灵，又必须能自我消耗，不至于成长得脱离他们的掌握。

人类，成为他们的首选。

三清联合起来成立了东天庭，打造了地府，给所有生灵都画定了一个圈，将他们永远困在轮回之中。他们选定了人类作为天道的执行者，限制妖的繁衍，又放大人类的各种缺陷，让他们互相残杀、互相争斗。

女娲快疯了，可她又能怎么样呢？

虽然资质极佳，可她已经耗去了太多时间，修为落后三清一大截。不具备足够实力的她，根本没办法左右三清的决定。

她只能拉上须菩提，以一个母亲的身份站在南天门外破口大骂，可惜，没人理她。

“我早就说了，修为不够，再好的东西，也会被抢走。”

“不会的！他们是我的‘孩子’，没有人能抢走！”

事实证明，女娲错了。

母亲愿意永远地将自己的孩子护在羽翼下，孩子，却未必领母亲的这份情。

当她来到人间的时候，只看到血淋淋的一幕。

早已经没有人理她了……

当她看到人类之间的战争将整个草原都染成红色的一刻，她终于明白，她永远地失去了自己的孩子。除了“母亲”这个虚名之外，她一无所有。

那一刻，泪水漫过了她的眼眶。她绝望地哭喊着，却没有回应。最终，她将自己关在洞府之中。

然而，不幸的消息依旧不断传来。

有些事情，一旦开始，就无法结束。整个三界，陷入了一个连三清也控制不了的泥潭。

她闭目、遮耳、枯心，不去看、不去听、不去想。可是她又忍不住……

终于，她在人群之中发现了一个可以改变三界局势的人——释迦牟尼。

“如果我不再反对他们的所做所为，你可以帮我去和三清谈谈，让我参与到天庭中去吗？”

“为什么？”须菩提反问道。

“这个孩子，需要有人给他保驾护航。”女娲指着人群之中稚嫩的释迦牟尼说。

是的，她投降了，丢弃了自己的尊严。为了夺回自己的孩子，其他一切她都愿意牺牲，都愿意抛弃。

“我们同意你的请求，但，请记住你所说的话。”这是三清给她的答复。

接下来，是长达千年的守护。

释迦牟尼说要云，就有云从远方飘来。

释迦牟尼说要雨，就有雨从天空降下。

释迦牟尼说要风，就有微风轻拂大地……

释迦牟尼的修为，一天天地提高了。

女娲动用了一切她能够动用的力量，为释迦牟尼保驾护航。她在等待，等待她的孩子长成，去挽救其他孩子。

然而，事情的发展又一次出乎她的意料。

“万般皆是苦，何不放下？”

释迦牟尼证道了，成为比肩太上老君的大能，却在太上老君的点化之下，证出了一个“无我”，成了佛祖。

那一刻，女娲的梦想碎成了粉末。

由于那一场博弈的失败，女娲被彻底剥夺了干预人间的权力以及天庭的神职，流放花果山。

绝境之中，被夺去了“孩子”的女人彻底疯狂了。

没有哪个真正的“母亲”会心甘情愿地放弃自己的孩子，女娲也一样。

她恨透了三清，恨透了她寄予厚望却又背弃自己的如来，恨透了这世间所有争权夺利的人，特别是男人！

大能靠不住，连自己的“孩子”也靠不住，没关系……她还可以靠自己！她还可以像一个母亲一样去战斗！

她开始悄悄地筹谋着提升修为。

可惜的是，心结已生，悟者道已经无望。唯一的途径，只剩下万分凶险的行者道。这一次的冒险，最终将她推入了万劫不复的境地……

“陛下，再之后，便是老臣方才说过的，‘女娲补天’的故事了。”太白金星捋着长须叹道，“强渡天劫，一朝失手，女娲娘娘成了石中的囚徒。这一囚，便是两千多年，不问世事。无论如何辩解，三清始终强夺了女娲娘娘的……‘孩子’。所以，只要不是太过火，三清，都不可能对女娲娘娘出手。”

听完这个故事，玉帝彻底沉默了，他神色之中的慌乱渐渐少了。

许久，太白金星躬身拱手，轻声道：“所以，陛下大可放心。无论如何，女娲娘娘都不可能做出祸害苍生的事情来，更不可能强攻南天门。我等，只要按兵不动，坐山观虎斗便是了。”

“不。”玉帝呆呆地望着南天门外变幻的云彩，说道，“传令李靖，让他走一趟……想办法，劝服双方。”

“陛下这是……”

“如果女娲娘娘能拿下那猴子自然是好，可万一……”

玉帝的话顿在了此处，君臣二人，就这么默默对视着。

好一会儿，太白金星躬身道：“老臣明白了。”

说罢，他转身匆匆忙忙朝殿外走去。

接力者

第六百二十八章

劝　说

花果山。

洞府中，猴子用手背挨个儿测他们的体温。

小七在一旁紧紧地跟着。

“脉象已经正常，应该用不了多久就会醒来。这段时间，一定要细细照顾才行。”猴子环视着四周，轻声叹道，“给他们换一个房间，到地底更深层的地方去。”

“大圣爷，”小七小心翼翼地提醒道，“洞府中空气混浊。一般来说，应该是在表层修养比较好。”

“我知道，但现在还有个头痛的问题要解决。他们在表层的话，太容易被发现了。这时候不能有意外。”

“头痛的问题？”

猴子看着小七，很认真地说道：“将他们全部移到最深层去。”

“诺！”

猴子轻蔑地笑了笑，握着金箍棒一步步走出洞府。

长空中，一队大雁自在飞来，女娲轻巧让道。

这缤纷多彩的世界，是她上万年的追求。可惜当实现的时候，世界却早已偏离了她原本设定的轨道，变得连它的创造者都不认识了。

女娲缓缓地降低了飞行高度，一点一点地放出自己的神识，开始搜索猴子的气息。

南天门。听太白金星传达玉帝的圣旨之后，李靖惊得眼珠子都要掉下来了。

“陛下要我去当和事佬？”

“这是陛下的旨意。”

李靖闻言，顿时气不打一处来，一把扯住了太白金星的衣袖，道：“这是陛下的旨意还是你请的旨？为什么你自己不去？”

太白金星好不容易挣脱了李靖，正色道：“这是陛下对你的信任，是你的荣耀。”

李靖的眼角微微抽动。

这是要让一只蚂蚁去劝两头打架的大象啊……

此时此刻，李靖只想说脏话。

“你也别慌，来之前老夫就替你算了一卦，大吉，李天王大可放心。”

短暂的沉默之后，李靖转身冲出南天门城楼，边跑边将一块玉简贴到唇边。

“召集二十八星宿！还有，立即查清楚女娲娘娘现在的位置，立即！听懂了没有？那只猴子的位置也必须查清楚！必须赶在他们碰头之前见到女娲娘娘！”

一旁的哪吒急急忙忙跟了上去。

太白金星望着李靖火急火燎的身影，松了口气，咽了口唾沫道：“哎哟，没想到这么顺利就去了，这李靖啊……不过也是，命令都下了，要推脱哪有那么容易。再等下去，双方碰头了，就更没法儿劝了。”

花果山主峰上，猴子拄着金箍棒，嬉笑着，迎风而立。

此时，女娲距离花果山仍有万里，她的搜索速度越来越慢。

她能清楚地辨别猴子逃离的方向，却无法准确地找出猴子的所在。随着沿途猴子留下的气息越来越浓，她意识到他有可能就潜藏在附近。

错过猴子事小，要是一个不小心……

要知道，猴子几乎是跟她旗鼓相当的对手，之前还好，现如今她已经显出了魂魄，虽说力量比先前增强了许多，但毕竟暴露了弱点。万一被打个措手不及的话，那后果不堪设想。

女娲打起十二分的精神，足足用了一个时辰，才走过了三分之一的路程。

正当她神经紧绷之时，天空中忽然响起了道道惊雷。

“这是……”

女娲仰起头，看到云层被缓缓撕开一个黑色的缺口，逸出的狂风瞬间将地表的植物吹得七零八落。

她顶着狂风稳稳悬浮在半空中，暗中运起了灵力。

这种术法她从未见过，或者说，在她被迫将自己封入神石之前，三界之中还不曾出现过此种术法。但身为创世大能之一，只一眼，女娲便看穿了这术法的玄机。

很明显，有什么东西要从那缺口之中出来了。

“天庭还是……佛门？”

其实是谁都无所谓，这两者一个助纣为虐，一个置身事外，在她看来，都不是什么好东西。

三界不会有人帮她，她只能靠自己。这种觉悟，她早就有了。

“女娲娘娘——！有话好说！别动手！”李靖的声音响起。

随后，李靖孤身一人从那缺口之中冲了出来。

然后，那缺口在他身后迅速封闭了。狂风渐渐减弱。

这是二十八星宿的看家本领——星门，在花果山之战的时候曾经用过。不同的是，那一次他们面对的是一个他们还有可能应付的对手，而现在面对的两者，是他们无论来多少人都对付不了的。

李靖很显然也明白这一点，所以他选择孤身前来。

“你是谁？”女娲看到李靖身上天军的铠甲，神经依旧紧绷，那手微微攥紧了。

“我是……我是您的‘孩子’。”李靖睁大了眼睛，强撑起笑脸缓缓地靠近女娲。神经同样绷得紧紧的。

虽说他在一点一点地靠近女娲，但速度实在慢得可怜。只要女娲稍有动作，他就会立马掉头跑掉吧。

“孩子？”女娲依旧一脸的冷漠，手却稍稍松了一些。

“对，我是您的孩子。整个三界，除了创世大能，都是您的孩子。”李靖抹了一把汗，轻声道，“娘娘，末将名唤李靖，在南天门任一不足挂齿的小官。听闻三界之中所有生灵皆由娘娘创造，李靖常感怀恩德。可惜为将多年，却一直无缘亲睹圣颜。今日能在这里遇见娘娘，实在万幸，万……幸。”

声音虽轻，但每一个字，李靖都咬得极为用力。他心里清楚，这时候只要自己说错一个字，或者对方误会一个字，他随时都可能身首异处。

凉风之中，他竟汗流浃背。

女娲将信将疑地注视着李靖，一言不发。

此时，数千里外的花果山上，猴子的双目缓缓眯成了一条缝。

“刚刚那是怎么回事？星门？天庭在我花果山附近使用星门作甚？”

他眼珠转了转，迅速想到了一种可能性——女娲。

要对付女娲，自然是主动出击最好。在花果山附近开战实属下下策。

虽说花果山早已经没什么可破坏的了，但玄奘他们就在这地底，万一被女娲发现，到时候自己可能又陷入被动的局面。

可是猴子敢主动出击吗？

万一自己的猜测错了，那星门的出现与女娲无关，而是因为别的什么事。到时候女娲真跑到花果山来，第一个找到的不是自己，而是其他人，自己又不在……那情况，可就糟得不能再糟了。

“你觉得他们在哪里开打比较好？”地藏王似笑非笑地瞧了正法明如来一眼，望着方才星门出现的方位轻声道，“贫僧觉着嘛，还是在花果山好。这里是女娲的老巢，也是孙猴子的老巢。前后两个主人在这地皮上开战，多有意思啊。”

一旁的正法明如来沉默不语。

“娘娘。”在距离女娲十丈左右的地方，李靖悬停住身体，睁大眼睛轻声道，“李靖看娘娘神色不悦，不知道可是有什么事气着娘娘了？”

女娲依旧一动不动，只是冷冷地瞧着李靖。

这么多年，她经历过太多太多的欺骗，绝不会再轻易相信任何一个人。哪怕这个人，自称是她的“孩子”。

“娘娘。”李靖咽了口唾沫，拍着胸脯道，“末将蒙娘娘的恩德，如今也有幸当了一个天庭小官，统领一支人马。若真有什么人气着娘娘了，娘娘只管说来，李靖上刀山下油锅，万死不辞！这‘孩儿’都长成了，要教训个什么人，哪里还有让‘母亲’动手的道理啊？”

说罢，李靖哈哈哈地干笑起来。

那笑带着深深的恐惧，隐隐地都有些变味了。

女娲冷冷地瞧着李靖，轻蔑笑道：“本宫才休眠了两千多年，东天庭的大军，便已经能对抗得了接近天道修为的修者了吗？”

说罢，女娲缓缓地朝李靖的方向飞了过去。

这一瞬，李靖屏住呼吸，感觉自己的心都要跳出来了，犹豫着应不应该扭头跑。

然而，女娲只是与他擦肩而过，朝花果山的方向继续细细搜索猴子的所在。

“娘娘！娘娘！”短暂的错愕之后，李靖鼓起勇气追了上去，“娘娘！您玉体金躯，实在没必要亲自动手，还是让末将来吧！无论是什么人，哪怕真是天道修为，末将也可上奏陛下，让陛下派兵围剿！娘娘您就先回女儿国去吧！”

女娲不但没有理他，反而稍稍加快了速度，有点嫌他烦、想要快点摆脱他的意思。

就在她距离花果山地界仅余百里的时候，猴子伸手从石缝里揪下一朵小野花，一片一片地扯下花瓣。

“去，不去，去，不去……”

远处，一直暗暗监视的地藏王顿时呆住了。

“这骨子里，还是个行者道啊。”正法明如来呵呵地笑了起来。

还没等地藏王反应过来，只听猴子一声暴喝：“去！”转眼，他化作一道金光，手握金箍棒朝女娲所在的方向冲了出去！

第六百二十九章

尖　啸

远远地，女娲已经感觉到前方猛烈袭来的灵力波动。

她微微睁大了眼睛，第一反应是将李靖挡在身后。

一道金光从远处冲过来，与女娲重重地冲撞在一起。

撞击释放出强大的气流，形成烈风在无边无际的海面吹出层层波浪。

两个身影化作两道光在空中画出两道弧线。

李靖被这突如其来的一幕吓傻了。

他仰起头，看到女娲咬着牙缓缓后退，猴子在半空中蜷缩着身子，瞪大了眼睛，笑嘻嘻地瞧着女娲。

“果然追来了。这次，没那么容易了！”

“大圣爷！”

李靖刚要伸手阻拦，猴子已经又一次发动进攻。

他凌空朝女娲弹射过去，如同利刃一般的疾风在他耳畔扫过，仿佛整个世界都在疯狂地颤动。

金箍棒在他的手中飞速旋转，强大的气流朝四周扩散，吹得李靖睁不开眼。

女娲眯着双眼，冷峻地注视着猴子。

她不慌不忙地撑开双手，微微后仰。

就在猴子近身的前一刻，在她的身前，一道道肉眼难以看见的银色细丝悄然成形。

然后，两人猛地撞在一起，如同陨石一般重重地坠入海中，掀起滔天巨浪。

“大圣爷！别打了！”李靖望着那巨浪惊呼出声。

话音未落，海面又掀起了如同擎天巨柱一般的浪花，猴子的身影迅速从浪花中冲了出来。

“大圣爷！别打了！”

“你给我闭嘴！别以为我不知道天庭打的什么主意！话太多，一会儿连你也杀！”

李靖吓得将剩下的话咽了回去。

另一厢，女娲的身影缓缓穿透了海水，浮出水面。

是的，穿透。海水与她相互之间几乎没有任何影响——因为，她本来就只是魂魄。

“好大的口气啊，连天庭的大将都想杀？”

猴子挑了挑眉头，笑道：“我说我已经杀过无数个了，你信吗？”

“你杀了无数个，三清就不管？”

“他们没被我一并杀死就不错了，还想管？”

“大圣爷，”李靖忍不住喊道，“女娲娘娘创造众生，有着无上的功德。真要论起来，她就是众生的母亲！”

“那也与我无关。”猴子一面暗暗集聚灵力，一面冷冷地说道，“我是从创世之初就有的神石里蹦出来的，天生天养！”

“花果山上的神石？”女娲闻言，顿时微微一愣。

“是又如何——！”猴子手一扬，金箍棒骤然伸长，朝女娲横扫过去。

“那确实与本宫没有任何关系。”女娲略一腾挪，准确无误地躲过了猴子的袭击。“不过真没想到，那神石会蹦出你这么个猴子。”

转瞬之间，一只巨手从海中伸了出来，将猴子整个握住，然后迅速结冰，将他彻底冻在里面。

李靖看得呆了，还没等他稍稍松一口气，只听“咔”的一声，那只手已经裂了一条缝。

随后，巨手化作无数冰屑四下散落。

白茫茫一片冰屑之中，金箍棒径直朝女娲捅了过去。

慌乱之下，女娲只得向五个不同的方向逃开。

是的，同时，五个方向。她直接化出五个不同颜色的分身，向五个不同的方向四散开去。

金箍棒落了空。

纷飞的冰屑之中，猴子一下瞪大了眼睛。

“这是什么？五行分身术？”

这意味着……五个女娲都是真的……

转眼之间，女娲的五个分身已经分散开来占据了猴子四周的五个阵眼，同时双手一掐，念起咒文。

五个一模一样的声音，层层叠叠地响起。

顿时，猴子感觉天旋地转。

这是想将他彻底困死在这里吗？看来，要论封印之术，女娲要比佛门强出许多啊。

猴子握着金箍棒的一端，朝四周扫了出去，然后冲上了高空。

“哪里跑！”

女娲的五个分身也迅速跟了上去。

转眼，海面上空就只剩下李靖孤零零地飘着了。

他呆呆地望着天，想想还真有些后怕。就这两个家伙之间的激战，别说他俩有谁真想要他的命了，就是谁的准头稍微差点儿将他卷入，那自己也是九死一生啊。

“怎么办？要直接回去吗？”他有些拿不定主意。

高空中，猴子跳跃着，一面闪躲，一面反击。五个女娲的分身紧紧相随，各种术法不断地朝猴子袭去。

云层中冒出雪白的云气巨人吼叫着朝猴子扑去，转瞬之间却被猴子撕成两半。

猴子又是重重一击，代表“火”的红色女娲分身被整个甩了出去，飞旋着落下，似乎受了一点轻伤；代表“水”的深蓝色女娲分身迅速填补了空位，继续对猴子展开追击。

一道红色的光从猴子的身旁射过，将他的肩甲卸了下来。

双方激战的声响如同连绵不断的惊雷一般传遍了三界。

拥有五行分身的女娲实在难缠，但放手打的猴子也不是软柿子。

双方从一重天打到六重天，又从六重天打到一重天，如此反复。

花果山的边界上，两位佛陀紧闭双目，通过远方传来的猛烈波动感知着战况。两个光秃秃的脑袋整齐划一地朝相同的方向转动着。

"发现没有？"

"发现什么？"

"还没发现吗？"地藏王淡淡地笑了笑，道，"他们在花果山东边的海上打，在花果山西边的岛屿上打，在花果山北边的陆地上打，在南边的海上打，甚至在花果山顶上六重天打……却唯独，没有在花果山打。"

"嗯？"正法明如来微微蹙眉。

"那猴子为何不在花果山打，这很好理解。因为玄奘等人在这里。在这里打，万一他们被女娲发现，他就被动了。所以，他打死也不会往这里来。可是女娲呢？"

正法明如来朝地藏王看了过去。

地藏王笑道："女娲是聪明人。那中毒的其他人都不见了，猴子一点也不着急，放手跟她打。身为解药的草小花就在附近，难道，她会猜不到其他人全部都在花果山吗？"

"你的意思是……"

地藏王轻挑眉头，淡淡笑道："她也不想伤到花果山。"

一道金光从高空中急冲直下，重重砸落海中，再次掀起滔天巨浪。

五色分身从天空中疾追而下。

可还没等她们搞清楚猴子的所在，忽然，一条水龙卷冲天而起，后面紧跟着连续数十条水龙卷。

一时间，女娲蒙了，她无法准确地判断猴子的所在。

"你以为只有你会利用海水吗？"

猴子从其中一条水龙卷中冲了出来，瞬间扼住了代表"土"的黄色分身。

其他四色分身连忙赶来支援，然而，"土"分身已经被猴子强行摁到水中。

紧接着，还没等其他四色分身对“土”分身展开营救，猴子又出现在了另一条水龙卷中，一棍重重打在“金”分身的身上，直接将她挑飞了。

原本势均力敌的局面迅速被打破了，真身无法离开神石的女娲，实力终究要比猴子弱得多。

转眼之间，五色分身之中的四个都受到了重创。

唯一无损的“木”分身隔着远远的距离，冷冷地盯着猴子。负伤的其他四色分身缓缓聚到她的身旁。

猴子伸手掏了掏耳朵，笑道：“怎么，还有什么招，尽管使出来。”

女娲的眉头蹙成了一团：“如果不是怕波及花果山，本宫早就废了你了。”

“嘿，睁着眼睛说瞎话。”猴子两手一摊，笑道，“花果山早毁了，还怕什么波及？”

女娲顿时一惊：“你说什么？”

“毁了就毁了，什么说什么？那里现在只有石头，连棵草都难找。”

女娲愣了，眨巴着眼睛，问道：“毁了……谁毁的？”

“谁毁的啊？这可就真不好回答了。”猴子挠了挠头，嬉笑道，“好多人都有份啊。天庭、三清、如来……总之，你能想到的都有份吧。你准备怎么办？他们拆了你房子，你找他们报仇？”

一时间，女娲似乎慌了神。她呆呆地望着花果山的方向，脑海之中一片空白。

猴子脸上的笑容僵住了，对女娲的反应不明就里。

…… ……

“糟了……”兜率宫中，太上老君翻了个白眼，缩了缩脖子。

…… ……

弥罗宫中，通天教主握着写有“大凶”二字的签，有些忐忑地问道：“要不要让他们赶紧关闭南天门？”

“现在的南天门不比当年了。”一旁的元始天尊想了想，低声道，“要不，我们还是去昆仑山躲躲吧，反正她肯定先找老君。”

此时此刻，就连灵山之上，大雷音寺里的如来也微微蹙起了眉头。

…… ……

花果山的边界上，地藏王眉开眼笑地瞧着正法明如来：“好戏要上场了。”

…… ……

一声撕心裂肺的尖啸声响彻天地！

第六百三十章

直上三十三重天

女娲化作一道绿光，朝猴子疯狂地冲了过去。

强大的气流掠过海面，留下了明显的痕迹。

千钧一发之际，猴子握着金箍棒摆出迎战的姿势。

双方的距离越来越近……

李靖只能在远处看着。

就在撞上猴子的前一刻，女娲忽然身形一晃，又一次化出了五行分身，与猴子擦肩而过。

猴子怔住了。

他猛然回头，看到女娲的五个分身已经重新归一，朝花果山呼啸而去。

“不好！”

“女娲已经知道玄奘等人就在花果山了！”猴子心道。

容不得一丝犹豫，猴子当即铆足了劲头追了上去。

战斗又一次开始。

两人的身影掠着海面飞行，你追我赶，激起滔天巨浪。

猴子的金箍棒化作漫天幻影齐齐朝女娲砸了过去，然而女娲却丝毫没有迎战的打算。她匆忙之间留下一个分身阻挡猴子，本体继续义无反顾地朝花果山冲去。

五个分身联手都克制不住猴子，一个又能奈他何呢?

只一瞬，那被留下的“木”分身就被猴子一棍打飞了。

随着猴子迅速逼近，女娲又分出了“火”分身。

转眼之间，那“火”分身也被猴子一棍砸入海中。

“这是要干吗？”猴子不禁有些蒙了。

照她这种打法，就算抵达花果山，她又能剩下几成功力和猴子一较高下呢？

女娲依旧不管不顾地冲向花果山。

飞跃千里的距离对他们来说，不过就是瞬间的事。

很快，光秃秃的花果山已经出现在地平线上。

植被没有了，鸟兽没有了……熟悉的一切都没有了，剩下的，仅仅是漫天飞舞的黄沙，遍地的碎石……

“我的花果山……他说的都是真的……”那一刻，女娲微微颤抖着，眼泪夺眶而出。

“那是我的花果山！”身后，猴子的金箍棒正夹带猛烈的棍风呼啸而来。

突然，女娲加速了，却不是继续朝花果山的方向冲刺，而是转而朝西北方冲刺。

猴子的金箍棒落了空。

他猛然抬头，此时，女娲的身影早已到了天边，“火”“木”两个分身已经重归本体。

紧接着，她彻底消失了。

猴子眨巴着眼睛，有些错愕地看着女娲消失的方向，喃喃道：“这是要干吗？那好像是……南天门的方向……”

洞府前，草小花呆呆地抬头仰望。

“太上老君！元始天尊！通天教主！如来！你们干的好事！”

女娲泪如雨下，尖啸声几乎传遍了三界的每一个角落。

南天门，大批天兵天将蜂拥而上，原本敞开的大门被强行关闭。

“这是怎么回事？女娲娘娘怎么一下朝这儿来了？”城楼中，玉帝急匆匆地来回踱着步，“究竟发生什么事了？怎么会打着猴子，一转眼就朝南天门来了？”

“老臣……老臣也不知道啊。”太白金星支支吾吾地说，“方才问过李靖了，他也是什么都不知道。”

"接下来怎么办？"

"老臣以为……还是应该跟女娲娘娘好好讲一讲。"

玉帝微微一愣，眉头蹙成一团，点了点头道："你说得对，南天门已经今非昔比。若真如你先前所说，光凭南天门未必挡得住女娲娘娘。必须要跟她好好谈谈才行。"

说罢，玉帝指着太白金星道："这件事，就交给爱卿来办吧。"

"我？"太白金星顿时蒙了，连忙说道，"陛下，之前已经派李靖去，这次不如还……"

"李靖还没回来。"玉帝面无表情地注视着太白金星。

这一刻，太白金星只觉得眼前一黑……

花果山，猴子一脸疑惑地落到草小花身前，眼睛还一直朝西北方向望。

"怎么啦？"脸色惨白的天蓬撑着岩壁从洞府里走了出来。

"不知道。"猴子回头道，"她好像……找三清的麻烦去了。"

一抹绿光落到南天门外，女娲缓缓显出了身形。

此时此刻，紧闭的南天门前早已被清空。空荡荡的陆地上，只有女娲孤零零地站着，抬头仰望庞大的南天门城楼。

澎湃的灵力在她的身上汇聚，天空中弥漫的云雾在她的头顶形成了巨大的旋涡。

"给本宫……滚出来——！"

蕴含着强悍力道的声波疯狂地扩散。整个南天门都在颤动，一缕缕的沙尘朝下界落下。

守卫的兵将一个个惊得倒吸了口凉气。

"来了来了！娘娘！老臣来了！"

南天门缓缓开了一条缝，太白金星侧着身子从门缝中溜了出来。他堆起笑脸，握着拂尘笑嘻嘻地朝女娲一路小跑过去。

"娘娘驾到，有失远迎。老臣，罪该万死，罪该万死。"说着，他轻轻用手拍了拍自己的脸。

女娲瞧着这嬉皮笑脸一脸奴才相的太白金星，把眉一横，冷冷道：“把南天门打开。”

话音未落，太白金星回头望去，只见那刚刚开了一道缝的门恰在此时“咣”的一声关上了。

太白金星心里顿时咯噔了一下，连忙回头看向女娲。

女娲依旧是那副冰冷的表情，太白金星却已经满头大汗了。

这时候，应该想办法拉近关系……对，先套近乎。套了近乎，接下来才好说话……

太白金星打定了主意，硬着头皮，咽了口唾沫，躬身道：“娘娘，您还认得老臣吗？”

“本宫让你把门打开——！”

她又是一声尖啸，太白金星吓瘫在地。

还没等南天门内的众将反应过来，女娲已经伸出双手，五色灵力在她的手心汇聚。

“本宫是来找三清算账的，开门！立刻！”

“找三清算账？”

“六百多年前那猴子来的时候是说找老君算账……”

“呸，找三清算账和找我们算账有什么区别？”

“你别说，我看这南天门守不住。”

正当众将议论纷纷之际，玉帝悄悄捅了捅站在一旁的持国天王。

“下去，把门打开。”

“啥？”持国天王顿时吃了一惊。

玉帝十分认真地低声说道：“听朕的，开门。”

南天门缓缓打开了。

女娲略带疑惑地看着这一幕，然而她已经顾不得那么多，立时化作一阵疾风穿过南天门，朝三十三重天呼啸而去。

西牛贺洲，斜月三星洞。

清心无比沮丧地落到自己的院子里。

槐树下，须菩提已经泡好了茶，旁边，沉香正襟危坐。

“去见你师兄了？”须菩提撩起衣袖，轻轻将一杯茶推了过去。

清心一下愣住了。她沉默了好一会儿，才微微点头，走过去坐下。

“还是放不下吧？”

沉香一脸懵懂地来回看着两人。

清心想也不想地答道：“放下了。”

“呵呵呵呵，放下了，又怎么会夜夜梦见呢？”

一听此话，沉香吓得连忙捂住嘴。

清心的手攥得紧紧的，却只是低着头，沉默不语。

“放下不是那么容易的。”须菩提语重心长地说道，“这世间最难的，便是放下。若放下真那么容易，女娲便不会事隔多年，依旧杀上兜率宫去了。不过她比你好多了，没放下就是没放下，她会坦然承认，勇敢争取。”

说着，须菩提无奈地笑了笑，继续说道：“当初的风铃，就是这个毛病，想要，却又不敢说。到头来，误人误己。相比之下，玉鼎教出来的那个徒弟，比你们都要强。她不只敢说，还敢抢。只要认为是自己的，她就会用尽各种手段。这世道啊，太本分，终究是要吃亏的。”

须菩提的眼睛微微朝清心斜了过去，有意无意地看了她一眼。

清心依旧低着头，捧着茶杯，沉默不语。

“行吧，为师也就过来跟小沉香说说话，顺便劝你一劝，免得他日你悔恨莫及。”须菩提深深吸了口气，振了振衣袖缓缓起身。

“师父要去哪里？”

“去……”须菩提凝视着天边的云彩，轻声叹道，“去一趟兜率宫，去替你那另一位师父，收拾一下残局。”

清心呆呆地看着他。

须菩提抖了抖拂尘，轻轻一抬腿，乘着云彩腾空而起。

此时，整个兜率宫已经变成了一片瓦砾堆。

大批天庭战舰围着承载兜率宫的陆地，更多战舰还在往这边赶，兜率宫的周围挤得水泄不通，却没哪一位天将有出手的打算。

他们只是看着。

太上老君焦了半边胡子，岔开双腿无奈地坐在瓦砾堆上呵呵傻笑。

大能之间的战斗，又岂是他们能随便参与的呢？经历了六百多年前的那一战，如今这条定律在天庭上至玉帝，下至天兵，大家嘴上不说，心里却都清楚得很。

“你的天道呢？怎么不还手，你以为不还手我就会这么算了吗？”女娲用力一甩，一道灵力朝太上老君甩了过去。

太上老君蹙起眉头闭上双眼，不闪也不避。那道灵力就这么不偏不倚地打在他的脸上，顿时一道血痕浮现出来。

外围的天将天兵一个个都看傻了眼。

今天，太上老君的脸算是丢大了。不过没办法，这脸他还得接着丢。

“打来打去的，有什么意思呢？”他两手一摊，干笑道，“老夫就在这里坐着不动，你也打不死老夫啊。不如这样，我们泡一壶茶，一起坐下来聊聊天，叙叙旧多好？”

说着，他手一扬，一套茶具出现在一旁。

“谁要和你叙旧！”女娲一甩手，那滚烫的茶水直接泼了他一脸。

然而，太上老君并没有发作。他一边用衣袖抹着脸上的茶水，一边尴尬地笑道：“别那么大火气嘛，你说你这儿女满天下的，气坏了身子可怎么好？到时候，老夫可就罪大恶极了。茶不喜欢……不如这样，你我多年未见，喝点小酒，吃些小菜，可好？”

他手又是一扬，这次出来的是一桌酒菜。

对面的女娲已经气得眉头直打战，他却依旧一副笑脸。

人群中，太白金星伸手摸了摸自己的脸反，不由得感叹道：“这姜，果然还是老的辣啊。”

第六百三十一章

闹 剧

“你别给我装傻！”女娲一甩手，太上老君身前的酒菜连同桌子一起化作齑粉随风飘散。

太上老君拿着酒瓶的手顿在半空。

“把我的孩子还回来。”女娲狠狠地瞪着他，“还回来，什么都好说，不还回来，本宫跟你势不两立！”

周遭都安静了。

所有人都静静注视着女娲，女娲瞪大了眼睛死死盯着太上老君，太上老君无奈地抬头望天。

一阵清风吹过，吹散了弥漫的云雾。

“你这又是何苦呢？”

“何苦？好一句何苦。”女娲咬着牙怒叱道，“你做的那些缺德事，现在来问我何苦？”

“那又不是老夫一个人的决定。”太上老君轻轻将手中的酒瓶放到瓦砾上，撑着膝，无奈苦笑，“有些东西，存在就是存在。你以为我们不教，他们就学不会吗？孩子长大了，由不得母亲的。我们，不过是加速了这个进程。”

“是吗？”女娲冷哼一声，“那我的花果山又是怎么回事？留给我一片净土，就那么难吗？”

“花果山的事，你问他们。”隔着老远，太上老君随手一指。

顺着他所指的方向，天兵纷纷让出一条道。

女娲猛然回头，瞳孔微缩。

百里开外，元始天尊与通天教主偷偷猫着身子准备溜走！

“不好，老家伙把我们卖了！”

一转身，两人连忙向三十四重天逃遁而去。

太上老君微微低头，捋着长须嘿嘿地笑了：“想让老夫一个人背锅，哪那么容易？”

“想跑？”女娲顿时惊觉，揪起太上老君的胡子就往三十四重天追去。

“轻点轻点！老夫不挣扎还不行吗？”太上老君连忙嚷嚷起来。

“你给我闭嘴！”

直到两人的身影彻底消失，那一众天兵才稍稍松了口气。

“陛下，要不，我们散了吧？不然他们打起来，怕是要殃及池鱼啊。”

“不行。”玉帝蹙着眉头说，“咱得为三清分忧。”

遮天蔽日的战舰开始掉转方向，浩浩荡荡朝三十四重天前进。

“快快快！把贵重的东西全都收起来！”弥罗宫中，元始天尊连忙对众弟子嘱咐道。

众弟子闻言，四散开去。

一旁的通天教主叹道：“你还能收到哪儿去？”

“你不用收拾吗？”

“我人在你这儿，老君肯定会告诉她的。这样一来，那边不就安全了？”

“你！”元始天尊顿时气得胡子都翘起来了。

女娲远远地看了碧游宫一眼。

“别急，他们跑不掉的。”被扯着胡子的太上老君腾出两只手，掏出三个铜板拍在手背上，抬手指了指天，“都在弥罗宫呢。放心，天涯海角老夫都帮你算出来。”

女娲怒视他一眼，继续拽着他的胡子往高处飞。

身后，大批战舰紧紧地跟着，继续为三清“分忧”。

花果山的边界上，两个佛陀还静静地站着。

“有点不太明白。”正法明如来轻声道，“将女娲引到这花果山来，闹得三界不稳，究竟有些什么好处？”

“要让女娲的心结越来越重，重到极致。这些事情若是都瞒着，又怎么能激得女娲上天呢？”地藏王仰起头，叹道，“连女娲都无法度，这金蝉子，也大可不必枉谈什么普度众生了。”

“让玄奘去度女娲，这可能吗？若是能度，三清又何须躲她那么多年？”

地藏王淡淡笑了笑，道：“局已成，接下来，就看他们怎么化解吧。”

“出来——！”女娲一声咆哮。

她衣袖一甩，掀起一阵烈风朝前方呼啸而去。瞬间，承载着弥罗宫的陆地都在颤动。

“都给本宫滚出来——！”

太上老君抿着嘴唇在一旁偷笑：“让你们破老夫的天道，看你们现在拿什么挡她。”

“你说什么？”女娲瞪了过去。

“没！”太上老君连忙摇头摆手道，“我在想那两个家伙怎么还不出来……你不用担心，一会儿我就把弥罗宫的地宫图画给你，保准他们跑不了。”

女娲瞪了他一眼，冷哼一声。

弥罗宫中，通天教主与元始天尊正来回踱步。

“要不……直接动手吧？”通天教主卷起衣袖道，“她是半天道，但到底真身出不来。至于老君，虽说把我们都抖了出来，但总不至于帮她吧？我们两个联手，有胜算！”

元始天尊白了他一眼。

“不行？不行那你来说。”

元始天尊咽了口唾沫，蹙眉叹道：“打肯定是打得过，可即便赢了，又能如何？南天门是玉帝下令开的，你把众生之母灭了，往后如何面对众生？要真能这么干，女娲如何能活到今天？”

通天教主闻言，顿时像个泄了气的皮球。

“那怎么办？出去受死？老君不会死，我们可是会死的。”

元始天尊犹豫着说道："再……再等等，也许会有什么人赶来破局。"

直到此时，须菩提才不紧不慢地落到南天门外。

一名留守的天将匆忙赶了过来，躬身行礼："末将参见须菩提祖师。"

须菩提抬头望了望天，轻声问道："女娲娘娘进去了？"

那天将微微一怔，拱手道："进去了。"

"谁下令开的门？"

"说是……陛下。"

"哟？"须菩提捋着长须呵呵地笑了，"她上去多久了？"

"好一会儿了……说是，拉着太上老君刚到弥罗宫。"

"刚到？"须菩提咂巴了两下嘴，忽然问道，"你这里有茶没有？老夫渴了，喝口茶再去。"

"有有有，祖师这边请……"

"出来——！"

女娲红着眼眶，硬拽着太上老君的胡子落到了地上。

她一抬手，一座高塔被凌空折断，塔尖重重砸落在地。

碎石撒了一地，几个道徒慌忙逃遁。

"给本宫滚出来！有本事做，为什么没胆子见本宫？"

她又一抬手，一道蓝色的灵力被释放了出去。轰鸣声中，厚实的墙壁被硬生生破开一个大洞，屋檐摇摇欲坠。

元始天尊无奈叹道："出去吧，再等下去，整个弥罗宫都要给拆了。"

"不去。"通天教主扭头道，"出去了打起来弥罗宫也保不住。"说罢，他摆出一副事不关己的样子。

"敢情东西不是你的，你就不知道心疼！"元始天尊顿时气不打一处来，硬拽着通天教主往外走。

拉拉扯扯地，直到女娲将弥罗宫拆了三分之一时，两人的身影才出现在她面前。

见了女娲，两人停止了拉扯的动作，换上平日里冷酷的表情。两人对视了一眼，惊讶地发现谁都不想走在前面。

于是，两人就这么站在只剩下半边的大殿里，大眼瞪小眼。

“说！”女娲怒叱道，“毁我花果山，到底是谁的主意！”

“这……花果山的事怎么能赖到我们头上？”

“不赖你们难道赖我啊？”太上老君脱口而出，叫骂道，“不是你们联手想要扳倒老夫，扶植那猴子，又怎么会把花果山毁了？”

通天教主一下站了出来回道：“这事能赖我们？要怪也要先怪菩提老头儿和释迦牟尼！他们先布的局！”

“七巧弥云丹是谁给那猴子的？”

“别扯什么七巧弥云丹了，那东西在老夫手上那么多年也没见出什么事！现在说的是谁毁了花果山的问题！这事，要怪就只能怪那猴子……还有释迦牟尼！直接毁花果山的是佛门的人，与我东天庭何干？”

“就是你们俩搞的！不是你们俩，佛门哪里动得了手！”

“胡说！你这是血口喷人！当初偷偷引导人类作恶就是你提出来的，现在女娲找上门了就想推卸责任！”

“怎么就是我提出来的了！你倒是说说，我当时怎么提了！”

人堆里，哪吒悄悄捅了捅一旁的持国天王，小声说道：“这三清……怎么跟三个泼皮似的推卸责任啊？”

“你要看对面站着的是谁。”持国天王侧过脸去，忽然发现前一刻还淡定无比的玉帝正左顾右盼，准备要开溜。

眼看太上老君和通天教主已经闹得面红耳赤，女娲在一旁听得晕头转向，元始天尊忽然一机灵，开口说道：“这……花果山好像是后来停止降雨才被毁的吧？那命令谁下的？”

一听此话，顿时，所有人都朝玉帝齐刷刷地望了过去。然而船楼上玉帝的位置早空了。

众人低下头，正好看见在战舰边上的玉帝正提着衣裾健步如飞。

“你别走！”通天教主惊呼了一声，腾空而起，转眼之间已经拎着玉帝回来了。

只听“啪嗒”一声，玉帝被丢到了地上，跪在女娲娘娘的面前。

一时间，就连女娲也愣了神。

玉帝抬头看了女娲一眼，当即呜呜地哭了起来，嚷道：“娘娘，朕实在不知道花果山的这些渊源啊，当初请示元始天尊和通天教主的时候，他们也不置可否。所以……所以……”

太上老君连忙插嘴道：“你听听你听听，老夫已经归隐多年，他连请示都没请示老夫，所以这件事与老夫无关。”

女娲朝其他两人望了过去。

元始天尊忽然摆出一副恍然大悟的神情，对着通天教主说：“这么重要的事，你怎么能不作批示呢？那封函，好像最后送到你那里去了啊。”

“你！”通天教主吓了一跳，连忙说道，“你这是要赖我的意思？你自己作了批示了吗？”

顿时，场面变成元始天尊和通天教主扯皮了。

身处南天门军营之中的须菩提将手中的茶杯缓缓放下，轻轻叹了口气站了起来。

“行了，应该折腾得差不多了。”

…… ……

此时，花果山的洞府之中，玄奘睁开了眼睛……

第六百三十二章

猜 想

弥罗宫前，元始天尊与通天教主的争吵还在继续，一旁的女娲早已气得瑟瑟发抖。倒是太上老君终于顺利推脱了责任，一脸惬意，就差变出一张桌子来现场泡茶看戏了。

外围的战舰上，天兵天将们一个个默不作声，神情呆滞。

须菩提的身影远远地出现在天空中，所有人都抬头仰望着他。

已经吵得面红耳赤气喘吁吁的元始天尊和通天教主都眼巴巴地看着他，希望他能说点什么，打破眼下的僵局。然而，他却默不作声地落到女娲身旁，轻声说了一句："别管我，你们继续咬。"

一听此话，元始天尊和通天教主顿时就泄了气，女娲却一个没忍住，笑了出来。

"怎么，我有说错吗？"须菩提两手一摊，一副无辜的样子。

女娲连忙收了收神，瞪了须菩提一眼。

太上老君、通天教主、元始天尊皆是一副鄙夷的神色。

"怎么样，发泄够了没有？要是不够，我跟你一起动手，把这天庭拆了，战个痛快。"

"你！"一听这话，通天教主当即勃然大怒，"菩提老儿，你别落井下石！"

刚刚还跟他闹得不可开交的元始天尊却伸手将他一把拽住了。一旁的太上老君抿着嘴，左顾右盼，好像全然不关他啥事似的。

女娲只是静静地站着，不开口。

"要是发泄够了，那咱就干正事吧。"须菩提稍稍沉默了一下，扫了一眼眼前漫天的战舰，轻声道，"其实呢，有些东西当初放出来很容易，想要把出了笼的猛虎再关回去，就不是那么容易了。例如人‘恶’的一面。就他们这几个糟老头子，你就是要了他们的老命，他们也没办法将一切还原。到头来，没办法得到你想要的，单纯出一口气，又有什么意义呢？”

说罢，他悄悄看了女娲一眼。

女娲依旧沉默不语。

太上老君、通天教主、元始天尊，以及其他所有人，都看着须菩提，静静听着他与女娲之间的对话。

“况且……”须菩提低头搓着手指，说道，“现如今，能掌控三界大局的已经不是老君了。”

“那是谁？”

“老君的‘无为’没了，那猴子你也见过，‘无极’没了，你说，还能是谁？”

女娲又一次沉默了，攥紧了拳头。

“要不要走一趟灵山？”

女娲闭起双目，摇了摇头：“不去了，那个人，四大皆空，见了又有何用？”

“佛门有些东西我是很不喜欢的，例如冷漠。但也有些东西，很值得欣赏。例如对仇怨，他们看得开。若复仇于事无补，他们便不会复仇。只做有益的事情，这是他们的一贯风格。所有与自己的追求相左的东西，一概放下。”须菩提侧过身笑道，“既然你已经发泄够了，不如这样吧，我带你去见一个能解开你心结的人，如何？”

花果山水帘洞。

刚刚苏醒过来的玄奘在小七的搀扶下颤颤巍巍地坐到石桌旁，从猴子手中接过一杯温水。

“我已经让人去给你找吃的了。你的身体不比他们，昏迷了这些日子，醒来就能下地已经算是很不错了。可惜，我们没有足够的时间让你修养了。”猴子歪着脑袋道，“女娲可能会找回来，我们得赶紧离开这里。”

玄奘抬头扫了卷帘、芸香等人一眼，他脸色惨白，额头上还冒着冷汗。

他轻轻点头，似乎已经疲惫得半句话都说不出来。

猴子扭过头，对芸香道：“你肯定是不能回女儿国了，接下来就跟着我。”

“谨遵大圣爷吩咐。”芸香连忙起身行礼。

“别再叫什么大圣爷了。”猴子哼了一声，深深吸了口气道，“他们这么叫我无所谓，你叫，我不太习惯。”

芸香有些无奈地看着猴子。

猴子转过脸，对一旁的卷帘和黑熊精说道：“你们赶紧准备一下吧，我们一会儿就离开。玄奘法师是凡人可以休息，你们可就没这待遇了。”

卷帘与黑熊精默默点头。

弥罗宫，须菩提与女娲已经离开，天庭的战舰开始掉头返航。

瓦砾堆上，三清还静静地站着，旁边跪着一个玉帝。

“就这么走了？”通天教主有些不敢相信地说，“闹了半天，说走就走？”

“怎么，你还想她回来？闹了这么一出，恐怕以后这天庭也不得安宁了。”说着，元始天尊瞥了玉帝一眼。

被他这么一瞅，玉帝连忙微微一缩。

“你也起来吧。”太上老君拂袖道，“这件事不怪你，暂时不会换玉帝的。”

说罢，太上老君伸了伸懒腰，仰望着天空喃喃自语道：“早知道，就不给那丫头解药了，也省了那么多事。”

通天教主冷不丁冒出一句：“你们说，这事会不会是有人算计咱？”

听他这么一说，元始天尊顿时一愣。

“别瞎想了。”太上老君回过头笑嘻嘻地说道，“就是有人算计咱，而且不是一个人，是两个人在算计。算计的人多了，偶尔被人算计一下也没什么不好。”

太上老君负着手，一步步朝崖边走去，叹道：“一个恨不得弄得三界大乱，好检验一下‘普度’的真义；另一个，则是顺水推舟，试着帮昔日的老友解开心结。哎……想想这菩提老头儿最擅长的就是顺水推舟了，其他什么也没干成过。哈哈哈哈。”

太上老君脚尖轻轻点地，腾空而起，朝三十三重天落了下去。

通天教主急急忙忙冲到崖边喊道："你倒是说清楚一点啊！算计我们的一个是菩提老儿，另一个是谁？"

"一个你原本不太瞧得上的后辈。呵呵呵呵。"远远地，传来了太上老君的笑声。

花果山的边界上，地藏王的眉头蹙成了一团。

"怎么？"

地藏王低头掐指一算，轻声叹道："老君介入之后，菩提祖师也介入了。看来，他并没将贫僧那日的话放在心上啊。"

正法明如来淡淡一笑，道："到底是道门的大能，渊源、积淀，都非我等可比，又怎会随便受你我的言语左右呢？"

"这也算是金蝉子给自己留的后手吧。金蝉子未雨绸缪，留下了须菩提，还有你，这两支伏兵。而你们呢，又给他安排了孙猴子这个助力……这阵容，真是天上地下难出其右啊。"

正法明如来又是淡淡一笑，不予置评。

让玄奘吃饱喝足、稍事休息之后，猴子便背起他带着众人往外走。

可刚一踏出水帘洞，猴子便停住了脚步。

其他人也都停下脚步，一个个不明所以地看着猴子。

猴子缓缓转身，抬头向花果山的主峰峰顶望了过去。

众人顺着猴子的目光，看到了悬停半空的须菩提与女娲。

下一刻，两人站到了众人跟前。

一时间，所有人都握紧了武器，往后退了一步。唯独猴子还站在原地没动。

他死死地盯着须菩提，微微弯腰将玄奘放了下来，一眨眼，金箍棒已经握在手中，笑嘻嘻地说道："师父，好久不见。"

那是满怀恶意的笑。

"这是你徒弟？"女娲轻声问道。

"算是吧。"须菩提捋着长须，轻轻点了点头。

“真想不通你怎么会带出这样的徒弟。你要带我见的人呢？”

须菩提一抬手，指向了玄奘。

“他？”

猴子条件反射般地护在玄奘身前。

女娲隔着猴子，上下打量着玄奘。

在女儿国的时候女娲便已经见过玄奘了，不过那时候玄奘在明处，她在暗处。而且，她的注意力全部被拥有通天本领的猴子给吸引了去，压根儿就没多关注这跟在猴子身边的凡人。

除了一匹龙马之外，其余都是太乙金仙以上修为的队伍里，居然混了一个凡人……现在细细想来，倒是自己疏忽了，竟将他跟其他人同等看待。

可是……一个凡人，还是一个和尚，能解自己的心结？

玄奘怔怔地与女娲对视着。

草小花得知了消息，从洞府之中匆匆奔了出来，却只是站在阳光照耀不到的角落呆呆地望着女娲。

过了好一会儿，女娲轻轻地笑了出来：“你不会是想让我放下一切，皈依佛门吧？要说起来，我还是佛门的祖师奶奶呢。”

“当然不会。”须菩提也笑了，他挺直了腰杆，叹道，“这是释迦牟尼座下二弟子金蝉子转世。”

“那又如何？”

“你可还记得数千年前，你与我说起的度人度己之说？”

“不过一个猜想罢了。”

“对，那只是一个猜想。你希望释迦牟尼做到的，是度人。可释迦牟尼却选择了水到渠成的度己。而度人，依旧是云遮雾罩，就连是否可行，都有待考证。时间久了，这种吃力不讨好的修行，甚至都没人想起了……不过，数千年之后，当你身陷女儿国之时，他的座下，却出了一个名唤金蝉子的弟子。他与我说了自己的疑惑，那般言论，与当日你所说的……一般无二。”

女娲闻言，顿时一惊。

须菩提捋着长须，笑道：“不同的是，他已经将猜想付诸实践了。”

第六百三十三章

沙与水

须菩提稍稍侧过身子，朝女娲做了一个“请”的手势。

还没等女娲向前，猴子将手中金箍棒重重一顿。

顿时，所有人都朝他望了过去。

猴子咧开嘴露出獠牙，对着须菩提冷冷地说道：“这里是我的地盘，还轮不到你们为所欲为。”

“你的地盘？”女娲冷哼了一声。

一时间，所有人都停下了动作，静静地注视着猴子。

少顷，须菩提干咳两声，说道：“让女娲娘娘和玄奘法师单独聊聊吧。”

“凭啥？凭你是我师父？”

须菩提的脸色稍稍黯淡了几分，道：“你们想要继续西行，若是女娲娘娘不答应，恐怕……你们的路也不会好走。与其如此，不如坐下来好好谈谈，将事情解决。”

“要谈也是我来谈，不用让手无缚鸡之力的和尚去谈。”猴子挑着眉，瞧着女娲道，“况且，我可不会让一个刚对我们下过毒的人跟他单独相处。”

一时间，女娲与猴子对视着，一旁的须菩提竟也呆住了。

双方僵持着。

许久，女娲轻声笑了出来：“看来，你跟你这徒弟，也闹得不是很愉快啊。”

须菩提道：“自入师门开始，便疏于教养，难免有些生疏。”

“疏于教养？”听他这么一说，女娲顿时呵呵地笑了起来，“疏于教养还能养出个‘天道境’，我怎么就教不出来呢？看来，改天得向你好好请教才是了。”

说罢，女娲神色一凛，冷冷地注视着猴子道：“那现在怎么办？你我联手制服这猴子，还是你这师父不太方便出手，我一个人来？”

“谁制服谁还不一定呢！”猴子微微压低了身子，做好迎战的准备。

澎湃的灵力开始汇聚，激起一阵狂风，顿时飞沙走石。

须菩提却呆呆地站着，似乎还在犹豫。

正当此时，玄奘身形一晃，挡到了猴子前头。

见此，无论是女娲还是猴子，以及须菩提，都微微一愣。

只见玄奘双手合十，向着女娲郑重地行了个礼，又转而向须菩提行了个礼，道：“方才须菩提祖师与娘娘的对话，贫僧也都听到了。恰好，贫僧也有惑未解，是关于度人，与度己的。恕贫僧斗胆，恳请与娘娘就此详谈。”

顿时，狂风渐渐地平息下来。

女娲上下打量着玄奘，眼睛眯成了一条缝。

猴子有些错愕地看着玄奘：“你没问题吧，要跟她谈？”

“只要有一丝一毫的希望，就不应该放过。”玄奘淡淡道，“况且，须菩提祖师不是贫僧前世的好友吗？既然须菩提祖师引了女娲娘娘过来要见贫僧，那么，应该不会害贫僧才对。”

听他这么一说，猴子也是一怔。

玄奘往侧边退了一步，伸手朝洞内一指，道：“娘娘，此处荒芜，不如就在洞府中谈吧？”

女娲意味深长地瞧着猴子。

好一会儿，猴子无奈哼了一声，收起迎战的架势，站到一旁。

猴子都同意了，其他人自然也不会反对，一个个都收起了武器。

玄奘躬身道：“娘娘，请吧。”

女娲这才解除了戒备，缓缓前行，与猴子擦肩而过之时，两人冷冷地对视了一眼。

烛影摇曳，一行人沿着长长的隧道缓缓前行。

小七走在最前头带路，玄奘次之，女娲又次之，再往后，则是须菩提以及其他人。

猴子与须菩提时刻保持着一丈的距离。

不多时，一行人便到了水帘洞中的大厅前。

两个小妖匆匆推开了虚掩的门。

“娘娘，请。”

女娲点了点头，随着玄奘一起走了进去。

然后，门轰然关闭。

其他人都在门外静静地站着。

须菩提直了直身子，道：“在洞府外等多好，有风。这里可闷得慌。”

猴子冷冷地瞥了须菩提一眼。

须菩提微微抬起眼皮与猴子对视，说道：“要真出了事……若是别人动手，有女娲在，你大可放心，这三界之中，没几个人能当着女娲的面伤得了玄奘法师。若是她自己动手……你在门外与洞外，又有什么区别呢？莫说阻止，便是收魂的时间都不够。”

猴子努了努嘴，望着石门道：“我是想着她要是真的动手了，我好当着她的面把你给宰了，一报还一报。”

须菩提闻言，顿时笑了出来。

八百年师徒，这关系……还真不是一般的坏啊。

石门内，女娲扭动着蛇身缓缓行至王座边上，转身坐下，轻声道：“说说吧。本宫想听听，你究竟打算如何度人。”

“回娘娘的话，贫僧还没想好。”

“还没想好？”女娲不禁蹙起了眉头。

玄奘双手合十，微微躬身，道：“想了很多，却尚未周全。”

“你这和尚倒是坦白。”女娲淡淡叹了口气，扶着扶手，靠在椅背上，道，“那你就说你已经想到的吧。如何度人，如何证道。”

“贫僧可否先请教娘娘一个问题？”

女娲随口答道：“你问吧。”

玄奘又是躬身行礼，道：“贫僧在此先谢过娘娘了。贫僧心中一直有一惑未解，典籍上所载，女娲造人的理念，与佛门极乐的理念，有何不同？贫僧虽对此有疑，但尚无凭据，所以，贫僧想先听听娘娘当初构建这世界的理念。”

被他这么一问，女娲先是一愣，略微思索了一番，纠正道：“不只是人，是众生。当初本宫创造万灵，本是想为众生创造一片其乐融融无忧无虑的乐土，只是，未曾想到……”

女娲的话，到这里便顿住了，没再往下说。

“既然如此，这世间的恶与苦，便不是出自娘娘之手了？”

女娲轻轻点头。

玄奘抿着唇淡淡笑了笑，道：“果然是人性本善啊。既然如此，贫僧明白了。五毒八苦，并非生而有之，而是环境使然。既然众生能由善向恶，便可由恶向善。”

女娲闻言，脸上已然没有了方才入门之时的那种轻松，反而满脸的疑惑。

“既然你想知道的已经知道了，现在，可否告知本宫，你的道是什么？”

玄奘仰起头，轻声问道：“娘娘可曾了解过佛法？”

“深知根底。”

“既然如此，贫僧就用佛门的说法，来说一说贫僧的道吧。”玄奘接着说道，“现如今的佛法，源自佛祖如来，也即释迦牟尼佛。其佛法，无非是‘利己’‘修身’，去五毒，除八苦，成佛，达之极乐，修成无我之道。其自身，便是实证。三界之中，但凡佛门子弟，无不奉为圭臬。”

女娲点点头。

“贫僧却以为，此法甚谬。”

闻言，女娲嘴角微微上扬，却并没有笑出来。她低眉轻声问道：“释迦牟尼用了毕生才悟出的修行之道，并最终成就天道，如今老君‘无为’已失，那猴子的‘无极’也已经没了，他已是当今三界第一人，你却以区区‘甚谬’二字论断……”

“娘娘此言差矣。”玄奘道，“谁对谁错，谁正谁反，岂可用修为高低一概而论？修仙尚且不能说是为了长生，修佛，难道就只是为了修为？”

女娲不禁有些迟疑了：“那，你觉得佛法应该是怎么样的？”

玄奘挺起胸膛直视女娲，朗声道：“佛门有言，‘一沙一世界’，修成者，自知其中奥妙。贫僧却以为，隔绝了所有，即便‘一沙一世界’，沙，终究是沙。贫僧所求之法，应为水。”

“水？”

“对。”玄奘双手合十，淡淡道，“虽无‘一沙一世界’之妙，却有汇聚众水之效。修佛者，不应为沙，应为水。绵延流长，聚成江海，看似万滴，实为一体，你中有我，我中有你。娘娘，这不正是你创世之初构想的人心向善吗？人人向善，世间自融。”

一时间，女娲听得呆住了。

第六百三十四章

普度之惑

石门外，猴子与须菩提两师徒一个握着金箍棒，一个拿着拂尘，时不时对视一下，一言不发。那气氛无比诡异。其余人都小心翼翼地看着。

石门内，一片寂静。

女娲的眉头蹙得越发深了，许久，她轻声叹道："关于'水'……以前，本宫倒是听过另一个人，也将自己的道比作水的。只可惜，最终也……不了了之。"

"老君？"

女娲点了点头。她想起了些往事，神情之中，透着说不出的无奈。

玄奘淡淡叹道："娘娘所言，想必是'上善若水'吧。"

"看来，道家典籍你也有所涉猎啊。"

"贫僧也是急于求成之人啊。眼见众生疾苦，若是可以，贫僧一刻都不想等。'普度之道'惠及众生，也不应拘泥于教派。"玄奘无奈笑道，"当日，金山寺的藏经阁中也有些道家藏书，贫僧便一并看了。本是期望着既然佛门无解，可否从道法之中寻些痕迹……"

"那你寻到了？"

玄奘缓缓摇了摇头："佛门避世，道家，又何尝不是呢？'上善若水，水善利万物而不争，处众人之所恶。'其实娘娘说错了，'上善若水'，老君是真的做到了。若非做到，他又如何修得出'无为'？只是，此'水'非彼'水'。"

"有何区别？"

"老君所言，'上善若水'之水，乃是润泽万物之水，水往低处流，愿者自上钩，拒者莫强求。说到底，便是‘无为’，汇之一个‘润’字。”

女娲静静地听着。

玄奘稍稍顿了顿，接着说道：“贫僧所言之水，却不在一个‘润’字，而在于‘融’。愿者自上钩不假，但那不愿者，莫非真就任其沉沦苦海，视而不见？”

“所以呢？”

“所以，贫僧以为，普度之道，不是安坐佛堂，待众生前来祈法；不是水往低处流，愿者上钩，而是……”

话到此处，玄奘便没再往下说了，只是抿着唇。

他静静地注视着女娲。

女娲缓缓地睁大了眼睛，有些惊讶地注视着玄奘，深深吸了口气。

昏暗的洞府之中，几盏烛火轻轻摇曳，烛光映得两人的脸忽明忽暗。

女娲稍稍收了收神，眯起双目叹道：“此法甚妙。此法得证，实乃三界一大幸事。”

玄奘静静地站着，脸上的神情如同微风拂过的湖面一般，微起涟漪，却格外地祥和宁静。

许久，女娲睁开双目，轻叹道：“经你这么一说，本宫忽然觉得，这佛法与道法，竟是如出一辙。皆是在跨出最后一步前停了下来……也难怪了。当日，便是老君点化了释迦牟尼，只是没想到，他竟有过之而无不及。只怪本宫当日太轻信于人了。”

女娲稍稍沉默了片刻，又轻声问道：“如何证这度人之法，你现在可有头绪？”

“有。只是头绪太多了，贫僧也是茫然。”

“都有哪些头绪，可否告知一二？兴许，本宫活了几万年，也能给你一些建议。”

玄奘礼貌性地回以微笑，道：“恐怕，难。”

女娲微微抬手，示意玄奘接着往下说。

玄奘又朝女娲行了一礼，轻声道：“贫僧西行，说是西行取经，实则西行辩法，所图者，无非是以行证道，走出一条前人未曾走通之路。”

玄奘说到这儿，又无奈地笑了笑，道:“不瞒娘娘说，究竟能否最终证道，连贫僧自己也不知道。正如娘娘所说，佛道二教，皆是在最后一步停了下来……往前一步是深渊。其实，这般结果，皆因两派修行之法使然。逆势出手，则必然沾染因果，徒增心结，无益于修行。若是道家也就罢了，顶多是修为难进。若是佛门，破佛心，遁入轮回也不足为奇。但，即便往前一步是深渊，也总要有人试着去走，不是吗？”

女娲静静地注视着玄奘。

“一路上贫僧处处小心，处处参悟。既然众生皆苦，为何不洞悉其苦，助其脱离苦海呢？”玄奘振了振衣袖，在洞府之中来回踱着步，将这一路上的思考娓娓道来，“在观音禅院，贫僧见到了金池长老。他因为‘贪’而迷惑了本心，不明佛法真义，贫僧循循善诱，终得善果。

“在高老庄，贫僧遇到了天蓬元帅，他困于情，千年不得解脱。出家人不打诳语……贫僧，却在那里说了一次谎。虽未得善果，但到底是寻出了一条脱离苦海的路，也算是一个交代。

“此乃顺境，粗略看去，上至天庭仙家，下至凡人，众生之苦皆有解。可细想之下，却又心惊。三界众生何其多，若每每需要如此搭救方可脱离苦海……贫僧终究不过一凡人耳，总有寿终正寝的一天。届时，又有谁来继续普度大业呢？”

话到此处，玄奘微微仰头，目光之中透着丝丝无奈，思绪在回忆的画面之中游走着。

“从那时起，贫僧开始重新规划西行的方式。凡人寿元有限，贫僧所余不过数十年罢了。况且，说到底，贫僧这一路有大圣爷守护，方得逢凶化吉。若那后来人没有，又该如何？所以，对贫僧来说，最重要的并不是度了谁，又度不了谁，而是要为后来者寻出一条切实可行的道路。贫僧以化缘的名义，为百姓写信，为百姓治病，都是为了寻出这条路。为比丘，‘下就俗人乞食以资身’，同时却又入世，自力更生。虽说也是不易，但后来者若能按贫僧的方式，总不至于寸步难行。不过，这仅仅是一个开始……

“乌鸡国，卷帘大将本欲造福一方百姓，到头来，却落得个身败名裂的下场。若不是大圣爷出手相助，恐怕……后果，不堪设想。此时，贫僧新惑已生。

“黑水河，鼍洁为救父行险事，大圣爷迁怒，百般折磨，贫僧却只在一旁看着。此时贫僧面临的抉择，是大善与小善。若行小善，对鼍洁心慈，则西行难为。可若舍小善决意西行，大善可期否？”玄奘注视着洞壁上自己模糊的影子，许久，缓缓摇了摇头，无奈轻叹道，“没有小善，大善便只余一缕薄纱遮羞罢了。到头来，也是徒劳。

“此事本是死局。玄奘足足想了一夜，最终，悟了。蛇与农夫各有立场，本无对错之分。既是无解，何不敞开胸怀，感化众生呢？看似绝路，凭着一颗善心，说不定，还能求得一线生机。

“若能感化众生，令众生与玄奘一同行普度之法，则普度之法必成！”说到这儿，玄奘脸上那兴奋的神色忽然消散了，转而换上了一丝忧虑，他轻声道，“不过，事实并非如此。贫僧想得太简单了。

“车迟国，贫僧怀着善心欲搭救众僧人，到头来，却陷众僧于险境，令其多有伤亡……虽说大圣爷及时归来，众僧得救。最终的结果，也是大好。可，别人或许不知，贫僧又岂能看不穿呢？善心，原来也可能导致恶果……若是如此，敞开胸怀，可还感化得了众生？莫说度众生了，贫僧就连车迟国的僧人都度不了。

“若是处处借由大圣爷的力量去普度，到头来，普度也不过是一句空话罢了，算不得什么法，道，更是无从说起。

“贫僧不止一次地想，若是众生的苦与恶乃是与生俱来……若是那般，也许贫僧做什么都是徒劳。好在今日得娘娘解惑。不过，如何普度，正如贫僧方才所说，仍是未解之题。贫僧现在唯一能做的，只能是相信。除此之外，再无他法。”

他一说完，整个大厅，瞬间安静了下来。

两个人静静对视着，女娲睁大了眼睛。

好一会儿，玄奘才回过神来，连忙双手合十，躬身行礼：“贫僧失态了，请女娲娘娘恕罪。”

“这就是你所说的没想全吗？”

玄奘点头。

“那当初，你开始西行的时候，是一无所知，空凭勇气和决心咯？”

玄奘微微低着头，双手合十，注视着地面，一言不发。

“求不得。”女娲微笑着下了最终的结论。

玄奘那合十的双手稍稍用力。

“这是‘求不得苦’啊。”女娲抿着唇，注视着玄奘的目光温柔得像一位母亲。她轻笑道：“你自己也已身陷苦海，不再超脱了。”

玄奘静静地站着，紧闭双目，不语。

“不错。”女娲撑着扶手缓缓起身，叹道，“想得妙，讲得好，这苦海，也陷得恰到好处。本宫懂了。”

玄奘睁开双目，有些不解地看着女娲。

厚重的石门缓缓打开。

猴子不自觉地攥紧了金箍棒，须菩提却呵呵地笑了。

那石门内，女娲静静地立着，玄奘站在她身后不远处。

“谈完了？”猴子看到玄奘安然无恙，稍稍安心了些。

临出门之际，女娲又转过身来对着玄奘道：“你们的西行，是走到女儿国了吧？”

她顿了顿，接着说道：“需不需要本宫送你一程，回到女儿国，你也好继续原本的行程？”

第六百三十五章

长大了

就在不久之前，猴子还和女娲天上地下战了个痛快，这才多久，女娲的立场竟然彻底转变了！

此时此刻，莫说猴子，就连玄奘都蒙了。在场的其他人，更是一头雾水。唯独须菩提高深莫测地笑着。

片刻之后，回过神来的玄奘连忙双手合十，躬身道："贫僧谢娘娘好意。不过……有大圣爷他们在，就不劳烦娘娘了。"

"也不麻烦……不过，既然你觉得不需要，那便算了。难得去一趟女儿国，你们先前也没来得及走走看看，若不嫌弃，这次回去可以多住些时日再走。本宫自会命人招待。"说着，女娲转身看向了芸香。

芸香一惊，往后退了一步。一旁的猴子也是一愣，不禁又攥紧了手中的金箍棒。

"别担心。"女娲斜眼瞧着猴子，笑道，"本宫不打算拿她怎么样。虽说芸香先前所做的事确实违背了本宫的期许。但，本宫不也因此结识了玄奘法师吗？论起来，功过相抵，不赏也不罚……若是愿意回女儿国，本宫还可以继续让她当国王。"

"继续当国王，你会这么好？"猴子挑了挑眉，说道，"别到时候将她给哄回去，又翻脸不认才好。"

"以小人之心度君子之腹。"女娲不再理睬猴子，微微仰着头，注视着芸香道，"之前的事，就这么算了吧。与你们这些小辈计较，也是有失身份。本宫承诺过的事作不作数，你最清楚了。"

芸香眨巴着眼，有些错愕地看着女娲。

“怎么？本宫愿意赦免你了，你反倒不乐意？还是说，你觉得跟着他们去西行更有意思？”

“芸香不敢！”一听这话，芸香连忙跪地叩首，道，“娘娘对芸香恩重如山，芸香……芸香这就随娘娘回女儿国。”

这事情变化得太突然，突然到周围的人都没反应过来。

不久之前，女娲还一副不拿下芸香誓不罢休的样子，可这一转眼的工夫，居然就彻底赦免了她……还许诺让她继续当女儿国国王？

所有人都望向了玄奘，想知道玄奘究竟是怎么说服女娲的。可惜的是，连玄奘自己也是一头雾水，完全不知道究竟是哪一句话触动了女娲，让她彻底改变了态度。

女娲四下扫了一眼，悠悠道：“这水帘洞跟以前还真是大不相同了，想必，花了很多心思吧？可惜还是一败涂地啊。”

猴子努了努嘴不说话，依旧冷冷地瞧着女娲。

女娲环视了一圈，目光最终落到了站在一群小妖之中的草小花身上。

只一眼，草小花的眼眶便红了。

她好像受到了召唤一般，连忙提起裙摆，迈着小步来到女娲身前，双膝跪地，深深叩拜。

“娘娘。”

女娲弓下身子，伸手摸着草小花的脸庞，目光温柔得就像一位母亲在凝视自己的女儿。

“你也终于化形了，当初造你的时候，本宫还什么都不懂……若非如此，你也不至于先天无法开花，要耗费五千年的光阴，才得以化形。”

草小花眨巴着眼睛，呆呆地看着女娲。

好一会儿，女娲抿着唇笑了，说道：“将你留在这里，就是担心若把你带在身边，万一那几个老鬼要和本宫计较到底会殃及池鱼。没想到两千多年过去了，花果山上的石头都成了精，到头来，还是将整个花果山卷入纷争之中，变成了一片荒芜。真是世事无常啊。好在，你一切安好。”

“都……都是托娘娘的洪福。”

“谁教你说这种奉承话的？”

“这……”小花眨巴着眼睛，小心翼翼地说，“小花在齐天宫当过女官，所以……”

“这些世俗的东西不适合你，忘了它们吧。”女娲收手，回过头，瞥了猴子一眼，“本宫创造你们出来，不是为了让你们去奉承谁，是希望，你们能在这世上快乐幸福地活着。”

女娲顿了顿，轻声问道：“要跟本宫一起到女儿国去吗？”

草小花连忙回头。

身后，一大帮小妖正眼巴巴地望着她。

“小花姐……”

“娘娘，他们……恐怕离不开我。小花不能随娘娘前去女儿国。”说罢，小花又深深叩拜了下去。

“行吧。”女娲淡淡笑了笑，轻声叹道，“既然这样，你就继续替本宫守着花果山吧。有空到女儿国来，跟本宫讲讲这两千多年来的人和事。”

“小花知道了。”

女娲回头略带挑衅地瞧了猴子一眼，缓缓地挪动长长的蛇身，朝洞外去了。

见状，须菩提也快步跟了上去。

芸香转过身来眼巴巴地看着猴子，直到获得猴子的首肯之后，才赶忙快步跟了上去。临出洞府前，她转身跪地，远远地朝猴子拜了一拜。

不多时，三人便消失在天际。

远远地看着须菩提、女娲、芸香腾空而起朝西方飞去，身处花果山边界的正法明如来嘴角微微上扬。

一旁的地藏王，却是神情黯淡。

正法明如来指着三人消失的方向，轻声道：“你说，这玄奘是怎么说服女娲的？三清上万年都化解不了的仇怨，居然被他三言两语……就给说服了？”

“须菩提。”

“嗯？”

“贫僧不知道他是怎么说服的，但贫僧知道，须菩提介入，他们便已经胜了一半。若非须菩提，女娲，不会想要和玄奘谈。那猴子，也不会允许玄奘和女娲单独相处。”地藏王意味深长地注视着正法明如来，道，“回去吧，时间也差不多了。和贫僧一起去迎接贫僧的‘帮手’。”

说罢，地藏王转身化作一阵青烟，随风散去。

正法明如来无奈地摇头，最后回头看了一眼水帘洞的方向，深深吸了口气，也化作一阵青烟，随风散去。

此时，剩下的众人依旧站在石门前，面面相觑。

猴子扭过头，蹙眉道：“你和她……都说了什么？”

玄奘支支吾吾地说：“贫僧……也不太清楚。”

“你和她说了什么你自己不清楚？”

“女娲娘娘问贫僧普度之道，贫僧告诉她……贫僧也尚未悟透，然后……将贫僧现在所知道的、所参悟的、所疑惑的，都说了一遍。”

“就这样？”

玄奘点了点头。

这一下，在场的众人越发疑惑了。

“难道真的是转性了？”猴子瞧着洞口的方向，眉头紧蹙，说道，“老子跟她从西牛贺洲打到东胜神洲，打了几天几夜都搞不定她，你几句话就摆平了。看来以后应该多派你出去耍嘴皮子才行，这招好使。”

一旁的草小花掩着嘴笑出了声。

水帘洞中原本略带压抑的气氛一下被驱散了，小妖们笑成了一团，就连作为调侃对象的玄奘都淡淡笑了。

“你这个老骗子。”长空中，女娲瞧了须菩提一眼，说道，“你说玄奘能解本宫的心结，结果，他自己都有心结……更别提解本宫的了。”

“老夫哪里骗你了？”须菩提捋着长须呵呵地笑了起来，道，“见他之前，你是何等的气势汹汹，恨不得和三清同归于尽。再看现在……这不就是解开了吗？”

女娲白了须菩提一眼。

“怎么，听了他的普度之道了？”

“听了。”女娲凝视着前方，若有所思地叹道，“还有很多欠缺，还有很长的路要走。甚至，那条路可能根本就走不通。”

须菩提抿着嘴唇点头，不说话。

许久，女娲又接着说道：“不过，他是踏踏实实，一步一个脚印地在往前走的。甚至，在那条路上，他走得比本宫远得多了，也许有一天，他真的会证出不一样的道。”

“所以，你决定助他一臂之力？”

“谈不上助他一臂之力，但至少，本宫不想成为他前进路上的绊脚石。”女娲望着天边夕阳下美艳的流云，沉默了许久，轻声叹道，“孩子大了，终究是由不得母亲啊。”

说着，她甜甜地笑了，神色之中，洋溢着从未有过的幸福。看得须菩提都略微有些呆了。

对一个母亲来说，孩子长大了，也许就是最大的安慰了吧。

也许他现在过得并不好，也许他距离母亲最初的期望还很远，但他在努力，他不再需要任何人搭救，不再需要母亲操心了。虽然艰难，他却一步步地往前走，一刻也不停。

女娲的眼眶渐渐地红了，一滴眼泪洒向她挚爱的大地。

“菩提老头儿。”

“嗯？”

“谢谢你。”

“应该的，不用谢。”

如诗如画的美景中，三人缓缓向西。

上万年了，女娲没有一刻不在操心。今天，她终于可以交出自己手中的棒子，静静地感受天地间的美好了。

那个接力的孩子，名叫玄奘。